한국
아동문학비평사
자료집

1

1908.11~1927.7

한국
아동문학비평사
자료집

1

1908.11~1927.7

류덕제 엮음

보고사
BOGOSA

아동문학 연구의 토대 구축을 위하여

『한국 아동문학비평사 자료집』은 이십세기 초부터 한국전쟁 직전까지의 아동문학 관련 비평문을 모아 전사(轉寫)한 것이다. 주로 일제강점기와 해방기의 비평문이다. 한국전쟁 이후의 비평문도 일부 포함되어 있는데, 대체로 사적(史的)인 정리나 회고 성격의 글이라 아동문학을 이해하는데 도움이 되는 것들이다. '아동문학 관련 비평문'이라 한 것은 이론비평과 실제비평, 서평(書評), 서발비평(序跋批評) 등 아동문학 비평뿐만 아니라 소년운동과 관련된 비평문들도 다수 포함하였기 때문이다.

문학 연구는 문학사로 귀결된다. 사적 연구(史的研究)는 일차 자료 확보가 무엇보다 중요하다. 그중에서도 비평 자료는 작가와 작품에 대한 이해를 위해 반드시 필요하다. 이것이 『한국 아동문학비평사 자료집』을 편찬하는 이유다. 지금까지 아동문학에 관한 비평 자료는 방치되었거나 매우 제한된 범위 내에서 소수의 연구자들이 관심을 가졌을 뿐이다. 최근까지 아동문학에 대한 연구는 현대문학 연구자들의 관심분야가 아니었다. 아동문학과 가장 친연성이 강한 교육대학에서는 작품을 활용하는 실천적인 교육 방법에는 관심이 많았지만 학문적 접근은 대체로 소홀했다.

원종찬이 '한국아동문학 비평자료 목록'(『아동문학과 비평정신』)을 올려놓은 지도 벌써 20여 년이 가까워 오지만, 아동문학 비평에 대한 연구는 여전히 미흡하다. 아동문학 작가나 작품에 대한 서지(書誌)는 오류가 많고, 작가연보(作家年譜)와 작품연보(作品年譜)가 제대로 작성되어 있지 못한 경우가 태반이다.

최근 현대문학 연구자들이 대거 아동문학 연구로 눈을 돌리면서 일정한 성과가 있었다. 하지만 연구 토대가 불비하다 보니 한계가 많다. 토대가 불비한 아동문학 연구의 현황을 타개하자면 누가, 언제, 무엇을 썼는지에 대한 자료의 정리가 필수적이다. 정리된 자료는 목록화하고 찾아보기 쉽게 검색 기능을 제공해야 할 것이다.

이 자료집은 일차적으로 아동문학 비평문을 찾아 전사하여 모아 놓은 것이다. 언뜻 보면 찾아서 옮겨 적는 단순한 일이라, 다소 품이 들긴 하겠지만 별반 어려울 게 없을 것이라 생각하기 쉽다. 그러나 실제 작업을 진행해 보면 난관이 한둘이 아니라는 것을 알게 된다. 먼저 아동문학 비평 자료의 목록화 작업이 녹록하지 않았다. 원종찬의 선행업적이 큰 도움이 되었지만 보완해야 할 것이 많았기 때문이다. 게다가 일제강점기의 통일되지 못한 맞춤법과 편집 상태는 수없는 비정(批正)과 각주(脚註) 달기를 요구하였다.

자료의 소장처를 확인하는 것도 지루한 싸움이었다. 소장처를 안다 하더라도 입수하는 것은 생각만큼 용이하지 않았다. 자료를 선뜻 제공하지도 않지만, 제공한다 하더라도 까다로운 규정 때문에 어려움이 많았다. 1920년대 잡지 대여섯 권을 복사하는데 10여 차례 같은 도서관을 찾아야 했다. 지방에 있는 편자로서는 시간과 비용과 노력이 여간 아니었다.

자료를 입수했다 하더라도 문제는 또 있었다. 원자료(原資料)의 가독성을 높이기 위해 영인(影印)이 아니라 전사를 하고자 한 데서 비롯된 것이다. 암호 판독 수준의 읽기 작업이 필요했다. 1회분 신문 자료를 읽어내는 데 하루 종일 걸린 적이 한두 번이 아니었다. 마이크로필름 자료의 경우 한글도 그렇지만 한자(漢字)의 경우 그저 하나의 점(點)에 다름없는 것들이 허다했다.

10여 년 동안 이 작업을 진행해 오면서 공동작업의 필요성이 간절했지만 현실적인 여건이 따르지 못해 여러모로 아쉬웠다. 전적으로 홀로 전사 작업을 수행하느라 십여 년이나 작업이 천연(遷延)될 수밖에 없었다.

그러나 나선 길을 성과 없이 중동무이할 수는 없었다. 매일 늦은 밤까지 수업을 제외한 대부분의 시간을 신문 자료와 복사물 그리고 영인본들을 뒤져서 자료를 가려내고 옮겨 적는 작업에 매달렸다. 시간이 갈수록 자료의 양이 늘어가고 욕심 또한 커졌다. 새로운 자료를 하나둘씩 발견하다 보니 좀 더 완벽을 기하고 싶었던 것이다. 자료 발굴에 대한 강박증이 돋아났다. 그러다 보니 범위가 넓어지고 작업량이 대폭 늘었다. 석사과정 당시 자료의 중요성을 강조하던 선생님들 덕분에 수많은 영인본을 거의 무분별하게 구입해 두었는데, 새삼 많은 도움이 되었다.

일제강점기의 아동문학은 소년운동과 분리되지 않는다. 소년운동은 사회운동의 일 부문 운동이었다. 이 자료집에 '소년회순방기(少年會巡訪記)'를 포함한 소년운동 관련 자료들이 많은 이유다. 소년운동이나 소년문예운동에 관한 기사 형태의 자료들이 아동문학을 이해하는 데 요긴하지만, 이 자료집에서는 갈무리하지 못했다. 따로 정리할 기회가 있을 것으로 생각한다.

자료를 전사하면서 누군지도 모르는 수많은 필자들을 만났다. 각종 사전을 두루 찾아도 그 신원을 알 수가 없었다. 잡지의 독자란과 신문 기사를 통해 필자들의 신원을 추적하였다. 아직 부족한 점이 많지만, 대강은 가늠할 수 있는 정도가 되어 자료집의 말미에 '필자 소개'를 덧붙일 수 있게 되었다. 하지만 분량 때문에 '작품연보'는 뺄 수밖에 없었다. 일제강점기 다수의 필자들은 본명 이외에 다양한 필명(호, 이명)으로 작품 활동을 하였다. 이들의 신원을 밝혀 '아동문학가 일람'을 덧붙였는데, 연구자들에게 많은 도움이 될 것으로 생각한다.

이 자료집을 엮는데 여러 기관과 사람의 도움을 받았다.

신문 자료는 국사편찬위원회의 '한국사데이터베이스'와 한국언론진흥재단의 '미디어가온', 국립중앙도서관의 원문 자료 서비스와 네이버(NAVER)의 '뉴스 라이브러리', '조선일보 아카이브' 등의 도움이 컸다. 인터넷을 통해 확인할 수 있고, 검색 기능까지 제공되기 때문에 무척 편리했다. 그러나 다 좋을 수는 없듯이 결락된 지면과 부실한 검색 기능 때문에 아쉬움 또한 컸다. 결락된 부분은 『조선일보』, 『동아일보』, 『시대일보』, 『중외일보』, 『중앙일보』, 『조선중앙일보』, 『매일신보』 등의 영인 자료를 찾아 보완할 수 있었다. 부실한 검색 기능을 보완하기 위해 지루하기 이를 데 없는 신문 지면의 목록화 작업을 오랜 시간 동안 수행해야만 했다. 『조선일보 학예기사 색인(朝鮮日報學藝記事索引)』은 부실한 검색 기능을 보완하는데 큰 도움이 되었다. '조선일보 아카이브'가 제공되기 전 마이크로필름 자료를 수시로 열람할 수 있게 해 준 경북대학교 도서관의 도움도 잊을 수 없다.

잡지 자료는 『한국아동문학 총서』의 도움이 컸다. 경희대학교 한국아동문학연구센터에 소장되어 있는 이재철(李在徹) 선생 기증 자료와 연세대학교 학술정보원 국학자료실의 이기열(李基烈) 선생 기증 자료, 서울대학교, 고려대학교, 서강대학교, 이화여자대학교 도서관의 여러 자료들에 힘입은 바가 크다. 이주홍문학관(李周洪文學館)에서도 『별나라』와 『신소년』의 일부를 구할 수 있었다. 아단문고(雅丹文庫)에서 백순재(白淳在) 선생 기증 자료를 통해 희귀 자료를 많이 찾을 수 있었다.

자료를 수집하는데 많은 분들의 도움을 받았다. 부산외국어대학교의 류종렬 교수는 애써 모은 『별나라』와 『신소년』 복사본을 아무런 조건 없이 하나도 빼지 않고 전량 건네주었다. 이 작업을 시작할 수 있게 밑돌을 놓아 주어 고맙기 이를 데 없다. 신현득 선생으로부터 『별나라』, 『신소년』, 『새벗』 등의 자료를 보완할 수 있었던 것도 생광스러웠다. 한국아동문학연구센터의 자료를 마음대로 이용할 수 있도록 도와주었을 뿐 아니라, 빠진 자료를 찾아달라는 무례한 부탁조차 너그럽게 받아 준 김용희 선생의 고마움을 잊을 수 없다. 희귀 자료의 소장처를 알려주거나 제공해 준 근대서지학회의 오영식 선생과 아단문고의 박천홍 실장에게도 고맙다는 말을 전해야 한다.

막판에 『가톨릭少年』을 찾느라 애를 썼다. 성 베네딕트(St. Benedict) 수도원 독일 오틸리엔(St. Ottilien) 본원이 한국 진출 100주년을 맞아 소장 자료를 공개하였다. 베네딕트 수도원의 선 신부님과 서강대 최기영 교수를 거쳐 박금숙, 장정희 선생으로부터 자료를 입수할 수 있었다. 자신들의 연구가 끝나지 않았음에도 흔쾌히 자료를 제공해 주어 귀중한 비평문을 수습할 수 있었다.

자료 입력이 끝나갈 즈음, 마무리 확인을 하는데 수시로 새로운 자료가 불쑥불쑥 나타났다. 많이 지쳐 있던 터라 타이핑 자체가 싫었다. 이때 장정훈 선생의 도움이 없었으면 마무리 작업이 훨씬 더뎠을 것이다. 학교 일이랑 공부랑 겹쳐 힘들었을 텐데 무시로 하는 부탁에 한 번도 싫은 내색을 하지 않고 도와주었다. 자료를 찾기 위해 무작정 동행하자는 요구에 흔쾌히 따라주었고, 수많은 자료를 사진으로 찍어 주었던 김종헌 선생의 고마움도 밝혀 두어야 한다.

　　수민, 채연, 그리고 권우는 나의 자료 복사 요구를 수행하느라 자기 대학 도서관뿐만 아니라 이웃 대학의 도서관을 찾아다녀야 했고, 심지어 다른 대학 친구들을 동원해 자료를 복사해야 했다. 언제 벚꽃이 피고 지는지도 모르고 산다며 푸념을 하면서도, 주말과 휴일마다 도시락을 싸고 일상의 번다한 일을 대신한 집사람에게도 고마운 인사를 해야겠다.

　　10년이 넘는 시간을 이 일에 매달렸는데, 이제 벗어난다고 생각하니 한편 홀가분하면서도 아쉬운 점이 없지 않다. 자료 소장처를 몰라서, 더러는 알면서도 이런저런 어려움 때문에 수습하지 못한 자료가 적지 않기 때문이다. 눈 밝은 연구자가 뒤이어 깁고 보태기를 바란다. 학문의 마당에서 '나를 밟고 넘어서라'는 자세는 선학과 후학 모두에게 꼭 필요하다고 생각한다.

　　끝으로 이 자료집은 1920년대까지 다른 출판사에서 첫째 권이 간행된 후 여러 사정으로 중단되었다. 새로 보고사에서 완간하게 되었다. 많은 자료를 보완했고, 아동문학과 소년운동을 나누어 편집했다. 자료집의 발간을 흔쾌히 맡아준 보고사 김홍국 사장과 박현정 편집장, 부실한 교정(校正)과 번거로운 자료 추가 요구를 빈틈없이 처리해 준 황효은 씨에게 감사를 드린다.

2019년 정월
대명동 연구실에서 류덕제

일러두기

1. 이 자료집에 수록된 모든 글은 원문(原文)을 따랐다. 의미 분간이 어려운 경우는 각주(脚註)로 밝혔다. 다만 다음과 같은 경우에는 각주를 통해 따로 밝히지 않고 바로잡았다.

　가) 편집상 오류의 교정: 문맥상 '文明'을 '明文'으로 하거나, '꼿꼿하게 直立하여 잇지 아니며/고 卷髮로써 他物에다 감어가하/'와 같이 세로조판에서 행별로 활자가 잘못 놓인 경우, '꼿꼿하게 直立하여 잇지 아니하고 卷髮로써 他物에다 감어가며'로 바로잡았다.

　나) 괄호와 약물(約物)의 위치, 종류, 층위 오류의 교정: '(a), (B), (C), (D)'나 '(가), (2), (3), (4)'와 같은 경우, '(A), (B), (C), (D)'나 '(1), (2), (3), (4)'로 바로잡았다. 같은 층위이지만 '◀'이나 '◎' 등과 같이 약물이 뒤섞여 있거나, 사용해야 할 곳이 빠져 있는 경우, 일관되게 바로잡았다.

2. 띄어쓰기는 의미 분간을 위해 원문과 달리 현재의 국어표기법을 따랐다. 다만 동요(童謠), 동시(童詩) 등 작품을 인용하는 경우 원문대로 두었다.

3. 문장부호는 원문을 따르되, 일관성과 통일성을 위해 추가하거나 교체하였다.

　가) 마침표와 쉼표: 문장이 끝났으나 마침표가 없는 경우 마침표를 부여하고, 쉼표는 의미 분간이나 일관성을 위해 필요한 경우 추가하였다.

　나) 낫표(「 」), 겹낫표(『 』): 원문에 없지만 작품에는 낫표, 신문과 잡지와 같은 매체, 단행본 등에는 겹낫표를 부여하였다.(『별나라』, 『동아일보』, 「반달」, 『어깨동무』 등)

　다) 꺾쇠(〈 〉): 단체명에는 꺾쇠를 부여하였다.

라) 큰따옴표(" ")와 작은따옴표(' '): 원문에 외국 인명, 지명 등에 낫표나 겹낫표를 사용한 경우가 있어 작은따옴표로 통일하였다. 한글 인명이나 지명, 강조나 인용 등의 경우에 사용된 낫표와 겹낫표는 모두 큰따옴표로 구분하였다. 다만 본문을 각주에서 인용하는 경우에는 한글이라 하더라도 작은따옴표를 사용하였다.

4. 오식(誤植)이 분명한 경우 본문은 원문대로 하되 각주를 통해 오식임을 밝혔다. 이 자료집의 모든 각주는 편자 주(編者註)이다.

5. 원문에서 판독할 수 없는 글자는 대략 글자의 개수(個數)만큼 '□'로 표기하였다. 원문 자료의 훼손이나 상태불량으로 판독이 불가능한 글자의 개수를 헤아리기 어려운 경우에는 '한 줄 가량 해독불가' 식으로 표시해 두었다. '×××'나 'ㅇㅇㅇ'와 같은 복자(伏字)의 표시는 원문대로 두었다.

6. 인용문이 분명하고 장문인 경우, 본문 아래위를 한 줄씩 비우고 활자의 크기를 한 포인트 줄여 인용문임을 쉽게 알아보도록 하였다.

7. 잡지나 책에서 가져온 자료일 경우 해당 쪽수를 밝혔고(예: '이상 5쪽'), 신문의 경우 수록 연월일을 밝혀놓았다. 단, 원문에 연재 횟수의 착오가 있는 경우 각주로 밝혔으나, 오해의 소지가 없을 경우에는 그대로 두었다.

8. 외국 아동문학가들의 성명 표기는 필자와 매체에 따라 뒤죽박죽이다. 일본어 가타카나[片假名]를 한글로 표기하는 데서 비롯된 것으로 보인다. 이해의 편의를 위해 원문 아래 각주로 간단하게 밝혔다. 자세한 것은 자료집의 말미에 실은 '외국 아동문학가 일람'을 참조하기 바란다.

차례

아동문학

소년운동

아동문학

"『소년』 발간 취지", 『少年』, 제1년 제1호, 隆熙 二年 十一月 (1908.11).[1]

나는 이 雜誌의 刊行하난 趣旨에 對하야 길게 말삼하디 아니호리라. 그러나 한마듸 簡單하게 할 것은

"우리 大韓으로 하야곰 少年의 나라로 하라. 그리 하랴 하면 能히 이 責任을 勘當하도록 그를 敎導하여라."

이 雜誌가 비록 덕으나 우리 同人은 이 目的을 貫徹하기 爲하야 온갓 方法으로 써 힘쓰리라.

少年으로 하야곰 이를 닑게 하라. 아울너 少年을 訓導하난 父兄으로 하야곰도 이를 닑게 하여라.

"少年文壇", 『少年』, 제1년 제1호, 隆熙 二年 十一月(1908.11).[2]

"少年文壇"은 우리 讀者諸君의 河海를 傾하고 風濤를 驅할 壇場이라. 感懷를 書함도 可하고 見聞을 記함도 可하고 日記를 寄함도 可하고 課文을 投함도 可하고 吾鄕의 風土를 誌함도 可하고 先輩의 經歷을 錄함도 可하고 詩詞도 可하고 書翰도 可하나 行文結辭하난 사이에 힘써 眞境을 그리고 實地를 일티 말디니 執筆人은 詞藻에 富한 것도 取티 아니할 것이오 結搆[3]에 妙한 것도 擇티 아니하며 다만 거딧말 아닌 듯한 것과 首尾가 相接하야

---

1 '隆熙' 원년이 1907년이므로 '隆熙 二年'은 1908년이다. 제목은 따로 없는데 뜻을 좇아 따로 붙였다.
2 『少年』에서 독자투고를 요청하는 글이라 당시의 사정을 살필 수 있는 것이라 생각하여 수록하였다.
3 '結搆'는 결구(結構)의 오식이다.

이르랴 한 뜻이 낫타난 것이면 쎱을 터이니 이에 着念하시여 이러한 글이면 續續投稿하야 執筆人으로 하야곰 蔚然히 曜하는 麟鳳과 鏘然히 鳴하난 韶鈞에 警心警眼케 하서오.[4] (이상 78쪽)

"編輯室 通奇", 『少年』, 제1년 제1호, 隆熙 二年 十一月(1908.11).[5]

○ 오래 우리가 經綸하야 오던 少年을 爲하난 雜誌는 되나 못 되나 슬금々々해 볼 次로 新文舘으로 이를 發行케 하야 겨오 이달부터 내이게 되얏소.

○ 그러나 온갓 일이 다 所料와는 틀니고 編輯하난 손이 덕어 本文 中에는 揷畵가 덕고 글은 洗鍊을 디내디 못하고 材料의 選擇도 失當한 것이 만하 이 꼬라구니를 만들어 노앗스니 무엇이라고 謝罪할 말삼도 모르겟소.

○ 한 번 댤못은 두 번의 懲戒라. 이다음부터는 됴 本 目的에 갓갑도록 해 볼 次로 마음을 단단히 먹고 잇난 터인즉 다는 몰나도 됴금은 나어디오리다.

○ 더욱 이번에 내인 「薩水戰記」 갓흔 것은 本文은 한 듈도 못 내이고 「大東勇士譚」의 緖言만 내여 모양이 아니 되얏슬 쑨 아니라 紙數의 不足으로 因하야 「少年英語敎室」과 밋 其他 여러 敎室과(이상 82쪽) 自然科學에 關한 글이 만히 드디 못하야서 大段히 滋味업시 되얏소.

---

4 울연(蔚然)은 "나무가 무성하게 우거지다", "크게 성하다"라는 뜻이고, 인봉(麟鳳)은 "기린과 봉황이라는 뜻으로, 진기한 것이나 뛰어난 사람을 이르는 말"이다. 장연(鏘然)은 "옥이나 쇠붙이 따위가 울리는 소리가 크다"라는 뜻이며, 소균(韶鈞)은 "순(舜) 임금의 음악", "태평성대에 쓰이는 음악"이라는 뜻이다. 따라서 이 문장은 독자들이 투고한 글이 무성하게 빛나는 뛰어난 것과 크게 울리는 음악과 같아 눈과 마음을 놀라게 하라는 뜻으로 이해하면 될 것이다.

5 『少年』의 매 호마다 이와 같은 '編輯室 通奇'가 있으나 창간호의 것만 수록한다. 이를 통해 당시 『少年』 잡지 발간의 경위와 편집의 방향을 어느 정도 가늠할 수 있을 것으로 본다.

o 이다음부터 "快少年世界周遊時報"는 겨오 本報에 드러가난데 精巧한 圖繪와 透徹한 觀察이 兩兩相助하야 讀者로 하야곰 臥遊의 感이 잇게 하오리다.

o 本誌는 어대싸디던디 우리 少年에게 剛健하고 堅確하고 窮通한 人物 되기를 바라난 故로 決코 軟弱懶惰依恃虛僞의 마음을 刺激할 쯧한 文字는 됴곰도 내이디 아니할 터이오. 그러나 美的思想과 心身薰陶에 有助할 것이면 輕軟한 것이라도 됴곰됴곰 揭載하게소.

o 輕軟한 것을 主張하야 兒童의 好奇心과 歡意를 迎合하고 온갓 懸賞과 抽籤을 行하야 白紙 갓흔 兒心에 虛慾과 僥倖心을 印케 하난 것은 外國雜誌의 通弊―라. 이것은 우리 同人이 外國에 잇슬 째에 깁히 恨嘆하던 바인 故로 獎勵上에 不得不爲할 것 外에는 一切 懸賞을 아니할 것이오 懸賞을 하야도 玩好의 物노 하디 아니하기로 酌定하얏소.

o 쏘 輕軟한 文字를 됴와 아니할 터인 故로 讀者 中에 或 몸이 親히 디내인 危境難地의 일이나 或 朋輩長上이 디내인 일이나 알기 쉽고 周密하게 덕어 보내시면 潤色할 것은 潤色하고 添削할 것은 添削하야 깃겁게 이 紙上에 내이겟소.

o 이 紙上에는 少年 諸子의 文藝를 獎勵하기 爲하야 "少年文壇"을 設置 하얏스니 所感이나 所經歷이나 眞實하게 簡明하게 規定에 잇난 대로 어긔디 말고 (이상 83쪽) 덕어 보내시면 傑出한 것으로 쏍아 내이겟소.

o 쏘 이다음부터는 "少年通信" "少年應酬" 等 欄을 設置할 터이니 前者는 여러분의 居生하난 쌍의 名勝·故蹟·人物·特殊한 風習·方言·童謠·傳說 等을 明記하야 寄送하시면 次例次例로 내일 것이니 째째로 謝禮를 드릴 터이고 名勝故蹟 人物의 寫眞 갓흔 것은 더욱 歡迎하겟스며 後者는 本誌上에 揭載된 文字(一句의 語義나 或 全文의 意趣)에 對하야 모르실 쯧한 것도 잇슬 쯧하기로 이 欄을 베프러 모르시난 이의 顧問에 應코댜 함이니 이 두 가디의 文例는 다 뎨 告白에 보시오.

o 쏘 다음 卷부터는 여러 가디 變革할 일이 만흐나 아딕 發表는 아니하오니 實地에 보시오. (이상 84쪽)

"讀 少年 雜誌", 『西北學會月報』, 제10호, 1909년 3월호.

『少年』[6] 雜誌는 我國 諸種 雜誌 中에 高尙혼 資格과 特殊혼 價値가 有혼 者라. 此를 愛讀ᄒᄂᆫ 少年 諸君은 忠愛義理의 良心도 滋長홀 것이오. 世界 見聞의 知識도 增進홀 것이오. 冒險猛進의 勇氣도 奮發홀 것이니 一般 少年의 敎科도 되고 袖珍도 되고 迷津을 渡ᄒᄂᆫ 寶筏도 되고 昏衢에 導ᄒᄂᆫ 明燭도 될지니 此ᄂᆫ 崔 君 南善의 腦髓 中 精神이 全國 少年界에 灌注ᄒᄂᆫ 光明線이라. 崔 君이 年方弱冠에 超等혼 材器와 出類혼 學識이 有ᄒ야 東西名家에 各種 學問과 世界 大勢의 變遷 狀態와 學生 社會의 必要 機關을 皆 深研洞究ᄒ야 發爲言文에 條理가 各當ᄒᆞ고 至於 舊學源委에도 溯遊觀測홈이 有ᄒ야 宋學 王學의 辨에 關ᄒ야도 ᄯᅩ혼 余意와 相符홈이 有혼지라. 是以로 對床抵掌ᄒ야 互相 吐露ᄒᆞ면 犁然而契ᄒᆞ고 充然而得ᄒ야 色喜의 津津을 不覺ᄒᄂᆫ지라. 惟我 全國 少年 諸君은 崔 君을 愛홈이 余와 同ᄒᆞ며 少年雜誌(이상 21쪽)를 愛홈이 余와 同혼가. 噫라. 此 雜誌가 發行ᄒᄂᆫ 日에 外國人이 覽了에 曰 至今은 幾國 學生界가 此를 愛讀홀 程度에 未及ᄒᆞ얏다 ᄒᆞ니 惟我 少年 諸君은 此等 批評을 聞ᄒᆞ고도 憤悱心이 不發ᄒᄂᆫ 가.(이상 22쪽)

---

6 1908년 11월 최남선(崔南善)에 의해 창간되었다가 1911년 5월 통권 23호로 종간된 잡지 『少年』을 가리키는 고유명사다.

論說, "少年雜誌를 祝홈", 『대한매일신보』, 1909.4.18.

未□ 韓國을 把ᄒ야 英法德俄 等 舞臺에 <u>立登</u>홀 者 - 誰오. 少年이오.
未□ 韓國을 把ᄒ야 埃波安緬[7] 等 魔窟에 永投홀 者 - 誰오. 其 亦 少年
인뎌.

然이나 無精神 無知識 無志氣혼 少年으로 能히 此 重大혼 責任을 快擔
홀까. 曰 不可하리라.

然則 少年의 精神을 鼓吹ᄒ며 少年의 知識을 啓發ᄒ며 少年의 志氣를
奮勵홈이 엇지 壹 急務가 아닌가.

嗚呼라. 今日 韓國에 鐵血思想으로 少年의 耳膜을 鼓動ᄒ며 國粹主義로
少年의 腦髓에 注入ᄒ기에 汲々ᄒᄂ 者 - 誰오. 卽 『少年』 雜誌社 主人 崔
南善시로다.

氏가 此 雜誌를 創刊ᄒ야 少年雜誌 四字에 其 腦를 腐ᄒ며 少年 雜誌
壹篇에 其 血을 嘔ᄒ야 大韓 全國 少年界에 供獻하니 氏乎시乎여.

此 雜誌가 出혼 後로 韓國 少年의 精神이 益奮홀지며 韓國 少年의 知識
이 益發홀지며 韓國 少年의 志氣가 益壯홀지로다.

余가 此 雜誌를 祝ᄒ노니 惟望컨뎌 此 雜誌가 韓國 少年의 勇敢心을
陶鑄ᄒᄂ 良冶가 되며 此 雜誌가 韓國 少年의 忍耐性을 鼓舞ᄒᄂ 軍樂이
되며 此 雜誌가 韓國 少年의 自信力을 培養하는 糧米가 되며 此 雜誌가
韓國 少年의 頑迷 腦를 劈破ᄒᄂ 巨斧가 될지여다.

且. 韓國에 幾個 雜誌가 有ᄒ얏스나 或 財政이 困乏ᄒ야 二三號 七八號
에 止혼 者 - 太半이며 或 奮發力이 不足하야 壹貳號에ᄂ 稍히 可觀홀
句語가 有ᄒ나 三四號 以下에 至ᄒ면 遂乃 尋常重複ᄒ야 牛수馬渤[8]이 紙

---

7 '英法德俄'는 영국, 프랑스, 독일, 러시아를 가리키고, '埃波安緬'는 이집트, 폴란드, 베트남,
  미얀마를 가리키는 것으로 보인다.
8 '牛溲馬勃'의 오식이다.

面에 塡充호 者— 往々 皆然호니 此 雜誌로 엇지 人心을 唱起호며 엇지
國運을 增進호리오. 余는 此『少年』雜誌의 壽命이 長홈을 祝호며 此『少
年』雜誌의 奮發力이 愈久愈壯홈을 祝호노라.

　此 雜誌의 事業이 비록 淺近호나 其 責任이 極重하며 此 雜誌의 發行이
비록 不久호얏스나 其 信仰이 甚大호나니.

　嗚呼 崔 君이여. 壹層着力호야 其終을 克홀지여다.

崔南善, "(少年時言)『少年』의 旣往과 및 將來", 『少年』, 제3년 제6권, 1910년 6월호.

執筆人의 생각에는 다음 卷으로『少年』에 한 "새 紀元"를 그으려 하노니 이 機會를 臨하야 簡短히 우리의 旣往과 및 將來를 말하고자 하노라.

———『少年』 發行의 動機———

精神病學者의 말을 드르면 무슨 事物에 對하야서던지 남달니 思·行을 두난 者는 다 狂人이라 하야 誇大狂도 잇고 妄想狂도 잇고 寫眞狂도 잇고 自行車狂도 잇다 하나니 그러면 우리는 免할 수 업난 新報雜誌狂이라.

내기 新聞을 닑기 始作하기는 十歲 前부텀이라. 爾來 十數年間에 하루도 報紙에 對한 精誠이 懈弛한 일이 업섯슬 쑨더러 오랜 동안에 생각이 讀者로부터 漸漸 記者로 나아가 機會만 잇스면 한번 報舘業을 일삼아보리라 하얏스니 最初의 新聞 寄稿는 十二歲 時라. 堂堂한 政論 ═ 더욱 革新策 十二條를 만들어 아모 新聞에 投書하얏스나 이것은 不幸히 沒書의 慘을 遭하고 其後 三年만에 다(이상 12쪽)시 달은 新聞에 自請으로 寄稿家가 되야 이번에는 多幸히 容納함을 엇어 나의 報紙上 生涯가 始初되니 이째의 깃거운 법은 形喩하기 말이 업섯슴은 毋論이라. 이러하야 同情 範圍의 極히 좁은 少年의 가슴에는 冕旒冠 아니 쓴 帝王 된다난 어림업난 바람이 속 깁히 박엿노라.

그러나 이째까지의 나의 報紙에 關한 智識은 極히 淺薄한지라. 눈에 지낸 거스로 말하야도 內地에서 刊行하난 꼴갓지 아니한 두어 가지밧게는 上海에 在留하난 西人들의 漢字로 刊行하난『萬國公報』『中西敎會報』兩種과 日本에서 刊行하난『大阪朝日新聞』『萬朝報』와 및『太陽』『早稻田文學』의 舊舊紙밧게는 다시 본 것이 업더니 및 十五의 秋에 日本으로 건너가 본즉 놀납다. 그 出版界의 우리나라보담 盛大함이여. 한 번 발을 冊肆에 드러노흐면 定期刊行物·臨時刊行物 할 것 업시 아모것도 본 것 업고 쏘 그 等物의 內容이나 外貌에 對하야 조곰도 批評할 만한 知見업난 눈에 다만 多大하다, 宏壯하다, 璀璨하다, 芬馥하다, 一言으로 가리면 엄청나다의

感이 날 뿐이라, 무엇에 對하야서던지, 무슨 구경을 할 쌔에던지 우리나라 事物에 比較해 보아 무슨 한 생각을 엇은 뒤에야 마난 이 사람이라, 이를 對할 쌔에도 그 압헤 한번 머리를 숙엿고, 숙엿다가 한숨 쉬고, 한숨 쉬다가 주목 쥐고, 주목 쥘 쌔에 곳 "이 다음 機會가 잇슬 터이지" 하난 밋지 못할 空望을 쩌안고 스스로 寬慰함이 잇섯노라. (이상 13쪽)

自己의 손으로 親히 한 報紙의 일을 맛하보기는 十七의 쌔에 日本 東京에 잇난 〈大韓留學生會〉로서 刊行하던 『大韓留學生會報』를 한두달ㅅ 동안 看事함이니 그리 하난 中 病에 걸녀 오래 呻吟하다가 畢竟 몸이 나라로 도라오고 쏘 그 月報도 仍卽 停廢하얏스며 그 後로는 別노 筆硯을 親하지 아니하얏다가 무슨 세 가지 目的으로 新文館이 舍兄의 손에 開設됨애 이에 宿年의 所望을 여긔서나 펴볼까 하야 一臂의 힘을 더할 次로 舘員이 되얏노라.

내기 海外에 놀매 남과 갓히 學校工夫도 아니하얏고 쏘 遊歷見學도 힘드리지 아니하얏스며 오즉 여러 해 두고 이리로 도라 왓다가 그리로 도로 가난 동안에 彼我의 百般 程度를 보고 가만한 中엔 마음을 傷하고 드러나게는 勇氣를 길을 뿐이라. 나는 泰西의 實物을 보지 못하얏스니 거긔와는 比較해 생각하기 어려운 일이나 日本 갓흔 데는 多少 본 것도 잇고 들은 것도 잇슨 즉 쌔쌔 일일노 우리나라 社會와 人心의 狀態와 比較해 보고 간절한 實感이 업지 아니한지라, 내가 처음 日本으로 갈 쌔는 日俄戰爭의 初期 — 곳 日本 新文明이 正히 過渡期의 한 꼿에 올으려 한 쌔라. 爾來 五六年間에 戰勝과 其他 地位 上進 等 여러 가지 일에 奮激된 人心이 일과 물건을 다닥다리 난 대로 거의 急轉直下의 勢로 向上進步의 實績을 보이니 눈에 보이난 바와 귀에 들니난 바가 남달으게 非常히 神經을 衝激하야 아모리 하야도 구경ㅅ군의 마음으로 모든 事(이상 14쪽)象을 接할 수가 果然 업스며 이러케 神經의 感受가 漸漸 異常하야 지난 同時에 "나라로 도라가라! 나라로 도라가라" 하난 소리가 無常時로 귀의 鼓膜을 짜리난지라. 大抵 나로 말하면 人格의 感化로 最初에 밧은 것은 陶淵明이니 그럼으로 아즉까지도 마음의 어늬 한 구석에는 隱君子的 色態가 保存하야 잇거니와 뒤에 新文明의 潮流에 휩쓸녀 들어가서 쓰며 잠기며 그 波動을 感함에도 한 녑흐로는

아모개 아모개와 갓흔 野心 – 더욱 우리 慾으로 하면 知覺 적은 젊은 사람이
다 한번식 가져 보난 온갓 方面에 對하야 다 自己 存在의 意義를 굿게 表하
리란 野心이 勃勃하면서도 拙한 書生의 本色으로 心은 弱코 膽은 怯하야
쏘 한 녑으론 "예라 그만 두어라. 남몰으게 工夫나 한 數十年 하야서 내
몸은 궁등이를 슬슬 쌔여도 남들은 連方 잡아다니도록 하야나 보자" 하기도
하고 쏘 一時는 社會改革家로 一世를 公敵하야 보겟다 하기도 하며 新文藝
建設者로 半島文學으로 하야곰 世界上에 光色이 잇게 하야 보겟다 하기도
하야 消極積極이 一張一弛하고 出世遯世가 相勝相負하야 아직까지도 마
음에 愛國이라고 잇난 것은 모든 抽象的 事爲로써 實踐할야 할 쑨이오 自己
나라의 現在와 밋 將來엣 地位라던지, 사람이란 얼마만콤 時代의 牽制를
밧난다던지, 自己가 오늘날 이판에 난 것이 웃더한 意義가 잇다던지 하난
着實한 方面으론 조곰도 생각이 가지 아니하고 쏘 더욱 自己의 周圍가 웃
더한 모양이라고 하난데 對하(이상 15쪽)야는 果然 觀察이 極히 幼稚하얏슴으
로 自己의 時代는 웃지 되얏던지 一念에 생각하난 것이 오즉 自己를 發展
하기 爲하야 自己를 發展할 일이라. 그리하다가 한 살 두 살 나도 더 먹고
한 번 두 번 國勢도 더 보난대로 이째까지 全力을 드려 建築한 幻界樓閣은
하로 아츰에 弱하기 싹이 업시 문허지고 漸漸 心馬의 길이 조곰式 變하야
畢竟에는 "나라로 도라가라"란 생각을 發하게 되고 쏘 그런 말에 귀를 기우
리게 되야서 저 혼자 큰 決斷한다 하난 것이 갈온, 나는 世界一般에 對하야
直接으로 무엇(Some-thing)을 寄與할 만한 天才도 아닐지 몰으고 쏘 더욱
그러한 자리를 이 世上에 엇은 者가 아니라, 갈온, 죽난 者를 보고 돈 모으
기 急하다고 몰은 체 하난 것은 仁人의 일이 아니라, 갈온, 地臺가 문허진다
기동 세우기 애쓰지 말고 먼저 이것부터 修築하여라, 갈온, 너는 날 째에
國民으로 낫다 너는 살기를 國民으로 하여야 한다 하야 이러케 나라로 도라
온 뒤에는 더욱더욱 新文館을 爲하야 盡力코자 하얏노라.

그러나 도라와 보니 이 생각하던 째와 이 일하려 할 째가 이믜 갓지 아니
하고 쏘 일을 當하야 보니 書生의 甕算과 實地의 事機가 팔팔결 틀녀서
이로 神經이 衰弱되고 心與體도 쏘한 조곰 풀니려 하더니 異常한 것은 젊

은 사람 — 자라가난 사람의 일이라, 더운 피가 血管으로 돌아다니난 德分에 精神上 物質上으로 許多한 障害을 맛나면서도 한 녑흐로 무슨 補養液이 分泌하난지 前進(이상 16쪽)하난 勇氣가 솔솔솔 소사 나오니 첫 出仕에 서리를 마져 닙새는 시들엇슬 망정 凌霜하난 勁節은 凋去益壯이라. 이것 하랴던 것은 그만 두고 저것 하자던 것은 할 수 업시 되얏스나 世上은 넓고 일은 만흔지라 東에는 失望하얏기로 西에까지 落心하며, 全體에는 失敗하얏슨들 部分까지 成功 못하랴 하난 마음으로 일을 求할 새 이째에 無人之境으로 지쳐와서 나의 마음을 왼통으로 占據한 생각이 잇스니 곳 十年宿病인 新報雜誌에 對한 狂氣라. 이 뿌리 굿은 狂氣가 힘세인 時世에 對ᄒ야 무엇이던지 利益을 寄附하겟단 誠心과 合勢하니 弱한 나쯤 여긔 降服하지 아닐 수 업고, 强한 나로되 여긔는 屈服하지 아니치 못할지라. 웃지 하얏던지 試驗조로 한아 하야 보자 한 것이 곳 이『少年』을 發行한 近因이오 ᄯᅩ 말할 수 잇난 動機로라.

——『少年』의 抱負 ——

내가 東京에 잇슴애 畏反某君과[9] 쇠하야 將次 이리켜야만 할 思想界 建設을 爲하야 그 한 方法으로 거긔 關한 雜誌를 내이자고 計劃한 것이 잇스니 毋論 純政治에 偏하게도 아니오 ᄯᅩ 純文藝에 偏하게도 아니라. 모든 方面으로 새로 發生하난 싹에 對하야 모다 同輩의 意見을 吐露하야 우리나라 캄캄한 벌판에 城 위 燈ㅅ불을 삼고, ᄯᅩ 참말의 警鐘이 되야서 昏夜의 深夢을 깨치자 하(이상 17쪽)얏더니 及其 나라로 도라 온 뒤에는 最初의 經綸대로 이루지 못하고 ᄯᅩ 나라에 도라와 보니 言論의 範圍가 넘어 狹少하야 이 일 저 일노 오늘날까지도 實行에 着手할 機會를 맛나지 못하얏거니와 大抵 우리 생각에는 오늘날 우리나라에 잇서서는 한 學校 한 社會에 固定한 地位를 가지고서 指導者의 일을 行하난 것보담 더욱 不偏不局한 地位에 안자서 普遍히 指導하난 일을 行함이 緊한 줄 알고, ᄯᅩ 일의 形式을 힘써 보이난 것보담도 일의 精神을 힘써 가르침이 急한 줄 알고, ᄯᅩ 무엇에던지

---

9 '畏友某君과'의 오식이다.

될 수 잇난데싸지는 갓흔 精神으로 갓흔 步調를 取하도록 함이 매우 重한 줄 아노니 이 精神으로 우리가 하난 일은 外形上에는 自己 地位에 對한 大自覺을 喚起함과 밋 一般 智識의 程度를 向上식히난데 必要한 것이라, 지금 우리가 무슨 일에던지 臨事하난 精神과 態度는 이러한지라. 붓을 쌜아가지고 이 雜誌를 當할 새 또한 이러할 쑨이니, 『少年』의 目的을 簡短히 말하자면 新大韓의 少年으로 깨달은 사람 되고 생각하난 사람 되고 아난 사람 되야 하난 사람이 되야서 혼자 억개에 진 무거운 짐을 堪當케 하도록 敎導하쟈 함이라. 만일 伊前에 經營하던 일이 現實이 되면 더 말할 것 업거니와 그것이 그러치 못하야도 이믜 이 꼴이나마 이 雜誌가 잇스니 그 範圍 안에서 하고자 함은 이 範圍 안에 毋論 못할지라도 그러나 할 만큼은 하야서 봄이 當然할 쑨더러 只今 사람이 닙만 벙긋하면 敎育敎育 하나 그러나 敎育식힐 만한 사람은 누가 잇스며, 곳은(이상 18쪽) 어대 잇스며, 先生과 書籍은 뉘와 무엇이뇨. 안자서 생각을 하야 보던지, 또 돌아다니면서 實地를 보아도 果然 말이지 업서 업난지라, 배호난 사람이 聰俊하지 아님이 아니오 誠勤하지 아님이 아니로대 그 聰俊을 啓導하고 誠勤을 應할 만한 敎育者가 누구뇨. 多幸히 資力이 잇슴으로 學校에를 나간들 學校에는 쪽쪽한 先生이 누구며, 그도 그러치 못하야 學校라고는 門庭도 구경하지 못할 사람은 天才가 잇서도 그만이오 精誠이 잇서도 웃지 할 수 업스니 만일 敎學이 緊要한 줄을 몰낫스면 已어니와 알고도 쯧을 드듸지 못하면 한 사람의 智能發展上으로던지 왼 나라의 人物經濟上으로던지 여긔서 더 큰 冤痛한 일이 어대 잇스리오. 그럼으로 달은 理由는 다 그만 두고라도 이것 한 가지로만도 여긔 應한 한 雜誌의 完全한 것 잇슴이 甚히 急要하며, 또 設或 處處에 相當한 敎育家가 잇다 할지라도 敎育의 精神으로던지 敎授의 方法으로던지 오늘날과 갓히 國民精神의 統一을 要求하난 째에 잇서 果然 한길노 나올지 몰을 일이라. 그럼으로 바야흐로 自己의 地位에 對하야 눈을 뜬 靑年들에게 우리나라의 大精神을 주난 위로 이러한 雜誌가 實노 莫大한 意義가 잇난지라. 아모리 語言文字의 活用이 極히 어렵더라도 그째그째 싸라서 統一的 敎訓을 주난 機關이 되여야 할지로다.

原來가 이 雜誌는 少年을 對手로 하난 것이니 描辭構想를 平易케 하여야 하난(이상 19쪽) 것처럼 談道說理도 쏘한 低近케 하여야 할지라. 그럼으로 언제던지 이 雜誌에는 宏大한 論文이나 深邃한 學說이 揭載되기가 稀罕할지오, 쏘 달은 나라에 그 나라에 必要한 少年雜誌 編輯法이 잇슬 것 갓히 우리나라에는 毋論 우리나라에 必要한 編輯法이 잇스니 이것을 만일 모도 다 달은 나라와 比較하야 評論할진댄 或 拙할 것이오 或 蕪할 것이오 或 幼穉할지라. 그러나 우리는 今後로는 더욱더욱 過渡時代 우리 靑年의 一般的 良師友 되기를 期하야 誠力을 殫竭하려 하노라.

―――『少年』의 旣往 ―――

執筆人이 이번에 달은 일노 本誌 讀者의 가장 만흔 京義沿線의 여러 地方을 歷遊할 새 到處에 熱誠스러운 참말의 愛讀者가 意外에 만흠에 對하야 마음에 매우 滿足함을 깨닷난 同時에 참말이지 속으로 未安하고 붓그럽고 뉘우쳐서 웃지할 바를 몰낫노니, 그러지 아니하야도 지난 동안의 編輯하야 노흔데 對하야 장 銳敏한 良心의 呵責을 밧던 터인데 그 前으로 말하면 남이 그리 만히 보지도 아니하고 쏘 若干 보난 사람이 잇슬지라도 여긔다가 그리 精神 드리지 아니하려니 한 故로 그런대로 지내엿다가 及其 外方에를 가서 본 즉 쯧밧기다 한 句 한 字 等閒하게 보지 아니하난 心讀者를 가난 곳보다 맛나고 본 즉 自己(이상 20쪽)의 職務에 對하야 忠實치 못하얏슴을 생각하고 自然 內心이 便치 못하야 그러치 아니하랴 아니할 수 업슴이라.

이번ㅅ길 가기 前에라도 째째 天良의 마음이 穩全할 째에는 案頭에 노힌 旣往의 勞役한 結果가 넘어 意料 밧김을 보고 녑헤 보난 사람도 업건마는 저 혼자 얼골이 확근확근하야 쌍을 뚤코 들어가고자 하기를 한두 번이 아니엿스며, 더욱 지난 겨울에 日本을 갓다가 只今부터 三年 前, 이 일 準備를 할 째에 여러 가지 彩虹 갓흔 空想을 胸間에 그리고서 다니던 길을 것고 집을 다닐 째마다 참말참말 견대기 어려운 苦痛이 마음을 싸리며, 쏘 더욱 마음에는 맛지 아니한다 하야도 過去 一年間 自己가 身苦와 世苦를 對敵하야 奮鬪한 遺像이라 하야, 貴重한 勞役의 唯一의 紀念碑라 하야, 一年 一卷으로부터 二年 十卷까지의 一個年 치를 美麗하고 堅牢하게 合冊하야서 案頭에 놋코 생각하니 남이 暫時ㅅ동안 슬쩍슬쩍 만든 外華는 華麗하기 저러하거늘 내가 왼 一年 애를 쓰고 일한 內容은 醜劣하기 그러한지라. 念頭에 번개 갓히 나오난 것이 눈에 보이지 말게 하잔 것이오, 벼락갓히 귀ㅅ전을 짜리난 소리는 "태여 버려라! 살나 버려라!"라, 불을 켜서 대일까 말까 남몰으게 혼자 웃더케 애를 썻난지 只今에 追憶하야도 등에서 땀이 나노라.

整頓치 못한 紙面, 如一치 못한 記事, 서투른 修辭, 法 업난 用字, 더욱 번번(이상 21쪽)히 退步하난 모양, 세여보면 열 손ㅅ가락이 오히려 不足한지라, 제가 생각하야도 애닯다. 왜 그리 지긋지긋하게 不才하며 가지가지 無能하뇨, 不才無能하거든 가만이나 잇지 그 꼴에 무엇을 하자고 덤뷔기는 왜 하야서 저런 亡身엣 짓을 하얏노!

『少年』의 旣往은 一言으로 다하야 잘못이라. 잘못으로 써 남을 속이려 하얏스니 作罪는 크도다. 그러나 남들은 속아 주지 아니하기로 讀者가 甚히 零星하얏스니 流毒은 比較的 만치 아니하얏난지라. 이것으로 나는 조곰 責을 輕減할 수 잇슬 줄 밋으며, 쏘 그것은 몸 성하고 知覺 잇난 사람이 便安히 안자서 精神드려 한 것이 아니라 健全치 못한 心身과 膽富치 못한 識見의 年少蒙愚한 者가 冗務旁午한 中 한 것이니 이것으로도 조곰 責을 輕減할 수 잇슬 줄 밋으며 쏘 저는 속이량으로 속임이 아니라 知見이 不足하야 속힘이 되얏고 忠實하게 하자난 것이 力能이 不及하야 散漫하게 된 것이니 마음의 바닥을 보면 쏘 酌量할 點이 업지 아니한 지라 이것으로도 조곰 輕減할 수 잇슬 줄 밋노니 이 몃 가지는 내가 가지고서 그 동안 眷顧하신 여러분에게 向하야 앙탈하자난 거리로라.

나는 不足한 者라. 才操로던지 힘으로던지. 만일 여러분이 果然 우리의 일을 사랑하신다면 여러 가지로 그 不足을 補充하야 주시기에 한팔 힘을 앗기지(이상 22쪽) 아니하셔야 할지니 이런 말은 男兒의 닙에 올닐 말이 아니나 弱하고 어린 나는 지나간 일을 생각하고 불상한 이 소리 내기를 禁하지 못하노라.

── 『少年』의 將來 ──

只今에 와서 뒤를 도라다보건댄 果然 말이지 용하게 그 險한 길을 지나왓난지라 지난 동안만 한 어려움과 苦로움이 이 압헤 노힌 것을 分明히 말 것 갓흐면 아모리 나라도 조곰 失望의 못으로 빠질난지도 몰을 지로다.

그러나 그만콤 積苦한 것이 남에게 對하야 果然 그만한 功果가 잇게 되얏난가 하면 우스운 일이다. '쎄로'로구나. 그런즉 우리가 달은 일에는 이럭저럭 責을 免한다 할지라도 오즉 自己의 모든 힘을 所用업난 일에 對하야 浪費하얏단 한 가지 重한 罪責은 謀免할 口實이 업도다.

사람이 旣往을 말할 때에는 잘못한 것을 가리기 쉬운 것처럼 將來를 말하난 것은 거짓말 되기가 쉬운지라, 그 동안 우리가 編輯室 通寄에 所望을 말하난 것이 居半 實踐지 못한 것도 이 理致의 證據로다. 그런즉 旣往에는 庸劣하야 한두 번에 고치지 아니하고 거짓말하난 것이 거의 버릇이 되얏슬지라도 只今부터는 前非를 繼續코자 하지 아니하노니 그럼으로 將來에 對한 여러 가지 생각이 업지 아니하나 이 다음 事實노 하야곰 說明케 하고 여긔는 붓을 대이지 아니(이상 23쪽) 하노라.

나는 毋論 才는 疎하고 識은 短하다. 그러나 全力을 다 드리고 全能을 다 밧치면 應當 그보담은 나흐게 되얏슬지어늘 朝籌暮筆에 마음이 專一치 못하고 南船北車에 몸이 定지 못한 中 겨오 若干 時日을 엇어 膽大하게 한다고 덤볏스니 그 꼴 그 모양 되난 것이 웃지 까닥 업슴이랴.

이제 나는 이 말을 할 때에 다만 두 마듸 부쳐 할 것은 한아는 自己도 이다음부터는 前보담 더 忠實하게 職務를 當할 것과 쏘 한아는 將來 우리나라 靑年에게 厚大한 무엇을 주실 쏍힌 사람 假人 氏 孤舟子[10] 갓흔 腦와 腕이 兼全하고 情과 意가 俱至한 指導者가 잇슴이라. 구태여 어두운 지난 길을 말하지 말지로다. 우리의 압길은 光明이로다.

다만 바라노니 不時의 暴風雨가 피여가난 꼿과 닙새를 搖落하지 말지어

---

10 '假人'은 홍명희(洪命憙), '孤舟'는 이광수(李光洙)의 호이다.

다. 쏘 가장 逃脫하기 어려운 孔方의 그믈이 우리를 후려서 기름ㅅ가마에 집어 늣치 아니하도록 우리

大皇祖의 聖靈이 顧佑하소서. 이는 新大韓의 일홈으로 비난 바올시다.

鍛鍊한 鐵腕과 醱酵하난 事位慾! 우리는 여러분과 한 가지 마조막까지 다하리라.(이상 24쪽)

"인ᄉ 엿줍는 말ᄉᆞᆷ", 『붉은져고리』, 제1년 제1호, 新文舘, 1913.1.1.

우리는 온 셰샹 붉은 져고리 입는 이들의 귀염 밧는 동무가 될 양으로 생겻습니다. ᄌᆞ미잇는 이약이도 만히 잇습니다. 보기 조흔 그림도 만히 가졋습니다. 공부거리와 놀이감도 적지 안히 만들엇습니다. 여러분의 보고 듯고 배호고 놀기에 도음 될 것은 이것져것 다 마련ᄒᆞ얏습니다.

한 벌 한 벌 나는 대로 ᄎᆞ례ᄎᆞ례 보아가면 무엇이 엇더ᄒᆞ야 무슨 ᄌᆞ미가 얼만큼 잇는지 아시오리다. 무슨 까닭에 한째라도 멀니 지내서는 아니 될 줄도 아시오리다.

아즉 한 달에 두 번식 갈 터이니 그동안이 더듸다고 마시고 아모조록 ᄌᆞ셰히 보시면 유익 어듬이 과히 낫부지 아니홀 줄 압니다.

골고로 사랑ᄒᆞ시며 늘 귀여ᄒᆞ시오.(이상 1쪽)

"엿줍는 말ᄉᆞᆷ", 『붉은져고리』, 제1년 제2호, 新文舘, 1913.1.15.

여러분이 드시면 사랑으로 길러주시는 부모게서 계시고 나시면 애로 잇 글어주시는 션ᄉᆡᆼ님이 잇스시며 우로는 고맙게 구시는 어른을 뫼시고 알에로는 의 잇게 노니는 동무를 가졋스니 보고 듯고 배오고 노님에 거의 모자라는 것이 업스셧거니와 그러나 여러분이 느긋ᄒᆞ신 가운대도 늘 낫브신 생각이 업지 못ᄒᆞ심을 짐작홀 일이 잇스외다. 무엇이냐 ᄒᆞ면 우리 『붉은져고리』가 한번 나매 여러분이 우리 헤아리던 이보다 더 만히 깃브게 마즈시고 귀염으로 돌보심을 보오니 여러분이 은연호 가운대 엇더케 우리 가튼 글동무가 잇기를 썩 간절히 기다리셧던 것을 알겟스오며 달은 것은 다 넉넉ᄒᆞ신 여러분도 이 한 가지는 갓지 못ᄒᆞ심을 알앗스외다.

우리는 먹은 마음과 잇는 힘을 다흐야 언제까지든지 여러분의 귀염 밧는 동무가 되려 흐오니 여러분게서도 깁지 못흔 것은 널리 용셔흐시면서 늘 귀여흐야 주시옵소서.(이상 9쪽)

"엿줍는 말숨", 『붉은져고리』, 제1년 제3호, 新文舘, 1913.2.1.

그동안 두 번이나 바드셧스니 보신 어른마다 여러 가지 늣김이 잇스시오리다.

잘흔 디보다도 못흔 디가 만흠은 저의도 쏘흔 아는 바오니 기리심보다 꾸지람흐심이 만흘 줄도 스스로 짐작흡니다. 그러나 한번은 한번보다 더 낫도록 흐랴고 애는 매우 쓰오니 아즉 흡족흐지 못흔 것은 용셔흐시고 잘흐려 흐는 졍셩만 길너 주시옵소서.(이상 17쪽)

"엿줍는 말숨", 『붉은져고리』, 제1년 제4호, 新文舘, 1913.2.15.

우리는 여러분의 귀여흐는 동무가 되려 흐야 이 셰샹에 생겨나와서 참 바라던 디로 여러분의 큰 귀염을 바드니 스스로 깃브기 그지업스외다.

그러나 죠션 사람을 이쳔만이라 흐면 우리 가튼 『붉은져고리』 동무가 줄잡아도 오빅만명은 될 터이니 우리 욕심으로 말흐면 이 만흔 수효를 우리의 서로 사랑흐는 동무를 만들고 말려 흐거니와 그러치 아니흐야도 알고 보면 그 오빅만명 어린이가 스스로 우리 동무가 되시러 들어야 홀 일이 아니오닛가.

아모러나 아즉 참으로 우리 동무가 되시어 번번히 싸뜻흐게 지내는 분은 아즉 만타 홀 수 업스니 우리는 아못조록 즈미잇고 도음 되는 거리를 만히 만들어 저절로 우리 동무가 되시도록 흐려니와 여러분도 아못조록 우리 신문 볼 이를 만히 만들어 여러분 힘에 나날이 다달이 붓적붓적 늘고 불어 오빅만 사람 일쳔만 손에 골고로 귀염을 밧도록 되기를 바람니다.(이상 25쪽)

"『붉은져고리』附錄", 『붉은져고리』, 제1년 제4호, 京城 新文舘 發行, 1913.2.15.

아희들이 반듯시 보아야 홀 신문

붉은져고리

이 신문 내는 의사

趣味性 養成의

感受力 訓練의

아모시든지 아드님 귀여움은 다 한가지외다. 그러나 귀여흐는 표적 내시는 일은 갓지 아니흐야 혹 맛잇는 음식으로써 표흐시기도 하며 혹 의사 업는 작란감으로 써 표흐시기도 흐니다마는 아모것이고 한 가지라도 소견 늘 일을 가르치시고 한 마듸라도 생각 늘 글을 닑히시는 것보다 더 압서는 것이 업습니다.

이럼으로 가장 잘 아드님을 귀여흐시는 이는 집안에 두시고는 부모게서 다잡으시고 밧게 내보내시면 선싱게서 훈도흐시여 잠시라도 공부밧게 버서나지 못흐게 흐시나니 과연 공부는 귀여운 아드님을 모라놀 다시 업는 발은 길이외다.

그런듸 공부란 것은 집안에서 식히는 것뿐 아니오 학교에서 식히는 것만 아니라 이 두 군듸밧게도 매우 요긴흐고 중대흔 것이 잇스니 곳 신문이나 잡지 갓흔 것이외다. 모르시는 이는 흔이 신문 갓흔 것은 한 등한흔 소견거리

오 공부상으로는 긴절훈 관게가 잇는 것을 알아주지 아니
ᄒ시나 실상은 크게 그러치 아니ᄒ외다. 아모리 잘난 부
모라도 부모의 생각이 미쳐 들지 못ᄒ는 일도 만ᄒ면 아
모리 조흔 션싱이라도 션싱의 손이 미쳐 가지 못ᄒ는 이
도 만습니다. 그ᄲᆫ 아니라 누고시든지 늘 아희들이 ᄯᅡᆯ아
다니는 것이 아님으로 아희들이 배홀 마음이 잇셔도 배호
지 못ᄒ는 ᄯᅢ가 잇스며 아모든지 모든 직조를 다 가진 것
이 아님으로 아희들이 알려 ᄒ는 것이 잇셔도 알지 못ᄒ
는 일이 잇스며 이 밧게도 아희들이 요구ᄒ는 바 여러 가
지를 집안에셔와 학교에셔 능히 그더로 ᄒ야 주지 못ᄒ는
것이 만히 잇습니다. ᄯᅩ 부모님과 션싱님의 가ᄅ치심은
얼만콤 무섭게 아는 편으로는 효험이 만스오나 친친ᄒ게
알 셩은 부족ᄒ며 어려히 아는 편으론 힘이 크나 질겨홀
셩은 부족훈 것이외다.

대저 신문이란 것은 이러히 집안에셔와 학교에셔 미쳐
손 가지 못ᄒ는 것이며 능히 힘자라지 못ᄒ는 것이며 ᄯᅩ
사이가 질녀 순ᄒ게 통ᄒ지 못ᄒ는 모든 것을 맛하 가지
고 차근차근히 부들부들히 달니는 중 다잡으며 놀니는 중
가ᄅ쳐 혹 엄부형도 되고 혹 유식훈 스승도 되고 혹 ᄌᆞ미
잇는 동니 어른이나 사이조흔 작란 동무가 되어가면서 아
희들이 흡족ᄒ야 ᄒ게 ᄒ고도 은연훈 가운더 여러 가지로
유죠ᄒ도록 ᄒ는 것이외다. 이 모든 일이 공부상에 얼만
콤 긴중ᄒ다 ᄒ오릿가.

참으로 아ᄃ님을 사라ᄋᆞ며 그럼으로 공부를 잘 식히는
문명훈 나라에는 졍도와 셩미를 마쳐 내는 이 신문이 여
러 가지 잇셔 크게 공부를 돕는디 오직 우리 셰상에는 거
긔 덕당훈 긔만이 오늘날ᄭᅡ지 업슴으로 아모리 아ᄃ님 잘
가ᄅ치는 더 애쓰시는 이라도 엇지 ᄒ시는 수 업셔 남의
사람들은 다 세 가지 공부를 식히것마는 우리는 두 가지
공부밧게 식히지 못ᄒ니 매우 한탄훈 일이외다.

大關鍵 在此

好資料 滿紙

이 일에 더ᄒᆞ야 특별히 걱정ᄒᆞ고 쥬션ᄒᆞ든 몃 낫 쇼년이 벌셔부터 우리 정도에 맛는 신문 한아를 내어 이 부족ᄒᆞᆫ 것을 기우려 ᄒᆞ나 그동안 죠흔 긔회를 맛나지 못ᄒᆞ얏더니 아희들 가ᄅᆞ칠 일은 날로 늘고 다잡을 필요는 날로 밧부메 인제는 하로를 느지리지게 못ᄒᆞ리라 ᄒᆞ야 아즉 동안 간략ᄒᆞ고 거칠게라도 이 『붉은져고리』란 것을 내기 시작ᄒᆞ얏습니다.

우리가 긔약ᄒᆞᄂᆞᆫ 바는 온갓 학문에 유죠ᄒᆞᆫ 것과 덕성에 필요ᄒᆞᆫ 일을 아못조록 ᄌᆞ미와 질거운 가온대 너허 주어써 행실을 바로잡고 의사를 늘게 ᄒᆞ며 아울너 칙 보고 리치 궁리ᄒᆞᄂᆞᆫ 버릇도 안치며 말 만들고 글 짓는 법도 알니려 ᄒᆞ노니 이는 아마 온 텬하 부형 되신 이가 골고로 그ᄌᆞ뎨에게 더ᄒᆞ야 바라시는 발지라 져의들이 힘은 낫브고 손은 모자랄 지라도 한 조각 간절ᄒᆞᆫ 뜻과 쓰거운 정성은 늘 비홈이 업슬 것이오니 이 뜻이 정성이 필경 이 변변치 못ᄒᆞᆫ 신문을 갈사록 완전ᄒᆞ게 만들어 여러분을 흡족ᄒᆞ게 홀 줄 아옵니다.

그러나 저듸들은 한 일군에 지나지 못ᄒᆞ옵고 이 일 되고 못 되는 채는 실상 여러 부형게셔 잡으신 바-니 이 경륜을 성취ᄒᆞ자면 부득불 여러분의 큰 죠력을 비러야 홀지라. 슯흐다 텬하에 누가 아ᄃᆞ님의 귀염을 모르며 아ᄃᆞ님 가ᄅᆞ침을 게을니ᄒᆞ오릿가. 누가 그 아ᄃᆞ님을 어렷슬 때로부터 바른 길과 아름다운 법으로 인도ᄒᆞ야 다른 날 완전ᄒᆞᆫ 사람을 만들어 주려 ᄒᆞ지 아니ᄒᆞ오릿가. 그럼으로 져의는 이 세상 부형게셔는 다 저의 일을 열심으로 도와 주실 줄 맛ᄉᆞ오며 그럼으로 이 세상 아희란 아희는 다 우리 신문을 사랑ᄒᆞᄂᆞᆫ 동무가 되실 줄 밋습니다.

가장 참스럽게 아ᄃᆞ님을 귀여ᄒᆞ시거든 맨 먼져 이 신문을 보이시오. 이것은 맛잇는 음식과 가치 덕성과 학업을 살지게 ᄒᆞ며 묘리 잇는 작란감이 되여 의사와 슬긔를 붓게 홀 것이니 이것으로 귀여ᄒᆞ는 표적을 내시면 그런 다힝이 업겟ᄉᆞ외다. 슯흐다. 우리 한 세상 이천만 부형 되신이여.

이 신문에 내ᄂᆞᆫ 것이 무엇인가
즈미 잇고 교훈 되는 이약이
힝실 배홈에 유죠ᄒᆞᆫ 말ᄉᆞᆷ
지식을 늘니ᄂᆞ디 요긴ᄒᆞᆫ 일
의사 늘고 소견 터질 작란감
동셔양 유명ᄒᆞᆫ 사람의 힝적
맛잇고 뜻잇ᄂᆞᆫ 시와 노래
본보기 될만ᄒᆞᆫ 그림과 글

이 밧게 모든 공부와 힝실에 유죠ᄒᆞᆫ 것을 쉬운 글로 쓰고 졍ᄒᆞᆫ 그림으로 보엿스니 어느 것이 요긴ᄒᆞᆫ 것이 아니오릿가.

이 신문의 유죠ᄒᆞᆫ 것을 엇더케 알가
아즉 죠션 아희들이 이런 것 보ᄂᆞᆫ 버릇이 알지 아니ᄒᆞᆫ 얏슴으로 처음에ᄂᆞᆫ 어려워도 ᄒᆞ고 맛업서도 홀 듯ᄒᆞ나 두서너 번만 넙헤서 쏭긔여 주며 보이면 곳 즈미를 부치게 되여 늘 손에셔 들고 노코자 아니홀지니 작고 보고 생각ᄒᆞ면 져졀로 유죠ᄒᆞᆫ 것은 말홀 것도 업ᄉᆞ오리다.
그 효험은 한 번 두 번에 밝히 들어나지 아니홀 것이오 쏘 것흐로 보이는 표ᄂᆞᆫ 얼ᄂᆞᆫ 만흐리라 못ᄒᆞ거니와 만일 반년이나 일년만 지낸 뒤에 이 신문 본 아희와 아니 본 아희를 견주어 보면 힝실과 지식과 소견의 틀님이 매오 크고 밝으리라 ᄒᆞ노이다.

이 신문을 보랴면 엇더케 홀ᄂᆞᆫ지
이 신문은 京城 南部 上犁洞 新文舘에서 내ᄂᆞᆫ 것이니 이리로 보실 이의 거쥬와 성명을 적고 멋 달 치 신문 갑시 든지 안동ᄒᆞ야 멧제 번 치로부터 보내 달라 ᄒᆞ시면 곳 가져갑니다.

시골이면 우편이나 인편이 다 조ᄒᆞ며 서울이면 사람을 보니시거나 뎐화 一千三百九十二番으로 긔별ᄒᆞ시옵.

신문 갑슨 얼만가

한 쟝에 二젼 한 달에 四젼, 반년에는 좀 감ᄒᆞ야 二十三 錢이오 일년이라도 四十五젼밧게 안 되니 어른은 담비만 조곰 덜 잡수시면 귀ᄒᆞᆫ 아ᄃᆞ님에게 요긴ᄒᆞᆫ 공부와 ᄭᆡᆺ슷ᄒᆞᆫ 즈미를 주실 수 잇스외다. 시골이면 이 밧게 한 쟝마다 우표갑 五리가 더ᄒᆞ외다.

이 신문은 무슨 즈미가 잇는가

이 신문은 아희들 보이기 위ᄒᆞ야 내는 것임으로 어른이 보시면 넘어 맛업시 생각되실 것도 만흘지오 ᄯᅩ 어른이 보시기에 허탄ᄒᆞ고 쓸디업는 것갓치 생각되실 것도 업지 아니ᄒᆞᆯ 줄 아옵니다. 그러나 이 신문의 즈미잇고 업슴은 여러분이 어린 아희가 되여서 생각ᄒᆞ실 것이오 유죠ᄒᆞ고 못흠은 보는 아희의 뒤일을 보아 말슴ᄒᆞ실 것이니 이 넘량을 ᄒᆞ시고 평론ᄒᆞ실 것은 평론ᄒᆞ시고 닐너 주실 것은 닐너 주옵소셔.

이 신문은 뉘 것인가

이 신문은 글짓는 이의 것도 아니오 박혀 니는 이의 것도 아니외다. 곳 이 신문 보는 온 세상 아희들이 신문 임자오 ᄯᅩ 이 신문 보이는 온 세상 어른들이 신문 임자니 힝여 남의 지나가는 일로 보실 것이 아니라 아모시든지 이 신문을 닑으시며 샯히시며 도으실 것이외다. 다 각기 당신네 아ᄃᆞ님을 위ᄒᆞ시는 면으로 보면 누고는 이 신문을 모른다 ᄒ실 수 잇습닛가. 남의 어른이 되신 이는 골고로 이 신문이 잘되고 만히 펴지는 일에 ᄒ실 수 잇는 힘을 다ᄒ야 쥬션ᄒ실 의무가 잇습늬다. 먼져 당신 ᄃ댁에셔 갓다 보시오. 다음 동늬와 일가에 권면ᄒ야 갓디 보도록 ᄒ시오. 긔회 잇는 ᄃ대로 아모 ᄃ대 아모 집에든지 다 이 신문이 들어가게 ᄒ시오.

李光洙, "머리말", 李光洙 譯, 『검둥의 셜음』, 新文舘, 1913.2.

이 칙은 세계에 일홈 난 『엉클 톰스 캐빈』의 대강을 번역흔 것이다.

그리고 크지도 못흔 한 니야기칙으로서 능히 인류사회의 큰 의심 노예 문제를 해결흐고 인류 력스에 큰 스실인 남북 전징을 니르켜 멧 천만 노예로 흐여곰 주유의 사람이 되게 흐야 이 디구 우에서 길히 노예의 자최를 쓴허바리게 흐엿다면 누가 곳 드르리오. 하믈며 글이라 흐면 음풍영월인줄만 알고 칙이라 흐면 세 닙자리 신소셜이라는 것으로만 녀기는 우리 죠션 사람들이리오.

그러나 이는 스실이라, 아니 밋으랴도 엇지 흘 수 업는 스실이라.

마음 ㄱ하셔는 이 큰 글을 옹글게 우리 글로 옴기고 십흐나 힘과 세가 허락지 아니흐야 겨오 대강에 대강을 번역흐야 여러 젊은이에게 들이노니 이 굉장흔 칙이 엇던 것인 줄이나 알고 글의 힘이 얼마나 큰 줄이나 알면 내 소원은 이름이로라.

옮긴이(이상 1쪽)

崔南善, "셔문", 李光洙 譯, 『검둥의 셜음』, 新文舘, 1913.2.

지을 수 잇는 글 잇고 지을 수 업는 글 잇스며 흐여셔 될 말 잇고 흐여셔 못될 말 잇느니 이럼으로 우리의 붓은 가다가 뫼라도 물질을 힘으로 나가야 쓰겟것마는 모래 한 알도 굴녀 보지 못흐고 마는 일이 잇도다.

내 이 칙에 셔문을 짓게 되야 붓을 들고 조희를 림흠애 이 늣김과 이 한이 더욱 깁고 간절흐도다. 그러나 나는 그를 끚까지 슬허흐지 아니흐는 자로니 대기 이 칙의 주는 바는 셔문 한아 잇고 업슴으로 흐야 두텁고 엷어질 리 업스며 쏘 넑으시는 이에게는 더군다나 털끗만치라도 덜님이 업스실지니 여러분의 총명이 응당 아모것으로고 우리의 셜명을 기드리실 것이 업스실 것임이라 셥셥ᄒ나 엇지ᄒ며 셥셥ᄒ기로 엇더ᄒ리오.

다만 바라노니 여러분의 총명이 아모것 아니ᄒ 가운더 더으사 못ᄒ 글이ᄒ 글보담 큼과 만흠과 굿음을 나케 ᄒ시옵소셔.(이상 1쪽)

* *

억만 사람의 잠자는 마음을 찌우치고 억만 의론의 도라갈 외길을 만드러 마츰니 수백만의 쇠사실을 한거번에 쓴흠이 엇더ᄒ 큰 힘이라야 능히 홀 일이라 ᄒ겟는가. 이 말홀 것 업시 지극히 어려운 일이어놀 놀납다. 이 적은 칙이 ᄒ고 이룬 바라 ᄒ는고나 거짓말 갓흔 정말이로다.

처음 이 칙을 본 지 지금 류칠 년이라. 그러나 이때까지 '엉클 톰' 소리만 드르면 그 가운더 몃 구절은 반드시 번개갓치 마음 우에 써나와 이상ᄒ 늣김이 이상히 가슴 안에 가득ᄒ는지라 째와 셰샹이 달은 우리도 이러홈을 보아 그째 그 셰샹 사람의 엇더ᄒ얏슬 것을 짐작ᄒ건댄 이 칙이 그만ᄒ 공격을 세우고 그만ᄒ 기림을 밧을 것이 쏘한 당연ᄒ 줄 쌔다를지로다.

셔문 더신 몃 구절 쓰기를 이 갓치(이상 2쪽)

검둥이 장사 ─ 갈오디,

"흥 츙직희요. 그놈들도 츙직ᄒ 것 잇나요."

"톰에게 덤으로 식기 한 마리만 언져 주시구려."

"그럼. 그것을 다 쓸어다가 무엇에나 쓸나고. 계집 싱각이 나면 새것 하나 엇엇스면 그만이지. 어듸를 가면 계집 업는 더 잇슬나구."

* *

죠지 ─ 갈오디,

"쟈 봅시요, 나도 사람 모양으로 걸어 안질 줄도 아지오. 내 얼골이 남만 못ᄒ오닛가 손이 남만 못ᄒ오닛가. 지식이 남만 못홀가오. 이래도 사람이 아닐가오."

* *

톱시 — 갈오디,

"오베리안지 보베리안지 ᄒᄂᆫ 것이 나를 싸럿단다. 암만 마지면 누가 무서워 ᄒ나. 쥐불이 엇던고. 난 피나도록 매 맛ᄂᆫ 것은 식은 죽 먹기다."

* (이상 3쪽)

그제야 다 히여진 버션에 싼 뭉텅이를 내여 보이ᄂᆫ지라, 헤쳐 본 즉 에바가 림죵에 준 머리털과 죠희에 싼 죠고마흔 칙이라.

* *

톰이 갈오디,

"아니올시다. 그러치 안슴니다. 령혼까지는 못 사십니다. 세샹 업슨 짓을 ᄒ셔도 이 령혼은 하ᄂᆞ님의 것이야요."

스토우 부인[11] 세샹에 오신 지 백년 되ᄂᆫ 해 열재 달. 오래 두고 번역ᄒ기를 꾀ᄒ다가 ᄯᆞᆺ내 외배의[12] 손을 빌어 한 부분이나마 우리 글로 옴기기를 마츤 날에.

최남선 씀(이상 4쪽)

---

11 미국 소설가인 해리엇 스토(Harriet Elizabeth Beecher Stowe, 1811~1896)를 가리킨다. 대표작으로 『엉클 톰스 캐빈』이 있다.

12 '외배'와 이를 한자로 바꾼 '孤舟'는 이광수(李光洙)의 여러 필명 중에 하나이다.

"아이들보이 뎨일호", 『아이들보이』, 제1호, 1913년 9월호.

조선 빅만의 아이들이 다 우리 잡지의 동무 될지니라. 우리는 무론 이리 되기까지 여러 가지로 정성을 다ᄒ려니와 여러분이 ᄯ한 이리 되도록 애쓰기를 앗기시지 마르소서.

이 잡지 보는 질거움을 다 가치 홈이 ᄯ한 큰 질거움이 아니오리가.

우리가 사랑ᄒ고 우리를 사랑ᄒ시는 여러분이어 — (이상 1쪽)

"샹급 잇는 글 쏘느기", 『아이들보이』, 제1호, 1913년 9월호.[13]

사람이 세샹에 살자면 글짓는 것이 매오 종요로운 일이외다. 글을 질 줄 모르면 말 못ᄒ는 사람 가트니 암만 남에게 알닐 일이 잇서도 알닐 수 업스며 암만 내가 ᄒ고 십은 말이 잇서도 홀 수 업슬지라 갑갑ᄒ고 속이 답답ᄒ 것은 오히려 견딘다 홀지라도 일과 몸이 큰 낭패 당하게 됨을 엇지 ᄒ리오. 그럼으로 학교에서도 독본과 작문 두 과뎡을 힘써 가르치며 ᄯ 녜로부터 잘난 사람들은 반드시 당신 싱각을 몃 쳔년 몃 빅년 뒤 우리들까지 분명ᄒ게 알도록 글들을 잘 지으셧습니다. 그러나 글을 잘 짓자면 마음만 두어 될 일 아니오 생각만 잇서 될 수 잇는 것 아니라 어려서부터 만히 남의 글을 닑고 만히 내 손으로 지어보아야 ᄒ는 것이니 일즉이 련습홈이 업스면 늦게 큰 설음을 바들 것이 분명ᄒ외다. 여러분이 응당 이 리치를 밝히 아르셔 글짓기를 매오 힘쓰실 줄은 밋는 바어니와 그러나 우리가 얼만큼 여러분으로 더부러 동무가 되여 조흔 일을 서로 권면ᄒ는 자리에 자미잇

---

13 이 글은 비평문이 아니지만, 당시 글쓰기에 대한 인식을 살필 수 있게 하는 것이어서 참고삼아 수록하였다. 이 글은 제1호뿐만 아니라 제2호에도 게재되어 있다.

는 방법으로 이 요긴ᄒ고 고샹ᄒᆫ 글짓기를 더욱 권장ᄒ야 재조와 솜씨를 갈수록 느시게 ᄒᆞᆷ은 과연 아니홀 수 업는 일이라 홀지라. 이에 알에 적은 방법으로 여러분의 지으신 글을 모집ᄒ야 공평ᄒ게 쏟코 졍당ᄒ게 고쳐 잘 지은 것은 우리 잡지에 번번히 내어 여러분의 기림이 되게 ᄒ려 ᄒ오니 힘써 글을 지으시고 그 지으신 것을 우리게로 보니시오.

규측	글은 줄글 귀글[14] 아모것도 다 조흐나 아모조록 죠션말로 지으며 이미 죠션말 된 한문말을 얼마 석거도 관계치 안습니다. 조희는 반닷시 우리 잡지에 부친 졍간지로[15] 쓰시오. 한 사람이 얼마든지 지어 보내도 관계치 안습니다. 긔한은 민달 열흘 안에 우리게 온 것으로 그 담 달 잡지에 냅니다. ᄯᅩ ᄌ셰ᄒᆫ 말슴은 졍간지 믓헤 보시오.
샹급	쟝원 한 사람 五十젼. 둘재 쟝원 몃 사람 二十五젼. 셋재 쟝원 몃 사람 우리 『아이들보이』 한 달 치. 샹금 금익은 다 칙사는 표(書籍券)로 디신 들입니다.

"엿줍는 말슴", 『아이들보이』, 제1호, 1913년 9월호.

올 서울부터 여러분허고 사괴여 지내던 『붉은져고리』는 지난 六月 十五日치(뎨十二號)부터 못 가게 되여셔 셥ᄒ고 무안ᄒ기 그지업습더니 다힝

---

14 '줄글'은 "한문에서, 구나 글자 수를 맞추지 아니하고 죽 잇따라 지은 글"을 뜻하고, '귀글'은 "한시(漢詩) 따위에서 두 마디가 한 덩이씩 되게 지은 글"을 말한다. 그 한 덩이를 "구(句)"라 하고 각 마디를 "짝"이라 하는데, 앞마디를 안짝, 뒷마디를 바깥짝이라고 한다.

15 졍간지(井間紙)는 "글씨를 쓸 때에, 글자의 간격을 고르게 하기 위하여 졍간(井間)을 그어 글씨를 쓸 종이 밑에 받치는 종이"를 말한다. 졍간(井間)은 "바둑판 따위와 같이, 가로세로 여러 개의 나란한 금을 그어 '井' 자 모양으로 된 각각의 칸살"을 뜻한다.

히 이번에 새 얼골로 다시 여러분을 뵈옵는 긔틀이 생기오니 얼만콤 스스로 위로도 되려니와 여러분게도 또한 쾌한 일이 아니라 홀 수 업다 ㅎ오이다.[16] ㅇ원리 지조가 넉넉지 못ㅎ듸 처음이 되여 솜씨가 나지 아니ㅎ야 제 싱각에도 맛갓지 아니ㅎ 듸가 만스오니 보시는 어른게서야 엇더케 느긋ㅎ지 못ㅎ 곳이 만흐시오릿가마는 두터이 용셔ㅎ시면서 길이 기드리시면 한걸음 한 걸음식 잘못ㅎ 것은 고치고 잘ㅎ 것은 더욱 가다듬어 여러분의 륭숭ㅎ 사랑을 바들 만ㅎ 바탕이 잇게 ㅎ오니 다만 저의 작은 졍셩을 미드시고 어엿비 녁이시며 도아 주시기 천만 바라나이다. ㅇ전에 『붉은 져고리』 보시던 이 가운듸 반년 션금 내신 이는 이번만 잡지를 보내고 션금 보내시기까지 다시 보내지 아니ㅎ겟스오니 잡지 것봉에 "션금 보내오"란 도장이 찍힌 어른은 세 명가표를 보시고 반년이고 일년 션금을 속히 보내주시옵소셔. ㅇ일로 말숨하면 먼저 잡지를 보내고 갑슬 줍시사 홈이 맛당ㅎ 도리오나 그리 ㅎ자면 치부상에 여러 가지 불편이 잇슴으로 버릇이 잇는 일 아니오나 션금을 보내셔야 잡지를 보내들일 터이니 늘 쥬의ㅎ시어 진시진시 션금 보내시기를 졍신차리시옵소셔. ㅇ이번에도 여러분의 연구셩도 늘기고 별즈미도 부치시게 ㅎ려 ㅎ야 샹급 잇는 문뎨를 내엇스니 여러분이 열심으로 궁리ㅎ야 듸답들을 보내시려니와 이다음부터는 더 즈미 잇고 더 쉬운 문뎨를 만히 만히 내어 여러분의 흥취를 도읍겟스오니 공부ㅎ시는 틈틈이 열심으로 찬셩ㅎ야 각기 일등상 타 가기를 다토시기 간졀히 비나이다. ㅇ디방디방 사토리가 잇고 쏘 녯날에는 만히 쓰던 말도 지금은 흔이 아니 쓰는 말도 잇스니 우리 잡지에 내는 글과 말 가운듸 혹 얼는 알기 어려우신 것이 잇거든 엽서 가튼 것으로 무러 보시면 요긴ㅎ 것은 담 달 잡지에 듸답ㅎ여 들일 터이니 만히 무러들 보시옵소셔. ㅇ총총 그만.(이상 40쪽)

---

16 『붉은져고리』의 발행사항에 대한 백과사전의 내용은 들쭉날쭉다. 1913년 1월 1일 창간하였고, 1일과 15일 월2회 발행하였다. 『두산백과』, 『한국민족문화대백과사전』, 그리고 『한국잡지백년 1』 등은 제12호(1913년 6월 15일 발행)까지 발행되었다 하였고, 『국어국문학자료사전』은 "1913년 6월 11호로 종간"되었다고 하였다. 위 내용으로 보면 6월 1일 치까지 발행되고 15일 치 곧 제12호는 발행되지 않은 것이 맞는 것으로 보인다.

牧星, "童話를 쓰기 前에 – 어린이 기르는 父兄과 敎師에게", 『天道敎會月報』, 제126호, 1921년 2월호.[17]

나는 어린애를 貴愛한다. 그中에도 처음 말 배운 五六歲쯤의 어린애를 第一 貴愛한다.

○

어느 녀름날 여섯 살 된 계집아해가 바느질 하시난 母親의 엽, 窓에 안저서 밧갓을 니여다보고 잇섯난디 그 窓 밧게는 푸른 잔디밧이 낫볏에 쏘이고 그 곳에 翠色 깁흔 樹林이 무슨 깁흔 秘密을 감츄고 잇난 듯이 神秘롭게 잇난디 그 쩨 맛침 싀원한 바람이 어디선지 불어와서 그 翠色 깁흔 樹林이 흔들〳〵 흔들니는 것을 보고 그 어린 少女가 母親을 보고 (이상 92쪽)

"어머니 저 쏴– 하고 부는 게 바람의 엄마고 져 나무닙사귀 흔들니는 것이 바람의 아들이지요" 하엿다 한다.

이럿케 어린애는 詩人이고 歌人이다. 그 어엽븐 조그만 눈 瞳子에 보이는 것이 모다 詩이고 노래이다.

별 반짝이는 밤 깁히 업난 天心에 둥긋이 싀원하게 쓴 달을 보고 그들은 어엽분 소래로 이럿케 브른다.

　　저긔〳〵 저 달 속에 계슈나무 백혓스니
　　金독기로 찍어 니고 銀독기로 다듬어 니셔
　　草家三間 집을 짓고 ……………

아아 邪氣 업난 天使 갓흔 이 어엽분 詩人 어린 동모 나는 그네가 第一 貴愛롭다.

○

---

17 '牧星'은 방정환(方定煥)의 필명이다.

나는 이 貴여운 어린 詩人의 깨끗한 가슴을 더럽혀 쥬고 십지 안타. 物慾의 魔鬼를 맨들고 십지 안타.

나는 나의 가장 사랑하고 貴愛하난 어린 동모 어린 詩人의게 무엇이던지 나의 사랑하난 마음을 表하야 조흔 선물을 쥬고 십다. 그 선물로는 菓子보다도 돈보다도 무엇보다도 그의 天使 갓흔 마음 깨끗한 가슴에 가장 適合하난 깨끗한 神聖한 것을 주고 십다.

그래셔 그로 하여곰 더 맑고 더 깨끗하고 더 神聖한 詩人 되게 하고 십다. 이 生覺으로 나는 이 갑 잇난 선물을 손슈 맨들기 爲하야 이 새로운 조그만 藝術에 붓을 대인다.

○

그리고 나는 이 새 일에 着手할 쩌에 더욱 우리 敎中의 만-흔 어린 동모를 생각한다. 어엽분 天使 人乃天의 使徒 이윽고는 새 世上의 天道敎의 새 일꾼으로 地上天國의 建設에 從事할 우리 敎中의 어린 동모로 하여곰 애쩍부터 詩人일 쩍붓터 아즉 物慾의 魔鬼가 되기 前부터 아름다운 信仰生活을 憧憬하게 하고 십다. 아롬다운 信仰生活을 讚美하게 하고 십다. 永遠한 天使 되게 하고 십다.

늘 이 生覺을 닛지 말고 이 藝術을 맨들고 십고 쏘 그럿케 할난다.

○

나는 이 일이 적어도 우리의 새 文化建設에 큰 힘이 될 쥴 밋고 남 아니 하던 일을 始作한다.

○

어린 天使 어린 詩人 그네는 늘 그 生覺의 營養을 求(이상 93쪽)한다. 우리 집에 五六人 되는 이 어린 詩人들이 늘 나를 조른다. 녯날니얘기를 해 달나고……… 그럴 쩌마다 나는 질겨하며 니얘기를 들녀쥬엇다. 어린애들은 늘 老人보고 졸은다. 小學生들은(中學生도) 先生님을 조른다. 나도 前에 퍽 졸낫다. 니얘기 듯고 십어셔.

동생 잇난 兄이여 어린애 기르는 父母여 어린이 가르치는 先生님이여 願하노니 貴여운 어린 詩人에게 돈 쥬지 말고 菓子 쥬지 말고 겨를 잇난

디로 機會 잇난 디로 神聖한 童話를 들녀쥬시요. 쩌々로 자조 ⌒.

○

어린 동모를 爲하야 되도록 國文으로 쓸 터이니 언문 아는 애에게는 바로 닑히는 것도 좃치만은 되도록 父母가 닑어 말로 들녀쥬는 게 有益할 듯 生覺된다. 누님이나 어머니는 밤져녁에 바느질 하면셔 先生님은 敎授하는 時間에 其外에 쏘 敎中靑年會 일로 侍日날[18] 禮式 時間 外에 暫間 ⌒ 니애기해 쥬는 것도 조을 듯하다.

○

敎人 말고 洞內 아해나 婦人에게 자조 들녀쥬면 더 조흘 줄로 안다.
(後日에 童話 藝術에 關한 말을 할 機會 잇슬 쥴 알고 이만 긋친다.)

○

아아 나의 사랑하난 어린 동모들! 地球의 꽂인 어린애들. 그들 爲하야 내가 낫는 이 조고만 藝術이 世上 만흔 어른의 鞭撻을 밧기 바라며 쏘 이로 비롯하야 더 좃코 더 갑 잇난 童話藝術이 나기 바란다.

(日本 東京 池袋[19] 鷄林舍에셔)(이상 94쪽)

---

18 천도교에서 일요일을 달리 이르는 말이다.
19 일본의 지명으로 이케부쿠로(いけぶくろ)를 말한다. 도쿄도(東京都) 도요시마구(豊島區) 이케부쿠로역(池袋驛)을 중심으로 한 도쿄(東京)의 부도심 지역이다.

오텬원, 「『금방울』 머리에」, 오텬원 편, 『(동화집)금방울』, 廣益書舘, 1921.8.[20]

장미갓치 아름답고, 수정갓치 맑고, 비달기의 가슴갓치 보드랍든, 어렷슬 째의 령을 파뭇은 조고만 무덤에 드리기 위하야 이『금방울』을 썼습니다.

저는, 밤 깁허 사방이 고요할 째에 달 발근 창 기슬에 호을노 안저서 이『금방울』을 보며 그리운 달듸 단 어렷슬 째를 추억하고 울으려 합니다.

저는, 아름다운 보드랍은, 다사-한 시(詩)의 향긔 놉흔 왕국을 세워 어린 사람들의 노래터를 만들녀 합니다. 거긔에는 나뭇가지마다 금방울이 열녀 잇습니다.

『금방울』 속에 잇는 니야기 가온데, 시인『안더-슨』의 명작 「어린 인어 아씨의 죽음」, 「엘리쓰 공쥬」 「어린 석냥파리 처녀」 갓흔 것은 참으로 보옥 중의 보옥이라 할 수 잇습니다.

그 전편에 넘어 흐르는 예술의 맛, 아지 못하는 사이에 현묘한 시의 절경으로 잇그는 미력, 이로 그 찬양할 바를 혜아릴 수 업습니다.(이상 1쪽)

어린 사람의 가슴에 도다 나는 령의 엄을, 발근 곳으로 순결하게 길음이, 얼마콤이나 한 개의 존귀한 생명의 자람을 도을가, 함을 생각할 째에, 저의 가슴은 무한 쮜놀앗습니다.

　　　　　　　　一九二一年 六月 九日　첫녀름비 보슬〜 오는

　　　　　　　제물포 우각촌에서　오 텬 원 (이상 2쪽)

---

20 '오텬원'은 오천석(吳天錫, 1901~1987)의 필명이다. 오천석의 호가 '天園'이다.

方定煥, "(作家로서의 抱負)必然의 要求와 絕對의 眞實로－小說에 대하야", 『동아일보』, 1922.1.6.

무슨 그리 作家로서의 抱負라고 할 만한 것도 업습니다.

다만 엇더케 나는 참을 수 업서々 創作을 합니다. 그리고 쏘 나 自身의 生活을 챗죽질 하기 爲하야 創作을 합니다. 習慣 矛盾 虛僞 罪惡 爭鬪 迷夢 이 속에 뭇처 사는 만흔 人類 中의 한 사람으로서 될 수 잇는 대로 나 自身의 참으려 하야도 참을 수 업는 要求와 絕對의 眞實로써 되는 創作 － 그것에 依하야 나는 救援을 엇고저 합니다.

사람으로서의 必然의 要求 － 그것은 우리 人類 누구에게나 잇지만 世間 的 生活은 그것을 막고 가리엿습니다. 막히고 가림을 밧고 要求는 더욱 切實하야지는 것입니다. 그리하야 白熱된 必然의 要求는 期於코 禁하려야 禁할 수 업시 쓰거운 힘으로써 낫하나고야 맙니다. 그 참으려도 참을 수 업는 必然의 要求와 絕對 眞實로 된 創作 그걸로 하야 거긔에는 恒常 새로 운 世上이 낫하나는 것입니다. 卽 참된 새 生命이 創造되는 것입니다.

그리하야 一時의 改造나 한째만의 創造가 아니고 늘 時々刻々으로 創造 되는 새로운 生 － 그걸로 하야 우리는 작고 참된 世上으로 나아가게 되는 것임을 밋습니다.

그리고 나 自身이 民衆의 一人인 以上 거짓 업는 眞實한 나의 要求는 그것이 만흔 民衆의 그것과 그다지 다르지 아니할 것이며 그것은 疑心할 것도 업는 當然한 것입니다.

만흔 民衆은 모다 모든 矛盾 不合理 渾沌한 속에서 生存競爭이란 진흙 속에서 털벅어리고 잇습니다. 그리고 그 生存競爭은 아모 向上도 아니고 새로운 創造도 아니며 다만 消極的으로 貧窮을 避하고 飢餓를 免하야 아모 것도 아닌 乞兒와 갓흔 慾望을 채우려고 남의 눈에 들녀고만 努力할 뿐입니다. 그러느라고 貧弱者는 富强者에게 작고 그 고기를 먹히고 잇습니다.

悲慘한 虐待밧는 民衆의 속에서 少數 사람에게나마 피여 니러나는 切實

한 必然의 要求의 發露 그것에 依하야 創造되는 새 生은 이윽고 오러인 地上의 束縛에서 解放될 날개를 民衆에게 주고 民衆은 그 날개를 펴서 참된 生活을 向하야 나르게 되는 것이니 거긔에 비로소 人間生活의 新局面이 열니는 것임니다.

이리하야 恒常 쉬지 안코 새로 創造되는 新生은 民衆과 함께 걸어갈 것임니다.

以上과 갓흔 意味로서의 實際를 보여 준 世上의 만흔 先進의 일홈을 닛치지 못함니다.

以上의 生覺이 내게는 헷닐로 도라가지나 안을넌지 엇덜넌지 그것은 只今 알 수 업거니와 何如커나 生覺은 늘 그리하고 잇슴니다.

小波, "夢幻의 塔에서-少年會 여러분께", 『天道教會月報』, 제138호, 1922년 2월.[21]

외롭고 쓸쓸한 客窓에도 새해는 亦是 차저왓고 故國을 그립게 하는 白雪이 오늘도 앗가브터 쏘다지고 잇슴니다. 하-얏코 가벼운 數만흔 눈이 孤獨에 써는 旅客의 가슴을 울니면서 넓은 大地에 작구 쏘다지고 잇슴니다.

겨을마다 눈 오실 쩌마다 보지도 못하고 아지도 못하는 北國의 村落을 그리우는 내가 이럿케 멀고 먼 客地에 쓸々히 잇서셔 눈 오시는 날을 닥드리닛가 前에 그립든 未知의 北國보다도 몃 갑절이나 더 故國이 그리웁고 셔울 生覺이 납니다.

아아 쇼래도 업시 白雪은 紛々히 나리고 生覺은 덧업시 故國에 헤매이고…… 보든 冊을 덥허놋코 미다지 琉璃窓으로 희미한 灰色 속에 눈 마즈며 졈으러가는 東京 市街를 내려다보고 안져서 외롭고 덧업고 그림[22] 울고 십고 엇더케 견디기 어려운 가슴을 안꼬 나는 여러분께 이것을 씀니다.

아아 여러분!

내가 여러분과 作別하고 셔울을 써나온 지는 인졔야 겨우 달 半밧게 되지 안치마는 아츰져녁으로 싸여가는 그리운 情으로는 못 보게 된 지가 발셔 몃 해 몃 歲月이나 된 것 갓슴니다.

발셔 電燈이 켜졋슴니다. 내 房 天井에는 五十觸 電燈이 빨것코 노-란 빗을 發하기 始作하엿슴니다. 아즉도 그리 어둡지는 안어서 그다지 불빗이 밝지는 아니함니다만은 窓밧게 쏘다지는 눈-과 房안에 켜진 電燈 불빗과 무언지 情 깁흔 리약이의 밤나라가 깁히 드러가는 것 갓슴니다.(이상 81쪽)

窓 밧게 보이는 詩歌에도 電燈이 켜져셔 일쯕 쯘 별갓치 雪中에 깜박-

---

21 원문에 글쓴이가 '東京 小波'라 되어 있다. 이 글은 아동문학 비평문이라 하기는 어렵지만, 방정환이 일본 유학을 간 전후와 소년회와의 관계 등을 알려주는 것이라 그 당시 아동문학과 관련된 사정을 파악하는 데 도움이 된다고 판단하여 수록하였다.

22 '그립고'의 오식이다.

쌈박- 하고 잇슴니다. 어느 거리에션지 豆腐장사의 喇叭 부는 소리가 黃
昏의 曲갓치 들니고 上野公園으로 넘어가는 眞砂町 언덕길 左右店頭에 나
란히 켜진 電燈이 오시는 눈속에 씀벅어리고 잇는 것이 맛치 져- 먼 北國
의 어느 쇠골 村落갓치 보임니다.

오늘 하로도 이럿케 쓸々한 눈속에 東京은 졈으러 가는 것임니다. 아아
여러분! 셔울도 只今쯤은 電燈이 켜지고 집々의 집웅마다 溫突房에 불쩌
는 煙氣가 쩌오르겟지요. 울듯한 가슴은 쟉고 헤매여나고 눈압헤는 작고
셔울 모양과 셔울셔 크고 셔울길로 다니고 셔울셔 노는 여러분의 모양이
보임니다.

나의 가쟝 사랑하난 여러분!

風俗 다른 日人의 집 二層 웃房에 쓸々히 잇서셔 비오는 져녁마다 바람
부는 밤마다 내가 그리우는 셔울! 거긔에는 여러분의 只今과 갓치 꼿갓치
爛漫하든 어린 쩌의 生活이 어느 쩌싸지던지 뭇쳐 잇슴니다. 쌋듯한 봄이
면 버들피리를 어린 입으로 불기도 거긔엿고 바람찬 겨울이면 동모의 손
을 잡고 어름을 짓치기도 거긔엿슴니다. 그리고 十歲 되든 해에 〈少年立
志會〉를 세우고 어린 팔로 演卓을 집고 쩌들던 것도 거긔엿고 十二歲 되
든 해에 百六十餘名 幼年軍의 總大將으로 作戰의 計劃을 버리든 것도 거
긔엿슴니다.

訓鍊院의 大運動과 大漢門 압회 慶祝行列 獎忠壇의 개나리와 城北洞의
밤 즛기 …… 아아 꼿과 갓치 새와 갓치 아름답고 快活하던 어린 世上에
나를 키워 쥰 셔울의 볏은 얼마나 쌋듯하엿겟슴닛가.

꼿은 지고 쏘 피고 해는 가고 쏘 오고 天眞爛漫하든 어린 世上 우에 쌋々
-한 幸福된 歲月은 몃 번일지 흘러갓슴니다.

春風! 秋雨! 十年의 歲月은 꿈가치 지나셔 발셔 나는 어린 나라에셔 쫏겨
낫슴니다. 꼿은 쏘 피겟지요. 봄은 몃 번이라도 쏘 오겟지요. 그러나 나에게
는 그 歲月이 다시 오지 못하고 그 꼿 그 봄 그 터에는 只今 여러분이 크고
잇슴니다.

애닲흐나마 하는 슈 업시 될 슈만 잇스면 여러분의 나라를 멀니 쩌나지

말고 갓갑게 잇스리라고 바랫스나 그것도 엇을 슈 잇는 것이 못 되엿습니다. 흐르고 쏘 흐르고 한 해 두 해 쉴 새 업시 흘러가는 歲月에 점々 멀니 어린 나라를 쩌려져 가게 되는 것을 안탁갑게 앗기는 몸이(이상 82쪽) 이럿케 먼 곳에서 얼마나 내 故鄕인 여러분의 나라를 그리우는지 아지 못합니다.

外國에까지 와서 大學에는 단겨도 文學冊을 보거나 哲學을 硏究하거나 사람으로서는 몸으로서는 永遠히 어린이로 잇고 십은 것이 所願인 내가 眞情으로 얼마나 여러분을 보고 십어 하는지 아지 못합니다.

아아 사랑하난 여러분!

바람에 우는 어린 솔갓치 ― 싸늘한 客地에 쩌려져 잇서서 哀憐한 追憶으로만 남은 어린 쩍의 꿈을 닛치지 못하난 내가 지나간 해 十一月 한 달을 그립던〵 故國의 품에 잇서서 한번도 다시 도라오지 못할 꼿갓치 爛漫한 어린이의 나라를 볼 슈가 잇섯고 그 안에까지 드러가서 어린이와 함께 놀 슈 잇섯던 것이 얼마나 깃겁고 幸福된 날인지 몰랏습니다.

꼿숭이의 모듬! 少年會!! 참으로 여러분의 모이시는 그곳은 쌀々한 겨울에 白花가 一時에 滿發하야 어우러진 花草溫室 갓해습니다. 쌋듯하고 香氣롭고 燦爛하고― 나는 다만 그 속에 心身이 저져만 잇섯습니다.

아모 慾心도 虛僞도 업고 一點의 邪心도 업시 天眞 그디로 하늘 그디로 아름답고 곱게 꼿은 피우고 天眞의 流露 깃거워 솟는 仙女 갓흔 노래 소리는 울니고 그리고 無限한 압길을 向하고 맑고 째긋하게 希望의 샘물이 그 속에 끈일 새 업시 흐르고 …… 아아 이밧게 나는 쏘 무엇을 구하겟슴닛가. 어듸서 쏘 樂園을 求하겟슴닛가.

쌋듯하고 째긋하고 香氣롭고 ……아아 지난날의 어린이 王國에서 놀던 날의 限이 업던 幸福이여! 나는 얼마나 어느 쩍까지든지 어느 쩍까지던지 거긔 잇고 십엇겟난가 …….

期於코 나는 그달 月末에 作別을 告하게 되엿지요. 그리고 바다를 건너 멀ー니 멀니 여긔까지 오면서 그 노리 그 香氣를 닛치지 못하고 왓습니다.

客地는 싸늘합니다. 외롭고 츄워요. 日本은 더 쓸々하고 적々합니다. 불도 못 쩌는 房에 쓸々히 드러누어서 새벽 두 時쯤 세 時쯤 故國의 꿈이

깨여서 눈만 버둥버둥 쓰고 누어서 窓밧게 쏘아ー 하고 지나는 바람소래를 듯고는 그만 울고 십게 고젹하고 춥슴니다.

아아 사랑하난 여러분!

그럿케 쓸〃하게 외롭게 지내는 나에게 여러분이 보니 쥬시는 거의 하로도 아니 오는 날 업시 每日 하나(이상 83쪽)둘씩 오는 便紙가 얼마나 크고 만흔 慰安을 쥬는지 모름니다. 文體도 條里도 보잘것업난 글字 形容도 잘 니루지 못하고 誤字까지 만흔 어린 여려분의 便紙가 나에게는 第一 반가웁고 第一 慰安을 잘 쥬는 것이얏슴니다. 아모 體面으로 쓴 것도 아니고 交際上 不得已 쓴 것도 아니고 文體나 쏘는 書簡 格式에 拘束된 것도 아니고 純然한 마음으로 다만 닛치지 안코 生覺해 쥬는 한 點 틧글도 셕기지 안은 깨긋한 心情에셔 生覺하는 그더로 一字一句의 加減이 업시 써 쥬는 世上에도 貴하고 貴한 글인 까닭임니다.

虛僞도 裝飾도 업시 眞心 그더로!! 世上에 이보다 더 貴하고 갑 잇고 쌋듯한 것이 쏘 어디 잇겟슴닛가. 나는 그것에 쥬럿슴니다. 求하려 求하려 하여도 求하기 容易치 못하엿슴니다. 辱을 하여도 죳슴니다. 冷冷하여도 죳슴니다. 그것이 眞心 그더로이면 나는 거긔에 熱을 늣김니다.

어른도 紳士도 別로 못하는 것을 여러분이 어린 손으로써 보니 쥬는 眞心 그더로의 便紙가 每日 一二枚式 와셔 쓸〃과 외로움에 우는 나를 얼마나 만히 慰勞해 쥬는지…… 나는 眞情으로 感謝합니다.

學校에 다니고 少年會에 다니는 여러분이 밧븐 中에 써셔 山을 넘고 물을 건너 四千餘里나 되는 여긔까지 오는 보드럽고 쌋듯한 情의 便紙! 거긔에는 字〃句句 여러분의 깨긋한 마음이 어엽브고 香氣로운 꼿으로 피여 잇슴니다. 그리고 그 꼿은 붉은 꼿도 잇고 노란 꼿도 잇고 흰 꼿도 잇고 가지각色 꼿이 피여 잇슴니다.

어느 분은 送秋會 生覺과 함께 나를 닛지 못한다고 쓰고 어느 분은 마리오 니얘기를 듯고 울엇다는 어엿븐 追憶을 쓰고 쏘 어느 분은 歌劇 배혼 것 그쩌 재미잇게 놀든 것을 生覺하고 내 生覺이 난다고 쓰고 …… 아아 가지가지로 어린 생각의 貴여운 追憶의 글을 넑고 나의 가슴은 얼마나 쓰겁게 쒸놀앗난지 모릅니다.

그리고 十月 三十一日 져녁씨 敎堂 樓閣 위 應接室에서 져녁을 먹든
일을 쓰신 이가 계시지요. 나야말로 그날 져녁일은 一生을 두고 닛지 못할
것임니다.

맛침 全鮮野球大會 첫 試合이 興化門 大闕 안에 잇던 날이엿지요. 敎堂
그 쌔끗한 二層 應接室에 여러분이 손슈 設備해 노은 食卓이 馬蹄形으로
노이고 그 우에는 곱고도 고흔 菊花盆이 노히고 그리고 少年會 代表라고
여러분이 二十분인가 계시고 그리고 少年會 先生님 여러분과(이상 84쪽) 나와
져녁을 맛잇게 먹고 그리고 그 燦爛한 電燈 밋에셔 느긋〳〵이 마음쩟 속니
얘기를 하엿지요. 나는 그날 그 자리에 불려가셔 그中 中央의 席에 안즈라
닛가 안고 그리고 여러분 中의 代表의 인사를 듯고 처음 그날 잔채의 主賓
이 나인 것을 알고 정말 놀내엿습니다. 先生님과 議論도 업시 여러분끼리
만 어린 귀에 어린 입살을 더이고 소근〳〵 한 企劃, 主催 그것이 이럿케
式을 갓츄운 훌륭한 잔채일 것과 쏘 그 主賓이 나일 것을 꿈에도 生覺 못하
엿던(어린이들이 아즉 그만큼 規模잇는 일을 하지 못하리라 하야)이만큼
나는 깃거윗습니다. 그날 그 자리에서야말로 前에 經驗업던 내 一身으로
엇던케 지팅할 슈 업난 喜悅과 幸福을 늣겻습니다.

그날 以前의 우리나라에 어느 씨 어느 곳에 그러한 尊貴한 會合, 招待가
한번이나마 잇셧겟슴닛가.

"將次의 새 朝鮮을 建設하고 쏘 支配할 우리 동생, 우리 少年들도 이럿케
길니우고 이디로 크면!!" 하고 生覺할 쎄에 나는 얼마나한 希望과 滿足을
一時에 늣기지 아니치 못하엿습니다.

그씨 맛침 밧게는 비가 좍―〳〵 오시고 그만큼 그 室內의 電光은 더 탐탁
하고 空氣가 더 和로와셔 우리는 마음노코 느긋한 氣分으로 니약이를 하엿
지요? 그리고 여러분은 나에게 고흔 꽃 一束을 쥬시고 쯧깁흔 付託과 祝辭
까지 쥬엿지요. 그리고 뒤밋쳐 한 분식 한 분식 내가 日本 가게 되는 것
섭〳〵한 말슴도 하고 쏘는 日本 가셔 成功하라는 付託도 말슴하고 쏘 或은
日本셔 孤獨히 지낼 닐을 同情한다고 望鄕歌를 부르신 이도 잇지요. 그럿

케까지 生覺해 쥬는 사랑스러운 여러분을 쎼쳐노코 먼―먼 海外로 갈 生覺을 하고 나는 그 자리에서 울고 십헛습니다.

그 後에 듯고 알엇습니다만은 그날 費用은 여러분의 어린 쥬머니 돈을 모은 것이고 그리고 엇던 飮食은 特別히 女子部 어느 會員의 宅에셔 손슈 가져온 것이라고요.

아〻 아모것으로도 求하지 못할 어린 가슴의 타는 듯한 정성으로만 된 그날의 잔채를 엇던들 내가 暫時나마 니즐 슈가 잇겟슴닛가. 그날 내 가슴 속에 여어분이[23] 심어 쥬신 靈의 새싹 하나는 永久히〳 점〻 크게 곱게 자랄 것을 나는 밋습니다.

그리고 내가 셔울을 쩌나든 十一月 二十九日 닐흔 아츰찌 여러곳 告別에 時間이 느진 내가 人力車를 모라 南門 停車場에 나리닛가 千萬意外에 學校에 가셧슬 여러분(이상 85쪽)이 미리 나와 기다려 쥰 것을 나는 늘 닛지 못합니다. 그러나 停車場까지 나와셔 보니 쥬신 情은 萬〻感謝한 일이나 學校 時間을 等閑히 하는 것을 몹시 內心에 念慮하엿습니다. 그리다가 여러분의 學校 先生님의 付托하신 名啣을 내게 傳하는 것을 보고 그제야 여러분이 先生님의 承諾을 엇으신 것임을 짐작하고 安心하엿습니다.

아아 사랑하시는 여러분!? 나는 거긔셔 釜山 釜山셔 下關[24] 下關셔 東京까지 四千餘里를 오도록 여러분의 寫眞을 이로노치 못하고 왓습니다. 그리고 곳 大塚에 잇는 우리 天道敎靑年會舘에까지 도라오는 길에셔붓터 出迎 나와 쥬신 만흔 이에게 이번 셔울 단여온 선물 여러분의 니약이를 먼져 하엿습니다. 그리고 會舘에 와셔 어려분의 니약이를 먼져 하엿습니다. 그리고 會舘에 와셔 여러분이 쥬신 平壤 栗을 만흔 會員이 맛잇게 먹엇습니다. 그 後브터라고는 엇지도 寂〻하게 쓸〻하게 지니는지 아지 못합니다. 밤이면 밤디로 낫이면 낫디로 쓸〻하면 쓸〻하니만큼 얼마마[25] 여러분을

---

23 '여러분이'의 오식이다.

24 시모노세키(しものせき〔下關〕)는 일본의 야마구치현(やまぐちけん〔山口縣〕)에 있는 항구 도시이다.

25 '얼마나'의 오식이다.

그리우는지 모릅니다. 지난번 人日[26] 紀念날은 便紙하시는 이마다 내 生覺을 하고 셥々하다 하셧지요. 거긔셔 셥々하신 여러분보다도 여긔셔 가고 십어 하던 나는 멋 倍나 더 하얏습니다. 그러나 新聞의 報道로 各 地方 우리少年會에셔 歌劇도 하고 講演도 하는 消息을 듯고 無限 깃거웟습니다. 그럿케 해셔 우리의 동모가 점々 늘어가는 것이 반갑고 깃거운 일이며 同時에 아즉 少年會가 組織되지 아니한 地方에도 쟉고 組織되기를 바라고 잇슴니다. 그리하야 全 朝鮮的으로 少年運動을 니르키여서 少年은 少年으로셔의 일을 하면 쏘 少年의 世界를 점々 넓혀 가야 될 것입니다.

아아 사랑하난 여러분! 健全히 活動하십시요. 압길이 넓고도 燦爛합니다.

意外에 쓰려든 것이 길어져셔 죵의가 얼마 아니 남엇습니다. 여러분께 消息보다도 付托하려든 말슴을 요다음에 다시 쓰기로 하고 便紙하시는 이마다 늘 여긔셔 나의 지내는 樣을 무르시나 쓰지 못한 것을 이제 여긔에 써 드리겟습니다.

지나간 해 夏期放學이 긋난 後 남보다 늦게야 東京에 와셔 貰房을 求하다 못하야 學校는 開學은 되고 하는 슈 업시 急한 디로 電車길 갓집을 빌어 臨時로 잇던 곳이 電車 쇼리에 집이 흔들녀셔 하도 困難하다가 이번 正月 初六日에야 죠흔 집을 엇어 옴겻습니다. 東京 小石川區 仲富坂町 一九久米川이라는 日人의 집임니다. 나 다니는 (이상 86쪽) 東洋大學에셔 퍽 갓가운 곳이고 우리 靑年會와는 셔울 우리 敎堂에셔 大漢門 압까지만합니다. 地形이 퍽 놉흔 죠그만 山밋헤ㅅ집 二層이여셔 시원하고 볏이 잘 들고 깨끗하고 몹시 죠용합니다. 東과 南이 틔여셔 미다지 窓이고 이 房에셔 내 冊床에 안즌 채로 안져셔 東京 市街가 져 — 아리 내려다 보임니다. 퍽 놉흔 곳이여요 이럿케 죠용하고 깨끗한 房에 들어 안져 冊이 나보다가 져녁 찌가 되면 五十燭 밝은 電燈이 다섯 時도 못 되여셔 환—하게 켜짐니다. 四面이 고요하고 밤만 깁허가는디 六疊房 안에 五十燭 燈이 빗나는 죠용한 맛은 더욱이

---

26 '人日'은 "천도교에서, 제삼 교조인 손병희(孫秉熙)가 제이 교조에게서 도통을 이어받은 기념일"로 12월 24일을 가리킨다.

情다운 氣分을 돕습니다. 그리고 어두운 琉璃窓으로는 市街의 電燈불이 꿈갓치 씀벅〜 보이고 이 속에서 淸國 국슈 장사의 불면셔 지나가는 胡笛 갓흔 소리가 夢幻曲 갓치 들녀오면 쏘 나는 그 소리와 그 情景에 마음이 쓸녀셔 어느듯 故國 꿈을 꾸게 됩니다. 그리셔 어느듯 놉다란 二層 市街가 나려다보이는 내 房을 夢幻의 塔〜 하게 된 것입니다. 참으로 고요한 밤에 잠 아니 오는 눈으로 쌈박〜 電燈 불빗 나는 市街를 나려다보고 안젓스면 정말 夢幻塔이라 하게 됩니다.

이 집 主人은 生花 敎授하는 사람이여셔 늘 出張 敎授를 하느라고 낫이 면 집은 텅 비여 잇고 飮食은 自炊를 합니다. 죠그만 옹솟에 쌀을 씨셔 담어셔 瓦斯불에 올녀 노면 直時 밥이 되닛가요. 져녁에 새로 지여 먹고 남겨 두엇다가 잇흔날 아츰에 일즉이 데여 먹고는 學校로 갑니다. 飯饌은 의레 朝鮮式으로 豆腐 찌개 짝둑이 무나물 等類를 亦是 내 손으로 맨드러 먹습니다. 퍽 滋味잇셔요. 이리고 밥 질 쩌마다 誠米도 至誠껏 씀니다. 主 人 日女가 보고 웃겟지요?

대강 이럿케 쓸〜하나마 쓸〜한 中에도 억지로라도 滋味를 붓치고 學生 時代의 하로〜를 보냅니다. 종의도 모자라거니와 손님이 오셧습니다. 여 러분쎄 付托할 것 몃 마디는 來月號 便에 쓰기로 하고 아즉 이만 긋치겟습 니다. 내내 健全히 크시기 바람니다.

學年 進級 試驗이 갓가와 오닛가 復習에 困하시겟습니다. 그러나 그 試 驗 後 얼마 아니하야 질거운〜 天日記念이 옴니다. 쌋듯한 새봄과 함쎄 질거운 天日[27] 紀念이 졈〜 갓가와 옴니다.

　　　　　　　　六三. 一. 一九 눈오는 날 故國을 그리우며[28] (이상 87쪽)

---

27 '天日'은 천도교의 창건을 기념하는 날로, 교조 최제우(崔濟愚)가 도를 깨달은 날로 4월 5일 이다.

28 천도교 원년(포덕 원년) 4월 5일을 "천일기념일(天日紀念日)"이라 하는데 1860년이므로, 63년은 1923년이 된다.

李學仁, "東京에 게신 小波 先生에게", 『天道教會月報』, 제139호, 1922년 3월호.[29]

先生님 辛酉年을 셥셥히 送別하자 다시 우리 몸을 썰게 하던—겨울을 送別하엿습니다. 반가워라 壬戌年[30]이 도라오자 日記가 쌌쯧한 첫봄(初春)이 도라왓습니다. 新年과 新春을 아울너 맛는 져이들은 더욱 새사람이 되려고 하며 싀로운 꼿이 피려고 합니다.

先生님 뎌—庭邊의 사구라는 새 꼿이 쏘 피려고 꼿봉오리가 차차 커 갑니다. 그 꼿이 피면 各色 나븨가 너울〜 춤출 터이지요. 그러고 지나가는 幸人들이 그 꼿에 쌌쯧한 키쓰를 주며 무슨 不平을 가졋던 사람도 그 꼿을 보고 平和의 우슴을 우슬 터이지요. 더욱이 꼿 갓튼 處女의 부드러운 손으로 그 꼿을 어루만지며 櫻桃빗갓치 불그러한 입술노 그 꼿에다가 사랑스러운 키쓰를 줄 터이지요. 그 꼿은 사람에게 平和를 주고 즐거움을 즐는[31] 그 꼿입니다. 져이는 아모 病 업시 슬픔 업시 괴로움 업시 그 꼿과 갓치 피려고 늘 비우며 쮜놀며 커 갑니다. 엇던 家庭에서는 金錢이 업는지 衣食이 업는지 슬픈 우름소리가 늘늘 납니다. 그러나 져이들은 天國에 나온 것갓치 즐겁게 쮜놉니다. 이 世上은 져의 天地 갓씀니다.

先生님 우리 朝鮮 사람은 웨 眞實한 사람이 못 되는지요. 希望이 만흔 自己의 딸을 웨 妓生으로 팔어먹으며 希望이 만흔 自己의 子弟를 웨 學校에 아니 보내는지요. 져이들을 그런 것을 보면 마음이 좃치 못하여요. 쏘 우리 學校 先生님 한 분은 學生들에게 第一 무섭게 굴더니 日前에 어디서 講演할 쩨에는 學生과 先生이 한 동무가 되여야 한다고 하더이다. 쏘 基督教에서는 술 담비 안 먹는다고 하더니 禮拜堂 門前만 나가면 웨 담비와

---

29 원문에 '天道教少年會 代表 李學仁'이라 되어 있다.
30 '辛酉年'은 1921년, '壬戌年'은 1922년을 가리킨다.
31 '주는'의 오식이다.

술을 먹는지요. 그리하고도 足히 天堂에 갈 터인지요. 또 天道敎人은 人乃天이니 事人如天이니 하면서 사람을 한울과 갓치 對接하지 안는지요. 그리하고도 布德天下廣濟蒼生이 될까요. 모두 다 말뿐임니다. 男女平等을 부르짓는 그 사람은(이상 98쪽) 웨 自己 女便네를 싸리며 이년 져년 하는지요. 또 社會를 改造하느니 世界를 開拓하느니 하는 그 사람은 웨 妓生집 술집만 가는지요. 그리하고도 足히 男女平等이 되며 社會를 改造하며 世界를 開拓하게 될 터인가요. 져이는 늘늘 祈禱하기를 귀 솟게 써들지 말고 손과 발을 놀니며 쓰거운 쌈을 흘니며 한 가지라도 實行하소셔 하고 빔니다. 말 안이 하고라도 사람을 한울과 갓치 對接하는 그 사람이 布德廣濟할 사람이며 놀 새 업시 社會를 爲하야 努力하는 그 사람이 참으로 社會를 改造할 사람임니다. 말노만 멧 百年 멧 千年 써들면 무슨 소용이 잇겟슴니까. 至今 禁酒會니 禁煙會니 하고 써드는 것을 보면 숨 담비 안 먹을 것 갓쩨요. 그러나 其會 門前만 나서면 또 먹씀니다. 그것도 禁酒 禁煙會인지요. 아아 先生님 모다 말뿐임니다. 日前에 先生님 이런 글을 주섯지요.

世上은 왼통 밋지 못할 것뿐이요 虛僞뿐이고 矛盾뿐이고 不公平뿐이고 百에 한 가지 밋을 것이 업슴니다. 도모시 社會란 그것이 分明 確實한 것이 못 되고 헛된 幻影일 뿐임니다. 決코 社會를 밋고 目標로 혀서는 안 됨니다. 오즉 自己는 自己에 徹底하여야 홈니다. 世上 아모것도 밋지 말고 自己는 自己로셔만 것고 自己의 갈 곳만 가야 됨니다

라고 하섯지요.

先生님 져이들은 禁酒會니 禁煙會이니 하는 것이 시쓰러워서 미리 술과 담비를 안이 먹으려고 함니다.

져이들은 至今 虛僞와 空想 만흔 사람이 안 되려고 함니다. 씨 잇고 씨꿋하고 確實하고 徹底하고 眞實한 사람이 되려고 비호며 점々 커 감니다. 져의는 將來에 나아가 입 담을고 무엇이던지 實行하고져 함니다. 져이는 實行이 天國인 줄 암니다. 이 쓸々하고 虛僞만 남은 이 世界라도 天國을 만들기까지 實行하면 地上天國을 베풀 줄 암니다. 先生님 魯啞子[32]라는 先

生님은 져이들에게 "누가 너는 무엇이냐 하면 나는 朝鮮의 運命이요" 對答하라고 하엿더이다. 져이는 魯啞子 先生님의 말슴과 갓치 朝鮮의 運命이 되려고 합니다. 져이는 이런 노리를 늘 부릅니다.

쓸쓸하고冷冷한이社會를
우리가안이면뉘가開拓할가
기우러져가는이社會를
우리가안이면뉘가바로잡을가
봄이오지못하는이社會에
우리가봄이오게하자 (이상 99쪽)
말노만實行하는이社會를
우리가實地로實行해보자
少年아少年아모이여라엉키여라
꼿이피려는우리少年會로
한우님도짠어른이안이라
우리도한울님이될수잇다
少年아小年아우리의손발노
우리의社會를改造해보자

先生님 져이는 이런 노리를 부르며 비호며 쒸놀며 커 감니다. 져이는 將次 자라나서 우에 노리 부른 것을 實行하려고 決心하엿습니다.

先生님 이 눈오는 날 故國을 그리우며 쓰신 「夢幻의 塔에서」라는 글을 보고 져이는 先生님을 對한 것갓치 깁버하엿습니다. 그날 저녁에 저의 꿈에 先生님이 오서서 웃는 낫으로 여러분에게는 大神師 갓튼 이도 잇고 獨逸皇帝 카이제루 갓튼 악마도 잇고 空中에 뜬 飛行機도 잇고 여러분에게는 업는 것이 업스니 大神師가 되고져 하거던 大神師 되기까지 工夫하면 틀님업는 大神師가 될 수 잇고 카이제루 되고져 하면 카이제루가 되기까지 工夫

---

32 ‘魯啞子’는 이광수(李光洙)의 필명이다.

를 하면 틀님업는 카이제루 될 수 잇고 飛行機를 製造하여서 타고 나라단니고져 하거든 飛行機를 製造하기까지 工夫를 하면 能히 飛行機를 타고 나라단닐 터임니다 하고는 큰 汽船을 타고 米國 留學 가신다고 망々한 蒼海를 건너가겟지요. 그리하야 우리들은 손수건을 바람에 날니며 萬歲를 불넛지요. 우리 兄님게서는 잠자면서 무슨 萬歲를 부르느냐 하면서 찌우겟지요. 눈을 써보니까 꿈을 쮜여서요.

先生님 東洋大學 놉흔 學校에서 哲學을 硏究하지요. 우리는 원제 커서 先生님과 갓치 外國으로 留學 갈년지요. 져이들은 先生님이 부럽슴니다. 先生님 自炊하면서 工夫하는 것이 趣味 잇다지요. 져이는 비호며 쮜노는 것이 第一 자미잇슴니다. 先生님 昨年에 우리 朝鮮 同胞를 爲하야 그 쓰겁고 괴로움을 불구하고 만흔 努力을 하엿지요. 今年에도 만히〰 努力하여 주옵소서. 先生님이 넘우 지리하겟기에 이만하고 붓써를 놋슴니다. 겨를 이스면 次號에 말삼드리기로 하옵고요.

　　先生님이社會를貴히네기거던
　　져이를 만히사랑하여주옵소셔
　　三千里江山에불그레한無窮花
　　滿發하게피려고준비중임니다
　　져이들은이無窮花갓치피려고
　　비호며쮜놀며점점커감니다

益善洞 六一 고요한 방에서 「夢幻의 探에서」란 글을 닑으며 두어 자 씀니다.(이상 100쪽)

방정환, "머리말", 方定煥 編, 『世界名作童話集 사랑의 선물』, 開闢社出版部, 1922.7.

학대 밧고, 짓밟히고, 차고, 어두운 속에서, 우리처럼, 또, 자라는, 불상한 어린 령들을 위하야, 그윽히, 동정하고 아끼는, 사랑의 첫 선물로, 나는, 이 책을 짜엇습니다.

신유년 말에, 일본 동경 백산 밋에서　소　파

金起瀍, "머리말", 方定煥 編, 『世界名作童話集 사랑의 선물』, 開闢社出版部, 1922.7.

小波 兄

여긔에 한 少年이 잇는데 그는 다른 少年들과 가티 사랑하는 아버지와 어머니를 가지기는 하엿스나 그 아버지와 어머니는 다른 사람들과 가티 相當한 地位와 知識과 또는 勢力도 가지지 못하고 한갓 남의 餘瀝을 바다 간신간신히 지내가는 사람이라 하면 그의 子女로 태여난 그 少年의 身勢가 果然 어쩌하겟습니싸.

오늘날 우리 朝鮮의 少年 男女를 생각할 째에 이러한 생각이 몹시 납니다. 저― 아버지와 어머니들이 씰씰치 못함으로 因하야 그들조차 시원치 못한 者가 되면 어찌하며 그들이 不幸으로 그리 된다 하면 朝鮮의 明日을 또한 어찌하겟습니싸.

이러케 생각하올 째에 저는 저― 少年들의 身上이 限업시 가여웟스며(이상 1쪽) 同時에 우리 樺域의 明日이 말할 수 업시 걱정스러웟습니다. 그러나 저- 流行의 有志들은 이 問題를 그러탓 안탑갑게 생각하는 것 갓지도 아니 합듸다.

이제 兄님이 그 問題에 애가 타시어 그 배우고 思究하는 바쁜 살림임도 돌보지 아니하고 저- 가여운 少年들이 웃음으로 늙을 조흔 冊을 지여 刊行 하시니 이 冊을 늙을 少年들의 多幸은 말도 말고 爲先 제가 깃거워 날뛰고 십사외다.

이러케 이러케 하야 하나식 둘식 少年의 心情을 豊盛케 하여 주는 글이 생기고 쏘 다른 무엇무엇이 생기며 이리 됨에 딸하 社會의 사람사람이 다 가티 이 少年問題의 解決에 뜻을 두는 사람이 되게 되면 朝鮮의 少年男女 도 남의 나라의 少年들과 가티 퍽 多幸한 사람들이 되겟지오.(이상 2쪽)

兄님이시어. 感謝感謝합니다. 모든 일이 아즉 아즉이오니 朝鮮의 가여 운 동무들을 爲하야 더욱더욱 써 주시오. 이에 向하야는 제가 쏘한 잇는 힘을 아끼지 아니하리이다. 삼가 두어 마듸의 書簡으로써 이 고흔 冊의 序文에 代하나이다.

壬戌 元旦

金起瀍 (이상 3쪽)

小波, "새로 開拓되는 '童話'에 關하야-特히 少年 以外의 一般 큰 이에게-", 『開闢』, 제31호, 1923년 1월호.[33]

童話란 무엇인가——童話에 對한 一般의 理解——童話는 少年만 읽을 것인가——古來童話의 發掘——地方 靑年 特히 敎師, 靑年會, 文藝部에 바라는 일——其他의 雜感

○

昨今 우리에게서 二三의 童話集이 發刊되고 各種의 雜誌도 다투어 童話를 揭載하게 된 새 現象은 크게 깃븐 傾向이다.

只今의 이 形勢로 보면 童話 그것이 無限히 넓은 世界를 가지고 잇는 것인 만큼 새로 엄 돗기 始作한 우리의 童話藝術도 그 將來가 大端 有望하게 되엇다.

이 機會에 拙見이나마 童話硏究에 關한 여러 가지 問題를 되도록 具體的으로 다음 號나 느즈면 그 다음 號부터 쓰기로 한 바 이제 그것을 쓰기 始作하기 前에 極히 大體로의 童話에 關한 雜感을 몃 가지 써야 할 必要를 느낀다. 그것은 아즉까지도 一部 識者를 除한 外의 一般이 넘우나 童話에 對한 理解가 업는 것을 아는 까닭이다. 年前에 서울 某紙에 童話劇이라고 쓸 話字를 活動寫眞의 連續活劇이나 泰西活劇이라고 흔히 보든 活劇 우에 艱辛히 童字를 씨워서 童活劇이라고(印刷의 誤植이 아니다. 諺文까지 全文에 활 字로 잇섯다.) 써 노흔 記者까지 잇섯든 것을 닛지 안는 까닭이다.(이상 18쪽)

○

한 民族에 잇서서나 한 國家에 잇서서나 坯는 世界人類에 잇서서나 모든 새 思想 새 事業은 恒常 새 人物의 頭腦에서 생기고 坯 그 손으로 되는 것이며 그 新人은 반듯이 少年의 世界에서 길리워 나오는 것임은 여긔 다시

---

33 '小波'는 방정환(方定煥)의 필명이다.

쓸 것이 업슬 것이다.

○

童話는 그 少年──兒童의 精神生活의 重要한 一部面이고 最緊한 食物이다. 文化的으로 進化한 現代에 잇서서는 우리네의 人文的 敎養의 一要素로 藝術이 絶對的으로 必要한 것과 가티 現代의 兒童에게는 그 人間的 生活의 要素로 童話가 要求되는 것이다.

○

童話의 童은 兒童이란 童이요 話는 說話이니 童話라는 것은 兒童의 說話, 또는 兒童을 爲하야의 說話이다. 從來에 우리 民間에서는 흔히 兒童에게 들려주는 이약이를 '옛날이약이'라 하나 그것은 童話는 特히 時代와 處所의 拘束을 밧지 아니하고 大槪 그 初頭가 "옛날 옛직"으로 始作되는 故로 童話라면 '옛날이약이'로 알기 쉽게 된 까닭이나 決코 옛날이약만이 童話가 아닌 즉 다만 '이약이'라고 하는 것이 可合할 것이다. ('이약이'의 語源에 關하야는 興味잇는 이약이가 잇스나 그것은 다음에 仔細 쓰기로 한다.)

이 童話라는 어쩐 것인가 함에 對하야는 좀 더 詳細히 말하자면 童話의 形式과 內容을 들어 그 性質을 말하고 그 起源과 發達의 經路를 차저서 童話와 다른 類似한 것과의 區別을 세우고 더 一步 나아가서 純科學的 立場에서 童話를 觀察하자면 童話의 分類에까지 들어가 그 比較研究를 行하지 아니하면 안 될 것인 즉 그것은 勿論 아즉 童話라는 것은 누구나 아는바 「해와 달」, 「흥부와 놀부」, 「콩쥐 팟쥐」, 「별주부(톡긔의 간)」 等과 가튼 것이라고만 알아두어도 조흘 것이다.

○

童話가 兒童에게 주는 利益은 決코 二三에 止하는 것이 아니니 다만 敎育上으로 有效한 點으로만 본대도 童話에 依하야 그 情意의 啓發을 速히하고 理智의 判斷을 明敏히 할 뿐 外라 許多한 道德的 要素에 依하야 德性을 길러서 他에 對한 同情心, 義俠心을 豊富케 하고 또는 種種의 超自然, 超人類的 要素를 包含한 童話에 依하야 宗教的 信仰의 基礎까지 지어주는 等 實로 그 效力이 偉大한 것이다. 그러나 此等 敎訓, 有益은 世의 敎育者

(이상 19쪽) 쏘는 宗敎家 等 兒童 以外에 指導者의 童話 利用家의 云云하는 바이며 決코 敎訓뿐만이 童話의 正面의 目的인 것은 아니다.(이것도 後에 詳述코저 한다.)

그리고 兒童自身이 童話를 求하는 것은 決코 知識을 求하기 爲함도 아니요 修養을 求하기 爲함도 아니고 거의 本能的인 自然의 欲求일다. 生兒가 母乳를 欲求하는 것과 가티 兒童은 童話를 欲求하는 것이라. 母乳가 幼兒의 生命을 기르는 唯一한 食物인 것과 꼭가티 童話는 兒童에게 가장 貴重한 精神的 食物인 것이다.

童話가 어느 時代 어느 곳에던지 업는 곳이 업고 갈수록 더 글 世上을 넓혀가는 所以는 實로 世界 全般 兒童의 生活에 不可缺할 精神的 食料로 本能的, 自然으로 欲求되는 까닭이다. 보라, 風土・氣候・風俗의 關係로 取扱된 內容의 材料는 다르되 如何한 文明國에나 如何한 未開民族에게나 童話의 世界에는 한결가티 꼿이 피어 잇는 것을 보라.

○

古代로부터 다만 한 說話── 한 이약이로만 取扱되어 오던 童話는 近世에 니르러 "童話는 兒童性을 닐치 아니한 藝術家가 다시 兒童의 마음에 돌아와서 어쩐 感激── 或은 現實生活의 反省에서 생긴 理想──을 童話의 獨特한 表現 方式을 빌어 讀者에게 呼訴하는 것이라"고 생각하게까지 進步되어 왓다.

그럼으로 적어도 近世에 니르러 藝術家의 붓으로 創作된 童話에 나타난 思想과 世界는 作者의 理想의 世界라고도 볼 수 잇는 것이다. 一般兒童에게 難解한 點으로 非難할 점은 잇스나, 英國 오스카-와일드[34]의 童話와 白義耳[35] 메-렐링[36]의 童話를 닑으면 더욱 이 생각을 두렵게 한다.

---

34 아일랜드(Ireland) 출신의 오스카 와일드(Oscar Wilde, 1854~1900)를 가리킨다. 동화집 『행복한 왕자(The Happy Prince and Other Tales)』(1888), 장편소설 『도리언 그레이의 초상(The Picture of Dorian Gray)』(1889) 등의 작품이 있다.

35 '白耳義'의 오식이며, 벨기에(Belgium, 정식 명칭은 Kingdom of Belgium)를 말한다.

36 모리스 마테를링크(Maurice Maeterlinck, 1862~1949)를 가리킨다. 아동극 『파랑새(L'Oi-

○

藝術은 人生의 洗鍊된 再現이라 하면 童話는 훌륭한 完全한 藝術이다.

○

童話의 相對(또는 讀者)는 勿論 兒童이다.

그러나 그러타고 兒童 以外의 靑年, 壯年, 老人—— 卽 一般 큰이에게는 全혀 沒關係일 것일가………. 이 點에 關하야는 前項 또 前項에 쓴 것이 이미 어느 說明的 暗示를 던젓스리라고 생각하나 다시 멧 마듸 써야 할 것 갓다.

事實로 朝鮮서는 童話라는 童 字만 보고 벌서 一部 讀者 以外의 거의 一般은 본톄만톄해 버려 왓다. 多少 民間에 닑혀진 『興夫傳』이나 또는 『鼈土簿傳』이나 『朴天(이상 20쪽)男傳』[37] 等이 童話 아닌 것은 아니나 그것은 營利를 爲하는 冊장사가 當치도 안흔 文句를 함부로 늘어노하 그네의 所謂 小說體로 맨들어 古代小說이라는 冠을 씨워 廉價로 放賣한 까닭이요 冊의 內容 그것도 童話의 資格을 닐흔 지 오래엿고 그것을 購讀하는 사람도 童話로 알고 읽은 것이 아니고 古代小說로 읽은 것이엇섯다. 그것은 이째까지의 우리는 아모도, 童話를 硏究하는 이가 보이지 안핫고 아모도 童話를 들어 一般에게 보여주거나 說明해 준 이가 업서서 實로 無識하게까지 童話에 對한 理解를 가지지 못한 까닭이다.

前項에 말한 바와 가티 童話는 永遠한 兒童性을 닐치 아니한 人類 中의 一人인 藝術家가 다시 兒童의 마음에 돌아와 어느 感激—— 或은 現實의 生活을 反省하는 데서 생기는 어느 느낌을 讀者에게 呼訴하는 것이면 그 感激, 그 反省은 世上 모든 사람들의 感激, 反省이 아니면 아니 될 것이다. 아니, 그 作品에 依하야 누구나 感激의 洗禮를 밧지 아니하면 아니 될 것이요 또는 그 作品에 依하야 누구나 다 自己 各自의 生活을 反省하지 안흐면

---

seau Bleu)』(1906) 등의 작품이 있고, 1911는 노벨 문학상을 수상했다.

37 『朴天男傳』(조선서관, 1912.11)은 박건회(朴健會)의 창작으로 알려져 왔으나, 이와야 사자나미(巖谷小波)의 「桃太郎」(『日本昔噺 第一編』, 東京: 博文館, 1894.7)의 번안으로 밝혀졌다.

안 될 것이다.

西洋의 어느 哲人은

"現代의 急務는 兒童으로써 돌이어 그 父母를 敎育시키는 데 잇다"고까지 하얏다 한다. 有理한 말이다. 암만 하여도 니처지지 안는 有理한 말이다. 一般의 큰이가 兒童에게 注意를 쏘으게 되고 쏘 자조 接近하는 것은 結局 自己自身의 反省이 되는 것이요 쏘 敎育이 되는 것이다.

우리는 누구나 가지고 잇는 "永遠한 兒童性"을 이 兒童의 世界에서 保持해 가지 안흐면 안 될 것이요 쏘 나아가 洗鍊해 가지 아니하면 아니 된다. 우리는 자조 그 깨끗한 그 곱고 맑은 故鄕── 兒童의 마음에 돌아가기에 힘쓰지 아니하면 아니 된다.

兒童의 마음! 참으로 우리가 사는 世上에서 兒童時代의 마음처럼 自由로 날개를 펴는 것도 업도, 쏘 純潔한 것도 업다. 그러나 우리는 年齡이 늘어갈스록 그것을 차츰차츰 닐허버리기 始作하고 그 代身 여러 가지 經驗을 갓게 되고 쌀해서 여러 가지 複雜한 知識을 갓게 된다. 그러나 그 經驗과 知識만을 갓는다 하면 그것으로 무엇을 하랴, 經驗 그것이 無益한 것이 아니요 知識이 無益한 것도 아니다. 그러나 그것만이 늘어간다는 것은 決코 아름다운 人生으로서의 자랑할 것은 못 되는 것이다. 더구나 그 經驗 그 知識이 느는 동안에 한 便으로 그 純潔한 그 깨끗한 感情이 消滅되엇다 하면(이상 21쪽) 우리는 어쩌랴…… 그 사람은 설사 冷冷한 말르(枯)고 언(凍) 知識의 所有者일망정 人生으로서는 亦是 墮落한 者일 것이다.

아아 우리는 恒常 時時로 天眞爛漫하든 옛── 故園── 兒童의 世界 ──에 돌아가 마음의 純潔을 빌지 아니하면 아니 된다.

"아름다운 옷을 보고 아아 곱다! 하고 理由 업시 달겨드는 어린이가 나는 귀여울 쑨아니라 거긔에 깁흔 意味가 잇는 줄로 나에게는 생각됩니다." 하고 日本의 童話作者 小川[38] 氏는 말하엿다. 과연일다. 全혀 兒童의 世界

---

38 일본의 아동문학가 오가와 미메이(小川未明, 1882~1961)를 말한다. 본명은 오가와 겐사쿠(小川健作)인데, '일본의 안데르센', '일본 아동문학의 아버지'라 불린다. 도쿄전문학교(현

는 어쩌케 形容할 수 업는 아름다운 詩의 樂園이며 同時에 어쩌케 엿볼 수 업는 崇嚴한 秘密의 王國도 갓다.

○

이 아름다운 樂園, 崇嚴한 王國! 거기를 世上人類는 누구나 지나온다.

그리고 어느 누구던지 人生은 모다 자기가 出生한 故鄕이 잇는 것과 가티 또 그 故鄕 景致와 모든 일이 永久히 니처지지 안는 것 꼭 가티 人生은 누구나 한 차례씩 그 兒童의 時代 그 世界를 지나오고 또 그때의 모든 일을 永久히 닛지 못한다.

三十歲가 되거나 또 七八十歲가 되거나 어느 째까지든지 人生은 어린 날의 樂園을 닛지 못하고 그립어할 것이다. 그것을 그립어하는 마음은 즉 더럽히지 아니한 純潔과 無限한 自由의 世上을 憧憬하는 마음이다. 現實生活의 反省도 理想의 向上도 이 마음에서 나오고 젊은 벗, 將來 未來의 人生에 대한 사랑과 希望도 이 마음에서 나올 것이다. 더구나 童話는 이 마음으로 널리 또 眞實히 愛讀될 것이고 또 童話의 創作도 이러한 心境에서 眞實한 것이 나올 것이다.

아아 童話 藝術! 모든 큰이들도 이에 接하기를 누가 실혀할 자이뇨.

○

以上의 意味로 童話는 決코 年齡을 標準하야 少年少女에게만 닑힐 것이 아니고 넓고 넓은 人類가 다 가티 닑을 것이며 作者도 또 恒常 大人이 小兒에게 주는 童話를 쓰는 것이 아니고 人類가 가지고 잇는 "永遠한 兒童性"을 爲하는 '童話'로 쓰는 것이다.

이리하야 우리가 一生을 두고 그리우며 憧憬하는 兒童時代의 짜뜻한 故園에 들어갈 수 잇기는 오죽 兒童藝術에 依하는 밧게 업는 것이요 童話는 兒童藝術의(이상 22쪽) 重要한 一部面인 것이다. 우리가 우리의 一生을 通하야 오즉 이 童話의 世上에서만 兒童과 一般 큰이가 "한테 탁 엉킬 수"가

早稻田大學)에서 영문학을 전공하고 쓰보우치 쇼요(坪內逍遙)와 시마무라 호게쓰(島村抱月)의 지도를 받아 동화작가로 활동했다.

잇는 것이요. 이 世上에서만은 大人의 魂과 兒童의 魂과의 사이에 죽음도 差別이 업서지는 것이다.

좀 더 理解를 가지고 좀 더 眞實한 態度로 一般이 童話에 注意를 向하게 되기를 나는 바란다.

○

朝鮮서 童話集이라고 發刊된 것은 韓錫源 氏의 『눈꽃』과 吳天錫 氏의 『금방울』과 拙譯 『사랑의 선물』이 잇슬 뿐이다. 그리고 그 밧게 童話에 붓을 댄 이로 上海의 朱耀燮 氏가 잇다.

童話를 硏究하고 또 創作하는 同志가 좀 더 늘어주기를 懇切히 나는 바라고 잇다.

○

아즉 우리에게 童話集 멧 卷이나 또 童話가 雜誌에 揭載된대야 大槪 外國童話의 譯뿐이고 우리 童話로의 創作이 보이지 안는 것은 좀 섭섭한 일이나, 그러타고 落心할 것은 업는 것이다. 다른 文學과 가티 童話도 한째의 輸入期는 必然으로 잇슬 것이고 또 처음으로 괭이(鋤)를 잡은 우리는 아즉 創作에 汲汲하는 이보다도 一面으로는 우리의 古來童話를 캐여내고 一面으로는 外國童話를 輸入하야 童話의 世上을 넓혀가고 材料를 豊富하게 하기에 努力하는 것이 順序일 것 갓기도 하다.

○

外國童話의 輸入보다도 가장 重要하고 緊要한—— 우리 童話의 舞臺 基礎가 될 古來童話의 發掘이 아모 것보다도 難事이다. 이야말로 實로 難中의 難事이다.

世界童話文學界의 重寶라고 하는 獨逸의 『그리므童話集』[39]은 그리므 兄弟가 五十餘年이나 長歲月을 두고 地方地方을 다니며 苦生苦生으로 모은

---

39 원명은 『어린이와 가정의 이야기(Kinder und Hausmärchen)』이다. 야코프 그림(Jacob Grimm, 1785~1863)과 빌헬름 그림(Wilhelm Grimm, 1786~1859) 형제에 의해 수집되었다. 2005년 유네스코 세계기록유산에 등재되었다.

것이라 한다. 日本서는 明治째에 文部省에서 日本 固有의 童話를 纂集하기 위하야 全國 各 府縣 當局으로 하여곰 各其 管內의 各 學校에 命하야 그 地方 그 地方의 過去 及 現在에 口傳하는 童話를 모으려 하엿으나 成功을 못하엿고 近年에 쏘 俚謠와 童話를 募集하려다가 政府의 豫算 消滅로 因하야 쏘 못 니루엇다 한다.

이러한 남의 例를 보면 古來童話 募集이 如何히 難事인 것을 짐작할 수 잇다.

더구나 政府이니 文部省이니 하고 미들 곳도 가지(이상 23쪽)지 못한 우리는 남의 五十年 事業에 百年을 費한대도 우리는 우리의 힘으로 이 일에 着手하지 아니하면 아니 될 것이다.

이 難中의 難事임에 不關하고 開闢社가 이 뜻을 納하야 快然히 今番 古來童話募集의 擧에 出한 誠意는 無限感謝한다. 그리고 쏘 이 意味 잇는 일에 應하야 손수 童話 發掘에 助力해 주는 應募者 諸氏에게도 나는 感謝를 들이려 한다.

얼마 잇지 안해서 그들의 原稿는 내게로 올 것이다. 그리고 그 속에서 만흔 寶玉 가튼 童話를 어들 수 잇슬 것을 나는 깃븐 마음으로 苦待하고 잇다.

       ○

그러나 決코 이번 처음의 이 일로 滿足한 結果를 보리라고는 생각하지 못한다. 이번 첫 번의 經驗에 뒤니어 이러한 機會가 자꾸 생겨야 할 것인 줄 나는 알고 잇다. 各 雜誌가 될 수 잇스면 다― 이 募集欄을 設하기 바라고 新聞도 每日 二段쯤으로 될 수 잇는 일이니 이 일에 着手해 주면 效果가 만흘 것이다.

그러나 그것보다도 내게 第一 希望을 부치기는 各 地方에 계신 靑年이다. 各地 學校에 勤務 中인 敎師 各 靑年會 文藝部員, 至於 銀行員, 金融組合員, 面役所員까지의 여러분이 틈틈이 될 수 잇는 일이니 차저 캐어서 懸賞募集에 應해 주거나 쏘 雜誌社로 보내주거나 新聞에 發表해 준다 하면 만치 안흔 努力으로 만흔 收穫이 잇슬 것이다.

우리는 우리 各自가 協力하야 남에게 지지 아니하는 寶玉 가튼 우리 童話를 캐여내지 아니하면 영구히 우리 童話는 캐여날 날 업시 무처버리고 말 것이다.

거듭 거듭 地方에 계신 여러분께 이 일을 바래 둔다.

○

日本童話라 하고 歐羅巴 各國에 飜譯되어 잇는 「猿의 生膽」이라는 有名한 童話는 其實 日本 固有한 것이 아니고 朝鮮童話로서 飜譯된 것인데 朝鮮 鼈主簿의 톡기를 원숭이로 고첫슬 쑨이다.(『東國通史』에 보(이상 24쪽)면 朝鮮 固有의 것 가트나 或時 印度에서 온 것이 아닌가 생각도 되는 바 아즉 分明히는 알 수 업다.) 그 밧게 「혹쟁이」(혹쟁이가 독갑이에게 혹을 팔앗는데 翌日에 짠 혹쟁이가 쏘 팔라 갓다가 혹 두 個를 부처 가지고 오는 이약이)도 朝鮮서 日本으로 간 것이다. 그런데 이 혹쟁이이약이는 獨逸, 伊太利, 佛蘭西 等 여러 나라에 잇다 하는데 서양의 이 혹쟁이이약이는 그 혹이 顔面에 잇지 안코 등(背)에 잇다 하니 꼽추의 이약이로 變한 것도 興味잇는 일이다. 이 外에 日本古書(『字治拾遺物語』)라는 冊에 잇는 「허리 부러진 새」라는 童話도 朝鮮의 「흥부 놀부」의 譯이 分明하다.

○

童話는 實로 限이 업시 넓은 世界를 가지고 잇다. 짤하서 그만큼 研究도 多方面에 關係를 갓게 된다.

大槪 童話研究에는 三 方面이 잇는데 一. 心理學的 方面의 研究. 一. 藝術的 方面의 研究. 一. 傳說學的 方面의 研究의 三 方面이라는 이도 잇스나 그 設의 可否는 如何튼 그 研究의 方面이 몹시 廣漠한 것은 事實이다.

아모리 하여도 한 사람의 힘으로는 到底히 完全한 研究를 니루기 어려운 것을 몹시 深切히 늣긴다. 한 사람씩이라도 더 同志가 늘고 쏘 될 수 잇스면 무슨 會合을 지엇스면 조흘 것 갓다. 그러면 童話의 普及上 宣傳의 힘도 생길 것이고 兒童敎育, 少年의 指導에도 새 길이 틔울 것이다. 그리고 童話 自體는 붓적붓적 자라갈 것이다.

그러케 된다면 저 有名한 「푸른새」나 「한녜레의 昇天」 等과 가튼 童話劇
을 一般에게 보일 수 잇슬 것도 어려운 일이 아닐 것 갓다.

○

어쎗든가 只今의 이 形勢로 나아간다 하면 童話의 將來는 大端히 有望한
것인 줄 생각한다. 이제는 한 問題씩 한 問題씩 童話研究에 關한 것을 써
보기로 하자……. (十一月 十五日) (이상 25쪽)

李學仁, "在東京 小波 先生의게", 『天道敎會月報』, 제148호, 1923년 1월호.

(壬戌 君을 보내고 癸亥 君을 마즈면서 이 글을 씁니다.)

朝鮮 少年問題에 對하야 만히 이쓰시는 先生님 겨는 발서 한 살 더 먹엇나이다. 壬戌 君이 져이들에게 마즈막 키쓰를 하면서 "아못조록 만히 비우고 잘 자라나서 朝鮮에 平和의 꼿동산을 민들기를 나는 원한다" 하고는 먼 길을 써나고 말앗씀니다. 昨年 첫 달에는 新聞紙에 "新年부터 活動하자" 하엿고 雜誌에 "歲在壬戌에 萬事亨通", "시히 시사람이 됩시다", "오직 참이 잇스소셔"라고 쓴 것이 싱각남니다. 口語로도 시히 시것이라는 말이 만아슬 줄 암니다.

先生님 壬戌年을 다시 回見히 보면 사람들이 거짓말쑨임니다. 시히 시사람이 되겟짜더니 시사람 한 분은 헐어버리엿고 시히부터 活動한다더니 조흔 田畓은 外國人에게 팔아먹엇나이다. 사람들이 시히 시히 하야 시히가 當할사록 우리의 運命은 더 위험한 地境에 니름니다. 癸亥年을 맛고 보니 아모 깃붐이 업나이다. 시히을 마즈면 시로운 맛이 한나 업시 거저 人生에게 白髮만 닥드려 오나이다. 이럿케 시히가 되면 뉴욕 화성톤[40] 巴里 市街는 시로운 世上 갓겟씀니다만은 京城 市街는 시히 첫 앗츰에도 아모 시로운 기운이 업시 더— 컴컴히 보이며 鍾路 네거리로 왓짜 갓짜 하는 사람들은 生氣 업씨 사람의 싹더기만 나마 단니은 것 갓슴니다. 世界의 이름이 놉흔 뉴톤의 富國論은 아인스타인의 相對論에 消滅되고 말앗짜는 것을 들엇나이다. 이러케 世上은 變動이 잇는데 朝鮮은 아모 變動이 업씀니다. 三十年來에 工夫하는 사람이 만씀니다. 外國 留學하는 사람도 여러 千名이 될 줄 암니다. 그러나 來年에 朝鮮 預科大學의 開校될 터인데 朝鮮人 敎授를 求한다 함니다. 至今 보면 大學敎授할 人物이 幾人이 못 될 줄 암니다.

---

40 '화성톤'은 화성돈(華盛頓)의 오식이다. '華盛頓'은 '워싱턴(Washington)'의 음역어이다.

工夫는 헛 工夫하엿씀니다. 참 文明國에 對하야서 부끄럽소이다. 佛蘭西 '지루뻴리세아'라는 今年 九歲 된 少年은 二萬六千四百尺의 空中을 飛行機 (이상 64쪽)를 타고 旅行하엿짜 함니다. 朝鮮 少年은 八歲면 젓쪽지를 물고 잇을 터임니다. 그리고 美國에 有名한 加州大學에는 今年 十四歲 된 少女 '에렌코오닛슌'가 入學하엿짜 함니다. 그리고 그 小女의 큰옵바 '르바아트' 와 저근옵바 '푸란시쓰'도 十四歲에 그 大學에 入學하야 至今 通學 中이라 함니다. 아아 先生님 참 부럽소이다. 우리 朝鮮에 그런 少年이 업는 것이 눈물 남니다. 아아 슬픔니다.

先生님 져! 푸른 虛空은 十年 잇짜 보와도 그 虛空터로 잇으며 멧 億萬年 가도 그 虛空은 변치 안을 줄 암니다. 그러나 이 人類들이 짓밟고 잇는 地球는 작구 변함니다. 一年에도 변하고 十年에도 변하고 歲月이 갈사록 변함니다. 外面으로는 변치 안치만 內面으로는 작구 변함니다. 그럿케 변 하는 데 짜라서 아일닌드 갓튼 民族들은 自由의 幸福을 謳歌하며 우리 民族 은 沙漠에서 生命水를 求하겟짜고 이을 쓰는 모양임니다.

이럿케 世上이 변하는 데 짜라서 人間은 작구 不公平희짐니다. 獨逸은 露國과 合力하야 再戰計劃 中이라고 함니다. 平和會가 다— 쓸데업나이 다. 오직 宇宙의 靈長이신 한울님을 밋어서 그의 本旨터로 實行하지 안으 면 도저히 이 世上에서 살지 못할 줄 암니다. 그리하야 져는 이럿케 부르짓 씀니다.

> 同胞여 同德이여
> 다시 蘇生하고져하거던
> 죽어가는 人類를 廣濟하려하거던
> 한울님을 밋으라 오직 한울님을 밋으라
> 그리하야 한울님의 시키는 디로 한울님의 本旨더로
> 더럽고 不公平한 世上을 淸水와 갓치 맑게 시쳐서
> 永久히 平和의 世界로 민듭시다

先生님 져는 어느 날 아침에 칙보를 끼고 學校(普成高等)에 갈 쩌에 南山

과 北岳山 우에 白雪이 덥힌 것을 보왓나이다. 世上을 그 눈으로 永遠히 덥허버리엿스면 하는 싱각이 나더이다. 우리 朝鮮은 學校도 업고 宗敎도 업고 汽車도 업고 商店도 업고 衣服도 업고 집도 업고 아모것도 업는 비인 쌍임니다. 비인 쌍도 업고 거저 아모것도 업씀니다. 이런 中에 安國洞 네거리에는 얼골에 꼿이 핀 것 갓튼 어린 少年 男女들이 上學鐘소리에 놀니여 "야─ 시간 느젓짜 얼는 가자" 하며 다름박질히 가는 양을 보고 나는 熱狂的으로 오─ 잇다 져긔 가는 것이 잇다 하엿씀니다. 先生님 아모것도 업는 中에 참 잇는 것은 어린이들임니다. 朝鮮서 암만 여러 가지를 求하겟다 하여도(이상 65쪽) 求할 것이 업씀니다. 朝鮮의 運命의 시싹인 어린이들밧게 求할 것이 업씀니다. 朝鮮 同胞는 오직 어린이들에게 希望을 붓칠 수밧게 업씀니다. 져는 至今 무엇을 한다는 사람들과 專門學校에 단니는 學生과 外國 留學生의 心理를 보면 죄─다 타락자라고 하고 십씀니다. 웨? 偉大한 思想과 目的이 업시 물 우에 쓴 풀닙과 갓튼 目的인 것이라고 하겟씀니다. 이것은 사실임니다. 암만 어린 져의들이라도 남의 心情을 엿볼 수 잇씀니다.

저는 先生님을 꼭 밋씀니다. 우리 民族에 싸듯하고 정다운 친구 卽 어린이들을 爲하야 努力하시는 先生님은 발서 큰 事業家임을 져는 알앗나니다. 남들은 先生님이 져의 어린 사람들을 모와 가지고 어린이 모양으로 日曜日에 敎堂 압헤서 몰니워 단니는 것을 보고 "져것은 큰것이 어린이와 몰니워 단이니 남부끄럽지 안은가" 하는 것을 드럿나이다. 그 無識者들에게 그런 비평을 드르면서도 根本的 事業은 어린이들을 잘 길워야 된다고 만히 指導히 주시는 것은 참 무엇이라고 말할 수 업시 幸福임니다. 이제부터 모─든 少年少女들은 잘 잘아고 잘 비우면 장차 文學博士도 날 것이며 哲學博士 法學博士 等 여러 偉大한 人物이 싱기면 朝鮮은 다시 蘇生할 수 잇으며 죽엇든 無窮花는 다시 피여서 平和의 노리를 부르리라고 져는 꼭 밋씀니다.

朝鮮에 한아이신 先生님이여 만히 사랑하며 指導히 주십시요. 世上은 작구 변함니다. 져이들은 文化의 꼿으로 변히 볼가 하나이다. 너머 지리하야 이제는 끈코 요다음 호에 기회 잇으면 쏘 쓰겟나이다.

益善洞 六五番地 조고만한 오막사리 집 속에서 (이상 66쪽)

李定鎬, "(少年文欄)나의 日記 中에셔", 『天道敎會月報』, 제149호, 1923년 2월호.[41]

　　「처음 깃쁜 날」
　어린 동싱의 "옵바 어서 이러나요" 하는 소리에 선잠을 쌔니 눈이 작고 감긴다. 어머님의 "올에는 늦동이밧게 안 되겟다" 하시는 말슴에 감기든 눈이 휙 쯰이며 정신이 번젹 잠이 멧 만 리로 다러낫다. 二三日 前브터 어린 會員들과 갓치 새해의 션물 準備하느라고 미우 고단함이엿다. 분주히 니러나 창문을 여니 쌀々한 바람은 나의 몸을 웃슥하게 하며 긔와골에는 하얀 셔리가 함신 나렷다. 東天으로브터 붉으레한 해빗이 건는방을 것치어 마루를 엿보는데 참싀들은 뜰에셔 먹을 것 찻노라고 잭々거리고 잇다. 즉시 아버님과 어머님께 세배를 듸리고 곳 本會로 달녀왓다. 市內에는 왜 나막신 소리가 별로 搖亂하고 모든 사람에 얼골에는 새해에 새 긋븜이 무르록은 듯하다. 심지어 쮜어가는 게까지도 새롭게 보인다. 새해에 첫 모듬인 祝賀會의 會長에셔 아리고 쓰린 손즛을 홀々 블며 設備를 맛치고 쏘 남어지에 準備로 小波 先生 宅에 가셔 모든 것을 맛츄고 나니 우리의 모델 時間은 멧 分이 안이 남엇다. 두어 동모와 갓치 거름을 쌜니하야 會長 압헤 다다르니 正門의 正面으로 뵈는 벽돌집 二層 우헤는 電燈 빗이 찬란한데 울긋불긋한 萬國旗 사이로 은々히 보이는(이상 66쪽) 弓乙燈[42] 아래에셔 어린이들에 쮜노는 樣은 꼿밧 속에셔 쮜노는 어린 天使들과 갓치 뵈인다. 門을 열고 들어셔니 日常喜悅에 무르록은 그들의 얼골에는 더한층 새롭고 씩々한 긔

41　원문에 '少年會員 李定鎬'라 되어 있다.
42　'弓乙'은 천도교에서, 영부(靈符)의 모양을 형상화한 것을 이른다. 동학의 본질인 천심(天心)의 '심(心)' 자를 표현한 것인데, 영부의 모양이 태극(太極) 같기도 하고 활 '궁(弓)' 자를 나란히 놓은 것과 같기도 하다는 데서 유래한다. 영부(靈符)는 "천도교에서, 1860년 4월 5일에 교조 최제우가 영감으로 한울님에게 받은, 천신(天神)을 그림으로 나타낸 표상"이란 뜻이다. 따라서 '궁을'을 그린 등(燈)을 말한다.

운이 보인다. 무슨 큰 理想과 큰 抱負를 가진 것 갓다. 나는 말할 수 업시 깃분 가운데서 어린이를 정돈식혓다. 開會時間이 되엿다. 먼져 여러 先生님의 시해 所感을 듯고 特히 仁川셔 오신 曹利煥 氏에 짜쏫하고도 情 깁흔 이야기와 만흔 돈으로 선사하심에 對하야 나는 紙面으로나마 感謝를 表하고 십다. 그다음 小波 先生님의 「열두달에 손님」이란 "童話"의 말슴을 들은 우리덜은 우슴보가 터져서 하마터면 허리가 끈허질 번하엿섯다. 餘興으로 朴來玉 氏의 가늘고도 곱게 나오는 만도린 소리는 場內를 고요케 하엿스며 그다음 부드럽고도 어엽부고 묘하게 나오는 崔鳳守 孃의 獨唱과 其外 少年男女덜의 合唱하는 소래를 문틈으로 가만히 새여 夜天에 寂寞을 突破하고 멀니 사라젓다. 그다음에는 제비뽑기엿다. 제비 나오는 대로 선물을 밧더셔로 보며 즐길엿다.[43] 그中에 第一等은 큰 상자이엿다. 이를 밧아 든 어린이는 깃뷔서 엇졀 쥴을 모른다. 그 상자는 畢竟 어린이덜 손에 그 秘密을 公開하게 되엿다. 그 속에는 무엇인지 油紙로 입브게 싼 큰 뭉텡이가 드러잇섯다. 더욱 갑々하여 쏘 한 겁흘을 버쪄다. 그 속에는 쏘 쌋다. 풀고풀고 쏘 한 번 푸니 무엇인가? 큰 기와장이다. 場內는 한참 우슴으로 화해슬씬 셥々함과 분함으로 찰라에 긧븜을 밧군 그가 대단히 가여워섯다. 이와 갓치 만은 어린이들과 새해에 새 精神으로 새롭게 새로운 긧븜 속에 싸여 맘것 힘것 즐겨 쮜다 늣김만은 그날 그곳을 나설 쌔에는 北岳山을 스치어 내리는 찬바람은 어리고 련한 살을 싹거낼 드시 혹々 불고 어둠에서 밝게 빗나는 음녁 보름달은 새로운 빗츠로 온 宇宙를 것쳐 씌끌 雜念에 물들지 안은 우리의 마음을 더욱 말게 새롭게 씨셔 주는 듯하엿다. 멧칠 젼에 나려싸힌 눈은 달빗헤 反射되여 히고 쏘 히다. 촘々히 소리 업시 반짝인다. 다음 날을 豫想하면서 집에 도라오니 어린 동싱은 느즘도 모르고 나의 선물을 밧아들고 天眞에 쮜노는 樣은 참말 상쾌하엿다. 끚.(이상 67쪽)

---

43 '즐기엿다'의 오식이다.

李一淳, "(少年文欄)朝鮮 初有의 童話劇大會", 『天道敎會月報』, 제149호, 1923년 2월호.[44]

저이들은 數三日 前부터 童話劇을 準備하노라고 매우 汨沒하얏나이다. 短促한 時間으로 準備한 것 가지고는 무더니 잘된 모양이올시다. 우리는 깁븐 마암으로 市內 各處에 廣告도 아주 宏張이 하얏나이다. 그 廣告을 보신 여러분덜도 아마 그 童話劇大會가 열릴 一月 十四日을 팔을 괴이고 苦待하얏슬 줄 自信하얏나이다.

어느듯 一月 十四日은 다닥처 왓슴니다. 그날도 우리 少年會員은 더욱 분주하얏나이다. 나는 그날 저녁에 너머 밥부고 너머 깁버서 집에서 저력밥도 잘 먹지 못하고 敎堂으로 쒸여왓슴니다. 門間에는 만은 사람으로써 山을 일우엇슴니다.

져는 숨이 차셔 헐쩌거리며 敎堂을 드러올 찌에 발셔 觀客의 座席은 뷔인 틈이 업셧슴니다. 時計는 어의듯 六時 半이 되자 開幕하기를 督促하는 觀客들의 拍手소리는 敎堂이 음쯕〜할 찌에 本會員 中 孫駿範 君의 司會가 잇슨 後 호각 一聲에 幕은 열넛슴니다. 崔鳳守 孃의 부드럽고 가늘고 산듯한 宇宙의 노래는 再請까지 잇셧슴니다. 다음에 室內에는 電燈불이 一時에 꺼지자 아름다운 한 曲調의 風琴 소리는 가늘게〜 나기 始作하얏슴니다. 그리자 幕은 쏘 열넛슴니다. 번쩍하더니 웬일인지 다른 곳은 다 캄〜한 中 舞臺만 電燈불 쓰지 안앗슬 찌보다도 더 불빗이 燦爛하게 빗치엿슴니다. 이것은 幻燈 機械의 作用이엿슴니다. 曲調에 맛추어셔 가는 허리와 보르리운 몸으로 어여쓰고 生氣잇게 가뷔엽게 츄는 少年들의 露西亞 舞蹈는 實로 觀客들의 손바닥이 제절로 쑤다려졋슴니다. 다음 幕이 열닌 찌에는 男女 共演 「토끼의 간」이엿슴니다. 이 劇에 內容은 四海을 統一한 龍王의 따님 龍宮아씨가 病患이 낫슴니다. 龍王쎄서 誠心쩟 救하랴 하엿스

---

44 원문에 '少年會員 李一淳'으로 되어 있다.

나 百藥이 無效로 病患은 漸々 깁허 갈 짜름이엿슴다. 醫師에 말에는 如何한 藥을 勿論하고 다— 所用이 업스나 다만 한 가지 地上 世界에 잇는 토긔의 간(肝)을 먹어야 꼭 낫다고 합니다. 그리셔 鱉主簿가 陸地에 나가셔 토긔를 꾀여셔 업고 드러왓더니 토긔가 또 鱉主簿를 속여셔(이상 68쪽) 다시 龍宮에셔 사라 나오는 趣味津々한 童話劇이엿슴니다. 一幕은 龍宮 內殿의 龍宮아씨 病室이엿고 쏘 一幕은 地上海邊인디 水中龍宮에셔는 侍女들의 舞蹈가 잇고 地上海邊에셔는 토키들의 珍奇한 舞蹈와 合唱이 잇는 等 實로 처음 보는 劇이엿슴니다. 다음에 「별나라」라는 少女들의 興味잇는 遊戱가 잇슨 後 崔昌德 孃의 獨唱은 再請까지 잇섯슴니다.

다음에 男女 公演 「한네레의 죽음」[45]이 쏘 開演하얏슴니다. 世界 五大 童話 中에 오직 하나인 이 劇은 獨逸文豪 <u>하-프트만</u> 氏 原作으로 世上 사람에 눈물을 흘니게 한 有名한 悲劇이엿슴니다. 어린 한네레가 눈오는 치운 밤에 민발로 쑈쪄나와셔 련못에 빠져 죽은 것을 貧民院에 救援되얏다가 다시 죽기까지에 꿈 속 일을 고디로 낫타내인 一幕에 곱다란 悲劇이엿슴니다. 불상한 한네레에 最后의 꿈나라에셔 가늘게⌒ 흘너나오는 노릐소리의 그 슮흔 뜻을 滿場에 拍掌으로 表하나이다. 다음에 「아메리카 단쓰」, 「쌔에로의 作亂」, 「團樂」 等의 趣味잇는 遊戱들이 잇는 後, 前番에도 仁川 等地에셔 上演하야 大好評을 밧은 獨佛戰爭을 背景으로 한 「佛兵의 危難」이엿슴니다. 白耳義[46] 村落에셔 니러난 獨佛 兩軍의 白兵戰 佛國 士官의 危運獨逸將校의 追擊, 白耳義 少年 마리이의 奇計 等 實로 快活한 一大 喜劇이엿슴니다. 童話劇大會는 이로써 끗맛치엿슴니다. 그러나 今日은 開幕 前에 滿員하야 敎堂 압헤까지 오셧다가 드러오지도 못하고 그디로 도라 가신 어른이 만앗슴니다. 그리셔 來十五日에 再演하겟다고 廣告하얏슴니다. 그 十五日(月曜日)에도 大盛旺을 이루엇는데 요前 날 順序 外에 「食

---

45 「한네레의 죽음」은 「한네레의 승천(Hanneles Himmelfahrt)」(1893)을 말하는데, 게르하르트 하웁트만(Gerhard Hauptmann, 1862~1946)의 첫 번째 동화극이다.

46 '白耳義'는 벨기에(Belgium)의 음역어이다.

客」이라는 西洋喜劇 一幕이 잇섯는디 이 劇은 純全한 少年會員이 한 것이 아니고 靑年會 여러 先生님들이 만이 助力하야 쥬셧습니다.

이 兩日에 觀客 中에서 저의 少年會를 만흔 同情으로써 贊助하야 쥬신 어른도 만엇습니다.

그런디 누구를 勿論하고 다 아시겟지마는 저의 少年會에 이番 大會를 開催한 것은 但 物質的 同情을 目的으로 한 것이 아닌 것을 아라쥬십시오. 天道敎의 精神 밋헤셔 씩々하고 참된 少年이 되기를 目的하는 저의 〈天道敎少年會〉인 것을 널니 宣傳코자 하는 同時에 朝鮮에는 아직짜지 稀疎하얏든 世界의 古來童話를 널니 宣傳키로 目的을 삼앗슬 다름이엿습니다. 그리고 이番 大會가 이러케 盛大히 擧行된 것은 恒常 우리 少年會를 爲하야 盡力하시든 靑年會 여러 先生님의 誠力이라고 하겟지만은 그中에도 特히 東京에 게신 方定煥 先生의 烈々한 努力의 結果라 生覺합니다. 冬期休暇를 利用(이상 69쪽)하야 便安히 쉬이시랴고 나오셧스나 開闢社와 靑年會 일 보시랴 어늬 틈에 쏘 져의 少年會 일 보실 時間이 잇겟습닛까만은 그래도 치운 밤 찬바람을 不顧하시고 만흔 時間을 費하시며 저의들에게 誠意를 다 하셧습니다.

이쎄에 저의들은 感謝함을 마지못하얏슬 쑨 아니라 同時에 未安한 마음도 禁치 못ᄒ얏셧습니다. 方 先生님은 어늬 째이던지 져의 少年會를 사랑하시며 쏘 만이 도아 쥬심니다. 그럼으로 東京에셔 나오시기만 하면 前에 모일 쎄에 모이지 안튼 會員도 하나토 빠지지 안코 다 와셔 즐김니다.

끗으로 讀者 여러분쎄 願하는 바는 이番 劇을 보시고 저의 少年會는 純全한 歌劇이나 童話劇만 하는 會라고 비웃는 이도 잇슬 줄로 저는 生覺합니다. 그러나 絶對로 그러치 안습니다. 元來 劇이라는 것은 남이 하는 것을 求景하는 것보다 몸소 直接 行하야 보는 것이 얼마々한 利益과 쏘 무엇이 밋치는지 아지 못합니다. 쏘는 져의 少年會는 天道敎의 精神 밋테셔 씩々하고 참된 少年이 되기를 目的합니다. 그리셔 그 目的을 完全히 達키 爲하야 遊戱運動 等을 行하는 遊樂部와 討論 講論 等을 行하는 談論部와 社會에 모든 實地的인 知識을 學習하는 學習部와 쏘는 少年 互相 間에 慰悅과

擁護 等을 行하는 慰悅部의 四部를 두엇슴니다. 그런더 童話劇大會는 卽 말하자면 〈天道敎少年會〉 遊樂部와 學習部를 中心으로 한 것에 지나지 안슴니다. 파릿ᄽᄽ한 봄풀과 가치 모록〜 커가는 저의 少年會를 願컨더 여러 어른은 恒常 十年 後의 朝鮮을 生覺하야 各其 家庭에셔 貴여워하시는 子女와 갓치 사랑하며 ᄯᅩ 도아 쥬십시요. 그리고 子女들은 다— 져의 少年會로 보내십시요. 갓치 비호며 놀겟슴니다.(이상 70쪽)

方定煥, "처음에", 『어린이』, 1923.3.20.[47]

새와 가티 꽃과 가티 앵도 가튼 어린 입술로, 텬진란만하게 부르는 노래, 그것은 고대로 자연의 소리이며, 고대로 한울의 소리입니다.

비닭이와 가티 톡기와 가티 부들어운 머리를 바람에 날리면서 뛰노는 모양, 고대로가 자연의 자태이고 고대로가 한울의 그림자입니다. 거긔에는 어른들과 가튼 욕심도 잇지 아니하고 욕심스런 계획도 잇지 아니합니다.

죄 업고 허물 업는 평화롭고 자유로운 한울 나라! 그것은 우리의 어린이의 나라입니다.

우리는 어느 때까지던지 이 한울나라를 더럽히지 말아야 할 것이며 이 세상에 사는 사람사람이 모다, 이 깨끗한 나라에서 살게 되도록 우리의 나라를 넓혀 가야 할 것입니다.

이 두 가지 일을 위하는 생각에서 넘처나오는 모든 깨끗한 것을 거두어 모아 내이는 것이 이 『어린이』입니다.

우리의 쓰거운 정성으로 된 이 『어린이』가 여러분의 짜뜻한 품에 안길 때 거긔에 깨끗한 령(靈)의 싹이 새로 도들 것을 우리는 밋습니다.

---

47 아동문학 잡지 『어린이』는 창간 당시 타블로이드판 12면으로 된 신문 형식이었는데, 「처음에」는 첫머리에 실린 글로 글쓴이의 이름이 밝혀져 있지 않으나 『어린이』의 초대 편집인이었던 방정환이 쓴 것이 분명하다.

李定鎬, "『어린이』를 發行하는 오늘까지 우리는 이러케 지냇습니다", 『어린이』, 1923.3.20.

○ 글房이나 講習所나 主日學校가 아니라 社會的 會合의 性質을 씌인 少年會가 우리 朝鮮에 생기기는 慶尙南道 晋州에서 組織된 〈晋州少年會〉가 맨 처음이엇습니다.

……(以下 九行 削除)……

再昨年 봄 五月 初승에 서울서 새 誕生의 첫소리를 지른, 〈天道敎少年會〉 이것이 우리 어린 동모 男女 合 三十餘命이 모여 짜은 것이요 朝鮮少年運動의 첫 고등이엇습니다. 第一 먼저, 우리는 "씩씩한 少年이 됩시다, 그리고 늘 서로 사랑하며 도아 갑시다" 하고, 굿게 約束하엿고 또 이것으로 우리 모듬의 信條를 삼엇습니다. 그리고 조흔 意見을 박구고, 해나갈 일을 의론하기 爲하야 每週日 木曜日, 日曜日 이틀식 모이기로 하엿습니다.

○ 그리고 맨 먼저 우리를 指導하실 힘 잇는 後援者 金起瀍 氏와, 方定煥 氏를 어덧습니다. 두 분은 누구보다도 第一 우리를 理解해 주시고 또 끔즉히 우리를 사랑하시어서 우리를 爲하야 어쩌케던지 조케 잘되게 해 주시지 못하야 늘 안타싸워하십니다.

○ 우리는 참말로 親兄님가티 親父母가티 탐탁하게 밋고 매달리게 되엇습니다. 事實로 少年問題에 關하야 硏究가 만흐신 두 先生님을 엇게 된 것은 우리 運動에 第一 큰 힘이엇습니다. (李定鎬) (未完)

李定鎬, "『어린이』가 發行되기까지 이러케 지내여 왓습니다(2)", 『어린이』, 1923.4.1.

每週 木曜日 午後와 日曜日 午後에 우리는 天道敎堂에 모히여 자미잇는

遊戲와 運動도 하고 여러 先生님의 조흔 말슴을 듯기로 되여서 엇더케 木曜日 日曜日이 기다리기에 지리하엿는지 모릅니다. 서로서로 다른 學校에 通學하는 會員들이 그날은 모다 반갑게 맛나서 조흔 낫으로 쒸고 놀고 하다가 時間이 되면은 한 패는 風琴 압헤 모히여 女先生님께 童謠를 배호고 한 패는 모히어 有益하고 滋味잇는 말슴을 듯고 … 그날이야말로 엇더케 질거운지 모릅니다.

이 日曜와 木曜에 의례 모히는 以外에 우리는 恒常 그 철 그 철의 변하고 움즉이는 自然과 親하기를 힘써 왓고 쏘 그째그째의 機會 잇는 대로 우리의 智識을 넓혀가고 心身의 發育을 도웁기에 게으르지 아니하엿습니다. 이것은 크게 有益하고 意義 깁흔 일인 故로 그中에 몃 가지를 짜로 쓰겟습니다.

百花가 滿發하고 新綠이 淸淸하야 世上의 모든 것이 生氣잇게 쑥쑥 쌧는 六月의 十二日 우리는 城北 翠雲亭 비단 잔듸 우에 春季運動會를 열엇습니다. 이날 同樂한 會員이 二百五十名 구경군이 二千餘. 포근한 첫녀름 볏을 쏘이며 오붓하게 우리는 하로를 無限 愉快히 놀앗습니다. 愉快한 이날의 노리가 우리 心身에 얼마나 有益하엿는지 모릅니다.

三淸洞에 濯足會 六月 十九日 이날은 天氣 淸朗한 日曜日이요 지리하게 오던 비가 개인 뒤씃이엿슴으로 山樹와 함께 한울빗까지 물에 씨슨 듯하야 스스로 心身이 爽快하게 하엿습니다.

눈물의 追悼會. 아아 눈물의 날 八月 十五日! 우리 會員 申奎浩 氏(十一歲)는 不幸히 普成學校 改築工事場에서 넘어지는 담에 치여서 참혹히 世上을 쩌낫습니다. 情든 동모를 애처롭게 닐허바린 우리는 二十一日에 天道敎堂 안에 追悼會를 열고 슯흔 노래와 설흔 글로써 그의 靈을 위로하엿습니다. 이날 우리 會員 一同 外에 參禮한 어른이 二百餘名에 達하엿는데 故 奎浩 氏의 造物인 學校 用品과 筆跡이 그윽히 사람의 가슴을 울리엿스며 會員의 울면서 부르는 追悼歌 소리에 울지 안는 이가 업섯고 더구나 奎浩 氏의 母親의 크게 우시는 소리가 限업시 마음을 슯흐게 하엿습니다.

(다음 호에 계속) 李定鎬

李定鎬, "오늘까지 우리는 이러케 지냇슴니다(3)", 『어린이』, 1923.4.23.

北岳山 우의 談論會. 서늘한 가을텰은 모르는 틈에 오기 시작하엿고 가을 맛은 山기슭에 第一 먼저 옵니다. 우리는 새 가을을 마지하기 위하야 九月 十一日에 北岳 登山會를 열엇슴니다. 先發隊의 準備로 山中턱에서 山神 歡迎會를 먼저 열고 山上 上峯에서 賞品을 걸고 山川과 時節에 關한 臨時 談論會를 열어 有益한 談論을 만히 한 것은 유쾌하고도 자미잇는 일이엿슴니다.

秋夕의 觀月會. 氣候 조코 心神이 爽快하기는 八月 秋夕임니다. 九月 十六日이 마츰 陰曆 八月 보름이자 天氣짜지 淸明하기에 이날 달마지를 자미잇게 하자고 翠雲亭 안 松林 사이의 詠舞臺에서 觀月會를 열엇슴니다. 솔밧 우흐로 一年中 第一 밝은 秋夕달이 돗아오자 우리는 달아달아 밝은달아를 始作하야 여러 가지 童謠를 부르며 자미잇게 놀다가 달이 中天에 왓슬째에 돌아왓슴니다.

最初의 童話會. 九月의 첫 侍日에 方定煥 氏를 請하야 童話會를 열엇는데 불상한 「難破船」 이약이에 어린이 어른 울지 안은 이가 업섯고

白頭山 講演會를 十八日에 열고 白頭山에 갓다 오신 閔泰瑗[48] 氏를 請하야 千名에 갓가운 少年에게 자미잇는 맘과 幻燈을 보엿슴니다.

李定鎬―

---

48 민태원(閔泰瑗, 1894∼1935)은 소설가이자 언론인이다. 호는 우보(牛步)이다. 신소설기와 현대 소설기에 걸쳐 활약한 작가이다. 작품으로 「애사(哀史)」, 「부평초」, 「소녀」 등이 있다.

小波, "少年의 指導에 關하야—雜誌『어린이』創刊에 際하야, 京城 曹定昊 兄께", 『天道教會月報』, 제150호, 1923년 3월호.[49]

二月 七日에 주신 惠書는 반가히 닑엇습니다.

出發 時에는 停車場에까지 나와 주섯다는 것을 빕지 못하고 와서 未安 未安합니다. 그 實은 나 역시 여러 가지 일을 말슴할 것이 잇서서 發車時間 을 조몃조몃이 보면서 小春 兄께 작고 兄님 말슴을 하다가 그대로 써나고 말게 되엿섯습니다.

何如튼가 엽헤서 남들이 "안될 일을 헛꿈 꾸지 말라"는 소리를 들어가면 서 안탁갑게 우리가 議論 니여 나가든『어린이』雜誌를 이럭케 遠處에 난위 여 잇난 우리의 便紙질로라도 이제 創刊되게 된 것은 愉快한 깃븐 일입니 다. 이럿하야 三月 一日에 첫소리를 지르는『어린이』의 誕生은 분명히 朝 鮮少年運動의 記錄 우에 意義 잇난 새 금(劃)일 것입니다.

兄님. 兄님이 이 일로 하야 京城의 志士 여러 사람을 訪問하신 일과 서울 의 少年會를 爲하야 만히 애써 주시는 일은 나로써 엇더케 말슴해야 할지 모르게 感謝합니다. 眞實히 努力해 주실 同志 한 분을 더 어더다 하는 내 깃븜보다도 兄님 한분을 새로 어든 것은 서울 少年會와 또 우리의 少年運動 우에 確實히 한 큰 힘인 것을 그윽히 깃버합니다.

兄님. 便紙로 이럿케 暫間 말슴할 일은 못 되오나 이제 우리가 한 가지 새 일을 始作해 나가는 첫길에 臨하야 兄님의 便紙를 닑고 한 말씀해야 할 것이 잇습니다.

少年들을 엇더케 指導해 가랴…… 이것은 큰 問題입니다. 꼿과 갓치 곱 고 비닭이와 갓치 착하고 어엽븐 그네 少年들을 우리는 엇더케 指導해 가 랴. 世上에 이보다 어려운 問題가 업슬 것입니다. 只今의 그네의 家庭의 父母와 갓치 할가… 그것도 無智한 威壓입니다. 只今의 그네의 學校 教師

---

49 원문에는 '在東京 小波'라 되어 있다.

와 갓치 할가. 그것도 잘못된 그릇된 人形 製造입니다.(이상 52쪽) 只今의 그네의 父母 그 大概는 無智한 사랑을 가젓슬 쑨이며 親權만 휘두르는 一權威일 쑨입니다. 花草 기르듯 物件 取扱하듯 自己 意思에 꼭 맛는 人物을 맨들녀는 慾心밧게 잇지 아니합니다.

只今의 學校 그는 旣成된 社會와의 一定한 約束下에서 그의 必要한 人物을 造出하는밧게 더 理想도 計劃도 업슴니다. 그때 그 社會 어느 구석에 必要한 엇던 人物(所謂 立身出世겟지요.)의 注文을 밧고 고대로 작고 版에 찍어 내놋는 敎育이 아니고 무엇이겟슴닛가.

그러나 어린이는 決코 父母의 物件이 되려고 生겨나오는 것도 아니고 어느 旣成社會의 注文品이 되려고 낫는 것도 아니임니다.

그네는 훌륭한 한 사람으로 태여나오는 것이고 저는 저대로 獨特한 한 사람이 되여 갈 것임니다.

그것을 自己 마음대로 自己物件처럼 이럿케 맨들리라 이럿케 식히리라 하는 父母나 이러한 社會의 必要에 맛는 機械를 맨드니라 하야 그 一定한 版에 찍어내려는 只今의 學校敎育과 갓치 틀닌 것 잘못된 것이 어대 잇겟슴닛가.

우리는 우리 智識썻 이러한 社會를 꿈이고 이러한 道德을 맨들어가지고 살지만은 그것은 우리의 思索하난 範圍와 우리의 가즌 智識 程度 以內의 썻이지 그 範圍 밧글 내여다 볼 수 잇다면 거긔는 그보다 다른 方針과 道德으로 더 잘 살 수 잇는 것이 잇슬넌잇지도 모를 것 아님닛가.

그러면 우리는 우리 智識썻 이럿케 꿈이고 이럿케 살고 잇지만 새로운 세상에 새로 出生하는 새 사람들은 저의끼리의 思索하는 바가 잇고 저의끼리의 새로운 지식으로 엇더한 새 社會를 맨들고 새 살림을 할런지 모르는 것입니다.

그것을 無視하고 덥허놋코 헌 - 사람들이 헌 생각으로 맨드러 논 헌 社會 一般을 억지로 들어 씨우려는 것은 到底히 잘하는 일이라 할 수 업난 것임니다.

그네들의 새 살림 새 建設에 헌 道德 헌 살림이 參考는 되겟지요. 그러나

無理로 그것뿐만이 좃코 올흔 것이라고 뒤집어 씨우려는 것은 크나큰 잘못 입니다. 모든 先進이 少年들에게 對하는 態度를 大別하야 두 가지로 말하면 한 가지는 이제 말한 바와 갓치 只今의 이 社會 이 制度밧게는 絶對로 다른 것이 업다 하야 그 社會 그 制度 밋흐로 쩌너려는 것과

한 가지는 아아 只今의 이 社會 이 制度는 不合理 不(이상 53쪽)公平한 것인 즉 새로 長成하는 사람들은 이러한 不合理 不公平한 制度에서 苦生하지 안토록 하여 주어야 하겟다는 것입니다.

前者에서는 必然으로 强制와 威壓的 教育이 生기는 것이요 後者에서는 必然으로 愛와 情의 指導가 生기는 것입니다.

兄님. 우리는 이 두 가지에서 그 어느 것을 取하겟습닛가. 더구나 只今의 우리 朝鮮에 잇서서 우리는 그 어느 것을 取하겟습니가.

우리는 이 後者를 取하고 나스지 아니하면 안이 될 것입니다. 그리하야 몃겹몃겹의 危壓과 强制에 눌녀져 人形 製造의 鑄型 속으로 휩쓸녀 드러가는 中인 少年들을 救援하야 내지 아니하면 아니 됩니다.

그래서 自由롭고 재미로운 中에 저의끼리 긔운쩟 활々 쒸면서 휠신휠신 자라가게 해야 합니다.

이윽고는 저의끼리의 새 社會가 슬 것입니다. 새 秩序가 잡힐 것입니다.

決코 우리는 이것이 올흔 것이니 밧으라고 無理로 强制로 주어서는 아니 됩니다. 저의가 要求하난 것을 주고 저의에게서 싹 돗난 것을 북도다 줄 쑨이고 保護해 줄 쑨이여야 합니다. 우리가 그네에 對하난 態度는 이러하여야 할 것입니다. 거긔에 恒常 새 世上의 創造가 잇슬 것입니다.

이러한 態度로 하지 아니한다 하면 나는 少年運動의 眞義를 疑心합니다.

少年運動에 힘쓰는 出發을 여긔에 둔 나는 이제 少年雜誌 『어린이』에 對하는 態度도 이러할 것이라 합니다. 모르는 敎育者의 抗議도 잇겟지요. 無智한 父母의 誹謗도 잇겟지요. 그러나 엇더케 우리가 거긔에 귀를 기우릴 수 잇겟습닛가. 우리의 所信대로 突進猛進할 쑨일 것입니다. 『어린이』에는 修身講話 갓흔 敎訓談이나 修養談은(特別한 境遇에 어느 特殊한 것이면 모르나) 一切 넛치 말아야 할 것이라 합니다.

저의끼리의 消息 저의끼리의 作文, 談話 쏘는 童話, 童謠, 少年小說, 이쓴으로 훌륭합니다. 거긔서 웃고 울고 쒸고 노래하고 그럿케만 커가면 훌륭합니다.

體裁變更과 粧冊을 하자는 兄님 意見에는 同感임니다. 『어린이』雜誌에 繪畵가 만히 잇서셔 그들의 보드러운 感情을 誘發하고 一面으로 美的 生活의 要素를 길녀주어야 할 것은 勿論임니다.

그러나 兄님. 누가 그럿케 조흔 그림을 잘 그리여 주(이상 54쪽)겟스며 그림이 잇슨들 엇더케 그것을 印刷하겟슴닛가. 沁山[50] 盧 君 갓흔 이의 그림도 만흔 金額과 技巧를 다하여도 『婦人』雜誌의 表紙처럼밧게 되지 못하고 맙니다. 그것으로 무엇을 하겟슴닛가. 무슨 效果가 잇겟슴닛가.

쏘 한 가지 一月 二回로 하기 不便하니 一月 一回로 하고도 십슴니다만은 冊價 五錢과 十錢에 큰 關係가 잇슴니다. 一回 五錢치를 二回 合하면 十錢자리가 됨니다. 그러면 불상한 朝鮮 少年들이 엇더케 그 冊을 손에 잘 만저 보겟슴닛가. 只今의 朝鮮 사람 中에 그 몃 사람이 사랑하난 子弟를 爲하야 冊 사볼 돈을 자조 줄 것 갓슴닛가. 그나마 京城少年들에게는 十錢이 만치 못할년지도 모르나 地方에 잇난 少年少女에게 十錢式이란 돈은 그리 容易한 것이 아닐 것 갓슴니다.

단 五錢式에 해서라도 한 少年이라도 더 볼 수 잇도록 하난 것이 조흘 것 갓슴니다.

아즉 이러케 해서라도 나아가면 더 좀 엇더케 할 수도 잇겟지요. 그날를 우리 손으로 맨드러가는 수밧게 잇겟슴닛가.

兄님. 서울셔 혼차서 힘드시겟슴니다.

밧브실 몸이 오래 健全하시기만 바라오며 밧브시드래도 『어린이』하나는 잘 키워 주시기를 바람니다.

六四[51] 二 十四 夜 (이상 55쪽)

---

50 '心油'의 오식이다. 노수현(盧壽鉉)의 필명이다.

51 '六四'는 포덕(布德) 64년으로, 1923년이다. 포덕은 천도교(天道敎)에서 "한울님의 덕을 세상에 편다는 뜻으로, 천도교의 전도(傳道)를 이르는 말"인데, 포덕 원년은 1860년이다.

小波, "나그네 잡긔장", 『어린이』, 제2권 제2호, 1924년 2월호.

○ 급한 볼일이 생겨서 충청남도 홍성을 (忠南 洪城)을 향하고 긔차로 경성역을 써나기는 二十五일 새벽 일곱시 十五분! 밤새도록 빗취고 남은 새벽달이 아즉도 놉흔 하늘에 번-하게 달려 잇슬 째엿습니다.

○ 짱에는 눈이 싸혀 잇서서 오히려 밝것만은 하늘은 아즉도 채-밝지 안어서 어두컴컴한 째 검은 모자 검은 외투 입고 길 것는 사람의 모양이 그윽히 치워보이고 긔차가 한강 철교 위를 지날 째에는 꽁꽁 얼어 붓흔 강 우에 싀골서 서울 오는 나무ㅅ짐 여럿이 느런히 보엿습니다.

○ 그래도 그 새벽에 빨갓케 언 손에 책보를 끼고 집신 신흔 어린 학생 남녀들이 로량진 정거장에서 기다리고 잇다가 올나타는 것을 보고 엇더케 나 반가운지 몰랏(이상 10쪽)습니다. 그들은 코와 귀와 쌤이 얼고 얼어서 빨갓타 못해 쌤-앳습니다. 그러나 그들은 안즐 생각도 아니 하고 슨 채로 웃고 써들고 하야 차 안을 들먹이엿습니다.

○ 내가 그들에게 말을 건느닛가 그들은 서슴지 안코 말ㅅ벗이 되어 주엇습니다. 사랑스러운 그들의 말소리는 일흔 아츰의 새소리갓치 청신하엿습니다. 손짓 몸짓까지 새갓치 귀여웟습니다.

○ 그러나 차가 고다음 정거장에 웃득 스닛가 그들은 사람의 발소리에 놀라 다라나는 새쎄갓치 홧싹 쮜여들 나려가 버렷습니다 ― 엇더케 섭섭한지 차창을 열고 나는 안 뵐 째까지 그들을 바라보앗습니다…… 아아 복스런 동모들이여 당신네 압길에 행복이 잇스라!

○ 텬안(天安)에서 나려서 박귀 탈 홍성 차를 기다리는 동안이 두 시간이나 되는 고로 그곳 거리를 걸어 보앗습니다. 퍽 쓸쓸스런 시골거리엿습니다. 그나마 장(이상 11쪽)시라고는 일본 사람이 만코 일본옷 닙은 묘선 사람들이 여긔져긔서 점심 먹고 가라고 작고 졸르고 섯섯습니다.

그곳 소년회를 차즈닛가 소년회는 업고 청년회를 차저가닛가 놉다란 둔덕 우에 열간통 되는 회관(會舘)이 지여 잇스나 사람은 하나도 맛나지 못하고 그냥 도라와 파랑 칠하고 숏곱질 갓흔 홍성 차에 올나탓슴니다.

○ 햇빗 짠-히 쏘이는 넓-다란 싀골을 족고만 긔차는 찬찬히 정거장 정거장 쉬여 가서 오후 두 시 반쯤 하야 홍성에 다엇슴니다. 퍽 족고만 정거장이지만 그래도 인력거 한 채가 손님 타기를 기다리고 잇섯슴니다.

○ 홍성은 몹시 쓸쓸하게 조용하되 조용한 싀골이엿슴니다. 그래도 그 한복판에 서울 동대문 갓흔 문이 웃둑 서서 무슨 옛날이약이나 할 것갓치 생각되엿슴니다. 그 옛날 문 밋헤는 헌 자동차와 초가집 자동차부가 잇섯슴니다. (이상 12쪽)

○ 그 시골 학교가 마악 하학햇난지 족고만 학생들이 좁-다란 논-길로 이리저리 셋씩 넷씩 도라가는 것이 보엿슴니다. 아모곳이나 어린 학생들이 만히 보이는 곳 그곳은 생긔가 잇고 싹이 보이난 곳 갓햇슴니다.

○ 내가 홍성에 간 날 그날 저녁 째브터 커-단 함박눈이 퍽-퍽- 몹시 쏘다저 나렷슴니다. 그날 눈 오는 밤에 나는 그곳에서 어린이 잡지들을 보는 어린 독자 여러분을 반갑게 맛낫슴니다.

그들도 오래 못 보는 집안 식구를 맛난 것보다도 더 반가워하는 모양이엿슴니다. 그래서 어린이에 대한 여러 가지를 물엇슴니다.

사진소설 「영호의 사정」은 정말 사실이냐 우리들이 글 지여 보낸 것 보앗느냐 어린이사에는 긔자가 몃 분 되느냐 생각나는 대로 가지가지로 뭇는 것이엇슴니다.

그리고 그들의 학교에서는 선생님이 어린이 잡지를 넑어어 주신다고 깃버하고 쏘 졸업식 째 어린이 신년호에 낫든 「쏙 갓치」 연극을 하기로 작뎡되야 연습하는 중이라고 그들은 나를 붓들고 한업시 깃버들 하엿슴니다. (이상 13쪽)

○ 그리고 그들의 한 가지 소원! 그는 이러하엿슴니다. 여긔는 다른 데처럼 소년회가 업서서 아조 심심하여요 이번에 나려오신 길에 소년회 하나 쏙 설립해 주고 가십시요. 되기만 하면 잘들 모임니다. 동요두 하고 동화두 하지요. 쏙 설립해 주구 가서요.

○ 아아 가련한 동무들. 그들의 생활이 엇더케 심심하고 무미하고 지리

하랴. 그리고 그것이 엇더케 섧고 애닯흔 일이랴. 오오! 쓸쓸하게 심심하게 풀 죽게 커가는 그들을 구원하자. 그들을 위하야 일하자.

○ 그 다음 날 낫에는 눈보라 심히 치는 째 그곳 보통학교 선생님 김씨가 먼 길에 차저와 주서서 감사하엿습니다. 그 분과는 뜻이 마저서 저녁째까지 말슴하엿고 홍성에 그러케 소년들을 위하야 만히 힘써 주시는 선생님이 계신 것을 그곳 소년들을 위하야 깃버하엿습니다.

○ 일이 밧바서 곳 써나오기는 하엿스나 그 선생님을 밋기도 하고 쏘 후에 다시 와서 도아드릴 일을 약속해 두고 나는 섭섭히 도라왓습니다.

一月 二十八日 小波 (이상 14쪽)

小波, "나그네 잡긔장", 『어린이』, 제2권 제4호, 1924년 4월호.

一월 十八일

경상남도 마산(馬山)에 갓든 길에 리은상 씨의 안내로 그곳 창신(昌信)학교와 의신(義信)녀학교에 가서 여러분 선생님을 맛나 뵈왓습니다.

다른 학교 선생님 갓치 그럿케 완고 갓흔 고집을 갓지 안으시고 아동들에게 대한 만흔 리해(理解)를 가즈신 이들이여서 퍽 마음이 깃벗습니다. 더구나 동화를 연구하시는 분이 계신 것이 퍽도 반가운 일이엿습니다.

하학을 일쯕하고 학생들이 큰 강당에 모여 잇스니 이약이를 해 주어 달라시는 고로 실타지 아니하고 이약이를 하엿습니다. 자리가 모자라서 큰 학생은 모다 서서 잇난대 근 삼백 명이나 되여 보엿습니다. 「아버지의 병 간호」라는 쨀막한 이약이를 하는대 어린 학생들은 눈물을 흘이면서 종용-하게 듯고 잇섯습니다.

창신학교에서 이약이를 맛치고 의신녀학교로 가닛가 퍽 느즌 째엿것만 학생(이상 28쪽)들이 해여저 가지 안코 기다리고 잇섯습니다. 이백 명이 넘는 녀학생들에게 「헨젤과 크레텔」의 이약이를 하닛가 울다가 웃다가 퍽 자미잇게 듯는 모양이엿슴니다.

틈이 더 잇섯드면 거긔서 여러 날 잇고 십엇슴니다. 데일 그 거울 갓흔 바다(海)가 조왓슴니다. 그 크고 깁흔 잔잔한 바다물을 보며 자라는 어린 동모들이 조흔 것갓치 생각되엿슴니다.

　　　三月 十八日

색동會 丁 氏 姜 氏와 童謠의 鄭 氏와 동행하야 개성(開城)에 갓슴니다. 개성서는 새ㅅ별 잡지사 박 선생님과 마 선생님 쏘 우리 고한승 씨와 렴 선생님이 마중 나와 주섯슴니다.[52]

개성은 우리 어린이 애독자가 만히 계신 곳임니다. 그래 그이들을 맛나 보고 십엇슴니다. 가든 날과 고 잇흔 날 잇흘 동안 북북교례배당에서 만흔 소년들에게 「산드룡」 이약이와 「내여 바린 아해」를 이약이하엿슴니다. 갓 쓴 어른 트레머리 녀편네들도 눈물 흘니는 것이 보엿슴니다.

유치원 구경을 여러 곳 하고 하로 저녁은 어린이 애독자 마완규(馬浣圭) 씨 댁에서 먹엇슴니다.

　　　　　　　　　　　　　　　　　— (小波) — (이상 29쪽)

小波, "나그네 잡긔장", 『어린이』, 제2권 제6호, 1924년 6월호.

　　　五월 十일

○ 일흔 아츰 닐곱 시 十五분 남대문 정거장에서 부산(釜山)으로 가는 차에 올나탓슴니다. 맛츰 원족 가는 수百 명 학생들이 자리를 모다 차지해 노아서 나쑨만 아니라 여러 사람이 좁은 틈을 베집고 서서 선 채로 가게

52　'丁 氏'는 정병기(丁炳基), '姜 氏'는 강영호(姜英鎬), '새ㅅ별 잡지사 박 선생님'은 『샛별』의 주간을 맡았던 박홍근(朴弘根), '마 선생님'은 마해송(馬海松)을 가리킨다. '童謠의 鄭 氏'는 '정순철(鄭淳哲)', '렴 선생님'은 염근수(廉根守)를 가리키는 것으로 보인다.

되엿습니다.

학생들은 경긔(京畿)공립상업학교 학생들이라 대부분이 일본 사람이고 조선 소년은 만치 안엇습니다. 일본 학생들의 양복은 대개 무릅이 찌저지고 궁둥이를 갈어대고 하야 보기에 너저분하고 험상한 옷이엇스나 엇던 사람은 가방에서 잡지책을 쩌내 넑고 안젓고 엇던 사람은 작란감 쓰내가지고 마조 안저서 작란을 하고 엇던 사람은 노래를 부르고 하야 차 안이 쩌들석한 것이 보기에 활긔 잇서 보여서 조흐나 한편 구석에 얌전만하게 쭉으리고 안저 있는 조선 학생들은 갓흔 학교 학생이로되 양복들은(이상 19쪽) 조촐하여 보이나 넘어 풀이 죽어 보이는 것이 내 마음을 엇더케 섭섭하게 하엿는지 모름니다.

좀 더 활긔잇게 좀 더 생긔잇게 씩씩한 긔상을 갓게 되여야 할 것인데……

조선의 모든 부형들이 모다 새로운 소년운동자가 되여야겟다 — 십엇슴니다.

○ 영등포에 니를 째까지도 나는 서서 갓습니다. 나리는 사람은 업고 오르는 사람뿐이여서 더 복잡하여젓슴니다. 차가 시흥(始興) 정거장을 지날 째 학생 한 분이 내 엽헤 와서 모자를 벗고 인사를 하더니 방 선생님 아님닛가고 뭇습니다. 이상하야 네 – 하고 대답하닛가 반가운 얼골을 하면서 인사를 다시 하더니 자긔는 『어린이』 애독자라고 하면서 자긔 자리로 가자고 하야 간신히 나는 그 분의 자리를 어더 처음 편히 안젓습니다. 그의 소개로 그의 동모 학생 여러분과도 인사하엿습니다. 그들은 수원까지 원족 간다 하엿습니다. 늘 맛나 뵙고 십어 하는 어린이 애독자를 이럿케 긔차 속에서 맛나닛가 더 한층 친절하고 정다운 생각이 나서 이런 이약이 저런 이약이 아조 오래간만에 맛난 녯 친구끼리처럼 자미잇게 이약이하엿슴니다.(이상 20쪽) 그이들은 나더러 어린이 잡지에도 탐정소설을 내게 해 달나고 청하엿습니다. 탐정소설을 잘못 내면 낫븐 영향이 미치는 이약이를 여러 가지로 하여 들려 드렷습니다.

○ 나더러 어대 가는 길이냐고 뭇기에 충청남도 홍성에 간다 하닛가 "왜

그럿케 홍성에만 자조 가느냐' 합니다. 내가 홍성에 가는 것을 언제 쏘 보앗기에 자조 간다 하느냐 하닛가 어린이 잡지에서 홍성에 가섯섯단 말슴을 닑엇노라 합니다. 싼은 「나그네 잡긔장」에 홍성 갓든 일을 쓴 일이 잇섯슴니다.

홍성은 나의 새 고향임니다. 금년 봄에 처음으로 홍성으로 이사(락향)를 하여서 홍성이 나에게는 새 고향이 되엿슴니다. 이럿케 대답하엿슴니다.

○ 텬안(天安) 정거장에서 나려서 홍성 가는 차를 밧귀 타는 동안에 두 시간이나 잇는 고로 그 동안 텬안 거리를 거니럿슴니다. 길거리에 "어린이 날" 선전지가 한 장도 붓지 안엇서요. 마음에 엇더케 섭섭햇는지 모릅니다. 그럿케 만히 박혀서 그럿케 여러곳에 보냇스닛가 왼 조선 안에 싸즌 곳이 업겟지…… 하엿더니 텬안(이상 21쪽)에는 한 장도 붓지 안엇슴니다그려. 텬안에는 우리 동모라 할 사람이 한 사람도 업시 몹시 쓸쓸스런 곳 갓햇슴니다.

○ 홍성에 도착 파-란 버드나무와 나무에 에워싸인 우리집에 도라와 보닛가 안방 벽에 "어린이날" 선전지가 부터 잇섯슴니다. 이곳 유치원에서 난호아 준 것이라고요. 이곳은 일하는 사람이 더러 잇는 곳 갓해서 마음에 깃벗슴니다. 그리고 이곳 유치원 어린 학생들이 『어린이』 삼월호에 낫든 「짜막잡기」,[53] 노래를 불르는 것을 듯고 엇더케 마음에 깃거웟는지 모릅니다. 어린이 잡지를 더 유익하게 더 훌륭하게 잘 해가야만 되겟다고 속으로 생각하는 한편에 유리의 일이 퍽 힘이 잇는 것도 알앗슴니다.

○ 이 동내 어린 학생들이 『어린이』 잡지에서 제비 이약이를 자조 닑엇는데 이때짜지 제비 구경을 못햇다고 퍽 섭섭해 합니다. 제비가 오지 안는 동내라면 퍽 쓸쓸스런 동내라고 나도 생각햇슴니다. 그러나 우리 집 대문 압과 뒤ㅅ겻에서 꾀꼬리가 꾀꼴 꾀꼴 우는 소리를 듯고 나는 쮜여 날 듯키 반가워하엿슴니다 …… (小波) …… (이상 22쪽)

---

53 「짜막잡기」(朴八陽 作歌, 尹克榮 作曲)(『어린이』, 제2권 제3호, 1924년 3월호, 13쪽)를 가리킨다.

小波, "나그네 잡긔장", 『어린이』, 제3권 제5호, 1925년 5월호.

各地의 少年少女大會

이번에는 方 선생님의 비밀 잡긔장을 발견해 온
讀者가 잇서서 지금 랑독하겟습니다.(喝采)

○ 三月 二十一日 밤(京城) 대단히 치운 밤이엿는데 少年少女가 퍽 만히 모여서 少年少女大會는 텬도교긔렴관 안에 성황으로 열니엿습니다.

원래의 예정은 이날 京城大會를 맛치고 내일 아츰 車로 大邱에 가서 밤에 그곳 大會에 참례하기로 된 것인데 大邱에서 열리는 大會가 밤이 아니고 낮으로 된 고로 오늘 밤車로 가야 내일 낮 大會에 참례하겟는 고로 일이 퍽 급하게 되엿습니다. 그래 맨 내종에 할 나의 童話를 맨 첫 번에 하고 곳 정거장으로 쮜여가기로 된 고로 시계를 쓰내 들고 이약이를 하노라니 마음이 조용치 안어서 퍽 힘이 들엇습니다. 간신히 끗을 맛치고 나니 벌서 아홉 時 四十分! 十五分밧게 남지 안흔 고로 연단에서브터 다름질하야 나와서 가방을 들고 곳 人力車를 잡아타고 살가티 몰아갓습니다.

정거장에 다으닛가 공교하게 전긔등이 모조리 꺼지고 촉불 몃 개만 켠 고로 캄캄한 속에서 한참 부닥기다가 간신히 차에 올라 한 자리를 어더 탓습니다.

차를 놋치지 안은 것이 다행하야 숨을 둘러 수이게 되니 이제는 나 나온 후에 경성의 大會가 끗까지 잘되는지 궁금해지기 시작하엿습니다.

복잡한 車中에서 잠을 잘쏭말쏭하다가 그냥 밤이 새이고 날이 밝아서.

○ 二十二日 낫(大邱) 새벽 여섯시 반에 大邱에 나리니 일른 새벽이건마는 우리 支社에서 여러분과 金泉에서 어적게 車로 와서 기다리신다는 金泉公普의 嚴 선생님[54] 외 여러분이 나와 마지해 주섯습니다.

---

54 '嚴 선생님'은 『朝鮮童謠集』(彰文社, 1924)을 편찬한 엄필진(嚴弼鎭)을 가리킨다. 엄필진은 1918년 3월 김천공립보통학교에 훈도로 부임하여 훈도 겸 교장으로 재임하였다. 1930년

여긔서 『어린이』 선전을 위하야 만히 힘써 주시는 무영당의 李 氏,[55] 녀자
학교 趙 선생님, 수창학교의 李 선생님을 반갑게 맛나 뵙고 새로 한 시에
만경관[56](활동사진관)으로 간즉 날이 흐릿하고 치운 날이건만은 그 큰집에
少年少女와 또 학교 선생님네와 父母 되시는 이로 긋득 찻섯슴니다.

이곳에서는 『어린이』 三月號가 부족되여서 할 수 업시 짜로 入場券을
맨들엇다 함니다.

여러 가지 자미잇는 음악과 少女 연설이 잇슨 후에 내가 少年運動에 관
한 몃가지 이약이를 하고 뒤니어 童話 두 가지를 퍽 오래ㅅ동안 하엿슴니
다. 끗가지 그 만흔 어린이가 끗까지 종용하게 듯는 것과 이약이 듯고 눈물
흘리는 사람이 만히 잇는 것을 보니 자조 童話를 드러본 경험이 잇는 것
가태서 마음에 깃벗슴니다.(이상 30쪽)

저녁에는 비가 오는데 여러 선생님과 동행하야 李 씨 댁에 가서 훌륭한
대접을 밧고

이튼날 아츰에 馬山으로 뎐화를 걸어 준비하고 아니한 여부를 무르닛가
예정은 二十四日 밤인대 童話를 한번이라도 더 듯기 원하는 터인 고로 二
十三四日 이틀 동안으로 광고하엿스니 꼭 오늘로 와야 한다는 대답인 고
로 금천서 오신 선생과 신문긔자가 금천으로 와 달라시는 것을 사절하
고[57] 二十三日 저녁째 여러 선생님의 전별을 밧고 大邱를 떠나 馬山으로
갓슴니다.

○ 二十三日 밤(馬山) 어두운 아홉시 十분에 馬山 정거장에 나리닛가

4월 경상북도 선산군 고아공립보통학교(高牙公立普通學校) 교장으로 이동(異動)할 때까
지 김천에서 교직에 재직하였다.
55 '무영당의 李 氏'는 이근무(李根武)를 가리킨다. 일제강점기에 대구에는 유일하게 조선인이
경영한 백화점이 있었는데 바로 무영당백화점(茂英堂百貨店)이다. 무영당백화점 안에 무
영당서점(茂英堂書店)이 있었고 이곳에서 윤복진・박태준의 동요곡집 『중중때때중』, 『양
양범버궁』, 『도라오는 배』를 등사판으로 출간하기도 했다.
56 '萬鏡舘'이란 이름으로 1922년에 문을 연 대구 최초의 조선인 자본 극장이다. 2002년 "MMC
만경관"으로 다시 2013년에 "CINEMA 1922 만경관"으로 상호를 변경하여 재개관하였다.
57 여기서 '금천'은 '김천(金泉)'의 오독으로 보인다.

항상 날더러 오라 하시던 李은상 선생님과 소년회 대표 몃 분이 나와서 "지금 개회한 후이라 사람이 갓득 모엿스니 회장으로 바로 가자" 하야 안내 대로 로동학교로 가닛가 少年회원들이 한창 童話劇을 하고 잇는 中이엿습니다. 그 연극이 끗나자 내가 간단이 少年운동에 관한 이약이를 하고 이튼 날(二十四日) 밤에는 장소를 넓혓건만 어적게보다 더 만흔 사람이 모혀서 못 드러온 이가 만헛다는데 역시 내가 少年運動에 관한 말슴을 하고 나서 童話 세 가지를 이약이하엿습니다. 二十五日에는 釜山으로 가랴 하닛가 釜山은 二十六日에 가도 넉넉하다고 붓잡으면서 이날은 가티 山에 올라가서 놀고 이약이 듯겟다고 三十여명 소년들이 점심을 싸가지고 온 고로 함께 山에 올러가서 점심도 가티 먹고 이약이도 하고 유희도 하고 짯듯한 봄날의 하로를 엇더케 말할 수 업시 자미잇게 유쾌하게 놀앗습니다.

이 소년들은 모다 어린이 독자인대 내가 馬山 오는 것을 긔회 삼아 순 어린이 독자만 四十여 명이 모여서 少年會를 조직하고 일홈을 〈新化少年會〉라고 지은 것이엿는데 갓 모인 것이건만 퍽 질서 잇고 또 원긔 잇게 모이는 것이 퍽 조와 보엿습니다. 그날 밤에는 그들과 늦도록 少年會에 관한 이약이를 하엿고 이튼날 아츰에는 다시 전별회를 열고 회원이 모다 모여서 오라 하기에 가 보닛가 전별식이잇고 또 나에게 긔렴품을 주엇습니다. 긔왕 맨든 것이고 또 일홈까지 색인 것이라 사양할 길이 업서서 바다 가지고 써나기 섭섭한 馬山을 써낫습니다.

○ 二十六日 밤(釜山) 李 씨와 동행하야 긔차가 부산진에 다으닛가 벌서 〈三一긔독少年會〉의 尹顔斗 씨가 마중으로 올라와서 초량에서 가티 나렷습니다. 바다ㅅ가이라 그런지 퍽 치운 밤이엿습니다. 려관에 들어가 저녁밥을 먹고 안내를 짜라 三一례배당으로 가니 벌서 이곳 례배당 압해서는 취군의 음악을 불고 잇섯습니다. 례배당 그 넓은 벽을 五色줄로 아름답게 장식한 솜씨를 보아 주선한 이의 용의가 주밀한 것을 알겟서서 깃벗습니다.

출연하는 이들의 하모니카 잘 부는 것과 연설 잘 하는데는 탄복하엿습니다. 맨-나종에 내가 少年 문뎨에 관한 간단한 이약이와 童話 두 가지를 하고 페회하엿습니다. 밤에는 밤이 깁도록 尹 씨와 少年회에 관한 이약이를 하엿습니다. 尹 씨는 퍽 얌전해 보이고 정 붓는 동모엿습니다. 그가 어린 몸이 혼자서 少年會 일에 노력하기에 피곤한 모양이 보인 것은 내 마음을 저윽이 압흐게 하엿습니다.

　○ 二十七日　서울로 오는 길에 金泉 잠간 들러서 二十八日 아츰에 서울 本사로 왓습니다.

　○ 三十日 밤(仁川)　仁川은 새로 열린 支社에서 만히 주선해 주서서 內里禮拜堂에 퍽 만흔 少年少女와 쏘 만흔 父兄이 모이엇섯습니다. 이곳은 童謠의 鄭順哲 씨를 동행한 고로 더욱 마음이 깃벗습니다.

　조회가 좁아서 몹시 주리고 주서 너어 간단히 써서 미안합니다려.(이상 31쪽)

버들쇠, "동요 지시려는 분쯰", 『어린이』, 제2권 제2호, 1924년 2월호.[58]

동요 동요는 참 조흔 것이올시다. 자미잇고 리로운 것이올시다. 어린이 세상에는 이것이 잇기 째문에 쓸쓸치 안슴니다. 그리고 어린이들의 깃부고 노여웁고 슯흐고 질거움에 늣기는 정을 가라치고 키워주는 큰 힘이올시다.

그러나 지금 우리 됴선 어린이 세상에는 동요라고는 참한 것이 별로 나타나지 안슴니다. 업는 것은 아니올시다만은 참말 동요가 어더보기 어렵다는 것이올시다. 왜 그런가? 할 째에 나는 이러케 생각함니다.

우리 됴선에도 녯날에는 썩 됴흔 동요가 만히 잇섯는데 지금부터 멋 백년 전 ─── 우리 어린이 세상이 쬐로 살어가는 어른들의 참견을 밧고 어른들이 어린이는 사람의 갑을 처주지 안코 그저 잡어 눌너서 어린이들은 입이 잇서도 노래 부르지 못하게 하고 손발이 잇서도 춤추지 못하게 하는 무지한 것이 시작되든 째로부터 차차 뒤ㅅ거름질을 처서 지금 이 디경에 일은 것이라고 생각함니다.(이상 25쪽)

그 까닭에 우리 됴선의 녜전부터 뎐해 오는 동요는 ─── 동요뿐 안이라 동화도 그럿치만은 ─── 모다 망처 노앗슴니다. 달니 망처 노흔 것이 안이오 어린이 세상에서는 용납하지 못할 어른들의 쬐와 뜻이 붓게 되여서 망처진 것임니다. 이제 나는 망처진 녯적 동요는 도라보지 말고 새 동요가 만히 생겨서 어린이 여러분의 복스러운 세상을 한칭 더 곳다웁게 꿈게 하고 십흔 뜻으로 동요 짓는데 알어 두실 것을 멋 가지 말슴하랴고 함니다.

쓸 것, 못 쓸 것, (以下譯述)

참 동요를 짓는 데는 아래에 써 노흔 여덜 가지 됴목에 맛도록 해야 함니다.

一. 동요는 순전한 속어(입으로 하는 보통말)로 지어야 함니다⋯⋯⋯ 글

---

58 '버들쇠'는 유지영(柳志永)의 필명이다.

투로 짓거나 문자를 느어 지은 것은 못씁니다.

二. 노래로 불을 수가 잇스며 그에 맛처서 춤을 출 수 잇게 지어야 합니다. 격됴(格調)가 마저야 합니다 ········· 노래로 불을 수도 업고 쏘 춤도 출 수 업게 지은 것은 못씁니다.

三. 노래 사설이 어린이든지 어른이든지 잘 알도록 해서 조곰도 풀기 어렵지 안케 지어야 합니다 ········· 사설이 어린이만 알고 어른들은 몰으게라든지 어른만 알고 어린이들은 몰으게 지으면 못씁니다.

四. 어린이의 마음과 어린이의 행동과 어린이의 성품을 그대로 가지고 지어야 합니다 ········· 어린이의 세상에서 버서나거나 무슨 뜻을 나타내랴고 쓸데업는 말을 쓰거나 억지의 말을 쓰거나 엇절 수 업는 경우가 아닌데 음상사가 좃치 못한 글짜를 써서 지은(이상 26쪽) 것은 못씁니다.

五. 영절스럽고 간특하지 안케 맑고 순전하고 실신하고 건실한 감정을 생긴 그대로 지어야 합니다 ········· 어린이의 감정을 쐬로 쐬여서 호긔심을 충동여 내게 지은 것은 못씁니다.

六. 사람의 쐬나 과학(科學)을 가지고야 풀어 알 수 잇게 짓지 말고 감정으로 제절로 알게 지어야 합니다 ········· 쐬나 과학으로 설명해야 알게 지은 것은 못씁니다.

七. 이약이처럼 엇지엇지 되엿다는 래력을 설명하는 것을 대두리로 삼지 말고 심긔(心氣)를 노래한 것이랴야 합니다 ········· 설명만 좍 해 노흔 것은 못씁니다.

八. 어린이들의 예술교육(藝術敎育) 자료(資科)가 되게 지어야 합니다 ········· 어린이들에게 리로웁기는 커냥 해를 씻치게 지은 것은 못씁니다. 악착스러웁거나 잔인한 것이나 허영심을 길너 주게 될 것이나 쏘 사실에 버스러지게 잘못 지은 것은 못씁니다.

이번에는 이 여덜 가지 쓸 것 못쓸 것만 말슴햇씁니다. 이 다음번에는 실제로 잘된 동요와 잘못된 동요 몇 가지를 들어가지고 동요 지시는데 알어

두실 것을 알기 쉽게 내여 드리겟씀니다.(이상 27쪽)

버들쇠, "동요 짓는 법", 『어린이』, 제2권 제4호, 1924년 4월호.

○ 동요는 글이 안이요 노래임이다

동요는 본대 작문 짓듯이 짓는 것이 안이요 노래로 불은 것을 써 놋는 것임니다. 다시 말하자면 어엽분 새라든지 고흔 꼿이라든지 조고만 시내라든지 큰바다라든지 달이라든지 별이라든지 그 무엇이든지 눈에 뵈일 째 귀에 들닐 째 질거워서라든지 슯허서라든지 입에서 저절로 노래가 울어나와서 입으로 노래한 것을 글ㅅ자로 긔록해셔 세상 사람들에게 노래 불으게 하는 것이 동요임니다. 그러나 글ㅅ자로 긔록해 놋는다는 것은 동요와는 아모 관게가 업는 것임니다. 입으로 노래만 하면 그만임니다.

그러키에 동요는 글로 지어 노흔 것을 긁 읽듯이 읽는 것이 안이요 노레를 글ㅅ자로써 노흔 것을 어더케라든지 곡보를 붓처서 노래 불으는 것이올시다. 이 까닭에 자기가 불은 노래를 글ㅅ자로 써 노흐면 누가 보든지 이약이책 읽듯이 왱々 읽어(이상 32쪽) 바리게 되지 안코 져졀로 노래로 불으게 되여야만 갑 잇는 동요라고 칭찬하게 되는 것이올시다. 그러니까 통틀어 말하자면 동요는 낡는 글이 안이요 불으는 노래라는 말이올시다.

○ 동요가 울어나올 째

동요는 우연히 져졀로 지어지는 것임니다. 심긔(心氣)가 스사로 나아놋는 것임니다. 심긔가 동요를 나아 놀 수 업는 째에 공연히 애를 써 짓는 것이 안임니다.

그러치만은 그러타고 가만히 잇서々 어는 째든지 동요가 울어나오겟지 하고 째가 오기만 기다리랴면 한평생에 하나도 못 짓는 분도 잇슬 것이요 동요작가(作家)라고는 어더 볼 수가 업슬 것임니다. 그러니까 동요가 울어나오도록 자기의 심긔를 무엇에다든지 쓸어다 붓처서 울어나올 긔회를 만들어 주어야 합니다. 가령 짯듯한 봄날에 엄 도다 나는 꼿나무 가지에 어엽분 새가 안저서 밋친 듯이 지저귀고 잇는 것을 볼 째에 지저귀는 새의 깃붐은 엇더하며 꼿의 마음은 엇더하리라는 것을 생각해 본다든지 느진 가을 서리 아침에 울고 가는 기럭이는 무슨 설흠이 잇스리라는 것을 생각해 본다든지 고흔 꼿이 픠여 사람의 감정을 질겁게 할 째에 그 꼿 속에는 무슨 신비(神秘)가 들어 잇슬가? 하는 것이라든지를 생각해 봅니다. 그리하면 그러케 생각해 보는 동안에 어는 틈에 동요를 지을 심긔가 됩니다. 그래서 동요가 저절로 울어나오게 될 것입니다. 동요가 울어나오거든 전번 책(二月號)에 말슴한 여덜 가지 쓸 것 못슬 것에 맛도록 해서 글ㅅ자로 적어 노십시요.

○ 전례를 들어 말하자면

잘된 동요 잘못된 동요의 전례를 들어 말(이상 33쪽)하자면 이러합니다. 위선 우리 됴선에서 전부터 전해오는 동요를 한 가지 들어서 말슴하겟습니다.

새야 새야 파란새야
록두 남게 안지말아
록두 꼿이 쩌러지면
쳥포 장사 울고간다.

이것은 참말 고흔 동요입니다. 전번에 말슴한 "쓸 것 못쓸 것"이라는 여덜 가지에서 버스러지ㅅ 안은 것을 아실 수가 잇겟지요. 첫재 순전히 속어로만 된 것이요 둘ㅅ재 노래 불을 수도 잇스며 그 노래에 맛처서 춤도 출 수가 잇시 지은 것이요 세ㅅ재 어린이에게나 어른에게나 알긔 쉽웁게 된 것이요 넷재 어린이 마음을 노래한 것이요 다섯재 간특하지 안코 순수하게 지은 것이요 어섯재 꾀로나 과학으로 설명을 해야 알 수 잇는 것은 못쓴다고 하는 뎜에 들어서는 좀 부족한 맛이 잇는 듯이 생각 되실 것입니다. 끗흐로 두 구절에 일르러서 "록두꼿이 쩌러지면 쳥포장사 울고간다" 한 것이 꾀로 설명을 해야 알 수 잇게 되엿다고 생각할 수도 잇겟습니다. 가령 록두꼿이 써러지면 록두가 열지 안코 록두가 열지 안으면 청포(묵)를 만들 감이 업서서 청포를 못 만들 것이요 청포를 못 만들면 청포장사가 청포를 못 팔너 단일 테니까 울고 가리라는 뜻인 바 이것이 쬐로 설명을 하게 된 것이라고 할 수가 잇게슴니다만은 이럿케 생각하는 것은 서울(도회디)에서 자라는 어린이들을 생각하고 하는 말이 됩니다. 시골(촌, 농가)에서 자라는 어린이들은 그럿케 설명을 해주지 안트라도 알게 됩니다. 시골 어린이로 한 열아문 살만 되면 록두꼿이 써러지면 록두가 열지 안는 것도 아는 터이(이상 34쪽)요 록두로 청포를 만드는 것도 아는 터이니까 관게치 안슴니다. 서울 어린이의 동요가 짜로 잇고 시골 어린이의 동요가 짜로 잇서도 관게치 안슴니다. 그러기에 사토리말을 쓰는 것도 상관이 업는 것임니다. 그리고 이것은 좀 짠소리 갓슴니다만은 "청포 장사 울고 간다"라는 뜻을 생각하실 쌔에 청포장사가 돈버리를 못해서 울고 간다는 뜻에까지 써러다가 생각하지 말고 그저 청포 장사가 청포 장사를 못 하겟스닛가 울고 간다고 하는 데까지만 생각하십시요. 이까지만 생각하면 넷재로 어린이 마음에서 버스러지々 말어야 한다는 구절에도 쏙 맛게 되는 것임니다. 청포 장사가 청포가 업스면 길고 짜른 목소리로 청포 사라고 질거웁게 노래를 불으고 단일 수가 업슬테니까 울고 가리라는 뜻으로 된 것임니다. 이러케 생각하면 얼마나 더 고와짐니까. 이 동요를 지은 분도 이러한 뜻으로 지은 것일 것임니다. 지금 이 동요를 불으는 어린이들은 내가 이런 말슴을 하기 전부터 그러케 생각하실이라고 생각함니다만은 우리 됴선 어린이들은 어른들에게 너머나 간섭을 만히 밧는 터이니까 이런 말슴 부탁하는 것임니다. 동요에는 어른의 쬐는 아조 못쓸 것으로만 잘 아러 두십니요.

　다음 일곱재와 여덜째에도 버스러지지 안은 것이올시다. 전번 책를 가지고 맛처 보아가며 생각해 보십시요.

　다음에는 전번 책에 쏩혀서 내어드린 「비」라는 동요를 곳처 드린 대로 그대로 들어가지고 말슴해 보겟습니다. 본래 지어 온 것은

　　부슬 부슬

비는 온다
비는 누구에
눈물 인가
달님의 눈물인가 (이상 35쪽)
해님의 눈물인가
저녁비는 달님
낫비는 해님

　이러함니다. 이것은 전혀 동요라고는 할 수 업는 것임니다. 첫대 격됴(格調)가 맛지를 안어서 노래로 불을 수가 업슴니다. 말도 골으지를 못햇고 음상사가 좃치 못하게 글자 배비를 해 노앗슴니다. 둘재ㅅ줄에 "비는 온다" 하는 "온다" 갓흔 것은 말을 골나 쓰지 못한 뎜으로 이 동요로서는 작댁이임니다. 그저 관주감은 지은이의 생각(著想)쑨임니다. 그래서 곳처 노흔 것이

비가와요 비가와요
부슬부슬 비가와요
하늘에서 비가와요
햇님달님 눈물와요.
저녁비는 달님눈물
아츰비는 햇님눈물
무슨서름 눈물인가
비가와요 눈물와요.

　이러케 순전히 곳처 바렷슴니다. 이럿케 해 놋코 보니 동요가 되엿슴니다. 그러나 역시 험집이 만슴니다. 그리고 본대는 "햇님의 눈물인가" 해서 뉘 눈물인지 의문으로 두엇든 것을 아조 해님 눈물이라고 단뎡을 해 바렷는대 그때는 끗헤 두 귀를 만들랴는 뜻과 쏘는 그리하는 편이 조홀 줄로 생각하고 햇섯는데 지금 다시 생각하면 "무슨 서름"이라는 것이 어린이 마음에서 좀 버스러진 것 갓슴니다.

한명 잇는 책장수는 다 차고 쏘는 지리하게 여러 번 슬어가며 난호아 낼 수도 업기 째문에 뒤등대등 간단간단히 써 노앗슴니다. 추후에 긔회가 잇거든 이번에 못한 말슴을 다해 보겟슴니다.

이 글 쯧에 잘 알 수 업는 대는 어른들께 글의 뜻만 물어보십시요. 그리하면 잘 아실 수가 잇겟슴니다.(이상 36쪽)

"兒童과 讀物(下)", 『매일신보』, 1924.3.30.[59]

兒童 將來의 幸福을 爲하야 父兄이 最善을 다홀 것은 他人이 强要치 안트리도 人情으로 自然히 그러하게 될 것이외다. 그러나 兒童의 幸福을 爲하야 아모리 最善을 다혼다 할지라도 그것이 果然 兒童의 幸福이 될는지 禍가 될는지는 特히 賢明한 考察이 업스면 알 수 업슬 것이외다. 昔日에 잇셔ㅅ는 學校의 敎育을 식히면 그 兒童의 將來에 禍가 밋치리라는 것이 그 兒童을 舊式 書堂에다 집어 넛케 된 것인 것쳐름 今日에 일으러셔는 學校의 敎育을 식히지 안으면 그 兒童이 반다시 社會의 落伍者가 되야 其 前程이 悲慘하리란 것이 切實한 要求가 되여 압을 다토와 入學을 식히랴는 것이 되엇습니다.

그리하야 每年 學期初에는 兒童을 가진 家庭에 悲劇이 일어나게 되는 것이외다. 勿論 兒童을 다리고 入學 식히려 學校 門을 들어갓다가 拒絶을 當하고 稍然히 그대로 집에 도라오며 그 失心혼 兒童의게 後年 봄을 期約할 때의 늣김이야 이것을 直接으로 自身에 經驗한 사람이 아니면 엇더케 想像할 수가 잇슬가요. 이것이 入學 志願者 十餘萬 中에 게우 收容을 當혼 者를 減하면 近十萬 兒童의 家庭에는 이러혼 悲劇이 일어날 것이외다. 이러혼 것이 勿論 當面의 大問題가 안임은 아니로되 이것은 朝鮮 現在의 社會 及 經濟 狀態로 보아 莫可奈何의 事情이외다.

이 根本問題도 問題려니와 더 一層 늘어가셔 그와 갓치 敎育을 要求함이 果然 敎育을 理解하며 짜라셔 엇더한 方法으로 쏘는 엇더한 方面으로

---

59 「兒童과 讀物(下)」은 『매일신보』의 '日曜附錄-婦人과 家庭' 난에 발표된 글이다. '日曜附錄' 이란 말로 보아 1주일 전인 1924년 3월 23일자에 「兒童과 讀物(上)」이 발표되었다고 볼 수 있겠다. 그러나 현재 그 날짜의 신문을 확인할 수 없어 수록할 수 없었다.

引導하여야 할 것은 父兄 諸氏가 理解하나냐 하면 이것은 遺憾이지만은
나타는 事實로 보아서 沒理解 無方針이라 할 수 잇습니다. 다만 教育이란
概念에 붓들니엇슬 뿐이 안인가 합니다. 우리가 兒童으로 하여금 充分히
그 良知良能을 發揮식힌다 하면 若干의 物質을 앗기는 일은 勿論 업서야
할 것이외다.

그러흔데 物質의 不足 그것만이 原因함인지 쏘는 誠力이 업는 그것이
原因함인지 알 슈 업스나 젹어도 百餘萬의 學齡 兒童이 잇고 現在 學校에
收容되여 잇는 三十餘萬의 兒童을 가진 우리 朝鮮에는 兒童의 精神的 糧食
이 될 兒童의 讀物이 젹어도 每人에 하나식 三十餘萬은 잇셔야 할 것이외
다. 그러나 朝鮮의 現在를 들어 말하여 봅세다. 兒童 讀物로서 그 種類를
셰아려 보드라도 셰 손가락을 곱흘 슈 업소이다. 쏘 單行本에 일으러서도
더 말할 것 업소이다. 더구느 그 數百萬의 兒童이 낡어야 할 것이 萬으로도
셰일 수 업는 것은 곳 兒童이 精神의 糧食이 그만큼 不足하다는 것을 말흠
이외다.

우리가 直接 肉體에 數三日의 糧食을 絶한다 하면 肉體的으로 生을 扶持
할 수 업는 것을 直接 經驗이 업드리도 斟酌흘 수 잇다 하면 이와 갓치
精神的 糧食이 不足흔 더에[60] 健全흔 精神의 發達을 期흘 수 잇겟슴닛가.
果然 업슬 것이외다. 그러하고도 發達한다는 것이 眞實이 안일 것이외다.
잇스리라 바라는 것은 迷妄이오 空想이외다. 갓가온 日本에 例를 들어 말
하여 봅시다. 아모리 貧寒한 家庭의 兒童일지라도 義務教育制度가 잇슴으
로 小學校는 맛치게 됨니다. 그리고 제 달에 나오는 雜誌를 꼭꼭 購讀치
못하드리도 반다시 달 넘은 것이라도 購讀하게 됨니다.

그리하야 全國 內에 近百種의 兒童雜誌가 잇고 짜라셔 數百萬 冊의 書籍

---

60 '터에'의 오식으로 보인다.

이 兒童의 손을 것치게 됩니다. 더욱 近日에 至하야는 兒童의 創造的 本能과 美的 思想을 充分히 發達식히기 爲하야 童謠 童話 等을 兒童 自身이 創作하게 하며 甚至於 兒童劇 갓튼 것을 學校에셔 定期로 行演하야 年少흔 그들의게 어느 意味로 보아셔 참 人間을 알으케 주게 합니다. 그러나 우리 朝鮮은 果然 엇더한 現狀에 잇슴닛가. 모든 것이 今日쳐름 萎微不振하는 째에 兒童의 그것만에 全力을 쓸 수는 엄슴니다마는 우리 社會에도 眞實히 社會를 憂慮하고 民族의 將來를 격정흔다 하면 이것을 一日이라도 諸忽히 싱각할 問題가 아니라 합니다.

　　그러나 近日에 特殊한 篤志家가 잇셔셔 갓금〜 學校를 設立흔다는 말은 들엇스나 兒童의 精神的 糧食의 空乏을 憂慮하야 兒童의 讀物을 經營한다는 사람이 업는 것은 참으로 遺憾으로 아니 싱각할 슈 업슴니다. 一普通學校를 設立흔다는 것은 數百 兒童을 爲한다는 것이오 相當한 兒童 讀物을 刊行한다는 것은 數十萬 數百萬의 兒童의게 큰 影響을 준다는 것을 우리가 切實히 늣긴다 하면 아모리 寂寥흔 우리 出版界오 貧弱한 우리 家庭이라 하여도 이와 갓치 荒野에 彷徨하는 感은 업슬 것이외다. 우리는 兒童의 創造的 精神을 그대로 自然에 맛기어 두는 것이 조흘가 미력일지라도 그 啓發에 힘을 써보아야 할가 社會와 民族을 爲하는 慨歎하는 諸賢의 考慮를 促합니다.

어린이社, "돌풀이", 『어린이』, 제2권 제3호, 1924년 3월호.

세월이 지나가는 것처럼 빨르고 속한 것은 업슴니다. 『어린이』 잡지가 낫다지 『어린이』란 잡지가 생겻다지 하고 어린이들은 물론이요 어른들 사이에까지 깃흔 소식 써들석하든 것이 어적게 일 갓흔대 벌서 일 년 열두 달 삼백예순닷새가 지나서 첫 생일 첫돌이 도라왓슴니다그려.

이제 가장 귀여운 어린이 잡지의 첫돌을 당하매 다시 작년 이째에 『어린이』 잡지가 처음 나올 째 책사책사마다 어리고 어린 남녀 학생들이 쑤역쑤역 모여들고 골목골목마다 어린 동모들이 『어린이』 잡지들을을[61] 들고 깃버하는 것을 보고 "아-아 저들에게도 쌋듯한 봄날은 갓가히 온다!"고 스스로 엇던 감격을 늣기든 일이 생각남니다.

쏙 일 년 동안을 힘써서 오늘의 이만한 터를 닥고 지금은 됴선서 뎨일 만흔 동모(애독자)를 엇고 안젓스니 숨 한번 돌려 수일 사이라도 잇게 되엿지만은…… 오날까지 지나온 일을 돌려다보면 참으로 억지의 경우를 만히 넘어왓슴니다.

뎨일 첫대 맨 처음에는 方 선생님이 그째 일본 동경에 게신 관계로 독자 여러분에게서 모여온 글과 그 외 여러 가지가 한번 동경으로 건너가서 거기서 펜즙되여서 도로 서울로 나와서 서울서 총독부 허가를 맛흐○○○○○ ○○○○○ ○○○○○와서야 인쇄를 하엿스니 본사의 일이 엇더케 수구롭고 어려윗든지 짐작이나 해 볼 수 잇슴닛가.

그러나 그러케 고생스러운 중에도 사랑스러운— 쏘 한편으로 가련한 수만흔 우리 어린 동모들이 그 곱고 고흔 마음으로 엇더케 『어린이』 잡지를 위하고 기다리는가를 생각할 째에 우리는 몃 번이나 내여팽겨치려든 일을

---

61 '잡지들을'에서 '을'이 한 번 더 들어간 오식이다.

다시 붓잡고 다시 붓잡고 하여 왓는지 아지 못합니다.

참말로 멋 번이나 못하겟다 못하겟다고 락심하던『어린이』의 경영은 꼿갓치 새갓치 귀엽게 귀엽게 커 가는 어린 동모들을 위하는 정성과 아는 중에 쏘는 모르는 중에 우리를 도아주고 우리를 잡아 당겨주는 여러분 독자의 지극히 순결하고 고귀한 힘이 아니엿더면 단 일 년 동안에 지금의 이만한 힘을 갓게 되지 못하얏슬 것입니다.

첫돌의 깃븜! 오늘의 깃븜은 결코 본사 멋 사람쭌의 것이 아니요 널니 애독자 여러분의 것이요 쏘 여러분이 더 깃버해 주실 줄 암니다. 오늘의 첫돌(이상 26쪽)을 깃버해 주실 전 됴선 송만의 동모 여러분! 오늘까지의 로력(努力)과 후원(後援)으로 깃븜을 말하는 오늘에 압날 압날이 쏘 이갓치 아니 이보다 더 깃겁게 할 일을 맹서하십시다.

우리가 그냥 덥허놋코 돌날이닛가 그저 깃브다 하는 것보다는 한거름 나아가 지나온 일 년의 일을 저울질하고 그 우에 새 일 년의 새 계획을 세우는데 더 갑 잇난 새 의미가 잇슬 것이라 생각합니다.

그러한 생각에서 나는 지나간 일 년 동안의 압호고 고단스런 고생 중에서 쑴여난『어린이』잡지 열세 책을 다시 한 번 드려다 보려 합니다.

작년 三월에 처음 나온『어린이』의 창간호는 됴선 어린이들 세상에 처음 전한 복음(福音)이라 어느 것이 더 좃코 덜 조흘 것 업섯지만은 그중에「여러분!」이란 짧은 글이 크게 갑이 잇서서 그 글을 닑고 각 시골서 소년회를 새로 조직한 곳이 만핫고 外國 少年 소개「아라사의 어린이」와 쏫 전셜「햐-신트」이약이가 잇서서 유익햇고 童話劇「노래 주머니」와 方 先生님의 童話가 大好評이엿고

二호에는「어린이會의 밤」과「오날까지」라는 두 가지가 유익한 참고엿고 독일 어린이 소개가 유익하고「아버지 생각」이란 슯흔이약이와「황금거우」란 우스운이약이가 好評 大好評이엿고

三호에는 「꼿노리」라는 글과 「귀여운 피」라는 유명한 글이 잇섯고 高漢承 先生의 童話가 나기 시작하야 方 先生님의 「눈 어둔 포송」[62]와 함께 大好評 불상한 「물망초」 이약이와 「영길의 설흠」이란 글이 독자들을 울게 하엿고

四호는 특별히 「어린이의 날 호」로 보통 때보다 갑절이나 더 크게 발행하엿난대 그 중에 「씩씩한 소년이 됩시다」와 「영국 어린이」 소개가 유익하엿고 어린 고학생 鄭判潤 氏의 恖혼 신세 이약이가 자미잇섯고 孫晉泰 先生이 처음 歷史童話를 내기 시작하엿고 方 先生님의 白雪公主 이약이가 나기 시작하야 大好評이엿고

五호브터는 자미잇는 그림이약이가 나기 시작하엿고 「어머니쎄 가요」라는 童話劇이 낫고

六號에는 「푸른 대궐」이 나고 「쌀긔와 금상자」란 童話劇이 낫고 全鮮少年指導者大會를 우리 어린이社에서 主催하는 것이 發表되엿고

七號에는 方 先生님의 七月 七夕이약이가 낫고 자미잇기로 有名한 寫眞小說 「영호의 사진」[63]이 이달브터 나기 시작하여 好評 大好評

八號는 指導者大會紀念호요 쏘 특별히 이달브터 어엽브게 冊으로 매게 된 고로 썩 어엽벗섯고 〈색동회〉 사진과 글 쓰시는 이들의 사진이 모다 나서 책이 나자 금시에 다 팔렷고

九호에는 安昌南 씨 사진과 소식이 잇고 「염소와 늑대」 理科 이약이가 처음 나서 好評 十호에는 有名한 童謠 「우는 갈맥이」와 「百日紅 이약이」 「낙엽지는 날」 외에 童話劇 「톡긔의 재판」과 「飛行機는 엇더케 쓰나」(安昌南 씨 글)이 잇서 처음 보는 大好評이엿고 十호에는 方 先生님의 「요술낙이」 그림이이이가[64] 자미잇섯고 사진소설이 쯧까지 낫고

十二號(新年號)에는 「두더쥐 혼인」[65] 이약이와 新上 新年大會[66]가 모조

62 「눈 어둔 포수」(『어린이』, 제1권 제3호, 1923년 4월호, 2~3쪽)의 오식이다.
63 「영호의 사정」(『어린이』, 1923년 10월호, 11월호, 12월호)의 오식이다.
64 '그림이약이가'의 오식이다.

리 자미잇섯고 특별히 호랑이 잡기 작란감이 잇서서 야단들이엿고 十三號
에는 동요 짓는 법[67]과 自由畵 그림 쏩기가 잇섯고 方 선생님의 선물 아닌
선물과 柳 先生님의 「조고만 복상자」와 童謠 곡됴가 둘이나[68] 잇서서 大好
評이엿슴니다.(이상 27쪽)

---

65 「두더쥐의 혼인」(『어린이』, 1924년 1월호, 4~8쪽)을 가리킨다.

66 「誌上 新年會」(『어린이』, 1924년 1월호, 21~39쪽)를 가리킨다.

67 버들쇠의 「동요 지시려는 분쯰」(『어린이』, 1924년 2월호, 25~27쪽)를 가리킨다.

68 朴八陽 作歌, 尹克榮 作曲의 「까막잡기」(13쪽)와 金基鎭 作謠, 鄭順哲 作曲의 동요(제목
없음, 17쪽)를 가리킨다.

田榮澤, "少年問題의 一般的考察", 『開闢』, 제47호, 1924년 5월호.

O child! O new forn denigon
Of life's great city! on thy head
The glory of the morn shed
Like a celestial benison!
Here at the portral thou does stand
And with thy little hand
Thou openest the mysterious gate
Into the futures undiscoverd lnd.

　　　　　— Lonffellowa —

오오어린이어! 人生이란大都市의
새로난市民이어 너의머리우에는
하날에서내리는 거룩한祝福처럼
아참의榮光빗이 흘너쏘나진
오냐너는 큰門압헤 섯고나
너의 조고만 주먹을 쥐고
未來의 未知의나라에드러가는
그神秘의門을 열어저치려고.

　　　　　— 롱옐로우 (이상 9쪽)

　古來로 詩人은 어린이의 尊貴한 것을 노래하엿습니다. 眞實로 世界에 가장 貴한 것은 어린아희외다. 비스막[69]이 路上에서 어린아희를 만날 째마다 帽子를 벗고 敬禮하는 것을 보고 그 隨從하든 사람이 "閣下여 皇帝階下 밧긔 自進하야 敬禮를 하실 必要가 업는데 이것이 엇지한 까닭이오니가" 하고 물으매 그는 儼然히 對答하기를 "世界에서 뎨일 貴한 것은 어린아희

---

[69] '철혈정책(鐵血政策)'으로 독일을 통일한 오토 폰 비스마르크(Otto Eduard Leopold von Bismarck, 1815~1898)를 말한다.

요 獨逸의 將來는 어린아희에게 잇는 것을 모르오?" 하엿다 합니다. 예수 그리스도가 말하기를 "어린 아해와 가티 되지 못하면 天國에 드러가지 못하리라" 한 말삼은 어린아해의 貴한 價値를 가라치여 아울너 人生을 警戒한 千古의 金言이외다. 東西洋을 勿論하고 녯날에는 어린이들을 虐待하여 왓스나 예수의 이 말은 어린아해의 價値를 놉히는 데 큰 힘이 되엿습니다. 그리고 近代에 니르러 各 方面의 解放運動이 니러남을 짜라서 少年의 地位도 만히 놉하젓습니다. 엇든 사람은 現代를 稱하야 婦人의 時代 或은 勞動者의 時代라고 하지마는 나는 二十世紀는 "兒童의 世紀"라 하겟습니다. 和平한 家庭에서 어린아해들을 사랑하는 것처럼 平和한 世界가 니르면 自然히 어린아해를 사랑하며 尊重하게 될 것입니다.

現今 小年을 爲한 各가지 運動이 世界的으로 크게 니러나는 것을 보매 이제야 비로소 人類는 그 情神이 沈着해지고 世界는 차차 平和의 宮殿으로 드러가랴는 것 갓습니다.

二

몬저 文明한 西洋에서는 家庭에서나 社會에서 少年을 사랑하며 少年을 爲하야 努力하는 바가 만헛고 짜라서 그들은 참으로 幸福스러웟스며 그들의 文華가 아름답게 되고 그 民族들이 發展 繁榮한 큰 原因이 쏘한 여기에 잇것마는 朝鮮의 少年은 참 不祥하엿습니다. 朝鮮에서는 古來로 少年을 爲하여 아모 生覺을 한 일도 업섯거니와 힘쓴 일이 도모지 업섯습니다. 그리고 도로혀 少年을 업수히 녁이고 少年을 虐待하기를 甚히 하엿습니다.

그러면 現在의 狀態는 엇덥닛가. 우리의 文化運動은 엇덥닛가. 어데서 講演을 한다면 그것은 어른울 爲하야 하는 것이오 무슨 雜誌나 書籍을 發行한다면 그것은 반다시 어른을 爲한 것이오 어린이를 爲하야는 아모 相關이 업섯습니다. 무슨 敎育運動을 한다 하면 敎育事業을 經營한다 하면 그것은 中等 以上 專門敎育이오 어린이의 敎育은 度外에 두엇습니다. 普通敎育은 아모러케나 하여도 無妨하고 아모러케나 할 수 잇는 것으로 생각합니다.

우리의 어린이들은 참 可憐합니다. 曰 産業問題, 曰 敎育問題, 勞働問題, 婦人問題, 道德 風氣問題 하지만 우리 가운대 우리의 어린이들 爲하야

兒童問題를 생각하고 兒童敎育 問題를 생각하며 여기 對하야 힘을 쓰는 이가 누구입닛가. 그리고 現今의 普通學校의 敎育을 봅시다. 그 敎科書를 봅시다. 그것은 兒童을 啓發하기는커녕 도로혀 버려 줍니다. 그 敎育制度와 敎育者의 態度를 봅시다. 그 敎育의 精神을 봅시다. 그거슨 다 모처럼 아름다운 어린이들의 天性과 情操를 버려주고 至極히 貴한 知力을 문질너줄 뿐이외다.

우리는 우리의 普通學校 敎育이 그처럼 不完全하고 少年問題에 대한 誠意가 이러케 不足한 것은 무엇보다도 第一 근심하고 걱정하지 아늘 수 업습니다. 나는 이 少年問題가 모든 問題보다 맨 몬저 생각한 根本問題라 합니다. 어린이는 어느 나라 어느 民族의 어린이든지 다 사랑스럽고 貴하고 重한 것이겟지오. 그럼으로 비스막이 그 어린들에게 敬意를 表하고 獨逸의 將來는 아해들에게 잇다고 하엿거니와 더구나 朝鮮에서는 少年이 몹시 重한 地位에 잇습니다. 李光洙 君이 朝鮮少年을 向하여 부르지즌 말을 나는 니저버리지 아니합니다.

아아 朝鮮의 少年들아
네이름을 뭇는이 잇거들란
金之요 李之요 할줄이 잇스랴
우리는 朝鮮의 運命이오라 하라.

진실로 朝鮮民族의 運命은 男女老少에게 달넛다고 斷言할 수 엇습니다. 過去의 朝鮮 사람은 아모것도 한 거시 업고 하는 것도 업섯고 現在 우리 社會를 일우는 朝鮮 사람 至今 우리 社會를 代表하고 支配하는 그 사람으로서는 그 사람들이 죽엇다가 새 사람들이 復活한다면 모르지만 아모것도 아니 되고 아모것도 할 수 업습니다. 그러면 이에 對한 根本方策은 곳 朝鮮民族을 根本的으로 改造할 方策은 少年을 잘 길느고 가르치고 指導하야 새사람 참사람 사람다운 사람들을 만듦에 잇겟습니다. 이것이 우리 民族의 우리 社會의 根本的 改善策이외다. 그 外에는 별 수가 업습니다.

세상이 모두 오직 政治 法律밧게 모를 째에 아니 엇지할 줄을 모르고 다만 아득이기만 할 째에 崔南善 君이 李光洙 君과 힘을 아울너 『少年』을 發行한 것이 朝鮮에 잇서서는 少年運動의 嚆矢라 하겟습니다. 그리고는 純全히 宗教的으로는 예수敎會에서 "主日學校"라는 것을 하여서 짜로 男女 어린이를 爲하야 聖經도 가르치고 자미잇는 니악이도 해주고 작란도 식혀서 어린이의 心理를 利用하야 宗教心을 길너 주며 아울너 道德心과 그 天性을 도아주는 일이 잇서 왓습니다. 그러나 그것도 甚히 幼稚하엿습니다.

그리고 近日에 니르러 『어린이』外 몃 개 少年雜誌가 생기고 童話 가튼 少年文學이 나서 文學的 方面의 運動이 니러나려고 하고 쏘 趙喆鎬 氏가 始作한 〈少年斥候團〉의 쏘이스카우트로 니러나는 體育的 方面의 運動이 잇고 昨年인가 再昨年인가 엇던 이가 京城과 開城에서 始作한 少年團, 少年會로 니러난 結社的 運動이 잇섯스나 그 後의 消息을 알 수 업서 우리는 궁금이 생각하엿습니다. 그리드니 最近에 니르러(昨年부터) 몃몃 有志의 發起로 少年指導者會라는것이 생기고 쏘 메이데이를 卜하야[70] 어린이날로 定하고 特別히 어린이들을 즐겁게 하며 어린이를 위하야 "少年問題"를 크게 宣(이상 12쪽)傳하게 되엿고 今年에 이르러서는 더욱 盛大히 이날을 직히게 한답니다. 百三十餘處의 少年團體에서는 一齊히 記念式을 擧行하고 三十萬枚의 宣傳書를 配布하고 少年行列까지 한다고 합니다. 내가 이 글을 쓰게 된 動機도 여긔에 잇는 것은 讀者가 벌서 짐작할 것인 줄 압니다. 나는 이러한 機會에 少年問題에 대하여 한 가지 方面을 말하여 社會의 注意를 니르키며 여러분의 研究의 材料를 삼고저 합니다. 부듸 朝鮮에도 健實한 少年運動家 少年文學者가 만히 이러나기를 懇切히 바랍니다.

(1) 少年文學과 그 敎育的 價値

近日에 日本에셔 童話와 童謠 民謠運動이 盛하는 影響을 밧아서 朝鮮에

---

70 '卜하다'는 "점을 치다", "점을 쳐서 집터 따위를 가려 정하다"란 뜻이 있으므로, 여기서는 "날을 잡다, 날을 정하다" 정도의 뜻으로 보면 되겠다.

서도 마치 새벽밤 별처럼이라도 겨우 少年文學이 생기게 되엿습니다. 이 少年文學은 實로 兒童의 다시 업는 樂園이오 無限한 趣味요 無變의 敎訓이오 好適한 知識의 供給物이외다. 저들의 마음은 니악이의 노래의 부드럽고 싸뜻한 품에 안겨서 그 情操와 德性과 知慧가 자라납니다. 아해들처럼 니악이를 즐기는 이가 업고 아해들은 니악이만콤 조화하는 것이 업습니다. 이와 가티 니악이를 아해들이 조화함으로(니악이와 아해들이 密接한 關係가 잇기 째문에) 少年文學은 少年에게 대하여 極히 强大한 感化力이 잇는 것입니다. 少年文學은 그 種類와 그 特性을 짜라 各各 敎育에 미치는 效果와 價値가 다를 것이나 大畧 다음의 네 가지로 말할 수가 잇겟습니다.

1. 美的 感性을 길너 줌
2. 아해들의 趣味를 넓힘
3. 德性과 知力을 培養함
4. 想像力을 豊富하게 함

아해들의 情을 길너 주는 것만 해도 큰일이외다. 엘리옷트 博士는 말하기를 "世界는 依然히 觀察과 認識과 理性에 말매암지 안코 感情으로 支配된다. 그리고 國家的 偉大와 正義는 무엇보다도 몬저 아해(이상 13쪽)들의 마음에 사랑과 正義의 情을 길너 줌에 잇다" 하엿습니다. 近日에 니르러 더욱 情操敎育의 必要를 感하야 情育의 必要를 만흔 心理學者와 敎育家들이 唱道합니다. 더구나 아래들은 흔이 知보다도 情으로 움직이는 것이닛가 情育을 힘쓰는 必要가 잇습니다. 兒童文學은 音樂이나 美術이나 自然으로 더부러 아해들의 美的 感性을 길너 주며 놉혀 주는 데 偉大한 힘을 가젓습니다.

다음에는 趣味와 德性과 智力을 길너 주는 것이외다.

趣味는 사람 生活에 極히 必要한 것이외다. 西洋 사람은 모든 일을 趣味로 하고 趣味로 살아갑니다. 書冊을 닑는 것도 趣味로, 飮食을 먹는 것도 趣味 車 타고 배 타고 旅行하는 것도 趣味 敎會에 가는 것도 趣味 慈善事業 宣敎事業 어느 것이나 趣味 아닌 것이 업습니다. 그러나 朝鮮 사람은 萬事에 趣味 잇는 것이 하나 업고 모도 마지못하야 억지로 하고 억지로 살아감니다. 이 趣味는 機械에 기름 갓고 사람에게 血液 갓하서 個人生活에나 民族生活에나 實로 그 生命이 되는 것이외다. 이 趣味 업시는 暫時도 살 수가 업습니다. 이런 것을 생각하야 더욱 우리 少年의 趣味를 길너 줌이 무엇보다 必要합니다.

어린 아해들은 童話를 닑으며 듯는 사이에 모르는 사이에 智識이 啓發되고 趣味가 소사남니다. 兒童文學 가운데는 地上의 山川草木 禽獸魚鼈이 다 나오고 地下世界 海中의 龍宮天上의 月世界 星世界의 모든 것이 다 나타남으로 따라서 이것을 닑는 그들의 世界가 넓어지고 無限한 趣味와 智識을 어들 수 잇습니다. 더구나 文學 藝術의 趣味는 兒童文學(童話)으로 말미암아 크게 培養이 되는 것이외다. 西洋의 여러 文豪 단테, 괴테, 실레르, 빠이론, 듸케스, 와일드는[71] 모도 그 少年時代에 童話를 조와하야 耽讀함으로 거기에서 偉大한 마음의 糧食을 攝取하얏다고 합니다.

童話의 荒唐하고 虛誕한 假面 밋헤도 그것이 兒童의 趣味를 잇그는 同時에 生命 잇는 道德的 眞理와 人類의 日常經驗 生活에 關한 訓戒的 眞理가 들어 잇슴으로 그것이 不知不識之間에 그 마음속에 뿌리를 박게 되는 것이외다. 그리고 童話는 人類歷史에 偉大한 貢獻을 하는 想像力을 걸너 주는 效果(이상 14쪽)가 큼니다. 世界의 모든 훌늉한 繪畫 彫刻, 壯하고 美麗한 大建築物 모든 아름다운 詩歌, 小說, 音樂이 다 想像에서 나온 것이니 今日 世界에서 자랑하는 모든 藝術은 이 想像 作用이 업섯든들 생기지 못하여슬 것이외다. 道德上 同情心도 이 想像力으로야 생기는 것이니 世界의 平和 階級의 平和도 易地思之하는 이 想像力으로야 될 것이외다.

(2) 少年文學과 注意点

少年文學이 兒童에게 對한 感化力이 크고 敎育的 價値가 얼마나 만흔 것은 有限한 紙面에다 말할 수 업습니다. 歐米 諸國에는 古來로 이 少年文

---

71 단테(Alighieri Dante), 괴테(Johann Volfgang von Goethe), 실러(Johann Christoph Friedrich von Schiller), 바이런(George Gordon Byron), 디킨슨(Emily Elizabeth Dickinson), 오스카 와일드(Oscar Fingal O'Flahertie Wills Wilde)를 가리킨다.

學에 힘을 써 훌늉하고 貴한 文學이 만습니다. 그러나 우리에게는 口傳으로 도라 가는 『콩쥐팟쥐』, 『별주부』, 『沈淸傳』 가튼 너무 不自然하고 너무 俗된(非藝術的이오 너무 道德의 版에 박힌 것)뿐이오 少年文學이라 할 만한 것이 업습니다.

少年文學은 그 本質上 어린이 精神과 腦에 다시 흐리지 못할 깁흔 印象을 주는 것이오 그 性品에 주는 感化力이 强함을 짜라서 또한 거긔에 從事하는 이는 깁흔 注意와 큰 努力을 가져야 하겟습니다. 첫재에 아해들의 純性을 害하지 말고 保全 開啓해 주도록 하야겟습니다. 그럼으로 西洋의 少年文學 作家는 안델씬, 그림, 와일드, 톨스토이, 크로이로프, 호오돈[72] 等 偉大한 詩人 藝術家들이외다. 이제 나는 少年文學運動에 대하야 注意할 点을 몃 가지 말삼하겟습니다. 그러나 朝鮮에는 아직 아해들을 爲하야 純美한 文學을 줄 참 藝術家가 업슴은 참 싹한 일이오 우리네 어린이는 참 可憐합니다.

첫재 文章과 言論에 對하야 注意하야겟습니다. 아해들이 넑는 글에는 特別히 그 文章을 注意하야 되겟습니다. 그 어머니와 언니에게서 듯든 말 제가 동모들로 더부러 말하든 그 말을 바로 써서 첫재에는 不自然하고 그릇된 말노 그 부드러운 純性을 害하지 말고 둘재는 어머니 나라의 바른말과 文章의 本을 보히도록 할 것이외다. 近日에 나는 엇던 少年雜誌에서 "의"와 "에"를 바로 쓰지 못한 것을 보고 그리고 엇든 有名한 童話를 넑다가 그것은 日語지 朝鮮말이라고는 할 수 업는(이상 15쪽) 直譯된 것을 만히 보고 퍽 싹하게 생각하고 걱정하엿습니다. 그리고 最近에 나는 몃 가지 少年雜誌에 朝鮮말 아닌 다른 말이 그 大部分을 차지한 것을 대하여는 긔가 막혀서 말할 나위도 업습니다.

다음에 注意할 것은 그 材料의 選擇이외다. 1. 엇든 無理한 目的을 두고

---

72 안데르센(Hans Christian Andersen), 그림(형 Jacob Ludwing Carl Grimm, 동생 Wilhelm Grimm), 오스카 와일드, 톨스토이(Lev Nikolaevich Tolstoy), 크릴로프(Ivan Andreevich Krylov), 호손(Nathaniel Hawthorne)을 가리킨다.

하지 말 것 2. 가장 淸純한 材料를 擇할 것 3. 어린 아해의 恐怖心을 더할 만한 것이나 너무 殘忍暴惡한 니악이는 避할 것, 遊蕩心을 도을 만한 것을 避할 것. 너무 好奇心을 쓰으는 것을 記載하야 虛僞 詐欺의 惡性을 길느지 안토록 할 것 等이외다.

少年의 宗敎 敎育問題, 衛生 及 體育問題와 體育方面의 少年運動 農村의 少年問題 不良少年과 少年裁判所 問題에 關하야까지 쓰고 십흐나 事情에 因하야 至今은 못하고 後日의 機會를 기다리려 합니다.(이상 16쪽)

小波, "어린이 讚美", 『新女性』, 1924년 6월호.[73]

一

어린이가 잠을 잔다. 내 무릅 압헤 편안히 누어서 낫잠을 달게 자고 잇다. 볏 조흔 첫녀름 조용한 오후이다.

고요하다는 고요한 것을 모다 모아서 그중 고요한 것만을 골나 가즌 것이 어린이의 자는 얼골이다. 평화라는 평화 중에 그중 훌륭한 평화만을 골나 가즌 것이 어린이의 자는 얼골이다. 안이 그래도 나는 이 고요한 자는 얼골을 잘 말하지 못하엿다. 이 세상의 고요하다는 고요한 것은 모다 이 얼골에서 울어나는 것 갓고 이 세상의 평화라는 평화는 모다 이 얼골에서 울어나가는 듯십게 어린이의 잠자는 얼골은 고요하고 평화롭다.

고흔 나븨의 날개 ……… 비단결 갓흔 꼿닙. 아니아니 이 세상에 곱고 보드랍다는 아모것으로도 형용할 수 업시 보드럽고 고흔 이 자는 얼골을 드려다보라. 그 서늘한 두 눈을 가볍게 감고 이럿케 귀를 기우려야 들닐만치 가늘-게 코를 골면서 편안히 잠자는 이 조흔 얼골을 드려다보라. 우리가 종래에 생각해 오든 한우님의 얼골을 여기서 발견하게 된다. 어느 구석에 몬지 만큼이나 더러운 틔가 잇느냐. 어느 곳에 우리가 실허할 한 가지 반 가지나 잇느냐……… 죄 만흔 세상에 나서 죄를 모르고 더러운 세상에 나서 더러움을 모르고 부처보다도 야소보다도 한울 뜻 고대로의 산 한우님이 아니고 무엇이랴.

아모 꾀도 갓지 안는다. 아모 획책도 모른다. 배 곱흐면 먹을 것을 찻고 먹어서 부르면 웃고 즐긴다. 실흐면 찡그리고 압흐면 울고 ……… 거긔에 무슨 거짓이 잇스며 무슨 꾸밈이 잇느냐. 싯퍼런 칼을 들고 핍박하여도 마(이상 66쪽)저서 압흐기까지는 방글방글 우스며 대항하는 이가 이 넓은 세상

---

73 이 글은 비평문이라 하기 어렵다. 당시 비평문에는 "동심(천사)주의"에 관한 논박이 많아 이를 이해하기에 맞춤한 글 가운데 하나가 바로 이 글 「어린이 讚美」라 여겨 수록하였다.

에 오즉 이 이가 잇슬 뿐이다.

오오 어린이는 지금 내 무릅 압헤서 잠잔다. 더할 수 업는 참됨(眞)과 더할 수 업는 착함과 더할 수 업는 아름다움을 갓추우고 그 우에 쏘 위대한 창조의 힘까지 갓추어 가즌 어린 한우님이 편안하게도 고요한 잠을 잔다. 엽헤서 보는 사람의 마음속까지 생각이 다른 번루한 것에 밋슬 틈을 주지 안코 고결하게 고결하게 순화(純化)식혀 준다. 사랑홉고도 보드러운 위엄을 가지고 곱게곱게 순화식혀 준다.

나는 지금 셩당(聖堂)에 드러 간 이상의 경건(敬虔)한 마음으로 모든 것을 니저버리고 사랑스런 한우님 —— 위엄뿐만의 무서운 한우님이 아니고 —— 의 자는 얼골에 례배하고 잇다.

二

어린이는 복되다!.

이째까지 모든 사람들은 한우님이 우리에게 복을 준다고 밋어 왓다. 그 복을 만히 가지고 온 이가 어린이다. 그래 그 한업시 만히 가지고 온 복을 우리에게도 난호아 준다. 어린이는 순 복덩어리이다.

말른 잔듸에 새 풀이 나고 나무가지에 새싹이 돗는다고 뎨일 먼저 깃버 날뛰는 이도 어린이다. 봄이 왓다고 종달새와 함께 노래하는 것도 어린이고 쏫이 피엿다고 나븨와 함께 춤추는 것도 어린이다.

비가 온다고 즐겨하는 것도 어린이요 저녁하늘이 쌁애진 것을 보고 깃버하는 이도 어린이다.

산을 조와하고 바다를 사랑하고 큰 자연의 모든 것을 골고루 조와하고 진정으로 친해하는 이가 어린이요 태양과 함께 춤추며 사는 이가 어린이이다.

그들에게는 모든 것이 깃븜이요 모든 것이 사랑이요 쏘 모든 것이 친한 동모이다.

자유와 평등과 박애와 환희(歡喜)와 행복과 이 세상 모든 아름다운 것만 한업시 만히 가지고 사는 이(이상 67쪽)가 어린이다. 어린이의 살림 그것 고대로가 한울의 뜻(意志)이다. 우리에게 주는 한울의 계시(啓示)다.

어린이의 살님에 친근할 수 잇는 사람. 어린이 살님을 자조 드려다 볼 수 잇는 사람——배홀 수 잇는 사람——은 그만큼한 행복을 더 어들 것이다.

三

어린이와 얼골을 마조 대하고는 우리는 쑹긔는 얼골 성낸 얼골 슯흔 얼골을 못 짓게 된다. 아모리 성질 곱지 못한 사람이라도 어린이와 얼골을 마조하고는 험상한 얼골을 못 가즐 것이다. 어린이와 마조 안즐 째—적어도 그 잠간 동안은——모르는 중에 마음의 세례를 밧고 평상시에 가저보지 못하는 미소(微笑)를 씌운 부드러운 조흔 얼골을 갓게 된다. 잠간 동안일망정 그동안 온순화 된다. 깨끗해진다. 엇더케던지 우리는 고동안 순화되는 동안을 자조 가지게 되고 십다.

하로도 삼천 가지 마음!(一日三千心) 지저분한 세상에서 우리의 맑고도 착하든 마음을 얼마나 쉽게 굽어가려고 하느냐. 그러나 째로 은방울을 흔들면서 참됨이 잇스라고 일째여 주고 지시해 주는 어린이의 소리와 행동은 우리에게 큰 구제의 길이 되는 것이다.

우리가 피곤한 몸으로 일에 절망(絶望)하고 느러질 째에 어둠에 빗나는 광명의 빗갓치 우리 가슴에 한줄기 빗을 던지고 새로운 원긔와 위안을 주는 것도 어린이뿐만이 가즌 존귀한 힘이다.

어린이는 슯흠을 모른다. 근심을 모른다. 그리고 음울(陰鬱)한 것을 실혀한다. 어느 째 보아도 유쾌하고 마음 편하게 논다. 아모 데 건드려도 한업시 가즌 깃븜과 행복이 쏫아저 나온다. 깃븜으로 살고 깃븜으로 놀고 깃븜으로 커간다. 쌧어나가는 힘 쮜노는 생명의 힘 그것이 어린이이다. 왼 인류의 진화와 향상(進化向上)도 여긔에 잇는 것이다.

어린이에게서 깃븜을 쌔앗고 어린이의 얼골에 슯흔 빗을 지여 주는 사람이 잇다 하면 그보다 더 불행한 사람이 업슬 것이요 그보다 더 큰 죄인이 업슬 것이다. 이 의미에서 조선 사람처럼 더 불행하고 더 큰 죄인(이상 68쪽)은 업슬 것이다.

어린이의 깃븜을 상해 주어서는 못 쓴다! 어린이의 얼골에 슯흔 빗을 지여 주어서는 못쓴다. 그리할 권리도 업고 그리할 자격도 업건만은 ………
무지한 조선 사람들이 엇더케 만히 어린이들의 얼골에 슯흔 빗을 지여 주엇
느냐.

어린이들의 깃븜을 차저 주어야 한다. 어린이들의 깃븜을 차저 주어야
한다.

　　　四

어린이는 아래의 세 가지 세상에서 왼통 것을 미화(美化)식힌다.

1. 이약이 세상 2. 노래의 세상 3. 그림(繪畫)의 세상

어린이의 나라의 세 가지 훌륭한 예술(藝術)이다.

어린이들은 아모리 엄격한 현실이라도 그것을 안 이약이로 본다. 그래서
평범한 일도 어린이의 세상에서는 그것이 예술화하야 찬란한 미(美)와 흥
미(興味)를 더하여 가지고 어린이 머리속에 다시 뎐개(展開)된다.

그래 항상 이 세상 모든 것을 아름답게 본다.

어린이들은 쏘 실제에서 경험하지 못한 일을 이약이의 세상에서 훌륭히
경험한다. 어머니나 할머니의 무릅에 안저서 자미잇는 이약이를 드를 째
그는 아조 이약이에 동화(同化)해 바려서 이약이의 세상 속에 드러가서
이약이에 나오는 모든 일을 경험한다. 그래 그는 훌륭히 이약이 세상에서
왕자(王者)도 되고 고아(孤兒)도 되고 쏘 나븨도 되고 새도 된다. 그럿케
해서 어린이들은 자긔의 가진 행복을 더 널려 가고 깃븜을 더 늘려 가는
것이다.

어린이는 모다 시인(詩人)이다. 본 것 늣긴 것을 고대로 노래하는 시인
이다. 고흔 마음을 가지고 어엽븐 눈을 가지고 아름답게 보고 늣긴 그것
이 아름다운 말로 굴러 나올 째 나오는 모다가 시가 되고 노래가 된다.
녀름날 무성한 나무숩이 바람에 흔들니는 것을 보고 "바람의 어머니가 아
들을 보내여 나무를 흔든다" 하는 것도 고대로 시요 오색이 찬란한 무지
개를 보고 "한우님 짜님이 오르나리는 다리라"고 하는 것도 고대로 시이
다.(이상 69쪽)

개인 밤 밝은 달에 검은 점을 보고는

저긔저긔 저달속에
계수나무 백혓스니
금독긔로 찍어내고
은독긔로 다듬어서
초가삼간 집을짓고
………… …………

　고흔 소래를 놉히여 이러케 노래를 부른다. 밝듸 밝은 달님 속에 계수나무를 금독긔 옥독긔로 찍어내고 다듬어내서 초가삼간 집을 짓자는 생각이 엇더케 곱고 어엽븐 생활의 소지자이냐.

새야새야 파랑새야
녹두낡게 안지말아
녹두꼿이 쩌러지면
청포장사 울고간다　(청포는 묵)

　이러한 고흔 노래를 깃거운 마음으로 소리 놉혀 부를 째 그들의 고흔 넉이 엇더케 아름답게 웃줄웃줄 자라 갈 것이랴. 우의 두 가지 노래(童謠)는 어린이 자신의 속에서 울어나온 것이 아니고 큰 사람의 지은 것일넌지도 모른다. 그러나 몃 해 몃 십년 동안 어린이들의 나라에서 불녀 나려서 어린이의 것이 되여 나려온 거긔에 그 노래에 슴여진 어린이의 생각 어린이의 살님 어린이의 넉을 볼 수 잇는 것이다.
　아아 아름답고도 고흔 이여 꾀꼬리 갓흔 자연시인이여 그가 어린이이다.
　어린이는 그림을 조와한다. 그리고 쏘 그리기를 조와한다. 족곰의 기교(技巧)가 업는 순진(純眞)한 예술을 낫는다. 어른의 상투를 자미잇게 보앗슬 째 어린이는 몸동이보다 큰 상투를 그려 놋는다. 순사의 칼을 이상하게 보앗슬 째 어린이는 순사보다 더 큰 칼을 그려 놋는다. 엇더케 솔직한 표현(表現)이냐 엇더케 순(이상 70쪽)진한 예술이냐. 지나간 해 녀름이다. 서울 텬도교당 안에서 여섯 살 먹은 어린이(男子)에게 이 집(교당 內部 全體

를 가르치면서)을 그려 보라 한 일이 잇섯다. 어린이는 서슴지 안코 조희와 붓을 바다 들더니 것침업시 네모 번듯한 사각(四角) 하나를 큼직하게 그려서 나에게 내밀엇다. 엇더케 놀나운 일이냐. 그 어린 동모가 그 큰 집에 들어안저서 그 집을 보기는 크고 네모 번듯한 넓은 집이라고밧게 더 달리 복잡하게 보지 아니한 것이엿다. 엇더케 순진스럽고 솔직한 표현이야. 거긔에 아즉 더럽혀지지 아니한 이윽고는 큰 예술을 나어 놀 무서운 참된 힘이 숨겨 잇다고 나는 밋는다. 한 폭이 풀(草)을 그릴 째에 어린 예술가는 연필을 잡고 써리씸업시 쑥쑥 – 풀줄기를 그린다. 그러나 그 한번에 쑥 내여 근 그 선(線)이 엇더케 복잡하고 묘하게 자상한 설명을 주는지 모른다.

위대한 예술을 품고 잇는 어린이여. 엇더케도 이럿케 자유다운 행복쑨만을 갓추어 가젓느냐.

어린이는 복되다. 어린이는 복되다. 한이 업는 복을 가즌 어린이를 찬미하는 동시에 나는 어린이 나라에 갓갑게 잇슬 수 잇는 것을 얼마던지 감사한다.

(六五年 五月 十五日)[74] (이상 71쪽)

---

[74] 1860년 천도교 포덕(布德) 원년을 기점으로 65년째인 1924년을 가리킨다.

鄭順哲, "童謠를 권고합니다", 『新女性』, 1924년 6월호.[75]

물론 조흔 노래를 가진 것이 업스닛가 좃코 낫븐 것을 가릴 사이 업시 아모것이나 닥치는 대로 그냥 부르는 것이라고 나는 생각함니다. 그러나 리유와 까닭은 여하하엿던지 그러한 야비한 노래를 불으는 녀자를 보면 쌧긋하지 못한 사람처럼 보여서 불쾌한 생각이 나게 되는 것은 사실임니다. 활동사진이나 연극장에만 드(이상 52쪽)나드는 녀자 기생도 아니고 녀학생도 아닌 애메스런 녀자 그런 류의 녀자를 련상하게 되는 것도 사실임니다.

삼가서 그런 노래는 입에 올니지 안는 것이 조흘 것임니다. 그러나 노래에 주린 사람이 그까짓 것이나마 부르는 것으로써 저급하게나마 다소의 위안을 엇는 것을 다른 조흔 것을 주는 것 업시 그것을 쌔앗으려고만 하는 것은 억지(無理)라고 생각함니다. 먼저 조흔 노래를 만히 주고 할 말임니다.

그런대 나는 아직 변변히 조흔 노래가 업는 대로(조흔 노래가 만히 생긴 후라도) 여러분 녀학생에게 고흔 동요(童謠)를 부르시라고 권고하고 십슴니다. 노래 중에도 동요처럼 곱고 쌧긋하고 조흔 노래는 업다고 생각함니다. 아모리 밧브거나 복잡한 일에 파뭇처 잇을 째라도 고흔 동요를 한 구절 부르면 그만 마음이 시원하고도 고요해지고 씀즉이 쌧긋해지는 것을 투철히 늣김니다. 남의 부르는 것을 엽헤서 듯고만 잇서도 마음이 순화(純化)되고 정화(淨化)되는 것을 늣김니다. 동요는 어린 사람들의 심령을 곱게 아름답게 길러주는이 만큼 젊은이 특별히 젊은 녀학생의 마음에도 곱고 아름답고 쌧긋한 심정을 붓돗아주리라고 나는 밋고 잇슴다. 지저분한 세상에서 더럽혀지기 쉬운 마음을 각금각금이라도 우리는 동요의 나라에 드러가 세례(洗禮)를 바들 수 잇는 것이 적지 안은 행복으로 알고 잇슴니다.

둥근달 밝은밤에 바다ㅅ가에는

---

75 원문에 '색동會 鄭順哲'이라 되어 있다.

엄마를 차즈려고 우는물새가
남쪽나라 먼고향 그리울째에
느러진 날개까지 저저잇고나

밤에우는 물새의 슲흔신세는
엄마를 차즈려고 우는물새가
달빗밝은나라에 헤매다니며
얼마엄마 부르는 적은갈맥이

　이럿케 곱고 아름다운 동요를 부르고 쏘 드를 째 우리는 깃븜을 지나 일종의 아지 못할 감격까지 늣기여 눈물을 지웁니다. 아름답고 고흔 녀학생 여러분 나는 당신쎄 동요를 부르시기를 권고함니다.(이상 53쪽)

李相和, 崔韶庭(共選), "選後에 한마듸", 『동아일보』, 1924.7.14.

今般 大邱支局에서 한 少年文藝募集은 大體로 보아 成功이라 할 수는 없섯다. 應募되기는 詩가 三十七首 文이 四十六首 小說이 八編밧게 되지 안엇다. 그러나 우리는 이것으로 그다지 失望치는 안엇다. 元來 募集이 그다지 大規模的이 아니고 其間도 短促한 嫌이 不無한대 比하여는 오히려 相當한 成績으로 역이고저 한다. 그리고 分量으로만 하기보담 內容에 드러가 볼 때에 다만 한둘이라도 그 天才的 閃光이 發揮되는 대는 우리는 滿心 歡喜로 祝賀하지 안홀 수 업다. 募集의 主要精神이 그 点에 잇섯슨 즉 江湖에 숨은 少年俊才가 今般에 果然 얼마나 應募하엿는지 안엇는지는 疑問이지마는 다만 幾部分이라도 그를 發見케 된 것은 깃분 일이다. 그래서 今般에 苦心勞作한 應募諸君의 誠意에 대하야 몬저 謝意를 표한다. 이로부터 分門하여 槪評을 試할까 하는 同時 所謂 選者라 할 우리도 紛忙한 中에라도 제ㅅ단은 詩, 文, 小說間에 낫々치 熟審精選한 것을 말하여 둔다. 말하자면 考選이란 으수이 大家列에 들 사람도 잘 選拔하기는 易事가 아닌대 亦 初學者인 우리가 아모리 愼重精査하엿드라도 或이나 失手나 업슬가 하는 憂慮를 끗까지 노흘 수 업섯다.

여긔 特히 附言할 것은 元來 發表한 規程에 二十歲 以內라고만 年齡을 制限하엿슴으로 自然 二十歲 以內에선 幼年 少年 二部로 난호이지 안홀 수 없섯다. 그래서 二部로 난호아 考選할까지 하엿스나 다행이 入選된 作品의 作者는 年齡이 大槪 中間 年齡의 十六七歲임으로 一括하여 考選하엿다. 그러나 作品의 價値가 비슷々々한 것에는 年齡도 多少間 參酌하엿는 것도 諒解해 주어야겟다.

더욱 小說에는 年齡問題로 不平까지 드른 일이 잇다. 그것은 新聞紙上 廣告에는 詳載되지 못하엿스나 비라에는 小說은 十八歲 以上者 應募를 要한다 하엿다. 質問者는 왜 小說에는 十八歲 以上으로 하엿느냐 하지마는 이는 小說은 單純히 文章만 보는 것이 아니라 적어도 作者가 相當한 人生

觀이 確立한 後에라야 自己의 主義라던지 人生에 對한 觀察을 表現할 수 잇스며 짜라 創作의 價値를 드러내는 것이다. 그래서 엇던 作家는 二十五歲 以下 靑年이 小說을 지으랴 함은 妄想이라짜지 말한 이도 잇다. 꼭 이 말에 拘泥하는 것은 아니지마는 主催者 側에서는 旣히 少年文藝를 募集함에 小說을 쌜 수는 업스나 文藝를 遊戲視하지 안는 嚴正한 意味에서 다만 얼마라도 成年에 갓가운 이의 應募를 願하엿슴인 바 紙上에까지 發表가 못 되어서 비라를 못 본 遠方에서는 十八歲 以下者도 應募하엿슬 쑌 아니라 二等 當選者가 十七歲인즉 質問者의게는 더욱 未安하나 十八歲란 細則을 보지 못하게 된 것은 그의 잘못이 아닐 쑌더러 나이 적을수록 그의 才分은 더욱 感歎할 만함으로 十七歲 趙仁基 君 作品을 入選식힌 것과 元來 十八歲 制限을 말한 까닭을 이에 辨明한다.

條々이 말할 餘裕는 업지마는 今般에 비록 入選이 못 된 것이라도 選外佳作에도 參與치 못한 것이라도 ― 餘望과 前程이 豊裕하야 참아 割하기 어려운 것도 不少하나 넘어 無制限하게 할 수 없서々 作者와 選者가 함께 後期를 期하자 한다.

이에서 分門異評을 하려는 것은 只今은 時間關係로 到底히 枚擧치 못하야 쏘한 後期로 推하거니와 就中 小說은 爲先 略言하여 둘 것은 全部 應募된 것이 不過 八編에 當選된 二編 外에는 選外佳作이라 할 것도 업서々(억지로 말하자면 晋州 徐相翰 君의 「쓰린 離別」과 大邱 金大呻 君의 「사랑의 눈물」의 功程이 可觀이라 할까)

不得已 二等 三等만 選하엿는데 二等인 趙 君의 「良心」은 一等되기도 부쯔럽지 아느나 次等을 連續할 만한 것도 업고 쏘는 少年作品을 넘어나 모다 最上級으로 入等하기는 將來 餘望에 엇덜가 하여 그와 가치 選하엿다.

마조막 新進文壇의 寧馨兒가 될 諸君의 健康과 努力을 빌고 붓을 던진다.

尹克榮, "(女學生과 노래)노래의 生命은 어대 잇는가?", 『新女性』, 1924년 7월호.

노래는 다시 말할 것도 업시 純感情의 表現임니다. 理智에 더럽힘이 업는 고흔 맑은 感情의 結晶임니다. 理智는 노래라는 福門엔 드려놀 수 업는 禁物임니다. 日本에 엇썬 理論家는 "音樂은 數學的이라야 한다"고 말하엿슴니다. 그리고 近代에 와서 對位法이니 和聲法이니 하는 法律을 세워 놋코 本質 조흔 作曲者의 精神을 混雜식혀 놋코 말엇슴니다. 이 規律은 엇던 理學者가 古代의 有名한 作曲大家들에 共通한 点을 주서 모아 술 둑써운 冊을 매여 노앗슬 뿐임니다. 그리고 그째부터 音樂 理論家라는 새로운 稱號를 어덧다 함니다. 現代 作曲家난 그 數는 만슴니다만은 참 作曲다운 作曲은 업서서 지금 各 技術家들은 古代의 作曲을 불느고 잇다고 함니다. 그러면서도 엇썬 作曲者들은 'Schumaun'[76] 가튼 作曲家를 손구락질 하면서 "그의 作曲에는 너머 억지가 만타"고 비평을 함니다. 그럼으로 只今은 이런 批評에 批評을 더한 理論을 버리고 다시 넷날 것을 이르켜서 새로운 싹을 보랴고 하는 作曲者들이 歐洲에서 하나 둘式 일어난다 함니다. 엇덧튼 노래는 一定한 形體를 가진 돌이나 나무가 아니고 흐르는 대로 흐르다가 엿못도 되고 쏘는 바다도 될 수 잇는 自由로운 물 가튼 것임니다.

노래를 感情이란 주머니가 너머서 저절로 흘르는 새암 소리라 하면 암만 銳敏한 批評眼을 가진 사람이라도 구태여 그에 基元인 感情을 非認하면 모를가 그 노래에는 조곰도 손대일 수 업는 일인 줄 암니다. 갈퀴 쥐고 나무 지고 山등성이 나려오는 나무쑨의 노래나 베틀에서 가벼웁게 손 날리는 아가씨네의 노래나 公會堂이나 劇場 가튼 裝飾 잘한 넓은 演臺에서 맘-쩟 소리치며 부르는 演士들 노래나 모다 노래라는 데는 틀닐 것이 업슬 것임니다.

---

76 'Schumann'의 오식이다.

먼저 써 나려오던 나무군이나 아가씨의 노래는 참 詩人(이상 30쪽)에게 詩를 주고 歌手에게 노래를 가르키는 어대까지던지 自然이오 技巧가 안입니다. 넓은 演臺에서 부르는 演士의 노래는 엇던 곳 或은 엇던 째를 聯想하면서 그 氣分을 노래하는 참 感受性이 바르고 技巧가 잘 洗練된 專門家들의 부를 것이겟습니다. 술에 醉한 사람 사랑에 醉한 사람 모든 것에 醉한 사람 노래가 참 소킴 업는 純潔한 노래입니다. 엇더튼 "醉" 그 속에서 우러나오는 노래 그 一句에 瞬間의 ― 짧은 生을 第一 힘 잇게 表現하는 것일 줄 암니다. 봄들에 꼿노래 하다가 술을 먹다가 꼿에 짓처서 술에 지처서 소리처 노래를 불넛다고 이것이 詩的이 아니니 노래가 아니니 하고 누가 말할 사람이 잇겟슴닛가. 이 속에서 나온 노래가 "엇던 歌劇" 속에서 나왓던지 엇떤 '리-더' 속에서 솟앗던지 或은 좀 다른 「李수일歌」나 「가레스스씨」 가튼 노래든지 또는 愁心歌나 난봉歌던지 봄들이란 演臺 우에서는 가튼 '뿌로크람'에 들어가고 말 것입니다. 萬若 이것이 거짓말이라고 누가 말한다면 이는 假裝 詩人이오 假裝 音樂家라고 말할 수밧게 업슴니다.

무엇에 醉해서 나오는 노래, 다시 말하면 아니 하고는 백일 수 업시 나오는 노래 이것이 참 노래입니다. 노래란 價値를 가진 노래입니다. 엇던 분은 '베-트펜'의 「月光曲」이나 '로지니'의 「Stabat mater」,[77] 가튼 曲調만이 價値잇는 훌륭한 曲調요 其外 좀 民衆化된 것 卽 '쑤-노'의 「小夜曲」이나 '수-벨트'의 「子守歌」 가튼 것은 無價値하다고 할는지도 모르나 나는 그리 生覺지 안슴니다. 只今 「愁心歌」 가튼 哀愁의 노래가 엇더한 슯흔 環境에 빠저서 할 수 업시 아니 하려야 아니 할 수 업는 呻吟의 소리로 나왓다 하면 이것은 참 無上의 價値를 가진 노래라 하겟슴니다. 참 노래다운 노래입니다. 萬若 그럿치 못하고 암만 神聖하다는 讚頌歌라도 宣傳을 爲한 救世軍과 가티 禁煙이니 禁酒니 하고 쓴 큰 燈을 메고 도라단니며 讚頌歌를 부르면서 사람 만히 往來하는 복판을 演臺로 삼고 또 북을 치며 讚頌歌를

---

77 조아키노 로시니(Gioacchino Antonio Rossini)의 「스타바트 마테르(Stabat mater)」(슬픔의 성모)는 1932년 작곡되었고 1941년에 수정된 곡이다.

부른다는 것이 '예수'의 指導일는지는 모르나 적어도 사랑을 爲한 아니 할 수 업는 써러 나오는 노래라면 모를가 宣傳을 하기 爲하야의 救世軍에 노래 라면 이는 참 노래로서는 한 푼의 갑도 업는 것입니다. 엇더튼 神聖한 노래 라는 것 生命잇는 노래라는 것은 나와 노래가 하나(一)이 된 것이라고 하여 야 되겟습니다.

엇던 平凡한 妓生의 노래 곳 돈을 爲한 노래 即 이런 돈 좀 모랴는 대에 한 手段이 되고 한 方針이 되는 노래 이런 노래답지 못한 노래 쏘는 엇썬 사람들을 끌기 爲한 노래 이가티 虛榮에 저진 女學生이나 男學生들의 노래 는 참(이상 31쪽)으로 어느 點으로 보던지 업서저야 할 것입니다.

엇던 어린 女學生들이 아니 할 수 업는 큰 衝動을 밧어 하구 십흔 엇던 노래를 불넛다면 이는 참 곱고 어린 女性에 할 만한 노래입니다만은 優美舘 이나 團成社 가튼 劇場의 樂隊와 가티 하기 실여도 하는 것 쏘는 무엇을 어드랴는 것이 動機 되여 하고 십허저서 하는 노래 이것은 다 사람의 노래 라고는 못하겟습니다. 그래도 긔여코 노래라고 불르랴면 그것은 "돈"의 노 래 或은 "虛榮"의 노래라고 할 수밧게 업습니다. 只今 엇던 女性이 마음에 衝動을 바더 무슨 노래를 불넛는대 이것이 곳 그의 動機인 그에 衝動인 것과는 좀 다른 性質의 노래라 하면 이는 참 엇절 수 업는 社會의 罪입니다. 餓死할 만큼 된 사람에겐 그 "밥"만 못한 물이나 죽이라도 一時 요긔는 되는 셈으로 노래에 한썻 주린 우리들이 더구나 女性들이 그 쓰린 배를 불리기 爲하야 그에 衝動과는 좀 틀니는 노래를 마섯다 하기로 이것이 엇지 다만 그들의 罪라고 하겟슴닛가. 아즉 子孫을 낫치 못한, 다시 말하면 아즉 노래 를 짓지 못한 어린 우리 樂壇 노래 어머니의 罪라고나 할는지오.

나의 누님은 곱고 야들야들한 노래를 즐겨 하것만 우리 동생은 가벼웁게 쮜노는 노래를 조와하것만 나는 늘ー 쓸쓸하고 구슬픈 노래를 반겨하것만 우리나라는 이러케 텡 비여서 먹으래야 어더먹을 것이 업스니 이를 누구더 러 하소연을 하겟슴닛가? 나는 들엇습니다. 엇던 女學校에서 곱고 고흔 少女들 쮜고 노는 少女들에게 「데아부로」 가튼 男性的 노래를 가르키고 쏘 엇던 이들은 「가레스스끼」 가튼 「가뿌에」的 노래를 애써서 부른다는 것을!

이런 노래를 부르는 그 女性을 뵈올 째마다, 이가티 밥 업는 나라가 미워집니다. 쏘 불상해집니다.

나는 日前 엇썬 少女에게 무서운 請을 바덧슴니다.

"先生님! 차차 꼿은 피여오는데 무슨 꼿노래 하나 가르켜 주시오. 그리고 쏘 四月 八日 五月 단오날 할 唱歌를 좀 가르켜 주서요."

몃 마듸 아니 되는 請임니다만은 저는 얼마나 놀냇는지 모르겟슴니다. 쏘 얼마나 겁냇든지 모르겟슴니다. 어엽쑨 少女들이 저와 가튼 華麗한 노래를 조와한다는 것도 잘 알엇슴니다. 이 請을 들은 後 저는 우리 손에 作曲된 曲調를 골나 보앗슴니다. 그리고 저는 우리의 糧食이 이러케도 업는 것을 슬퍼하엿슴니다. 그러고 인제는 할 수 업시 風俗 다른 "진고개"로 冊을 어드러 갓섯슴니다. 거기는 日本의 本居長世[78] 氏가 지은 童謠가 만엇슴니다. 그러나 四月 八日 五月 단오에 쓸 만한 曲調는 업서서 저는 그대(이상 32쪽)로 도라와 그 少女에게 그 배곱흔 少女에게 한 오콤 쌀도 쥐여 주지 못하엿슴니다. 이 少女는 하구 십헛스나 한 노래도 엇지 못하게 되엿슴니다. 이가치 몹시 하구 십헛다가 나종에는 백일 수 업스면 아무것이나 보아야 알 수 업는 듯 모로난 「가레스스씨」나 「李수일」이 가튼 천박한 노래를 부르며 도라단이게 될 것임니다. 참으로 무섭고 두려운 일임니다. 이가치 自己性格과는 대상부동한 노래를 할 수 업시 불느는 少女들이 漸漸 이 노래에 저저서 나종에는 自己性格 自己生活을 이 노래와 가치 만들어 노아툭하면 불느게 됨니다. 엇지 놀납지 아니함닛가. 이것은 自己의 쮜노는 가삼에서 흐르는 아니 하랴야 아니 할 수 업는 衝動을 밧은 노래가 아니고 엇던 노래에 侵入을 밧어 째가 갈수록 그 노래에 奴隷가 되고 마는 것일 줄 암니다. 이것으로 보아 노래가 엇던 사람에 生活을 만들고 쏘는 性格짜지 變하게 만든다 하면 그 노래에는 一文의 價値도 줄 수 업는 일임니다.

---

[78] 모토오리 나가요(もとおり ながよ)는 1930년에 『日本唱歌集』(春秋社)을 펴낸 일본의 작곡가이다.

또 이와 좀 달니 生覺하야 암만 「가레스스끼」나 「李守一歌」라도 自己性格 或은 自己生活이 그와 一致되여 큰 衝動을 밧어 나오는 째에는 그에도 價値 가 잇지 아니하냐고" 참 그럴 것임니다. 그러나 저는 엇던 特例를 除해 놋코 엇던 少女나 少年들의 性格이 先天으로 이런 무슨 宣傳이나 廣告나 돈 만 들기 爲해서만 드러내인 노래 或은 自己들에 그 고흔 性格과 달는 노래 이것을 그다지 조와해서 참마음으로 불으고 십허서 노래하는 이는 아마도 업슬 줄 암니다. 엇절 수 업서서 부를 노래가 업서서 실컷만은 노래에 侵入 을 밧어서 나오는 것일 줄 암니다. 이갓치 先入된 엇던 노래가 다시 그에 第二性格을 만들어 노아 먼저 가튼 價値에 有無라는 대까지 疑問을 이르키 게 되는 것이라고 하고 십슴니다. 이런 평판이 잇기 짜무네 엇던 어른들은 子弟들이 노래를 불느면 매를 드러 짜리거나 或은 말노라도 大段히 꾸지 저서 "무릇 엇던 노래던지 노래라는 것은 배울 것이 아니라고 배우면 큰일 날 것이라고" 이 가튼 무서운 言辭를 이런 어린 노래하고 십허 하는 아해에 게 나리고 맘니다. 아마 이것이, 이 方法이 우리나라에 큰 敎育方針이엿섯 나 봄니다. 푸른 보리밧 속에서 넓은 하날까지 自由롭게 날느며 노는 "종달 새" 하늑하늑한 버들까지에 가벼움게 몸을 노흔 어엽분 "꾀꼬리" 이들에게 서 종잘종잘하는 그 노래 "꾀꼴꾀꼴" 하는 그 노래를 쎄서버린다면 이들 어엽분 고흔 노래를 가진 새는 애처로히 무덤 속으로 도라갈 것임니다. 저는 엇잿던지 젊으신 아가씨들 나희 어린 도령님들을 이다지 어엽쌘 고흔 노래 가진 "종달새"나 "꾀꼬리"로 생각합니다.(이상 33쪽)

말은 좀 脫線이 되엿슴니다만은 사람에게는 노래가 잇고 그 노래는 自己 에 性格 곳 그것이라야 하겟슴니다. 只今 엇던 少女 둘이 한아는 고흔 童謠 를 노래하고 한아는 "男性的"인 「데아부로」를 노래한다면 主觀은 못 되나 客觀으로라도 童謠를 노래하는 少女는 소김 업시 져에 性格 그대로 저에 感情 그대로 나오는 生命이 잇난 노래로 들니고 「데아부로」를 노래하는 그이에게는 좀 소김이 만코 假裝이란 그 속을 낫태내지 아니하는 참 쓰거운 生命이 흘느지 안는 노래라고 하고 십슴니다. 다시 말하면 自己의 感情 그것이 불갓치 나오지 아니하래야 아니 할 수 업시 나오난 노래 곳 感情

그것 自己 그것이라야 그 흐르는 노래에는 生命이 잇고 남을 爲해서, 돈을 爲해서, 밥을 爲해서 엇던 宣傳 下에서 부르는 노래 或은 누구를 쓰을기 爲해서 엇던 한 手段 한 方針 한 "계획" 속에서 나오는 노래에는 쓰거운 生命이 업다는 말임니다.(이상 34쪽)

宋順鎰, "(自由鍾)兒童의 藝術敎育", 『동아일보』, 1924.9.17.

◇ 現下 敎育界에 改善을 要함이 一二에 至할 바 아니나 筆者는 特히 從來의 敎育이 넘어도 理智偏重의 傾向을 帶하여 人間의 가장 高貴한 藝術 敎育을 等閑에 부침은 遺憾이다. 敎育者 諸君에게 一考를 促하려 하는 바 現今 盛히 唱道되는 藝術敎育의 思潮에 鑑하야 一層 兒童敎育者의 覺悟가 切實하여야 할 것이다.

◇ 人生은 갈지라도 人生의 表現한 藝術은 永遠히 存在하는 것이다. 不幸히도 只今에 우리의 敎育은 永遠한 藝術과는 其 理解가 넘어도 멀게 되엿다. 唱歌나 圖畵 手工 等을 敎科目에 排列키는 하나 敎授者 自身부터 노래나 그림을 半 그림감으로 看做하는 弊가 不無하다. 이것으로 天眞無垢한 兒童에게 미치는 影響이 엇더하다고 말하랴.

◇ 적어도 其 排列의 目的이 兒童의 創造的 能力을 啓發키 爲함임을 깁히 理解하여서 必修 科目과 同然視하여야 할 것이다. 現象으로서는 手工 敎授 等에는 넘어도 理解가 缺乏한 것 갓다. 工藝의 鑑賞과 構成에 對한 趣味의 涵養을 여기서 求할 것이 아닌가. 兒童生活에 關聯한 物形을 製作식힘에 依하야이든 體驗으로 勤勞를 조와하는 習慣과 生産과 勞働을 貴히 녁이는 精神을 培養할 것이라 한다.

◇ 어린이들의 情操를 무엇으로 기르려느냐. 그이들의 天賦된 藝術的 本能이 엇더한가 보라. 그들은 노래를 듯거나 그림을 보거나 童話를 드를 째에는 無我境에서 雀躍不己하지 안는가. 남들은 學校劇이니 童話劇이니 藝術敎育大會이니 놀납게 써드는데 우리는 언제나 舊殼을 脫解할는지 寒心할 쑨이다.

◇ 빠이론은 일즉 "藝術은 理想의 發聲이며 憧憬의 부르지즘이라"고 말하엿다. 敎育者 諸君의 藝術에 對한 理解가 嚴正하여야 우리의 理想의 發聲은 高潔하여 질지며 趣味性이 高尙化할 것이다. 이와 가치 거룩한 責任을 負한 諸君의 藝術敎育에 注力이 如何한가 民衆의 藝術復活과도 深刻한

關係가 잇슴을 알어야 한다. 어느 歷史를 보던지 民衆의 權威가 빗나든 時代는 藝術이 極히 發達치 안엇던가. 藝術을 無視한 時代는 반드시 死滅이 짜르는 法이다. 아— 우리 先民의 그러케도 빗나든 藝術은 우리에게 엇더한 教訓을 주는가. (宋順鎰)

黃裕一, "우리 少年會의 巡劇을 마치고-우리 소년 동무들에게, 利原少年會 巡劇團", 『동아일보』, 1924.9.29.

우리 少年會는 朝鮮 中에도 第一 적은 고을이라고 할 利原에 잇습니다. 白頭山은 멀리멀리 北쪽에 소사 잇고 洋々한 東海는 가업는 萬里의 眼界를 짓고 잇는 우리 고을은 그 가장 적음에 比하야 向學熱이던지 其他 一般文化 는 다른 데 자랑할 만치 沸騰하고 進步하엿다고 稱訟합니다. 이것은 우리 의 口實로 하는 誇張이 아니라 우리 朝鮮 內地의 여러 方面에 精通하신 이는 아마 槪想하시리라고 밋습니다. 이미 萬人의 定評이 잇섯습니다. 이 地域은 보잘것업시 적음에 反하야 民智의 程度는 他에 지지 아니하는 곳에 잇는 우리 少年은 가장 慈愛의 抱擁 가운대에서 여러 가지 일을 서로 손목 잡고 서로 우서 가며 서로 춤추어 가면서 여러 父母兄弟의 親히 가르처주시 는 指導 아래에서 上下協調의 心策으로 아모 紛亂이 업고 아모 拘碍가 업 고 아모 蹉跌이 업고 아모 瓦解가 업시 오즉 和諧 圓滿 提携를 圖하며 그리 고 着々 進行하는 順調로 우리는 雄偉한 希望의 燈을 손에 들고 暗寂의 因循을 開拓하며 闡明의 길을 밟어 나아갑니다. 우리가 困憊하여지면 우리 의 아버님과 어머님은 蘇生의 滋養을 먹여줍니다. 우리가 엎드러지면 우리 의 兄님은 多情한 손으로 이르켜 줍니다. 우리는 幸福의 少年이라고까지 부르고 십헛습니다. 우리는 이러한 精神界의 雰圍氣에 싸여 잇습니다. 아! 그러나 우리는 째々의 큰 肉薄을 밧고 잇습니다. 이제 우리가 무슨 迫害를 밧는 것이 잇다고 하면 現下의 社會制度에서 胚胎되는 아지 못할 財産制度 로 말미아마 招來하는 物質의 窮乏함일 것입니다. 精神의 靈은 物質의 肉 을 對象한 後에라야 完全한 體의 組織을 成하는 것을 否定할 수 업섯습니 다. 物質界의 俱全을 엇지 못한 精神界는 엉거주춤하다가 有耶無耶間에 滅하여 짐을 다른 힘으로는 醫하기 不可能하엿습니다. 元來 우리 고을은 物質의 설음을 만히 밧고 잇습니다. 一般民衆이 要求하는 適切한 機關도 그러케 업습니다. 內在의 心的 衝動으로부터 나오는 諸般 精神的 創案은

枚擧키 겨를 업슬 만치 만흐나 그것을 公然하게 表現할 建設은 얼마를 헤이지 못합니다. 이 貧窮의 制限을 밧는 우리 少年은 정말 한 데 모혀 무엇을 相議할 만한 場所도 엇기에 어려운 情狀에 잇슴니다. 무슨 公々한 會堂이 잇섯스면 우리 少年 동무들은 情답게 모혀 안저 우리 무리가 建設할 未來의 朝鮮에 對한 理想을 서로 밧구며 現代에 處한 우리 少年의 立場이 엇더하며 우리가 우리 父兄에게 바라고 십흔 말 쏘는 敎科書를 工夫하던지 雜誌新聞을 보던지 할 터이지마는 몸을 依支할 곳이 업는 우리는 이리저리 浮浪輩처럼 몰려다니며 어느 商店 압헤 쑥을 시고 안젓다가도 無賴함과 孤寂함의 만흔 不平을 가슴에 안고 할 일 업시 戰地를 도라서는 敗軍처럼 하나둘 抑制로 발을 돌려서 도라가는 것을 보고 쏘 體驗할 째마다 우리는 父兄을 怨恨하엿슴니다. 남들은 宏大한 會館을 짓고 여러 가지 少年의 緊要한 講習 쏘는 講演 討論 그 박게 音樂, 舞蹈로 天眞爛漫하게 자라나는 少年의 理性을 썩 잘 發揮식키며 아모 不平, 悒鬱 憂愁의 餘暇조차 업시 樂天에 자라게 하고 고흔 希望에 춤추게 하는 것을 스々로 生覺할 째에는 더욱 悲憤한 心情을 막지 못합니다. 今日의 資本制度가 純眞한 우리들의 마음을 압흐게 하고 울게 하며 우리의 아릿다운 靈을 죽게까지 하는 것을 우리는 認識치 아니하랴야 아니 할 수 업섯슴니다. 그 制度는 엇더한 사람의 創設인지 自然의 成立인지 그 矛盾됨과 不公平함에 大衆은 아우성치고 발버둥질하고 잇슴니다. 젓냄새 나는 어린 입에서도 世上을 咀呪하는 소리 世上을 실혀하는 소리가 애닯게 나옵니다. 우리의 마음 속에서는 무슨 衝動이 일어나고야 말엇슴니다. 우리는 여게서 超然히 奮起하엿슴니다. 쏘는 우리의 宿案을 널리 發表할 機會를 만들려고 하엿슴니다. 그것은 全郡의 少年會와 손을 잡어 密接한 聯絡을 取하고저 하던 것이엿슴니다. 해마다 적어도 한두 번 式은 全郡 少年大會를 開하야 우리 少年에 對한 모든 일을 協議하여 가면서 局部에 지나지 아니하나마 少年의 團結을 지어 一動一靜을 가치 할려고 하엿슴니다. 이 趣意를 宣傳하려고도 하엿슴니다. 우리는 決心하엿슴니다. 샛쌜간 주먹을 볼끈 쥐고 나서서 巡劇團을 組織하엿슴니다. 別로 만흔 敎訓을 밧지 못하고 演劇이란 意義도 徹底히 아지 못하며 더욱 그 藝術的 價値에 이르러서는 盲目인 어린 우리 무리가 그래도 巡劇! 여러 社會를 標榜하고 出發하는 使命 - 무슨 表現과 宣傳의 形式을 가진 巡廻演劇을 철모르는 우리가 하게 된 不幸을 우리는 늣것습니다. 스스로 우숩기도 하고 붓그럽기도 하엿습니다. 또는 여러 父兄의 注視도 쏘엿고 挽留도 잇섯습니다. 짜라서 그 動機에 同情도 하시고 自己네들이 無力하엿슴을 悔悟하시기도 하엿습니다. 우리의 誠意는 白熱化하엿습니다. 펄펄 쒸는 血氣에 意氣衝天하여 勇敢히 나갓습니다. 아모 能力이 업고 아모 技術이 업는 우리가 널리 社會의 父母兄弟의 寵愛만 바라고 그러케 思慮도 업섯고 躊躇하지도 아니하엿습니다. 少年會에서 巡廻演劇! 多少 撞着의 感이 잇스며 귀에 거실리는 念이 잇습니다. 勿論 아모 疑訝를 품지 아니하고 必然의 事爲로 볼 것은 아닌 것 갓습니다. 그 不調和의 境을 밟어야 할 우리의 途程인 줄 알엇습니다. 또 엇더케 生覺하면 少年의 할 만한 일이라고도 하겟습니다. 日本에서도 少年의게 兒童劇을 만히 獎勵하엿습니다. 그러나 物質을 어드려고 하는 한 方便으로 發端이 된 우리의 演劇임을 생각할 쌔에는 마음의 苦痛도 깨닷게 되엿습니다. 演劇의 밋치는 效果 그것은 一二에 긋치지 아니합니다. 各 個性의 完全한 發揚을 볼 수 잇는 것 또는 그 發揮를 助長하는 点 社會生活의 意識을 體化하여 보는 点 是非에 對한 智識의 涵養 組織的 思索을 길르는 点 言辭의 流暢을 促進하는 점 遠大한 想像力을 養成하는 点 이러한 效能을 어더보는 演劇을 우리는 하고 십허하며 여러 우리 少年 동무들의게 慫慂하기를 마지아니합니다. 우리가 快樂을 조와하고 노래와 춤을 듯고 십허 하고 보고 십허 하며 하고 십허 하는 이것이 우리의 藝術慾이라고 하겟습니다. 이것은 우리의 一時的 好奇心이며 刹那々々의 衝動이 아니라 벌서 先天으로부터 타가지고 온 本能이라고 할 것입니다. 美를 讚頌하고 愛를 謳歌하는 우리 少年 - 이것만으로 훌융한 藝術입니다.

이러한 衝動은 우리의 거름을 더욱 더욱 채질하엿습니다. 環境의 如何와 事情의 難易도 돌아보지 아니하고 一心不亂으로 十四人의 一行을 지여가지고 二日間 公開하야 우리 父兄의 批評을 들은 뒤에 面目이 生疎한 여러

地方의 父兄母姉를 向하야 쩌낫슴니다. 그때는 바로 火爐와 가튼 夏日－暴炎이 내려쏘이는 七月 二十九日이엿슴니다. 불 가튼 볏을 손으로 가리워가며 徒步로 타박타박 三十餘里를 거럿슴니다. 第一着인 그곳은 遮湖港이엿슴니다. 到着하자마자 그곳의 우리 동무들－ 少年會長 以下로 幹部 一同의 반가운 迎接을 바더 所定의 旅館에 들엇슴니다. 그리고 그 동무들은 이여서 蒸炎도 不拘하시고 東奔西走 얼마 동안에 宏大한 撫臺까지 設備하여 주시엇슴니다. 참으로 우리는 感激의 눈물이 소리 업시 흘럿슴니다. 當然히 할 自己의 일가치 힘써 주시는 그 동무들을 볼 째에는 우리는 "이만하면 未來의 우리 少年의 朝鮮은 남을 이기리라"고 스스로 마음속에 큰 깃븜을 感動하엿슴니다. 實로 우리는 "아모 걱정 마시오. 우리는 이러케 一致協力하고 提携竝進하야 다음 우리나라를 四海에 빗나게 하겟슴니다"라고 우리 父兄을 向하야 웨치고까지 하고 십헛슴니다. 우리는 樂隊를 先頭에 세우고 市街를 縱橫하며 우리의 宣傳紙와 當夜에 興行할 劇題의 廣告文을 쑤리며 여러 父母의 記憶에 喜微하여 가던 少年의 聲을 새롭게 하엿슴니다. 여러 父兄은 우리 어린 것들의 그 擧動을 보시고 크게 同感하시는 視線을 기우려 주섯슴니다. 우리의 心底에는 감안히 설음이 흘럿슴니다. 마음은 잇는 우리 父母－ "이 苦熱에 저 어린 것들이 저러케까지 勞役하게 된 事情은…"을 默想하시는 우리 아버님과 어머님－ 무엇의 因果인지 쯧대로 이루지 못하고 그 一種 悲感에 저즌 眼目을 바라볼 째 우리는 몸이 서－늘하여지며 소리 업는 嗚咽이 북밧처 나오는 듯하엿슴니다. 우리는 정말 形容치 못할 쓰라린 體驗을 그째에 맛보게 되엿슴니다. 午後 九時 開演의 定刻이 되자 우리를 親아우와 가치 사랑하서서 일부어 차자오신 當地 靑年會 幹部委員의 紹介의 말슴이 잇슨 後 우리의 趣旨 說明과 함게 開幕되엿슴니다. 우리는 여러 가지 關係로 入場券을 發賣하게 되엿슴니다마는 滿腔의 熱情으로 愛顧하여 주시는 여러 人士는 巨額의 寄附金까지 주섯슴니다. 이 詳細는 別로 發表될 것임니다. 우리는 感謝함을 마지못하야 意識 업시 手가 舞하고 足이 蹈하엿슴니다. 참으로 넓은 社會의 父兄母姉에게 안기여 敦厚한 사랑을 바들 째에는 우리 어린 가슴에는 無限한 喜悅의 물결이 여울치고 잇섯습니다. 이리하야 大盛況裡에 第一夜를 마추엇습니다. 그 뒤에 金元淑 氏와 崔龍周 氏의 고마운 晩餐會에 우리는 招聘을 바덧습니다. 그리고 宿 舍로 도라오기는 새로 한 時 半이엿습니다. 그 다음날- 曝陽은 如前히 내려쏘엿습니다. 姜應三 氏는 우리를 불러서 盛大한 饗宴을 주섯습니다. 얼마나 感謝하엿는지 몰낫습니다. 우리는 처음 길의 늣김을 서로 말하는 가운데 해는 西쪽 山에 기울러젓습니다. 우리는 意氣楊々하게 樂隊를 울리 며 上演할 劇題 廣告 비라를 뿌렷습니다. 時間이 되여 開幕하자 滿場의 喝采 소리는 어린 好奇心을 하늘까지 닷게 하엿습니다. 여러 父兄의 주시 는 寄附金은 쏘한 적지 아니하엿습니다. 이 歡呼의 盛況 가운데서 우리는 告別의 幕을 닷게 되엿습니다. 그 뒤에 우리는 큰 恩惠를 입은 當地 少年會 幹部 一同과 자리를 가치하고 情懷의 말을 난우고 旅舍로 오기는 새로 두 時나 되엿습니다. 우리는 매우 疲勞하엿습니다. 그 다음날은 七月 三十一 日 行裝과 諸具를 帆船에 거더 실고 豫定한 群仙을 向하야 써낫습니다. 괴롭던 배멀미는 어데로 다라나 버리고 바로 港口에 들어서는 軍樂까지 울리며 興타령을 부르면서 下陸하엿습니다. 이 群仙港은 압흐로 發展의 希望이 만흔 곳이라고 합니다. 그러나 그째의 우리의 直見에는 粗荒과 離 散의 感을 이르키게 하엿습니다. 얼는 宿舍를 定하고 當地 兄弟의 助力으 로 舞臺 設備를 마치엿습니다. 그리고 第一日 開演을 하게 되엿습니다. 群仙 少年會長의 紹介辭가 잇슨 後 우리의 開演의 말을 짜라 幕은 열니엿 습니다. 우리를 사랑하여 주시는 寄附金도 잇섯습니다. 우리는 넘어나 몸 이 고되여서 出演이 그저 機械와 가치 되기도 하엿습니다. 그러나 우리는 서로々々 鞭撻하여 가며 잇는 힘을 다하야 그래도 盛況을 이룬 가운데서 第一夜를 마치엿습니다. 우리는 收入金額을 알고 십흔 마음이 汲々하엿습 니다. 우리의 目的의 하나는 거게 잇스니까- 그러나 收入은 얼마 되지 못하엿습니다. 그 다음날- 우리는 다른 곳을 써날려고 하다가 다시 第二日 을 開場하게 되엿습니다. 開演의 定刻이 되여 開幕하엿습니다. 뜻밧게 우 리를 同情하시여 오시는 父兄母姊가 적엇습니다. 優待席에는 日人 巡査가 혼자 占領하고 잇슬 뿐이엿습니다. 그리고 當地의 우리 少年 동무들은 그

곳 學校에서 보기를 嚴禁한다고 少年會々長의 말이 잇섯습니다. 그리고
또 少年會々員 一同은 들어가지 아니하기로 鞏固히 團束하엿다는 말까지
우리의 귀에 傳하여 오게 되엿습니다. "어데 그럴 理가 잇나- 쏜말이지"
우리는 確實히 밋지는 아니하엿습니다마는 그런 不美의 말이 우리에게 들
려오게 된 것을 큰 遺憾으로 生覺하엿습니다. 그야말로 不景氣엿습니다.
어린 것들은 이런 말 저런 말을 듯고 慌忙히 엇절 줄을 몰낫습니다. 넘어나
豫想 外의 懸隔되는 일에 우리는 가슴이 두군々々할 뿐이엿습니다. "온 社
會의 父母에게 우리의 衷情을 告白하랴고 모든 兄弟와 손목을 가치 잡으려
고 한 우리의 本意가 들리지나 아니하엿는지 ……" 우리는 다시 잠々히 생
각하엿습니다. 우리는 不得已 그만두랴 하다가 다시 赤手空拳을 내여들고
"우리 社會는 아직까지 이러케 愛가 업고 쓸々하기만 하다. 우리를 多情하
게 안어주실 줄 알엇던 父兄- 우리를 반가히 마즐 줄 알엇던 少年 동무
들 …… 무슨 因緣이 잇슴은 姑捨하고 오히려 害毒을 끼칠 魔의 무리로 看
做하는 그들- 어린 少年의 무리를 敵對視하는 그 社會- 아! 이것이 우리
의 前途를 害하는 障碍라고 할 것 가트면 우리는 勇敢히 對抗할 것이다.
압헤는 우리 社會를 爲하야 우리는 勇士가 되여 粉骨碎身- 피가 소사 生命
이 쓴어질 째까지 우리는 싸울 것이다. 이 無知를 救함은 우리의 할 일이다.
우리는 무서워할 것도 업고 落心할 것도 업다. 前途々々- 나아가자 ……"
우리 가슴으로부터 熱湯 가치 끌어올랏습니다. 우리의 아버님 어머님 兄님
누님인 짜닭에 조금도 숨김업시 率直하게 말합니다. 우리는 多少 興奮이
되엿습니다. 그럼으로 더 奮發하게 되엿습니다. 조금 決心함이 업시 最終
의 幕까지 活役을 하엿습니다. 째는 새로 한 時를 가르첫습니다. 그 다음날
八月 二日- 우리 一行은 文星을 向하야 帆船으로 써낫습니다. 구름 한
點 업시 쓰거운 볏만 내려쏘엿습니다. 슬렁슬렁 萬頃蒼波에 써서 가는 배
는 一秒를 밥버 하는 우리의 마음을 헤알러주는 듯 쌜럿습니다. 午後 四時
半에 우리는 만흔 企望을 가지고 文星에 到達하엿습니다. 當地 一般의 精
誠스러운 歡迎裡에 우리는 그곳 講習所에 寄留하게 되엿습니다. 줄로 이여
서 우리 어린 것들을 보시려고 오시는 여러 아버님과 兄님은 얼마 동안에

舞臺까지 쥐여주섯습니다. 그리고 한편에서는 온마을 家家戶戶에 우리들의 食事에 對한 順次配當을 마련하며 모ー든 것을 擔當하여 주시는 慈愛ー 어린 아기들이 멀리멀리 流離하다가 사랑하는 父母의 품이 그리여서 차저온 것 가튼 心懷를 늣것습니다. 그 狂喜의 眞相을 붓으로 可히 그려노을 수 업섯습니다. 그런 過分한 迎接을 처음 當한 우리는 그저 惶惶한 마음뿐이엿습니다. "理想鄕"이라고 우리는 讚頌하엿습니다. 愛가 만흔 마을 男女老少가 一致協同한 것 老人과 靑年間에 調和가 잘 되여 잇는 것 또는 時代의 趨勢를 잘 順應하여 가는 마을 그리고 相扶相助의 美風이 積極化하여 잇는 마을이엿습니다. 우리는 그 人間愛가 만흔 가운대에서 살고 십헛습니다. 우리는 그 父母兄弟들에게 갑 업는 藝術이나마 無料公開로 上演하여 들이게 되엿습니다. 구름 쩨가치 모여오는 觀衆은 定刻 前부터 場內를 틈 업게 하엿습니다. 當地 靑年會 幹部의 紹介의 말슴이 잇고 우리의 趣旨의 말과 宣傳의 말이 잇은 後 榮譽로운 舞臺의 幕은 열니엿습니다. 一般의 熱中된 視線이 우리 舞臺 우에 쏘이고 人氣는 敬虔하게 緊張하엿습니다. 우리의 出演은 操心性 만흔 態度로 前無後無한 異彩를 씌엿습니다. 滿足을 어드면 喜氣萬丈하여지는 少年인 싸닭에 그 動作과 表情은 靑山流水와 가치도 流暢하여 젓습니다.

　여게서 우리는 理性의 發揮하여지는 經路를 會得하엿습니다. 정말 得意揚揚하야 피는 꽃과 가튼 고흔 우슴이 우리의 가슴 속을 쩌나지 아니하엿습니다. 이리하야 空前의 大盛況으로 섭섭한 閉幕을 宣言하게 되엿습니다. 그 뒤에는 또 晩餐까지 주섯습니다. 그 다음날 한갈가치 寵愛하여 주시는 抱擁 속에서 夕影을 맛게 되엿습니다. 우리는 整肅하고 自重한 行動을 일치 아니하고 第二日의 開場을 始作하엿습니다. 또한 無料公開하엿습니다. 第一日의 몟 倍로 오시는 老少와 男女는 無慮 數千 名에 達하엿습니다. 이야말노 큰 民衆藝術일 것입니다. 實際의 價値率은 의심하더라도 一般民衆을 對象으로 하고 公公하게 서로 慰藉를 밧고 恍惚의 境을 맛보게 되는 거게 잇서서는 素人藝術이나마 얼마의 藝術的 趣味가 잇다 할 것 갓습니다. 民衆을 爲하는 藝術인 그 點에 잇서서ー 開演의 幕이 열리자 拍手喝采

의 소리는 끈칠 줄을 몰낫습니다. 蓮이어서 던저주시는 莫大한 寄附金은 참으로 얼마나 感謝하엿는지 死에 瀕한 者에게 주는 甦生의 靈藥과 갓텃스며 목말른 者에게 주는 生命水와 가텃습니다. 우리는 손을 잡고 얼사얼사 춤만 출 뿐이엿습니다. 二日間 豐饒한 滋養을 먹여주시고 그 우에 多額의 同情金까지 주신 文星 우리 父母兄弟! 아ㅡ 錦上添花의 榮光… 우리 무리는 길히 잇지 못하겟습니다. 우리는 雀躍의 歡喜 가운데서 多情多感한 文星 아버님 어머님 兄님 누님 아우님들의게 "大端히 感謝々々합니다. 우리는 다시 살어낫습니다. 길히 健康하시압소서. 우리는 갑니다…"의 離別의 말을 告할 째에는 어린 가슴 가운데서 솔々 흐르는 눈물을 막지 못하엿습니다. 時는 새로 한 時를 報하엿습니다. 다음 날은 八月 四日이오 許可 마튼 區域은 이곳까지엿습니다. 우리의 肉體는 매우 疲困하여젓습니다. 第一 苦痛되는 것은 잠을 充分히 잘 수 업는 것이엿습니다. 十餘人의 團員이 한자리에서 자게 되니까 젊은 사람의 무리요 作亂을 조와하는 어린 少年이라 잠자리에 누워서는 疲困하다々々々々 하면서도 이런 말 저런 말에 우스며 써들어 노흐니 도모지 잘 수 업섯습니다. 이게야 少年의 자랑이라고도 하겟습니다. 晝夜로 疲勞한 몸에 자는 時間은 새로 두 時 세 時 그리고도 그러케 뛰노는 勇氣를 가진 그것이 자랑일 것입니다. 그리고 아츰에 일어나서는 머리를 쥐여 만지며 아우성을 치게 됩니다. 이리하야 病을 가지게 된 동무까지 잇섯습니다. 그러나 우리의 不滿의 情과 또는 好奇心은 浩々 湯々하게 밀려오는 潮水와 가치 막을 수 업섯습니다. 文星에서 얼마 隔해 잇는 長遠을 갈려고 하엿습니다. 長遠에 잇는 우리 少年 동무들의 面影을 對하여 보고 십헛습니다. 우리는 奔走하게 警察 當局에 許可願을 提出하엿습니다. 不幸히 一日만 許可되엿습니다. 우리의 어린 感情에도 不平의 端緖가 오르락내리락하엿습니다. "에ㅡ 우리는 露西亞의 '톨스토이'와 가치 印度의 '깐듸'와 가치 無抵抗主義를 가지자…" 한번 一場 웃고 힘업는 다리를 옴기엿습니다. 또 海路엿습니다. 씽々하는 머리를 滄海의 淸風에 씨쓰며 長遠으로 向하엿습니다. 우리는 茫々한 千里의 海洋을 압헤 바라는 水鄕을 憧憬하엿습니다. 우리는 그 浩闊함과 가치 그네들의 心胸은 큰 世界

를 감출 만한 할 것이엿습니다. 우리는 여섯 時 동안에 目的한 곳에 이르럿습니다. 當地 靑年會 少年會의 斡旋으로 舞臺의 設備며 諸般事를 잘 마첫습니다. 여게서도 全 洞里가 饗應하야 모든 食事를 擔負하여 주시엿습니다. 우리 어린 것들이 到處에서 이러한 慈愛의 抱擁을 바들 때에는 새삼스럽게 民族魂의 愛着性을 깨달엇습니다. 그날 밤 午後 八時 半 우리는 싸듯한 溫井 가운데서 當地 少年會々長의 懇篤한 紹介辭와 우리의 趣旨의 말이 잇슨 後 開演의 幕을 열리엿습니다. 우리 어린 것들이 營爲하는 일에도 드시이 볼 것이 잇스며 차즐 것이 잇슬 것을 確認하고 熱狂的으로 歡迎하고 贊成하여 주시는 一般觀衆은 喝采의 소리를 끈치지 아니하엿습니다. 우리는 몸의 跼蹐함을 多少 感하엿스나 그러나 舞臺 우의 俳優는 오히려 喜氣滔々하고 生氣潑剌하엿습니다. 舞臺만 내리면 누울 자리를 그리 찻지 못해 하엿지만 舞臺 우에 出演만 하면 意識 업시도 뜻도 하지 아니한 새 活氣에 쒸놀게 되엿습니다. 처음부터 끗까지 온 場內는 平和의 神이 나부끼는 듯 和氣融々하고 欣喜津々하엿습니다. 하로만 더 이 이러한 綿々한 空氣 속에서 長遠의 父兄母姊와 가치 즐기고 십헛스나 무서운 法律의 손은 우리의 無邪氣한 마음의 自由를 그만 束縛하고 말엇습니다. 모든 觀衆과 우리는 不滿足한 가운데서 섭々한 告別을 하게 되엿습니다. 그째는 벌서 三 時를 가르치려고 하엿습니다. 長遠 少年會에서는 우리에게 만흔 寄附金을 주시엿습니다. 아― 우리는 얼마나 感謝하엿겟습니가. 亦是 貧弱한 少年會엿습니다. 그러나 그 難關도 不顧하시고 동무를 차저간 우리에게 同情하여 주는 그 衷心! "不幸하고 弱한 사람들일사록 서로서로 도와주는 것을 忘却치 말어라"의 敎訓을 우리의 가슴에 印치여 주는 것 갓텃습니다. 그 다음날 ― 八月 五日이엿습니다. 우리는 푸른 여름 하늘에 둥둥 쩌서 어대인지 가기만하는 白雲을 보고 그러케 도라가고 십헛습니다. 여러 날의 旅路를 다니기는 처음인 우리 어린 무리는 정말 집 生覺도 낫습니다. 우리는 이날로 歸路에 登하게 되엿습니다. 日暮鳥啼 ― 어미의 품속으로 도라가는 小鳥와 가치 깁벗스며 千里他鄕 ― 異域에서 流離漂迫하다가 情든 故鄕의 山川을 밟게 된 사람가치 반가윗습니다. 四十餘里의 기나긴 길도 가슴에 서린

情懷를 말하며 몸에 쩌친 喜悅을 노래하는 不知不識間에 踏破하엿습니다. 우리가 어머님의 품속에 안긴 그쌔는 해도 누엿누엿 西天으로 도라가는 그쌔엿습니다. 아! 우리 巡劇의 十日間 - 널리 우리 父兄母姊의 넘치는 사랑 속에서 沐浴하야 철업고 殘弱한 어린 몸이엿스나 아모 波瀾도 업섯고 아모 障害도 업섯습니다. 오즉 배불리 먹고 깃거운 가운데서 단꿈을 쑤엇나니다. 아! 우리는 아나습이다. 그 사랑 - 山谷에 용소슴처 오르는 샘과 가치 막을래야 막을 수 업는 自然히 가슴으로 소사오르는 우리 父母兄弟의 거룩한 사랑인 줄 아나이다. 아! 거룩하고 純眞한 그 사랑…… 우리를 精神으로 物質로 만히 도와주시엿습니다. 우리는 그것이면 우리의 目的한 바에 다시 업는 큰 도움이 되겟습니다. 우리는 업대여 感謝함을 마지 못하며 그리고 忽忙中임을 不拘하시고 우리를 引率하여 주신 柳光烈 氏와 金桂燮 氏 두 兄님의 誠意를 謝禮하나이다. 끗트로 少年 동무들의 永遠한 健康을 祈祝하압나이다.

- (一九二四) -

星海, "童話에 나타난 朝鮮情操(一)", 『조선일보』, 1924.10.13.[79]

아모리 民族과 鄕土를 超越한 人類的이오 世界的인 思想의 思潮라 할지라도 思想의 土臺를 일운 그 情緖의 흘르는 或은 民族的이나 人種的으로或은 地理的으로 色彩와 濃淡을 다르게 하는 것은 더 말할 것도 업습니다.짜라서 그 情緖의 表現인 藝術의 核心思想이 다 달을 것도 넉넉히 알 수잇습니다. 그럼으로 南歐 明媚한 地方의 '라틔ㄴ' 民族의 文學과 北洋의찬바람이 자죠 불어드는 北歐文學은 或은 柔軟하고 或은 剛直하며 或은明快하고 或은 陰鬱하야 各各 民族과 地理의 特徵을 가지게 되는 것은 思想 自體가 그 地方에 土着한 人類의 精神的 所産의 表徵인 以上에는 엇지할 수 업는 事實일 것이외다. 그럼으로 佛文學에는 佛蘭西의 特色이 잇고露西亞文學에는 露西亞의 特徵이 잇습니다. 이러케 보아오면 生活樣式과言語 文字가 特殊한 우리 朝鮮에도 特殊한 情緖의 內容을 가진 朝鮮文學이잇서야 할 것이외다. 그러나 今日의 朝鮮 現狀으로 말하면 遺憾이지마는朝鮮에 朝鮮文學이 잇느냐 업느냐 하는 것으로 問題가 되겟습니다. 勿論朝鮮文學이라 하여셔 世界文學史 가운데에 大書特筆할 만한 아모것도 업는 것은 事實임니다.

그러나 나는 다만 하나의 旣存하엿든 思想! 現在에도 吾人의 心的 生活의 基調가 된 情緖의 特徵이 무엇인가는 充分히 觀察할 수 잇다고 생각함니다. 이것은 오날 形便으로 하면 아즉은 組織的으로 硏究되지 못하야 文學史로서 엇더한 體系를 이루지 못한 것은 勿論 遺憾이나 이것이 早晩間엇더한 形式으로던지 朝鮮文學의 特色이 엇더하엿다는 것을 闡明하는 同時에 將來의 엇더한 方面으로 進展할 것을 暗示하는 날이 반다시 잇슬 줄밋습니다.

原始文學의 淵源이 神話나 童話에 잇섯다는 것은 勿論 누구든지 아는

---

79 '星海'는 이익상(李益相)의 필명이다.

바임니다. 이러한 意味에셔 이와 갓흔 文學의 淵源인 童話나 神話를 通하야 우리 民族의 情緒가 엇더하엿든 것과 現在의 思想主潮가 如何한 것을 아울너 考察하고 보면 매우 滋味스럽고도 首肯할 만한 것을 만히 發見할수 잇다고 생각함니다. 이러한 童話는 在來로 固有한 것과 創作인 것을 勿論하고 그 民族의 所産으로 民族的 情緒의 特徵이 그 가운대 숨어 잇슬것은 말할 것도 업슴니다. 그럼으로 近代文學에 그 民族의 固有한 情緒가 잇는 것과 마찬가지로 그의 淵源인 古代 童話에도 반다시 나타나 뵈일 것임니다.

그러면 朝鮮의 童話에 엇더한 情緒의 特色이 잇느냐 하면 그것은 童話種類의 如何한 것을 勿論하고 모다 哀傷的인 것이 그 特色이라고 생각할수 잇슴니다. 쏘 하나의 特色은 우리의 自來의 生活이 만흔 境遇에 消極的이엇고 被恐迫的이엇다. 隱遁的이엇는 것을 發見할 수 잇는 것임니다.

우리나라 쌍에 발을 듸려 놀 째에 第一 먼져 늣기는 것 孤寂과 悲哀라하는 것은 國外에 放浪하야 異國의 情操와 風物에 오래동안 慣熟한 사람들이 故國에 들어올 째에 依例히 歎息하는 말 가운대에 하나임니다. 우리가 엇더한 心的 過程으로 그러케 孤獨과 哀喪을 늣기게 되는 것은 이것이 엇더한 先入見이나 槪念的으로만 그러타고 解釋할 수 업는 것임니다. 이것은 어느 程度까지 天然的으로 가삼에 달나븟든 것인 孤獨과 哀傷은 俱體的으로 볼 수 잇스며 實際로 經驗할 수 잇슴니다. 더욱 近日과 가티 政治的으로는 去勢를 當하고 經濟的으로는 破散에 處한 半島 안에 무슨 活氣가 잇셔 뵈이겟슴니가마는 이것은 다만 近日의 現狀쑨이 아니라 昔日에도 孤獨과 哀傷의 芬圍氣는 如前히 열븐 안개처럼 半島를 덥고 잇섯스리라고 생각함니다. 이것은 무슨 宿命論 明見地에셔만 말하는 것이 아니라 半島의 氣分을 體驗한 實感에셔 나오는 虛僞 업는 告白이라고 생각함니다.

한편으로 보면 다른 사람은 이러케도 말할 수 잇슴니다. "放浪이나 旅行하는 사람의 情緒는 어느 째에든지 感傷的이 되기 쉽다. 그러므로 다른 사람이 例事로 역이는 것에도 그 '셰ㄴ치멘엎'한 氣分이 動作하야 반다시 哀傷을 늣기게 하는 것이다. 그럼으로 半島 안에 孤獨이나 哀傷의 氣分이

實際로 잇는 것이 아니라 이것은 늣기는 사람의 一種 感傷的 情緖이오 主觀이다. 그러한 哀傷이 객관적으로 존재할 리는 업다. 마음먹는 데에 잇다"고 할 것이다. 그러나 이것은 哀傷이 客觀的으로 存在치 안코 이것을 그러게 늣기는 그 사람의 主觀이라 하든지 半島江山에 先天的으로 孤獨과 哀傷의 芬圍氣가[80] 잇셔 이것을 보는 사람이 그러하게 늣기게 되는 것이라 하든지 아모러케 말하여도 相關이 업습니다. 그것은 그와 갓티 哀傷을 늣길 것이 업는 데에도 죠흘 데에도 반다시 哀傷을 늣기게 된 主觀을 가지게 된 것은 그러케 偶然한 일이라 볼 수 업는 까닭이외다. (未完)

星海, "童話에 나타난 朝鮮情操(二)", 『조선일보』, 1924.10.20.

以上에 말함과 가티 우리나라 童話는 詠歎的인 哀傷이 基調를 일우엇다 함도 童話를 組織的으로 文學의 價値를 附與하야 이것을 具體的으로 硏究한 結果로 云云한 것은 勿論 아닙니다. 다만 自身의 幼稚 째에 童話에서 어든 바 感激이나 또는 其他의 氣分을 長成한 今日에 여러 가지 喜微한 記憶 中에서 불러일을킬 째에 비로소 어든 바 結論임니다. 童話 自體도 아즉 組織的으로 그 系統을 硏究된 바이 업슴으로 우리가 幼稚 째에 할머니이나 이웃집 老婆의 무릅 우에서 얼골을 치어다보며 듯던 모든 童話가 반드시 우리 民族的 所産인지 或은 外國이나 他 民族에게서 傳來한 것인지는 알 수 업스나 엇쌧든 이것이 우리 民族의 先祖 째부터 입에셔 입으로 傳하여 온 以上에는 그 系統如何는 明白히 할 수 업다고 하드래도 그것이 우리 民族化한 것이라고 볼 슈는 잇슴니다.

이와 가튼 比較硏究는 大端히 興味잇는 問題이나 이것은 後日을 期함니다. 그러나 우리 朝鮮 由來의 文學이란 것이 漢文學의 分家인 感이 不無한

---

80 '雰圍氣가'의 오식이다.

點으로 보아셔는 童話 亦 漢文學 思想의 影響이 크게 잇스리라고 말할 수 잇스나 나는 생각컨대 우리 民族間에 傳來하는 童話가 今日에 이르러 組織的이나 系統的으로 硏究하기 어렵도록 典籍이 乏한 그것만콤 그 가운대에는 民族味가 잇는 民族的 創造라고 아니할 수 업슴니다.

그럼으로 이와 가티 말함이 엇더한 獨斷에서 나옴인지 알 수 업스나 우리 民族間에 傳來하는 童話의 內容情緖는 漢文學의 影響이라 함보다는 차라리 佛敎思想이 그 基礎가 되엿다고 볼 수 잇스며 그것보다도 民族的 固有한 情操가 그 가운대에 더욱 活躍한 것이라고 생각할 수 잇슴니다. 엇지하야 이와 가티 哀傷이 固有 情緖化하게 된 因果關係는 더 말할 것도 업시 原因이 結果가 되고 結果가 다시 原因을 지어 輪環聯鎖의 關係를 만들은 것이라고 볼 수밧게 업슴니다. 그럼으로 우리들이 童話 그것으로 말미암아 幼稚 時에 어든 바 感銘이 잇다 하면 그것은 다시 말할 것 업시 哀傷的 氣分이라 할 것임니다.

그런데 이것을 具體的으로 좀 생각하랴 함니다. 우리나라에 傳來하는 童話에 「해와 달」이란 것이 잇슴니다. 이 童話의 內容을 簡單히 말하면

엇더한 山中에 늙은 寡婦가 男女 세 자식을 두엇는대 살기가 대단 가난하야 하로는 뫼 넘어 洞里 富者 집에 가서 방아를 찌어주고 먹을 것을 어더가지고 오다가 山中에서 猛虎를 만나 여러 가지로 哀乞하다가 結局은 그 호랑이의 밥이 되고 집에서 母親의 도라옴을 苦待하든 어린아이들도 그 어머니로 둔갑하여 가지고 온 호랑이에게 禍를 當하게 되엿는대 그中에 男妹 두 사람이 이 患을 避하야 집 뒤안 움물 겻헤 잇는 나무 우에 올라갓섯다. 그러나 結局은 호랑이가 그 나무로 올라오게 되야 運命이 瞬間에 逼到하엿슬 째에 두 사람이 하누님께 祝願하야 동아줄을 타고 하날에 올라가서 한 사람은 해가 되고 한 사람은 달이 되엿다 한다.

이 童話의 內容을 생각할 째에 外面에 나타난 그것으로만 보면 참으로 詩的이오 空想的임니다. 그럼으로 엇더한 意味에서는 童話로서 純化된 것이라고 생각할 슈 잇슴니다. 이러한 反面에 그 內容은 어느 곳을 勿論하고

悲哀가 가득합니다. 그뿐 아니라 消極的이오 退嬰的임니다. 벌셔 貧寒한 寡婦가 富者 長者 집에로 밥을 빌러 갓다는 것이 알 수 업는 厭惡를 늣기게 됨니다. 그리고 오는 길에 虎患을 當하엿다는 것이며 쏘 집에서 어머니가 밥 어더오기를 침을 생켜 가며 기다리다가 自己 母親으로 둔갑하고 온 바 호랑이를 여러 번 疑心하다가 畢竟 어버이를 밋는 어린이의 純情으로 그 猛獸를 마저들여 어엽분 어린 동생을 그 餌食을 만들고 結局은 男妹 단 둘이 逃亡하야 움물가의 남우에 올라갓다가 刻一刻으로 危險하여 오는 瞬間에 하나님께 동아줄을 내려달라 祝願하야 하날로 올라가서 해가 되고 달이 되야 男妹 두 사람이 恒常 만날 수 업시 밤낫으로 이 世上을 비최어 준다는 것을 그것을 部分部分으로 생각허드래도 이것은 어느 곳 어느 마듸에 哀傷이 아니 나타난 데가 업슴니다. 哀傷으로 비롯하야 哀傷으로 긋츨 막엇슴니다. 이 童話에 넘치는 情緖의 基調는 徹頭徹尾로 哀傷이오 退嬰的이오 消極的이오 詠歎的이오 被恐迫的임니다. 勿論 이 가운대에 호랑이가 나무 우에 숨은 어린이의 그림자를 움물 가운대에서 發見하고 "함박으로 건지자! 죠리로 건지자" 하고 코노래 부르는 것은 이 童話 中의 唯一한 諧謔이라 할 수 잇스나 이것을 보고 아이가 나무 우에서 生命의 安危가 目前에 逼迫한 그째에도 히히 우섯다는 것은 어린이의 單純한 感情을 表한 것이라 無邪氣한 그 純眞을 도리혀 사랑스럽다고 생각할 수 잇스나 이것은 차라리 그 純眞이란 것보다도 우리 民族의 大陸的 悠長한 氣分을 表徵한 것이라 볼 수 잇슴니다. 現代의 아모리 神經이 날카워질 대로 날카워진 兒童이라도 자긔의 生命이 危險한 그째에 일부러 나무에로 逃亡해 와 잇스면서 호랑이 하는 짓이 좀 우습다고 희희 우스리라고는 생각할 수 업슴니다. 이것은 哀調라는 것보다도 朝鮮의 固有한 諧謔이나 悠長한 것을 遺憾업시 發揮한 것으로 볼 수 잇슴니다. 낫분 意味로 解釋하면 우리 民族的의 鈍感을 表하엿다 할 수 잇고 好意로 解釋하면 그 悠長하고 純眞하고 詩人的 風釆를 他人의 追從을 不許할 만치 뵈인 것이라고도 할 수 잇슴니다.

全體로 보면 哀傷인 것은 以上에 말한 것과 맛찬가지라고 함니다. 이 童話만에 限하야 그러함이 아니라 「콩죠시 팟죠시」나 「호랑이의 恩惠 갑기」나 其他 모든 固有한 童話의 內容을 分析하여 보면 亦是 同一한 哀傷的 氣分이 流露됩니다. 이와 가튼 童話를 이약이할 째에 말하는 사람은 목메인 소리가 나오고 듯는 사람은 눈물이 흘르고 한숨이 나오게 될 것임니다.

凹眼子, "童話에 對한 一考察－童話 作者에게", 『동아일보』, 1924. 12. 29.

一

우리가 이 세상에서 兒童을 養育하는 것이 한 가지의 義務라 하면 그 兒童을 現代의 眞正한 文化人 되게 하는 것도 義務 中의 한 가지라고 아니 할 수도 업다. 卽 그들로 하여금 人生의 全體를 心解把持하며 써 그 統一 우에서 살 만한 힘을 가지게 하며 偏見 狹量으로부터 버서나 統一한 全一的 性格에 依하야 全一的 生活을 할 만한 性格으로 向하야 成長식히여야 할 것이다. 이리 하려는 데에는 勿論 여러 가지 方法이 잇겟지만은 그中에서 도 內容의 多樣性인 것에 依하야 兒童心性의 各 要素를 啓養함에 만흔 힘을 內存한 童話 그것이 업지 못할 것이다.

그러면 童話라는 것은 무엇인가? 兒童이 兒童으로서의 特有한 心性에 適應하게 하는 그곳에 깃붐과 光明을 너어서 써 啓發하여 가는 이약이에 지나지 못한다. 그리고 童話는 그 樣式이 如何히 變할지라도 童話라고 하 는 以上에는 어데까지든지 兒童 그것을 本位로 하여야만 한다. 쏘 童話는 그저 재미잇는 것으로만 될 것이 안이라 항상 그 形式과 內容이 兒童을 本位로 하기는 하면서도 一般 世人에게 對하여서도 兒童의 心理로써 하는 作者의 一種 感激을 너어 두어야 할 것이다. 그러함으로 童話라 하는 것은 우리가 兒童에게 리히기 爲하여서 지은 것 되는 同時에 쏘 一面으로는 一般 우리 自身이 가지고 잇는 兒童 性質에게도 이히여야 할 것이다.

二

그러한데 近日 우리나라에서 發表되는 童話를 보건대 그 研究가 大槪는 一面的이며 偏傍的으로 되여 간다고 할 수 잇스니 엇더한 것은 智力만으로 쏘 엇더한 것은 道德을 넘어 偏重히 하는 見地로써 考察하엿스며 엇더한 것은 兒童의 心理 쏘는 童話라는 그것의 發生 發達의 研究를 等閑히 하야 가지고 다만 漠然히 童話라는 것을 遊戲視 하는 弊가 업지 아니하다. 지금도 이 童話를 藝術化하지 못하고 그저 녯날의 舊殼을 버서나지 못하는 觀이 잇다. 甚하게 말하면 童話 그것이 무엇인지 알지도 못하는 친구가 兒童의 特有 心理를 硏究도 하여 보지 못한 사람이 童話를 말하려고 한다. 참으로 가엽슨 일이다. 그들은 얼는 하면 黃金을 讚美하며 成功을 崇拜만 하는 心理를 힘을 다하며 鼓吹하려고 한다. 例를 들어 말하면 極히 가난한 사람이 엇지엇지 한 機會로써 크고 큰 부자가 되엿다든지 偶然한 幸運으로써 엇더한 나라의 王이 되엿다는 이러한 것이 가장 偉大한 事實이나 되는 드시 讚美한다. 이러한 장난은 말할 것도 업시 兒童의 純眞한 맘속에 무엇이라고 말할 수 업는 무섭은 種子를 뿔여두는 것이다. 勿論 그중에는 여러 가지 德性을 涵養하며 勸善懲惡의 思表을 喚起하는 點도 잇기는 하겟지만은 이 德性을 涵養하며 勸善懲惡뿐만으로는 그 童話 本來 目的에서 到底히 滿足할 수는 업는 것이다.

三

더욱 우리나라에 잇서서 初等 敎科書 속에 編入된 여러 가지 童話는 참으로 우리 兒童을 毒케 함이 적지 아니하다. 道德이 洗練되지 못하엿든 녯날 童話 그것 속에서 잘 아는 사람들이 그저 "제 생각"대로 兒童을 對하려는 것은 크고 큰 罪惡이며 僭越이 될 뿐 아니라 더욱 큰 冒瀆이라고 아니할 수 업다. 이러함은 말할 것도 업시 그들 自身이 時代의 意識을 가지지 못한 까닭이다.

엇지하엿든지 童話라는 그것이 今日에 잇서서 조금도 지나간 껍데기를 벗지 못하고 이러한 傾向에서 徘徊하는 것은 말할 것도 업시 作者 그 사람들이 兒童의 好奇心과 兒童의 異常을 즐기는 心理를 利用하야 재미잇게 奇怪하게만 지으려고 그저 시재시재의 생각에만 拘束됨으로 엇절 수 업시 無理한 條件까지라도 붓처 가지고 불상한 兒童의 無益한 精神上 代償을 求하려는 까닭이다.

四

兒童의 心的 活動은 조금도 쉬일 새 업시 流動한다. 그럼으로 童話도 時間的 空間的으로 쏘는 內容, 形式 兩 方面으로 조금도 쉬지 안고 成長하며 流動하여야 될 것이다. 이러한 見地로써 보며 偏倚的, 固定的으로 된 今日의 童話는 決코 眞實한 兒童을 爲하여서의 童話가 되지 못한 것은 말 할 것도 업고 童話의 眞義, 價値, 使命을 알아 그것을 다한 것이라 할 수가 업다.

그러함으로 조금이라도 童話를 맘 두는 사람은 무엇보다도 먼저 民族心理學的 研究에 依하야 童話의 發生과 流動의 眞相을 아라야만 할 것이다. 兒童心理學的 研究에 依하야 兒童과 童話와의 生命的 關係를 붓드러야 할 것이다. 그러고 더욱 文藝的 考察에 依하야 藝術로서의 童話의 價値를 아라 두어야 할 것이다. 廣義로의 童話의 敎育的 效果를 理解하여야 할 것이다. 그러고 童話 그것을 敎育的 器具로만 할 수 업는 것을 나는 이에 말하여 두고저 한다.   (끗)

―記者, "이러케 하면 글을 잘 짓게 됨니다", 『어린이』, 1924년 12월호.

◇ …… 생각하는, 고대로 쓰라.
◇ …… 정신을 쏘아 너어 지으라.
◇ …… 만히 닑고, 만히 지으라.
◇ …… 몃 번이던지 조케 치라.
◇ …… 힘써 남의 비평을 바드라.

학교 作文 시간에쭌 아니라 어느 째던지 "엇더케 하면 글을 잘 짓게 될 수 잇슬가. 나도 한번 글을 잘 짓게 되엿스면……"
하고 여러분 中에는 이런 생각과 희망을 가즌 이가 만흘 줄 암니다. 물론 장래에 문학가(文學家나 文章家)가 되지 안는다 하드래도 실업가가 되던지 무슨 기술가가 되던지 무슨 직업을 갓던지 자긔의 생각과 의견을 남에게 적어 보힐 만큼 한 재조는 반듯이 가저야 함니다. 엇더케 하면 글을 잘 쓰게 될넌지 대단히 간단하게나마 나는 거긔에 대한 몃 가지를 말슴해 들이겟슴니다.

대톄 "그 글 잘 되엿다" 하고 층찬하는 것은 무엇을 표준하고 하는 말인지 아심닛가?

그것은 아모것보다도 먼저 그 글에 그 사람의 속생각이 분명하게 나타낫느냐 안 나타낫느냐 하는 데 잇는 것임니다. 즉 누구던지 그 글을 닑고 그 글을 써 노은 사람의 생(이상 33쪽)각을 쏙쏙히 잘 리해(理解)하게 되엿스면 그 글은 잘된 글이라 할 수 잇는 것임니다.

그러면 엇더케 하면 그러케 남이 내 속생각을 쏙쏙히 알게 쓰게 되느냐 하면 자긔의 늣김과 뜻과 생각을 죡음도 더 쑤미지 말고 더 쌔지도 말고 고대로 생각 고대로 써 노으면 되는 것임니다. 공연히 글 잘하는 체하고 남의 글에 잇든 文字만 골라다 느러노커나 남의 글 흉내만 내여 쑤며 노흐면 닑는 사람이 그 글을 쓴 사람의 속생각은 도모지 알 수 업게 되닛가 그 글은 아모짝에 소용업는 쓸데업는 글이 되여 바리고 마는 것입니다. 내가 어느 학교 사무실에 가서 학생들의 作文 지은 것을 보닛가 문데는 "春"인데 이것저것을 모다 뒤저보아도 모다

…… 嚴冬雪寒은 어느듯 지나가고 春三月 好時節이 來하니 我等은 大端히 愉快하도다. 桃李花는 滿發하고 蜂蝶은 춤을 추니 平和한 樂園이로다 …….

서로 약속하고 쓴 것가티 이러한 글들이엿슴니다. 죡음 다르대야 엄동설한을 三冬大寒이라 하고 春三月好時節이 陽春三月로 변하엿슬 뿐이지 별로 다른 것이 업섯슴니다. 나는 그것을 보고 마음이 퍽 섭섭하엿슴니다. 엇더케 그러케 六十名 학생이 봄에 대한 생각이나 늣김이 고로케 쪽 가틀 수가 잇겟슴닛가. 가튼 봄이라도 꼿이 피닛가 조와하는 사람도 잇겟지만 어느 해 봄에 어머니가 돌아가신 일이 잇는 사람이면 어머니 생각이 나서 봄을 슯흐게 생각하는 사람도 잇슬 것이고 봄은 되엿지만 아버지 병환이 계신 사람이면 꼿구경할 째도 한편에 근심하는 마음이 업지 안흘 것입니다. 쏘 쪽가티 봄이 죳타 하더라도 꼿이 피닛가 죳타거나 졸업을 하닛가 죳타거나 운동을 하기 조흐닛가 죳타거나 그 생각에는 사람에 쌀하서 여러 가지로 다른 점이 만흘 것입니다. 그런데 그 남다른 자긔의 생각 그것이 글에는 귀(이상 34쪽)중한 것인 줄 모르고 왼통 남이 쓰는 文字만 春三月好時節이닛가 유쾌하거니 무어니 하고 느러만 노흐니 누가 그 글을 닑고 그 사람의 속을 리해는 고사하고 어림치고 짐작이나 해 볼 수 잇슴닛가. 그런 글은 아모 소용 업는 붓작란에 지나지 못하는 것입니다.

그런고로 글은 짓는 것(꾸미는 것)이 아니고 쓰는 것입니다. 생각이나 늣김을 고대로 쓰기만 하는 것임이다. 짓거나 꾸미거나 하면 그만 그 글은 망치는 것입니다.

더더구나 편지를 쓰는 데는 더욱 주의하야 사실대로 생각하는 고대로 쓰지 안으면 큰 랑패하는 것입니다. 편지도 훌륭한 글인데 日氣가 치운데도 文字 꾸미노라고 편지에는 "日氣 화창하온대" 하거나 자긔는 몸이 압흐면서

도 편지에는 "客館生活이 別故 업사오니" 해 노으면 무슨 꼴이 되겟습닛가. 편지나 무어나 글을 쓰는 데는 쑤미지 말고 숨기지 말고 생각하는 고대로 늣긴 고대로만 충실히 써 놋는 것이 뎨일 잘 짓는 것임니다.

그 다음에 글에는 자긔정신을 아조 쏘아 너어야 함니다. 그래야 그 글이 피 잇는 산 글이 되는 것임니다. 그러케 피가 잇고 정신이 박힌 글이면 아모리 짧은 글이라도 닑는 사람이 감동 안 될 수 업는 것임니다. 자긔 정신은 짠 데 두고 아모러케 이 글 저글 모아다가 쑤며 노커나 남에게 충찬 바드려고민 실살 발러 노은 글이면 그 글이 무슨 쎠나 피가 잇스며 누가 그것을 닑고 족음인들 움즉이겟습닛가. 쨞막한 글 한 구를 쓰드라도 자긔의 왼 정신을 쏘와야 그 글은 살어나는 것임니다.

그 다음에는 되도록은 힘써 남의 글을 만히 닑어야 함니다. 잘된 글을 만히 닑어야 함니다. 잘된 글은 몃 번이던지 되푸리해 닑어 두는 것이 좃슴 니다. 그래서 내 속에 아는 지식이 만하야 무엇을 보아도 얼른 잘 늣기게 되고 생각이 만하지게 됨니다. 그러고 (이상 35쪽) 누구던지 흔히 늣기는 것과 생각은 만히 잇서도 그것을 엇더케 말이나 글로 발표해 낼 재조가 업서서 갑갑해 하는 것인데 남의 잘된 글을 만-히 닑으면 그 발표할 재조가 생기는 것임니다. 그럿타고 된 글 안 된 글 함부로 닑기만 하면 람독(濫讀)에 쌔저 서 못쓰게 되는 것이닛가 주의하야 조흔 글 잘된 글을 골라서 만히 닑어야 하고 쏘는 그 글 쓴 사람을 직접 맛나서 그 글을 쓸 째에 엇던 생각과 엇던 늣김으로 쓴 것까지 무러볼 수 잇스면 더욱 유익한 공부가 되는 것임니다. 그러고 우리 어린이 잡지에 쏍힌 글 발표되는 글도 주의해 닑도록 하는 것이 크게 참고 될 것임니다.

만히 닑는 동시에 만히 써 보도록 하여야 함니다. 암만 늣김이 만코 생각 이 만코 아는 것이 만하도 자조 써 보지 안흐면 글쓰는 재조 즉 내 속에 잇는 생각을 남이 잘 알도록 나타내는 재조가 늘지 안는 것임니다. 작고 힘써 짓기 공부를 하여야 글 쓰는 재조는 작고 늘어가는 것임니다.

그런데 만히 써야 한다고 작고 되나 안 되나 함브로 써 두기만 해서는 못 씁니다. 하나를 써 가지고는 그것을 닑어보고 쏘 닑어보고 하면서 섯투

루거나 순하지 안혼 곳은 멋 번이던지 고치고 고치고 하여야 글이 훌륭해지고 글이 붓적붓적 늘어가는 것임니다. 아모러케나 써서 휙 집어 던저버리면 글이 늘기에 힘듬니다.

그리고 그럿케 고치고 고처서 쓴 후에는 자긔보다 나은 사람께 보이고 잘잘못간에 비평을 만히 들어야 함니다. 여러분이 글을 지여서 미들 만한 잡지사에 보내서 그 글이 쏩히나 아니 쏩히나 싀험해 보는 것은 대단히 조흔 일임이다. 엇던 사람은 글을 한두 번 보내서 쏩히지 안으면 그만두어 버리지만 그것은 잘못하는 짓임니다. 멋 번이고 쓰고 쓰고 써서는 고치고 하야 보내되 못 쏩히면 쏘 쓰고 쏘 쓰고 해 나가야 글은 붓적붓적(이상 36쪽) 늘어가는 것임니다. 그러나 요사이 흔한 잡지나 신문에서 조희 구석이나 채우고 글 보내는 이의 환심(歡心)이나 사기 위하야 되나 못 되나 함브로 쏩아주는 것을 미더서는 못씀니다. 늘지 못하고 도로혀 버려지기 쉬운 까닭임니다. 그것은 주의하여야 됨니다.

마즈막으로 한 말슴 더 해 드릴 것은 글을 쓰려는 사람은 평시에 모든 물건과 모든 일에 대하야 자상하고 치밀한 관찰(觀察)을 하여야 하는 것임니다. 가령 개(犬)의 동작(動作)을 쓰려면 먼저 개의 동작을 실제로 정밀하게 보지 못하면 도뎌히 글에 쓸 째에 개의 동작을 잘 나타내지 못하는 것임니다. 그 글을 넑는 사람이 그 글을 넑을 째 실제의 개의 동작을 바로 눈으로 보는 것가티 알게 되면 그 글은 성공한 글이 되는 것임니다.

대단이 간략하지만 대개 우에 말슴한 멋 가지를 잘 명심하야 공부하시면 반듯이 여러분도 글을 잘 쓰게 될 것을 밋슴니다.

(一記者) (이상 37쪽)

편즙인, "『어린이』 동모들쎄", 『어린이』, 1924년 12월호.[81]

여러분! 『어린이』를 닑어 주시는 나의 동모 여러분! 나는 『어린이』를 다달이 쑤며들이는 나로서 여러분을 단 한번이라도 맛나보고 십고 맛나서 하고 십은 말슴이 가지가지로 만히 잇섯습니다. 그래 늘 여러분을 맛나러 가자 사랑스런 동모를 맛나러 가자 하고 별르면서도 일이 밧버서 별로 나가서 보지 못하고 이날까지 잇섯습니다. 이제는 금년도 아조 지나가려 하는 쌔이니 올해의 마즈막 편즙을 맛치고 나서 여러분쎄 몃 마듸 말슴을 하려고 이것을 쓰기 시작하엿습니다.

□

나는 뎨일 먼저 여러분 朝鮮에 태여난 少年少女 여러분을 퍽 가련하다고 생각하게 되여 못 견딈니다. 여러분은 여러분 자신의 생활을 즐길 수 업는 형편에 잇는 것을 아는 싸닭입니다.

나는 여러분의 생활을 잘 알고 잇습니다. 내가 어렷슬 째와 족음도 다를 것 업시 여러분은 집에서 퍽 쓸쓸스럽고 맛업시 그날그날을 보내고 잇슬 뿐 아니라 심한 째는 몹시 푸대접을 바드면서 살아가는 것을 압니다. 조용이 공부할 방이 업고 마음대로 놀아볼 터전이 업고 작란감이 업고 닑을 것이 업고 여러분이 자긔의 시간(時間)이라 할 시간이 업고 여러분의 속을 알아주려 하는 사람이 업시 나리눌리는 것과 어른의 눈치채기와 맛업는 책 닑기뿐으로 족음도 유쾌해 볼 째가 업시 억지로억지로 그날그날을 보내고 잇는 더할 수 업시 맛업고 쓸쓸스럽게 살아가는 것을 압니다.

□

어려슬 째의 생활이 그럿틋 한심한 것은 마치 一生의 어린 싹이 차고 아린 서리(霜)를 맛는 것입니다. 아모것보다도 두렵고 슯흔 일입니다.

– 此間 二十八行 削除 –

---

81 '편즙인'은 이 글 말미에 '方'이라 해 둔 것으로 보아 '方定煥'이다.

□

　다른 나라 소년들은 집에는 자긔의 방이 짜로 잇고 창조력과 취미를 길러 주는 작란감이 만코 부모가 그들(이상 38쪽)의 뜻을 맛치기에 힘을 쓰고 그들의 생활에 방해하지 안는 고로 자긔의 생활을 즐기게 됩니다. 학교에 가면 선생이 형이나 아젓씨가티 친절합니다. 그리고 토요일마다 자미잇는 회를 열어서 그들의 마음을 한껏 즐겁게 해 줍니다. 밧갓헤 나가면 그들쑨을 위하야 소년연극장이 짜로 잇고 그들쑨을 위하야 아동공원도 짜로 잇슴니다. 거긔서 그들은 즐겁게 유쾌하게 한껏 맘껏 커 가고 쎄더 가고 잇슴니다. 그럼으로 그들에게서는 풀죽은 少年 쓸쓸스런 少年을 보기가 드믑니다.

　□

　짓밟히고 학대밧고 쓸쓸스럽게 자라는 어린 혼을 구원하자! 이러케 웨치면서 우리들이 약한 힘으로 니르킨 것이 소년운동이요 각지에 선전하고 충동하야 소년회를 니르키고 쏘 소년문예연구회를 조직하고 한편으로『어린이』잡지를 시작한 것이 그 운동을 위하는 몟 가지의 일임니다. 물론 힘이 넘우도 약함니다. 그러나 약한 대로라도 시작하자! 한 것임니다.

　□

　가련한 조선 소년들을 위하야 소년운동을 더 널리 선전하고 더 넓게 넓혀 가자. 한 사람에게라도 더 위안을 주고 새로운 긔운과 혼을 너어주기 위하야『어린이』를 더 잘 쑤며 가고 더 넓히 펴 가자! 우리의 온갓 로력은 전혀 여긔에 잇슬 쑨임니다.

　□

　그럼으로 이 일을 위하야는 하고 십은 일이 한두 가지쑨이 아닙니다. 우선 지방지방으로 다니면서 촌촌마다 소년회를 골고로 조직하게 하고 쏘 왼 조선의 모든 소년회가 한결가티 소년회다운 소년회가 되게 하고 한편으로 소년 문뎨를 들어 각 부형과 사회에 강연을 할 것이고 쏘 한편으로 소년문뎨연구회를 더 크게 더 만히 조직하야 소년운동을 잘 진전식히게 하고 한편으로는 동요와 동화를 널리 펴기에 힘을 써야 할 것이고 쏘 그리하고 십슴니다.

□

　잡지로는 첫재 『어린이』에 그림과 사진을 만히 넛코 둘재 내용을 더 풍푸하게 하고 되도록 각 지방의 소년회 소식과 여러분의 지은 글과 그림을 만히 골라내여 들리고 하야 여러분의 생각을 만히 돗채 드려야 할 것이라고 생각하고 잇습니다.

　□

　그러나 그리하자면 책이 커야 할 것이고 돈이 만하야 하고 사람이 만하야 하겟는데 지금 형편으로는 돈도 업고 사람도 적습니다. 책갑도 올리자는 동모가 잇스나 시골에 잇는 어린 동모는 十錢을 엇기도 힘이 드는 터인고로 도저히 더 올릴 수 업서서 그냥그냥 참고 참고 잇습니다. 그러나 만일 『어린이』가 팔니기를 만히 팔리면 지금 팔리는 것도 조선 안에서는 데일 만히 팔리는 것입니다마는 점 더 팔려서 한 五萬부쯤 팔리게 되면 十錢 잡지로도 훌륭히 잘하게 될 것입니다. 만일 여러분이 이 뜻을 잘 짐작해 주서서 동모들께 『어린이』를 권고해 주신다면 그것이 어렵지 아니한 일이라고 나는 밋고 바라고 잇습니다.

　□

　편즙하고 난 끗에 급급히 썻고 쏘 조희가 모자라서 하고 십은 이약이의 천의 하나도 못 쓴 것이 섭섭합니다. (方) (이상 39쪽)

嚴弼鎭, "序文", 『朝鮮童謠集』, 彰文社, 1924.12.

一. 本書는 우리 朝鮮兒童敎育界에 童謠를 普及코져 하야 朝鮮 固有의 童謠만 蒐集하야 編著하니라.

一. 本書에 採錄한 바 童謠는 北으로 咸鏡北道 南으로 慶尙南道끄지 十三道의 各 重要한 地方에셔 古來로 流行하는 것이니라.

一. 本書의 附錄에 添付한 西洋 列國의 童謠는 總히 著者의 手로 飜譯함이니라.

一. 本書의 特色은 朝鮮文과 漢文을 混用하야 男女老少를 勿論하고 어느 程度일지라도 愛讀에 便宜케 하야 可及的 各 地方의 特色을 發揮할 資料를 蒐集하고 朝鮮 兒童의 童謠와 西洋 兒童의 童謠를 比較 參照케 하야 童謠 硏究에 貢獻코져 함이니라.

一. 本書는 普通學校 程度의 兒童이 單獨으로 理解하도록 努力하엿스나 間或 理解키 難한 點이 有할 듯하니 此는 學校의 敎師와 家庭의 父兄이 指導와 說明을 加하면 此書의 奧義를 味하고 兒(이상 1쪽)童의 興味를 喚起케 되야 能히 理解홀지로다.

一. 本書는 表題와 갓치 朝鮮의 童謠를 蒐集하야 編著하얏스나 元 著者의 學識이 淺薄하야 尙히 不完全한 點이 만흐니 朝鮮에 朝鮮의 童謠를 硏究함에는 此種의 書籍이 一冊도 出現치 아니한 今日에 童謠 硏究 資料의 一種으로 編著하얏슴이 本 著者의 動機요 希望이니 半島 名士의 諸賢은 만흔 批評을 加하야 再版할 써에 追補하야 兒童의 向上 發展에 助長되기를 渴望하는 바이도다.

一. 本書가 世上에 나가셔 조곰이라도 童謠라 하는 것을 民衆이 理解하야 愛하게 되는 動機의 幾分이라도 되며 多少의 參考가 되면 著者는 衷心으로 感謝하며 欣幸할 바이로다.

大正 十三年 八月

著 者 (이상 2쪽)

方定煥, "童話作法－童話 짓는 이에게◇小波生◇", 『동아일보』, 1925.1.1.[82]

◇… 童話, 童謠, 小品文 세 가지 作法을 九十 줄에 쓰라는 것은 도더히 못 될 말이니 童話, 童謠를 짓는 이의 注意할 것 몃 가지만 간단히 들어 노아 보기로 하겟습니다. 九十 줄에 될는지……

◇… 童은 兒童이란 童이요 話는 說話의 話인즉 결국 童話는 兒童說話라고 할 것입니다. 그러니 兒童 以外엣 사람이 만히 닑거나 듯거나 하는 경우에라도 童話 그것은 兒童을 상대로 하는 것이 아니면 안 될 것은 물론 임니다. 그런고로 동화가 가저야 할 첫재 요건은 一兒童들이 잘 알 수 잇는 것이라야 한다는 것입니다. 요사이 신문이나 잡지에 실리는 것이나 쏘 어린이社에 드러오는 것을 보면 동화를 小說 쓰듯 하노라고 공연한 로력을 만히 한 것이 만슴니다.

◇… 그러한 것은 童話에 잇서서는 아모 效果가 업슬 뿐 아니라 도로혀 兒童의 머리를 현란케 하는 폐가 잇기 쉬웁습니다. 알기 쉽게 말하면 녀름 日氣의 더운 것을 말할 째에 온도 몃 십도나 되게 더웁다고 하면 모름니다. 더웁다 더웁다 못하야 옷을 벗고 물로 쮜여 드러가도 그래도 더웁다고 하면 兒童은 더위를 짐작합니다. 義州에서 釜山까지 二千里나 되닛가 굉장히 멀다 하면 兒童은 그 먼 것을 짐작 못합니다. 거름 잘 것는 사람이 새벽부터 밤중까지 쉬지 안코 거러서 스므 밤 스므 날을 가도 다 가지 못한다 하여야 그 굉장히 먼 것을 짐작합니다.

◇… 그러고 쏘 童話를 쓰거나 이약이하는 사람이 아모리 자상하게 길게 오래 하드래도 그것을 닑거나 듯는 兒童은 그中에서 자긔가 알 수 잇는 것쑌만을 추려 가집니다. 兒童을 만히 接해 본 사람은 알 것입니다. 길다란 이야기를 들려주고 나중에 다시 한 번 물어보십시오. 군데군데 쮜여가면서

---

82 원문에 '어린이 主幹 方定煥'이라 되어 있다.

자긔 아는 것만 골라서 긔억하고 잇습니다. 활동사진을 보아도 다른 사실은 전혀 모르고 개(犬)가 자동차를 쫏차 가거나 비행긔를 타고 올라가거나 싸홈하는 것밧게는 모르고 잇습니다.

◇… 그러니 童話作者나 口演者가 兒童이 아지 못할 말 兒童이 興味를 늣기지 안는 것을 쓴다 하면 쓸사록 努力만 허비하게 됩니다.

◇… 그 다움에 童話가 가질 요건은 二兒童에게 愉悅을 주어야 한다는 것임니다. 兒童의 마음에 깃붐과 유쾌한 흥을 주는 것이 童話의 生命이라고 해도 조흘 것임니다. 敎育的 價値문데는 셋재 넷재 문데고 첫재 깃붐을 주어야 하는 것임니다. 교육뎍 의미를 가젓슬 쑌이고 아모 흥미가 업스며 그것은 童話가 아니고 俚言이 되고 마는 것임니다. 아모러한 교육뎍의 의미가 업서도 童話는 될 수 잇지만 아모러한 愉悅도 주지 못하고는 童話가 되기 어렵습니다.

◇… 끗흐로 셋재 교육뎍 의미를 가저야 할 것이라고 이러케 치겟는데 교육뎍 의미라는 것은 이야기하기는 장황하겟스닛가 여긔에는 그만두겟습니다.

◇… 동화에 관하야도 간단하게나마도 다 쓰지 못하엿스닛가 약속 동요는 전혀 못 쓰게 되엿습니다.

밴댈리스트, "童謠에 對하야(未定稿)", 『동아일보』, 1925. 1. 21.

　　一

　　驚異의 世界가 잇다 하면 그것은 어린이의 맘 世界입니다. 그들은 반짝
거리는 하늘의 별을 보고는 自己의 작난감을 삼으려 하며 숩 사이에서 노래
하는 새를 自己의 親故로 알고 이야기하라고 합니다. 풀닙사귀와 꼿과 흘
으는 냇물 —— 어린이의 周圍에 잇는 모든 것은 어린이의 맘에 未知境의
憧憬과 神秘를 소군거려 주지 안는 것이 업습니다. 그리하야 그들은 어머
니에게 둥글한 하늘의 달을 싸 달라고 졸읍니다. 이러한 心情은 어린이에게
만 約束된 것으로 가장 貴여운 일입니다.

　　朝鮮 어린이는 오래 동안 이러러한 驚異의 아름다운 世界를 일허바리고
無味한 束縛과 싸닭스러운 形式으로 因하야 그들의 貴여운 個性은 自由를
쌔앗기고 壓迫에 壓迫을 거듭하여 왓습니다. 그들은 어린 靈을 美化식힐
만한 아모러한 것도 업시 "不幸" 속에 자라 왓습니다. 이러한 째에 近頃
새로운 童謠와 童話의 —— 少年文學運動이 여러 곳에서 여러 有意한 人士
에게 計劃되야 個性의 自由를 일어버린 어린이의 새로운 世界가 두 번 다
시 開展됨은 깃버하지 안을 수 업는 일입니다. 이러한 運動은 家庭生活과
學校教育에 "驚異의 再生"이 되는 同時에 文化生活과 創造的 生活의 高唱
에 업서서는 아니 될 必然입니다. 갑 만흔 未來를 創造하랴 하는 精神이
이에 잇습니다. "어린이의 꿈" 갓튼 純美的 世界에서 고요히 자라날 어린이
의 幸福이 클 것임을 생각하면 아름다운 깃붐을 禁할 수가 업습니다.

　　二

　　어머니는 自己의 어린이를 재우랴고 곱고 나즌 목소리로 「애기보기 노
래」를 노래해 줍니다. 어린이의 맘에 詩歌에 對한 사랑을 늣기게 됨은 이째
부터일 것입니다. 無心하게 그 노래를 듯는다 하면 아모러한 神奇한 뜻이
업슬는지도 몰으겟습니다. 이 노래가락 속에는 自己를 니저바리고 "어린이"
도 니저바리는 無我的 씃업는 사랑의 世界가 잇슬 뿐입니다. 다시 말하면

어머니의 靈과 어린이의 靈은 곱고 보드랍은 노래가락의 美音에 醉하야 모든 束縛을 버서 바리고 끗업는 未知의 꿈 世界로 가서 하늘을 날아가는 小鳥처럼 한갓 깃붐을 늣기게 됩니다. 두 靈을 結合하야 神秘世界로 引導하는 것은 여러 말할 것 업시 말의 韻律입니다. 곱은 말과 아름답은 曲調로 생기는 韻律로 因하야 靈과 靈은 自由롭은 旅行을 하게 됩니다.

그럿습니다. 韻律은 사람의 맘을 보드랍게 하며 조금도 거즛업는 "自然스럽은" 곳으로 引導하야 平和와 安靜을 줍니다. 이것은 外部世界에 對하야 意識的으로 努力할 必要를 못 늣기게 되는 同時에 內部世界가 統一과 明證의 狀態에 잇게 되는 까째입니다. 이곳에서 사람은 가장 自然스럽은 狀態를 엇습니다. 그러기에 韻律은 生命의 脈搏이며 自然의 呼吸입니다. 物과 心의 두 곳을 貫流하며 統一케 하는 至上靈法입니다.

이 韻律이라 함은 말할 것도 업시 詩歌의 그것입니다. 詩歌로 因하야 까닭스럽고 괴롭은 實生活을 버서나서 生命의 源泉인 사랑의 世界를 發見하게 되는 것은 經驗잇는 이로는 누구나 알 것입니다.

"아름답은 靈"을 위하야 가장 自然스럽고 가장 아름답은 韻律이 잇서야 하겟습니다. 그것이 업시는 어린이의 "아름답은 靈"은 美化되지 못합니다.

童謠는 다른 것이 아니고 이것입니다. 在來의 唱歌에 對한 새롭은 唱歌라고 하여도 조흘 것입니다.

三

남을 울니랴고 하면 반듯시 自己부터 울어야 합니다. 童謠는 "어린이의 靈"을 美化케 하는 同時에 "어룬의 靈"도 美化식혀야 합니다. 問題는 이곳에 잇습니다. 童謠에 對한 內容과 形式은 엇더한 것이라야 할가입니다. "아름답은 靈"을 純眞한 美化로 引導함에는 그러한 內容과 形式의 것이 아니여서는 아니 될 것입니다. 醜惡한 童謠는 "어린이의 靈"을 허물 내일 뿐입니다. 웨 그런고 하니 童謠의 目的은 어린이의 情操의 訓練과 想像의 解放이기 째문입니다. 이 點에서 童謠의 價値는 詩歌의 價値와 갓하 童謠를 尊重하는 마음은 詩歌의 藝術을 尊重하는 마음입니다.

童謠는 藝術的 價値를 가진 것으로 말할 것도 업시 文藝의 한 部分임니다. 그러기에 童謠라는 것은 詩作者의 심々破寂의 일이 아니고 純正한 詩歌를 지을 째와 꼭 갓튼 狀態로 童謠를 짓지 안아서는 아니 될 것입니다. 眞正한 詩歌의 價値는 "詩를 짓겟다" 하는 意志에서 생기지 아니하는 것과 가치 童謠도 쏘한 "童謠를 짓겟다" 하는 特別한 狀態로는 되지 못합니다. 어른이 일부러 "어린이답은 心情"을 가지려고 努力함은 도로혀 不純性을 거듭하게 됩니다. 대개의 童謠의 感興은 意志的 狀態를 쩌나 無心히 自然萬衆을 對할 째에 니러나서 "어린이답은 心情"을 가지게 되는 것입니다.

"어린이"를 위하야 童謠를 지으랴는 것보다도 "어린이가 되야서"의 見地에서 童謠를 써야 할 줄 암니다.

이 點에서 童謠는 "어린이"에게 엇던 智識을 주는 方法이나 功利를 暗示하는 것이 아니고 어데까지든지 이러 것을[83] 쩌나 藝術的이라야 합니다. 거듭 말합니다만은 새롭은 童謠는 在來의 學校의 唱歌와는 달나 智識와 功利의 手段이 아닙니다. 알기 쉽게 말하면 藝術的 唱歌가 童謠입니다.

四

藝術 鑑覺의 즐겁음이 自我發見의 즐겁음이라고 하면 藝術的 唱歌 —— 童謠에서도 自我를 發見할 것입니다. 童謠을 읽고 날마다 멀어가는 지내간 꿈과 가튼 아름답 世界를[84] 생각할 째에 맘에는 반듯시 새와 가치 맘의 故鄕인 곳으로 돌아가고 십흔 所望이 간절해집니다. 그러기에 "어른"이 童謠에서 엇는 것은 언제 한 번 읽허버린 自己의 모양을 돌아보며, 더럽워진 靈을 두 번 다시 깨끗하게 할 수가 잇슴니다. 詩歌와 童謠는 兄弟임니다. 하나는 "어른"을 다른 하나는 "어린이"를 위한 世界이나 그들이 가는 곳은 다 가치 藝術의 宮殿임니다. 그곳에는 永久性이 잇슴니다. '프로베르'의 "우리들은 어린이의 뒤를 쏘차 간다"는 言句가 이에서 남몰을 意味를 가짐니다.

童謠를 사랑치 아니하는 사람은 結局 詩歌를 사랑치 안는 사람으로 眞善美와는 아모 因緣이 업는 것입니다.

---

83 '이런 것을'의 오식이다.
84 '아름답은 世界를'(아름다운 세계를)의 오식이다.

吳天園, "머리로 들이고 십흔 말슴", 吳天園 譯, 『世界文學傑作集』, 한성도서주식회사, 1925.2.[85]

제가, 변변치 못한 제가, 감히 이러한 적지 안은, 쉽지 안은, 저에게는 몹시 쓰리고 압흔 역사를 트라이하엿습니다. 이것은 누구나 다ㅡ, 이러한 역사를 하는 사람치고는 당하지 안는 이가 업는 것과 갓치, 저에게도 큰 괴로운 역사이엿습니다. 이는 이 역사를 비롯하기 전부터 닉히 알엇든 바이지마는, 저는 당돌히 이 일을 시작하엿습니다. 이것을 하지 안코는, 제 가슴에 쇠갈구리 갓흔 고민이 써나지 안을 것이며, 제 머리 우에 돌몽치 갓흔 압박이 늘 노리고 잇슬 것임으로, 저는 마츰내 허리씌를 굿세히 매고 이 역사를 비롯한 것입니다. 저는, 전문가 아니신 우리 동포가 엇지 저ㅡ 크나큰 문예품을 닑을 수가 잇스랴 하야 몹시 애닯허 하엿습니다. 그러나 전문가로 문학을 연구하지 아니하는 분이라도, 이 진보된 이십세기 활무대에서 남과 갓치 억개를 겻고 나아가랴면은, 적어도 세계각국의 일홈난 글은 닑지 아니치 못할 것을 절절히 늣겻습니다. 문명의 정화인 문예를 알지 못하고 문명을 안다 하는 사람은, 마치 꼿을 감상함에 그 흐르는 향긔를 맛지 못하고 꼿을 다ㅡ 감상하엿노라 하는 이와 일반으로 극히 어리석은 쟈이겟습니다.

그러면, 문예를 알 필요는 절쩔하고 그 크나큰, 더구나 외국어로 된 원서를 닑을 수 업는 문예전문가 아닌 우리 동포를 위하야, 가장 뜻이 깁고, 길이 바른 공헌은 무엇이라 하리잇가?

저는 이러한 유감을 깁기 위하야, 이제 세계각국의 가장 일홈 높다 하는 문예품을 골나 모드어, 『세계문학걸작집』이라는 책을 하나 만드럿습니다. 본서는 압서 누누히 말슴[86] 올닌 바와 갓치, 문예 전문가 이외엣 우리 동포를

---

85 '吳天園'은 오천석(吳天錫)의 필명이다.

86 '말슴'(말씀)의 오식이다.

위하야, 세계 대문호의 걸작품의 그 대강한 사연을 간단히 긔록한 것입니다. 사정으로 말미암아 본서는 제일권으로 하야 다섯 문호의 걸작품을 소개함에 지나지 못하엿습니다. 다음은 제이권으로, '톨스토이'의 「안나카레니나」, '이브센'의 「人形의 家」, '쉑스피어'의 「막쎄드」, '쩌삭터예브스키―'의 「罪와 罰」, '밀톤'의 「失樂園」을 소개하고, 또 차차 긔회 되는대로 다음을 계속하랴 합니다.

본서는 할 수 잇는 대로 그 세계적 걸작의 아름다온 맛을 그릇되히 하지 아니하기를 도모하야, 대개는 일본역 삼사 가지와 밋 영역 한 가지로써, 서로 빗최고 살폇습니다.

긴 말슴 드리기를 원치 아니합니다. 오직, 이 글이 세상에 나가서, 조곰이라도 우리 문화운동을 도웁는다 할진댄, 이 우에 더업에[87] 다행이라 하겟습니다.

　　　　　　　　　쯧이 깁흔 一千九百二十一年 三月 一日　吳天園
　　　　　　　　　春雨霏々한데 仁川 牛角園에서 삼가 씀

---

[87] '더업시'(더없이)의 오식이다.

選者, "童謠 選後感", 『동아일보』, 1925.3.9.[88]

應募된 童謠 數가 二百個를 넘엇습니다. 그中에서 一二三 等 세 篇을 뽑고 選外佳作으로 十四篇을 골낫습니다. 新春文藝에 對한 童謠의 成績은 어느 點으로 보든지 가장 優秀한 地位를 所有하엿슴을 選者도 깃버하는 同時에 作者와 讀者에게 賀禮하며 이 깃븜을 한길가치 난호랴고 합니다.

이番 童謠의 첫 자리를 占領한 韓晶東 君의 「소곰쟁이」와 그 밧게 멧 篇은 朝鮮에서는 첨 되는 貴엽은 作品입니다. 그것들을 엇더한 童謠壇에 내여놋는다 하여도 決코 二流의 地位에 잇슬 것이 아니고 第一流가 될 줄을 깁히 밋습니다. 童謠는 單純한 唱歌가 아니고 藝術味 만흔 詩입니다. 이러한 意味에서 童謠라는 것은 功利的이나 手段的이나 敎訓的이라는 것보다도 永遠한 未知의 驚異世界이며 詩的 恍惚 그것이 안일 수가 업습니다. 이것은 그러한 한 功利的 童謠는 어린이의 感情 生活에 아모러한 關係가 업는 싸닭입니다.

한마듸로 말하면 只今짜지 紙級[89]한 功利的 唱歌를 童謠라고 하면 새롭은 意味를 가진 童謠는 純實한 藝術的 唱歌라고 하겟습니다. 어린 아희의 눈에 보이는 것은 하나도 未知의 世界이며 驚異 아닌 것이 업서 둥글한 하눌의 달을 짜서는 작난감을 삼으랴고 하는 것이 그들의 世界입니다.

흔히 어린이들이 노래하는 「톡기와 거북」이라는

여보々々 거북님 내말들어보오
天地間 動物中에 네발가지고 저와가치 느즌거름 처음보앗네

---

88 '選者'는 김억(金億)이다. 김억의 「『소곰쟁이』에 對하여」(『동아일보』, 26.10.8)에서, "지내간 番에 虹波 氏 「소곰쟁이는 飜譯인가」 하는 一文을 익엇슬 째 나는 그 當時 責任을 가진 選者의 一人"이라 하는 데서 확인된다.
89 '紙級'은 저급(低級)의 오식이다.

하는 것과 韓 君의 「소곰쟁이」의

　　창포밧 못가운데
　　소곰쟁이는
　　1234567
　　쓰며 노누나

하는 첫 節과 比較히여 보면 얼마나 藝術的이며 얼마나 리듬이며 노래의
想이 아름답은가는 容易히 發見하게 될 것입니다.
　이러한 곱은 童謠를 읽을 째에는 無條件으로 허물나지 아니한 靈을 어르
만지는 音樂的 詩美에 醉케 됩니다. 韓 君의 童謠에는 그 想과 表現이 다
가치 調和되야 듯기 조흔 멜로듸를 이루엇습니다. 韓 君의 그 밧게 童謠의
「초사흘달」 「달」 「갈닙배」 「落葉」의 四篇도 「소곰쟁이」에 比하야는 얼마
만큼한 遜色은 잇스나 쏘한 三讀三嘆할 貴한 作品임을 斷言합니다.
　그러고 둘재 자리를 占領한 張石田 君의 「蓮옷」은 白蓮옷을 公主로 紅蓮
옷을 王子로 보고 輕快한 리듬 곱은 音樂을 만든 데는 한갓 忘我的 恍惚을
늣길 쑨이엇습니다. 난호기는 첫재니 둘재니 하엿지만 韓 君의 그것보다
못할 것이 업슬 만합니다. 다만 韓 君의 童謠는 여러 篇 되고 同 君 것의
것은 두 篇밧게 아니 된 째문에 이럿케 等別을 하게 된 것입니다. 그러고
同 君의 「검은 구름」은 「蓮옷」에 比하야 만흔 遜色이 잇습니다. 만은 쏘한
조흔 作의 하나임은 일치 아니하엿습니다.
　셋재 되는 劉澤寬 君의 「가마귀」 한 篇은 "童謠"라는 것보다도 詩에 갓가
운 어린이의 世界를 써낫다 하는 생각이 잇섯습니다. 이 한 篇도 엇더한
곳에 내여 놋코 자랑을 하더라도 조곰도 부쓰러울 것이 업습니다.

　　검은몸에 흰꿈을 쮜려
　　돗는달 초불되는
　　숨으로 간다

한 이것은 「가마귀」의 둘재 節임니다. 이것을 보고도 貴엽다 하지 안을
이가 잇겟슴닛가. 選後感보다도 評에 갓갑엇슴니다.

◇

選外佳作에도 全體로 보아 劣作이 적고 대개는 다 훌륭한 作이 만슴니
다. 所謂 大家의 作이라는 看板을 붓친 作보다도 훨신 쮜여나게 된 것이
적지 아니하엿슴니다. 다음에 佳作을 들면

童謠 選外佳作(順序不同)

◇ 은별 한 개

　　京城府 北米倉町 八八　　金乙姬[90]

◇ 陽地싹

　　黃海道 白川邑 內 彰東學校　　幼芽生

◇ 봄 外 멧 篇

　　咸北 淸津府 新岩洞 八六 世昌旅館 內　　朴一

◇ 반달

　　京城府 壽松洞 普成高普 內　　李軒求

◇ 물방아

　　馬山府 午東洞 一二九　　河貴鏞

◇ 별

　　平北 寧邊郡 西部洞　　梁基炳

◇ 아우의 죽음

　　明川郡 西面 良化洞　　金永勳

◇ 설

　　仁川府 外里 二五　　朴東石

◇ 꼿의 魂

90　유지영(柳志永)의 익명이다. 유지영의 「童謠選後感(『東亞日報』 所載)을 읽고」(『朝鮮文
　壇』, 1925년 5월호)에, "이번에 不幸히 부질업슨 作亂으로 나도 應募者 中 한 사람이 되엿든
　까닭으로 안이 읽으랴 안이 읽을 수가 업섯슴니다."(129쪽), "나의 習作 「은별 한 개」를
　對照해 보십시요."(133쪽)라는 데서 '김을희(金乙姬)'가 유지영의 익명이었음을 알 수 있다.

平壤府 新陽里 二九　　李根泰

◇ 귀곡새

京城府 益善洞 四五　　李學仁

◇ 기럭이

京城府 樂園洞 協成學校　　邊鎬鐸

◇ 마지하자

京元線 高山驛 前　　姜英均

◇ 저녁째

京城府 北米倉町 四四　　全鎭守

◇ 쓰르람이

南滿線 開原驛 朝鮮精米所　　任基烱

金仁得, "『사랑의 선물』을 닑고……", 『어린이』, 제26호, 1925년 3월호.[91]

서울서 工夫하는 兄님이 보내주신 물건을 바다 펴 보닛가 小波 方 先生님이 지으신 有名한 『사랑의 선물』 冊인 고로 나는 엇더케 반갑고 깃벗난지 아지 못합니다. 『어린이』 잡지에서 광고를 여러 번 보고 사 보고 십어서 못 견대든 차에 뜻밧게 이 어엽븐 冊을 밧게 되니 兄님이 은근히 나를 사랑하시고 서울 가서도 내 생각을 해 주시는 것을 더욱 깁히 늣기게 되고 엽헤 계시면 절을 하고 십엇습니다.

그리고 책이 엇더케 깨끗하고 여엽븐지 껴안고 입 맞추고 책상 우에 노아두고 보고 십엇습니다. 것장에 그림도 아름답고 여엽브거니와 속 첫 장에 쌀막하게 씨여 잇는 方 先生님의 말슴은 고대로 나의 가슴에 숨여들어 영영 닛처지지 아니할 것이엿습니다. 첫 장브터 글자 한 字 한 字에 정이 들기 시작하야 점심도 안 먹고 나리 닑엇습니다. 순 언문이라 써듬지도 안코 나리 닑다가 나는 긔어코 울엇습니다. 배가 파선할 째에 불상한 어린 男女의 사정을 닑고는 그냥 죽죽 울엇습니다. 그리고 한네레의 이약이도 울면서 닑엇습니다 아아 方 先生님! 엇더커면 그럿케 곱고 아름답고도 그럿케 불상함닛가……. 아버지는 "修身冊보다 有益한 冊이다" 하시고 어머니는 "小說冊보다 더 자미잇다" 하섯습니다. 우리 어린이들을 위하야 이럿케 자미잇고 有益한 冊을 맨들어 주신 것을 先生님쎄 엇더케 감사할넌지 모르겟습니다 ……(下略)……

이것은 最近에 들어온 一少年의 편지입니다. 참으로 『사랑의 선물』을 닑고 울지 안는 이가 업스며 마음이 고와지지 안는 사람이 업습니다. 아즉도 닑지 못하신 이는 반듯이 사서 닑어 보십시요. 아버지 어머니 아즈머니 왼 집안 식구가 울지 안는 이 업슬 것입니다. 冊갑은 五十錢 送料 十錢

---

91 원문에 '開城郡 松都面 東本町 金仁得'이라 되어 있다.

하도 잘 팔려서 닐곱 번째 다시 박힌 것이 쏘 다 업서지게 되엿습니다.
京城 開闢社로 오늘 곳 주문하십시요. 振替는 京城 八一〇六番

方定煥, "사라지지 안는 記憶", 『조선문단』, 제6호, 1925년 3월호.

별로히 處女作이라 할 만한 것을 낸 것은 업슴니다만은 어렷슬 째 내가 지은 글이 처음 活字로 印刷되야 誌上에 發表되엿슬 째 끗이 업시 깃벗든 記憶은 至今도 사라지지 안코 잇슴니다. 분명히 열아홉 살 째엿슴니다. 그째까지 집에서 漢學 工夫를 한다고 老先生 한 분을 모시고 집에서 漢書를 닑을 째인대 우연한 긔회로 崔南善 氏의 『靑春』 雜誌를 보고 興味가 쓸리여 ㅈㅎ生이라는 匿名으로 作文을 投書하엿더니 그것이 當選되야 誌上에 실린 것이 처음이엿슴니다. 어린 째라 投書해 놋코는 마음이 퍽 조이엿섯슴니다. 新聞에 廣告 나기를 苦待苦待하다 못하야 新文舘으로 電話를 걸면 의례히 當局에서 許可가 나오지 안엇스니 더 기다리라는 對答이엿슴니다. 그리다가 新聞紙에서 廣告를 보면 冊이 郵便으로 오기를 기다릴 사이 업시 쒸여나가서 鍾路 거리의 冊店에 가서 學校에서 成績發表를 기다리든 째나 족곰(이상 66쪽)도 달르지 안은 마음으로 맨 먼저 讀者文藝欄을 펴들엇슴니다. 그리다가 거긔에 自己 匿名을 發見하엿슬 째 무슨 奇術이나 본 것처럼 몹시 神奇해 하면서 슨 채로 나리 닑엇슴니다. 닑고는 "내가 그째 정말 이럿케 써 보냇든가" 십어 하면서 집에도 冊이 올 것을 쩐히 알면서 깃븐 마음에 돈 주고 사 가지고 와서는 닑은 것을 쏘 닑고 쏘 닑고 하야 그 글자 한 자 한 자가 무섭게 강한 親密性을 가지고 머리에 숨여들어 冊을 덥고도 어느 쪽에 題目과 姓名이 엇더케 씨여 잇는 것까지를 눈에 번—하게 보게 되게까지 반복해 닑엇슴니다. 그러고 自己 글을 반복해 닑을 뿐 아니라 그 冊에 내 글과 함께 실리여 잇는 여러 사람의 글을 모다 情다운 親友의 便紙 닑듯 몃 번씩 반복해 닑으면서 그 未知의 벗들을 맛나 사괴엿스면 …… 하고 생각하엿슴니다. 지금 생각하면 퍽 마음이 어리엿든 것임니다. 그러나 그째에 誌上으로 姓名을 닉히고 便紙로 사괴인 사람으로 至今까지 사괴여 오는 사람이 만히 잇슴니다.

이外에 더 길게 말슴할 것은 업스나 내 손으로 學生 文藝를 모아 小雜誌

『新靑年』을 처음 刊行하든 째와 그 後 여러 해 뒤에 늘 쏫하든 『어린이』를 처음 刊行할 째에도 그에 지지 안는 깃븜을 늣기여 세 번째 깃브던 記憶이 다 갓치 살아지지 안코 잇고 쏘 압흐로도 용이히 살아지지 안을 것 갓슴니 다.(이상 67쪽)

柳志永, "童謠選後感(『東亞日報』所載)을 읽고", 『朝鮮文壇』, 1925년 5월호.

— 選者에게 —

발서 月餘를 지난 只今에야 이것을 쓰게 되매 좀 느저진 늣김이 업지 안치만은 혹시 바야흐로 머리를 들려는 童謠復興運動에 害를 씨침이 잇슬 진대 그대로 남의 일과 갓치 몰은 체하고 지나칠 수는 업슴으로 이제 되나 못되나 나의 意見을 써 노아 보는 것이다.

選者여! 數百餘 篇이나 되는 數만흔 各人各樣의 作品을 考選하기에 얼마나 만흔 수고를 하엿겟습니까? 選者의 努力에 對하야는 感謝한 뜻을 表함니다. 이제 兄의 童謠選後感=『東亞日報』 所載=와 밋 當選童謠=『東亞日報』 新春文藝懸賞募集 當選童謠=에 對하야 이른바 나의 淺薄한 所感을 몃 마듸 말하고자 하니 혹시 攻擊에 갓가운 句節이라든지 失禮되는 言辭가 잇슬지라도 容恕하기를 바라는 바입니다.

紙上發表에는 匿名의 必要가 잇셔서 그리햇는지는 몰으겟스나 "選者"[92] 라고만 하고 選者가 누구라고는 記錄하지 안엇섯든 까닭에 내가 너머 輕率한 소치인지는 몰르겟스나 글의 內容을 읽기 전부터 어느 自信업는 者의 종작업는 考選이나 아닌가? 하는 생각으로 조곰만 汎然햇드면 空然한 時間을 虛費하지 안흐려 하얏슬른지도 몰르겟섯습니다마는 童謠나 童話에 關한 글이라면 골돌히 차저보려는 나로서는 눈에 씌인 것을 참아 그대로 지나칠 수도 업섯거니와 童謠 選後感이라고 公然히 發表되기는 兄의 글이 矯矢[93]이며 쏘는 이번에 不幸히 부질업슨 作亂으로 나도 應募者 中 한 사람

---

92 유지영(柳志永)이 '兄'이라고 부르는 '選者'는 김억(金億)이다. 김억의 「『소곰쟁이』에 對하여」(『동아일보』, 26.10.8)에 "지내간 番에 虹波 氏 「소곰쟁이는 飜譯인가」 하는 一文을 익엇슬 때 나는 그 當時 責任을 가진 選者의 一人"으로라 하여 '童謠' 부문 선자였음을 밝히고 있다.

93 '嚆矢'의 오식이다.

이 되엿든 까닭으로 안이 읽으랴 안이 읽을 수가 업섯습니다.

그러나 應募者로서 이것을 쓰기에는 嫌疑적은 생각도 업지는 아니하나 이글의 全文을 通하야볼진대 그다지 嫌疑를 밧게 되지는 안으리라고 생각합니다.

近日 朝鮮의 新聞 或은 雜誌 等에서 童謠에 對한 感(이상 129쪽)想文 或은 童謠作法 비슷한 것을 數次 읽은 일이 잇섯습니다마는 童謠는 다만 어린이를 一時 깁겁게 하는 한번 불러바리고 마는 滋味스러운 노래라는 말은 들어본 일이 잇섯스나 아직싸지도 兄의 말과 가티 童謠란 "藝術美 만흔 詩"라는 소리는 들어본 經驗이 업섯다가 이제 비로소 選者에게 그나마 반가운 말을 드르니 넘치는 깃붐을 抑制할 수 업습니다. 그러나 只今 兄의 말에도 나는 쏘한 不足을 늣기엇습니다. "藝術味 만흔 詩" — 만흔이란 얼마나 되는 것인지? 다만 "만흔"이라고만 해서는 너머나 曖昧하지 아니합니싸? 다음에 "童謠라는 것은 功利的이나 手段的이나 敎訓的이라는 것보다도 永遠한 未知의 驚異世界이며 詩的 恍惚 그것이 아닐 수가 업습니다" 하얏스니 다시 말하자면 童謠라는 것은 功利的이요 手段的이요 敎訓的이지만은 그것보다도 永遠한 未知의 驚異世界이며 詩的恍惚이라고 아니 할 수 업다는 意味일 것이니 "藝術味 만흔"이란 "만흔"과 "敎訓的이라는 것보다도"라 한 "이라는 것보다"란 말과 "안일 수 업다" 한 말의 朦朧함을 보아서도 選者의 童謠理解에 對한 自信不足을 알겟스며 大體로 보아서 童謠를 알지 못한다는 廣告가 充分히 된 줄로 나는 생각합니다. 大體 藝術味 만흔 詩"란 엇더한 것이며 "藝術味 적은 詩"는 엇더한 것입닛싸? "藝術美 만흔 詩"는 選者가 말하는 '타고아'[94]의 詩 가튼 것이며 "藝術味 적은 詩"는 選者의 創作詩와 갓튼 것인가요? 엇지 그리 分明한 입으로 어룰한 말을 합니싸?

童謠는 詩 가튼 것이 아니요 童謠는 곳 詩입니다. 兄이 그 언제인가 童謠

---

94 타고르(Rabīndranāth Tagore, 1861~1941)를 가리킨다. 인도의 시인이자 사상가이다. 시집 『기탄잘리(Gitañjali)』로 1913년 노벨 문학상을 받았다. 인도의 근대화를 촉진하고 동서 문화를 융합하는 데 힘썼다.

는 詩가 가출 것을 大槪 가추엇스나 思想의 흐름이 조곰도 업고 머리에
남은 것이 아모것도 업스니까 詩와 가티는 갑을 처 줄 수가 업다고 하드니
于今쩟 그러한 所見을 갓지나 안엇는지 몰르겟습니다. 萬若 그러타 하면
이제 한 例를 들어보겟습니다.

못 보든 세상   (英國) 스틔분손[95] 作

벗나무를 탈수잇기는 몸이날샌 나뿐이겟지,
두손으로 가지붓들고 못본세상 구경하누나.

눈압헤는 이웃후원이 고흔꽃의 세상이로세,
그밧게도 보지못하든 엄청난게 만히뵈누나.

춤을추며 흐르는내나 청하늘은 거울이로세,
틔끌이는 꼬리단길에 사람들이 걸어가누나.(이상 130쪽)

나무키가 좀더컷스면 더먼데가 뵈이련마는,
저시내가 넓게되여서 배쁜바다 뵈이련마는.

저기저길 훨신더멀니 「페야리」국 뵈이련마는
그곳서는 오시가밥째 작란감이 살엇스리라.

한 것이라든지 쏘는

솟곱각씨   (英國) 로셋틔[96] 女史 作

종소린 모조리 들니우고, 새들은 모조리 노래하네. 「모리」가 쌔여진 솟곱각
씨, 그 압헤 울고서 안젓슬 째,

---

95 영국 시인이자 소설가인 로버트 루이스 스티븐슨(Robert Louis Stevenson, 1850~1894)을
   가리킨다. 대표작으로『보물섬』,『지킬 박사와 하이드 씨』가 있다.
96 영국 여류시인의 대표적인 한 사람인 크리스티나 로세티(Christina Georgina Rossetti,
   1830~1894)를 가리킨다.

아! 아 못난이 이 「모리」야!

네-가 깨여진 솟곱각씨, 그압헤 울고서 안젓슬째, 종소린 모조리 들니우고 새들은 모조리 노래하네.

飜譯은 重譯이요 쏘는 서투르게 되엇슬른지 모르겟습니다마는 여러 말 하지 안트라도 選者도 이 童謠를 읽고 나서는 童謠라면 훗두루 思想의 흐름이 엄다거나 머리에 남는 것이 업다고는 敢히 말하지 못할 줄로 생각합니다. 이는 眞正한 童謠인 同時에 完全無缺한 詩일 것입니다. 童謠는 手段的도 아니요 功利的도 아니며 쏘 敎訓的도 안입니다. 혹시 어린이들의 未來의 醇化된 藝術的 生活에 들어가는 架橋가 될른지는 모르겟습니다.

그러나 童謠나 詩가 다른 것은 事實입니다. 어느 點이 달르냐 하면 童謠는 詩가 가진 것 以上으로 가추지 안으면 안 되는 것이 잇습니다. 첫재는 童謠는 어린이의 것이기 째문에 어린이의 心情界를 써나서는 아니 되며 둘재로는 어린이가 能히 아는 말 칠팔세 된 어린이들이라도 곳 알 수 잇는 말을 골라 쓰며 셋재로는 曲調를 부처 노치 안트라도 노래할 수 잇고 그에 마추어 춤출 수도 잇시 格調가 잇는 것 等 爲先 이 세 가지가 다른 것입니다. 그럼으로 童謠는 어린이의 詩요 놀애인 同時에 어룬들에게도 쏘한 詩요 놀애인 것으로서 어룬들로 하여금 天眞爛漫한 罪 업는 지나간 어린이 째의 꼿다운 境地에 다시 드나들게 하는 것입니다.

拘束이라고 할른지 기반이라고 할는지 멋 가지 업서서는 안 될 것은 긔위 압헤 말하얏거니와 한번 다시 말하자면 童謠에는 天眞爛漫이 잇서야 하며 어룬들로서는 돌히어 기맥힌 늣김을 일으킬 驚異가 잇서야 하며 希望과 欲求가 넘치는 것이라야만 됩니다. 함부로 어(이상 131쪽)린이의 生活을 그려노앗다고 童謠가 아니며 함부로 어린이의 動作을 그리어 노앗다고 童謠가 안입니다. 다시 簡單히 말하자면 압헤 말한 바 모든 條件을 具備한 놀애 불을 수 잇는 詩가 곳 童謠입니다.

選者여! 選者은 이번에 무엇을 考選한 세음입니짜. 남의 作品을 考選하기를 무슨 作亂갓치 생각합니싸. 남의 作品을 考選하라면 그 作品들에 對한 知識이 잇서야 하며 그 作品을 알어볼 힘이 잇서야 될 것은 勿論이거니와 考選者 個人에 대한 私感 다시 말하자면 作品이 自己 마음에 合하고 不合한 것이라든지 또는 作者에 對한 親不親을 보아서 考選할 수 업스리라는 것은 選者도 斟酌할 줄 밋습니다. 모든 點으로 보아 童謠에 對한 知識이라고는 一毫半些도 업는 選者로서 오직 自尊心 만흔 根性과 헛뱃심으로 너머나 당돌하게 數百餘名의 應募者와 밋 그의 作品을 弄絡한 것은 實로우리 童謠 復興運動을 爲하야 容恕할 수 업는 일입니다.

選者여! 童謠란 엇더한 것이라는 것을 以上에 말한 바 잇스니 選者가 이번에 選拔한 童謠에 빗추어 보십시요. 考選이 果然 엇더케 된 것을 알수가 잇슬 줄로 밋는 바입니다.

一等 소곰쟁이

창포밧 못가운데 소곰쟁이는 1234567 쓰며 노누나
쓰기는 쓰지만두 바람이불어 지워지긴하지만 소곰쟁이는
실타고도아니하고 뺑々돌면서 1234567 쓰며노누나

이는 缺點이라고는 格調를 맛치느라고 苦心한 것이 宛然히 나타나서 어근버근하야 잣칫하면 문허질 듯한 늣김이 잇스나 實로 選者의 말과 가티 엇다가 내어놋튼지 붓그럽지 안흘 作입니다. 이는 一等의 價値가 充分할 것입니다. 그러나 아모리 갓흔 사람의 作이라 밋는 點이 잇다고 할지라도 갓흔 '클럽'에다가 갓흔 일홈을 내부치고 「달」이란

놉흔달아 저달아 기력이도 왓는데 새가을도 왓는데 어머니는 안오니
가을밤에 귓도리 고흔노래 불을제 기력이함께 오시마 약속하신 어머님
밝은달아 저달아 우리옴만 왜안와 압집곤네옵하고 정성드려 뭇는다.

를 뽑아 실어 노앗스니 「소곰쟁이」 作者의 才操 程度를(이상 132쪽) 슬몃이 말하는 것이 될 뿐더러 選者의 考選이 果然 엇더하다는 것을 스사로 廣告

하는 것이 안입니까? 二等 選拔에 對하야는 實로 選者가 童謠에 對한 知識이 털긋만치도 업는 것이 完全히 表明되고 말엇습니다.

二等 련꼿

青龍亭 蓮못속에 紅白蓮이 피엇더라, 붉은王者 紅蓮이는 하얀王女 白蓮이와 방긋방긋우스면서 바람소리 曲調맛처 너울너울 춤을춘다.

이것이 엇지해 童謠입니까? 이 속에 무엇이 잇서서 童謠입니까? 天眞爛漫은커녕 諧謔味나마 잇슴니까. 말이 어린이의 말인가요? 어린이의 生活을 그린 것인가요? 어린이의 心情을 말한 것인가요? 어린이 눈에 紅蓮과 白蓮이 王子와 王女로 뵈이겟는가요? 選者는 이것을 읽고 忘我的 恍惚을 늣길 뿐이엇섯다고요. 무엇으로 그러한 怪常한, 童謠를 아는 이 世上 사람으로는 늣겨보랴 늣겨볼 수 업는 늣김을 늣기엇슴니까? 銅錢 한 푼에 한 무덕이식 팔 詩로 보아서 늣기엇는가요. 妓生집 마루 밋헤 곰팡냄새나는 「李秀一과 沈順愛」 唱歌와 가튼 것으로 보아서 늣기엇는가요? 選者의 所謂 忘我的 恍惚한 늣김이란 一錢 한 푼에 멧 삭이나 하는 것이며 하로에 멧 百番式이나 늣기는 것입니까? 더욱이 「소곰쟁이」와 「련꼿」을 첫재니 둘재니 난호기가 어려운 것을 「소곰쟁이」 作者는 여러 篇을 보내고 「련꼿」 作者는 단 두 篇을 보낸 까닭에 二等으로 뽑앗다고 하니 그러케 考選하는 法도 間或 잇는 일입니까? 選者는 精神에 異狀이 잇거나 「련꼿」 作者가 選者로서는 괄세 못할 上殿인 것이 틀님 업스리라고 생각합니다. 다음에 三等으로 「가마귀」는 選者도 말하엿거니와 新詩에 갓가움다는 것보다 新詩 그것일른지는 몰르겟스나 童謠는 안입니다. 그것을 選拔할 째에는 暫時 新詩 考選으로 머리가 밧구엿든 것이 아닌가 합니다. 다음에 所謂 選外佳作으로 選拔한 것 중 選者가 寓居하는 집 主人의 족하로 選者와 師弟와 가튼 關係가 잇는 李學仁이란 사람의 「귀곡새」와 나의 習作 「은별 한 개」를 對照해 보십시오. 一二三等은 規定이 잇섯스니까 不得已 劣作이나마 數爻를 맞추어 選拔하얏스려니와 選外佳作이야 三等 다음 갈 것으로 서로 比等한 것만 골라 뽑고 나머지는 아모리 作者와 親分이 잇슬지라도 바리는 것이 올홀 것이어늘 選者는 엇지한 생각으로 그리하얏는지는 몰르겟스나 아모리 沒知識하기로서니 다음의 두 作品을 相反하다고는 할 수 업슬 것입니다.

귀곡새 (이상 133쪽)
새가운다 새가운다 이른봄날 안개속에 적은몸을 감추고서 귀곡귀곡 슬피운다.

아츰부터 밤깁도록 구슬푸게 우는새는 제목숨을 살지못한 아가씨혼 귀곡새라.

大體 이것이 엇지 해서 童謠의 門에인들 들어갈 수가 잇겟습니짜. 詩로나 佳作입니짜. 「톡기와 거북」과 갓흔 唱歌로나 佳作입니짜?

은별 한 개
우리아기 굴레치장에 은별하나 달아주랴고,
하느님의 빌엇드니만 소원대로 썰어졋다네.

하도깃버 쒸여나가서 재를넘어 차저봣스나,
그곳아이 하는말들이 쏘한재를 넘으라하네.

한재두재 세재넘으니 개울속에 그별쌔졋네,
손을너허 건지려하나 물결저서 못건지겟네.

박아지로 건저노흐니 그제서야 씌워졋기에,
남볼서라 치마자락을 꼭덥허서 가지고왓네.

방에들어 열어보니짜 별대신에 등잔불일세,
어머니는 속도모르고 바보라고 핀잔만하네.

選者여! 考選을 함에는 반드시 남의 作品을 添削을 아니하면 考選者의 위신이 써러지는 줄로 알엇습니짜? 남의 作品을 엇지 하야 함부로 添削을 합니까? 添削도 올케나 햇스면 돌히여 感謝하겟습니다마는 添削을 하야 남의 作品을 망처노앗스니 그 책임은 엇더케 하겟습니까? 「은별 한 개」에서도 둘재번 "그곳 아이 하는 말들이" 한 것을 "그곳 아이 이르는 말이"라고 곳처노앗스니 엇지한 생각으로 곳친 것입니까? 어린이 말에 "이르는 말"이라 하면 "고자질 하는 말"이 되고 마는 것이요 그러치 안으면 어른이 敎訓하는 말로 알게 되는 것입니다. 여러 아이들이 그곳에서 보기에는 쏘 한 재 너머에 쩌러지는 것 가티 뵈이엇는 고로 쏘 한 재를 넘으라 한 것인데 "그곳 아이 이르는 말이" 하면 여러 아이들이 異口同聲으로 다 가티 한 말이 아니요 엇더한 한 아이가 한 말로 變하지 안엇습니까? 쏘는 제 삼련에 "물결저서 못 건지겟네" 한 것을 "물살처서 못건지겟네"로 곳치어 노앗스니 물결지는 것과 물살치는 것을 갓다고 생각합니까? 물살친다고 하면 쏠녀나리는 물에서 절로 생(이상 134쪽)기는 물결을 말함이요 내가 물결진다 한 것은 손을 너흐니까 손으로 해서 물결이 진다는 것을 말한 것입니다. 저절노 지는 물결속으로는 어룽지기는 할지언정 별이 反射는 되는 것이지마는 손을 느어 물결이 지면 별의 反射가 손에 가리어서 별의 反射가 업서지는 까닭에 못 건진 것인데 그것을 그 아이 생각에는 물결로 해서 못 건진 것으로 알게 된 것을 그리어 노흔 것입니다. 그러면 곳친 까닭으로 그 노래를 얼마나 큰 험점을 내여노흔지를 알 수가 잇슬 것입니다.

　選者여! 끗흐로 選者의 幸福을 빌매 選者의 못 생긴 自誇心과 덤벙대는 마음이 업서지며 모든 것에 대한 充實한 工夫가 잇기를 빌어서 써 將來에는 훌륭한 考選者가 되기를 바랍니다.　　— 끗 —　(이상 135쪽)

盧子泳, "첫머리에 씀(序文)", 春城 編, 『世界名作童話選集 天使의 선물』, 靑鳥社, 1925.7.[97]

세상에 어린이갓치, 귀한 사람이 어데 잇스며, 어린이갓치, 진실한 사람이, 어데 잇스랴. 어린이야말로, 봄동산에 노는, 고흔 양(羊)이로다. "어린애가 되여야, 하날나라에 드러간다. 어린애 나라에는, 꿀 흐르는 복디(福地)가 잇다." 이러한 말은, 조곰도 거짓 업는, 참말이라 하겟다. 그러타. 그네들의게야, 영원한 우슴이, 잇슬 쑨이 안이냐? 영원한 사랑이, 잇슬 쑨이 안이냐? 평화의 나라. 에덴의 동산, 오직 그러한 나라는, 어린애 나라에 잇는 것이다.

나는 이전부터, 어린 동무를, 심히 조화하엿다. 그리고, 그네들과, 놀기를 조화하엿다. 어린 동무의 이약이. 그네들의 우슴. 그곳에는,(이상 1쪽) 멧만원의 황금보다도, 더 귀한 보배가 잇지 안터냐? 그리고, 인생의 참다운 눈물이, 흘너 잇지 안트냐?

그러타. 어린이의 이약이! 그것은 참다운 보배인 것이다. 나는, 동경(東京)에 류학하며, 공부의 틈을 타서, 세계각국 나라에, 가장 자미잇는, 어린이들의 이약이를, 모두워 노앗다. 이것이, 지금 발행하는 『텬사의 선물』이다.

『텬사의 선물』. 이것은, 우리 흰옷 입은, 소년소녀들의게 주는, 가장 적은 선물이다. 곱게 〰 자라는, 우리 어린 동무여. 다행히 이 책을 보고 무엇을 엇는다면, 편자는, 더할 수 업는, 영광이라 하겟다. 그러면, 동무여. 고이 〰 자라서, 사회에 귀여운 인물이 되소서.

　　　　　　　　　－(一九二五. 五. 二一, 東京에서 編者)－ (이상 2쪽)

---

97 '春城'은 노자영(盧子泳)의 필명이다.

白衣少年, "世界 어린이의 동무 '안더-쎈' 紹介 -그의 五十年祭를 當하야", 『조선일보』, 1925.8.6.[98]

◇ 八月 四日은 지금으로부터 五十年 前에 世界 어린이들이 그들의 친한 동모 한 사람을 이 世上에서 일허버린 날입니다. 일허버린 그는 누구입닛가. 世界 童話界에서 그 일홈이 놉흔 丁抹의 一老人 '핸쓰, 크리쓰티안, 안더-쎈'(Hans, Christien, esudersen)[99]이 實로 그 사람이니 그는 丁抹의 偉大한 詩人인 同時에 世界에 向하야 어린이를 어린이 그대로 紹介하고 賞讚하고 敬仰한 어린이의 동모요 恩人입니다. 어린이의 將來라는 것을 모르고 어린이를 尊敬할 줄 몰으는 사람으로 가득히 찬 이 世上에서 가장 眞實하게 가장 熱烈하게 어린이의 世界를 高調한 '안더-쎈'이 世上을 쩌난 지 벌서 五十年. 이날을 紀念코저 世界이 구석구석에서는 至今에 새별 가튼 눈을 반작이는 少年과 少女가 '안더-쎈' 紀念式場으로 모혀들고 잇슴니다. 丁抹에서 佛蘭西에서 伊太利에서 獨逸에서 스칸디뷔나에서 그 外에 陸地 連하여 잇고 어린이가 사는 모든 나라에서는 모도 이날을 意味 잇게 紀念합니다. 이제 우리 薄幸한 朝鮮의 어린이 —— 필 째로 펴 보지도 못하고 자라나는 그들을 爲하야 世界의 모든 어린이를 참으로 알어주는 그를 생각하고 追憶함도 쪼한 意義 잇는 일이 될가 하야 이제 그의 傳記의 大畧을 들추어 보고 여긔에 적어 노랴 합니다.

◇ 그는 西曆 一八〇五年 四月 二日에 丁抹 '푸렌'이라는 섬(島) '오덴쓰'라는 조고마한 洞里에서 낫다 합니다. 그의 父親은 貧困한 靴工이라는 말과 그런게 아니라 대장쟁이(鍛冶業)라는 말과 두 가지가 잇는 貌樣인데 아마 貧困한 靴工이라는 말이 正確한 듯합니다. 어려서부터 貧困한 家庭에서 잘아난 그는 階段的으로 밟는 敎育이라는 것을 밟을 幸運兒가 되지 못

---

98 원문에 '짜리아會 白衣少年'으로 되어 있다.

99 'Hans Christian Andersen'의 오식이다.

하야 十八歲에 일으도록 一字無識漢이라는 別名을 免치 못하엿슴니다.
그는 거지 노릇까지 하여 본 貧困하고 陰鬱한 그의 어머니를 가진 反面에
讀書와 小說을 조와하는 그의 아버지를 가졌섯슴니다. 『아라비안나잇트』
이약이가 쾌활한 자긔 아버지의 입으로부터 몃 번을 '안더-쎈'의 귀로 되푸
리하여 드러갈 째에 어린 '안더-쎈'의 마음은 未知의 幻想世界에 對한 가슴
울렁거리는 慘景이 되고야 마럿슴니다. 長成하야 그의 아버지의 職業인
靴工을 繼承하고도 그의 아버지의 感化할 째에 그는 벌서 偉大한 文學者
되기를 스사로 心中에 誓約하엿섯슬 것임니다. 그 後 얼마 아니 되여 그는
戱曲 創作을 爲始하야 漸次로 詩…童話의 經路를 밟어서 드듸여 어린이에
게 보내는 無數한 선물 — 滋味잇는 童話를 만히 써서 世上에 남겨 어린이
들로 하여금 永遠히 그들의 世界에서 살게 하고 지금으로부터 滿 五十年
前인 一八七五年 八月 四日에 七十餘歲의 天壽를 다하고 安息하는 듯시
世上을 下直하엿슴니다.

◇ 그의 數만흔 童話 中에서 가장 代表作이라 稱하는 것에 「延命草」
Daisy 『그림 업는 書帖』 等이 잇슴니다. 大體로 그의 作品(童話)에 나타난
傾向을 보면 그의 思想은 매우 健全하고 宗敎的 眞實味가 잇다 함니다.
同時에 그의 作品(童話)을 읽을 째에는 그 詩的 想像과 詩的 情緖의 豊富
함에 놀랜다 하며 또 美麗한 文章力에 대개의 사람이 반하여 버린다고 함니
다. 如何間 "로맨틱 文藝의 精華"라는 말을 듯는 '안더-쎈'의 作品이 全世界
의 어른과 아이를 함께 喜悅케 한 것은 事實이라 할 것임니다. 우리나라에
는 아즉 '안더-쎈'의 作品 紹介가 업서 매우 遺憾임니다만은 멀지 아니하야
그 流麗한 文章과 恍惚한 詩的 想像으로 된 아름다운 어린이의 이약이가
우리의 童話壇을 깃겁게 할 것을 同氏 五十年 祭日을 當하야 밋고 또 바라
고 십슴니다. 보십시오. 朝鮮의 어린이들도 그를 알기 始作하엿슴니다. 우
리 〈싸리아會〉에서 처음으로 '안더-쎈' 氏 昇天 後 五十年 記念童話會를
하엿다는 반가운 消息을 朝鮮의 어린이 諸氏와 어른 諸氏에게 傳하는 同時
에 우리 朝鮮 어린이들에게도 '안더-쎈'의 滋味잇는 童話가 작고작고 紹介
되는 것도 멀지 안은 將來일 줄로 압니다. (紀念會를 마친 四日 밤에)

丁炳基, "童話의 元祖 – 안델센 先生(五十年祭를 □□□)", 『시대일보』, 1925.8.10.

안델센은 北歐의 巨星이요 丁抹의 자랑거리다. 아니다 세계의 寶玉이다. 그는 더욱이나 兒童世界의 天使다!

한쓰·크리쓰찬·안델센은 只今으로부터 一百二十年前 春四月 三日 北歐 丁抹 矜벤 小島 오덴쓰라는 村에서 出生하얏나니 그 아버지는 구두 修繕하는 것이 業이요 어머니는 불상한 漂迫의 女子이다. 이러케 그의 環境이 조치 못하얏스나 그 아버지는 普通 구두 修繕하는 사람과 달라서 안델센을 爲하야 가르치는 것을 게을리하지 아니하얏다 한다. 그러함으로 自己의 職業 以外의 餘暇에는 恒常 讀書와 有識한 사람들과 論議함으로써 일을 삼앗다고 한다. 晴明한 봄날 달 밝은 가을 밤에는 안델센과 海邊에 散步하며 野談이나 惑은 亞刺比亞 傳說 가튼 책을 그 아들에게 들려주엇다고 한다. 그뿐만 아니라 자긔의 몸이 疲困하드라도 안델센의 要求이면 무엇이든지 하자는 대로 하얏다고 한다. 그리하야 그 아버지는 嚴父가 아니엇스며 慈父엿다.

안델센이 兒童文學에 힘쓴 것은 그 아버지의 敎訓의 影響이라고 할 수밧게 업겟다. 이러한 敎訓을 바든 안델센은 智慧가 敏活하고 神經質이며 感情이 强한 性格者이엇다. 그리하야 어린 안델센의 머리에는 空想的이어서 童話나 傳說 中에 잇는 어린 王子도 되고 어느 貴族의 집 젊은 主人도 된 것가티 생각하얏다 한다. 이러케 空想으로 未來의 幸福을 꿈꾸는 안델센은 나히 겨우 十四歲 되든 해에 그의 사랑하는 아버지는 永遠의 나라로 스러지고 말앗다. 어린 안델센의 슯흠이 어쩌하얏스랴? 그러나 幸福의 未來를 꿈꾸는 안델센에게는 모든 일에 힘쓰면 된다고만 생각하얏슬 뿐이엇다. 그럼으로 어머니가 改嫁를 가거나 義父가 虐待를 하거나 모든 것을 堪耐하야 惑은 裁斷師에게 가서 裁斷 일도 하얏다고 한다. 將來의 詩人인 안델센은 十八歲 되든 해 어머니의 許諾을 어더 丁抹의 首府 '코-펜하겐'으로 가서 演劇의 俳優를 志望하얏스나 아모 劇場에서도 採用치 아니하얏다. 그는 落望 中에서 冒險的으로 自己의 聲樂을 演奏하겟다고 音樂學校를 차저가서 援助를 請하얏다. 그는 그러케 神奇치 아니한 援助를 어더 冒險 演奏의 初舞臺는 마치엇다. 이것이 幸인지 不幸인지 그 當時流 聲樂家의 讚揚한 바가 되어 어느 劇場의 歌手로 잇게 되엇다. 그러나 不幸이 繼續되는 안델센에게는 이 歌手의 生活이 길지 못하얏다. 겨우 數月이 못되어 그의 美音은 衰退하야젓다. 슯흠에 압흔 가슴을 부둥켜안고 다시 故鄕인 '오덴쓰'로 돌아와서 脚本 著述에 힘쓰는 한 便으로는 脚本을 熱心으로 各 劇場에 보내어 上演을 請하얏다. 이러케 熱心으로 하는 功이 잇서서 國立 劇場 管理人의 推薦으로 二十四歲 되든 해에 國費留學의 特典을 바다 스라 -겔-쓰의 리덴 學校에서 배우게 되엇다. 이로부터 안델센은 純實한 藝術 的 生活이 始作하얏다.

藝術家인 안델센은 詩人으로 戲曲家로 小說家로의 理想을 가지엇다. 그리하야서 그의 小說 中 有名한 것은 『卽興詩人』『그림 업는 畵帖』以外에 創作 數十篇 以外에 童話로는 『雪의 女王』『醜한 家鴨』『人魚』『雛菊』 『野原의 白鳥』 가튼 것 잇다.(以上에 列記한 것은 日本 말로 譯版된 것)

안델센의 作品이 모든 사람에게 讚揚을 밧는 것은 그 天眞의 視察을 材料로 하야 假飾 업시 純然한 兒童의 空想을 그대로 活潑하게 活動해 가는 것을 淸新한 自然의 筆致로 된 까닭이라 하다.

北歐의 巨星 안델센이 逝去하든 해 四月 三日은 七十四 誕生日이엇다. 이 날 國都 及 誕生地인 '오덴쓰'를 爲始하야 盛大한 祝賀祭가 擧行되엇다. 우으로는 王室로부터 알로는 山間僻地까지 이 貴重한 童話作者의 誕生日을 國民祭日로 하고 誠心으로 祝賀하얏다 한다. 이러한 國民의 사랑스러운 抱擁을 바드면서 一八七五年 八月 四日 七十一歲의 老齡으로 寓居 國都에서 北歐의 巨星 兒童의 恩人은 永眠하얏다 한다.

社說, "童話와 文化 - '안더쎈'을 懷함", 『동아일보』, 1925. 8. 12.

一

八月 四日은 正히 兒童世界의 大開拓者 안더쎈의 五十年記念祭에 當한다 하야 世界가 다할 수 잇는 誠悃으로써 어린 마음에 生長에 對한 그 힘 잇는 施肥를 다시 한 번 頌祝하게 되엇다. 時代의 新芳인 어린이의 愛護에 對하야 겨오 새 精神을 차리기 시작한 東明의 國民도 변변치 아니한 祝典이나마 衷心으로 擧行하야 그의 偉業에 對한 人類의 感頌에 작은 響震이라도 더하얏슴은 다만 對 兒童自覺의 一 表現으로 機宜를 어든 일일 뿐 아니라 일변 世界 與 朝鮮 心的 連結의 一 機緣으로도 또한 意味잇는 일이 아니랄 수 업다. 兒童의 世紀라는 二十世紀는 그대로 朝鮮人 又 朝鮮兒童의 世紀이게 할지니 이리함에는 世界의 모든 것을 쓰러다가 朝鮮의 生命을 복도들 것이오 그 一部分으로는 世界가 當來 時代의 繼嗣者인 小國民 培育을 爲하야 調製貯蓄한 一切 肥料를 그대로 옴겨다가 우리 어린이의 心田에 施給하기에 아모 遲疑와 謙讓을 가질 必要가 업는 것이다. 南洋의 棉種이 우리의 衣料를 살지게 하고 西歐의 豚種이 우리의 胃壁을 기름지게 하는 것처럼 '안더쎈'이고 '하우프'이고 '그림'이고 '쎠른손'이고 모다 들어다가 우리 次代 主人의 健啖大養에 提供하기를 한껏 努力함이 可할 것이다. 여긔 對한 一 刺激으로 하야 우리는 '안더쎈' 五十年 紀念祭가 朝鮮에서 웨 좀 더 盛大하게 設行되지 아니하얏는가를 애닯이 넉인는 者이다.

二

안더쎈은 要하건대 一個의 童話作家이다. 말하자면 「콩지팟지」의 새 동무이고 「銀방망이 金방망이」의 새 임자일 뿐 아니냐 하면 그러치 아니 그런 것 아니다. 그러나 童話의 作家가 決코 작은 職司가 아니다. 도로혀 그로 더부러 世代를 가치한 幾多의 갸륵하다는 學者, 文士, 工人, 政治家들로 千百年 後에 이르러 巍勳과 밋 거긔 짤흐는 芳譽가 能히 그를 匹敵할 者 멧치나 될가. 萬人羨慕의 準的이 되고 一代榮耀의 標幟가 되는 일은바 英

雄豪傑 偉人大家들이 或은 百年에 빗츨 일코 或은 二百年에 들림이 업서저 五百年 千年의 동안에는 好事者의 古談에나 그 名字가 幸傳하게 될 時節에도 우리 '안더센'——구차한 갓바치의 한 시중꾼이든 '안더센'의 勳名은 도다 오는 달이 더욱 밝음을 더하는 것처럼 갈스록 더 烜赫하고 갈스록 더 隆崇할 것을 생각하면 사람이 당치 못할 艱窘과 逼迫과 罵詈嘲弄의 中에서 潛伏隱蔽 寂寞孤苦를 備嘗하는 純文化的 숨은 일꾼도 一服의 慰安劑를 마시는 생각이 업슬 수 업슬 것이다. 미상불 文學 藝術이라는 一部面으로 말하야도 十九世紀만콤 만흔 天才와 作家를 내인 적이 업섯다 하려니와 누구니 무엇이나 하야 아직까지 쾌 큰 勢力을 가지는 幾多의 詞典秤說도 대개는 古典이라는 化石이 되고 말 째에도 우리 '안더센' 가튼 이의 生生無盡하는 어린이의 心曲에 물컴물컴 쑤리는 說話의 씨는 해마다 새로 실염하는 禾穀처럼 항상 生生無盡하는 生命의 새 糧食이 될 것이니 生前의 그의 權威는 能히 世界大이지 못햇슬지라도 死後의 그의 生命은 분명히 人類長이라 할 것이다.

　　三

　世界는 一進行物이다. 그 生命과 價値는 항상 來頭에 잇슬밧게 업다. 그럼으로 社會의 尊崇은 맛당히 그째그째 最後의 繼嗣者일 兒童에게로 集注되어야 하는 것이다. 더 내켜서 말하면 社會의 健全性 將就力은 그 兒童中心의 程度에 正比例가 된다고도 할 것이다. 社會의 最大事가 兒童教育이라 함도 이 原則에 말미암는 것 國家 社會 將來의 運命은 그의 兒童에 徵驗하라 함도 이 原則에 말미암는 것이다. 그런데 兒童의 最大事가 무엇인가 갈온 教育이오 教育의 最要點이 무엇인가 갈온 그 天稟의 自由로운 發展이오 天稟 發展의 最秘機가 무엇인가 智情意의 圓滿한 調和를 助成하야 줌이어늘 童話는 實로 智識增長 情操涵養 意志鼓勵의 모든 效能을 가지는 同時에 又 一面에 잇서서는 三者의 統合的 訓鍊에 對하야 唯一 最高한 司命이 되는 것이니 童話의 教育的 效果 社會的 使命 文化的 價値가 坐한 常料 以上으로 重且大하지 아니하냐. 어느 意味로 말하면 童話는 兒童教育의 核心 乃至 全部라 할 것이오 文化鍾毓의 基本 乃至 樞紐라 할 것이니

社會의 將來를 重大히 아는 만콤 兒童을 重大히 아는 것처럼 兒童의 敎育을 重大히 아는 만콤 童話를 重大히 알아야 할 것이다. 이러 하야 童話의 善不善 童話作家의 得不得은 그 影響 關係가 實로 尋常치 아니한 것이 잇다.

四

이제 朝鮮은 모든 것에서 새로 차리는 정신을 바야흐로 事實化 價値化하기 위하야 그 귀여운 발자국을 쩨어 놋는 참이다. 兒童愛護도 그것 童話建設도 그 한아이다. 고읍고 향내 나는 次代의 國民을 보기 爲하야는 아모 것보담 몬저 쏘 만히 努力의 實績 잇기를 바랄 것이 그네 生命의 糧食일— 그네 榮養의 資料일 만한 健全妙好한 童話의 生長이라 할 것이다. 그네의 感情을 한썻 아름답게 하고 그네의 思想을 한썻 活潑하게 할 만한 가장 有力有效한 心靈의 날개를 부처 주는 이가 하로 밧비 쒸어나와야 할 것이다. 저 佛蘭西의 '폐롤' 가튼 獨逸의 '하우프' 가튼 露西亞의 '그릴로프' 가튼 英吉利의 '와일드' 가튼 쏘 그中에서도 燼火叢中의 太陽인 丁抹의 '안더센' 가튼.[100]

---

100 페로(Charles Perrault), 하우프(Wilhelm Hauff), 크릴로프(Ivan Andreevich Krylov), 오스카 와일드(Oscar Fingal O'Flahertie Wills Wilde), 안데르센(Hans Christian Andersen)을 가리킨다.

醉夢, "마리", 鄭烈模, 『童謠作法』, 신소년사, 1925.9.[101]

이 可憐한 冊을 우리 동모들게 드리는 榮光을 가지게 된 것을 깃브게 안다. 그러나 猖猝에 된 것이라 內容上 貧弱한 恨이 업지 못한 것은 스스로 遺憾으로 안다. 다만 우리 少年藝術을 建設하고저 하는 타는 듯한 慾望을 가진 동모들의 한 길잡이 ― 아니 조고만 초쌀이 된다면 엇지 多幸이 아니랴.

더욱 이 冊을 얼금에 여러 文士諸氏의 作品을 無難히 引用한 것이 罪스러운 일이며 이답지 못한 것을 世上에 내보내기에 努力하신 몃 분 兄弟께 感謝하는 바다.

乙丑 孟秋　醉夢 (이상 1쪽)

---

101 '醉夢'은 정열모(鄭烈模)의 필명이다.

梁明, "文學上으로 본 民謠 童謠와 그 採輯", 『朝鮮文壇』,
1925년 9월호.

◇

只今부터 二千四百餘年 前 中國 山東에 孔丘[102]라는 사람 하나가 잇섯
다. 自己 나라 曾國[103]에서 相當한 大官을 지내고도 그것만으로는 不足하엿
든지 좀 더 큰 베슬을 하여보겟다고 各國으로 돌아단니엇다. 그러나 結局
맘대로 되지 아니 함으로── "不義而富且貴 於我如浮雲" "窮卽獨善其身
達卽善天下"……라는 듯기 조흔 말을 하면서 남은 年生을 敎育과 著作에
從事하엿다. 그의 著作 中에 『詩經』이란 冊 한 部가 잇다. 그것은 그가
當時에 通行하든 數만흔 歌謠 中에서 傑作(?) 三百餘首를 모아서 通行
區域의 順序로 排列하야 編輯한 것이다. 이 冊은 現存하여 잇는── 中國
古代의 가장 信聽할 만한 史料로 非但 政治史 思想史 風俗史를 硏究함에
必要不可缺할 重要한 經典일 쑨 아니라 그의 文學的 價値는 甚히 優越하야
過去 中國의 古文學 中 그에 比肩할 만한 傑作은 거의 全無하다 하여도
過言은 아닐 것이다. 註 달기로 有名한 漢, 唐, 宋, 明의 中國學者들은 거기
에 別々 註를 달아서 數十種 數百種의 註解를 만들엇다. 그中의 하나인
朱喜[104]의 集註는 다른 여러 가지 漢籍과 갓치 우리 社會에도 輸入되여서
一千 몃 百年 동안 선비의 必習科가 되엿단다.

◇

中國 古代文化에 換腸된 過去 우리 民衆은 남의 歌謠(『詩經』)은 이처
럼 神聖視하야 그 "愛之重之"하면서 自己네의 그것은 賤待를 繼續하여 왓
다. 自己말을 常말이라 하고 自己 글을 常말글(諺文)이라 하야 蔑視한 그

---

102 공자(孔子)의 본명이다.
103 '曾國'은 노국(魯國)의 오식이다.
104 '朱熹'의 오식이다.

네들은 임의 歌謠는 "三經의 一"이라 하야 迫遵하면서 自己네에 그것은——
——"野鄙하고 淫亂하고 粗暴한——下等輩의 그것"이라 하야 賤待하기 짝
이 업섯다. 三國遺事에 新羅 鄕歌 十餘首가 남아 잇스나 이것은 모두 第二
流나 第三流 以下의 作品이라 할 수박게 업다.

그것은 當時 漢文에 中毒된 採輯者가 漢文과 文體가 相似하고 佛教와
關聯된 것만 모와 둔 까닭이다. 또 十餘首에 不過한 그것이나마 千餘年間
을 아모도 注意한 이가 업슨 所致로 只今은 그의 大部分이 도모지 알아볼
수 없은 異常한 것으로 되고 말앗다. 今後 우리 考古學家의 多大한 努力이
업다면 그것좃차 업는 것과 別 差異가 업슬 것이다.

過去 우리 社會에는 여러 方面으로 보와 文學이 發展될 만한——相當
한 傑作을 具備하고 잇슨 것이 分明하다. 또 崔致遠 鄭(이상 83쪽)圃隱 李艮
溪[105] 朴燕巖[106] … 等 思想上으로나 文藝上으로 相當한 才質을 가진 이도
적지 아니하엿다. 그러나 不幸히 그네들은 모두 中國 古文의 模倣과 中國
古人의 奴隷로 一平生을 보내고 말앗다. 純全한 우리 文學——特히 民衆
本位의 鄕土文學上으로 보아서는 全혀 沒交涉이엿다고 하여도 可할 것이
다. 三千餘年의 長久한 歷史를 가지엇다는 우리 民衆의 純粹한 自家文學
으로는(그것이나마 大部分이 漢文으로 記載되엿지만—) 다만 十餘首 新
羅鄕歌 高麗 李朝時代의 文人이 심々消日거리로 지어 둔 千餘首의 時調와
『春香傳』,『놀보傳』… 等 맷 卷 小說과 現在 鄕間의 婦幼가 심々消日거리
로 부루는 民謠 童謠가 잇슬 쑨이다. 아— 얼마나 痛歎할 일이냐!

近世 民俗學, 方言學, 言語學上 歌謠는 相當한 地位를 占領하고 잇다.
特히 民衆文學上——그의 地位에 對하여는 누구나 否認하지 못할 것이다.
나는 이 意味에 서々 우리의 民謠 童謠에 對하야 相當한 興味를 가지고

105 '李退溪'의 오식으로 보인다.
106 '朴燕巖'의 오식으로 보인다.

잇섯다. 그러나 不幸히 海外에 流離하게 되고 보니 實地 採輯은 勿論이오 出版物까지도 맘대로 어더보기 힘든 處地에 잇다. 多幸히 요사이『開闢』, 『어린이』,『東亞日報』日曜號 … 等을 通하야 各地의 歌謠 二百餘首를 읽게 됨애 나의 이에 對한 興味와 信念은 더욱 집허 감을 느끼게 되엿다. 내 個人의 眼光으로 보아서는 우리 文學上 歌謠의 位置는 決코 中國文學史上『詩經』에 比할 바가 아니다. "非先王之法言不吸"이라는 所謂 "有識者"들이 絶句 四律로 唐, 宋, 文人의 종노릇을 하고 잇는 동안에 우리의 無知한 民衆은 自己네의 固有한 말노 自己네의 固有한 懷抱를 을펏다. 우리의 所謂 "兩班"이 "喜怒不視於色"이라는 허수애비를 理想的 人物로 誤認하야 虛僞와 假飾을 일삼는 동안에 所謂 "常놈"이라는 우리의 民衆은 自己네의 喜怒哀樂을 多情多恨한 民謠 童謠에 부치어서 自由自在로 表現하엿다. 民俗學, 言語學上의 價値는 그만 두고 文學上의 그것만으로라도 우리 歌謠는 確實히 古今 우리의 모든 作品 中에서 最高 位置(勿論) 그의 內容 그의 體裁가 모든 方面으로 보아 甚히 不充分한 것은 事實이지만!)를 占領한 것이다. 그의 材料의 多方面임과 그의 內容이 純朴함과 天眞爛漫함으로 보아서 過去 우리의 作品 中에는 이에 比肩할 만한 것이 하나도 업섯다.

나는 이제 나의 일근 二百餘首 歌謠 中에서 몃 首를 들어 그의 純朴한 그 天眞爛漫한 그의 自然的임을 實際로 證明하려 한다. 第一 처음에 들려는 것은 「님 생각」——즉 閨中의 女性의 男便을 그리는—— 多情多恨한 그것이다.

　　　　第一首
　　월사三更 발근달애
　　외기럭이 울면간다
　　白日靑天 쓴기럭이
　　혼자울고 어듸가늬?
　　오늘밤도 밤들엇다 (이상 84쪽)

書齋道令 올재로다
시아버지 쑤민물레
왯죽빗죽 안돌아간다! (龍岡 民謠)

　　　第二首
님이란건 위이런듸?
잠들기前엔 못잇갓데!
밥을먹고 닛자드니
술씃마다 님의생각
잠을자고 닛자드니
꿈결에도 님의생각
滋味업는 세상살이
박덩굴이나 올려보세! (龍岡 民謠)

　　　第三首
안자스니 님이오나
누엇스니 님이오나
뒷담속에 蟋蟀소리
사람의간쟝 다뇌긴다!
白日靑天 쓴즁달이
요내속가태도 달써서라!
마당전에 북덕불은
요내속갓티 속만탄다! (龍岡 民謠)

　　　第四首
해롱해롱 황해롱아!
님죽은지 三年만에
무덤압헤 꼿치폇네
그꼿이름 무엇인가?
님을그려 相思花라
꼿튼잇서 피건마는

아동문학　213

님은가고 아니오네!
내가죽고 제가살면
꿈에라도 다니리라! (伊川 民謠)

◇

　다음에 들려는 것은 靑年 男女間에 서로 和答하든 것 — 즉 男性이 女性
을 그리고 女性이 男性을 그리어서 서로 주고밧고 하든…… 그것이다.

　　　第一首
「부룻대」(상채)로 蕃바터
平頭別星 驛奴兒야!
驛의짤이 아니더면
나의안해 삼고제라!
아화야 이兩班아!
하늘의 日月님도
「서강」(쏭물)에도 비치신다
쑤리채로 실어가소! (慶北 民謠)

　　　第二首
尙州咸昌 恭儉못에 (이상 85쪽)
蓮밥짜는 저處女야!
蓮밥즐밤은 내짜줄게
내집明紬는 너짜다구! (慶北 民謠)

　　　第三首
……………………
楊州狼川 흐르는물에
뱃추(白荣)씻는 저處女야!
것대나쩍입흔 다저치고
속에나속대를 나를주게!
언제나보든 님이라고

속에나속대를 달나시요?

지금보면 初面이요

잇다가보면 舊面일세!

初面舊面은 구만두고

父母님무서워 못주겟네! (江原 民謠)

◇

一年 前에 나는 「新文學 建設과 한글 整理」(『開闢』, 三十八號)[107]라는
題目 下에서 舊文學과 新文學에 한 重要한 差異라 하야

"舊文學은 形式文學이요 新文學은 寫實文學이다. 舊文學은 그의 作者
거이 社會經驗이 不足한 貴族出身인 外에 멧 千年 前의 죽은 文體 內容과
事實이 符合되지 안는 문자(古典)를 使用하야 '文以載道'라는 좁은 範圍
안에서 '勸善懲惡'이라는 것을 唯一한 目標로——複雜社會 微妙한 人情
을 그릴려 하엿다. 쌀어서 그의 結果는 現社會의 人物을 멧 千年 前의 죽은
허수아비가 되게 하거나 쏘는 自己를 속이고 남을 속이는 거짓말을 하고
말앗다. 누구를 차자갓다가 만나지 못하고 돌아왓다면 그네들은 依例히
'題鳳而四'라 하고 누구를 기달엿다면 依例히 '首邱而望'이라고 한다. (中
略) 그러나 新文學은 이와 反對다. 그네들에게는 죽은 文體로 산 사람을
模寫하여야 할 苦痛도 업고 自己를 속이고 남을 속이어야 할 必要도 업다.
더구나 '文以載道'라든지 '勸善懲惡' 가튼 것은 그네들에게 아모 意味도 주
지 못한다. 豊富한 經驗과 周密한 理想을 가진 그네들은 다만 自由한 形式
自由한 內容으로 복잡한 社會 微妙한 人情 社會와 人生"이라고 말한 일이
잇다. 이러헌 標準 下에서 우리의 漢文文學과 歌謠를 比較하여 본다면 정
말 "天壤之差"가 잇다. 勿論 歌謠도 形式上으로 完全히 自由한 地域에는
到達치 못하엿고 더구나 模寫方面으로 보아서는 不足한 點이 甚히 만흐나
적어도 過去 우리의 文學 中에서는 形式과 內容上의 自由가 이와 比較할
만한 것이 하나도 업섯다. 우리가 民謠 童謠를 일글 쌔에 반드시 一種——

---

107 『開闢』(1923년 8월호, 7~19쪽)에 수록되어 있다.

生氣 잇는 自然的인 天眞爛漫한——過去 우리에 다른 作品에서 到底히 맛볼 수 업는——그 무슨 印象을 엇게 됨은 全혀 이러한 長處가 잇는 까닭이다. 이러한 方面으로만 보아서도 우리의 歌謠는 五言 七言의 絶句와 四律에 比較하야 멧 十倍 멧 百倍 價値잇는 文學이라 할 수 잇다.

歌謠의 文學的 價値에 對하야는 이 우에 더 길게 쓸려고 하지 안(이상86쪽)는다. 그러면 마즈막으로 멧 首「시집살이」——즉 不自由한 大家族制度 下에서 三重四重으로 甚한 虐待를 밧고 잇는——靑春婦女의 可憐한 心懷를 을픈 民謠를 멧 首 例로 들고 다음은 歌謠 採輯에 對한 나의 생각한 바를 簡短히 말하려 한다.

第一首
四寸兄님! 四寸兄님!
시집살이 어쯧듸가?
열새「무녕」(木綿) 「반물」(黑色)초매
눈물씨기에 다첫엇네!
열냥짜리 銀가락지
코물씨기에 다녹아젓네! (龍岡 民謠)

第二首
성아성아(兄)! 사촌성아!
시집살이 어쩌터노?
시집살이 조터마넌
쪼구마한 도리판(圓盤)에
수제놋키 에럽(어렵)더라!
웅굴둥글 수박개우(食器)
밥담기도 에룹더라
중우(胯)벗은 씨아재비(씨叔)
말하기도 에럽더라!

第三首

兄님兄님 四寸兄님!

시집살이 어쩝듸가?

苦草唐草 맵다더니

시집살이 三年만에

삼단 갓튼 이내머리

다북송이가 다되얏네!

白玉가튼 요내손이

오리발이가 다되엿네!

생주갓튼 시누동생

말전주가 왼일인가? (江原 民謠)

이 우에 나는 民衆文學으로의 歌謠의 價値와 그의 우리 文學史上의 地位
에 對하야 簡短히 말하엿다. 民衆文學으로의 歌謠의 價値는 누구나 公認하
는 바다. 特히 過去 우리의 文學史上에서는 이것이 한 重要한 位置를 占領
할 만한 可能性이 充分히 잇다. 그러나 오늘 우리 社會에는 여기에 對하야
조곰이라도 注意하는 이가 極히 적은 것 갓다. 쏘『開闢』, 『어린이』, 『東亞
日報』日曜號 … 等에 間或 紹介되는 것이 업지 안으나 그의 採輯 方法이
너머도 不統一的이 되여서 그의 本然의 美를 損失함이 甚多하다. 그런대
一方面으로는 敎育의 普及과 農村의 衰頹로 우리의 民謠 童謠는 나날이
遺失되는 中이다. 이대로 간다면 不過 몟 해가 안 되여서 우리의 唯一한
民衆文學은 거이 全部 遺失되고 말 것이다. 우리의 歌謠는 第二의 新羅
鄕歌가 되고 말 것이다.(이상 87쪽)

그러면 엇더한 方法으로 이것을 採輯하여야 할가? 여기에 對하야 나의
主張을 간단히 말하면 아래 두 條目에 불과하다.

(一) 採輯은 採輯으로 創作은 創作으로 할 것. 요사이 新聞 雜誌上에서
나는 間々히 創作 歌謠가 揭載되는 것을 본다. 기쁜 現象이다. 그러나 所謂
創作이라는 中에는 元來 잇는 것을 自己의 맘에 맛도록 고친 것도 업지

안코 特히 採輯이라는 中에는 大部分이 本然의 美를 損失한——그것이다. 勿論 民謠나 童謠 中에는 修辭나 構造가 너머도 亂雜한 곳도 업지 안코 또 土話로 記載되여서 다른 地方 사람으로는 알아보기 힘든 곳도 적지 안타. 그러나 歌謠의 眞正한 美는 거기에 잇는 것이니 決코 修訂의 붓을 加하여서는 아니 된다. 알기 힘든 方言에는 註解를 달 것이고 文法上으로나 修辭上으로 錯誤된 곳이 잇다면 그에 對하여는 自己의 意見을 附記하도록 할 것이다——簡短히 말하면 創作과 採輯은 모두 必要하나 그의 性質이 粗異한 以上 우리는 반듯이 딴 精神과 다른 方法으로 이 두 가지 工作에 對하여야 할 것이다.

(二) 附帶 傑作을 明記할 것 ········· 略 ·········

多情多恨한 우리의 歌謠! 純朴하고 自然的인 우리 文學史上에서 한 重要한 位置를 占領할 可能性이 充分한 우리의 歌謠 …… 그의 採輯은 우리 民衆의 여러 가지 必需工作 中 重要한 하나이 될 것이다. 더구나 그것이——우에도 말한 바와 가치 나날이 遺失되여 가는 것을 생각할 째에 우리는 우리의 이 工作이 하로라도 猶豫할 수 업는 急한 그것임을 깨닭게 된다. 그러나 이것은 한두 사람의 힘으로는 到底히 完成식킬 수 업는 큰 事業이다. 複雜한 事業이다 …… 나는 이 意味에서 特히 冊子를 읽으시는 여러분에게 이 方面의 努力을 切望한다.

(一九二四. 六. 一 北京에서) (이상 88쪽)

黃基式, "讀者에게!", 雲山 編, 『(修養趣味課外讀物)童話集』, 初等教育研究會, 1925.10.

이 童話集은 世界에 有名한 이솝 氏의 原著인 寓意談을 모은 것입니다. 朝鮮에서는 아즉 童話가 그리 만치 아니하나, 大槪 이약이를 먼저 하고 끗헤 訓戒의 말을 하얏습니다. 그러나 이 冊은, 訓戒를 한 후에 이약이를 나종에 하얏습니다. 이것은 日本의 巖谷小波 氏가 多年 經驗한 결과, 菓子 준 뒤에 藥 주는 것보다, 입닥금 하는 菓子를 豫約하야 두고, 먼저 藥을 주는 것이, 도로혀 効驗이 잇는 줄을 안 까닭입니다. 따라서 이 冊은, 小波 氏의 譯書로부터 가장 適當한 것을 추럿습니다. 그리하야 이 冊을 新譯이 라고 하느니보다 新編이라고 하겟습니다. "읽어본 後에 꼭 그대로 實行을 하면, 賢人君子가 될지며 아름다운 成功의 길로 나아갈 수가 잇습니다. 조곰도 疑心치 말고 行합시다. 行한 後에는 꼭 착한 사람이 된다 함을 基盤 보다 더 큰 印으로써 讀者 여러분께, 盟誓합니다."

雲山 黃 基 式 識
—(一九二四. 一〇. 一九, 仁寺洞 一四〇番地에서)—

文藝部員, "選後感", 『시대일보』, 1925.11.2.[108]

本報 釜山支局에서 懸賞讀者文藝를 뽑아 달라고 보내인 原稿를 바다노코 아모ㅅ조록 삼가 추리어 보자 하얏스나 원래 모인 글이 얼마 되지도 안는 데다가 쓸 만한 것도 별로 업습니다. 그리하야 몃 篇이라도 추리어 보자는 것이 어찌하는 수 업시 몃 사람에게로 모라처서 入選하게 되엇습니다. 一二三 等에다 뽑힌 李應奎 君의 童謠는 세 篇이 다 거진 비슷비슷한데 그 중에도 「가을밤」을 추리게 된 것은 세 篇 가운대 다른 것보다──音調는 勿論 다 고르지마는──意味가 分明합니다. 둘재ㅅ것도 意味는 分明하지마는 첫재ㅅ것보다는 넘우 흔히 생각키 쉬운 것입니다. 이 「가을밤」은 童謠로는 相當한 佳作입니다. 더구나 맨 끗으로 "오동닙히 달밤에 떨어집니다"는 끔직이 그윽한 가운대에도 자칫 哀調를 씌인 가을밤의 孤寂이 들어낫습니다. 이 句는 童謠라는 것보다도 詩 맛이 더 잇습니다. 이 동요의 作者는 나히로 보드라도 매우 有望한 素質을 가젓습니다.

그리고 이 사람의 童謠는 다른 나라 童謠에서 만히 보는 무슨 깃브다거나 憧憬스럽다거나 놀라웁다거나 하는 것을 늑기는 것보다 哀感이 더 만습니다. 이것은 朝鮮 사람으로는 自然히 그러할 줄 압니다.

그 다음에 李玉俊 君의 「哀別」이란 詩는 民謠的 情緒가 흐르는 詩인데 一聯과 二聯까지는 그럴 듯하다가 三聯에 와서는 말의 意味가 分明치 못할 쑨 아니라 끗으로 四聯에 와서는 아모 새로운 맛이 업는 말이 되고 말앗습니다. 그대로 三等에 入選케 하얏습니다. 그리하고 그 밧게 쏘 童謠 「가을 등화불」과 童話 「팔려가는 당나귀」를 等外로 실게 되엇습니다. 이것은 體裁上 關係로 그리하얏습니다. (文藝部員)

---

108 "「懸賞文藝」 이것은 夏期讀者文藝懸賞으로 募集하야 九月 五日에 發表하기로 하얏든 것인대 水害 以後에 여러 가지 拘碍되는 일로 因하야 인제 와서 發表하게 되엇습니다. 아울러 投稿하신 여러분께 未安함을 말슴합니다'라 하고, 李應奎의 「가을밤」(一等), 「귀뜰암이 놀애」(二等), 「가을」(三等), 李玉俊의 詩 「哀別」(三等), 劉永鎬의 동요 「가을 등화불」(等外)을 실은 후에 위 본문인 「選後感」이 게재되어 있다.

金鎭浩 외, "늘 보고 십흔 어린이 記者 人物想像記", 『어린이』, 1925년 11월호.

『어린이』잡지로 三年째 정 드려 온 讀者 여러분과 記者 여러분! 記者인 우리가 少年少女 여러분을 보고 십허 하고 맛나고 십어 하는 그만치 여러분도 記者를 보고 십허 하고 알고 십허 하시는 것을 우리는 압니다. 그래 여러분이 記者들을 짐작해서 써 보내신 글 몃 가지를 여긔에 모아 냄니다.

　여러분의 짐작들이 사실과 마즐넌지 안 마즐넌지 그것은 이후에 알기로 하고 우선 이럿케 짐작만을 냄니다.

　○ 開城 京町　　金鎭浩

　方 선님은[109] 허여멀숙한 얼골이 우둥퉁하시고 씩々하시고 열셩 잇스신 중에도 온순하신 마음이 게시여 어린이를 씀즉이 사랑하시고 늘 우스시는 얼골에도 한갓 무슨 근심이 게신 것 갓고.

　馬 先生님 키는 홀죽하시고 마음은 대단 싹싹하시고 고흔 맛이 잇서 女子 갓흐시고

　高 先生님 우둥퉁하신 냥반이 순결하시며 사람의 마음을 녹이는 듯이 온순하시고

　朴 先生님 키가 헐신 크시여 軍人처럼 씩々하고 용긔가 게신 중에도 사랑하는 마음이 게시여 대단 온화하시고

　車 先生님은 몸은 쌀막하신 어른이 씩々하고도 부드러운 맛이 게시여 어린이를 보죠하시는 마음과 사랑하시는 마음을 가지섯슴니다.

　○ 安州 建仁里　崔京化

　몬져 뎨일 그리운 方 선생님부터 말슴하지요. 방 선생님은 사진으로 여

---

109 '선생님은'의 오식이다.

러 번 뵈아서 데일 잘 암니다. 쭝쭝하신 그 얼골은 저의 마음을 흠벅 취케 하여요. 보드라우신 선생님의 맘씨는 넉넉히 저의 어린 가슴에 곱게 심겨 지리라고 밋습니다. 다졍하신 니야기로 들녀주실 째는 눈물을 흘니며 근텽치[110] 안을 수 업고 엄졍하신 훈계로 일너 주실 째는 웃고 복종치 안을 수 업겟습니다. 아부지 갓흐신 선생님의 말큰한 품에 아- 안기고 십습니다.(이상 33쪽)

朴 선생님. 안주에 오셧슬 째 못 뵈온 것이 한 남니다. 그째 본 대로 이번에 다 말할 것을… 하여간 저는 굿게 암니다. 우리 박 선생님이야말로 저의 동모리라고요. 우서우신 녯말로 반가우신 얼골에 애기 우슴을 지우며 얌전하신 몸집에 애교 부리면서 안어 주신다면 영원한 동모로 삼겟습니다.

高 선생님도. 사진에 뵈왓습니다. 커단 눈을 올녀 쓰시고 턱 괴이고 안졋는 모양이 인자하신 어머님과 갓해요. 보들한 가슴에서 흐르는 졋을 철업는 져의 배에 영원이 채워 주십시요.

車 선생님. 늙으신 그 얼골에 애정의 우슴이 넘치는 흰 수염을 잡고 해게 하고 십습니다. 왼 죠선 짱을 다니면서 수업는 어린이들에게 달큼한 과자도 난호아 주시는 선생님은 친절한 늙은 로인과 갓흐심니다. 로여워하지 마십시요. 그럿케 친절하게 생각된다는 말슴입니다.

鄭 선생님. 동요 잘하시는 쇼녀 갓흔 鄭 선생님. 밝안 댕기 디리고 노랑져고리 날니며 단오절에도 그네 잘 쮜섯습니까. 웃지 마세요. 선생님 우리 동요나 부르면서 산보나 가십시다. 에에 쏘 우스신다.

　　○ 北青 楊川 全鳳鍾

方 先生님은. 몸이 쭝쭝한 듯하고 성질이 그리 얌전할 것갓지 안하나 실상은 인심 만코 고흐시며 人物은 성함과 갓치 방뎡한(方定煥) 줄을 밋고 童話쓴 아니라 少年問題에 朝鮮 第一이심니다.

馬 先生님은 몸은 엇더케 생기셧는지 알 수 업스나 대강 女子의 몸 갓흘

110 '근청치'(謹聽치)이다. "謹聽"은 "삼가 들음"이란 뜻이다.

것 갓고 셩질은 퍽 얌전하실 듯한데 童話劇을 잘 연구하시고 작란도 조화하실 것 갓고.

高 先生님은 키가 클 뜻하고 얼골이 퍽 힌(白色) 것 갓고 맘이 퍽 溫順할 것 갓고 童話를 잘하시고 모양도 잘 내시는 듯.(이상 34쪽)

朴 先生님은 體格이 퍽 단단하고 活發하고 그의 성함과 갓치 박달셩(朴達成) 즉 박달갓치 굿고 튼튼한 성질을 가지신 듯하고 旅行을 조와하고 歷史童話를 퍽 研究하시는 듯.

車 先生님의 體格 성질 人物은 朴 先님과[111] 갓다고 生覺합니다.

○ 晋州第二普 蘇瑢曳

늘 한번 뵈옵고 십은 方 先生님? 先生님은 元來 키가 조고마하고 살이 쏭쏭하게 찌고 낫이 넓고 눈이 가느스름하게 정다우신 先生님인 것 갓슴니다. 그러고 그 性質은 매우 곱고도 튼튼하고 恒常 그의 마음은 어린이의 世上이여서 平和의 樂園이 建設되엿스며 어린이를 보면 맛치 自己 동모와 갓지 반겨하며 사랑하야 다리고 노심니다. 恒常 머리가 묵어운 듯이 기우둠하고 게실 터인대 그것은 늘 아모 째나 朝鮮의 少年運動을 위하야 연구하고 계신 까닭임니다. 先生님의 가느스럼한 두 눈에는 참으로 第二國民을 指導해 가실 無光의 光彩가 無限히 빗남니다.

朴達成 선생님은 키가 조곰 적고 몸도 적으며 퍽 점잔어 보일 것 갓슴니다. 그러고 무엇보다도 旅行을 第一 조와하며 餘暇만 잇스면 언졔든지 旅行을 다니십니다. 그러고 늘 어린이들에게 滋味잇는 記行文을 보여 주심니다. 여러분 將來에 旅行家가 되랴면 모다 朴 先生님의 弟子가 되시요. 그러면 훌륭한 旅行家가 되겟슴니다. 쏘한 記行文을 지으랴는 동무는 모다 朴 先生님 弟子가 되시요.

高 先生님은 키가 크고 性質은 매우 덜넝하야 우스운 이약이를 잘하야 주시는 고로 어린이의 친한 동무가 되엿슴니다.

---

111 '朴 先生님과'의 오식이다.

方 朴 高 孫 여러 선생의 人物과 성질을 담화실직이가 자세 적은 것 요다음 호에 남니다. (이상 35쪽)

韓東昱, "童話를 쓰기 前에", 『새벗』, 창간호, 1925년 11월호.

이 글은 동화를 쓰기 전에 동화를 쓰는 희망과 포부(抱負)와 주의(主義)의 실마리를 드러내인 것이요. 별(別)로히 어린이에게 리익을 위하야 썻다고는 아니 합니다. 이 글은 어린이보다도 어린이 감독하시는 이가 만히 읽어 주시엿스면 합니다.

×   ×   ×

세상 사람들은 어린이를 가르처 말하기를 텬진란만하고 솔직하다 하야 그를 찬미하고 부러워한다.

우리가 어린이와 갓튼 순진한 마음을 찬미하는 것과 갓티 우리도 찬미를 바덧슬 때가 잇섯스리라. 그러면 우리는 그 텬진한 마음을 엇지하야 지속(持續)하지 못하고 어린이를 찬미하게 되엿는가?

예술가(藝術家)의 현실생활(現實生活)과 원시생활을 조각과 서로 대조하야 찬미한 것을 보면 지금 사람들이 얼마나 원시생활(原始生活)을 얼마큼 츄모(追慕)하는 것을 헤아릴 수 잇다.

○   ○   ○

예수교에서 사람의 시조(始祖)라 말하(이상 5쪽)는 아담과 이부가 독사(毒蛇)의 속임에 쌔젓든 거와 가티 순진한 마음만 가젓든 원시인이 물욕(物慾)에 유혹(誘惑)되여 졍신은 물욕의 지배물이 되여서 의식을 판단하는 졍신이 되지 못하고 물질의 로예(奴隸)가 되고 물질의 구속을 바더 지금 사람들도 물질을 엇기에 피곤한 몸이 되엿슴으로 순진한 자유 생활을 하든 원시시대를 찬미하고 동경(憧憬)하게 되엿다.

○   ○   ○

물질의 문명이 발달되지 못한 원시시대의 생활이 물질문명으로 되고자 하는 그 찰라(刹那)에 잇서서는 물질문명에 만족하엿겟지만 졍신이 물질의 지배물이 된 줄을 깨닷게 된 째붓터는 원시생활을 추모(追慕)하게 된 것이다.

○　　○　　　○

　우리가 정신에 결함이 업시 물질과 보조를 맛치여 원시시대와 갓치 순진한 생활을 하랴면 어린이의 마음을 물욕에 유혹되지 아니하도록 하는 것이 적극적 방침일가 하노라.

　나의 童話를 쓰고자 하는 주의의 출발뎜(出發點)은 여긔에 잇셔 일반가뎡(一般家庭)과 모든 학문과 타협적 행동(妥恊的行動)을 취하며 제이국민인 어린이의 순진한 졍신을 튼々케 함에 두고자 하노라.　-끗-　(이상 6쪽)

安德根, "童話의 價値", 『매일신보』, 1926.1.31.[112]

어느 달 밝은 밤에 筆者는 最愛하는 年齡은 六歲이며, 方今 幼稚園에 在學中인 熙東이를 업고, 靑石墓 山上에를 올나갓섯습니다. 공교히 달이, 구름에서 써러지랴 하엿습니다. 그째 筆者는

"아!아! 달이 얼골을, 내미럿다" 하고 別班[113] 認識업시 말한 즉, 熙東은 "얼골은 내미러서도 코는 업네⋯⋯?" 하엿습니다. 筆者는, 이 無意識的 의 어린이의 말을 퍽 滋味스럽게 늑겻습니다.

어린이는 참으로 大人의 밋치지 못할 相像[114] 批判藝術의 主人公임니다. 成人에게는 成人의 藝術이 잇스며 그리고 어린이는 또 어린이의 藝術을, 要求하는 權利를, 가지고 잇습니다. 어린이의 藝術에 가장 重要한 것은 童話임니다. 吾等이 藝術에 依하야 人生에 對한 批判 考察의 態度를 敎養 밧는 거와 갓치 우리들의 어린이는 童話에 依하여 人生에 對한 批判考察의 態度를 敎養식혀야 될 것임니다.

좀 더 正確히 말하면 人類共通의 偉大한 意識, 理想, 希望에 向하야 共鳴하는 可能性을 養成치 안으면 안 될 것임니다.

童話는 大人이 말하며 어린이에게 들이여주는 것이라고 生覺하는 것은 表面的 見法에 不過함니다. 吾等이 어린이에게 童話를 들니여줄 째에는 반다시 吾等은 大人으로서의 가지고 잇는 智識과 感情을 버리고 어린이 心理로 同化하여야만 될 것이라고 筆者는 信함니다.

吾等은 大人으로서의 늣김과 標準과 價値의 判斷을 써나서 어린이와 同化치 안으면 童話를 들여줄 수 업다는 데서 보면 童話는 어린이의 心理에서 出生하야 大人의 입을 通하여 어린이의 心理로 도로 도라간다고도 할 수

---

112 원문에 '海州 安德根'이라 되어 있다.

113 '別般'의 오식이다.

114 '想像'의 오식이다.

잇슴니다.

"童話의 世界를 여는 다만 한아의 열쇠는 우리들의 童心" 永遠의 兒童性인 吾等은 이 童心에 눈뜰 째에 처음으로 童話를 들녀여줍니다. 그러면 童話는 吾等의 童心의 面貌 가운데에 비치는 宇宙人生의 그림자라고도 할 수 잇슴니다.

좀 더 簡單히 生覺하면 우리들의 心中에서의 우리들의 어린이 時代 復活이라고도 할 수 잇슴니다.

童話는 어린이의 藝術임니다. 吾等의 人生的 一要素로서 藝術의 絕對 必要한 것갓치 어린이에게는 人生的 敎養의 要素로서 童話가 絕大的으로 必要함니다. 藝術은 人生의 洗練된 再現임니다. 人間 生活의 結晶임니다. 그리고 其 敎養의 結果는 人間으로서의 人生의 森羅萬象에 對한 公正한 批判과 考察의 힘을 이르킴니다. 이것은 人間의 精神生活上 업서서 안 될 것인 것은 一般이 共鳴하는 바임니다.

여러 가지 童話 中에서 甚히 複雜한 人生의 諸相과 幾多의 特色 잇는 性格을 發見할 수 잇슴니다.

어린이는 此等의 여러 가지 生活記錄에 依하야 自己生活을 豫想하며 쏘 生活記錄의 批判에 依하야 思想 構成의 習慣을 養成하는 것임니다.

今日 童話를 單한[115] 재담으로만 認定하고 귀를 기우리지 안는 분은 學校에서 배우는 目前의 功用뿐이 唯一의 道德觀念을 養成하는 것이며 童話의 職務가 修身談과 갓흔 斷片的의 것이 안이고 大部分은 한 完成한 人生 쏘는 性格을 表現하는 데에 依하야 修身書에서 期待할 수 업는 徹底한 人生觀을 給與하는 것을 모르는 曖昧한 敎育家라고 하지 안을 수 업슴니다.

그리고 保守派의 사람들이 藝術과 道德이 接近치 못할 것갓치 生覺하는 것은 큰 誤解임니다. 道德은 藝術에 依하야 具體化되는 것을 모르는 아니 卽 趣味라든가 藝術 이런 것을 모르는 時代의 느즌 머리의 所有者인 彼等에게는 到底히 童話의 價値를 알 理가 萬無함니다.

---

115 문맥상 '簡單한'의 오식으로 보인다.

人間은 思想의 動物임니다. 恒常 思想의 支配에서 써날 수 업슴니다. 思想的 內容의 空虛한 것을 充實식힌대는 것은 人生의 價値에 判斷의 標準이 되는 것임니다.

어린이는 어린이의 思惟를 가지고 思想에 成長하는 可能性을 가저야 될 것이며 吾等은 이 어린이의 尊貴한 思想의 싹을 도다 주는 童話의 使命을 徹底히 覺悟하여야만 되겟슴니다.

편즙실 급사, "어린이 記者 이 모양 저 모양", 『어린이』, 1926년 1월호.

　전브터 여러분이 아르켜 달라고 성화를 대시고 나도 쓴다 쓴다 하면서 못 써 오던 것인대 독자 여러분이 졸라대는 편지가 빗발치듯 하닛가 方선생님도 이번에는 특별히 용서하시닛가 대강 적어볼 터임니다.

　그러나 나는 여러분 독자의 소청대로 이런 것을 썻다가 나종에 야단 맛낫가 보아 그것이 겁이 남니다.

　엇던 先生님을 먼저 쓰고 엇던 선생님을 나종 쓸 수 업스닛가 가나다라 차레로 가ㅅ자 줄 성(姓)브터 시작해 쓰겟슴니다.

　金起田 氏 무서워도 보이고 쏘 친절하게도 보이는 어른이지요. 어린 사람을 맛나면 "이리 와요" 하야 잡아당겨서 손을 잡고 얼골을 마조 대거나 폭 껴안으시는 것이 특별한 성정이시고 아드님 보고도 해라를 아니 하시는 것도 특증임니다. 항상 학생 가튼 검은 둘막이에 나무가지 하나를 집행이 삼아 들고 다니시는대 생각에 골몰하서서 모자도 니저버리고 맨머리로 다니시는 일이 종종 잇슴니다.

　高漢承 氏 이 어른은 開闢社에 계시지는 안어도 갓금갓금 뵈입는대 아조 하이카라 선생이심니다. 연극을 데일 잘 하시고 연극을 데일 만히 연구하시고 키는 적은 편이고 얼골이나 몸이 넙적하신데 늘 양복이지 됴선옷 닙으시는 것을 별로 보지 못함니다.

　李晟煥 氏 운동 잘하는 학생가티 젊고 튼튼하고 부즈런하신 선생님이심니다. 누구하고든지 말슴할 때마다 "됴선은 누구 農民의 나라임니다. 農民운동을 해야 해요. 農村少年을 위해야 함니다" 하시면서 밧부게 도라가시지요. 개벽사에 오시게 된 지 얼마 안 되엿스닛가 아즉 자세히는 모르겟스나 부즈런한 성정에 밧부게 서두루시는 것이 일이란 일은 왼통 혼자 하실 것 갓지요.

　李定鎬 氏 호마다 美談을 쓰시는 定鎬 氏! 아즉 장가도 안 가신 開闢社

안에서 뎨일 나희 어린 색시 가튼이십니다. 가느른 몸과 가늘게 쓰는 글씨는 아조 녀학생 갓지요. 요사이는 『世界一周童話集』[116] 째믄에 깃브고 밧브고 안탁갑고……야단이십니다.

馬海松 氏 고향이 高漢承 氏와 함께 인삼(人蔘) 곳 開城이신대 지금 日本 가 계시닛가 보일 수 업스나 전에 잠간 뵈인 일이 잇지요. 이 어른이야말로 아조 女子가티 생기섯습니다. 상략하신 성정 가늘은 몸맵시 그 언젠가 동경 류학생들이 단성사[117]에서 연극을 할 째에 녀학생 노릇을 하섯는대 정말 女學生인 줄 알지 안혼 사람이 업섯습니다. 지금 日本서 소년 문제를 연구하고 계시다는 말슴을 들엇습니다.

朴達成 氏 눈이 크시고 얼골이 넙(이상 38쪽)적하시고 입이 크시고 키가 크시고 우슨 소리 잘하시고 그러닛가 쇠원스러우십니다. 술을 뎨일 잘 잡숫고 려행을 뎨일 즐기시고…… 전에는 강연을 잘하시더니 지금은 강연이라면 질색이시지요. 여러분 中에 누구시든가 이 朴 선생님을 군인(軍人) 갓겟다고 써 보내섯지요? 그것도 마즌 말입니다.

方定煥 氏 方 선생님이야 여러분이 다— 잘 알으시닛가 별로 소개할 것도 업지요만은 무슨 말슴이던지 누구하고던지 이약이하실 째에는 몹시 자미잇게 하시는 고로 공연한 짠 사람도 넉을 닐코 듯고 섯게 됩니다. 그러나 마음이 씨지 안으시는 째는 왼종일 하로가 다 가도록 입을 여는 법이 업스십니다. 五錢짜리 담배를 맛도 모른다 하시면서 손에 끈칠 새 업시 연속해 피시는 고로 머리에 해로울가 렴려되것만은 그래도 왼일인지 하로도 몇 가지씩 다른 이가 꿈도 안 꾸는 새 계획을 턱—턱— 생각해 내시는 것을 보면 이상합니다. 술도 맛은 모르시지만 족곰씩 잡수시는 모양 가트나 족음만 잡수면 얼골이 붉어지시는 고로 엥간하여서는 잡숫지 아니하심니다.

---

116 이정호 편, 『세계일주동화집』(海英舍, 1926)을 가리킨다.

117 단성사(團成社)는 우리나라에서 가장 오래된 극장이다. 1907년에 개관하여 판소리와 창극을 공연하였으며, 1912년에 확장·개축한 이후 주로 영화관으로 사용되었으나 적지 않은 신파극도 공연하였다. 6·25 전쟁 이후 영화 전용 극장으로 사용하고 있다.

尹克榮 氏 方定煥 氏 鄭順哲 氏 高漢承 씨. 이 여러분과 함께 〈색동會〉 회원이신데 소격동 본댁 뒤채에 音樂室을 지워 놋코 피아노 엽흘 써나지 안코 계시는 고로 「반달」갓치 어엽븐 노래와 곡됴를 작고 지여 내심니다. 몸과 음성은 녀자 갓흐시고 음악하시는 소리는 그야말로 금 장반에 玉을 굴리는 소리 갓슴니다. 音樂家시닛가 고초가루와 술과는 쌘 세상이시고.

申瑩澈 氏 호마다 朝鮮 명승지디를 자미잇게 소개해 주시는 申 선생님! 이 어른이야말로 부즈런하시고 정셩스러우시고 글 잘 쓰시고 어린 사람을 사랑하시고 참말 조흔 선생님이심니다. 日本서 方 선생님과 가튼 大學에 다니섯다는대 지금은 申 선생님은 忠淸南道 公州 영명(永明)학교에 선생님으로 가서 계심니다. 수만흔 학생들과 학교 일에 밧부실 터인대 그래도 달달히 『어린이』를 위하야 조흔 원고를 써 보내 주시는 것을 보면 한결가티 정셩스러우시고 부즈런한 학생님이심니다.

車相瓚 氏 원 됴션 十三도 골골촌촌에 거의 안 가 보신 곳이 업기로 유명하시고 옛날 일 지금 일 내 일 남의 일에 속사정을 잘 알어내기로도 유명하시고 車天子(賤子)로도 관상객으로도 유명하시고 차(茶)를 잘 잡숫기로도 유명하시지만 대톄 누구던지 이 어른과 마조 이약이하야 롱담 억설로라도 車 선생님을 닉여 본 이는 업슬 것임니다. 그야말로 밋천도 못 건지고 쫏껴가지요. 키는 짝달막하시고 공 가튼 이마에 머리가 곱슬곱슬 덥히신 어른이 어린 사람을 몹시 귀애하심니다. 술로는 朴 선생님 친구이시고요.

이만큼 쓰고 말겟슴니다. 엇덧슴닛가. 여러분 짐작과 맛슴닛가.
써 놋코 보니 혹시 나종에 쑤지람 드를가 보아 겁이 남니다.

편즙실 급사 (이상 39쪽)

金南柱, "文藝와 敎育(一)", 『조선일보』, 1926.2.20.

어느 時代의 文運의 進退를 占하는 데는 그 時代의 兒童問題와 敎育 如何에 그 大部分을 볼 수 잇다. 오늘 우리 朝鮮의 文化가 進步의 道程에 잇느냐 敗北의 深淵에 빠즈려나 하는 것은 우리 少年敎育의 健不健에서 가장 的確하게 端的으로 볼 수 잇다.

두말할 것 업시 우리 父兄의 大多數는 子弟의 敎育에 엇든 漠然한 企待 는 잇슬 망정 거기에 對한 무슨 理想이라거나 意見이 업다고 하여도 過言이 아니겟다. 다만 學校에 보내고 거기 要하는 學費를 잘 當함으로 그들은 子弟敎育에 할 일은 맛첫노라고 하는 이가 얼마나 만흔가. 이것도 徹底만 하며 學校를 그만큼 미더서도 關係 한을 만치 學校敎育이 完全無缺하게 進步가 되엿다림 그럼즉도 할 일이겟다.[118]

그러나 오늘의 學校는 知識의 傳達은 한다고는 하겟지만 德性의 陶冶라 든지 人格의 擴充를 爲하야는 全然 無省察이라 하여도 틀림이 업슬까 한 다. 兒童은 感受에 銳敏하다. 그럼으로 社會에서 그들은 엇든 空氣를 意識 은 못할망정 批判은 업더라도 多分으로 吸取한다. 더구나 우리의 朝鮮의 少年은 學校에 그다지 信賴를 안는 것이 事實이다. 그들은 十五歲만 되면 家庭의 舊道德과 自己의 理想이 틀리는 것을 發見 안흘 수 업는 悲慘한 地境에 빠진다. 그러고 보니 學校도 未信賴 家庭도 不認하고 보니 그들의 갈 곳은 自然히 社會的의 그 무엇이 되고 말 것이다. 朝鮮의 少年會가 그 創在支持에 大人의 힘을 빌지 안코 少年이 自手로 하는 것이 쏘한 理論이 잇는 바 아닌가.

兒童은 學校의 敎導에서 버서나려 한다. 父兄의 權力에서도 避하려 한 다. 그리고 自己네의 세운 理想에 딸아 거긔다 一生을 處하려 한다. 그

---

118 '關係 안흘 만치 學校敎育이 完全無缺하게 進步가 되엿다면 그럼즉도 할 일이겟다.'의 오식 으로 보인다.

얼마 危殆하고 大膽한 바이냐. 家庭에 들어와 따듯함을 엇지 못하고 學校에 가서 마음 便함을 보지 못하니 그들의 가는 곳은 여럿이 모아서는 너무도 힘에 過한 時事政談이나 그럿치 안흐면 社會評論을 일삼는다. 혼자 안저서는 工夫를 하려고 冊을 들어야 그들의 敎科書가 모도다 버성글고 親하기 어려운 日本말쑨이다. 누가 學課만을 읽고 달리 아모것도 손에 들지 말나면 견딀 이가 잇겟스랴. 그들은 더욱 그들의 學課가 全然 必要 以外 아모것도 업스며 將來生活의 準備로 실흐도 실흐도 注入을 强要하는 것밧게 업스니 무엇이 그들의 興味를 닛그는 것이 잇는가. 모래를 씹는 듯한 乾燥無味한 것이 잇슬 뿐이다. 智識技能이라든지 科學의 敎育이 人生에 必要치 안타는 것은 아니다. 그러나 너무도 低卑한 實用 一方으로만 달아난 機械的 物質的 敎育이 完全한 人格을 만들며 高尙한 德性이라든가 優美한 情操의 薰陶를 할 수 잇슬까. 할 수 업는 것은 次置하고 발서 兒童 自體가 그것을 견듸지 못하지 안는가. 朝鮮語讀本이 名目만은 잇다. 그러나 年 一冊의 그것이 日語의 補助學課에 지나지 못하게 그러케 編纂이 되엿고 말은 우리말로 읽기는 하지만 그것이 우리의 民族性이라든지 鄕土色이란 것이 影子나 보이는가. 그들은 이것을 읽어 亦是 何等의 精神的 交涉이라든지 慰安을 엇지를 못한다.

精神에 潤氣가 업고 마음에 站氣가 업는 人生을 누구나 幸福이라 일카를까. 우리의 山川이 벌거버서 버리고 하늘이 바시바시해진 것과 가티 우리 少年의 마음엔 소사나는 샘 가튼 愛情도 熱氣도 아모것도 그들에게서는 求할 수 업스리라. 어룬이면 술이나 먹지 色情에나 달어가지만 純眞하고도 틔 업는 그들의 고흔 마음에서 기름을 모조리 쌔 버리고 나니 그들은 모다 가을바람에 고라진 나무닙히 되고 말지 안헛는가. 무서운 소리다. 나는 이 글을 쓰면서 戰慄하지 안흘 수 업다.

우리의 少年이 一時라도 執著할 곳 文藝 이 밧게 다시 갈 곳이 업겟노라. 보자 그들이 一冊의 少年雜誌나 童話集이나 童謠를 엇어서 그들이 하는 態度를 가만히 보자. 그야말로 개미가 꿀 본 것과 다를 것이 무엇이냐. 처음에는 그들에게 讀書의 訓練이 不足한 그들에게는 親하기 어려운 것 갓기도 하다. 그러나 그들에 한번 그의 맛을 알고는 그 다음을 보자. 우리는 그 事實을 悲痛한 늦김을 아니 가지고 볼 수가 잇슬까. 이 말이 나의 誇張이라 하되가[119] 잇슬는지 몰은다. 그러나 다시 한 번 仔細히 우리 子女를 살펴보지 안하련가. 우리 少年이 文藝에 나아가지 안흘 수 업는 環境과 쏘 그 徑路를 대강 말한 것이다. (未完)

金南柱, "文藝와 敎育(二)", 『조선일보』, 1926.2.21.

나는 여긔서 文藝의 意義를 말하고저 아니 하며 文藝敎育論을 學究的으로 論述하려고도 안는다. 다만 우리 現下 少年의 切實한 問題의 한아로 그들에게 健全한 讀物을 提供하고 십다는 것을 平素에 마음에 두고 오든 바를 말하려 할 뿐이다.

過去의 敎育 封建時代의 敎育은 文武로 갈려 나가서 國防과 掠奪에 힘쓰는 者를 武로 軍事敎育만을 식혓다. 들어서 國政을 擔하며 文敎를 마튼 者를 總히 文이라 하엿섯다. 째의 文學은 範圍가 넓엇섯고 그 機能이 쏘한 오날과 懸殊하엿섯다. 오날에 學問의 分果가 만허지고 文學이 漸漸 純文學의 좁은 地域 內로 몰려드물 짜라서 그것은 더욱 깁허가며 더욱 纖細해 간다. 그러고 이것은 漸漸 一部 專門家의 手中으로 몰려들게 되는 것도 事實이다.

그래서 一般 國民은 그것을 過去와 가티 必需的으로 하지 안으면 안 된 義務도 漸漸 업서저 간다. 아니 全然 업서진 것이 오늘의 現狀이다. 그뿐 아니다. 生活은 漸漸 複雜해만 가고 生存의 競爭은 날로 甚해저서 吟風詠月을 하고 잇슬 餘暇도 업서지는 一便이다.

그러타고 우리에게는 今後의 生活에 永永 文學藝術이 必要가 업겟느냐.

---

119 '할 수가'의 오식으로 보인다.

그는 아니다. 이와 反하야 우리가 文學을 할 수 업슬 만치 生活이 複雜하여짐을 짜라 우리의 精神은 더욱이 疲困의 度를 加하고 짜라서 만흔 慰勞와 娛樂을 要하게 되는 것이며 그것은 過去와 가티 遊獵이나 閑散을 맛보지 못하는 것만큼 우리는 高尙하고 優美한 文學藝術을 더 만히 求한다.

文藝의 要求는 더욱이 만어지고 그를 修得할 時期는 더욱이 짧어간다. 그래서 오늘은 文藝를 가르키고 그의 對한 眼目을 열어줄 時期는 普通學校나 高等普通學校의 在學期間에 限定되고 말엇다. 그 時期에도 入學試驗의 重荷를 지는 者는 거기다 時間을 악기지 안흘 수 업게 되엿다. 入學으로 苦心하는 者는 오히려 그만큼 多幸이다. 오날 우리 普通學校를 마친 兒童이 얼마나 中等學校에 就學을 할 수 잇나. 一割에 아니 五分에 지나지 못하고 그 남어지는 모다 집에 도라가서 不遇世를 嘆하며 怏怏히 一生을 咀呪로써 보내는 者가 되고 말지 안는가. 이러한 現狀으로 보아서 무엇보다도 必要한 것은 普通學校라도 다니는 아이라도 그에게 讀書力을 涵養식히며 집에 잇서서도 家業에 從事하는 餘暇에 그래도 學問이라 할까. 讀書에 依한 自身의 修養이라 할까. 그것과 써나지 안는 사람을 만들고저 願한다.

金南柱, "文藝와 教育(三)", 『조선일보』, 1926.2.22.

少年問題가 크다. 그는 우리에게 무엇보다도 第一 큰 問題의 한아이다. 이에 對하야 우리 社會가 얼마나한 注意를 하며 努力을 하는가. 그 現狀을 볼 째에 누가 寒心치 안는 이 잇슬까.

父兄들은 이런 말을 한다. 그도 四五十 되니 들은 더욱 만히 이러한 말을 한다.[120]

"나는 인제 늙어서 時代에 뒤저서 아모 所用업는 物件이 되여 버렷지만

---

120 '그들도 四五十은 되니 더욱 만히 이러한 말을 한다.'의 오식으로 보인다.

우리 아이들은 잘 키워서……"

이러한 말을 각금 듯는다. 아즉 나희로 말하면 靑年期를 僅僅히 좀 지낫고 바야흐로 씀쯕한 事業을 해낼 一生의 第一 精力의 旺盛한 쌔 兩班들이 이런 소리를 하는 것이 퍽 不滿한 일이지만 時代는 이러케 달럿고 그네들의 思想과 能力은 이 世上과는 아모 關係가 업고 말엇고 보니 그들의 소리가 얼마나 悲痛한 이야기며 熱誠에 넘치는 말인가. 家族制度의 물에 든 이의 말이라 子息을 自己에게 形便 좃케 만들자는 그런 慾心이 그 말에 多分으로 석것겟지만 엇더케 햇섯든지 未來의 훌륭한 人才를 우리에게 보내자 하는 말이니 반가운 일이다.

말이 넘어 橫路로 달어낫다.

敎育은 사람으로 하여금 天賦의 能力을 가장 만히 가장 아름답게 發揮하게 만드는 手段에 不過하다. 文藝는 사람으로 하여금 高尙하게 하며 愛情잇게 하며 勇氣잇게 希望잇게 밝음을 보게 義理에 맛게 새롭게 堅實하게 하는 作用을 가젓다. 적어도 健全한 文藝는 이만한 이보다 더 만흔 條件을 가진 것이다.

道德과 文藝를 甚히 갓갑게 論하엿다. 人生과도 密接하게 말하엿다. 藝術을 爲한 藝術이라고 藝術의 絶對性을 말하노라고 그의 尊嚴을 保全하려고 藝術의 獨立性을 毁하엿다고 非難할 이가 잇슬는지 몰으나 敎育이란 範圍 안에서 藝術을 論할 쌔는 人道主義에 가차운 人生을 爲한 藝術을 말 안을 수 업다. 내가 여긔 題로 쓴 文藝란 것은 文學과 藝術을 가티 이야기함이라고 보아주기를 願한다. 文學 以外의 美術 工藝가 쏘한 文學만치 敎育에 必要치 안은 것은 아니나 文學 卽 文字藝術이 가장 民衆的이며 廣汎함으로 이것을 말한 것이다.

나는 以上에 文藝를 敎育에서 엇더케 보아야겟다. 우리 朝鮮의 少年敎養에 文藝가 얼마나 切實한 關係가 잇는 것을 이야기하엿다. 다음에 暫間現在의 우리로서 少年文藝運動 文藝敎育에 對하야 하고 십흔 두어 가지 것을 말하려 한다. 먼저 學校敎育의 爲政者를 보자. 그들이 너무도 理解가업다. 日本의 學校劇 禁止의 文部省令을 보드라도 알 수 잇다. 文政을 掌한다는 一國의 大臣이 조그만 弊害가 잇다고 兒童의 天賦의 劇的 本能을 發揮하며 그로써 限업는 깃븜과 慰安이 되며 學習에도 만흔 效果가 잇슬 뿐 아니라 人間性의 自然 表現인 劇을 禁止한다는 것이 긔가 막힌 度를 지나 失笑할 일이 아닌가.

金南柱, "文藝와 敎育(四)", 『조선일보』, 1926.2.23.

우리 朝鮮의 敎育行政者는 그보다 몃 層이나 더한가. 敎科 編纂이 발서 急進的 同化 以外의 아모 目的이 잇는 것가티 보이지 안는다. 何暇에 藝術敎育을 도라볼 수 잇슬가. 그들을 禁制 以外에 아모것도 能事가 업다. 우리는 이제 그들에게 무엇을 求할까. 다만 그들로 하여금 모든 것을 理解를 식혀가도록 힘써 갈 싸름이다. 그들은 쏘 걸핏하면 實業敎育, 實果指導를 말한다. 오늘 우리가티 經濟 破滅을 當한 者이 먹기가 무엇보다 必要하며 敎育에도 그 方面의 指導가 第一着의 急務인 것은 두말할 餘地조차 업는 것이다. 할 수만 잇스면 우리도 丁抹과 가튼 純農民敎育도 하고 십흔 일이다.

다음에 實際 敎育者에 對하여 보자. 그들은 理解도 잇다. 經綸도 잇다. 그러나 어려운 일 阻障되는 일이 얼마나 만흔가. 爲政者와 父兄이 理解가 업스니 그 사이에 끼어 孤軍籠城으로 적지 안흔 힘이 드는 것이다. 世論은 敎員의 學力不足을 非難함이 만타. 事實이다. 그들은 만흔 師範敎育을 못 바덧스니 事實이 그러하다. 그러나 그들의 熱誠을 보라. 하려 하는 일이며 알려는 精誠이 얼마나 잇는가.

小說을 읽으면 子息을 바린다고 하엿다. 오늘에 와서 小說을 안 읽으면 말을 할 資格이 업다고 하지를 안는가. 이만큼 文藝의 危險性이란 것을 그릇된 것이라는 思想이 퍼지지 안엇나. 그것이 모다 文學者나 社會의 形便으로 그러케 되엿다고도 하겟지만 敎育의 힘이란 것을 니즐 수가 잇슬가.

普通教育을 마터 하는 이에게 이 말을 하고 십다. 前에 하는 것이 잇스면 반가운 것이다. 健全한 讀物을 兒童에게 알으켜 주기만 하면 가르키지 안트라도 그 글을 읽나니 될 수 잇는 대로 注意하여서 適當한 것이 나는 날에는 그것을 兒童에게 紹介하기를 게을리 말라 하고 십다. 父兄에게도 이 말을 하고 십다. 米國 小學兒童은 平均해서 年 五十冊 以上의 書籍 雜誌를 읽는다 한다. 敎科書 以外인 것을 勿論이고 그의 大部分이 文藝의 것이며 八年間의 義務敎育을 바드니 우리 少年으로 얼마나 불어운 것이냐. 日本만 하드라도 엇더한 現狀이냐. 다음에 우리의 知識階級 더욱이 少年問題에 留意하며 硏究와 注意를 하는 이와 몃 가지 잇는 少年雜誌의 編輯者와 그의 寄稿者에게 一言을 하고 십다.

우리 少年少女雜誌가 만타고 누가 할가. 經濟的 條件 人物의 缺乏 讀率의 低下 等으로 그의 善美를 求할 수 업다. 그러나 그것이 잇스며 『어린이』 가튼 雜誌는 相當한 部數가 나가는 現狀이니 여기에 더 一層 努力하여서 發展을 바라며 그것을 支持해 나가는 이들의 功勞도 謝할 바이라 한다.

그러나 現在의 몃 種類의 少年雜誌의 內容을 注意하여 볼 째 거기에 너무도 兒童과 距離가 먼 것 쏘는 哀調에 만히 쌔진 것들을 發見할 수 잇지 안은가.

兒童의 世界 大人의 縮少가 아니고 別世界의 살림을 하는 兒童의 精神生活에 相距가 업는 것들을 바라고 십다.

感傷的 分子가 만코 너무도 어른스러운 것들은 兒童에게 親하기도 어려울 뿐 아니라 그들을 오히려 萎縮하며 早成하게 할 그러한 念慮가 잇지 안은가. 그리고 大體로 우리의 鄕土 맛이 적다는 것도 한갓 缺點이 안일까. 外國 것에다가 우리의 옷을 닙혀 논 것 그런 것이 잇다. 外國의 小學讀本을 볼 째 거기에 그 나라의 環境이 엇더케나 歷歷히 보이는가.

米國의 奇怪하고 宏大한 것, 英國의 점잔코 紳士的인 것 露國의 陰沈하고 흙냄새가 날 듯한 것들을 볼 째 우리 兒童에게

중놈이야기, 洪吉童이야기, 科學이야기, 江原道 범 이야기

이 가튼 것이 바로 그대로 우리 兒童의 피가 되고 살이 되여서 朝鮮의

神秘를 알고 自然과 傳說에서 우리의 兒童을 길느고 십지 안은가. 나는 너무 긴 말을 한 것 갓다. 인제는 擱筆한다.

─ 二六. 一. 二〇 ─

丁洪教, "童話의 種類와 意義", 『매일신보』, 1926.4.25.

朝鮮에서도 三四年 以來로 童話를 硏究하는 同志가 만히 싱기게 되얏다.
그리하야 處々에 어린 사람으로써 組織하는 少年會의 看板을 부치고 째째
로 童話會를 開催케 되얏다. 쏘한 兒童을 相對로 하는 雜誌를 著作하야
兒童文藝와 童話 等을 記載하야 一般兒童의 벗이 되게 하얏다. 衰退되는
朝鮮에 잇서 쏘한 閑散되여 잇는 朝鮮에 잇서서는 무엇보다도 歡喜할 바이
다. 쏘한 兒童을 압박과 구속으로 支配하야 兒童으로 하여금 멍텅구리를
만드는 우리의 處地에 잇서서는 더욱 一層 깃버할 바이다. 果然 우리로서
는 兒童으로 하여금 文化人의 處地에 잇도록 힘씀이 우리의 한갓 責任일
것이다. 어린 사람을 文化人으로 支配할 것 가트면 完美한 敎育이 必要할
것이다. 完美한 敎育의 內容은 여러 가지가 잇지만 童話的 敎育이 完美한
敎育의 한가지일 것이다. 엇지하야 그러하냐 하면 童話는 그 內容이 多樣
性에 짜러서 兒童心性의 各 要素를 啓發식히는 힘이 잇는 까닭이다. 兒童
은 靈活한 心的 活動者임으로 支那는 支那的 童話를 選擇하여야 할 것이며
米國이나 英國이나 日本에서는 各各 自國的 童話를 選擇하여야 할 것이다.
그럼으로 朝鮮人의 處地에 잇서서는 朝鮮的 童話를 選擇하는 것이 무엇보
다도 重大한 問題일 것이다. 그러나 只今까지의 出版하는 童話集을 보면
大槪 外國人의 著作한 冊子에서 飜譯할 싸름이고 우리 兒童의 適當한 創作
童話. 말하자면 寓話는 볼 수가 업섯다. 그러면 朝鮮兒童의 靈魂의 糧食은
完全히 될 수 업슬 것이다. 童話라 하면 大槪 녯이야기를 意味한 것이다.
그러면 單純한 녯이야기로써 兒童의 心靈的 發達을 주겟느냐 하면 엇더한
方面으로 보든지 兒童의 참다운 心의 糧食이 될 만한 本質的 價値가 업다
할 것이다. 그럼으로 童話의 意義를 擴充하야 兒童의 德性 智力 情緖 等을
啓發할 만한 童話를 取扱치 안이치 못할 것이다. 大槪 童話의 種類를 擧하
면 幼稚園話 滑稽談 寓話 昔話 傳說 神話 歷史譚 自然界話 實事譚 等으로
分할 수 잇슬 것이다.

幼稚園話라는 것은 大概 七八歲 된 어린아해에게 相對로 된 것일다. 童話 中에 가장 簡短한 形式으로 造成되여 잇다. 이것을 두 가지로 난호와 말하면

(一) 童話 全體가 韻律的으로 된 詩의 形式으로 되엿고

(二) 詩의 形式은 아니고 一種의 散文으로 一節⌒式 節奏된 것이다. 滑稽談은 興味를 中心으로 한 것인데 그 內容을 두 가지로 分할 수 잇다.

(一) 無意義譚 (二) 笑話

寓話는 生物 또한 無生物을 假用하야 말한 섯인데 教訓이 第一義이며 興味가 第二義가 될 것이다. 幼稚園話와 滑稽譚은 興味가 第一義가 되고 教訓이 第二義가 되나 寓話는 教訓이 第一義가 되고 興味가 第二義가 되여 잇다. 幼稚園話와 滑稽談은 녯이야기로부터 싱긴 것이 되며 寓話는 創作으로 된 一說이 될 것이다. 말하자면 前者는 民族의 詩才로부터 소사 나온 것이 되며 後者는 個人⌒의 思想과 社會 思潮를 合하야 創作한 것이다. 藝術上으로 말하자면 前者는 全然힌 民族文學에 屬할 것이며 後者는 個的 文學에 屬할 것이다.

녯이야기(昔話)는 童話界의 王者라고 할 만하야 形式이 多樣한 것이라든지 教訓的에 드러서라든지 兒童心情에 適合한 것이라든지 한 点에는 他 童話가 比할 수 업는 点이 만타. 例를 들어보면

(一) 兩親에 對한 兒童의 態度

　　1. 從順　2. 勤勉

(二) 兒童에 對한 兩親의 態度

　　1. 慈愛　　2. 保護 又는 救助

(三) 兒童이 兒童에 對한 態度

　　1. 同情　　2. 化合　　3. 不和　　4. 救助

(四) 사람이 사람에 對한 態度

　　1. 同情　　2. 冷靜無慈悲　　3. 救助　　4. 强制　　5. 契約의 履行, 不履行, 虛言

(五) 動物에 對한 사람의 態度

1. 同情 2. 不同情

(六) 神에 對한 사람의 態度

1. 信賴 2. 不信賴

(七) 사람에 對한 神의 態度

1. 同情 2. 褒賞 3. 賞罰

(八) 善行의 勝利

(九) 惡行의 應報

이와 갓치 分할 수 잇다. 傳說이라는 것은 녯사람이 行한 事實을 近代에
와서 말하는 것이다. 이것을 二種으로 分하야 말하면

(一) 엇던 時代에 엇던 地方에서 일어난 일

(二) 엇던 時代에 엇던 地方에서 엇던 사람이 行한 일

이와 갓흔 것을 이야기한 일이며

神話는 自然神話와 人文神話가 잇다. 自然神話는 自然界의 여러 가지
現像의 發現을 解釋한 것이며 人文神話라는 것은 民族의 마음을 끌-어서
有價値物 背後에 엇던 自然的 靈格을 認定하야 그 靈格의 直接 行動 쏘한
保護 管掌에 짜러서 生活과 文化가 發生하고 發展하얏다는 것이다.

歷史談이라는 것은 過去의 實際로 起한 人類活動을 記錄한 一種의 童話
이다. 그리하야 두 가지로 分하면

(一) 個人을 中心으로 하야 過去의 모-든 사람 가운데에서 兒童의 靈魂
을 成長할 만한 滋養이 잇는 것

(二) 社會를 中心으로 하야 過去에 起한 社會的 思想 가운데에서 兒童의
全 人間的 長成을 啓導식힐 만한 것

말하자면 前者는 年齡이 少한 幼年에게 適當하며 後者는 年齡이 多한
兒童에게 適當한 것이다.

自然界話는 自然界의 物語와 事物과 現像을 科學的 精確한 物語的 興味
를 가진 것이다.

實事談이라는 것은 現實世界에서 日常存在하고 發生한 事實을 이야기

하야 兒童의 智力 德性 또한 情緒를 涵養식히는 것이다. 그리하야 두 가지로 選擇할 수 잇다.

(一) 가장 優越하며 偉大하고 高한 事實 行爲

(二) 簡單하고 尋常한 實的 行爲로 價値 잇는 것

前者는 그 偉大盛과 高貴性으로 兒童에게 말하는 것이며, 後者는 日常生活에 頻發하는 事實 行爲를 兒童에게 말하는 것이다.

丁洪教, "兒童의 生活心理와 童話(一)", 『동아일보』, 1926.6.18.

吾人이 恒常 말하는 바와 가치 童話 그것은 兒童에게 歡喜를 엇게 되여야 합니다. 兒童이 엇던 童話를 읽는다든가 쏘는 그것을 들을 째에 兒童에게 興味와 歡喜를 사지 못하는 童話는 만약 그것이 우리들의 눈으로 보아서 高尙한 道德이 含有하여 잇스며 高貴한 藝術의 美가 包含되여 잇스며 智力的 優秀性이 存在하엿다 하더라도 그것은 決斷코 兒童에게 참다운 精力을 너허주지 못할 것입니다. 웨 그러냐 하면 數多의 特點이 잇다 하더라도 오즉 兒童에게 歡喜를 사지 못하는 까닭은 童話가 兒童의 心理와 生活을 把握식키지 못하는 原因이라고 하겟슴니다. 그러면 엇더한 要素가 含有한 童話가 가장 兒童으로 하야금 질겁게 하며 生活心理에 適應케 하겟느냐는 것이 우리가 童話를 硏究하는 데에 가장 重大한 問題가 되겟다고 생각하겟슴니다.

生活感

兒童은 年齡의 多少와 心的 發達의 階級에 엇더함을 不顧하고 各各 自己의 特有한 生活力을 가지고 잇슴니다. 그리하야 自己生活을 享樂식키는 興味와 權利를 無意識中에 차지하고 잇는 것입니다. 그럼으로 童話는 그 가운데에 兒童에 對한 特有한 生活感이 豊富히 含有할사록 兒童은 童話 그것에게서 歡喜와 興味를 엇게 될 줄 암니다.

感官印象

色彩, 音響, 香味, 運動 等은 感官印象에 對하야 兒童의 欲求를 滿足식키는 것입니다. 이것은 兒童에게 쏜만 아니라 壯年에게도 쏘한 眞理일 것임니다. 우리들의 心神을 恍惚케 함은 오즉 色彩, 香氣, 形狀, 運動의 五官에 對한 刺戟과 印象임니다. 五官에 對한 興味는 壯年보다는 兒童이 日層 더 强함니다.(欲求의 纖細와 峻酷에 對하야는 壯年에게 밋치지 못하지만) 壯年으로 알지도 못한 숨풀 사이에서 빨간 꼿을 차저내며 壯年은 생각지도 못한 路傍의 써러저 잇는 果實을 形成한 要素의 童話는 含有한 要素가 夥

多할사록 그 童話는 兒童의 興味를 쓰는 것임니다.

想像的 要素

野蠻이나 쏘는 未開民族 갓흔 個的 原始人 갓흔 兒童도 豊富한 想像力을 가지고 잇는 것임니다. 兒童의 想像은 年齡 多少와 心的 發達에 짜라서 二種으로 分할 수 잇스니, 一은 "現實 愛好 時期"이며 二는 "想像 馳騁 時期"임니다. 現實愛好時期의 兒童은 日常의 經驗한 事物에 通하야서의 想像을 깁버하며 想像馳騁時期의 兒童은 日常生活의 直觀을 超越하야 奇怪한 事物에 想像을 질겁게 하는 것임니다. 그럼으로 童話가 兒童의 頭腦를 眩惑疲勞케 하지 안이할 만한 程度의 想像的 要素가 含有한 童話는 兒童에게 만흔 興味를 썰게 함니다.(계속)

丁洪敎, "兒童의 生活心理와 童話(二)", 『동아일보』, 1926.6.19.

神秘的 要素

兒童은 探究性과 好奇心을 가지고 잇슴니다. 그럼으로 神秘的 쏘는 魔術的 事物이 兒童에게 多大한 刺戟을 줍니다. 兒童의 생각에 "이상한 것은" 마음속으로 未來의 무슨 일이 發生될 터이라는 期待를 가지고 잇게 됩니다. 이것이 兒童의 興味를 쓰는 第一의 原因이 될 것이며 그리하야 期待는 다시금 一種의 心的 緊張과 將來의 發生하랴고 하는 "엇던 물건"은 대체 무엇인가를 알고저 하는 欲求가 發生하게 함니다. 하고 쏘 이것이 兒童으로 하여금 第二의 興味를 엇게 하는 原因이 될 것이며 最後에 그 알냐고 하든 "엇던 물건"의 正體가 分明하게 나타날 쌔에 探究와 欲求의 滿足과 心的 緊張이 弛緩하게 됨으로 마음이 썩 愉快하게 되는 것임니다. 이것이 兒童에게서 興味와 快感을 사는 第三의 原因이 될 것임니다. 그럼으로 神秘的 要素가 含有한 童話는 그러한 原因이 잇는 까닭에 兒童의 興味를 쓰는 것임니다.

驚異性

童話 가운데에 驚異性이 含有한 째에는 그것이 兒童에게 興味와 快味를 쓸게 됩니다. 卽 이것이 그것에 對한 一要素가 될 것입니다. 그것의 詳細함을 여러 가지로 分明히는 말하지 못하나 다만 兒童을 心的 驚異식힘으로 하야 그 童話의 興味를 쓰는 胚胎가 될 것입니다.

活動性

兒童은 活動性의 特有者입니다. 그럼으로 兒童을 집에 가두워 두는 것 가치 苦惱하는 것은 업스며 兒童들이 自己 스스로가 活動을 한다든가 짠 물건의 活動을 보는 째에는 더할 수 업시 질거워하는 것입니다. 그럼으로 童話 가운데에 活動性이 씌워 잇스며 活動性을 含有치 안은 童話에 比하야 兒童은 만은 興味와 快感을 늣기게 될 줄 압니다. 왜 그러냐 하면 그러한 活動要素가 含有한 童話는 自己生活의 活動性에 比가 되는 까닭입니다.

冒險的 要素

兒童은 마음에 滿溢하여 잇는 活動性과 探究性으로 하야 冒險性을 有한 그것이 만흔 興味와 愉快를 늣기게 합니다. 그럼으로 兒童의 冒險을 愛好하는 事實을 心理的으로 解剖하여 보면 二種의 原因이 잇습니다.

一. 冒險은 活動性과 探究性을 滿足식힘으로

二. 冒險은 成功을 豫想하며 짜라서 成功의 目擊 쏘는 體驗은 他人 쏘는 自己의 힘을 鮮明하게 意識시키는 原因입니다.

그럼으로 童話 가운데에 冒險的 要素가 豊足히 含有하게 되면 그것만치 兒童으로 하여금 그 以上 업는 興趣를 늣기게 하는 것은 업슬 줄 압니다.

滑稽的 要素

兒童은 滑稽를 愛好합니다. 그럼으로 童話는 滑稽的 笑話가 含有하여 잇슬사록 兒童은 만흔 興趣를 感하게 됩니다. 童話의 滑稽的 要素가 童話 그것에 큰 權威일 것입니다.

誇張的 要素

誇張은 쏘한 兒童에게 對하야 特別한 魅力을 가지고 잇습니다. 兒童이 誇張을 얼마나 愛好함은 自己들의 듯고 본 事物을 他人에게 이야기할 째에 그 눈과 손에 따라서 實際的으로 알 수 잇습니다. 그리하고 誇張은 誇大와 誇小의 二種으로 分할 수가 有하니 이 두 가지는 兒童의 마음을 쓰는 데에 큰 威力을 가지고 잇습니다. 그럼으로 童話의 誇張的 要素가 含有한 童話는 兒童心性에 歡喜을 주는 重要 要件의 一이 되겟습니다. 이와 가치 童話는 童話 그것이 兒童의 生活心理의 適應한 童話라야 그째에 비로소 兒童의 興味와 歡喜를 사며 따라서 그 童話의 價値를 發揮할 수 잇게 됩니다. 그럼으로 童話 全體가 冒險性으로만 씌왓다든지 滑稽的 要素만을 含有하엿다든지 驚異性 要素만을 包含하엿다든지 神秘的 要素 쏘는 各 部分的 要素만이 存在하엿스면 쏘한 兒童으로 하여금 感興을 엇지 못할 것임니다. 그럼으로 童話 그것이 兒童의 興味를 사며 따라서 童話 中에 希望인 그것을 發揮하랴 할 것 갓흐면 以上에 말한 바와 갓흔 各 要素가 含有한 童話라야 되겟다고 하겟습니다.

(一九二六. 六. 八)

崔相鉉, "발간사", 『영데이』, 창간호, 영데이社, 1926년 6월호.[121]

우리 사회에도 어린이 시대가 왔습니다. 법국의[122] 문호 '빅토 · 유고'란 사람이 말하얏지오. 十八셰긔는 남자의 각성긔(覺醒期)요 十九셰긔는 녀자의 각성긔라구요. 그가 二十셰긔 오늘날에 살앗더면 분명히 二十셰긔는 어린이의 각성긔라 하엿겟습니다. 과연 말이지 우리 어린이는 오래동안 잠々하고 잇셧습니다. 말거리가 잇스되 말할 긔회가 업셧고 지식을 엇고저 하되 닑을 만한 글을 주는 이가 업셧습니다. 이졔는 우리 어린이들도 각성할 시대가 왔습니다. 그래셔 우리 『영데이』는 우리 어린이들노 좀 더 넓히 지식을 구하고 좀 더 크게 소래치게 하기 위하야 세계뎍으로 통용될 만한 일홈 『영데이』라는 성명을 씌고 세상에 나오게 되엿습니다. 물론 새로 듯는 일홈이 되여셔 우리 어린이들은 부르기가 좀 거북하겟지오. 그러나 여러 어린이들이 이 『영데이』를 사랑하여셔 잘 사괴고 늘 품에 씌고 동행하여 주면 이 『영데이』는 어듸까지던지 널니 세계뎍 지식을 구하야 여러 어린 동모들의게 말하여 드리랴고 결심하얏스니 동무들은 이 쥬의와 졍신에 공명하야 만히 애호하여 주소셔.(이상 1쪽)

朴埈杓, "祝 創刊", 『영데이』, 창간호, 영데이社, 1926년 6월호.[123]

이 세상을 빗나고 밝으게 함은 모든 배우는 사람들의 생각과 힘으로써 됨이라.

---

121 원문에 '主幹 崔相鉉'으로 되어 있다.
122 '법국'은 예전에 '프랑스(France)'를 달리 이르던 말이다.
123 원문에 '新進少年 主筆 朴埈杓'로 되어 있다.

이제 밝은 빗이 빗치여 우리 조선을 빗나게 하랴 할 즈음에 뜻잇는 여러 분이 우리 배호는 사람들의 배호는 힘을 그게 하고 또한 넓히고자 하야 『영데이』를 박히여 세상에 이바지하니 엇지 즐거히 맛지 아니하리오. 이로 말미아마 우리 배호는 사람들의 마음 든든하고 뜻이 바르고 힘이 굿세여 새로운 생각으로 빗나고 밝으느 곳에서 팔을 뽐낼지라. 그리하야 한마대 비는 말을 쓸이로다.(이상 2쪽)

庚錫祚, "끗인사", 『영데이』, 창간호, 영데이社, 1926년 6월호.[124]

저이들이, 이 『영데이』 출생을 경영한 지가, 벌서 오래 전부터엿습니다. 그러나, 여러 가지 란관이 압뒤로 가로막키여 오날이나 될가 래일이나 될가 하다가 금일에야 비로셔 나오게 되엿습니다. 어리고도 츙실치 못한 이 『영데이』를 여러 동모님 압헤 올니게 된 것을 생각할 쌔 이 우에 더한 영광이 업쓸 줄로 싱각합니다.

끗트로 여러 동모님끠 간절이 비난 것은 성심으로 이 어린 『영데이』를 붓드러 쥬심과 기리기리 사랑하야 쥬심을 심히 비옵나이다.(이상 50쪽)

崔相鉉, "끗인사", 『영데이』, 창간호, 영데이社, 1926년 6월호.[125]

본 잡지는 젼연히 소년소녀에게 세계덕 지식을 보급식히기로 목적하고 나온 것임니다. 그러나 이번 호를 다 편즙하고 나니 불츙분혼 뎜이 만슴니

---

124 원문에 '社長 庚錫祚'로 되어 있다.
125 원문에 '主幹 崔相鉉'으로 되어 있다.

다. 이 압흐로 본지 독자 졔씨와 힘을 아울너 충실히 하여 가기를 긔함니다.

본 자지는 소년소녀에게 유의하신 몃 분 개인의 힘으로 자본 내여 경영하는 것이오 무삼 종교 단쳬나 어던 사회긔관의 개재를 밧을 리 업슨 즉 무엇이든지 우리 어린이의게 유익될 것이면 광명정대ᄒ게 긔재ᄒ기를 쯔리지 안음니다.(이상 50쪽)

朴哲魂, "잣인사", 『영데이』, 창간호, 영데이社, 1926년 6월호.[126]

봄이다 잣이다 ᄒ고 쩌들든 지가 어제 가튼대 그 봄도 다 지나가고 잣도 쩌러져셔 지금은 흐르는 듯ᄒ 목음이 욱어진 시절이 되엿슴니다. 이째에 『영데이』가 어머니 배 속에서 고고한 소래를 내고 세상에 쳣소래를 부르지즌 지 이제야 바야흐로 처음이엇슴니다. 차차 엉금엉금 기어가 거름발 타고 자랑ᄒ는 그것은 너머지고 잡바짐니다. 그러나 거기에 알마진 시일이 지나가면 자연 아름다웁고 어엽븐 어린이가 될 것임니다. 그리하야 남이 우러러보고 탐낼 만치 졈잔코도 위엄잇게 될 것이외다.(이상 50쪽)

權一思, "잣인사", 『영데이』, 창간호, 영데이社, 1926년 6월호.[127]

겨우 창간호를 만드러 노왓슴니다. 엇더슴니가. 자셔히 보와 쥬십시오. 처음에는 모든 어린이 지들과 비ᄒ야 어느 졈으로 보든지 제일 갈 만한 것을 만드러 여러분 압헤 드릴녀하엿스나 여의치 못ᄒ야 리상(理想)에 반

---

126 '朴哲魂'은 박준표(朴埈杓)의 필명이다.
127 원문에 '編輯主任 權一思'로 되어 있다. '權一思'는 '一思 權泰述'이다.

(半)도 소원대로 되지 못하야 미안하고도 붓그러웁습니다. 그러나 이번 호
는 갓난애기올시다. 졈졈 날이 갈스록 소원대로 훌늉하게 되지오. 독자 여
러분이시여 우리 갓난애기『영데이』를 오래々々 잘 사랑하여 길녀셔 하로
밧비 훌늉하게 자라도록 ᄒ여줍시요. 이번 호에는 여러분이 보시는 바와
갓치 다음 호에 계속되게 된 것 몃몃 가지가 잇습니다. 근본 생각으로는
될 수 잇는 대로는 두세 번식에 난누어 내지 안을 쥬의이나 자미잇난 것을
여러 가지를 내려니가 지면관계로 부득이 그리 되엿스니 깁히 량해하여
쥬시고 ᄯᅩ 李基台 先生 金益洙 先生님 外 여러 先生님의 유익ᄒ고 자미잇
난 글을 시일(時日) 관계로 못 내엿스나 다음 호 이후에 련ᄒ여 내이것스니
그리 아시고 ᄭᅳᆺ츠로 同人[128] 여러분께 밧부신 것도 불고ᄒ시고 만히 執筆ᄒ
여 주신데 對ᄒ야 感謝에 말슴을 드립니다.

(編輯主任 權一思) (이상 50쪽)

---

[128] 『영데이』의 동인은 창간호에 있는 「同人의 面影(期一)」에 따르면, '金益洙, 星園 庚錫祚,
李基台, 鶴園 金源泰, 雲岡 崔相鉉, 哲魂 朴埈杓, 一思 權泰述, 큰십 韓錫源, 香泉 兪炳鮮,
丹谷 趙光植, 韓英子' 등이다.

김태오, "어린이의 동무 '안더-센' 선생-五十一年祭를 맞고(上)", 『동아일보』, 1926.8.1.

> 오는 팔월 사일은 '덴마크'의 '안더센' 선생이 도라가신 날이외다. 우리 어린
> 이들은 반드시 그의 사적을 한번 아라 둘 필요가 잇습니다.

세계의 어린이의 동무 안더-센 선생님이 세상을 쩌나신 지 금년이 오십 일년ㅅ재 되는 해임니다. 그리고 八月 四日 이날은 어린 사람의 장래라는 것을 모르고 그를 존경할 줄 모르는 사람으로 가득히 찬 이 세상에서 가장 진실하게 가장 열렬하게 어린 사람의 세계를 고조(高調)한 안더-센 선생 이 쩌난 긔념의 날임으로 온 세게 각국에서는 이 날을 해마다 해마다 성대 히 긔념제를 드립니다. 그리하야 명말에서 영국에서 불란서에서 독일에서 이태리에서 세계에 어린 사람이 사는 모든 나라에는 이 날을 의미잇게 긔념 함니다.

×

펼 대로 펴보지 못하고 자라나는 우리 배달의 어린 령들은 온- 세상의 어린 혼들을 위하야 참으로 알어주는 그를 생각하고 추억함도 쯧이 잇는 일이 될가 하야 그 선생의 뎐긔(傳記)를 이제 간단히 소개하겟습니다.

녜전부터 어린이를 위하야 동화를 쓴 이는 세계각국에 퍽 만을 것입니다. 그러나 한업시 곱고 아름다운 동화의 쏫을 피여 노아 가장 존경을 밧고 칭송 드러 오기로 유명한 사람은 내가 지금 소개하는 '안더-센'이라는 선생 임니다.

그는 지금으로부터 百二十二년 전 쏫피고 새 우는 고흔 봄날인 四월 二 일에 북쪽 구라파 덴막크(丁抹)란 나라 푸뤤이란 섬 가운데 잇는 오덴스란 조고만한 마을에서 낫습니다. 아버지는 구두 곳치는 사람이오 어머니는 한때는 거지까지 하든 사람이엿습니다.

×

그는 물론 학교에도 못 다니고 배곱하 우는 가난한 신세엿습니다. 그는 十八세에 이르도록 일자무식이라는 별명까지 드러왓습니다. 그는 하는 수 업시 거지노릇까지 하여 온 불상한 신세엿스나 그 반면에는 독서(讀書)와 소설(小說)을 조와하는 아버지를 가젓습니다. 그리하여 아버지께서는 여러 가지 자미잇는 이야기와 『아라비안나잇트』 가튼 이야기가 쾌활한 자긔 아버지의 입으로부터 흘러나올 째에 그는 부지 중에 문학(文學)에 마음이 몹시 쓸니엿습니다.

×

그리고 아버지의 구두 곳치는 직업을 계속하고 잇스면서도 늘- 책읽기를 게을니하지 안엇습니다. 그는 벌서 위대한 문학자 되기를 자긔 혼자 마음으로 결심은 하엿습니다. 그 후 얼마 아니 되여 희곡 창작(戲曲創作)을 시작하여 점차로 시(詩)와 동화를 만히 써 세상에 남겨 새ㅅ별 가튼 눈을 반작이는 온- 세계 소년소녀에게 보내는 무수한 선물, 자미잇는 동화를 주엇습니다.

×

안더-센이 아동학에 힘쓰게 된 동긔는 그 아바지의 교훈하신 영향이라고 할 수밧게 업습니다. 이러한 교훈을 밧은 장래의 행복을 꿈꾸는 안더-센은 나희 겨우 十四세 되는 해에 그의 사랑하는 아버지는 영원의 나라로 스러지고 말엇습니다. 그째에 어린 안더-센의 설음과 슯흠이 엇더하엿겟습닛가. 그러나 안더-센은 모든 일에 힘쓰면 된다는 굿세힌 의지를 품고 어머니 개가(改嫁)를 가거나 의부가 학대를 하거나 모든 것을 참고 견대여 잇던 재봉사에게 가서 재봉일도 한 일이 잇섯습니다. 장래의 시인(詩人)이 될 안더-센은 마츰내 그가 십팔세 되는 해에 어머니의 허락을 어더 덴막크의 서울 고벤하-겐을 차저갓습니다.

김태오, "어린이의 동무 '안더–센' 선생–五十一年祭를 맛고(下)", 『동아일보』, 1926.8.4.

그리하여 연극의 배우를 지망하엿스나 아모 극장에서도 채용해 주지를 아니하엿슴니다. 그리는 동안에 얼마 안 가진 노비까지 모조리 업서지고 객디에서 방황하는 참으로 불상한 신세엿슴니다.

×

그러나 그는 어려서부터 음성이 조왓슴으로 – 모든 모험을 무릅쓰고 자긔의 성악(聲樂)을 연주하겟다고 음악학교를 차저가서 도아주기를 청햇슴니다. 그리하여 엇던 훌용한 – 음악가의 도음으로 엇던 연극장에서 노래를 해 주면서 겨우 지내고 잇섯슴니다.

×

그러나 불행일넌지 다행일넌지 그의 목소리는 얼마 아니 가서 거츠러젓슴으로 그는 하는 수 업시 겨우 멧 달이 못 되여 슯흠에 압흔 가슴을 부둥켜 안고 고향인 오덴스로 도라왓슴니다.

고향에 도라온 안더–센은 참으로 빈궁한 생활을 계속하면서도 그는 열심으로 각본을 써서 열심으로 각 – 극장에 보내여 상연하기를 청햇섯슴니다. 그래 그의 열심에 감동된 한 – 선배의 주선으로 그 나라의 국비 류학생이 되여 – 바다스라켈스의 라렌이란 학교에서 공부하게 되엿슴니다. 그리하여 그는 공부를 다 맛친 뒤에 영국, 독일, 불란서, 이태리, 동양 한편까지 유람을 하여 그 여러 나라의 경치와 풍속을 만히 연구하엿슴니다.

×

그가 유명한 이약이책 첫 권을 세상에 내여노키는 三十一세서 적이엿슴니다. 이 – 이약이책이 그의 일홈을 영원히 빗나게 한 것임니다.

그의 소설 중에 유명한 것은 『즉흥시인(卽興詩人)』, 『연명초(延命草)』, 『그림 업는 화첩』 동 외에[129] 수십 편이며 동화로는 『인어(人魚)』, 『추한 가압(醜의 家鴨)』, 『설의 왕』, 『야원의 백조(雪의 王, 野原의 白鳥)』 가튼 것입니다.

×

그의 사상은 건전하고 종교덕 실미가 잇슴니다. 안더-셴 작품이 모든 사람에게 찬양을 밧는 것은 그 텬진의 시찰을 재료로 하야 거즛업시 순연한 아동의 공상을 그대로 것침업시 활동해가는 것을 청신한 자연의 필치로 된 까닭임니다. 그는 六十二세가 되엿슬 째에 크게 성공한 몸이 되여 다시 정 만코 짜뜻한 고향에 도라오게 되엿슴니다. 그째에 고향 사람들은 그의 도라옴을 밋츨 듯이 깁버 날쒸며 동화의 텬사가 온다 이약이의 아버지가 온다고 하며 그 마을은 맛치 경축일(慶祝日)과 갓치 학교에서는 공부까지 쉬이고 번화하게 장식하여 그의 오는 길에는 보기에도 조흔 꼿까지 뿌리엿 슴니다. 그리고 그는 온 - 세게의 아동을 위하야 만은 로력을 하시다가 一八七五年 八月 四日에 그 나라 서울 코벤하-겐에서 七十세를 일기로 영원히 이 세상을 쩌낫슴니다.

×

여러분- 보신 바와 갓치 이러케 홀융한 선생님의 력사를 그 전에는 잘 모르다가 알고 보니 얼마나 반갑슴닛가. 그리고 우리 조선에서도 서울 싀골 할 것 업시 각 소년회에서나 어린이들은 이 날을 의미잇게 그를 추억하고 긔념하시기를 바람니다. 그리하여 미리 소개한 것입니다.

---

129 『그림 업는 화첩』은 "『그림 업는 화첩』", '동'은 "등"의 오식이다.

鄭寅燮, "藝術敎育과 兒童劇의 效果－어린이社 主催 童話, 童謠, 童舞, 童劇大會에 際하야(一)", 『조선일보』, 1926.8.24.

'쾨－테'[130]의 精神은 모든 獨逸 民衆 가운대 살아 잇서야만 된다. 우리는 모다 '쾨－테'의 使徒이다. '쾨－테'는 우리에게 不死이다. 그리고 '쾨－테'의 理想은 獨逸 民族의 理想인 同時에 全 人類를 爲한 文化 價値일 것이다……

이것은 獨逸 엇던 文部大臣이 自己 나라 詩聖에 對한 敬虔한 心中을 '쾨테'祭에서 發表한 演說의 一端이다. 그 表現의 可否理論은 여긔서 記述하려는 本領이 아니요 다만 그 數行의 內在的 眞理가 狹小한 民族의 自慢이란 假面的 讚揚이 다하야 輕率히 冷笑하고 말 그런 抽象的 假想이 아닐 것이며 事實上 우리의 史的 考察眼과 藝術 及 其 感化力의 偉大性이 明白히 雄辯한다는 것을 注意하려는 序言에 不過하다.

넷날 우리 社會에는 만흔 藝術的 天才가 잇서서 그 偉大한 影響은 直接 間接으로 一般 國民生活에 普及되엿스며 어느 程度까지는 生活 其 自體가 美化된 調和的 色彩를 가젓든 것이엿다. 그러나 여러 가지 複雜한 原因으로 오래동안 美에 對한 嗜好의 養成이 너무나 輕視 되여 왓다. 廣義로 보아서 十八世紀의 實利的 主理的 傾向은 美와 生活과의 沒交涉을 痲痺된 藝術心에서 發見케 하고 그 結果의 顯著한 一部는 今日의 우리 社會에 잇서서 外的으로만 觀察하드라도 工藝品에 對한 無趣味와 家屋과 室內裝飾이 無味淡泊함으로서 明白히 證明되는 바이다.

實利的 傾向에 對한 反動은 嚴格한 道德主義가 되고 主理主義에 對해서는 新人文主義가 暴發되며 獨逸에서는 '실렐'[131]의 美的敎育이 高唱됨도 必

---

130 괴테(Johann Wolfgang von Goethe, 1749~1832)를 가리킨다. 독일의 시인, 소설가, 극작가로 독일 고전주의의 대표자이다. 자기 체험을 바탕으로 한 고백과 참회의 작품을 썼다. 희곡 「파우스트」, 소설 「젊은 베르테르의 슬픔」, 자서전 『시와 진실』 등의 작품이 있다.

131 실러(Johann Christoph Friedrich von Schiller, 1759~1805)를 가리킨다. 독일의 시인,

然的 妥當性을 가진 時代思潮의 結果라 하겟다. '실렐'의 美的教育論은 知識偏重을 反對할 뿐만 아니라 嚴格한 道德主義에 對한 反動으로 볼 수가 잇다. 氏는 上古時代의 美的 感化力을 現代에도 再現하려고 하야 美의 힘으로서 人間性의 更生을 希望하였다. '간트'는 義務心에 基礎되지 안 한 行爲는 道德的으로 보지 안 햇지만 '실렐'은 何等의 拘束이 업는 自由로운 自己 決定에서 本能的으로 奔出되는 것으로 道德的 行爲라 하엿고 感覺과 理性 義務와 慾望을 合同하엿다.

鄭寅燮, "藝術教育과 兒童劇의 効果 ─ 어린이社 主催 童話, 童謠, 童舞, 童劇大會에 際하야(二)", 『조선일보』, 1926.8.25.

比較的으로 系統이 分明한 學說과 其 實地運動의 顯著한 社會現象은 狹義로 보아서 獨逸 藝術的 教育會 以後라 하겟지만 藝術的 教育이란 그 自作의 根源的 探究는 古代의 希臘과 羅馬의 教育制度를 考察 안코는 完成될 수 업다. 그러나 藝術教育의 萌芽는 藝術의 起源에 關連된 것일 것이며 一類의 藝術本能性에 催促되여 自然히 形成된 엇던 아름다운 것을 다시 反覆하여서 그것을 模倣하고 形成하려는 藝術的 活動 가운대 包含되여 잇다 하겟다. 要컨대 藝術과 教育의 接觸되는 곳에 藝術教育이 成立되는 것이다.

教育이 宗教와 分離할 수 업는 때 藝術은 宗教的 教化의 機關에 使用되엿섯다. 埃及의 繪畵와 音樂이 宗教的 美感情을 保養하엿슴은 區區히 論할 必要가 업거니와 希臘의 '프라토─'의 思想에서는 善과 美의 融合狀態에서 藝術中心主義의 教育이 漸次 主張되엿고 音樂, 詩歌, 雄辯 及 其他 九人

극작가로 괴테와 함께 고전주의 예술 이론을 확립하였다. 희곡 「오를레앙의 처녀」, 「빌헬름 텔」 등의 작품이 있다.

의 藝術神을 中心으로 하며 '호一머'[132] '헤시오도쓰'[133]의 詩와 其他 抒情詩, 教訓詩, 宗教詩 等을 暗誦 或은 吟咏하엿섯다. 이와 가튼 史的 事實을 좀 더 分明히 證明키 爲해서 '피다코라쓰'[134]의 말을 引用해 보자——

音樂 教師는 律動과 調和를 兒童의 精神에 親熟식히는 것이며 兒童으로 하여 금 더욱더욱 溫順히 優雅하게 調和的으로 함에 싸라 言語와 動作의 兩者에 所用 되게 함이다. 하고오 하면 사람의 全 生命은 優雅와 調和를 必要함으로서라.

그리고 詩人 '호매一르'는 여긔에 統一과 定形을 주어서 少年들로 하여금 美的 印象을 容易히 感受되게 함으로서 最高事業으로 認定하고 知識과 한가지로 圓滿心을 尊重히 한 最初의 藝術教育家라 하겟다.

鄭寅燮, "藝術教育과 兒童劇의 效果一어린이社 主催 童話, 童謠, 童舞, 童劇大會에 際하야(三)", 『조선일보』, 1926.8.26.

그리고 羅馬의 教育을 考察해 볼 째에 그 國家의 理想이 實科主義이엿스 며 國民性이 實踐的이요 富國强兵的이엿슴으로 獨特한 自身의 藝術創造 는 稀少하엿다 할지라도 希臘文化의 模倣에 努力하며 希臘 詩人들의 作品 을 模範的 文章으로 하야 學校教育에 適用하엿슬 쑨만 아니라 暗誦이란

---

132 호메로스(Homeros, ?~?)의 영어 이름이다. 고대 그리스의 시인으로, 유럽 문학의 최고(最古) 서사시 「일리아스」와 「오디세이아」의 작자로 알려져 있다.

133 헤시오도스(Hesiodos, ?~?)는 고대 그리스의 시인이다. 기원전 8세기 무렵의 사람으로, 민중의 일상생활과 농업 노동의 존귀함을 노래하였으며 영웅 서사시에 뛰어났다. 「노동과 나날」, 「신통기(神統記)」 등의 작품이 있다.

134 피타고라스(Pythagoras, B.C.580?~B.C.500?)로 고대 그리스의 철학자, 수학자, 종교가 이다. 수(數)를 만물의 근원으로 생각하였으며, '피타고라스의 정리'를 발견하여 과학적 사고를 구축하는 데에 큰 구실을 하였다.

形式의 非難은 多少間 잇다 할지라도 希臘文學의 形式을 通한 一種의 文藝
鑑賞敎育이 盛旺하엿슴을 注意해 볼 째에 비로소 羅馬의 文化라는 創造의
存在理由가 明白하다. 論旨를 明確하기 爲해서 希臘文學 移植의 最大 貢
獻者이며 羅典文學의 代表者인 '시새로'의 少年敎育論의 主意를 簡單히 살
펴보자——

　　그이는 少年으로 하여금 希臘과 羅馬의 藝術과 기타 偉人들의 손으로
된 高尙한 作品과 或은 童話에 密接식히려고 하엿다. 何如間 少年敎育에
는 藝術을 應하여야 한다 하며 少年이 長成하배 짜라 各自의 愛好하는 바
哲學 法律 雄辯 文學… 等으로 向하게 된다 하고 其中에도 雄辯을 爲해서
는 論理와 哲學 思想을 가질 쑨만 아니라 詩人의 表現法을 理解하며 悲劇
作家의 語術를 能히 感得하고 偉大한 俳優들의 動作을 俱術하여야 된다
하엿다.

　　이와 가티 藝術敎育은 決코 最近의 新興思潮가 아니요 그 根據와 基礎는
우리들을 驚嘆케 할 만큼 深遠한 것이다. 以來로 엇던 時代를 勿論하고
盛衰濃淡은 잇섯다 할지라도 或은 單位的으로 或은 複數的으로 單獨形式
을 取하여서든지 쏘는 다른 社會文化와의 交涉에 잇서서든지 藝術的 敎育
은 直接間接으로 使用되여 왓다. 그러나 特히 最近의 盛旺을 보게 됨은
여러 가지 原因도 잇섯겟고 쏘는 近代社會的 生活樣式의 所産으로도 보겟
지마는 적어도 그 根本的 原因의 한아는 人類의 藝術的 本能意識에 잇다
할 것이다. 이것이 잇기 째문에 人類가 存在하기까지는 藝術이 不滅할 것
이요 짜라서 敎育的 社會組織에 接觸되여 그 必然의 結果로 藝術的 敎育이
란 것이 潛伏하여 잇다가 째를 보아가면서 出沒하되 決코 永劫의 滅亡은
업슬 것이다.

　　그리고 最近가티 世界各國을 勿論하고 高唱되는 일은 아마 稀少하다
할 것이며 特히 美的 科學의 全般에 亘한 藝術敎育은 近代 特質의 한아라
하겟다. 近代의 主理的 實利的 偏見的 傾向에서 脫出하기 爲하야 쏘는 機
械化하는 人間性을 圓滿히 培養됨은 自然한 現象이라 하겟다.

鄭寅燮, "藝術教育과 兒童劇의 效果(四)", 『조선일보』, 1926.8.27.

英國에서는 '러스킨'[135]의 美的 思想이 勃興됨을 싸라 美를 生活上의 新
理想으로 하고 싸라서 英國의 美的 創造는 工業에 잇서서 卓越한 地位를
엇게 되엿스며 歐洲 各國을 感動식힌 結果 獨逸 現代의 에술的 敎養運動이
未曾有의 盛旺을 보게 하엿다. 그래서 從來 敎育의 理論과 實際가 너무나
注入的 唯理이엿스며 情操와 想像力이 度外視되여 創作力의 萎縮衰退되
여 감을 痛切히 反抗하고 當時 學者들을 "知識 잇는 野蠻人"이라까지 評하
엿섯다. 그 結果는 一八九三年에 出版된 '콘라드, 랑게'[136]의 著書인 『獨逸
少年의 藝術敎育』을 爲始하야 만흔 學者가 輩出한 後 二八九六年에[137] 함
불그市에서 開催된 "藝術的 敎育大會"와 一九〇一年 '드레쓰댄'市에서도 同
類의 會가 잇섯다. 그리고 一九〇三年의 와이마―르市에서 開催된 敎育會
의 主張이며 一九〇五年에 함불그市에서 論議된 바 等은 眞正한 文化人을
養成하기 爲하야 全一的 生活을 하기 爲하야 智的 意的 敎養 外에도 完全
한 統一的 人間性의 完實을 爲해서는 情的 方面이란 部分이 意外에 偉大한
影響이 잇슴을 異口同聲으로 論한 것이엿스며 小學敎育을 分類하야 文學,
圖畵, 手工, 唱歌, 遊戱, 敎科書, 美術館, 博物, 音樂, 遠足, 旅行 其他로
하엿섯다.

原始人과 兒童은 本質的으로 戱曲的이다. 種族生活의 經驗은 그中 偉大
한 者의 事蹟을 노래 부르는 詩人 또는 野營의 狩火 가에서 戰事舞蹈를
하는 勇士들의 힘으로 演出되엿다. 그와 마찬가지로 兒童은 몸짓 姿態로서

---

135 러스킨(John Ruskin, 1819~1900)은 영국의 미술 평론가, 사회 사상가이다. 고딕 형식을
   옹호하는 『건축의 칠등(七燈)』을 발표하여 미술 평론가로서 문명(文名)을 확립하였고,
   예술이 민중의 사회적 힘의 표현이라는 예술 철학에서 사회 문제로 눈을 돌려 당시의 기계
   문명이나 공리주의 사상을 비판하였다. 저서에 『참깨와 백합』, 『근대 화가론』 등이 있다.
136 콘라드 랑게(Konrad Lange, 1855~1921)를 가리킨다.
137 '一八九六年에'의 오식이다.

自己의 經驗을 劇化한다.

　　戲曲의 特徵은 言語와 動作이 同時에 엇던 事件을 再現하는 것이다. 이런
意味에서 原始的 이약이는 거진 戲曲이다. 何故오 하면 說話者는 說話만할 뿐
아니라 適當한 抑揚과 動作으로써 言語를 躍動식힌다.
　　……兒童과 原始民族은 適當한 動作 업시는 엇던 敍述이라도 할 수 업다──

라고 '그로쓰' 敎授는 말하엿다.
　　그와 마찬가지로 兒童의 遊戲는 모다 엇던 直接間接의 經驗을 再現하려
는 本能的 動作言語이요 成人의 生活을 模倣하려 한다. 東西洋을 勿論하
고 文明野蠻을 勿論하고 兒童들은 엇던 役割이 되여 遊戲 속에 그 生活을
模倣하기 조와한다. 이것은 兒童의 天性이다.
　　兒童에게는 民族의 모든 經驗뿐만 아니라 民族의 모든 想像力이 潛眠하
여 잇다. 이것이 社會의 非兒童的 特殊化라든가 또는 엇던 知的 分科 形式
의 制限을 밧는다든가 그러한 拘束된 形式 內에서 呻吟하기 前에 天性的인
그들의 想像 幻想 空想 等의 本能을 될 수 잇는 대까지 發達식혀야 한다.
이것이 三四歲의 年齡이 되면 遊戲와 模倣의 形式을 取하게 된다. 갸자-
氏는 劇的 本能은 모든 사람에게 內在한 普遍的 本能이라 하엿다. 사람은
그 天性이 模倣的이요 다른 사람들의 感情과 經驗을 體驗하려 한다. 이것
이야 정말 人類 進化를 構成하는 各 分子들의 系統的 階段일 것이며 어느
나라 어느 時代를 勿論하고 兒童時代는 그 音聲動作이 模倣에서 始作된다.
天眞爛漫하게 牛馬 其他 動物을 模倣하며 男兒들의 兵丁노름 消防隊 巡査
盜賊잡기 其他 無數한 遊戲的 本能은 모다 模倣的 行動에서 展開되며 女兒
들이 人形兒童을 안고 숏곱질하며 女性의 모든 行動을 模倣하려 함도 人類
本能의 自然스런 表現이라 하겟다.
　　이것이 物을 性格化하는 劇的 本能의 端緒이다. 換言하면 兒童은 모든
遊戲를 演劇化한다. 이것은 곳 事物을 社會化하는 人類의 兒童的 動作이
며 兒童은 假想의 世界에 들어가서 實演을 한다. 그런 것을 하고 잇슬 째는

兒童은 日常的 自己에게 比해서 보담 더 큰 엇던 다른 一個의 人格이 된다. 이째 兒童은 자보름이[138] 아니 오는대 이불속에 드러가지 안흐면 안 된다든가 大路에서 썽충썽충 飛躍하려는 慾望이 잇지라도 집안에 와 房속에서 狹小한 늣김을 늣기지 아니하면 안 될 그런 "적은 것"이 아니다. 그이는 正服을 입고 蒸汽 '폼프' 겻흘 다름질하는 어룬이며 威風堂堂하게 쒸며 敵軍의 陣中에 突進하려는 先鋒 大將이며 家庭을 이루어 짜뜻한 愛情에서 幼兒를 업고 兒守歌를[139] 부르는 英雄 氣分일 것이다.

鄭寅燮, "藝術敎育과 兒童劇의 效果(五)", 『조선일보』, 1926.8.28.

그이들은 한번 엇던 想像力을 指導해서 心魂이 그 環境 속에 잇게 되기 始作하면 그 自體는 自働的으로 그 世界와 結合하고 엇던 性格이 되엿슬 째에 表現의 價値가 생겨나며 理解와 새로운 世上에서 靈肉에 만흔 衝動的 리즘이 이러나며 客觀的으로는 趣味와 鑑賞의 情緒가 發達하는 同時에 主觀的으로는 그 表現的 本能이 發達되여 人生에게 가장 重要한 創造라는 것을 不知不識間에 完成化하게 된다.

우리들은 너무나 오래동안 人生으로 하여금 物質的 目的을 達하는 爭鬪의 連續으로 보앗스며 所謂 文明이라 하는 것이 發達되엿다는 所産은 모다 兒童의 適合性에서 써나 兒童은 社會에서 抱擁을 밧지 못한 放迫된 運命에 落淚하게 되려 한다. 科學的 考察 卽 外面的, 或은 思考的 活動만으로서는 完成된 統一的 人間性을 期待할 수 업는 그곳이기에 反面으로는 그러한 缺乏을 充滿식히며 兒童으로 하여금 人間性의 無垢를 爲하야 兒童을 爲한 文化的 施設이 增加되어야 하며 藝術敎育의 樣式이 高唱되는 理由도 여긔

---

138 '졸음이'의 경상도 방언이다.
139 '子守歌를'(자장가를)의 오식으로 보인다.

存在할 것은 勿論 明白한 일이지마는 其中에도 兒童劇이라는 部門에 드러가서 처음으로 體驗的 綜合行動이 部分에서 全體로 接近하여질 것이다.

拘束 업고 自由로우며 廣汎하고 純眞한 그들의 活動性을 沒却치 말고 그런 世界를 더욱더 美化하며 善化하며 眞化하는데 兒童敎育의 根本精神이 잇서야겟고 特히 魂 精神 思想 方面은 戱曲的 性格을 創造的으로 指導해서 兒童으로 하여금 人生의 巨大한 貯水地에[140] 水泳케 하여야 할 것이다. 다시 말하면 敎育의 方法에 드러가서 能動的 注入을 主要視하는 것보담 啓發의 能動的 樣式을 取하여야 할 것이니 兒童의 天性인 自動性과 그 戱曲的 模倣性의 本能을 重大視하야 自己表現과 自己訓鍊을 主觀으로 하야 偉大한 創造的 技能을 가진 늘푼수[141] 잇는 人間美를 흠벅 가진 그런 사람을 産出하여야 할 것이다.

模倣本能에 依한 兒童劇이란 것이 엇던 效果를 가젓느냐 하는 問題는 論者의 主見이 다르면 쏘한 그 論旨도 差別이 잇슬 것이다. 그러나 大槪 그 意味하는 바 骨格은 엇던 一致點이 잇서야 할 것이다. 甲乙을 勿論하고 近代의 兒童心理硏究가 進步됨을 짜라 兒童劇이란 것이 藝術이란 그 獨自性의 價値는 爲先 論外로 해 두고라도 그것이 敎育과 接觸되는 곳 卽 藝術敎育의 一部로서 論評될 째에는 兒童心性의 敎養發達에 不可缺할 重大한 地位를 占하엿다. 模倣劇이 아닌 大人의 劇은 俳優라는 藝術家의 힘으로 實演되는 것이요 自己의 情操를 爲하야 그 敎養發展을 目的하고 實演한다고 하기에는 너무나 功利的 分子가 만히 석겨 잇다고 아니 할 수가 업다. 換言하면 自己 自身의 感興을 爲한 動作이라 하기보담 觀客을 爲한다든가 或은 營利的 背景을 가젓다든가 그러한 意味에 잇서서 程度의 差異는 업다 할지라도 兒童劇은 本質的으로 演出者 自身을 爲함이 만흐니 이것이 兒童劇의 貴重한 點이라 볼 수 잇다.

---

140 '貯水池에'의 오식이다.
141 '늘품'(앞으로 좋게 발전할 품질이나 품성)의 경상남도 방언이다.

鄭寅燮, "藝術教育과 兒童劇의 效果(六)", 『조선일보』, 1926.8.29.

그리고 敎育은 언제든지 敎育을 밧는 當者를 爲하야서 더욱 重大한 것임으로 兒童劇이 쪼한 큰 效果가 잇슬 것이다.

그럼으로 敎育을 背景으로 한 兒童劇──勿論 兒童 그 自體는 엇던 目的을 意識치 안코 無意識的으로 熱中하지마는──職業的 舞臺에서는 만흔 不滿이 잇슴으로 結局 家庭과 學校에서 中心으로 하여야 될 것이며 一部 社會事業으로서는 公共 目的으로 演出會를 開催함도 勿論 조흔 것이다. 家庭과 學校와 社會라는 三 見地를 別로히 區分할 것 업시 그 根本精神은 同一하여야겟스며 모든 것에 演者를 中心으로 하고 指導者는 後援하며 從屬的으로 助力할 짜름이라야 할 것이다.

兒童劇의 效果는 決코 個個的으로 分類해서 獨立的으로 感化를 주며 敎養의 作用을 하는 것이 아니라 相互密接한 關聯에 잇서서 統一된 綜合 人格을 向하야 開發된다. 그러나 說明의 便益을 爲하야 數個로 分해서 簡單히 記하려 한다. 大體로 보아서 그 效果를 四分해서 知的 敎養과 德育的 啓發과 肉體的 變化發達과 藝術的 本能에 對한 反應의 創造로 할 수 잇슬가 생각한다. 그리고 그中 어느 것이 보담 더 重大한 部門일가 하는 問題는 效果 其 自體가 兒童에게 個別的으로 作用되지 안코 統一的 相互關係가 잇다 함과 가티 그 上下를 區別할 수는 업슬 것이나마 그래도 多少間은 各自의 主見에 짜라 主從的 濃淡은 잇슬 것이다.

爲先 知的方面을 觀察해 보자. 이것은 學習價値와 密接한 關係가 잇는 것이다. 從來의 學習方法은 너무나 受動的인 印象과 記憶이 大部分이요 槪念的 注入뿐만이라 하여도 過言이 안일 것이다. 兒童이 배호는 바를 가장 잘 理解하고 記憶에 남겨 두는 것은 實際로 物件을 觀察하고 實驗的 行動이 잇슨 後라야 하겟다. 兒童自身으로 하여금 實地로 表現 又는 創造하는 그런 世上에 두면 換言하면 劇的 方法에 依한 敎育──그 學習의 效果는 가장 能率이 만흘 것이다. 歷史的 兒童劇에 附屬하는 모든 部門은

直接間接으로 그이들로 하여금 그 時代와 그 人物과 그 事件을 中心으로 하야 實際的으로 體驗케 하며 各地 人情風俗을 劇化하야 地理의 知識이 普及되고 花鳥山水가 되여서 理科 知識이 好奇心과 興味 가운대서 自然스럽게 所得된다. 그리고 算術까지라도 苦痛업시 理解하도록 할 수가 잇슬 것이다. 時間과 空間을 超越하는 그곳에 境遇와 地位의 巡禮者가 되기도 하며 그 어든 바 知的 所得은 莫大할 것이다.

그리고 劇이란 것이 分業的 統一 創造인 까닭으로 各其 實演에 使用되는 諸般 材料를 準備하는 동안에 各其 才能의 發達을 볼 수 잇스며 適不適의 特才 發見뿐만 아니라 意外로 指導者의 覺悟되는 바가 잇서 各其 個性 發養에 多大한 便益이 생길 것이며 文章, 記憶, 辯術, 其他 工藝品 等의 創作力이 發達된다.

이뿐만 아니라 未知한 人情을 豫備的으로 理解하는 所得이 쏘한 偉大하다. 換言하면 直接間接의 人生 硏究이다. 音聲 言語 行爲——音調를 變하는 理由 言語의 包含된 意味 行動의 動機와 結果——에 對한 知識이 豊富해진다. 人生이 七十을 산다 하드라도 世上일을 到底히 詳細하게 理解할 수는 업다.

그러나 의례로 알 만한 것을 豫知치 못한 까닭에 많은 失敗가 잇슴을 볼 째 兒童劇이 人生의 豫備知識에 얼마나 重大한 地位를 點하엿는가를 可知할 것이다. 自己 自身과 다른 境遇에 잇는 役割을 할 째 他人의 善 悲 哀 怒를 理解하게 되며 性的敎育의 조흔 效果도 어들 수 잇슬 것이다. 貴婦人 새아씨 軍人 其他 모든 萬物에 扮裝될 째 各其 役割에 適合한 性質과 感情 姿態 衣服 動作을 注意해서 選擇하며 不適當한 것은 모다 棄之할 것이니 여긔에 銳敏한 選擇作用과 評價作用이 한거번에 兼行되여 觀察力에 對한 知識이 漸次 明確하게 될 것도 分明한 效果라 할 것이다.

鄭寅燮, "藝術敎育과 兒童劇의 效果(七)", 『조선일보』, 1926.8.30.

德育上으로 보드라도 兒童劇은 重大한 意味와 不可避의 必要性을 가졋다. 첫재 實演에 必要한 協同精神을 培養할 수 잇다. 엇던 劇을 完成하든지 거긔에는 반드시 各其 區分된 責任과 役割의 履行이 잇스며 모든 것이 綜合的으로 統一되여야만 될 것이니 自作自給的 努力에 짜라 쏘한 團結의 힘이 큼을 아는 同時에 거긔 對한 訓練이 不知不覺中에 完成될 것이다.

엇던 째는 王子가 되엿다가 엇던 째는 農民이엿다. 慈惠 만흔 王者가 되엿슴으로 偉大한 報酬를 바닷다가는 暫間 동안에 惡毒하고 怨望하는 巨人이 된 까닭으로 責罰을 바덧다. 그리고 내가 이런 役을 演出할 째마다 恒常 人生의 不變法則을 배왓노라.

이것은 獨逸 詩聖 '쾌─테'의 追憶記의 一端이다. 兒童 自身은 役割 其自體가 곳 自身이라 信함으로 全的으로 融化되며 數日 동안은 王子 되엿든 者는 王子인 모양으로 생각하게 된다. 그곳에 情操를 無意識的으로 倫理化할 수가 잇다고 생각한다. 엇던 哲學과 論理를 土臺로 해서 아모리 說敎하드라도 知識 理解와 行動 與否는 竝行치 안흔 까닭으로 그들의 善惡行動은 感情의 指示를 더욱 만히 밧는 것이며 自然스럽게 行動이 淨化되도록 感情을 刺戟하여야 할 것이니 劇은 가장 適合한 糧食이라 하겟다.

그리고 人類가 原始生活의 樣式을 遺傳 바든 結果로 野蠻的 本能이 잇스니 이것을 劇中에 假想敵으로 實現식혀서 그 모든 不美한 品質을 舞臺에서 滿足식히면 그 모든 缺陷을 抑制하는 것보담은 오히려 害가 적을 것이다. '아리쓰토─틀'[142]의 悲劇論에는 優秀한 悲劇이 泄瀉藥과 가튼 效果가

---

[142] 아리스토텔레스(Aristoteles, B.C.384~B.C.322)의 영어 이름이다. 고대 그리스의 철학자로 소요학파의 창시자이다. 고대에 있어서 최대의 학문적 체계를 세웠고, 중세의 스콜라 철학을 비롯하여 후세의 학문에 큰 영향을 주었다. 『형이상학』, 『오르가논』, 『자연학』,

잇다 하여서 悲壯雄大한 劇을 보고 深刻한 愛憫을 感하야 커다란 恐怖에 襲擊되는 동안에 異常하게도 그 感情은 淨化되여 泄瀉藥을 먹은 것가티 靈肉의 모든 毒을 밋흐로 通할 만한 바람이 된다 하엿다.

그리고 肉體的 效果를 보면 그것이 心靈과 密接한 影響關係를 가젓다는 것을 可知할 것이다. 사람이 憂鬱에 沈沒되엿슬 째는 머리를 숙이고 바로 드는 동시에는 쏘한 마음의 輕快가 恢復된 것이라 하겟다. 端正한 態度 武勇스런 役割에서는 그 肉體가 그 性格을 表現하고 몸짓 風采 그 모든 것도 쏘한 自然히 高尙하게 되며 舞臺란 그것이 兒童으로 하여금 肉身上의 注意와 衛生的 淸潔을 직히는 習慣을 주며 自發的으로 自由롭게 天然의 動作美를 表現한다.

以上의 效果를 簡單히 追憶하면 劇中人物에 對한 興味와 理解를 놉흐게 하며 表現의 힘을 發展식히고 여러 가지 理想을 刺戟하야 여러 가지 人生問題를 自決하려는 熱誠이 잇슬 것이다. 이러한 重大한 敎育의 樣式을 누구가 미워하겟나마는 兒童劇에 對한 理解가 업거나 指導者가 不完全하거나 하면 그래도 反對하는 原因이나 잇겟다 할 수 잇지마는 적어도 一國의 敎育을 指示하려는 地位에 잇서서 이러한 것을 沒刻하려 함은 너무나 狹少한 時代錯誤다 하겟다.

그리고 더욱 藝術的 本能에 對한 效果가 莫大함을 생각하면 現代 兒童敎育은 兒童劇 萬能으로 생각하여도 決코 輕妄한 論旨다 할 수는 업슬 것이다. 그것은 다른 것이 아니라 敎育의 最後 目的은 이 兒童의 藝術本能에서 울어나오는 反應的 創造에 實現될 것이다. 다시 말하면 "일 그 自身이 자미 잇는 것"에 藝術의 特質이 잇다 하면 兒童의 藝術的 表現의 本能이라 하는 것은 兒童이 알고 십허 하는 것과 늣긴 바 情緖를 藝術的 形式에서 表現하려는 本能이다. 이것이 얼마나 그들을 支配하고 잇는가를 考察해 보려면 잠간 동안이라도 兒童의 自由로운 行動을 바라보면 알 것이다. 그이들은 全體를 움즉여서 繪畵 唱歌 舞蹈 劇的 遊戲를 不絶히 하고 잇다. 그것이

『시학』, 『정치학』 등의 저서가 있다.

그친다는 째는 엇던 不自然한 抑制를 밧고 잇슬 째이다.

鄭寅燮, "藝術教育과 兒童劇의 效果(八)", 『조선일보』, 1926.8.31.

　이러한 藝術的 表現의 本能은 兒童劇에서 가장 統一的으로 滿足되며 特히 藝術의 兒童劇은 兒童으로 하여금 永遠의 兒童性에서 써나게 하지 안는다. 特히 物質文明 偏重의 過幣를 容易히 救할 수 잇는 것이다. "近代"라는 그 誘惑에는 "近代人"이 밧는 모든 人間 苦悶이 包含된 것 갓다. 精神 過敏과 刺戟不純은 齟齬하는 心身과 한가지로 無邪氣한 兒童을 苦痛케 하면 乾燥하고 硬化된 人形兒가 될 것이 안인가!

　그리고 엇던 劇的 材料를 童話의 形式에서 兒童에게 傳하면 그 瞬間의 兒童은 그 童話의 一部 쏘는 全部를 自身에 移植해서 當場에 一種의 表現을 模倣하려 한다. 童話는 그이들의 꿈나라라 하면 藝術的 兒童劇은 그 꿈나라의 現實化요 體驗의 王國이라 할 것이다. 兒童의 情緒教育의 極致는 비로소 여긔까지 와야 할 것이요 짜라서 藝術教育의 完成은 情緒教育을 主意로 함으로서 優美한 兒童劇은 藝術教育의 最高 形式이요 人間性의 教育에서는 가장 根本的 價值를 가졋는가 생각된다.

　이러한 意味에 잇서서 近代 兒童劇은 各國에 盛旺을 이루게 되엿스며 特히 大規模로 全國的인 것은 米國이 第一位로 볼 수 잇슬 것이다. 勿論 教育의 方法으로 戲曲이 演出되기는 人類教養의 歷史가 始作된 그째부터 잇섯슬 것은 容易히 想像되는 바요 事實上 教會에서는 古代의 民衆을 感化하기 爲하야 여러 가지 內容을 戲曲的 形式에서 發表하엿스며 歌謠와 舞蹈 만은 '박카쓰'祭 神秘劇 道德劇 其他 만흔 宗教的 劇은 東西를 勿論하고 古代에 잇섯든 事實이다. 그리고 이와 가튼 群衆的 原始娛樂에는 附屬的으로 兒童이 參加되여 잇섯다. 이와 가튼 現象은 卽今이라도 山谷農村에서느 그이들의 年中行事의 娛樂集會에서 容易히 發見할 수 잇는 事實이다. 그리고 英國에서는 일즉이 王宮에 附屬된 兒童劇團이 잇섯스나 그것은 幾人을 爲한다든가 或은 權力者의 榮華와 娛樂을 爲한 것이며 決코 兒童 自身의 所益은 아니엇다.

鄭利景, "어린이와 童謠", 『매일신보』, 1926.9.5.[143]

지난 어느 날 저녁이엿다. 하도 더워서 저녁밥을 먹은 後 散步 次로 下宿을 나섯다. 어대서인지 風琴 소리가 나며 어린이 唱歌소리가 들닌다. 바로 目白女子大學 압헤 족으마한 집 二層을 바라본 즉 문이 열엿는대 房 안에는 발근 電燈빗 밋테서 그리 크지 안은 處女가 風琴을 타고 잇고 그의 同生인 듯한 사나히 아해는 唱歌를 하며 그보다 더 적은 어린이가 '짠스'를 하고 잇슴을 보앗다. 아마 學校에서 배왓든 것을 練習하는 貌樣이다. 이것을 엽헤서 보고 듯고 잇는 그의 어머니는 얼골에 우슴을 씌고 귀여워하는 듯하엿다.

그 風琴은 무엇을 타는지 曲調가 分明치 못하고 唱歌는 다만 목소리만 놉힐 뿐 또한 '짠스'야말로 房바닥이나 굿칠 것밧게 업는 것이엿다. 그러나 이 갓흔 家庭的인 것이나마 그럿케 넉々지도 못하여 보이는 이 家庭의 形便을 像想하고 그 어머니의 얼골을 볼 때에는 音樂의 어대인가 감츄어 잇는 偉大한 힘이 이 家庭을 짜쓰하게 휩싸고 잇음을 알 수 잇섯다. 나는 거기에 醉하야 길가에서 그만 우둑하니 서서 잇다.

"어린이는 天性 音樂을 즐겨 한다"는 말은 늘 듯는 말이엿지만 새삼스럽게 어린이가 音樂을 즐겨하는 줄을 쩨달엇다. 果然 興味를 가지고 잇다. 여름날 밤 家庭의 니야기도 어린이들은 그러케 父母를 즐겁게 하려는 意思도 업시 저녁밥이나 먹으면 무엇에 感動을 바덧는지 自己의 조화하는 音樂을 한다. 아모 意識도 업시 쑤다리며 노리 부르며 춤춘다. 實로 天眞爛漫함에 父母는 自己의 子女의 音樂을 듯고는 아마도 아모리 변변치 못한 音樂일지라도 現世의 苦에서 써나 樂園을 向하야 가는 듯한 感이 업지 안을 것이다.

이갓치 어린이가 音樂을 즐겨 한다 하면 우리는 여기에 適當한 曲調를

---

143 원문에 '在東京 鄭利景'이라 되어 있다.

주지 안어서는 안 되겟다. 그는 勿論 우리의 責任일 것이며 더구나 敎育界에 잇는 이들로서는 큰 任務라고 할 수 잇겟다.

엇더한 曲調를 쥬어야 할가. 朝鮮 家庭에서 길은 어린이는 어른들과 갓치 外國 事情은 몰는다. 따라서 外國에 對한 憧憬心이 別로 업다. 그럼으로 朝鮮的이면서도 世界的이다. 여기에 外國 曲보다 朝鮮 우리 사람의 作曲만이 要求될 줄 안다. 創作에 依하야 어린이는 처음으로 죡금도 틈임업시[144] 서로 一致되여 어린이의 藝術的 世界가 展開할 것이다. 어린이들은 어른들처럼 外國에 對한 好奇心이 업고 아조 純眞하고 朝鮮 固有이다. 只今 우리의 環境이 許諾지 안어서 이것을 往々히 無視하고 全然히 日本化 쏘는 西洋化하게 되는 傾向이 만이 잇스니 우리의 創作態度 더욱이 어린이曲에 잇서서는 留意하여야 할 바이다. 袁[145] 勿論 朝鮮의 어린이를 爲하야 잇는 曲이 別로 업스닛가 不得已 日本 것이나 外國의 것을 取하야 不滿足하나마 朝鮮의 歌詞를 너을 수밧게 업는 줄 안다. 그러나 創作처럼 '악센트'가 一致하며 完全한 詩며 쏘한 曲과 詩가 合致될 만한 藝術品으로 完全한 것이 못될 줄 안다. 젹어도 童謠에 對하야 우리 어린이를 爲한 創作本位로 하여야 한다는 말이다.

以上과 갓치 어린이가 音樂을 조와하고 自身의 音樂인 童謠가 創作本位이여야 한다 하면 多少는 勿論하고 創作하는 이들은 더욱이 어린이 敎育에 留意하는 이들은 이 事業에 投身하지 안어서는 안 되겟다. 最近에 와서 童謠熱이 놉하지고 一般이 童謠에 對하야 注意하는 것 갓틈은 미오 깃버할 現象이다.

그럿타고 創作이라 하면 어린니들이 다- 조와 하느냐 하면 그런 것은 안이고 曲이 조흐면 밥 먹을 째나 길 갈 째 언제든지 웅얼〜 입에 올니고 잇스나 曲이 변々치 안으면 아죠 싱각지도 안는다.

그러면 엇더한 曲 엇더한 創作이 必要할 것인가. 여기에는 어린이의 自由

---

144 '틀임업시'(틀림없이)의 오식이다.
145 '袁'은 오식으로 잘못 들어간 활자로 보인다.

天地가 잇다. 어른이 좃타는 것이라도 어린이에게는 실은 것이 잇스며 어른이 실은 것도 어린이는 조와하는 것이며 어른이 쉬워하는 것도 어린이는 어려워하는 바가 잇다. 쏘한 어른이 반다시 必要를 늣기고 한 作曲이라도 어린이는 그리 불으지 안는 수가 잇다. 그것이 第一 唱歌를 몰으는 어린이가 부르게 된다면 少數의 錯誤된 어린이 부름으로 말미암아 多數가 쌀아가게 된다면 作曲者는 여기에 一考치 안이치 못할 것이며 어린이의 自由를 蹂躪하여서는 안 된다. 아 — 어린이의 自由 어린이의 純眞한 마음으로 나오는 自由는 곳 自然 그대로가 안인가. 그 前의 모 - 든 理論은 훗터지고 말 것이 안인가? 안이 한거름 나아가 理論과 一致될 것이 안일가. 理論 그것일 것이다. 어린이의 自由天地를 代合할 創作할 曲調, 音樂上으로 본 自然과 自由, 自由와 理論, 어린이의 自由, 後日에 다시 論할 째가 잇슬가 한다. '씃'

八月 二十七日 府下高田에서

"(訓話)少年과 讀書", 『영데이』, 1926년 8-9월 합호.

내가 여긔에 소년이라 함은 十二세 이샹 十八세 이하의 쇼년 남녀를 가라쳐 하는 말이니 이 시긔의 쇼년들은 대부분이 학생 생활을 할 터인 고로 이째는 쇼년 졔군이 다 하긔휴가를 당하엿슬 것임니다. 쇼년의 심리는 바람에 불리는 갈째와 갓허셔 이리뎌리 흔들니기가 쉬운 것이니 이째에 졔군의 심리는 환경을 짜라 해태하여지々는 안엇는지요. 졔군의게 간졀히 부탁하는 말은 시간을 허송하지 말고 독셔하기를 힘쓰라 함이외다. 혹은 쓸는 듯한 더위를 못 이긔여 그늘진 나무숩을 차즈며 혹은 흐르는 쌈을 거두려 서늘한 시내가를 갈지라도 한 가지 잇지 말 것은 손에 들닐 책이외다. 책에서 졔군의 숭배하는 위인걸사도 만니 볼 수도 잇고 책에서 졔군의 감정을 쮜게 하는 장졀쾌졀의 이야기도 들을 수 잇슴니다. 무엇을 알고져 하는 마음이 만흔 지라 이것이 지식욕(이상 24쪽)이니 그 지식욕을 만족식힘에는 책에서 지낼 것이 업고 쇼년의계는 문견이 부족한 지라 문견을 넓히는 것이 경험이니 경험을 풍부케 함에도 책에서 지낼 것이 업슴니다. 졔군은 '나파룬'의 이야기를 드럿나뇨. 나파룬은 十八 셰긔에 잇셔서 세계뎍으로 일홈난 장수외다. 그는 쇼년 시졀에 '쌰루닥크' 영웅젼을 닑다가 뎌럿틋한 명장이 되기로 결심한 바이 잇셧슴니다. 쏘 졔군은 '에듸슨'의 이야기를 드럿나뇨. 그는 뎐긔 발명쟈로 셰계뎍 유명한 과학쟈임니다. 그는 十一 세 째브터 학교 공부를 못하게 되엿스되 긔챠간에 신문을 팔너 단니면셔 손에는 책이 쩌나지 아니하더니 맛참내 뎌럿틋한 위인이 되엿슴니다. 졔군은 지금이 독셔할 째로다. 이째에 졔군이 독셔하기를 힘쓰면 장차 큰 인물이 일우워질 것이오 독셔하기를 힘쓰지 아니하면 졔군의 생을 유지하기도 어려울 것이로다. 졔군은 글 닑기에 먹기를 니져보앗스며 글 닑기에 자기를 니져 보앗나뇨? 쇼년 시졀에는 먹고 자는 것 외에는 독셔하는 것으로 유일의 쾌락을 엇을 것이오 그것으로 생활의 본령을 뎡할 것이외다. (이상 25쪽)

虹波, "當選童話 「소금장이」는 飜譯인가", 『동아일보』,
1926.9.23.[146]

日前 일이다

나는 讀書에 깁히 잠들어 이 宇宙에는 冊과 나 自身 以外에는 人物도 업는 듯 십헛슬 째이엿다.

누군지 房門 압 마루에 와 안지며 나에게 무어라 말하는 것 갓핫다. 나는 冊에서 視線을 고리로 돌이키엿다. 그는 十五歲 된 B라는 집안 兒孩이엿다. B는 恒常 文學이 조와요 저는 文學과 生命을 가치 할 터이야요 하며 나에게 時時로 童謠를 갓다 주고 보아 달나는 째가 만앗다. 그리하야 나는 집안 兒孩들 中에서 第一 귀여한다. 今年에 某 高普 二學年인대 才操도 相當히 잇는 兒孩이다. 나는 日常과 가치 童謠를 써 가지고 왓나 하야 "무슨 童謠를 써 가지고 왓니 어데 보자" 하며 손을 내민 즉 B는 그러치 안타는 듯이 고개를 흔들며 自昧잇는 일이 生겨서 왓다 한다. 나는 무슨 自昧잇는 일인가 하고 잇슬 째에

"저―기 「소금쟁이」라는 童謠가 잇지 안아요."

"그래."

"그것이 누가 진 것이지요."

"韓晶東이라는 사람이 써서 昨年 東亞日報社 新春文藝 懸賞募集 時에 一等으로 入選된 童謠다."

"그러치 안아요. 이것을 좀 보서요" 하며 싱글싱글 웃는다. 그리고 이어서

"普通學校 冊을 너 둔 궤짝에서 六學年 째의 夏期休學習帳에 日文으로 잇서요. 韓晶東이라는 사람은 昨年에 내엇지마는 이 冊은 再昨年 것이야요. 이것을 譯을 하야 一等을 타 먹엇지요. 별 우스운 忘알 子息.

그리고도 쌘쌘하게 제가 詩人이라고 코구녕이 詩人야 그 짜위가 잇스니

---

146 '當選童話'는 '當選童謠'의 오식이다.

되기는 무엇이 되야" 하며 無邪氣한 意味하게 입에 담지 못할 욕을 퍼붓는다. 나는 그게 무슨 소리이냐고 소리를 좀 놉혓다. B는 얼골이 쌀개진다. 平常에 나에게 큰소리를 듯지 안타가 처음 들으닛가 그런 模樣이다.

나는 冊을 바다 들고 B가 말하든 童謠를 읽엇다. 그 內容은 果然 十五歲된 少年에게 욕 먹어도 應當하다고 生覺케 하엿다.

내가 最初에 韓晶東 君을 알기는 (勿論 對面은 업다.) 昨年 東亞日報社 新春文藝 作品 發表 時엿다. 그째에 一等 當選된 「소금쟁이」를 읽엇다. 그리고 韓 君의 兒童心理에 對한 觀察이며 童謠(詩)의 表垷 技巧에 豊富함에 나는 깃벗다. 朝鮮에도 숨은 天才가 잇고나 하고 生覺할 째에 더욱 깃벗다. 그리고 其後부터 여긔저긔 揭載되는 韓 君의 詩나 童謠의 大部分을 읽엇다. 그리고 저는 不滿을 늣기면서도 오히려 韓 君의 將來를 비는 同時에 朝鮮 詩壇이 健全하게 됨을 祝望하엿다.

그러나 이 瞬間에 와서 나는 나의 韓 君에 對한 朝鮮 詩壇에 對한 慾望과 期待는 사라저 가고 오히려 韓 君의 野卑한 行動이 말할 수 업시 미워진다. 그리고 異常하게 生覺됨은 韓 君이 良心에 每日 매 마저가며 곳 自白을 안이 하고 今日까지 엇더케 지내오나 하는 奇異한 生覺이다. 그뿐더러 韓 君이 野卑한 行動을 하게 한 것을 韓 君 自身의 罪보다도 오히려 其 當時의 選者의 責任인 줄 안다. 왜 그러냐 하면 萬一에 選者가 그것을 안 째에 韓 君에게 곳 通知를 하던지 그러치 안으면 落選을 식히든지 하엿드면 韓 君은 野卑한 行動을 아니 하엿슬 것이다. 그러나 인제는 할 수 업는 일이다. 그러나 나는 나의 朝鮮 詩壇을 生覺하야 韓 君의 辯明을 할야 하엿다. 그리하야 나는 辯明을 시작하야 얼맛침 進行 中에 나의 辯明하는 말에 矛盾이 生김을 알고 더 말할 수가 업섯다. 나의 辯明하는 말에 矛盾이 生겻다 함은 卽 韓 君의 行動이 矛盾이라는 말이다. 勿論 矛盾이라는 말을 可便으로 理解하기는 어렵다 하야 矛盾된 世間에서 矛盾된 일을 行햇다 하면 그는 容恕치 못할 일이다. 말하자면 엇더한 惡이 되는 場所에서 惡을 行하얏다 함은 容恕치 못 할 일과 갓다 하야 할 수 업시 韓 君은 罪를 免하기가 어렵다. 아니 질 수밧게는 업다. 그리하야 나는 여긔에 日文 童謠와 韓 君의

「소금쟁이」를 적어 模倣인가 譯인가 或은 創作인가를 一般에게 判斷하야 바드랴 한다. 萬一에 創作이라 하면 吾等은 朝鮮 詩壇을 爲하여 깃버하야 할 것이다.

> 장포밧못가운대 소금쟁이는
> 1 2 3 4 5 6 7 쓰며노누나
> 쓰기는쓰지만두 바람이불어
> 지워지긴하지만 소금쟁이는
> 실타고도안하고 쌩쌩돌면서
> 1 2 3 4 5 6 7 쓰며노누나
> 　　　　　(一九二五. 三)

> 小池の小池の　みづすまし
> いろはにほへと　書いてゐる
> 書いても書いても　風が來て
> 消いても行けど　みづすまし
> あきずにあきずに　お手習ひ
> いろはにほへと　書いてゐる
> 　　　　　(一九二四. 七)

이러하엿다.

韓 君이여. 未知 友人의 韓 君이여. 怒하지 말라. 아니 그대는 오히려 歡喜의 눈물을 흘닐 것이다. 그는 今日까지 苦痛 밧든 君의 良心에 검은 고름집을 이제 바늘노 破腫하엿스니.

곳흐로 君의 健强과 새로운 압길에 光明 잇기를 빌며 붓을 논는다. (一二六.九.八)

文秉讚, "소금쟁이를 論함—虹波 君에게", 『동아일보』, 1926.10.2.

나는 本來 童謠에 對하야 만히 알지는 못하나 만흔 趣味는 가지고 잇다. 그리하야 朝鮮 사람이 썻다는 童謠라면 밥도 먹을 줄 모르고 잠도 잘 줄 모르고 읽어 보앗든 것이다.

우리 朝鮮에는 童謠 作家라고는 별로 업다고 하야도 過言이 아일 만치 보기가 어려운 싸닭 거긔 싸러 朝鮮 童謠라고는 童謠다운 童謠가 불과 멧멧에 지나지 안는다.

九月 二十三日 『東亞日報』 第三面을 읽을 째에 「當選童謠 「소금쟁이」는 飜譯인가?」, 하는 題目 下에 三段이나 차지하야 쓴 글이 얼는 눈에 씌엿지. 그런데 韓晶東 君이 쓴 「소금쟁이」에 對하야는 나도 日常 만흔 好感을 가지고 잇서서 만히 부르기도 하엿섯다.

虹波 君은 너무도 지독히 人身攻擊쑨 아니라 韓 君을 너무도 악착스럽게 모욕하려는 것이다. 여짓것 우리 社會에 童謠가 얼마나 旺盛되엿는가.

나는 韓 君의 「소금쟁이」에 對하야는 日文에 飜譯이라 할지라도 朝鮮 童謠에 잇서서는 나는 名作童謠로 볼 수 잇다. 「소금쟁이」童謠가 이 世上에 나온 지는 얼마 되지 안으나 우리 쏫 가튼 少年少女들은 大端한 好感을 가지고 노래하며 춤추는 것은 事實이다. 싸러서 나도 「소금쟁이」의 童謠에 對하야는 만흔 興味를 가지고 불으기도 하엿다.

虹波 君! 나도 그대는 未知 友人이나 그대가 말한 바와 가치 "韓 君이여. 未知 友人이나 韓 君이여. 怒하지 말라. 아니 그대는 오히려 歡喜의 눈물을 흘닐 것이다." …… 中略 …… "끗흐로 君의 健康과 새로운 압길에 光明 잇기를 빌며 붓을 논다." 이런 감사한 말을 하지 안엇는가. 사람다운 사람의 良心으로는 到底히 붓들니지 안임을 아럿든 것이다. 韓 君의 동요 「소금쟁이」作品에 對하야 너무도 韓 君의 生命을 쌔스려는 것 갓다. 이런 것은 이러케 社會의 公開가 不必要한 일이다. 公開치 안어도 넉넉히 다른 防責도 잇슬 것이다.

虹波 君아. 그대는 얼마큼 어느 때 童謠깨나 써 본 人物인지는 모르나 우리 社會에 이마큼이나 飜譯을 하는 童謠作家가 만히 잇다 할지라도 압흐로 名作의 童謠가 만히 産出할 줄 밋는다. 따라서 創作家도 만히 産出될 줄 밋는다. 그러함에도 不拘하고 韓 君의 압길을 妨害하려는 心事는 到底히 穩當케 보지 못할 바이다.(妨害도 되지 안치만은) 虹波 君아. 發展을 위한다 할 것 갓흐면 輕率한 態度를 부리지 말고 좀 더 愼重한 態度를 取하기를 간절히 바란다. 그리고 現下 우리 社會에 童謠作家에 대한 觀察力을 養成하라.

이런 事實을 들을 것 갓흐면 아마 虹波 君은 놀라 잡바질 것이다. 前〈짜리아會〉尹克榮 君이 作曲하야 發行한 『반달』 童謠曲譜集에 실닌 小波 方定煥 君의 作謠라는 「허잽이」라는 名作童謠를 읽엇는가?

—허잽이—

一. 누른소에허잽이
　　　우습고나야
　입은벌녀우스며
　　　눈은성내고
　학생모자쓰고서
　　　팔은벌니고
　장때들고섯는꼴
　　　우습고나야
二. 누른논에허잽이
　　　맘이조와서
　작은새가머리에
　　　올나안저서
　이말저말놀녀도
　　　모르체하고
　입만벌녀웃는꼴
　　　우습고나야
　　　　　(끗)

이것은 小波 作謠라고 자랑하엿지만은 其實을 알고 보면 蔚山에 잇는 徐德謠이라는 어린 小年의 作品이다 開闢社 어린이部에서 發行하는『어린이』雜誌의 徐 君이 出品한 것을 小波 君이 막 쌔아슨 것 아니 盜적질한 것이다. 一九二四年度『어린이』雜誌를 全部 들처보면 알 것이다. 이런 꼿다운 어린이 作品을 쌔앗는 作品 盜賊者도 잇지 아는가. 이것은 飜譯도 아니고 徐 君의 作品을 고대로 쌔앗은 것이다. 참으로 불상한 小波이다.

나는 이것도 여짓것 默過하얏든 것이다.(누가 쏘 알엇는지는 모르나?) 虹波 君아. 될 수 잇는 대로는 韓 君 갓흔 事情에는 私協으로 할 것이 必要할 줄노 안다. 그리고 한 君 갓흔 사람과 손 붓잡고 나가기를 바란다.

韓 君은 나도 未知 友人이다. 한번 相逢한 적이 업는 사람이다. 먼저 한 말은 너무도 우리 社會에는 동요 作家 作曲家가 貧弱하니짜 말한 말이다. 누구를 攻擊하거나 韓 君을 稱頌한 것은 안인 것만을 알어 두고 깁히 生覺하야 愼重한 態度를 取하기 간절간절이 바라며 붓을 논는다.

文秉讚

方定煥, "「허잽이」에 關하야(上)", 『동아일보』, 1926.10.5.

이사이 새로운 創作童謠가 만히 生겨 나오는 깃버할 현상 중에 남의 創作을 가저다가 自己의 것이라고 하는 이가 갓금 生기고 甚한 이는 作歌 作曲을 都트러 自己의 것이라고 하는 이까지 잇는 것을 보고 대단히 不快한 생각을 가지고 잇는 터에 나 自身이 "남의 것 더구나 어린사람의 創作을 盜賊하엿다"는 辱을 먹게 된 것은 實로 意外의 일임니다.

×

日前(九月二日) 이 文壇是非欄에 文秉讚 氏라는 이가 「소금장이를 論함」이란 題下에 「소금쟁이」 이약이를 하든 끗헤 이런 말슴을 썻습니다. "〈싸리아會〉의 尹克榮 君이 作曲하야 發行한 『반달』曲譜集에 실린 小波 方定煥 君의 作謠라는 「허잡이」는(謠는 略) 小波 作謠라고 자랑하엿지만은 其實을 알고 보면 蔚山에 잇는 徐德謠이라는 어린 少年의 作品이다. 어린이 雜誌에 徐 君이 出品한 것을 小波 君이 막 쌔아슨 것 아니 盜賊질한 것이다" 하고 "참으로 불상한 小波이다" 하는 말슴까지 썻습니다.

×

尹克榮 君의 童謠曲集 『반달』을 가즈신 이는 아실 것이어니와 그 『반달』에는 「허잽이」라는 童謠가 업습니다.

쏘 蔚山 徐德謠라고 쓴 것은 아마 徐德出이라는 出 字의 잘못인 것 갓흔데 徐德出 氏는 내가 잘 아는 "어린이 讀者"인대 그의 童謠는 보내는 대로 늘 注意해 넑고 잇스나 그이가 「허잽이」 그것을 써 보낸 일은 업섯습니다.

徐德出 氏가 그것을 넑으면 이상해 할 것임니다.

×

자세 모르고 한 말슴 갓흐나 이제 이러한 말슴이 난 째어니 나로서 변명 삼아 여긔에 고백할 말슴이 잇습니다.

재작년 가을 『어린이』 十月호를 編輯할 째에 童謠欄이 퍽 不振하야 단 三篇밧게 업서서 단 한 頁도 못 되는 三分之二 頁에도 차지 못하는 故로

貧弱해 보이는 것도 안되엿거니와 上段에 잘러 논 紙面에 餘白이 生겨서 休紙上으로도 보기 실케 되엿습니다.

그래 編者의 한째 언뜻 생기는 慾心으로 아모것으로나 餘白을 멕구려 하엿습니다. 그러나 編輯하다가 말고 別것을 求할 사이도 업서서 急한 대로 내 床에 잇는 雜記帳에서 舊作 中의 一篇 「허잽이」를 내여서 압뒤 아모 생각업시 編者의 항용하는 常套로 匿名하기 위하여 徐三得이라는 假名으로 실엇든 일이 잇섯습니다.

方定煥, "「허잽이」에 關하야(下)", 『동아일보』, 1926.10.6.

한째 밀려진 編輯을 밧부게 모라치는 째에 急한 中에 한 짓이고 編者의 匿名은 常套라고는 하나 그러나 그 後로 아니할 짓을 하엿다는 後悔가 生겨서 그 後로는 조흔 童謠가 업스면 아조 童謠欄을 빼고 만 일도 종종 잇섯고 억지로 아모 것으로나 채우려는 짓은 하지 안앗습니다.

    ×

나와 자조 맛나는 동무는 그것을 처음부터 알고 잇섯든 터이라 親友의 一人 尹克榮 君도 「허잽이」가 나의 舊作인 것은 잘 알고 잇섯습니다. 그러나 作曲 第一集인 『반달』에도 그것이 發表되지는 안엇습니다. 그래서 나는 그 童謠가 나의 本名으로 發表되엿다는 것은 아즉 듯지도 못하엿고 알지도 못합니다. 萬一 잇섯다 하면 나의 지금 생각에 『반달』 外에 〈짜리아會〉에서 謄寫版 印刷로 發行하야 同好者 間에 돌려진 童謠曲集 中에 잇섯는가 疑心 됩니다만은 그것은 처음부터 보지 못하엿섯는 故로 지금도 얼는 차저볼 길이 업습니다. 萬에 一이라도 그런 데에 나의 本名을 發表되엿다 하면 그것은 尹 君이 나의 作品인 것을 알고 잇는 關係로 本名으로 發表한 것일 것임니다. (자세는 몰라도)

    ×

一時 形便으로라도 假名을 지여 發表하엿든 일은 아니할 짓을 하엿섯다고 잘못된 일을 알고 잇슴니다. 그러고 本名으로 發表된 것이 잇서서 보시는 疑心이 生긔게 된 줄을 진즉 알지 못하고 잇섯든 것은 遺憾임니다

×

오해 밧기 쉽게 된 시초는 내게서 생긴 일이닛가 누구를 원망하거나 억울하다는 것도 아니나 남을 가르켜 盜賊이라 하거나 불상한 小波라고까지 公開해 말슴할 쌔에는 단 한 번이라도 眞相을 알아 본 後에 하여도 늣지 안을 것이라고 생각함니다.

×

씃흐로 한 말슴 공연한 말슴 갓흐나 남의 童謠나 글을 정말로 盜賊하는 이가 단 한 사람이라도 잇지 말게 되기를 바람니다.

金億, "『소곰쟁이』에 對하여", 『동아일보』, 1926.10.8.

◇ 지내간 番에 虹波 氏 「소곰쟁이는 飜譯인가」 하는 一文을 익엇슬 째 나는 그 當時 責任을 가진 選者의 一人으로 무엇이라고 한마듸 表明하랴고 하엿스나 私事에 밥바서 하로 잇틀 밀우는 동안에 이番 또 다시 「소곰쟁이를 論함」 하는 글을 읽고 나선 무엇이라고 한마듸 해야 할 것을 切實히 늣기고 이 붓을 든 것이다.

◇ 말할 것도 나는 韓 君에 대한 辯護를 하랴는 것이 아니고 다만 그 童詩가 韓 君 自身의 創作品이고 아닌 것에 對하야는 韓 君의 藝術的 良心에 一任할 뿐이고 다른 異義를 니르키랴고 하지 아니한다. 虹波 氏가 「소곰쟁이」가 飜譯임에 不拘하고 選者가 無識하야 그 童詩를 當選식혓다 하면 허물을 選者에게 돌닌데 對하야 한마듸 하랴고 한다. 엇지 생각하면 選者의 無識으로 생긴 허물일는지 몰으겟다만은 選者라고 超人的 博讀健記를 所有하지 못한 以上 엇더케 ――히 짤막하고 적은 것까지 다 알 수가 잇슬가 하는 말을 말하면 아마 責任回避라고 할지 몰으나 如何間 選者의 無識이라고 責亡할[147] 것은 아닌 줄로 안다.

◇ 더욱 그째에 우스운 것은 考選 發表 뒤에 發見한 것으로 「별」이란 一篇 갓튼 것을 一千號 紀念號에 當選된 것이 또 다시 當選(選外나마)된 것과 가튼 것은 選者의 不注意라는 點도 잇겟스나 選者가 가튼 選者가 아닌 以上 또는 설마 前番에 當選된 것을 또 다시 보랴 하는 생각도 업지 안코 보니 그대로 當選될 수밧게 업는 일이다. 이에 對하야 허물을 하라거든 前番 當選된 作品을 또다시 보내서 選者를 속이지 아니하면 아니 될 應募者를 잡아서 허물하지 아니할 수가 업는 일이다. 속이랴는 이에게는 속지 아니하는 壯士가 업는 法이다.

◇ 韓 君의 作品에 對하야 이야기하면 同 君의 童詩에는 「소곰쟁이」 한

---

147 '責望할'의 오식이다.

篇만이 잇든 것이 아니고 「갈닙배」 以外 여러 篇이 잇섯든 것을 記憶한다. 「갈닙배」와 가튼 作品은 決코 「소곰쟁이」에 比하야 遜色 잇는 作品이 아닐 쑨 아니라 다만 그째에 「소곰쟁이」의 題號를 取하야 發表하엿기 째문에 當選된 줄로 생각하는 모양이나 그 實은 그럿치 안앗다는 것을 明言한다.

그리고 그 뒤에 發表되는 韓 君의 童詩 作品을 읽으면 韓 君은 童詩의 그만큼한 作品을 創作할 만한 素質임을 짐작하기 째문에 설마 남의 作品을 自己의 創作이라고 내여놋치는 안으리라고 밋기는 하나 임의 虹波가 原文과 對照해 노흔 것을 보면 實際 韓 君의 創作의라고 認定할 수가 업게쯤 되엿스니 나로서는 韓 君을 위하여 辯護할 길이 업서진다.

◇ 그러나 이것을 好意로 解釋하자면 佛國 劇作家로 名聲 놉흔 '로스탕'의 엇던 劇이 米國서 米國의 無名氏의 解釋이라는 詰難을 바다 訴訟까지 하야 結局 '로스탕'이 敗訟하야 作品을 盜賊햇다는 累名을 벗지 못햇다는 것과 갓지 안이할가 한다. 그 뒤에 米國 無名氏는 傑作을 내이지 못하엿스나 '로스탕'은 如前히 偉大한 作品을 내엿스니 亦是 '로스탕'이 애매한 累名을 써다고 할 수밧게 別道理가 업는 일이다. 이번 일도 이와 갓튼 것이 안일가 하는 것이 나의 好意의 解釋이오 그것이 創作이며 안인 것은 韓 君 自身이 알 쑨이다.

◇ 또 그리고 飜譯이건 創作이건 「소곰쟁이」라는 一篇이 어린동무에게 害를 주지 아니하고 만흔 利益을 준 以上 나타난 結果인 功利的 意識으로 보아서 그 즛을 자미업다 할지언정 韓 君을 그럿케 苛酷하게 詰責할 것은 아니고 엇던 便으로 보면 感謝할 餘地가 잇슬 것이다. 이것을 가르처 寬大한 好意라고 할는지 몰으겟스나 大體 이럿케 解釋하는 것이 좃치 아니할가 하며 選者엿든 一人으로의 한마듸를 한 것뿐이다. (一九二六. 一○. 二)

韓晶東, "(文壇是非)소곰쟁이는 번역인가?", 『동아일보』, 1926.10.9.

나는 「소곰쟁이는 번역인가?」에 對하야 변명하랴는 것이 아니다. 「소곰쟁이」 作者니 다만 그 作에 對한 顚末을 社會의 여러분 압헤 드리려는 것뿐이다.

나는 본래 물 만은 곳 다시 말하면 섬(島)이나 다름 업는 곳에서 자라난 사람이다. 어려서부터 소곰쟁이와는 親하엿다. 그 親하게 된 理由는 이러하다. 나는 물 만은 곳에서 자라나면서도 헤염칠 줄을 몰낫다. 그래 書堂의 여러 동무들에게 여간 놀니움을 밧지 안엇다. 그런데 하로는 田○○이란 사람이 소곰쟁이를 잡아먹으면 헤염을 잘 치게 된다고 하는 말을 들엇다. 이 말을 고지드른 나는 이로부터 남모르게 소곰쟁이 잇는 곳을 차자 가서는 잡기로 애를 섯다. 얼마동안 애를 무한히 썻지만 소곰쟁이는 한 마리도 잡지 못하엿다. 그러나 결국 헤염만은 치게 되엿다. 그래 田○○란 사람의 하던 말이며 소곰쟁이는 언제던지 記憶에서 사라지지를 안엇다. 이와 갓치 생각에서 써날 줄 모르던 소곰쟁이를 詩로 옮게 된 經路는 쏘한 이러하다.

내가 高等普通學校를 卒業한 後에는 生活上 關係로 故鄕을 써나게 되엿다. 그럼으로 故鄕을 늘 憧憬하게 되엿다. 더욱이 내가 詩에 趣味를 둔 後부터는 鄕土에 對한 憧憬은 日復日 더하게 되엿다. 그런데 내가 詩를 쓰기 始作한 것은 一九二二年 봄부터이다. 그 이듬해 一九二三年 첫여름 六月이다. 나는 故鄕을 차잣다. 그째는 바루 논에 물을 잡아넛코 혹 갈기도 하며 移秧하는 째이다. 農家에서는 퍽 분주한 째이다. 그런데 내 故鄕에는 兄님과 아우와 親戚들이 만히 살고 잇다. 다소 분주도 하려니와 나는 어린 애를 퍽 사랑하는 까닭으로 나의 족하 그째 여섯 살 된 애와 네 살 된 애와 둘난 애에 셋을 다리고 들노 젓먹이러 나가든 길이엿다.

기름이나 바른 것처럼 반작반작 아름다운 新綠의 밋흐로 수문(水門)을 通하야 물이 드러오는 개굴에는 장풍(창포)의 향긔를 더욱 모내리만치 적은 바람이 부러 오는 째이다. 마츰 그 水門 턱에는 소금쟁이 네다섯 놈이 물을 거스러 올나갓다는 물에 밀리여서 내려오고 쏘 올나갓다 내려오군 하엿다.

韓晶東, "(文壇是非)소곰쟁이는 번역인가?", 『동아일보』, 1926.10.10.

수태도 재미스러워서 야 殷燦아(여섯 살 된 아희) 저 소금쟁이가 무엇 하고 잇니 하고 무렷더니 그 애는 조곰도 주저치 안코 三寸 그것 소금쟁이 가 글 쓰느냐 하엿다.

나는 생각도 못 하엿든 意外에 대답의 놀내엿슬 쑨아니라 곳 그째의 實景 을 그려서 詩 한 篇을 써 보앗다——(그째 바람이 조곰식 불기는 하엿지만 물결이 일 만한 바람은 아니엿다. 바람이 부러서 지워지군 한다는 것은 原作을 곳칠 째에 말에 궁해서 그저 잡아녀은 것이다. 그째의 實景이 아즉 도 눈에 쩐하다)

장포밧헤
소금쟁이
글시글시
쓰며논다

글시글시
쓰지만도
물들너서
지워진다

지워져도
소금쟁이

글시글시

쏘써낸다

그 詩의 原作은 이러하다.

그런대 말이 넘우도 기러지지만 나는 엇진 까닭인지 四四調나 八八調를 그닥지 조와하지 안는 까닭에 이것을 自己가 조와하는 七五調로 곳첫스면 혹 엇덜가? 하고 여러 번 생각도 하엿고 쏘 童詩에는 쉽고도 재미로운 것이 조흐려니 하는 생각으로 "글시글시"란 것을 좀 더 재미롭게 하기 爲하야 數字 1234567을 너은 것이오 쏘 지워진다는 말을 형용할 수가 업서서 바람을 불어도 안을 것을 억지로 잡아너엇든 것이다. 그럼으로 나로서는 改作이 原作만 못하다고 생각한다. 그러나 이미 世上에 發表된 것이니 不滿하나마 참고 왓섯다. 그런데 이렁저렁 말이 만흔 모양이니 쏘 한마듸 아니 할 수 업다.

나는 普通學校 學習帳에서 그런 글을 본 적도 업스려니와 내가 이 童詩를 처음 發表한 것이 一九二三年 十二月임에야 엇지함닛싸.

쏘 그뿐 아니라 나는 詩, 童詩를 勿論하고 아직것 번역이라고는 못해 보앗다는 것을 말해 둔다.

日後에 機會가 잇스면 번역이란 것과 創作이란 것에 對하야 좀 論해 보려 하지만 詩의 번역이란 大體 될 것인지? 나는 그 말부터 의심하기를 마지 안는다.

附 (그새에 鎭南浦에는 支局의 事情으로 한 二十日 가량 『東亞日報』를 보지 못하여서 나의 筆이 느진 感이 업지 안치마는 굿해여 번역을 아니 쓰랴고 한 것이 너무도 日文作과 이상하게도 갓태서 社會 여러분이 혹 誤解나 가지지 안나 하야 그 詩作의 由來를 대강 말한 所以입니다.) 끗

韓秉道, "藝術的 良心이란 것", 『동아일보』, 1926.10.23.

韓晶東 君의 「소곰쟁이」에 對하야 問題가 만은 모양이다. 이에 對하야 虹波 君의 駁文은 當然한 것이다. 나는 차라리 飜譯인가? 하는 미지근한 말을 쓰니보다 剽竊이라고 하는 것이 至當할 줄로 안다. 그 內容과 思想(그 것은 文學의 中心 生命)을 異國人인 晶東 君이 飜譯이라는 밋업지 안은 安全辦을 利用하야 剽竊한 것이다. 韓 君의 辯白도 잇스나 그 模糊한 發明이 도리혀 틀니엿다.

한데 여게 關하여 文 君이 虹波 君이 너무 過하다느니 人身攻擊이니 侮辱이니 한 것은 암만 해도 모를 소리 갓다. 그리면서도 方 君의 「허잽이」가 엇잿는데 이째 寬忍한 態度를 가젓노라고 誇張한데 이르러서는 더욱 입맛이 나지 안는다. 그리고 金億 君도 虹波 君의 非를 말하엿다. 그리면 이러한 事實을 發見한 째에 엇더케 해야 올타는 말인지 알 수 업지 안은가? 選者라고 世上에 發表 된 글을 다 아는 수는 업는 것이요 쏘 記者라는 職業 밋헤서 選者의 任을 본 金 君인 以上 널니 보지 못하고 選拔하엿달지라도 큰 失手라고 말할 수는 업는 것이다. 한데 金 君은 「소곰쟁이」를 一等으로 選拔한 所以는 그 밧게 그보다 못지 안는 여러 篇이 잇섯기 째문이라 하엿다. 그것도 그리 틀닌 말은 아니겟다만 「소곰쟁이」가 兒童에게만은 實益을 주엇기 째문에 그대지 韓 君을 詰責할 것은 아니다 한 論法은 아모려나 首肯할 수 업다. 實益을 與하엿다는 것을 내세운 것이 功利的 見解가 안넌가? 萬一 「소곰쟁이」에서 實益을 어덧든 사람이 剽竊인 줄을 안 째에는 얼마나 憤慨하여 할가? 朝鮮의 文壇을 얼마나 疑心하며 못 밋어 할 것일가? 속임수로 주는 實益을 讚揚하거나 默認함은 結局 讀者를 無視하는 것이요 作家의 藝術的 良心의 痲痺를 招致하는 말이라 하겟다. 萬一 藝術的 良心이 잇는 作家라면 公公然히 飜譯이라고 내세울 것이 아니냐. 그리고 金 君은 韓君에게 그만한 創作的 素質이 잇기 째문에 詰責은 姑舍하고 感謝할 餘地가 잇다고 말하엿스나 나는 그만한 素質이 잇슴을 認定함으로서 더욱 그 所行

을 미워하지 안을 수 업다. 才質로서 사람과 제 몸을 속임이 엇지 올흔 일이랴? 가난한 者가 업기 째문에 盜賊하엿다면 그래도 容恕할 點이 업잔아 잇슬 것이다. 잇는 놈이 잇는 것을 방패로 巧妙히 남의 것을 쎄앗는 例는 로스랑이 後에 名作을 만니 내엿슴으로 累名을 버섯다고 말하엿스나 어데까지던지 그것은 功利的 解釋이다. 가진 놈일수록 가지지 안은 놈을 더 만히 搾取하는 事實을 우리는 만히 보는데 金君의 論法으로 보면 搾取者가 훌륭하다 하여야 할 것이다. 物質이란 엇던 놈의 手中에 들이가던지 亦是 그 自體의 價値를 保全할 것이지만 그 搾取하는 놈을 엇지 올타고 하겟느냐 말이다. 나의 同窓生인 어느 道參與官의 令息인지 한 者가 學生들의 時計, 外套, 洋靴를 수태 盜賊질 한 일이 잇섯다. 學生들은 꼭 그를 집허야 할 境遇에도 설마하고 그를 疑心치 안엇다. 사람에게는 그만치 偏僻된 性質이 잇다. 그리하야 그를 더 큰 盜賊을 맨들엇다. 結局 三年만에 잡고 보니 그 녀석은 數업시 만히 盜賊하엿섯다. 家門과 金錢은 그의 罪狀을 掩蔽하는 保障이 되엿다. 學生들은 그 保障을 보고 그 놈의 行動을 疑心치 안엇다. 그러나 發見된 後에는 잇는 놈이기 째문에 더욱 미워하엿다. 나도 韓君의 才質을 대강 짐작한다만 그러한 君으로 이러한 짓을 하엿다는 것을 發見한 以上 우리는 藝術的 良心으로 쏘는 人格的 見地에서 더욱 峻嚴한 態度를 取하지 안을 수 업는 것이다. 우리가 情實로나 功利로 보아 엄울엄울해 버린다면 朝鮮文壇을 無視하는 것이요 쏘는 韓君을 생각하는 道理도 되지 못 할 줄 안다. 적어도 文壇에서는 울면서라도 그를 鞭撻하지 안을 수 업는 것이다.

그리고 마지막 한 말 하구 십흔 것은 方君의 辯白文이 퍽 점잔코 人格的인 것이다. 여게서도 方君이 朝鮮 童謠界 쏘는 兒童敎化의 一人者인 것을 足히 엿볼 수 잇다.

崔湖東, "「소금쟁이」는 飜譯이다", 『동아일보』, 1926.10.24.

　지난달 二十三日 本紙 附錄에 虹波 氏의 글이 실니자 뒤를 이어 是非가 일게 되엿스니 문제는 韓晶東 氏의 童謠 「소곰쟁이」가 創作이냐 譯이냐는 것이엿다. 내가 이 問題를 向해서 筆을 執한 目的도 勿論 「소곰쟁이」가 創作인가 創作이 안인가를 말하려 함이니 「소곰쟁이」 童謠가 一般 어린이 에게 利益을 주엇든 안이 주엇든 間에 創作이든지 飜譯이엿슴을 判斷하야 말하여야만 할 것이니 잔소리는 집어치우자. 虹波 氏는 日文 「소곰쟁이」를 普通學校 六年生 夏期休學學習帳에서 發見하엿다 하엿스니 事實 그 童謠 가 夏期學習帳에 記載되엿든 것이면 普通 流行童謠라고 推測할 수 잇다.

　그런데 晶東 氏의 作品과 日文 作品을 對照하면 晶東 氏의 作品은 두말 할 것 업는 譯이다. 日文과 두어 句節 相違되는 點이 잇지만 그것은 우리말 로 飜譯하랴면 그대로 譯할 수 업는 部分이니 그것을 理由로 하고 飜譯임 을 否認하면 그 수작이야말로 東西不辨의 어린애 수작이다.

　나는 斷然히 「소금장이」를 飜譯이라 하겟다. 아니 나쑨만이 아니라 誰某 를 勿論하고 原文(日文)을 보고 나면 飜譯임을 判斷치 안코는 안 될 것이 다. 나는 다시 붓끗을 돌리여 뒤를 이어 是非를 말하든 文秉讚, 金億, 兩氏 에게 말하려 한다. 文 氏가 엇더한 理由로 韓 氏를 責한 虹波 氏에게 攻擧을 하엿는지 나는 理解할 수 업다.

　文秉讚 氏와 韓晶東 氏는 親友間인 듯하다. 文 氏가 虹波 氏에게 重言複 言 말한 것은 한마듸도 헤아릴 수 업는 군소리고 全部가 韓 氏를 盲目的으 로 싸고도는 意味의 말밧게는 업다.

　勿論 晶東 氏가 만흔 作品으로 어린 동모에게 有益을 준 것은 나도 잘 안다. 그러나 西洋에 Dnyden[148]은 말하기를 正義는 盲目으로 어느 누구든 지 分別치 안이한다고 말하엿다. 남의 作品을 窃取하야 제 것인 체하는

---

148 'Dryden'의 오식으로 보인다.

者에게 正義의 筆鋒을 던젓슴에 文 氏는 무엇을 不正타 하는가.

虹波 氏가 누구인지 나는 모른다. 그러나 내나 虹波 氏나 韓晶東 氏가 「소금쟁이」를 發表하야 어린동무에게 만은 利益을 준 것에 對해서는 어대 까지든지 感謝하는 바다.

文秉讚, 金億, 兩氏여 자서히 드로라. 虹波 氏와 나는 韓晶東 氏에게 말함이 오즉 한마듸쑨이니 엇지해서 譯을 創作이라 하느냐는 質問쑨이다. 나는 決코 韓 氏에게 "엇지해서 그짜위 作品을 紹介하엿느냐"고 責함이 아니다.

쯧흐로 附言코자 하는 것은 더구나 "번역 소금쟁이"가 "창작 소금쟁이"로 東亞 新年號에 入選까지 되엿다니 참으로 可笑로운 일이다. 當時 選者가 金億 氏라니 한마듸 하려 하는 것은 처음에도 말하엿거니와 夏期學習帳에 실리인 것은 全部가 流行하는 글이니 이것을 모르고 選拔한 氏는 참으로 沒常識하다 아니할 수 업다. 氏가 辯明한 말에 "속이려는 이에게는 속지 안는 壯士가 업는 法"이라고 하엿스니 이것은 알고도 속앗다는 말인가. 이러한 辯明만은 도로혀 自身의 朦昧함만 暴露식힘에 지나지 안음을 金億 氏에게 附言해 둔다.

氏는 쯧흐로 말하기를 그 童謠가 創作이든 譯이든 어린 동무에게 有益을 주엇스니 어물어물해 넘기자는 意味의 말을 하엿다. 그것은 絶對로 肯定할 수 업는 것이다. 晶東 氏가 童謠作家라 하니 作家로 안저서 이짜위 不正한 行動을 演出하엿슴은 어듸짜지든지 懲戒치 안을 수 업다고 나는 斷言한다. 그러고도 다시 뒤를 이어 暗然한 辯明만 느러노아 쯧까지 創作인 체 함에는 무엇이라 말할 餘地좃차 업다.

牛耳洞人, "글도적놈에게", 『동아일보』, 1926.10.26.[149]

現下 朝鮮에는 生活困難이 極度에 達하야 盜賊이 漸漸 느러가는 近來에 文學界에도 葛藤이 생겨서 글도적놈이 漸漸 느러가는 모양이다. 世上에서 物品 等을 盜賊하는 것을 法律은 이것을 罪惡이라 하야 刑罰에 處하지만 나는 글도적과 갓치 世上에서 第一 惡罪人은 업다고 生覺한다. 世人이 人肉市場의 主人을 吸血鬼라고 苦惡하게 녁이지만 글도적놈은 人肉市場의 吸血鬼보다 더— 至毒한 吸血鬼다. 웨 그러냐 하면 글 쓰는 사람이 小說, 戲曲, 童話, 詩, 童謠 等을 쓸 째에 全心全力으로 無名指를 끈어서 血書를 쓰는 것보다도 다— 힘드려 쓴 作品을 紙面에 記載한 것을 作者도 안인 사람이 自己 創作品으로 自己의 일홈으로 他 紙面에 記載하는 사람이 만흐니 이런 무섭고 荒惡한 吸血鬼의 罪惡은 世上에 첫재라 하겟다. 日本人 高山樗牛[150]의 "글은 사람이다"란 말노 보드라도 글도적놈은 남의 피를 싸라 먹으려고 하며 남의 生命을 쌔앗아 먹을녀는 大惡人이다. 이제 여긔에 나는 도적글이 新聞雜誌에 發表된 것을 나 아는 대로만 몃 가지 적어 놋켓다. 再昨年 『時代日報』 新年號에 懸賞文 募集을 하여서 當選된 中에 「나의 所願」[151]이란 三等에 當選된 詩가 一篇 잇섯다. 나는 이 詩를 읽고 놀내엿다. 이 詩는 朝鮮에서 民衆詩人으로 오직 한 사람이라고 할 만한 石松[152] 氏의 所作을 엇던 사람이 글자 한 자 곳치지 안코 그대로 적어 노왓다.

---

149 원문에 '東京 牛耳洞人'이라 되어 있다. '牛耳洞人'은 이학인(李學仁)의 필명이다.
150 다카야마 조규(高山樗牛, 1871~1902)는 메이지(明治) 시대 일본의 문예평론가, 사상가이다. 문학박사로 도쿄대학 강사(講師)를 지냈다. 메이지 30년대의 언론을 선도하였다.
151 양약천(梁藥泉)의 「나의所願」(『시대일보』, 25.1.1)을 가리킨다. 석송(石松)은 김형원(金炯元, 1901~?)의 호다. 1922년 「草葉集에서」(휘트맨 作, 金石松)(世界傑作名篇, 開闢二周年記念號附錄)(『開闢』, 제25호, 1922년 7월호, 19~28쪽)를 통해, 미국의 민중시인 휘트먼의 시 「先驅者여 오 先驅者여」, 「내가 農夫의 農事함을 볼 때」, 「憧憬과 沈思의 이 瞬間」, 「將次 올 詩人」, 「어떠한 娼婦에게」, 「假面」 등을 소개했다.
152 '石松'은 김형원(金炯元)의 필명이다.

石松 氏가 그것을 보왓더면 얼마나 놀내엿스랴. 그리고 再昨年 『東亞日報』 新年號에 一等에 當選된 童謠 「나비사공」 一篇이 짠 사람의 일홈으로 짠 新聞에도 안이요 『東亞日報』 昨年 新年號엔가 무슨 記念號엔가 三等으로 當選된 것을 보왓다. 쏘 再昨年엔가 昨年 봄엔가 筆者가 京城圖書館에서 『鐵道之友』란 鐵道 雜誌에서 저번에 世上을 쩌난 故 羅稻香 氏 所作 「별을 안쩌던 우지나 말건」,[153]이란 小說을 엇던 사람이 도적해 내인 것을 본 생각 이 난다. 이 밧게도 外國의 有名한 文豪의 作品을 飜譯하야 自己의 創作이 라고 發表한 것은 여러 번 보왓다. 無名作家가 그런 즛을 하면 모르고 그랫 다고나 할 터인데 現今 朝鮮서 젠 체하고 도라가는 文士가 이런 즛을 하는 것을 여러 번 보왓다. 三年 前에 엇떤 文士 양반이 日本 『早稻田文學』이란 雜誌에서 小說을 한편 飜譯하야 創作品으로 『開闢』 雜誌에 내엿든 일이 잇섯다. 그째에 東京서 工夫하는 엇떤 친구로부터 보낸 글에 "그 作品을 世上 사람은 그 사람의 創作으로 속고 잇지만 남의 作品을 도적한 것임니 다. 그런 作家는 벌서 마음부터 썩어진 作家임니다. 남의 그 作家를 大文豪 라고 할지라도 나는 글도적놈이라 할 수밧게 업슴니다"란 편지를 읽은 생각 이 아직도 나의 記憶에 남아 잇다. 몃칠 전에 『東亞日報』 文藝欄에 文秉讚 君의 評文 中에서 오늘날 朝鮮서 어린이들에게 만은 尊敬을 밧고 잇스며 쏘는 어린이들을 위하야 일한다고 하는 方 某가 蔚山에 사는 徐德謠라고 하는 어린 少年이 지은 「허잽이」란 童謠를 自己의 作品으로 發表하엿다 고 한다. 昨年 봄에 金億 氏가 『東亞日報』 學藝部 記者로 잇슬 째에 무슨 記念號에 懸賞文을 募集하야 選者의 任에 잇서는데 그째에 金億 氏가 筆者 보고

"별별 더러운 놈이 만타"고 탄식하는 것을 보왓다. 이 밧게도 新聞 雜誌를 보면 참으로 별별 더러운 꼴을 만이 볼 수가 잇다. 文學의 길을 처음 밟는 이로는 模作 갓튼 것을 하면 關係치 안은 일이지만 남의 글을 도적하는 것은 希望의 압길에 不幸을 豫備하여 놋는 것이다. 文學의 길을 처음 밟는

---

153 「별을 안거든 우지나 말걸」(『白潮』, 제2호, 1922년 5월호)의 오식이다.

青年이 여러 文豪의 作品을 만이 읽고 처음으로 붓을 잡게 되면 模作을 하게 되기는 쉬운 일이다. 애써서 模作을 할려고 하는 것은 나뿐 일이지만 自然이 自己도 모르게 模作하게 되는 것은 조흔 일이라고 할 수 잇다. 日本人 能島武文[154]의 말과 갓치

"처음에 讀書를 만이 한 結果에 先進한 사람의 影響을 밧는 것은 不得已한 일이여서 如何한 사람이던지 模倣時代라고 하는 것이 잇는 고로 無意識的 模倣은 決斷코 붓쓰러워할 必要가 업다." 엇지 하엿던지 글 쓰는 사람으로는 어느 째든지 藝術的 良心을 가지고 쓰지 안으면 一生을 通하야 거짓 生活을 하게 되는 것이다. 現今에 "文壇"이라고 特別이 일홈 붓칠 것이 업는 朝鮮에서 글 쓰는 사람으로써의 取하지 안을 길을 만이 取하는 사람이 잇는 것은 朝鮮 文學界의 將來를 위하야 서든 일이라 안이 할 수가 업다. 그러나 그것은 모다 한째의 잘못 생각으로 그런 것이지 결단코 마음이 고럿케 더러워서 그런 것이라고는 생각되지 안는다.

도적놈 중에 "글도적"놈 갓치 大罪人은 업나니 以前에는 엇쩌케 잘못 생각하고 글도적질을 하엿거니와 이제부터는 그 잘못된 마음을 바로잡고 自己의 먹은 마음과 自己의 쓸는 피로 붓대를 잡기를 마즈막으로 바라는 바이다.

---

154 노지마 다케후미(能島武文, 1898~1978)는 일본의 연극 평론가이자 번역가로, 다이쇼 말(大正末)에 『演劇新潮』를 편집하였고, 저서로 『作劇の理論と實際』(新潮社, 1926)가 있다.

金元燮, "소곰장이를 論함", 『동아일보』, 1926.10.27.

요사히 是非거리도 되지 안는 「소곰쟁이」로 因하야 是非가 이러나 쫴
興味를 가지게 하엿다. 그것이 創作인지 飜譯인지 쏘는 盜賊한 것인지 우
리는 알 수 업다. 그것은 다만 作者라 하는 韓 君의 藝術的 良心에 맷길
쑨이다. 이제 그 是非가 이러나니 멫 해 前 어느 紙上인지는 記憶지 못하나
春城이가 베르렌의 검검 끗업는 잠이라는 詩를 살작 盜賊헤서 내엿다가
金億 氏에게 톡톡히 猖皮를 당한 일이 생각난다.[155] 今般 「소곰쟁이」에 對
하야 選者이엿든 金億 氏는 그것이 飜譯이건 創作이건 「소곰쟁이」라는 一
篇이 어린동무에게 害를 주지 아니하고 만혼 利益을 준 以上 나타난 結果
인 功利的 意識으로 보아서 그즛을 滋味업다 할지면정 韓 君을 그럿케 苛酷
하게 詰責할 것은 아니고 엇던 便으로 보면 感謝할 餘地가 잇슬 것이다.
이것을 가르쳐 寬大한 好意라고 할는지 몰으겟스나 대체 이럿케 解釋하는
것이 좃치 아니할가 하며 選者엿든 一人으로 한마듸를 한다고 하엿다.

나는 金億 氏의 녀머도 지내친 好意의 解釋이란 말에 不快한 感을 늣기
지 안을 수 업다. 적어도 文藝가 時代 人心에 反映을 주는 以上 「소곰쟁이」
가 兒童에게 만혼 利益을 주엇다면 그야말로 滿腔의 謝意를 表치 안을 수
업다. 그러나 藝術的 人格과 價値를 엇지 混同할 수야 잇슬 것인가? 아모리
韓 君이 그 後에 發表한 만혼 作品이 「소곰쟁이」 以上의 價値가 잇다고
하드라도 그것은 別問題가 아인가 생각한다. 보담 더 나흔 作品을 創作할
만한 素質이 잇다 하드라도 — 設令 남의 作品을 飜譯하거나 盜賊질 해서

---

155 춘성(春城)은 노자영(盧子泳)의 호다. 춘성은 당대에 표절로 악평이 나 있었다. 춘성이
   발표한 「잠—」(『동아일보』, 23.12.24)은 김억(金億)의 번역시집 『懊惱의 舞蹈』에 수록된
   베를렌(Paul Verlaine)의 「검고 끗업는 잠은」과 "쪽 가튼 시상을 쪽가튼 용어로 표현"했다
   고 염상섭이 「筆誅」(『廢墟以後』(1924.2)를 통해 통박한 적이 있고, 하평(河平)이 번역한
   아르치바셰프(Mikhail Artsibashev)의 소설 『사닌』(1907)을 "읽어보고 출판하겠다"고 원
   고를 가져간 후 「병든 청춘」이란 이름으로 게재하여 자신의 이름으로 발표한 것으로도
   알려져 있다.

發表해도 關係치 안타는 그런 어림업는 말은 업슬 것 갓다.

이제 韓 君이 作에 對한 顚末을 發表하야 그것이 어대싸지든지 飜譯이 아니요 創作이라고 言明하엿다. 그러나 그것이 우리에게 참 그럿코나 하는 마음을 갓게 못하고 오히려 乳臭를 免치 못한 어린애 수작인데야 엇지하랴? 前번 虹波 君이 日文은 昨年度 夏期學習帳에 낫든 것이요 韓 君의 그것은 今春 新年文藝號에 發表되엿스니 그것을 創作이라 밋을 수 업다고 함에 對하야 韓 君은 다시 그것을 發表한 것이 一九二三年 十二月임에야 엇지 하랴 하는 한마듸로 그것은 果然 韓 君의 것이엿고나 하고 是非는 싹을 막은 것 갓다. 그러나 이제 韓 君이 一九二三年 十二月作이라 하는 그것은 虹波 君의 昨年度 夏期講習帳에 잇든 것이라고 말한데 對한 구차한 辯明에 不過하게밧게는 아니 들닌다. 이제 日文의 原作者?인지 그야말로 오히려 韓 君의 그것을 譯한 사람인지는 모르나 日文으로 쓴 그 사람이 萬若 一九二三年 十二月 以前에 發表한 것이라면 좀 말이 길어지는 듯하나 韓 君은 무엇이라고 할 터인가.

韓 君은 그 童謠를 쓰게 된 動機를 느러노코 구태여 飜譯을 아니 쓰랴 한 것이 너무도 日文과 이상하게도 갓태서 社會 여러분께 惑 誤解나 가지지 안나 하야 由來를 대강 말한 所以임니다라고 原作이라는 것을 써 노코 크게 辯明에 힘썻다. 또 그러나 그째 바람이 조금식 불기는 하엿지만 물결이 일 만한 바람은 아니엿다. 바람이 부러 지워지군 한다는 것은 原作을 곳칠 째 말에 궁해서 그저 잡어너은 것이라고 하엿다. 말에 궁해서 집어넛다는 것이 엇저면 그러케 日文과도 쪽갓흘 수가 잇슬가? 必然코 日文이 韓 君의 그것을 譯한 것이 아닐진대는…… 어듸싸지든지 君의 創作이거든 그런 朦朧한 말을 쓰지 말고 보담 더 明確히 말하라.

너무도 장황하니 이에 싯치고 싯흐로 韓 君의 말에 詩에 飜譯이란 大體될 것인지? 나는 그 말부터 의심하기를 마지안는다라는 말에 한마듸 하고자 한다.

아! 韓 君아 이 무슨 文藝에 沒交涉한 말이냐. 그러면 詩를 譯하는 사람들은 全部 自己의 詩를 쩨르렌이나 하이네가 지은 것이라고 내여논다는 말인가. 그 말 한마듸가 우리가 韓 君에게 企待하든 바 藝術的 素質과 人格에 얼마나 落望을 주는 말이냐. 아마도 그 말은 「소곰쟁이」에 對하야 韓 君이 너무도 辯明하기에 애 쓴 結果 주정꾼에 잠고대 갓흔 말을 한 것 갓다. 엇흐로 이번 「소곰쟁이」 까닭에 以後는 뻔뻔하게 남의 作品을 盜賊하거나 譯한 것을 創作이라고 世上에 내여놋는 者에게 굴고 크다란 銅針 한 대式 준 것을 깃버한다.

虹波, 「「소금장이를 論함」을 닑고」, 『동아일보』, 1926.10.30.

人生은 恒常 人生과 爭鬪에 奔走하다. 그 爭鬪에는 直接 行動도 잇고 情神上 行動도 잇다. 아니 爭鬪라는 文字를 쓰느니보다 오히려 人生의 情다운 相議요 美麗한 속살임일 것이다.

나는 月前에 韓晶東 君의 「소금쟁이」!에 對하야 韓 君에게 爭鬪의 態度를 取하엿섯다. 아니 情다운 相議요 美麗한 人生의 속살임을 하엿섯다.

此에 對하야 나는 十月 二日 本報에 揭載된 文秉讚 君의 「소금쟁이를 論함」 虹波 君에게 하는 文을 나그네 路中에서 多幸히도 某 邑內 本報 支局에서 對面하게 되엿다.

此時에 나는 歡喜의 微笑를 禁치 못하며 新聞을 買受하야 가지고 留宿所로 도라왓다. 그리고 一讀 再一讀 하는 동안에 나는 一層 더 歡喜에 싸이게되엿다. 假面을 뒤집어 쓴 僞善者의 歡喜가 아니요 眞實한 人生의 아름다운 歡喜를 感受하엿다. 내가 眞實 人生의 한 아름다운 歡喜를 感受하엿다함을 認識하게 될 瞬間에 나는 更一次 歡喜에 包圍됨을 覺悟 내가 如此한歡喜에 包圍케 한 行爲者는 則 文 君이다. 그럼으로 나는 文 君에게 感謝의謝禮를 여긔에 表한다. 그러나 나는 人生이란 (惡者던 善者던) 稱號의 所有者임으로 文 君의 曲解와 矛盾된 말 數個를 들어 人生의 爭鬪를 아니情다운 相議요 美麗한 속살임을 하랴 한다.

文 君이여. 君의 時間이 重한 줄을 모르는 바는 안이지마는 헛된 소린줄 알고 들어주소라.

君은 나에게 如此한 말을 하엿다.

上略 나는 韓 君의 「소금쟁이」에 對하야 日文의 譯이라 할지라도 朝鮮童謠에 잇서서는 名作童謠라 볼 수 잇다 云云하엿다.

그 얼마나 矛盾된 文句이냐. 本文에 나타나는 代名詞를 使用한 이유로君 單獨히 名作視 할 수 잇는지는 未知中이나 或 名文을 譯하엿다 하면은그 譯文인 本文과 如히 名作이라 하랴. 나는 그리기에는 躊躇함이다.

君은 또

上略 우리 社會에 이만콤이나 飜譯하는 童謠作家가 만히 잇다 할지라도 압흐로 名作의 童謠가 産出될 줄 밋는다 云云하엿다. 此 亦是 나의 글에 그 얼마나 曲解한 말이냐. 나는 譯者라고 名作이 업다고 肯定한 者는 아니다. 너머나 過度히 曲解를 바더서는 좀 不安하다. 그리고 나는 譯者가 그르다고 한 말도 아니다. 譯者가 譯을 하얏스면 正直하게 譯이라 發表하얏스면 問題가 不成立이겟지마는 譯者가 譯文 發表時에 가장 自己創作인 듯한 態度를 取하는 것이 너머나 可憐하야서 한 말이다. 그 譯者만 可憐하얏스면 오히려 좃켓지마는. 너머나 社會 人間을 無視하는 源由로 한 말이다. 則 譯者가 譯文 發表時에 譯이라 아니 함은 "그까진 社會 人間이 讀書 部數가 멧 卷이나 되랴. 내가 讀書한 部數의 數百分之一, 或은 數千分之一에 不過할 것이다. 그러면 내가 읽은 中에 名作을 譯하야 創作이라 하기로 그까진 者들이 알짜" 하는 野卑한 心理下에 譯을 譯이라 아니 하고 創作이라는 까닭에 한 말이다. 君은 너머나 文에 表面만 重視하고 暗示를 돌보지 안나 하는 疑心을 나로 하여곰 갓게 한다. 내가 此言을 發하니 君은 곳 말할 것이다.

너의 月前 文에는 韓 君을 빈정댄 暗示 以外에 더 잇느냐. 그러나 君아 그 빈정댄 後面에 潛伏한 그 무엇(以上에 쓴 말이다)이 잇는 줄을 모르는가?

君은 또 나에게

上略 "그리고 現下 우리 社會에 童謠作家에 대한 觀察力을 養成하라" 云云하얏다. 此 忠告는 感謝하고 밧겟다. 그러나 君아 君은 내가 韓 君의 소곰쟁이만 말하고 徐 君의 터잽이를 아니 말하엿다고 如此한 言을 發하얏다. 君은 나에게 너머 輕率한 態度를 取하지 말나 忠告까지 하얏다. 그러나 나는 君의 輕率에 忠告를 마지안는다. 그는 허잽이에 對하야 君은 徐 君의 言을 小波 君이 쎄아섯다 하엿다. 그러나 나는 絶對로 否定하고 십다. 此는 내가 小波 君의 辯明함은 아니다. 또 事實은 誤解하게도 되엿지마는 그 實은 如下하다.

君이 나에게 「허잽이」를 보랴거든 一九二四年度 『어린이』를 보라 하엿다. 事實은 나도 一九二四年 十月인가 十一月에 尹克榮 君에게 갓다가 갓치 보앗다. 그리고 小波 君의 同 號에 揭載된 「귀쓰람이」보다 오히려 少年의 作品이 날 듯 십다고까지 하엿다. 作曲하는 것까지 보고 曲譜出版할야고 五線紙에 그리는 것까지 보앗다. 그리고 〈싸리아會〉에서 갓치 부르기까지 하엿다. 則 이것이 昨年 十二月頃 일이다. 나는 十二月 中旬에 나그네길을 써낫다가 今年 三月에 와 보니 出版은 이미 되엿섯다. 나는 『반달』을 어더보니 樂譜 밋혜 너흔 歌詞에 誤字가 만음을 보앗다. 그리고 甚한 데는 君이 말한 徐 君을 小波라고 作歌名까지 가라 노앗다. 나는 直接 그 理由를 尹 君에게 뭇고 십허스나 맛침 不在中임으로 갓치 잇는 K 君에게 물엇다. 하엿더니 石版印刷時에 日人이 쓴 고로 漢字는 고사하고 國文字까지 誤字가 만타 한다. 자 君아. 如此하다. 인제 알앗는가.

萬一에 君이 此를 不信用한다면은 아니 나까지도 이것이 거짓이라 하면은 勿論 小波 君이 大過失이다.(그러나 나는 君의 말을 否定한다.) 君아. 君은 小波 君은 作品 盜賊까지 하엿는대 譯을 하고 創作이라 하엿기로 무슨 罪가 잇느냐 하는 意味의 말을 하엿다. 君은 必然 或人이 强盜질을 하면 君은 절盜질을 平凡한 事業으로 알고 實行할 人物갓치 보인다.

君은 쏘 나에게

上略 "우리 社會에는 童謠 作家가 貧弱하니까 말이다 云云" 하엿다. 이 말은 則 作家가 드무니 不正한 行爲를 實行하드라도 放任하라 하는 말노 들닌다. 君아. 假令 여긔에 얼마 안 되는 人口로 成立된 國家가 잇다 하자. 君아. 그러면 그 國家 等은 殺人이나 强盜질을 하야도 人口가 弱小한 源由로 罪를 免해라 하는 말과 同一하지 안는가. 萬一에 此 境地에서도 君이 殺人者나 强盜者를 罪人이라 名稱한다면은 前番에 내 말에 그리 曲解는 아니 하엿슬 줄 밋는다.

나는 씃흐로 君에게 말하겟다. 本文은 나의 辯明이 아인 同時에 小波 君의 辯明도 아니다. 다만 君이나 나나 人生이란 名稱의 所有者임으로 爭鬪를 아니 情다운 相議요 美麗한 속삭임인 줄 알아 두라.

虹波여. 너는 只今도 辯明하는 말이 안니냐.

조곰만 더 大膽하려무나.

如何間에 君의 忠告는 感謝히 바다 두고 그 謝禮를 表하며 붓을 논는다.

編輯者, "「소금장이」 論戰을 보고", 『동아일보』, 1926.11.8.

朴虹波 君의 「「소금장이」는 飜譯인가」라는 一篇이 文壇是非에 揭載된 것이 導火線이 되어 各 方面으로 甲論乙駁이 잇섯다.

"文壇是非"란 欄을 낸 것은 讀者의 自由討論欄을 提供키 爲한 것이니 될 수 잇스면 投書 드러오는 것을 全部 내고 시프나 紙面이 許諾지 아니함으로 爲先 이 問題에 限하야는 그치려 생각한다. 其間 揭載된 中에 間或 例外는 잇스나 大槪는 眞摯한 態度와 他人의 人格을 尊重하는 言論이 잇고 쓸데업는 人身攻擊과 빈정거리는 것이 업슨 것은 編者의 깃써하는 바이다.

그런 中에 小波 方定煥 氏에게 對하야는 無根한 일로 一時 誤解를 사게 된 것은 그 過責이 編輯者에게 업다 하더라도 事實 調査를 輕忽히 한 罪를 小波 氏에게 謝罪하는 바이며 氏를 攻擊한 安 君도 事實이 그가치 判明된 以上 아직도 謝過의 表示가 업슴을 遺憾으로 생각한다.

本論에 入하야 「소금장이」 一篇이 飜譯인가 아닌가 함에 對하야 原作(이란 것과) 比較컨대 飜譯이 아니라 할 수 업다. 原作者는 創作이라 主張하는 創作이 的確한 憑據를 提出치 못하얏다. 그것이 一九二三年 作이라고 明言하얏지마는 그때에 發表된 데가 업스니 엇지 그 眞否를 알랴. 萬若그것이 참으로 飜譯이 아니고 創作이라 할진대 그 作者는 運命의 神의 惡戲라고 斷念할 수밧게 업고 剽竊의 名은 버슬 수 업다. 이제라도 바데든 懸賞金을 返還하고 마는 것이 作家의 良心에 조흔 일이라고 생각한다.

다음에 飜譯을 當選식혓다고 選者를 나무랜 이들이 잇섯스나 이는 過責인 줄로 생각한다. 選者는 投稿된 것이 創作이라 假定하고 當選하는 것이지 第一 作品의 眞僞까지 調査하게 된다 하면 時間과 努力이 到底히 이에 밋지 못할 것이 아닌가. 언젠가 春園이 本報 詩壇 考選을 마텃슬 째 十九歲 少年의 詩 一篇이 疑心 나서 當者에게 質疑까지 하엿스나 當者가 盟誓코

自作이라 함으로 發表하엿다가 뒤에 그것이 某 詩人의 作을 그대로 벗겨
보낸 것이 判明된 일도 잇다.

　이번 論爭에 우리가 어든 것이 두 가지가 잇다. 하나는 剽竊이란 것이
文壇에 容納지 못할 惡德인 것을 한 번 더 徹底히 宣傳되엇고 쏘 하나는
남을 攻擊할 쌔는 그 事實의 正確 如何를 徹底히 調査할 必要가 잇다 함이
다. "正確은 學者의 靈魂"이라 한 '엘리옷트'의 格言이 생각난다.

　이 論爭을 끚막으면서 投書하신 여러분께 感謝하는 同時에 아푸로 더욱
큰 問題에 對하여서도 가튼 態度로 "싸뜻한 마음과 서늘한 머리로" 討論이
盛行하기를 바란다.

朴一奉, "藝術的 良心", 『중외일보』, 1926.12.6.

藝術을 論하는 者— 藝術的 良心을 알 것이며 藝術的 良心을 말하는 者— 남의 作品을 집어다가 自己의 創作이라고는 敢히 마음도 못 먹을 것이며 世上에 公開까지야 꿈에도 생각치 못할 것이다. 얼마 前『東亞日報』紙上에 晶東 君의 「소금쟁이」童謠로 하야금 論爭이 닐어난 것을 나는 보앗다. 그러나 그 童謠가 晶東 君의 것인지 다른 이의 것인지 아지도 못하며 나는 그것을 말하랴고 하는 것은 아니다. 나는 각금 雜誌나 新聞紙上에서 남의 作品을 집어다 自己의 創作인 체하고 世上에 내어 놋는 者를 發見하고 더구나 이번 晶東 君의 童謠 論爭에 筆者에게서 이런 말을 보앗기에 아울러 이런 불상한 作者에게 貴重한 時間과 精力을 特히 앗기지 아니하랴 한다. (續)

朴一奉, "藝術的 良心(二)", 『중외일보』, 1926.12.8.

晶東 君의 童謠 論爭의 한 사람이 이러한 말을 하얏다.(누구라고까지 指名할 것은 업다.)

남의 作品을 自己의 것이라 하든 飜譯을 創作이라 하든 무슨 相關이 잇스랴. 兒童과 社會에 利益만 주엇스면 고만이며 그 作品이 世上에 나온 目的은 일우엇슬 것이라고—

그것은 그럴 듯한 말인지 알 수 업다. 그러나 童謠欄 名目을 부치고 世上에 나와 一般 兒童에게와 社會에 利益을 주엇다면 그것을 누가 허물하랴. 利益은커냥 不安을 늣기게 하는 것이며 香氣롭고 아름다운 꼿인 줄 알고 깃버 가보매 假花인 것을 어찌하랴.

藝術은 作者 마음의 거울이요 作者가 가진 獨特한 個性의 發露요 表現이다. 다른 物品을 집어다 自己의 所有를 맨들지언정 藝術的 作品을 집어다 自己의 創作이라고 할 수가 잇스랴. 어느 事物의 奇異한 動機와 참을 수 업는 마음의 부듸침으로써 童謠나 或은 詩로 쏘는 小說로 이것을 作者 그 自身의 마음과 性格과 個性과를 한대 뭉처 다른 사람에게 作者의 感情 思想을 傳達하지 아니하고는 견딀 수 업슬 째 그째에 비롯오 社會에 利益을 주는 作品은 생기는 것이다.

나는 이러한 作品이 아니면 尊敬하지 아니하며 藝術的 作品이라고 認定하지 아니한다. 어대싸지든지 自己의 마음에 부듸처 참마음에서 울어나오는 卽 徹頭徹尾 自己 表現이라야 그 作品의 價值를 認定하며 마음의 넘처 나옴과 個性의 번적어리는 그 빗으로 일우어진 作品이라야 다시 말하면 어대싸지든지 作者 自身의 놀애를 끗싸지 부르는 것이라야 나는 사랑하며 쏘 尊敬한다. 【계속】

朴一奉, "藝術的 良心(二)", 『중외일보』, 1926.12.9.[156]

그리기 째문에 「人形의 家」 作者 '입센'에게 여러 부인들이 말하야 감사하기를

 "당신의 「人形의 家」로 하야금 世上에 모든 婦人에게 自覺과 解放의 빗을 보내어 深히 感謝합니다."고 謝禮할 째

'입센'이 대답하기를

---

156 연재 횟수 번호가 '(二)'로 되어 있으나 '(三)'의 오식이다.

아니올시다. 아니올시다. 그것은 내가 婦人 解放運動이나 自覺을 促進하기 爲하야 宣傳文을 쓴 것은 아니올시다. 쓰지 아니하고는 못 견듸겟기에 쓴 것이라고―

이러한 作品이라야 그 眞價를 認定하며 그 作家에게 敬意를 表하고 십다. 自古로 偉大한 藝術의 일우어진 動機가 다 그러하다. '단테'의 神曲이라든지 '섹스피아'의 「함레트」라든지 그 外 例를 들자면 限이 업지만 偉大한 힘을 자랑하는 作品은 健全한 精票과 빗나는 個性과 참마음과의 所産物이다. 健全한 肉體를 가진 者라야 完全한 精神을 支配하는 것가티 健全한 精神과 빗나든 個性과 참마음의 所有者라야 그곳에서 비롯오 人類가 尊敬하며 머리 숙이는 참다운 藝術的 作品은 나하질 것이다. 그러치 안혼 作品은 藝術的 作品이라고 볼 수 업다. 그런데 하믈며 남의 創作을 집어다 飜譯하야 世上에 公開하면서 自己의 原作이라고. 이야말로 불상하기 짝이 업는 者이다.

藝術 ―― 이 참된 藝術이란 우리에게 無限한 힘을 주는 것이다. 짤하서 깃븜을 주는 것이다. 이 點에서 우리는 藝術을 써나 살 수가 업다는 것이다. 짤하서 사랑치 안코선 견듸 수 업다는 것이다. 그리기 때문에 참 藝術品을 나하 주는 作者에게 敬意를 表하지 아니할 수 업다는 것이다. 남의 作品을 집어다 自己의 作品이라고 世上에 내놋는 者 속 비인 名譽를 부러워하는 것이만 그 自身의 野卑한 性格을 스스로 宣傳하는 것인 줄 알라. 짤하서 晶東 君의 童謠 論爭 中에 먼저 말한 一 筆者의 無知를 反省하기 바란다. (終)

韓晶東의 當選童謠 「소금쟁이」, 『동아일보』, 1925. 3. 9.[157]

新春文藝 當選童謠 (一等) 鎭南浦

韓 晶 東

소금쟁이

창포밧 못가운데
소곰쟁이는
1 2 3 4 5 6 7
쓰며 노누나

쓰기는 쓰지만두
바람이불어
지워지긴하지만
소곰쟁이는

실타고도안하고
쌩ㅅ돌면서
1 2 3 4 5 6 7
쓰며노누나

(二等) 大連

石田

검은구름

수박가튼 달덩이가
하늘가에 열렷더니
黑心만은 중구름이
바랑속에 싸넛는다

---

157 이것은 비평문이 아니지만, 표절 논란을 불러일으킨 「소금쟁이」 원작과, 같이 당선된 신춘
문예 당선동요들을 수록하여 논쟁을 이해하는 데 도움이 되도록 하고자 한 것이다.

全知萬能 하느님이
霹靂大神 불으시어
呼令呼令하시더라

(三等) 白川

靑華塔

가마귀

어둠덥힌 저녁길우에
가마귀 싸우싸우
어대로 가나

검은몸에 흰꿈을쑤려
돗는달 촛불되는
숩으로 간다

달

鎭南浦 韓晶東

놉흔달아 저달아
기럭이도 왓는데
새가을도 왓는데
어머니는 안오니

가을밤에 귀ㅅ도리
고흔노래 불을제
기럭함께 오시마
약속하신 어머님

밝은달아 저달아
우리옴만 왜안와
압집곤네 웁하고
정성드려 뭇는다

갈닙배

鎭南浦　韓晶東

외대배기 두대배기
청갈닙배야

새밝안 아해들의
꿈을태우고

다라나라 갈닙배야
얼는가거라

아해들의 단꿈이
깨가나전에

한썻한썻다라나라
어듸싸지던

꿈나라의 복판싸지
얼는가거라

鄭利景, "社會敎育上으로 본 童話와 童謠－秋日의 雜記帳에서－", 『매일신보』, 1926.10.17.[158]

兒童世界는 豫想 못할 自由와 美와 純眞한 우리의 羨望하지 안이치 못할 엇던 世界를 創造하고 잇는 것이다. 이 純眞한 世界를 다시금 자라게 한다는 것은 社會敎育上 重要한 任務일 것이다. 兒童時代야말로 人間의 마음이 感情的이여서 無意識中에서도 外界의 刺激을 取하야 自己性化 하는 傾向이 만이 잇기 때문에 그 時代의 어린이에게 純眞한 아름다운 깃븜과 希望을 表現하는 童謠 童話의 出現을 만이 보게 하여 거기에 만이 接觸하게 하도록 하는 것은 兒童의 將來를 爲하야 매우 必要한 것이다. 近來 朝鮮에도 이 方面에 留意한 이들이 心力을 다하야 童話나 童謠의 著作을 거듭 보게 되엿슴은 만은 期待와 한가지로 敬賀하야 마지못할 일이다.

이런 이야기가 잇다. 自由를 憧憬하야 理想的 社會를 建設하여 보려고 英國의 '퓨-리턴트'가 亞米利加 大陸에 移住한 일이 잇다.

그리한 사람들이 第一 困難을 感한 것으로 亞米利加 '인디안'의 襲擊을 밧는 일이엿다. 엇던 때에 多數한 土人의 襲擊을 밧게 되여 應戰한 바 맛참내 土人을 擊退하엿는대 이 싸홈에 한 事實이 發生하얏다. 그것은 多數한 土人이 僚友의 死屍를 남긴 채로 다 逃亡하얏는대 오직 年少한 處女가 頑强히도 最後의 한 사람이 되여서 抵抗하고 잇섯다. 그리하야 移住民은 結局 이 용감한 少女戰士를 捕虜하야 調査하여 본 즉 그는 土人이 안이라 確實한 白人의 處女이엿다. 一同 意外의 일에 놀내여 엇지하여 이러한 일이 生기엿는가를 거듭 調査하야 그 眞相을 알게 되엿다. 그는 十餘年 前 移住民의 部落이 土人의 襲擊을 밧어 不幸이 幼女가 잡피여 갓다. 그 幼女가 土人에게 養育을 밧어 가지고 土人들이 再次 襲擊하는 싸홈에 戰士로써

---

158 '秋日의 雜記帳에서'란 제목은 이 글 앞에도 2회(26.9.26, 10.3)가 더 있으나 아동문학(동요)과 무관하여 제외하였다.

勇敢히 出戰하얏다. 이 處女가 곳 이 幼女이엿다. 비로소 거기서 깃븜에
뛰노는 그의 母親의 품에 안기여 養育을 밧을 수 잇게 되엿스나 그러나
이 處女는 어대까지든지 그를 自己의 母親으로 알지 안코 오직 自己 父母
는 鳶色의 土人이라고 主張하며 그들게로 가겟다고 울며 불으지젓다. 그리
하여 그 母親은 그 쌀의 可憐한 心境을 살피고 날마다 쏘다시 셜음에 북밧
치는 울음과 한숨으로 歲月을 보내게 되얏다. 그러나 이 悲劇은 오리 繼續
지 안코 쏘 다시 奇蹟的으로 平和의 날이 그 母女에게 닐으게 되얏다. 엇던
날 母親은 그 쌀의 어렷슬 째에 불으든 童謠를 고요히 불너 보게 되얏다.
어머니의 祈禱 갓튼 참마음의 노리는 漸次로 深境으로 들어갓다. 이째에
異常하게도 이 意識을 일코 뛰든 쌀은 녯날 한째 잇섯든 날의 記憶을 일으
키어 果然 그가 참 어머님임을 發見하게 되엿다.

그리하야 感動에 못 이기는 쌀은 그째야 비로소 異常한 自己의 運命을
싱각하면서 그 몸 어머니의 싸듯한 품에 안기웟다고 한 事實이 잇다. 이
一例를 보드라도 兒童에 對한 童謠 그것이 얼마나 有力한 것인가를 想像할
수가 잇는 것이다.

現今 文人들 中에서 새로운 뜻잇는 靑年들이 이 方面에 留意하고 잇슴은
매오 깃버할 바이다. 그러나 아직도 여기에 만이 理解를 가지々 못한 사람
이 不少할 쑨 外라 發表한 作品이라 하여도 오히려 아름다온 兒童世界를
破壞할 慮가 만음은 遺感千萬으로 싱각하는 바이다. 이 惡傾向을 주는 童
謠는 兒童의 불을 것이 못 되고 成年者의 專有物이며 싸라서 그 生命이
比較的 긴 關係로 兒童에게 밋치는 惡影響은 二次的으로 擴大하여짐이
遺憾이다. 童謠와 對峙하여 兒童에게 影響을 밋치게 하는 것은 童話다.
童話 中에는 理智的으로 싱각하여 보면 甚히 荒唐無稽한 것도 만으나 그러
나 空想을 實現化하는 힘이 强한 兒童에게 잇서서는 무엇보다 必要한 것이
기 째문에 永久히 其 生命을 保全할 수가 잇다. 아름다온 兒童心理로 보면
童話 中에 나타나는 勇敢한 '로-만틱'한 男子 갓흔 것을 싱각할 째에 그들
의 마음은 現實化하야 버리고 마는 것이다. 그리하야 그들은 勇氣와 歡喜
를 더 가지게 된다. 나라이 달으면 그 나라의 童謠의 風調도 달으지만 共通

한 흘음이 잇슴은 어느 것이나 空想的, 理想的일 것이다. 어린이는 成年의 싱각 못할 空想과 理想을 現實化하는 것은 以上에도 論하엿거니와 例컨대 손을 내여 밀면 달을 잡으려 하고 물을 보면 龍宮을 像想하며 선 채로 英雄 도 되고 天才도 되며 詩人도 되는 것이다. 이 點으로 보면 兒童은 天才며 詩人이며 英雄이며 征服者이다. 이에 作者 自身이 이러한 兒童性을 硏究 精査하여 가기에 合當한 것을 社會에 提供한다는 것이야말로 오즉 社會 兒童에게 큰 影響을 밋치게 할 뿐만 안이라 作者 自身으로 보아도 큰 光榮 일 것이다. 그럿치만 兒童이 조와 한다고 헛트로 空想과 理想만을 助長해 서도 안 될 것이다. 元來 兒童은 空想을 理想化하는 天才인 까닭으로 全然 이 이 方面의 助長을 沒却하여서는 안 되나 이 氣分에 Productive Power, Creative Power를 加味하엿으면 좃켓다는 것이다.

(下宿집 少女의 노리를 들을 째 ―十月 六日―)

沈宜麟, "序", 『(談話材料)朝鮮童話大集』, 漢城圖書株式會社,
1926.10.

우리가 平生(평싱)에[159] 腦(뇌) 속에 남어 잇고, 째째로 生覺(싱각)이 나
는 것은 少年時代(쇼년시디)에 行(힝)하야 오든 일인대, 滋味(즈미)가 잇
든 일이라든지, 무섭든 일이라든지, 或(혹)은 웃읍든 일 忿(분)하든 일 슯
흐든 일 하고 십든 일 갓흔 것은, 도모지 닛지를 안슴니다.

그中(즁)에도 이 어렷슬 쌔에, 어른에게나 同伴(동모)들에게 滋味(즈
미)잇게 듯고, 올케 녁엿든 訓話(훈화)나 童話(동화) 갓흔 것은, 至今(지
금)까지라도, 그대로 귓속에 남어 잇고, 마음에 먹음어 잇슴니다.

이와 갓치 마음이 正直(정직)하고, 精神(정신)이 聰明(총명)한 쌔에는,
그 生活(싱활)에 適合(뎍합)한 思想(사상)과 感情(감정)을 修養(슈양)하
야, 常識(샹식)을 豊富(풍부)케 하며, 文章(문장)을 鑑賞(감상)하야 文藝
(문예)의 趣味(취미)를 엇게 함이 무엇보다, 必要(필요)합니다.

그러면 少年時代(쇼년시디)에 訓話 童話(훈화동화)가 如何(여하)한 힘
이 잇스며, 如何(여하)한 影響(영향)을 밋침은 뭇지 아니하야도 알 것임니
다.(이상 1쪽)

拙者(졸쟈)가 少年時代(쇼년시디)에, 어더 들은 바와 읽어 본 바 中(즁)
에서, 本來(본리)부터 우리 朝鮮(죠선)에 流行(류힝)되든 童話(동화)로,
適當(뎍당)할 뜻한 材料(지료) 몃 가지를 取擇(취퇴)하야 모아서 少年 諸
君(쇼년지군)에게 參考(참고)에 供(공)코저, 此書(츠셔)를 編纂(편찬)하
얏슴니다.

大正 十五年 八月 三十一日

松 雲 沈 宜 麟 (이상 2쪽)

---

159 본문은 한자를 쓰고 그 위에 한글로 음을 달아놓는 방식 곧 일본어의 후리가나(ふりがな〔振
(り)仮名〕) 표기 방식으로 되어 있다.

尹克榮, "(想華)지나간 樂想의 二三片", 『매일신보』, 1926.11.28.

〈짜리야회〉의 아담한 쥬간자로 동요 「반달」의 작곡자로 일홈 잇든 졀믄 음악가 윤극영(尹克榮) 씨는 그간 종격이 업더니 최근 간도통신(間島通信)이라는 등사판에 박어 내는 통신에 아리와 가튼 글이 실엇기 이에 옴겨 실는다 ＝ 編輯者 ＝

◇ 조고만 好樂家 하나는 四肢를 모드고 가난한 꿈을 십는다. 가든 時計엔 동녹이 안저 運轉이 停止되여 잇다. 무레기 흰눈이 나리는 바람에 地球 우에 노든 모-든 存在는 깁히 몸을 갑츄고 말엇다. 기다리건만 佛閣의 曉鐘은 아즉 것을 줄 모른다. 이럭케 나를 에워싼 모-든 것은 安息의 境界를 밟고 잇다. 아모리 귀를 기우려도 드를 수 업고 다만 내 심장에서 넘치는 피줄기의 죠고만 움지김이 첫 感覺될 뿐이엿다.

◇ 나는 싱각한다. 싱각할 사이도 업시 追憶의 場面이 活動寫眞 갓치 싯치고 다라난다. "바다"에 꼿줄을 쩨우고 쓰라린 告別을 불늘 져의 애달푼 마음. 고기를 잡자고 내물을 쫓다가 삼태기 들은 채로 길을 일코 울엇든 나의 어렷슬 적 마음 杜鵑花를 짜서 花煎을 민든다고 山에 올나갓다. — 中略 — 밟이든 가슴이 죠라드른 冤恨과 恐怖의 마음 남몰내 느어 보닌 꼿다발을 밧고 가슴이 쒸노는 죠고만 歡喜 입에 麥酒를 물고 江邊에 누어 윈 하로를 지내든 꼿업는 放縱. 밤중에 뻑국이 가슴 되여서

◇ 벼개를 적시든 沈鬱한 悲哀 '노푸카'에 맛처 되나 안 되나 쒸포든 하로밤의 無雙한 快樂 이 모-든 追憶이 아무 秩序 업시 몰여가며 가슴을 치고 와-락 덤벼들어 心臟을 흔든다. 追憶! 追憶의 世界! 이 追憶의 世界를 밟엇든 사람이야 어이 업스랴만 朝鮮의 나로셔 이 追憶을 짜어 닛슬 젹이 어이업셧스랴만은 뭇 사람의게 말 못할 咀呪와 憎惡를 빗고 눈물로 孤獨 慰安 하는 그째의 모-든 環境이 이 追憶을 깁히 물드려 놋는 까닭으로 더욱 애닯다는 것이다. 이것이 間島의 하로밤 눈물겨운 樂想

의 一片을 그리게 된 밤이엿다.

◇ 벌통에 두 마리 벌이 싱겨 무러뜻고 죄 뜻고 찔느고 차며 먹을 줄 몰느고 잘 줄 몰느며 째가 지나고 날이 가도록 쌈을 한다. 눈은 오고 바람은 불것만 제 날개 어는 줄 몰느고 쌈-만 한다. 宮閣을 직히든 뭇벌들도 창을 들고 칼을 쎄여 虛空에 올나 雲露에 싸이면서도 猜忌, 嫉妬로써 셔로⌒ 殺伐을 끈치지 아니한다.

破滅! 그대들 猜忌와 嫉妬 이 모-든 本來의 惡性 오즉 生을 破滅할 쑨이외다. 遺失! 그대들 咀呪와 殺伐이 모-든 殘忍性은 오즉 同族의 遺失이외다.

◇ 나는 朝鮮이 나은 죠고만 樂人임으로 倍達의 精神을 썰칠 수 업다. 荒涼한 廢墟 아마 그 자리가 나를 길넛든 터이매 이즐 수 업고나- 朝鮮의 克榮아! 칼을 갈어라. 너의 목을 버일 칼을 갈어라. 그리고 나가자. 豆滿江을 안고서 自殺을 하자.

塔園生, "(가명평론)유치원 아동의 가극 연극에 대하야(一)",
『조선일보』, 1926.12.10.

◇ 근래에 와서 유치원 아동의 훈련된 상태를 일반에게 뵈이기 위하야 아동가극대회니 아동연극회니 하는 것이 각금 개최되는 모양이다. 이러한 것이 다만 그 아동의 텬진한 것을 일반에게 뵈이고 또는 이러한 것을 동긔로 아동교육상에 엇더한 새로운 자극을 주기 위함이라 하면 물론 대단히 장려할 만한 일이다. 그러나 흔히 보건대 이러한 모듬을 그 보육긔관의 확장이나 또는 유지를 위하야 엇더한 수단으로 열게 되는 폐단도 업지 아니한 듯하다. 과연 그런 일이 잇다 하면 우리는 한번 생각하여 봄 즉한 일이다.

◇ 오늘날 아동의 가정교육에는 예술덕으로 거의 정서(情緖)를 유도하는 것은 일반이 공공연하게 인뎡하는 바이며 또한 실제로 그러한 방법을 시행하야 조흔 효과도 만히 어더 온 것은 더 말할 필요도 업다. 이러한 관찰로 근일에 소위 아동가극대회니 무도회니 하는 것을 비판하면 크게 장려할지언정 결단코 그런 모듬이 생기는 것을 만류할 것은 업스리라고 생각한다. 그러하나 나는 그 아동의 춤을 뵈이고 노래를 일반 공중에게 돌려주게 하는 그 동긔 여하를 싸러 그 모듬이 가한 것도 잇고 불가한 것도 잇슴을 말하고자 한다.

◇ 여긔에 데일 교육사업에 당도한 사람으로 주의하여야 할 것은 그 어린이들의 감정의 교육에 잇서서 순진을 발휘시키는 것이다. 그러나 싸싹 잘못하면 어린이의 순진한 것을 뵈이기 위하야 그들의 텬연으로 가진 순진을 해롭게 하는 일이 만흘 줄 안다. 그럼으로 나는 근일에 와서 류행하는 유치원 아동을 중심으로 하야 열리는 소위 가극대회니 연구회니 하는 것은 어린이들의 순진을 사람에게 보이기 위하야 그들의 가진 순진을 해롭게 하는 것이나 아닌가 하는 걱정이 업지 안타. 나는 그러한 리유를 말하겟다. (계속)

塔園生, "(가명평론)유치원 아동의 가극 연극에 대하야(二)",
『조선일보』, 1926.12.19.

◇ 어린이의 감정이란 가장 단순한 까닭에 자기가 무대에 한 번 나서서 다른 사람들의 칭찬을 밧고 아니 밧는 데에 가장 중대한 의의가 잇는 줄로 알게 된다. 그럼으로 그들을 공개한 석상에 쓰집어낼 째 그 어린이에게 천근이나 만근 되는 무거운 짐을 지어 주는 셈이다. 다행이 그 어린이가 그러한 방면으로 텬재를 가저서 그의 사명을 다할 능력을 가젓거나 쏘는 다른 사람의 칭찬과 비회(誹毁)에는 선텬뎍으로 랭담하다면 모르거니와 그러치 안코 보통의 아동이라면 자긔의 행동을 일반의 관람에 바친다 하는 관념이 어린노를[160] 몹시 괴롭게 할 것이다.

◇ 이러한 괴로운 짐을 어린이에게 지우는 것도 생각할 문뎨어니와 어린 그 사람 자신은 그러한 줄을 모른다 할지라도 모르는 그것을 리용하야 물질상의 어쩌한 도음을 일반에게 바라는 것은 어린이에 대해서는 도덕상의 한 죄악이라고도 할 수 잇다. 물론 어린이의 그러한 재롱이라도 뵈여 주지 안흐면 그러한 보육긔관을 유지하기도 어렵다는 현실이야 더욱 뎌주치 안흐면 안 될 것이다. 그 천박하고 모진 세도인심(世道人心) 알에에서는 엇지 할 수 업시 어린이의 재롱을 리용한다는 것은 완고한 사상으로 비판하여서 불가한 것이라고만 할 수 업다. 가장 아동보육에 리해를 가지고 정서교육을 고됴하는 견디로 보아서도 불가한 것이다.

◇ 더욱히 우리 조선과 가티 어린이를 인격상으로 대접함이 적은 사회에 잇서서는 어린이를 한 작란감이나 위안거리로 아는 관념을 이르키는 일은 아못조록 피하여야 할 것입니다. 적어도 돈을 주고 어린이의 작란을 보러 왓다는 것을 자긔네들이 밧갓트로 언명은 아니한다 할지라도 그의 마음한 구석에는 일반 극장에서 흥행하는 물건을 관람하는 늣김이 업지 안흘 것이

---

160 '어린이를'의 오식이다.

다. 그러한 아동극에 잇서서도 아동이 주인이오 아동이 손이 되는 다만 하로밤의 모임 가튼 것은 크게 의의 잇는 일이나 흥행덕 색채를 씌운 모임은 도리혀 사회덕으로 조치 못한 경향이라 할 것이다. (씃)

松岳山人, "婦女에 必要한 童話－소년 소녀의 량식", 『매일신보』, 1926.12.11.

부인들의 가장 큰 텬직(天職)에 하나 되는 것은 자녀교육이니 이것의 절대한 필요는 지금 다시 이약이하는 것이 어리석다할 만치 명약관화한 것입니다.

그런대 특히 가정에셔 자녀를 교육하는 여러 부인네들에게 반드시 권하고자 하는 것은 동화(童話)를 만히 읽고 동화칙을 만히 보라고 하는 것입니다.

동화는 어린사람들의 미일 먹는 밥에 다음 가는 중요한 정신량식(精神糧食)이니 어른들이 듯고 늣기는 바와 어린 자녀들이 듯고 늣기는 바가 전연히 다름니다.

그뿐 아니라 어른들은 동화가 별로히 신긔치 안타고 하야도 소년소녀에게 한하야는 결코 취미나 유희에 각갑다는 것보다 절대한 필요를 가진 것임니다.

여러분 부인네들이 귀여운 자녀를 안으시고 「콩쥐팟쥐」 이약이나 「해와 달」 이약이를 들녀 줄 째 어린소년들을 글 배호는 것 이상 과자 먹는 것 이상의 질거움을 밧는 것을 보시지 안슴니까? 이것이 무엇을 의미하는 것이겟슴니까? 아직 세상과 교섭이 업고 인싱 사회를 모르는 소년소녀들에게는 그의 정신과 육톄가 놀고 잇는 곳이 전부 동화의 나라임니다.

그리하야 훌융한 동화의 세계에셔 무섭게 정화(淨化)되고 무섭게 큰 교훈을 밧고 놀날 만한 상상력(想像力)을 길느는 것임니다.

소년 소녀에게 "잘해라 착한 사람이 되여라" 하고 수신 교훈을 하는 것보다는 착한 일을 하야 상을 밧고 조흔 일을 하야 훌융히 된 동화를 들니난 것이 얼마나 유익하고 깁버할지 알 수 업슴니다.

　그럼으로 자녀를 길느시는 여러분이야말로 세게의 동화집을 만히 볼 것임니다. 갓흔 니약이를 여러 번 들니는 것보다 셰계각국의 훌융한 니약이를 츄리고 츄리어 항상 어린 자녀들의 상상력과 령혼을 길너 쥬는 동화 이약이 거리가 끈허지〻 아니하도록 주의할 것임니다.

松岳山人, "童謠를 獎勵하라 — 부모들의 주의할 일", 『매일신보』, 1926. 12. 12.

　조선 부인네의 가정교육에 대한 개량할 점을 들자면 한두 가지가 아니지만은 특히 자녀교육에 대한 주의할 점이 만슴니다. 전날에는 어머니 되시는 분이 특별히 동화(童話)에 대한 지식을 가질 필요가 잇다고 말한 바 잇거니와 오날은 조선 부인들의 동요(童謠)에 대한 리해가 업는 것을 말하겟슴니다.
　　　◇
　어린이들의 말과 부르지즘은 곳 동요이요 그들의 이약이는 곳 동화임니다.
　하날에 찬란한 무지개를 보고 "아— 무지개 보아라" 하는 것이 곳 동요이요 풀각씨를 해놋코 신랑신부 노름하는 것이 곳 그들의 동화극이요 동화임니다.
　　　◇
　그들이 곡조 안 맛고 혜(舌)가 잘 도라가지 안는 말로
　"달아〳〵 발근 달아"
하고 노리 부를 째에 그들은 아모 욕심 업고 아모 싱각 업고 오즉 맑고 밝은 달을 찬미하며 질거워할 싸름임니다.
　만약 이들의 질거운 노리를 부를 째에

"듯기 실타!" 하고 큰 소리로 꾸짓는 어머니가 잇다 하면 이는 그째 그 어린 사람들에게 큰 영향을 주는 것이니 그째의 소녀의 전격 싱활(全的生活)을 유린(蹂躪)하는 것입니다.

어린 사람의 정죠를 길너 쥬고 어린 사람에게 유일한 유쾌함을 쥬고 어린 사람의 무한한 쾌활함을 길느는 동요야말노 부모된 이가 가라치고 장려할 것이요 결코 막고 못하게 할 것은 안임니다.

"계집 아해가 노리만 불너 무엇하니" 하는 것은 흔히 소녀들의 노리 불늘 째 리해 업는 부모의 말이니 귀한 자녀의 쌔끗한 령(靈)을 길느기 위하야 동요를 장려하기를 바람니다.

편즙인, "讀者作品 總評", 『별나라』, 1926년 12월호.

一. 作文

百四十二 편이나 들어온 作文 가온대에서 지금까지 發表한 것은 여섯밧게 아니 됩니다. 처음에는 독자 여러분의 글도 잡지의 반분을 채이랴 하얏던 것이 아조 예산에 틀어저버렷습니다. 그것은 이럿케 만흔 作文 가온대에도 선뜻 發表할 만한 것이 얼마 못되는 까닭입니다. 高敞 朴炳吉 君의 「우리 時期」와 義州 張善明 君의 「洪水의 光景」 가튼 것은 適切한 니야기를 썻지만은 아직 글이 서툴너서 나종을 긔다립니다. 宋明淳 君의 「薄運」은 鄭在德 君의 「寵속의 새」와 함께 글이 익숙합니다.(이상 47쪽) 大田 宋完淳 君은 『開闢』 停刊을 슬퍼하얏고 開城 쥬덕룡 君은 죽의신 누이동생에게 눈물 쑤리는 글을 보내셧습니다. 이분들은 將來 훌륭하실 줄 밋습니다만은 우리 잡지에는 실어드리지 안켓습니다. 아못조록 좀 더 少年的이오 光明力을 가즌 글을 원합니다.

돌아써 잇는 문데를 가지고 論文을 쓰는 것보담은 우리 少年들 自身에 대하야 눈에 보이고 귀에 들리는 感想을 가리움 업시 써 보아야 할 것입니다. 이러한 범위 안에서 불만족하나마 오히려 金一郎 君의 小品 「반듸불 가튼」 것을 자미잇게 봅니다. 徐準錫 君의 「秋夕날 밤」도 쩔은 小品文이지만은 글 끗테 "사나희 마음이 얼마나 상쾌하오!" 한마듸가 퍽 조씀니다.

義州 李徹億 君의 첫가을의 늣김은 적지 안은 글이엿습니다만은 純眞한 마음속에서 이러나는 感興이 죠금도 업습니다. 開城 현동염 君은 장래가 보이는 글을 써 보냇습니다. 그러나 아직 더 힘쓰서야 할 것입니다.

海州 金殷寬 君의 「첫가을」은 義州 李明植 君의 「질거운 가을」과 말도 거의 갓고 재죠도 비슷하야 지난 十一月號에 두 글을 다 發表하랴고 하다가 時期가 느저서 쌔이엇습니다. 鄭在德 君의 「어린이와 宗敎」라는 小論文을 보내신 것이 잇는데 글 內容이 아직 발표할 만치 修練되지 못햇습니다. 오히려 李天九 君의 「셔울과 싀골」이란 感想文이 실어드릴 만한 것이라고

생각합니다.

少年은 소년다운 생각을 가지고 소년다운 글을 지여서 소년들에게 셔로 닑혀 보자! 이것이 『별나라』讀者文壇의 目的임니다. 적지 안은 글이라던지 어른의 생각가튼 글은 少年잡지 『별나라』에 發表하지 안켓슴니다.

여러분! 새해부터는 무엇보담도 우리 속마음에서 샘솟듯 흘너나오는 소년다운 생각(이상 48쪽)으로 글를 지여서 더욱 만히 보내 쥬십시오.

二. 동요와 동화

동요를 처음 지여 보는 분이 아모렷케나 써 보낸 것도 적지 안케 잇섯슴니다만은 잘 지은 분이 만히 게신 것을 퍽 깃버함니다. 무엇보담도 우리 소년들이 쳐음으로 글을(藝術的 作品) 지여 보는데 동요가 데일 첩경으로 짓기 쉬웁고 자미잇슴니다. 작고작고 만히 지여 보내시면 조흔 것과 잘된 것을 發表하야 드리고(새해부터는) 꼭々 賞品을 보내들이겟슴니다.

동화는 거의 칠십 편이나 들어와 싸혓슴니다. 그러나 모집한 것이 후회가 나도록 조금도 마음이 내키지 안이한 니야기들뿐임니다. 우리 文壇 엇던 어른의 말슴과 가치 "쓰면은 모다 글이냐 하면 그럿치 안슴니다." 자긔 마음에 이런 니야기가 꼭 쓰고 십다고 할 만큼 그 니야기가 우리 소년에게 적당하고 훌륭한 것이라야 글의 참 생명과 갑어치가 잇는 것임니다. 처음부터 동화는 나희 어린 독쟈들이 혼자 생각하야서 지여 오기를 바라지는 못하얏슴니다. 그러나 일본책 구통에서 말 한마듸 쪽々하게 번역되지 못한 것을 써 보낼 줄은 몰낫슴니다.

이따위 동화는 수만 편을 보내도 소용이 업슴니다. 하라버지나 할머니에게 들은 우리 조선의 녯날이야기에서 그 중 쟈긔 마음에 맛고 쟈미잇는 니야기를 골나서 재조 잇는 붓 끗흐로 적어 보내서야 그것이 비로소 동화의 참 갑어치를 갓게 되는 것임니다.

죠선의 소년이 멧만 명이 넘고 『별나라』의 독자가 오천을 돌파한 이째에 소셜 한 편은커녕 동화 하나 제법 잘 된 것이 업고 소품문(小品文)이라야 엡쑤게 쓴 것이 업스니 우리 독자문단은 아직도 번창할 시긔가 멀 것 갓트어 마음에 서운함니다. 미국에는(이상 49쪽) 열세 살 먹은 소년 시인도 잇고 보통학교에서 지은 동요가 어른의 날근 생각으로 지은 노래보담 더 묘하게 된 것이 수두룩하야 어른들을 놀나게 한담니다. 어린 째에 노래 하나도 잘 짓지 못하고 니야기 하나 변々히 쓰지 못하고서야 쟝래에 온 세상에 나서 볼 큰 사람이 될 수 잇겟슴닛까?(이상 50쪽)

方定煥, "어린이 동모들쎄", 李定鎬 篇, 『世界一周童話集』,
海英舍, 1926.

　나의 가장 밋고 사랑하는 동모 李定鎬 君의 손으로 이 冊『世界一周童話集』이 짜여젓습니다.

　無限히 쎗어날 어린이들의 마음에 깃븜을 주고 그들의 限업시 自由로운 想像生活에 조흔 刺戟과 衝動을 주어 그들의 生命을 充實하게 하고 發渕하게 하기에는 "조흔 童話"를 주는 것보다 더 큰 힘이 업는 것은 여긔에 길게 말슴할 것이 업거니와 이제 새로 짜여진 이 『世界一周童話集』이 가장 조흔 童話冊 中의 한 가지일 것을 나는 밋습니다.

　世界 各國 各 民族의 사이에 오래된 녜전브터 오늘에 니르기까지 곱게 아름답게 피여 나려온 이야이 한가지씩을 갓초가초 추려 모아 논 것은 그러지 안어도 아름다운 "이약이의 나라"의 白花가 一室에 爛漫히 픠인 感이 잇고 짜여진 順序가 世界一周의 길 차례로 되엿슬 쑨 아니라 이약이의 머리마다 그 곳 그 나라의 寫眞과 風俗 歷史의 소개가 잇는 等은 編者의 特別한 努力에서 나온 것이라 童話의 內容과 함쎄 讀者에게 만흔 智識과 興味를 줄 것이라고 밋습니다.

　나는 내가 내 손으로 짜은 것이나 다르지 안케 밋는 마음으로 이 사랑스러운 冊을 여러분쎄 권고하고 십습니다.

乙丑年 첫가을에

京城 開闢社에서 方 定 煥

李定鎬, "再版을 발행하면서", 李定鎬 篇, 『世界一周童話集』, 海英舍, 1926.

이 책은 순전히 보통학교 정도의 어린 사람을 본위(本位)로 그저 읽기 쉽게 알기 쉽게 만든 고로 그 취재(取材)도 오즉 흥미(興味)를 주안(主眼)으로 하엿기 째문에 하등(何等)의 학술덕(學術的) 뜻이 포함(包含)되 잇지 안슴니다.

될 수 잇는 데짜지는 세계 각국 민족(世界各國民族)의 대표덕 童話로 널리 그 재료(材料)를 수집(收集)한려는 욕심도 만엇스나 시일(時日)과 페지 수(頁數)의 제한(制限)이 잇는 관계상(關係上) 각 편(各篇)을 통하야 극히 쌀븐 것을 조건(條件)으로 하지 안으면 안 되게 되엿슴니다.

그리고 종래(從來)에 우리말로 잘 번역되지 안은 새로운 재료(材料)를 엇으려는 고심(苦心)도 만히 하엿슴니다. 이럿케 여러 가지 제한(制限) 밋헤서 가장 적당하고도 자미잇는 이약이를 엇어내기는 결코 쉬운 일이 아니엿슴니다.

씃흐로 이 책이 되기짜지에 만흔 원됴(援助)와 사랑을 주신 小波 方定煥 先生님께 진심으로써 감사를 듸리며 아울너 이 조고만 책의 再版 됨을 스사로 깃버하는 바임니다.

丙寅年 晩秋　京城 어린이社에서　譯編者 사룀

一記者, "新年劈頭에 〈색동회〉를 祝福합시다", 『신소년』,
1927년 1월호.

〈색동회〉는 우리 朝鮮의 색동옷 입은 三百萬 少年少女를 敎養하고 指導
하는데 참된 方式을 硏究하기 爲하야 생겨난 모듬이올시다. 처음에는 日本
東京에서 大學이나 高等師範에 다니시는 여러 어른들이 創立하섯슴으로
그 本部가 지금 東京에 잇습니다. 그러나 그 會員 中에서 卒業을 하시고
나라에 도라와서 일하시는 어른들도 만습니다. 그 회원들은 間接 直接으로
우리 少年少女들을 爲하야 한갈갓치 努力하십니다. 그럼으로 우리 『新少
年』에도 만흔 수고를 앗기지 안호시고 달々이 조흔 글을 부쳐주시며 더욱
新年號에는 그 會員 全體가 모다 붓을 잡아 우리 雜誌를 꼿동산을 만들고
愛讀者 여러분에게 극진한 선물을 드리려 하오니 우리는 여러분과 한가지
로 感謝한 뜻을 表하는 동시에 여러 先生님의 最近 지내시는 형편을 간단하
나마 알아두는 것이 헛된 일이 아닐가 하노이다.
　엇던 어른을 몬저 쓰고 엇던 어른을 나종 쓸 수가 업스닛가 그 姓人字의
가나라다 차례로 쓰겟습니다.(이상 17쪽)
　高漢承 氏　每日申報社에서 일을 보시고 게시는데 연극을 제일 잘하시
고 쏘 만히 연구하신다 합니다. 키는 적은 편이고 얼골과 몸이 넙적하신데
늘 양복만 입으시며 아조 하이칼나 先生님이올시다.
　馬海松 氏　지금 日本에서 工夫하시는 여가에 有名한 雜誌 文藝春秋社
에 일을 보시는데 늘 밧브시단 기별을 듯습니다. 그 가늘한 몸집과 상량한
성질은 흡사히 女子 갓습니다.
　方定煥 氏　여러분도 잘 아시는 바와 갓치 雜誌 『어린이』 主筆로 우리
朝鮮 少年少女들에게 만흔 貢獻과 期待를 가진 先生님이올시다. 그 살찌고
쏭々한 몸집에는 꾸준한 정성과 사랑이 가득하여 보입니다.
　孫晉泰 氏　지금 日本 早稻田大學 史學科에 在學中이온대 土俗을 專門
으로 硏究한다 하오며 朝鮮서 發行하는 雜誌에 先生의 글이 만히 납니다.

그 깁흔 硏究와 豊富한 知識에는 누구든지 놀나지 안흐리 업슬 만큼 재조 잇고 工夫 잘하는 어른이올시다.

鄭寅燮 氏　孫 先生과 갓치 早稻田大學 英文科에 在學中이온대 일즉 英文으로 童話를 만들어 일홈을 內外國에 날렷스며 요새 月刊雜誌 『海外文學』을 發行한다 합니다.

秦長燮 氏　東京高等師範을 맛친 後 지금 徽文高普에서 英語를 가르치시는데 高, 馬, 鄭 세 先生님과 갓치 키가 적고 고웁기로 有名합니다.

曺在浩 氏　秦 先生과 갓튼 學校를 맛치고 지금 京城師範에 敎授하시는데 그 簡重한 言語와 쓰벅〜하는 거름거리는 누가 보든지 長者의 威儀가 잇다 합니다. 그러나 今番에 몹시 밥브신 탓으로 原稿를 엇지 못하엿슴은 무엇보다 섭々합니다.

崔瑠淳 氏　지금 東京高等師範學校에 在學 中이라 합니다. 우에 적은 여러 先生님들은 〈색동회〉를 中心하고 한가지로 우리 少年文學 建設에 만흔 努力을 하시는 中이올시다. 어름갓치 싸늘하고 曠野갓치 텅 빈 우리 어린이 世界에도 白花가 爛熳할[161] 時機가 不遠함을 우리는 못내 깁버합니다. 〈색동회〉 萬歲!(이상 18쪽)

---

161 '爛漫할'의 오식이다.

崔南善, "序", 韓沖, 『朝鮮童話 우리동무』, 芸香書屋, 1927.1.

아이들의 時代가 왓습니다. 그를 아름답게 쏘 굿세게 만드는 것이 곳 아름답고 굿센 永遠한 將來를 마지하는 所以인 줄을 기피 意識하야 여긔 必要한 모든 方法이 아무것보담 압서서 講究되고 實行되는 時代가 되엇습니다. 그런데 그의 始初가 되고 中樞가 되고 쏘 終局이 될 것은 童話이니 이러하야 조흔 童話와 아름다운 童話가 時代의 가장 큰 要求物이 되엇습니다. 童話 文化의 建設은 朝鮮에서도 急務입니다. 기픈 根基와 오랜 努力으로써 更生의 新運을 만들어야 할 朝鮮人에게는 오고 오는 世代의 主人일 우리 아이들에게 특별히 滋養될 精神的 糧食을 주기에 더욱 큰 힘을 써야 하며 그리하야 아름답고 굿센 童話를 엇기에 더욱 큰 注意를 더하여야 할 것입니다.

어쩌케 童話의 世界를 넓힐가. 여긔는 세 가지 部面이 잇습니다. 基礎工事로 在來童話의 蒐集을 힘씀이 그 一이요 材料 採集 運動으로 外國의 優秀한 그것을 移入함이 그 一이요 그리하야 다듬은 터와 모은 감으로서 큰집과 아름다운 동산에(이상 1쪽) 朝鮮 童話의 大闕을 成造함이 쏘 그 一입니다. 그런데 터 닥는 것이 집 지음의 절반이라는 셈으로 우리 童話의 오랜 傳承을 記錄化 함이 그 세 가지 中에서도 가장 압서고 큰 일밧게 업습니다. 여긔 關하야 아무 文獻的 財産을 가지지 못한 朝鮮에 잇서서는 저절로 蒐集이 가장 큰 部面을 일우는 것입니다. 그러나 쑤준한 誠力과 재발은[162] 洞察力과 쒸어난 整理 手腕과 明快한 記述才를 要하는 童話 蒐集은 決코 容易한 일이 아닙니다. 우리는 〈光文會〉 以來로 여러 가지 機會에 이것을 힘쓴다 하건마는 아즉 그 成績의 보잘것업슴을 크게 부끄럽밧게 업습니다.

友人 韓 君 沖은 篤行으로 들리고 더욱 朝鮮 童話 蒐集上의 숨은 努力家로 아는 이는 다 알며 우리도 그 成功을 祈祝하는 情으로 아무보담 썰어

---

162 '재바른'이란 뜻이다.

지지 아니함을 自期하는 一人입니다. 할 수 잇거든 '쎄른손'[163]이나 '그림' 가튼 不朽의 功을 우리 童話의 우에 세움시사고 勸勵하야 오든 터입니다. 그 多年苦心하야 攝收한 腹笥[164]는 응당 超世의 大量이 잇슬 것이오 그것이 次第로 公刊되면 童話文學上에 큰 寶藏을 지으리라 하야 미상불 늘 긔대하드니 頃日에 들으매 그 採集한 朝鮮 古談의 中에서 특히 '유모아'에 富한 代表品 若干을 가려서 널리 印行하기를 꾀한다 하니 이는 實로 近(이 상 2쪽)來의 드믄 會心事요 童話界의 一大 慶幸이며 그것이 호츠로 兒童의 話材에만 合할 쑨 아니라 一般의 趣味世界를 擴張하기에도 適當한 材料 라 함에는 수염 잇는 아이인 우리들의 所得이 더 크지 아니할가를 깃버하 지 아니할 수 업습니다.

그러나 要緊한 童話는 반드이 滑稽的의 그것만이 아니라 平談한 그것이 돌이어 큰 意義를 가지기도 하는 것인즉 진실로 韓 君이 그 過人한 精力과 誠心으로써 모으고 다듬으신 모든 材料를 가릴 것 업시 쏘 앗김업시 續續히 發表하야 간열인[165] 우리 童話를 걸음걸음 아름다움과 굿셈으로 쓸어올리 는 柱石이 되시면 이로 말미암아 엇는 우리의 新運導迎上 效益이 어찌 그 지가 잇사오리까. 이러한 意味에서 韓 君의 加餐加意를 간절히 빕니다.

丙寅 仲秋 日

崔 南 善 書

---

163 비에른손(Björnstjerne Björnson, 1832~1910)은 노르웨이(Norway)의 소설가이자 극작가이다. 「양지바른 언덕의 소녀」로 작가적 지위를 굳혔다. 그의 시 「우리들은 이 나라를 사랑한다」는 노르웨이 국가가 되었다. 1903년 노벨 문학상을 받았다.

164 "변소복사(邊韶腹笥)"에서 나온 말이다. "사(笥)"는 상자를 말하는데, 상자처럼 생긴 변소의 배란 말로, 책이 가득 들어 있는 책 상자를 뜻한다. 여기에서 "변소복(邊韶腹)", "복사(腹笥)", "오경사(五經笥)", "군서사(群書笥)" 같은 표현이 파생되었다. 모두 책을 많이 읽고 공부해 학식이 풍부한 것을 비유하는 말이다.

165 '가녀린'이란 뜻이다.

六堂學人, "처음 보는 純朝鮮童話集", 『동아일보』, 1927.2.11.[166]

어느 意味로 보아 朝鮮은 시방 새로 한번 文藝復興期에 들어가는 中이
다. 온갖 部面에서 새로운 眼光으로 朝鮮을 다시 凝視하고 새로운 心匠으
로 朝鮮을 力織하여야 한다. 그런데 그 第一步되는 것이 本來 朝鮮相의
蒐集, 整理, 闡明이다. 說話上에도 그러하고 童話上에도 그러하다. 朝鮮童
話의 蒐集, 整理, 標準作成은 童話를 中心으로 하는 一文化部面의 必要
又 切急한 基礎工事일밧게 업슬 所以가 여기 잇다.

朝鮮童話의 蒐集, 整理가 重要 緊切한 만큼 이 任務를 克當할 그 사람은
容易치 아니하다. 무엇으로나 先蹟의 踏襲할 것이 업고 成典의 依據할 것
이 업다. 朝鮮에서는 童話 蒐集도 다른 것에와 한 가지로 남다른 困難과
苦痛에 當面치 아니할 수가 업다. 이에 對한 時代의 要求가 간절한 분수로
는 이를 應하야 나서는 이를 볼 수 업슴이 괴이치 아니하다 할 것이다.

外國童話의 草草한 移植과 朝鮮것이라도 남의 수고의 대궁 먹는 것 가틈
은 容易한 일인 만큼 그 價値도 크달 수는 업다. 童話에 잇서서도 處女地에
첫 괭이를 집어너코 건불밧헤 쌘한 길을 내이는 이야말로 時下의 復興文藝
의 一部分으로 翹望渴想[167]되는 者이다. 저 '쎠른손'[168]과 가치 '안더센'과
가치 朝鮮童話의 金字塔을 建設할 者는 이제 급작히 出現될 리가 업다 할
지라도 줄잡아서 그리하리란 熱誠을 가지고 그러케 될 素地를 만들어가는
이만은 시방부터 出現되지 아니하면 아니될 것이라 한다.

일즉부터 兒童文學과 一般文化와의 關係에 남달은 銳感을 가지는 우리

---

166 '六堂學人'은 최남선(崔南善)의 필명이다.
167 '교망갈상'은 "발돋움하여 바라본다는 뜻으로 몹시 기다림을 이르는 말"(翹望)과 "몹시 그리
    워하다, 갈망하다"(渴想)라는 뜻을 결합한 말이다.
168 비에른손(Björnstjerne Björnson, 1832∼1910)을 가리킨다. 노르웨이의 소설가이자 극작
    가이다. 『양지바른 언덕의 소녀』로 작가적 지위를 굳혔다. 그의 시 「우리들은 이 나라를
    사랑한다」는 노르웨이 국가가 되었다. 1903년 노벨 문학상을 받았다.

는 朝鮮童話界의 進展에 對하야도 저절로 相當한 注意를 가지게 되엿다. 그러나 이째짜지의 그것에는 그다지 感服할 만한 業績이 업슴을 遺憾이라 아니치 못할 터니 뜻밧게 一道의 喜信이 丁卯의 歲華와 한가지 우리의 案頭를 차저왓다. 그것은 友人 韓沖 君의 苦心을 그대로 表現하엿다 할『朝鮮童話集 우리동무』[169]란 新刊物이다. 眞正한 意味로의 朝鮮童話 蒐集에 對하야 韓 君의 努力이 年數로도 오래임을 진작부터 알앗지마는 이제 그 業績의 一部가 이러케 發表됨을 보매 남다른 喜悅이 새로히 湧起함을 禁할 수 업다. 다만 友人의 宿願이 實現된 것으로만 그런 것이 아니라 그것 그대로 내 宿願의 實現이기 째문에 그러치 안을 수 업는 것이다.

그만해도 朝鮮童話라는 正鵠을 바로 쏘려 한 眞摯한 誠意를 엿보기에 足하기 째문이다.

韓 君의 新著는 무론 朝鮮童話의 大成도 아니오 또 그 標準的 作品이 아닐는지 모른다. 그려나 그것이 純한 朝鮮語, 朝鮮心, 朝鮮傳承에 忠實하려 한 初有의 努力임에는 아모나 相當한 敬意를 주지 아니치 못할 것이다. 그 取材의 範圍와 選擇의 標準과 行文과 用語 等에 여러 가지 可議할 것이 잇슴은 毋論이지마는 이것이 文壇的 局外人의 處女作이거니 하고 보면 그만만 해도 큰 成功이라 하기를 躊躇할 것 업스며 다만 純然한 朝鮮童話集 作成上에서 시방까지 업든 成績을 나타내엿슴만을 稱道해 줌이 맛당할 줄 안다. 이 點 하나만으로도 此 書의 價値와 信用을 支持하기에 足하리라 한다.

나는 本書의 內容을 번거로히 紹介하지는 아니한다. 다만 忠實한 內容으로나 淸楚한 外華로나 作者의 讀者에의 深愛眞情을 담은 良心的 著述임으로나 다만 童話上으로만 아니라 一般 著作界를 通해서 近來에 듬을게 보는

---

169 1927년 예향서옥(芸香書屋)에서 발간한 총 30 편의 전래동화집이다. 최남선이 서문을 쓰고 이상범(李象範)이 삽화를 그렸다. 내용이 충실하고 삽화, 표지, 제작 등의 측면에서 호화판이라 할 만하다. 1926년에 발간된 심의린(沈宜麟)의 『조선동화대집(朝鮮童話大集)』과 함께 당대의 쌍벽을 이룬다 할 수 있다. 책의 정확한 명칭은 표지에 나와 있는 『朝鮮童話 우리동무』이다.

一 好著임만을 말하야 두겟다. 그리하고 엇더한 家庭에서나 그 趣味率 增
進을 爲하야 一卷식 작만해 둘 만하고 더욱 사랑하는 子弟에게의 安心하고
줄 수 잇는 선물임을 揚言까지 해 두겟다.

　　(韓冲 著『朝鮮童話 우리동무』全 一冊 定價 六十錢 發行所 京城 長橋町
四六 藝香書屋 振替 京城 一三四二番) (끗)

"(時評)人形노래", 『조선일보』, 1927.3.1.[170]

人形 노래

×

排日의 本宗 되는 米國서는 째째로 日本으로 선물을 보내여 日本 사람의 마음을 緩和하기를 이저버리지 아니하고 잇스니 '크리쓰마쓰' 째에는 恒常 米國으로부터 日本으로 선물 보내는 것이 常例라고 할 수 잇게 되엿다 그런데 今番에는 米國서 日本 兒童들에게 人形의 선물을 보내게 되엿다. 兒童들이 自己들과 類似하고 그리고 쏘 自己들 마음대로 움직일 수 잇는 人形을 特別히 조하하는 것은 그 微妙한 心理를 삷혀볼 째에 매우 滋味잇는 現象을 發見할 수 잇는 것이다.

×

米國 사람들은 特別히 이 兒童心理를 把握하기 爲하야 人形을 日本의 兒童에 보냇다. 日本서도 勿論 그에 對하야 不少한 歡迎 準備를 하지 아니하면 아니 되게 되엿다. 웨 그러냐 하면 彼等은[171] 日米의 親善을 圖하여야만 할 터인 故로!? 그리하야 멀리 온 그 人形 손님들은 東京서도 歡迎을 밧고 大阪서도 歡迎을 밧게 되엿다. 日本의 第一 有力한 新聞으로 自他 公認하는 『大阪朝日』에서도 쏘한 그들을 환영하지 아니하면 아니 되게 되엿다. 거긔에 잇서서는 日本 사람도 米國 사람에게 지지 아니할 만한 才智를 내뵈이게 되엿다. 그리하야 兒童들에게 넓히 人形 歡迎歌를 募集하엿다.

×

그에 應募한 兒童은 三千八百五十三의 多數에 達하엿섯는대 審査한 結

---

170 「人形 노래」는 〈조선동요연구협회〉가 편찬한 『조선동요선집』(박문서관, 1929, 179쪽)에 수록되어 있다. 말미에 "日本에서 米國 人形 歡迎歌 募集에 一等 當選"이라고 밝혀 놓았다.
171 가레라(かれら, 彼ら, 彼等)는 "그들, 그 사람들"이란 뜻의 일본어이다.

果 一等 當選者가 京畿 驪州公立普通學校 四年生 鄭旭朝라는 十二歲 된 少女이엇섯다.

○

별나라에서 흔들흔들
金배타고 銀배타고
오신人形 손님을
○
이리오시요
 벗나무아래서
방석펴고 놉시다
잡수시요 우리쌀밥
○
싸막잡기할가
 저산우에서
숨박국질할가
찬켄쌍[172] 아이고데소이
오── 人形손님들
○

　旭朝의 「人形소래」는 이와 가티 滋味잇게 되엇다. 旭朝는 平素에도 노래를 짓기를 조하한다고 한다. 이 結果를 보고 말하는 사람은 여러 가지로 말한다. 或은 이로 因하야 朝鮮의 童謠界에 큰 衝擊을 줄 것이라 하고 쏘彼等은 이로 因하야 日語가 朝鮮普通學校에 普及된 것을 깃버하는 모양이다. 그러나 우리는 이로 因하야 朝鮮 兒童의 才分이 特出한 것을 깃버하는 同時에 이와 가튼 才質 가진 兒童들로 하여금 順當하게 大器를 成就하도록 할 重大한 社會的 責任을 늣기는 바이다.

---

172 잔켄폰(じゃんけんぽん)은 "가위바위보를 할 때 내는 소리, 가위바위보"를 뜻한다.

八峰學人, "童話의 世界 -『우리동무』讀後感(一)", 『중외일보』, 1927.3.10.[173]

韓沖 氏 編著 朝鮮童話集『우리동무』의 出現은 近來에 頻頻히 刊行되는 飜譯童話集에 比하야 數倍 有意義한 文學的 著作인 것을 나는 認定한다. 첫재로 그것은 單純히 口傳되어 오는 우리의 童話를 收錄하야써 그 記錄을 社會的으로 남기어 둘 만한 材料로 되엇다는 것, 그리고 이러한 材料가 새로운 童話의 世界를 開拓함에 잇서서 적지 아니 必要한 參考品이라는 것에 그 意義는 잇서 조홀 것이라고 생각한다.

童話의 世界는 어린이들의 世界다. 다시 말하면 어린이들의 特殊한 世界가 存在하는 까닭으로 童話의 世界라는 文學的 存在는 承認되는 것이다. 萬若에 어린이들의 特殊한 世界가 업섯든들 童話는 생기어나지 안 햇슬 것이다.

그러면 童話의 世界의 理解는 現實에 잇는 어린이들의 世界의 理解를 基礎로 하지 안흐면 안 되고 同時에 現實에 잇는 어린이들의 世界의 理解는 어린이들의 感情과 想像의 解剖를 必要로 하는 것이며 同時에 어린이들을 둘러싸고 잇는 그들의 環境——갓가이 말하면 그들의 몸을 가리어 준 衣服과 그들의 家庭에서 그들과 함께 잇는 人物과 그들의 衣服과 그 家庭의 道具와 온갓 器物과 家屋構造와 또는 그들과 隣接하야 잇는 다른 人物들의 그것과 그들의 風俗言語 等이며 멀리 말하면 그들이 恒常 보는 한울과 太陽과, 달과 별과 산과 물과 꼿과 풀과 짐승과 별레와[174] 또는 그들의 生活의 一部에 反映되어 잇는 그들의 祖先이 過去의 制度와 因襲 等 一切 그들이 認定하거나 말거나 그들을 둘러싸고 잇는 萬物——의 正確한 理解를 必要로 하는 것이다.

---

173 '八峰學人'은 김기진(金基鎭)의 필명이다.
174 '벌레와'의 오식이다.

童話集 『우리동무』에 收錄된 各 童話 그것은 著者 韓沖 氏의 創作이 아니오 거의 그 全部가 口傳되어 오든 것을 文章으로 表現한 것임에 지나지 안흠으로── 그의 創作도 몃 篇 잇기는 하나 그의 創作에 關하야서는 나종에 말하겟다. ── 그것들의 內容을 評價한다는 것은 곳 그러한 童話를 나흔 過去의 우리들의 어린이의 現實 環境과 密接한 關係에 잇든 童話의 世界를 評價하는 것이 되며 짤하서 이러한 童話를 口述한 어른들의 思想을 解剖 批判을 敢行하는 것이 된다. 웨 그러냐 하면 이것들 童話는 어린이의 世界를 對象으로 한 當時의 어른들의 說話에 지나지 안흐니까.

八峰學人, "童話의 世界 ─『우리동무』 讀後感(二)", 『중외일보』, 1927.3.11.

어쩌한 時代의 어린이들이든지 그들의 感覺이 漸漸 成熟하야질스록 그들은 그들의 環境에 對하야 더욱 敏感하야지는 것이다. 그들의 智覺은 그들의 想像力의 增進과 並進하는 것이다. 그들의 智覺이 幼稚할스록 그들의 想像力은 單純한 形姿를 갓는다. 五六歲로부터 十二三歲까지의 年齡은 이 時期에 該當하다고 말하야도 過誤는 업스리라.

古來의 朝鮮의 童話는 이 時期의 어린이들의 單純한 想像의 世界를 對象으로 한 곳에서 出生되엇다. 卽 어린이들의 特殊한 世界── 單純한 想像의 世界가 잇섯든 짜닭으로 그들의 듯고 십허 하는 童話는 存在한 것이다. 지금 이것을 實例에 부티어 가지고 보자.

　　　　　○

童話集 『우리동무』에 收錄된 三十餘篇의 童話 中에서 그 가장 朝鮮 古來의 童話를 代表할 만한 것은 「참새와 파리」 「너구리의 지혜」 「로파와 범」 等이다. 지금 그 중에서도 「참새와 파리」의 이약이를 簡單히 적어 본다.

넷날에 참새가 파리를 잡아먹으려고 요리조리 쏘차다니는 중에 파리는 제 몸이 위태하게 되니짜 어찌해서 저가티 無罪한 벌레를 잡아먹으려고 하느냐고 是非를 하기 始作하야 마츰내 참새와 파리는 서로서로 네 罪가 크다거니 나는 無罪하다거니 발명을 하다가 결국은 검님한테 가서 재판을 밧기로 하얏다. 검님 은 "너의들이 사람에게 해를 끼치는 죄악은 모다 마찬가지다마는 그래도 파리는 여간 닉은 음식을 좀먹는다 하지만 음식이 별로이 업서지지를 안홀 쑨더러 도모 지 살생을 아니하니짜 십분 용서를 하겟고 참새는 사람들이 돈과 힘을 만히 들여 일쓴 농사를 지어 노흐면 곡식이 미처 닉기도 전부터 하로도 몃 줌씩 쏘아 먹드구 나, 그쑨만 아니라 평생에 살생을 만히 해서 죄악이 잔뜩 찻스니 맛당히 벌을 씨우리라" 하고서 참새를 회추리로 종알이 백 개를 짜려서 내보낸 짜닭으로 참새 는 종알이가 압해서 쌍충쌍충 쒸어다니게 되어 지금까지 그 버릇이 잇고 파리는 그째부터 제 죄를 용서하야 주어서 감사하다고 항상 압발이 달토록 싹싹 뷔빈다 는 것이다.

○

이 單純하고 웃으운 이약이는 勿論 참새와 人生과 파리와 人生의 關係에 對하야 어린이들이 알고 십허 하는 慾求──상상의 세계가 잇섯든 짜닭으 로 생긴 것이다. 참새와 사람과의 관계를 알고 시퍼 하는 마음이 업스면 勿論 이러한 이약이는 업섯슬 것이다. 그리고 이것은 이와 가튼 어린이들의 世界에 符合시키고저 한 어른들의 創作인 것을 疑心할 餘地는 업다.

八峰學人, "童話의 世界 ─『우리동무』讀後感(三)", 『중외일보』, 1927.3.12.

그러면 이 一編에 들어난 思想은 무엇인가? "낫븐 일을 하는 者는 罰을 바다야 한다" 하는 勸善懲惡의 思想 그것일 것이다. 그럼으로 이와 가티 말을 밧구어 할 수도 잇다──이 一編은 이러한 어른들의 思想이 어린이의 世界에 나타나기 爲하야 참새와 파리를 取한 것이오 그리고 그것을 더욱 재미잇게 듯도록 하기 爲하야서 참새의 쌍충쌍충 쒸는 버릇과 파리의 압발 뷔븨는 버릇을 그와 가튼 表現으로 結末을 지은 것이라고.

○

어린이의 世界가 環境에 對한 敏感한 想像의 世界에 잇다는 것은 이 우에서 指摘한 바이다. 그리고 一篇이 갓는 價値도 이 世界에 抵觸된 바이 잇는 緣故이다.

그러면 참새와 파리의 懲罰에 關하야서 참새는 종알이 백 개를 맛고 파리는 容恕를 바닷다는 骨子가 어린이들에게 가서 어쩌하게 感受될 것인가? 우리들은 이것에 無關心할 수는 업다느니보다도 우리들은 이것을 中心 問題로 하지 안흐면 안 된다.

참새는 사람이 돈과 힘을 만히 들여 농사 지어 논 것을 채 닉기도 전에 싸먹는 못된 것이니까 종알이 백 개를 마젓고 파리는 사람의 음식을 먹기는 먹으나 축나는 것이 업슬 뿐더러 살생을 아니 하니 용서를 해야 한다는 것은 한번 어린이들의 머리ㅅ속에 들어 박이자 그러한 생각은 오래도록 어린이들의 價値標準의 根底를 支配하게 되는 것이다. 다시 말하면 어린이들은 이 이약이에 들어난 價値標準의 觀察法을 스스로 배워버리는 것이다. 그러면 이 一篇이 주는 影響은 皮相的 觀察, 非科學的 觀察의 方法 外에 무엇이 잇느냐.

○

참새는 살생을 한다, 그러나 파리는 살생을 하지 안는다──이것이 이 童話가 써 드듸고 서는 발판이다. 그러나 이만큼 글읏된 觀察이 잇슬가? 참새는 벌레를 잡아먹는다, 그러나 파리는 그보다도 더 무서운, 사람을 썩 굴어털이는 살생을 하지 안는가. 萬若에 이 童話가 現代人의 創作으로 된 것이라면 우리들은 憤懣을 가지고 對하지 안흘 수 업슬 것이다. 하나 多幸이 이것은 古來로부터 口傳되어 오든 것에 지나지 안흐며 同時에 우리들은 이것을 通하야서 過去의 生活을 批判하기에 有力한 材料를 어들 뿐이다.

非但 「참새와 파리」만 그러하지 아니하고 『너구리의 지혜』가 그러하며

그 外에 거의 全部가 작거나 크거나 또는 어쩌한 点에서든지 이와 種類 非難을 밧게 된 것이 事實이다.

八峰學人, "童話의 世界―『우리동무』讀後感(四)", 『중외일보』, 1927.3.13.

처음부터[175] 이 一文은 童話集 『우리동무』의 全 內容을 檢討하기 爲한 批評으로 始作한 것이 아니라 『우리동무』를 닑고 그와 關聯되어서 생각난 멧 가지 部分에 對하야 感想을 述할 目的으로 出發한 것에 지나지 안는다. 나는 이만큼만 말하야 두고 最後로 부티어 말할 感想 한두 가지를 적는 것으로 이 글을 씃막으려 한다.

생각컨대 在來의 童話는 거의 全部가 動物에 關한 이약이이며 動物에 關한 이약이라 하야도 大槪는 그 外樣이 어찌해서 그러케 되엇다는―― 例를 들면 원숭이의 얼굴과 볼기짝은 어째서 그러케 붉은가. 도야지는 어째서 꿀꿀 소리를 하며 소는 어째서 혀ㅅ바닥으로 코를 할타 먹으며 톡기의 압발은 어째서 그러케 짧고 꼬리는 어째서 그러케 몽탁하냐 하는 等의 ――說明을 重要한 條件으로 取扱하야 온 것이 顯著한 傾向이라 하겟다. 그것은 勿論 어린이들이 톡기를 볼 째에 그 압발이 짧고 꼬리가 몽탁하고 두 귀가 긴 것에 對하야 어째서 그런가 알고 시퍼 하는 心理가 强烈하고 쌀해서 이러한 方面으로 想像이 活動하는 事實이 잇는 理由로 그와 가티 된 것이다.

○

그럼으로 在來의 童話의 世界의 構成要素를 두 가지 方面으로 난후어 볼 수 잇스니 單純한 環境 事物의 外樣 或은 그의 習性에 關한 說明이 其一

---

175 '처음부터'의 오식이다.

이오 敎化 作用이 其二이니 이미 引例한 「참새와 파리」는 그 典型的 作品이다. 그리고 以上 二 方面의 構成要素 中 其一은 純全히 어린이들의 感覺의 世界에서 오는 것이라 할 것이오 其二는 어른들의 思想과 趣味의 世界에서 오는 것이다.

○

나는 생각한다──그러면 오늘날의 우리들이 지을 童話는 어쩌한 어린이들의 世界를 對象으로 하고서 成立될 것인가? 다시 말하면 오늘날 우리들의 어린이들이 가질 童話는 어쩌한 어린이들의 生活 現實을 土臺로 할 것이냐고.

오늘날의 어린이의 世界는 가장 가엽스게도 階級 對立의 現實의 色彩로써 물들여젓다. 하루ㅅ날 드듸어 그들의 生이 地上에 떨어지자 그야말로 傳說에 잇는 魔術師의 怪奇한 魔法으로도 쌀흐지 못할 馬術이 作用하야 쪽가튼 어린 生命이 쪽가튼 瞬間에 誕生되는 것임에도 不拘하고 한 어린이는 巨萬의 富를 스스로 가질 運命을 밧고 地上에 서며, 한 어린이는 平生으로 貧窮과 汚穢와 襤褸의 運命을 뒤집어쓰고 地上에 서게 되는 現實이다. 오늘날의 우리 어린이들이 자기들의 環境에 對하야서 奇異한 눈으로 볼 것은 참새가 쌍충쌍충 쮜는 現象보다도 파리가 압발을 싹싹 부비는 現象보다도 무엇보다도 먼저 어찌해서 福順이는 비단옷 닙고 人力車 타고 學校 다니고 어찌해서 막동이는 어버지가 품팔이하는 나무ㅅ장에 가서 自己도 수중들지 아니하면 안 되게 되엇는가? 하는 이 움즉일 수 업는 現象일 것이다. 오늘날 우리들의 童話의 世界의 構成要素의 其 一은 이러하다. 그러면 이러한 現實을 土臺로 하는 童話의 敎化的 方面의 意義는 스스로 決定되는 것이다.

要約하야 말하면 오늘날 우리들의 童話는 階級的 色彩로 깁히 물들은 어린이들의 環境 그것에 어린이 自身이 눈을 쓰는 世界에서 誕生되어야 할 것이며 쏘는 어린이들로 하야금 이에 눈쓰게 하도록 하는 作用을 갓는 이러한 어린이들의 現實 世界에 立脚한 것이 아니어서는 안 된다는 것이다.

○

韓沖 氏의 近業『우리동무』의 批評다운 批評도 되지 못하고 또는 童話의 世界에 對한 具體的 明確한 解說도 되지 못하고 如上의 斷片語가 되고 만 것을 부끄러 하며 붓을 놋는다. (朝鮮童話『우리동무』) 韓沖 氏 編著 定價 六十錢 送料 十四錢 發行所 長橋町 四十六 芸香書屋 振替 京城 一三四二番.

—— 終 ——

李學仁, "朝鮮童話集『새로 핀 無窮花』를 읽고서-作者 金麗順 氏에게-", 『동아일보』, 1927.2.25.

麗順 氏께서 지으신 朝鮮童話集『새로 핀 無窮花』를 친히 보내 주어서 감사하게 바다 읽엇습니다.

日本人 中村亮平[176]이란 사람이『朝鮮童話集』을 日本語로 出版한 것을 보고 나는 설은 마음을 참지 못한 일이 잇습니다.

우리의 이야기를 우리말로 우리가 만드러 내지 못하고 짠 나라 사람이 먼저 우리 할 일을 할 째에 엇지 설지 안켓습닛가.

오늘날 조선에서 짠 나라 동화를 신문과 잡지에 번역해 내는 것은 물론이요 책으로 내인 것만 하여도 벌서 삼 년래에 다섯 가지 책이나 나왓습니다만은 朝鮮童話集은 볼 수가 업더니 오늘날 려순 씨의 손으로 된 朝鮮童話集을 볼 째 참으로 감사함을 마지안나이다. 所謂 童話作家라고 自稱하는 그네들은 신문사나 잡지사에서 월급푼이나 어더먹는 데에 마음을 일코 제 나라 동화를 거두워 모으지 안는 이째에 넉넉한 집안에서 호화롭게 지내가는 어린 처녀의 몸으로 朝鮮童話集을 모으노라고 努力한 데 대하야 朝鮮文學運動에 쯧을 두고 잇는 나로써는 려순 씨의 마음에다가 다스한 입을 맛추지 안을 수가 업습니다.

中村亮平이란 사람은 "朝鮮 사람들이 금일 저들이 朝鮮同胞인 것을 알고 잇지만 그 國民童話가 곳 아름다운 日本童話를 나아 노은 어머니인 것을 아는 이가 적다"고 하엿습니다. 이와 갓치 日本童話의 어머니까지 되는 우

---

176 나카무라 료헤이(なかむら りょうへい, 1887~1947)는 나가노현(ながのけん, 長野縣) 출신으로 미술 연구가인데 나가노사범학교를 졸업하고 고향에서 교편을 잡고 잇다가, 1925년 조선(朝鮮)의 대구사범학교(大邱師範學校) 교사를 지내기도 했다. 1926년 조선의 민화와 전설 62편을 모은『조선동화집(朝鮮童話集)』(富山房)과『지나조선대만신화전설집(支那朝鮮台湾神話傳說集)』(近代社, 1929),『조선경주지미술(朝鮮慶州之美術)』(芸艸堂, 1929) 등의 저서를 남겼다.

리 童話를 우리의 손으로 모와 노키도 전에 日本 사람이 몬저 압발치기로 모와다가 日本말노 세상에 내노을 째에 부즈런하지 못한 우리의 자신을 생각하면 부쓰럽기도 하지만 분하기도 합니다.

그러나 려순 씨가 이에 뜻을 두시고 童話의 붓대를 들엇슴에 그 序事詩와 갓튼 고흔 붓놀림으로 無窮花 三千里江山에 고을에 골작이에 홋터저 잇는 童話가 한 편도 싸지지 안코 모와 노여지리라고 밋습니다.

나는 려순 씨를 女詩人으로만 아럿더니 이번에 쓴 동화를 보고 나는 시보다 동화에 만은 재조가 잇다고 생각하엿습니다.

그리하야 나는 려순 씨에게 바라는 것은 朝鮮 各 地方으로 도라다니며 흐터저 잇는 朝鮮 童謠를 모와 노으면 朝鮮文學史上에 큰 사업자라고 하겟습니다. 단순하게 朝鮮童謠만 모아 논 것을 무슨 사업이라고 하겟느냐고 질문할지 모르겟지만 그것이 결코 적은 일이 아닙니다. 오늘날 조선에 잇서서는 참으로 文學史上에 一大事業일 것임니다. 朝鮮童話는 엇던 이들에게 일키여진 니야기만도 안임니다.

童話는 朝鮮 歷史에 나타나지 안는 四千年 歷史일 것임니다. 오날날 녀자로써 시와 소설을 쓰는 이가 다섯 명도 못 되는 朝鮮에서 어린 처녀의 몸으로 동화의 붓을 잡은 려순 씨께 만은 감사를 드리거니와 이 압흐로도 쉬지 말고 만히 쓰기를 바라며 붓대를 던지나이다. (끗)

廉根守, "(文壇是非)金麗順 孃과『새로핀 無窮花』—李學仁 兄께
올님",『동아일보』, 1927.3.9.

멧칠 前에『東亞日報』에서 보니짜 李 兄이 金 孃을 하늘꼿까지 飛行機를
단단이 태워주엇다. 그러나 나는 飛行機를 金 孃에게나 태워준 李 兄에게
숨킬 수 업는 멧 마듸 말을 안이 할 수 업다. 나는 길게 말하지 안코 대강대
강 말하랴고 한다.

童話에 들어가서는 (몰으기는 하지만) 못하는 것이 업다. 그럼으로 늙은
니가 어린애도 되고 엽분 새악씨가 마술쟁이도 되고 독갑이가 이약이도
하고 호랑이님이 담배도 잡숫는다. 말하자면 童話처럼 거짓말이면서도 事
實 안인 것이 업는 것이 업다.

그런데 제 아모리 그짓말이나 무슨 소리를 해서란든지 能히 成功할 수
잇는 어수룩한 童話로 아럿다. 분수를 친다 한들 남의 作品을 살작 집어다
가 (도적질은 안이지만) 朝鮮 하이네라는 春城 盧子泳 先生님의 單獨經營
인 일홈 고흔 靑鳥社에서 天眞한 金 孃의 일홈을 살작 너허 살작 出版하여
살작 팔아 三百萬 어린이를 살작 속여먹고 말엇다. 重言할 餘地가 업지만
은 그것을 몰으고 純 朝鮮童話를 朝鮮 情調가 흐르게 朝鮮心이 갓득하게
朝鮮人 손으로 하지 못하고 外人이 그것을 自己 나라말로 고처 팔아먹는
것을 뜻 깁히 슮어한 李 兄이 金 孃의『새로 핀 無窮花』를 읽고 조아서
춤을 덩실덩실 춘 것이 불상하기 짝이 업다.

그러나 말하자면 내가 李 兄이나 金 孃을 미워한 것은 안이다. 단지 그
사이에 숨어 잇는 살작 文士의 살작 式을 고치엿스면 한다. 쏫흐로 金 孃도
良心이 잇스면 가슴에 손을 대고 生覺해 보기를 바란다. (쏫)

崔湖東, "(文壇是非)廉根守 兄에게", 『동아일보』, 1927.3.16.

거짓말 잘하고 남의 글 도적질 잘한다는 所聞 놉흔 春城[177] 氏를 兄은
쏘한 거짓말장이로 모라버리고 마럿다.

事實로 金麗順 氏의 童話冊이 盧 氏의 作品인지 안인지 그것은 내가
잘 안다. 當時 그 原稿가 印刷所 文撰室에 잇슬 째 나는 正確히 그 原稿를
보앗다. 그 原稿는 金麗順 氏의 筆蹟으로 쏘박쏘박 써 잇든 것이 至今까지
眼前에서 스러지지 안는다.

筆蹟만이 金 孃의 筆蹟이라고 그의 作品이라 쯧쯧내 主張하기는 어려우
나 쏘한 여러 가지 點으로 보아서도 나는 金 孃의 作品이 안이라고 認定할
수가 업다.

兄은 그 作品이 金 孃의 것이 안이고 盧 氏의 것이라 主張한 것은 무엇을
證據로 하고 말하엿는지 모르겟다. 내 生覺 갓해서는 兄의 裡面에 엇더한
秘密이 잇다는 暗示만 하고 마럿슬 째는 무슨 秘密이 잇는 것도 갓다. 그러
나 그 冊을 出版하든 當時에 金 孃과 盧 氏와는 아조 갓가운 交際가 잇섯다.
廉 兄은 이러케 두 사람이 갓가운 交際가 잇섯스니가 반다시 그 童話冊은
盧 氏가 써서 金 孃의 일홈으로 發行한 것이라 짐작하고 아니 그러케 밋고
盧 氏의 作品이라고 大膽하게 말하지 안엇는가.

靑鳥社는 春城 氏의 靑鳥社다. 그러나 靑鳥社 出版物이라고 全部 盧春
城의 作品은 안일 것이다.

兄이여! 나는 아즉까지도 그 作品을 麗順 孃의 作品으로 밋는다. 盧 氏가
그 作品에 若干의 添削을 加한 것은 모르겟다. 그러나 兄의 말과 가치 그
作品이 盧 氏의 것이라고 미들 수는 업노니 兄이 엇더한 證據를 속 깁히
가지고 잇거든 發表해 주기를 바란다.

附記 『새로핀 無窮花』에 對하야 나는 할 말이 만히 잇스나 只今은 한

---

[177] '春城'은 노자영(盧子泳)의 필명이다.

時間의 餘裕도 갓지 못하야 이것으로 擱筆한 後 機會를 기다리고 잇겟다.
그리고 兄 個人에게 特別히 무르려는 것은 언의 作品에 兄은 "염근수"라고
쓰는 것을 보앗스니 "염"은 언의 경우에 쓰고 "렴"은 엇더한 境遇에 쓸 것인
지 알고 십기도 하지만 異常하다고 生覺한다. — 끗 —

李學仁, "(文壇是非)廉根守 兄에게 答함", 『동아일보』, 1927.3.18.

아직 對面도 업는 廉 兄으로부터 『東亞日報』를 通하야 주신 글월은 感謝 感謝하게 바다 읽엇슴니다. 童話作家로 머지 안은 將來에 우리 朝鮮文學界 에 出現하야 活躍할 것을 期待하든 廉 兄으로부터 "알지 못하던 것을 알게" 하여 주시니 참으로 感謝하지 안을 수 업슴니다.

나는 兄의 글월을 다 읽고

"무슨 뜻인지 알 수 업다"고 하며 두어 번 다시 읽어 보니(春城 盧子泳 先生)이 "도적질은 안이지만 남의 作品을 그냥도 안 집고 살짝 집어다가 金麗順 氏의 일홈을 살짝 너어서 살짝 出版하여 살짝 파라 三百萬 어린이 를 살짝 속여먹고 말엇다"는데 나는 그런 것을 알지 못하고 金麗順 氏를 넘어 稱讚하엿다고 나를 꾸지람한 것인 것을 알엇슴니다. 兄도 或時 아실 는지 모르나 내가 盧子泳 氏의 『病든 靑春』에 對하야 "남의 飜譯한 것을 自己가 飜譯한 것이라고 하야 出版하엿다"고 『文藝時代』 二月號에와 日前 『中外日報』 紙上에 쓴 일이 잇지요? 그럿케 나는 盧子泳 氏를 滋味업시 생각하고 잇든 가온대에 다시 또 이런 兄의 글을 보게 되니 엇던 영문인지 정신을 차릴 수가 업슴니다.

金麗順 氏로 말하면 "女詩人"으로만 알엇는데 童話集 『새로 핀 無窮 花』를 내엿씨에 筆致도 곱고 더욱이 朝鮮童話를 모와 노왓씨에 그의 마음 이 아름다워서 兄의 말과 갓치 "하늘꼿까지 飛行機는 태워준 일이" 업지만 贊讚은 하여준 것이 事實임니다. 그런데 나는 金麗順 氏가 『새로 핀 無窮 花』의 原稿 쓰는 것을 直接 보지 못하기 째문에 오직 金麗順 氏의 良心에 매끼려 함니다.

그리고 兄의 말이 정말이라 하면 그거야말로 설은 일이 아니겟슴닛가? 그러나 兄은 確實한 證據를 가지고 말한 것인지 무슨 感情을 가지고 말한 것인지 나는 兄의 말을 밋을 수가 업슴니다. 그러닛가 "罪惡은 어느 째든지 暴露"가 될 터임으로 後日을—— 金麗順과 盧子泳 두 사람이 共謀하고 그

童話集을 出版하엿는지 或時 兄이 잘못인지를 기다려 보기로 하고 마즈막으로 한마듸 할 것은 兄은 나더러 "純 朝鮮童話를 朝鮮情調가 흐르게 朝鮮心이 가득하게 朝鮮人 손으로" 하지 못하고 外人이 그것을 自己 나라말노 곳처 팔아먹는 것을 뜻 깁히 슬퍼한 李 兄이 金 孃에게 "『새로 핀 無窮花』를 닑고 조와서 춤을 덩실덩실 춘 것이 불상하다"고 하엿스니 그래 兄은 盧子泳을 남으려하는 마음을 가진 이가 그런 거짓말을 하니 結局 兄의 良心 없는 것을 新聞에 廣告하지 안엇슴닛가? 『東亞日報』讀者가 누구던지 兄의 글을 보고 "거짓말하는 사람이라"고 兄의 良心을 疑心할 것입니다. 나는 絶對로 兄에게 惡感은 아니 가짐니다만은 兄은 내게 준 글 가튼 것은 퍽 稱讚한 덤도 잇지만 나 一個人에 對하야 말한 것은 점지안치 못한 態度임니다. 내가 그러한 事實을 알고 稱讚을 하고 쪼는 兄의 말과 가치 춤도 추엇스면 밸 싸진 놈이라 하겟지만 兄이 말한 대로 "그것을 모르고" 이러니 저러니 한 사람에게다 "불상하다"느니 엇저니 하엿스니 兄은 퍽 鎭重치 못한 態度를 公衆에게 廣告하엿다고 나는 봅니다.

그리하야 나는 兄에게 自重하기를 바라고 이 아래에 나의 住所를 記錄하여 두니 兄은 『새로 핀 無窮花』에 對한 事實을 좀— 더 자세히 적어서 私信으로라도 부처 주시면 感謝하겟슴니다. 未知의 벗이여! 그러 나쑵게 알지 말고 修養에 努力하시기를 빌며 쪼는 마음으로나마 握手하야 나감이 쓴어지지 안키를 멀리서 바라며 끗나이다. (東京 巢鴨町 宮下 一五八一, 天道敎 宗理院 內로)

朴承澤, "廉根守 及 牛耳洞人에게", 『동아일보』, 1927. 4. 2.[178]

『새로 핀 無窮花』에 對한 論爭은 結束하기로 하엿스나 當社側의 辯白임으로 責任上 此編을 실림니다. (記者)[179]

日前 本誌 "文藝欄"을 通하여 『새로 핀 無窮花』와 『病든 靑春』에 대한 말이 실니엿다. 도적을 하엿느니 "살작式"을 썻느니 하고 辱說을 하엿다. 그리고 良心이니 무엇이니 하엿다. (中略)

몬저 廉根守 君의 말을 들어 보자.

君은 『새로 핀 無窮花』를 西洋童話라고 햇스니 西洋에 엇던 童話 中에 그러한 童話가 잇드냐? 「조금 장사」, 「범 의약이」, 「선녀의 치마」 등 이러한 것들은 童話 云云은 그만두고라도 엇던 사람을 勿論하고 그의 이약이는 在來 우리가 우리 부모들에게서 듯든 의야기가 안이냐? 그리고 春城 君이 번역하고 "金麗順" 孃의 일홈으로 出版하엿단 말은 그 무삼 수작이냐? 世上 사람들을 다 君 갓흔 사람으로 생각하느냐.

『새로 핀 無窮花』는 金 孃이 오랜 歲月을 두고 材料를 蒐集한 것이오 쏘는 그가 그 동화를 쓸 째에 理解 업는 父母들은 말성까지 하엿다 한다. 엇지 그뿐이랴. 總督府 圖書課에 드러가 잇는 原稿를 보아도 알 것이다. 그 原稿에는 金 孃의 流麗한 筆致로 한 字 한 劃의 失手도 업시 正書하듯이 쓴 것을 볼 수가 잇고 間間히 諺文이 잘못된 곳에 春城 君이 그의 날카러운 붓으로 校正한 것을 볼 수가 잇다. 아니 이보다도 피를 흘녀 가며 쓴 原作者

---

178 원문에 '靑鳥社 朴承澤'이라 했다.

179 "(文壇是非) ◀(擔任記者) 本欄에 그동안 실리든 論爭에 對하야 李學仁 氏 靑鳥社 代表 朴承澤 氏 崔允秀 氏 金履均 氏 潁水生 氏 金志瀧 氏 其他 數氏의 論駁文이 到着되엿사오나 紙面의 關係로 揭載치 못하옴으로 前記 數氏에게 謝하오며 「海外文學」 及 「새로 핀 無窮花」에 對한 論爭은 이로써 끗을 맷겟슴니다."(『동아일보』, 27.3.27)라고 한 것에 대한 해명이다.

가 잇지 안으냐? (그 作者는 大 분개 中이지마는) 靑鳥君[180]에서는 다못 얼마의 (三十圓 가량) 原稿料를 주고 그 原稿를 사슬[181] 뿐이다. 廉 君아! 君은 그야말로 良心을 조곰 도라봄이 엇더할짜? 이러한 문뎨에 대하여는 君은 司法의 엄한 맛을 보고 거짓말이 무서운 것인 줄을 조곰 알어보랴는 가? 君은 自重하라. 前途가 만흔 少年이니 공연히 君의 압헤 鐵網을 만들지 말고 ……。

那終으로 牛耳洞人[182]에게 몟 마듸 말을 하여 둔다. (中略)

『病든 靑春』은 '알퇴바세푸'의 『사닝』[183]을 抄譯한 것이니 그 冊 序文에 도 그 말이 分明히 씨워 잇고 또는 內容에도 그 말이 씨워 잇다. 『사닝』을 『病든 靑春』으로 곤첫다고 말성이냐? 勿論 번역할 째에는 題目을 고치는 것이 非一非再다. 그 가장 갓가운 例를 한아 든다면 하—듸의 『The Melancholy Hussar of the German Legion』 갓흔 것을 『戀無情』이라고 번역하엿다. 그리고 君은 編이라고 햇다고 말을 햇스니 編이란 譯이란 말 보다도 더 輕한 말이다. 編이라고 햇다고 作이라고 생각하느냐? 編 字이 임홈조차 몰으는 君아. 編은 編輯햇단 말이 안이냐? "도적질" 햇단 말은 무삼 말인가?

그리고 "河平 君"의 번역이라고 햇스니 처음에 河 君이 그것을 번역해 보랴고 한 것은 事實이다. 只今도 그의 번역한 原稿 八十七枚가 本社 編輯 部에 잇스니 事實이 歷歷하거니와 그 原稿가 語不成說로 그만 冊床 속에 던지게 되고 다시 盧子泳 君이 稿를 起하여 原稿 二百五十七枚로 그 冊을

---

180 '靑鳥社'의 오식으로 보인다.
181 '삿슬'(샀을)의 오식이다.
182 '牛耳洞人'은 이학인(李學仁)의 필명이다.
183 미하일 아르치바셰프(Mikhail Petrovich Artsybashev, 1878~1927)가 1907년에 발표한 소설이 『사닌(Sanin)』이다. 혁명의 패배에 환멸을 느낀 인텔리겐치아가 암담한 시대에 도덕적으로 퇴폐하고 성(性)의 방종으로 흐르던 시대풍조를 포착하여 반영한 장편소설 이다.

完成햇스니 總督府에 드러가 잇는 原稿를 보든지 쪼는 그 冊의 流暢한 譯文을 보든지 다시 疑心할 必要가 업는 것이다. 이러한 엉터리도 업는 事實을 가지고 남을(한갓 感情으로) 辱하는 것은 그대들의 良心에 붓그럽지 안이한가? 評을 하랴면 世界的 名作인 그 冊에 대하여 번역이 잘못되엿다든지 쪼는 脈絡이 잘못되엿다든지 이러한 말을 하면 우리는 責任을 지고 도리혀 謝過를 하겟다만은……

그러나 牛耳洞人은 眞實한 사람이다. 이 우에 誤解을 自白하고 鄭重한 謝過의 편지를(春城에게) 햇스니 君을 責함이 엇지 本社의 뜻이랴. 다못 一般의 誤解를 풀기 위함이다. 다못 君의 健康을 빌고 이 붓을 끈친다.

(一九二七. 二. 二九日)

孫晉泰, "朝鮮의 童謠와 兒童性", 『新民』, 1927년 2월호.

學友 鄭寅燮 君은 熱々한 鄉土藝術 研究家이다. 君이 三年 前에 나에게
보여준 君의 採集錄에는 헤일 수 업는 우리의 童謠, 婦謠, 處女謠, 民謠가
잇섯다. 나는 그것을 보고 입을 벌녓다. 同時에 나는 君의 母土愛에 敬服하
엿다. 말만 내면 日, 英國의 誰某의 詩가 엇더니, 日 佛獨의 誰某 小說이
엇더니 하는 外國文學 模倣崇拜時代에 잇는 우리 文壇에, 이러한 超流한
篤志家의 잇슴을 나는 처다보앗다. 나는 元來 탐々한 土俗研究者이지만,
君의 研究와 나의 研究에는 어늬 곳에서인지 共通하는 點이 잇섯다. 하고
君의 感情과 나의 感情 사이에는 鄉土愛라는 共通한 情熱이 흘너 잇다.
해서, 君의 材料에 나는 若干의 盜心을 늣겻다. 나는 君에게 數月間만 그
採集錄을 빌녀 달나고 하엿다. 君은 그것을 快諾하엿다. 나는 무슨 큰 寶貝
나 어든 것처름, 睡眠 時間을 節約하면서 그것을 謄書하엿다. 그러고 뒤로
도 鄭 君과 함께 더 만흔 採集을 하리라고 생각하엿다. 하나, 그 뒤에 時間
의 흘음을 짜라, 나의 決心도 흘너버렷다. 鄭 君은 지금도 아마 熱心히
蒐集 中에 잇스리라고 밋는다. 이러케 생각하면, 나의 弱한 心志에 憤하기
도 하지만, 구태여 自辯自慰를 하면, 君에게는 큰 後援者가 잇고, 나에게는
그것이 업다. 그 숨은 後援者는 君의 妹氏이엇다. 그러한 누의를 가지지
못한 내야, 엇더케 하랴.

如上한 까닭임으로, 내가 지금 쓰고저 하는 우리 童謠의 材料는 大部分
이 鄭 君의 '노-트'에서 나온 것이오. 君이 慶尙道 出生임으로 因하야 그
材料도 擧半 慶尙道의 것이다. 하나, 元來 固有한 童謠는 方言의 差違로
各道 사이에 若干의 틀님은 잇스나, 大體로는 共通되는 것이 만흠으로,
慶尙道의 材料로서도 一般을 窺知할 수 잇다. 만일, 全國의 材料를 모다
採收한 뒤에 이 글을 쓸냐면, 그건 참 何待歲月이다.

쏘 한 가지 말해 둘 것이 잇다. 前年에 鄭 君은 엇던 會席上에서——宴
會가 안이라, 兒童問題를 研究하는 〈색동會〉라는 會——君의 朝鮮童謠研

究의 長編論文을 우리 會員들 압혜 朗讀한 일이 잇섯다.(이상 46쪽)

나는 君에게 그 論文을 엇던 雜誌에든지 發表하여 보라고 勸告하여 보앗다. 하나, 君은 아즉 未完結된 것이라고 辭讓하엿다. 穩健着實한 君의 態度로서는 當然한 措處이겟지만, 君보다 燥急한 나의 性미로서는 完成을 기대릴 수 업다. 해서 盡善盡美한 君의 童謠料理 맛은 讀者와 함긔 다음날에 맛볼 셈 치고, 爲先, 나의 粗雜한 童謠 料理를 諸君의 食慾 압혜 내여 놋키로 하엿다. 乾燥하나마, 貴한 맛으로 한 술 써 주시면 感荷〜.

生動性

前年에 엇든 外國學者가 朝鮮을 旅行한 뒤에, 그 感想의 一節로 이러한 말을 나에게 하엿다.

"朝鮮에 살아 잇는 것은 오즉 아희들쑌이다. 怜悧하고 귀여운 朝鮮 아희들을 볼 째에는, 朝鮮의 前途에 만흔 動的 光明과 欣喜를 늣겻스나, 靑年들의 느릿〜한 꼴을 볼 째는 한숨이 나오드라"고 하엿다. 나는 우스면서 이러케 對答하엿다.

"우리 싼에는, 이만하면 쐐 快活하고, 쏙々한 줄 아는대, … 그것 참. … 하나 그것은 모다 環境의 影響이겟지오. 우리도 不遠한 將來에는 당신 나라의 靑年만큼 쏙々하여저 보겟습니다."

두 사람은 우섯다. 兒童이란, 非但 朝鮮쑌 안이라, 아모 나라의 아희들이라도 生動的인 것이다. 그들은 靜寂과 憂鬱을 스려 하고, 恒常 쒸고, 노래하기를 조와하며, 快樂과 光明을 要求한다. 요새 朝鮮의 아희들은 感傷的인 것을 一般으로 조와하는 傾向이 잇지만, 그것도 좀 큰 애들의 말이오, 더 어린 아희들에게는 亦是 生動的인 것이 喝采를 바들 것이다. 하지만 그러케 童心을 雀躍식힐 作品을 짓는 사람은 發見할 수 업다. 在來의 童謠는 兒童의 産物이요, 兒童生活의 表現임으로, 만히 그런 것을 볼 수 잇다. 例하면

갈밧헤 갈입이 가-ㄹ갈
대밧헤 댓입이 대-대

솔밧헤 솔입이 소-ㄹ솔
무당의 붓채가 휘-ㄹ휠
아전의 갓신이 써-ㄹ썰
妓生의 댕기가 짜-ㄹ짤
활양의 장구가 써-ㅇ썽　　(慶尙)

그들은 이러케 動的 音響을 조와하엿다. 또 가령, 우리가 葉草 장사나, 나무신 장사를 볼 때에 우리에게는 그것이 尋常하게 보이지만, 그들은 詩的 音響을 거긔서 發見하엿다.

버석⌒ 담배장사
왈각달각 나무장사
바더라 반두나물
미러라 미나리나물
울넘어간다 호박넌출
움벅둡벅 호박나물 (이상 47쪽)
놀ㅅ썅⌒ 배추속임　　(慶尙)

맛치 지금 호박넌출이 울을 쮜여 넘어가는 것처럼 그들은 노래한다. 그들은 모든 것에 生動의 무서운 힘을 보앗다.

우리가 만일, 아희들에게 이약이를 한 자리 하라고 要求하야 그들에게 一席의 材料가 맥힐 째에는

덕석짓놈 허리넝청 한자리
담배쪽대기짓놈 궁기빡굼 한자리
쏭장군이짓놈 쑤리⌒ 한자리
울섭짓놈 버석⌒ 한자리
(자-, 이만하면 네 자리나 햇소)　　(慶尙)

하고 遁辭를 부린다. 쏭장군이의 쑤리⌒한 내음새에도 그들은 限업는 興味를 늣겻다. 덕석의 허리가 넝청⌒함도 그들에게는 헛터로 보이지

안이하엿다. 담배 꼭지의 빡곰 쭐녀진 구멍에도 그들의 探索心은 움직이엿다. 해서 그것들을 모다 그들의 生活과 갓치 살녓다.

兒회들은 丈夫로운 말타기를 부러워하엿다. 하나, 그것은 危險性이 잇슴으로, 그들은 竹馬를 타고도 意氣만은 큰 사람보다 倍나 하엿다.

이라말아 굽다칠나
양반님 나가신다   (慶尙)

라고 소리치면서 勇敢스리 말을 달닌다. 그들은 무엇이든지 잡아타기만하면 – 어머니 등이든지, 동무들의 허리든지, 하다못해 문지방이라도 잡아타기만 하면

말탄놈도 썻댁〰
소탄놈도 썻댁〰   (慶尙)

하면서, 맛추어 몸도 썩댁거린다. 이러케 動的인 그들은 부슬비를 스려 하엿다. 細雨가 올 째에는 猛烈한 惡水가 싸리워지도록 소래를 친다.

비야〰 細雨비야
싼치동々 細雨비야
惡水갓치 싸뤄저라!   (慶尙)

"싼치동々"이란 것은 무슨 말인지 알 수 업지만, 그들은 귀여운 어린 勇士들이엇다.

食慾, 所有慾

우리의 어린 勇士들은, 그들의 潑々한 生動을 위하야 養分을 必要로 하엿다. 그들은 무엇보다도 먹는데 마음을 쌔앗기고, 먹는데 興味를 늣겻다. 그들의 도야지노래를 들어보자. 집々에 저녁 烟氣가 꼿치고, 大地가 크다른 눈섭을 스르르 감기 시작할 째에, 아회들은 거리에 모힌다. 그中에 한 아회가 도야지로 選擧되고, 다른 한 아회는 도야지를 붓들고 이러케 노래의

問答을 주고 밧는다.

  무엇먹고 살엇노? (이상 48쪽)
  도야지먹고 살엇다
  무슨저로 먹엇노?
  쇠저로 먹엇다
  누구⌒ 먹엇노
  나혼자 먹엇다

그러면, 여러 아희들은, 혼자 먹엇다는 놈을 쫏처가면서

  꿀々, 되-지 ⌒

하고 소래 질으며, 도야지 된 아희는 거름아 날 살녀라고 다라난다.
  이 노래는 慶尙, 江原 諸道에 잇는 모양이다. 도야지란 元來 이 노래와
맛창가지로 獨食하기를 조아하는 즘생이오, 색기에게까지도 分食할 줄을
몰은다. 그것이 아희에게 憎惡感을 이르키게 한 同時에, 그들의 食慾의
한 모통이를 刺戟하야, 이 노래를 産出케 한 것이다. 食慾이 旺盛한 그들에
게는 獨食이 限업는 快感을 주는 것만치, 分食치 안이 하는 놈에게는 憎惡
感을 가지게 되는 것이다.
  그들은 어머니가 주시는 조고마한 食器에 恒常 不滿을 가젓슬 것이다.
해서, 말(斗)만한 밥그릇으로 한번 먹어보앗스면 하엿다. 그들이 山谷의
反響을 들을 째에, 그 反響은 山에 잇는 巨人이 보내는 것이라고 생각하엿
다. 그리고, 그 巨人의 食器는 아마 宏壯히 크리라고 聯想하야

  백산아 ⌒

  너 밥그릇하고 내 밥그릇하고 박구자! 하고 山谷을 向하야 소래 질은다.
山ㅅ골이 亦是 "너 밥그릇하고 내 밥그릇하고 박구자"라고 對答하면, 그들
은 그 말만으로도 飽食을 늣기는 모양이다. 다른 노래를 들어보자.

바람아 ⌒ 불어라
大棗야 ⌒ 써러지거라
어룬아 ⌒ 주어라
아희야 ⌒ 먹어라　　(慶尙)

疾風이 휘－ 소래치며 부는 것도, 그들에게는 快하엿슬 것이다. 하나, 그보다도 그들의 熱望하는 것은 大棗의 써러지는 것이엇다. 大棗가 成熟하기 前에는, 어룬들이 그것을 싸먹지 말나고 야단을 친다. 그레서 그들은 바람에게 應援을 請하엿다. 하고, 어룬아 주어 오너라 아희들은 먹어주마 함은, 平素에 그들을 抑壓하는 長者에 對한 復讐 心理의 發露일 것이다. 그러케 보는 것이 재미 잇슬 것 갓다. 이 노래를 좀 倫理的인 아희들은

아희야 ⌒ 주어라
어룬아 ⌒ 잡수시오

라고 한다. 하지만 이것보다는 前者가 매우 藝術的이다.

그들은 무엇이든지 한번 제 손에 들어온 것이면, 斷然코 그것을 남에게 주지 안이한다. 그들이 길을 가다가 낫(鎌)을 한 개 주섯다. 그러면 그들은 이러케 노래하엿다.

길노 ⌒ 가다가 (이상 49쪽)
　　　　낫한가락 주엇네
주은낫을 남줄가
　　　　쏠이나 뷔 －지
뷔인쏠을 남줄가
　　　　말이나 먹이지
먹인말을 남줄가
　　　　각씨나 태우지
태운각씨 남줄가
　　　　첩이나 맨들지　　(慶尙)

버릇업는 말이지만, 그들은 귀여운 利己主義者들이엇다. 이러케 먹구집이오, 利己主義的인 그들은 먹을 것을 남에게 주지 안코저 하기는 勿論, 그것으로 동무들의 속을 좀 태워주랴고까지 하엿다.

그들이 만일, 어머니에게나, 어룬에게 먹을 것을 어드면, 그것을 가지고 동무들에게 쮜여간다. 그는 맨입으로 놀고 잇는 동무들에게 飮食을 빗보이면서

누 줄고?

하고 뭇는다. 하면, 그中의 한 아희가

날 도고(날 다오)

하고, 손을 내민다. 그러면 악가 아희는

날도괴미 쫑줄가?　(慶尙)

하면서 가젓든 飮食을 제 입에 집어너어 버린다. 함으로 이 豫定的 戰術을 아는 아희들은, 처음붓허 날 다오 소리를, 하지 안는다. 하지만, 마음씨 고흔 아희들 中에는, 한번 傳統的으로 拒絕한 뒤에, 다시 눈와 먹는 일이 잇슴으로 그들은 닷토와 "날 다고" 소래를 지른다. 咸興 아희들은

누구 줄고?
내 달나
내란게 쫑과 四寸인가?

하면서 제 입에 실어 넛는다. 그들은 귀여운 小惡魔들이엇다!

하나, 그들도 남에게 무엇을 빌 째에는, 飮食을 주어야 되리라고 생각하엿다. 例하면, 그들이 동무들과 작난을 치며 쫏처단이는 바람에, 엇든 동무의 눈에 몬지나, 틔가 들어가면, 그 애의 눈을 손으로 부벼 주면서

까치야 ⌒

물에싸진 너색기건저줄게

이애눈 나사다오

고기하고 밥줄게

이애눈 나사다오

(휘여 –, 나삿다, 가자가자)　　(慶尙)

하면서, 눈을 아즉도 쓰지 못하는 동무를 쯔을면서 다라난다. 제가 말할
째에는, "까치야, ⌒ 내 눈 나사다고"라고 한다.

　까치가 눈을 낫게 하여 준다는 것은, 아마 昔日의 神鳥崇拜에서 나(이상
50쪽)온 것일 것이다. 옛날 우리 祖先들은 귀신가마귀 卽 神鳥를 偉大한 神
이라고 崇拜하야 病과 福을 빌엇다. 諸君의 洞口 압헤 "솟대"(蘇塗 或 소줏
대, 或 표줏대, 或 거릿대라고도 한다.)가 잇거든 그 우에 안친 木鳥는 古代
의 神鳥崇拜의 遺物인 줄 짐작하시오, 아희들은 그 神鳥가 그들의 눈병도
곳칠 수 잇다고 생각한 것이다. 하나, 그저 곳처 달내서는 效力이 적을 것
갓흠으로, 고기하고 밥을 줄게 하는 것이다. 神鳥도 고기와 밥을 그들과
갓치 조와하는 줄 알엇든 그들의 心理가 매우 滋味잇게 생각된다.

單純, 自然兒

　生動的이오, 貪慾的인 그들은, 同時에 單純하엿다. 그들은 "잠자리"(蜻
蛉)을 잡을 째, 或은 두 손가락을 찍개와 갓치 오물켜 쥐든지, 또 或은 갈ㅅ
대 끗헤, 거믜줄을 얼켜서 맨든 三角形의 그물을 붓처 가지고 돌아단이면
서, 잠자리를 보기만 하면

　　철々이 붓거라

　　붓혼자리 붓거라

　　먼데가면 죽는다　　(慶尙)

고 誘惑한다. 얼마나 單純한 誘惑이뇨! 또 그들이 개쏭벌네를 잡고저 할
째에는

개쏭불아 〜 〜
번쩍 〜 개쏭불아
이리와서 나와 놀자
그리가면 더웁단다
이리오면 서늘하다
개쏭불아 〜 〜
나의 동무 개쏭불아
그리가면 도랑잇다
어둔밤에 써러저서
고혼쑥지 저저질나   (元山. 嚴弼鎭 『朝鮮童謠集』에서)

맛치 개쏭벌네를 썸직히 생각하는 것처럼 誘引하는 것도 우섭지만, 개쏭
벌네가 저희들과 갓치 더워 하리라고 생각하는 것도 可觀이다.
그들은 肉體의 束縛을 스려하엿다. 어룬들이 가죽신과 매투리를 신드래
도, 그들에게는 그것이 苦生스리 보엿다. 해서, 그들은

兩班은 가죽신
상주는 매ㅅ투리
어룬들은 집신
아희들은 맨발   (慶尙)

하고 맨발을 讚美하엿다. 印度의 '타고-르' 영감이 들엇스면 매우 조하할
노래일다. 그 영감은 아희들에게 신발 신기는 것은 매우, 아희들의 感覺生
活을 沮害하는 것이라고 하는 고집쟁이이엇다. 朝鮮 어머니들은 옛날붓터
'타고-르' 學徒이엿다. 그들은 아기의 머리를 만지면서 (이상 51쪽)

둥굴〜 모개야
아모짜나 크거라
너치장은 내 할게   (慶尙)

라고 노래한다. 自然대로 크거라라는 말이겟지. 아희들은 自然을 사랑하엿

다. 그들은 어룬들과 散步하기를 조와하지 안이한다. 아희들은 自然物의 모든 美에 心醉한다. 하나, 갓치 갓든 어룬들은, "이놈, 무슨 헛눈을 파늬, 쌀늬 가자" 하면서, 어엽분 花草와, 귀여운 動物의 美에 醉하여 잇든 아희들의 感興을 깨터려버린다. 理論보다 例를 들어보자. 그들은

이청저청 대청밧게
사랑청ㅅ 권청밧게
왕大棗라 휘출남게
금실나븨 안젓길네
그나무 구경타가
父母간곳 모를네라　（全羅）

意味不明한 말도 잇지만, 大意는 "父母야 집에 가면 맛나겟지, 이러한 美를 엇지 지내처 보랴" 하는 것이다.

音樂的

自然을 사랑하는 그들은 必然的으로 音樂을 조와하엿다. 무엇이든지 音樂的으로 한다. 가령, 날세가 추우면, 우리는 "어, 추어라"라고 한다. 그러나 兒희들은 그것을 非音樂的이라고 비웃는다. 그들은 모동거림을 걸으면서

아이고 칩어라 칩도당
건너ㅅ도당 내ㅅ도당
아희 하나는 쥐색기
어룬 하나는 당나귀　（慶尙）

를 連해 부르면서 닷는다. "건너ㅅ도당 내ㅅ도당"은, 아마 "내(川)를 건넛다"는 말을 그러케 틀어서 하는 모양이나, 무슨 까닭으로 이 노래 中에 "아희 하나는 쥐색기, 어룬 하나는 당나귀"라고 집어너엇는지 알 수 업다. 하나, 그것은 그中에 意味와 論理를 求하는 우리가 無理일 것이다. 추우닛가, 論理를 생각할 餘暇도 업시, 입에서 나오는 대로 불는 것일 것이다. 이러케 그들은, 아모리 추운 째에라도 音樂을 잇지 안이하엿다.

그들은, 몬지가 들어 압흔 눈을 부비며, 눈물을 흘녀가면서도, 오히려 "까치야 ⌒ 고기하고 밥 줄게" 云々의 노래를 잊지 안이하엿다. 문ㅅ지방이나 목침을 타고도 "이라 말아 굽 다칠나"라고 勇敢한 노래를 불은다.

그들은 무슨 일이든지 默々히 沒趣味하게 하지를 안이 한다. 그들이 어룬들의 계와 밟는 흉내를 내면서도

계와 밟자 ⌒ ⌒
어화칭々 계와밟자 (이상52쪽)
서룬두장 계와밟자
계와밟자 ⌒ ⌒
경상도 계와밟자　　(慶尙)

라고 노래한다. 달팽이(蝸牛)가 뿔을 내밀면, 그들은 그것을 달팽이가, 그들과 갓치 춤추는 줄노 알엇다. 해서, 그들은 달팽이를 보기만 하면,

영감 ⌒ 장구처라
할맘 ⌒ 춤추어라　　(慶尙)

라고 소래친다. 그들에게는 모든 現象이 音樂的으로 反映되엿다. 또 그들이 만일, 엇든 草根(失名)을 엇게 되면, 그것을 손ㅅ고락으로 부비면서

使令방에 불켜라
軍奴방에 불켜라　　(慶尙)

라고 노래한다. 그러면, 그 草根은 漸々 赤色으로 變하야, 맛치 불을 켯는 것갓치 된다. 그들은 이러한 變化性에 興味를 가지면서도, 그 態度는 科學的이 안이오, 恒常 詩的이며, 音樂的이엇다. 이러케 音樂을 조와하는 그들임을 어머니들은 잘 알엇섯다. 함으로, 어머니들도 그들의 敎育에는 劇的, 音樂的 態度를 取하엿다.

例하면, 어머니들이 아기에게 말을 가러칠 째에는, 어머니가 自己의 머

리를 헌들어 보이면서

    도래⌒ 도래⌒

를 가러친다. 表情은 極히 簡單한 劇的으로, 말은 가장 單純한 音樂的으로 하여야 되는 것이다. 주먹을 쥐엿다 폇다 하면서는

    조막⌒ 조막⌒

을 가러친다. 한편 손ㅅ바닥을 다른 편의 둘쩨 손고락으로 찔넛다 쩨엿다 하면서는

    진々 진々

을 가러치며, 손바닥을 서로 마조 치면서는

    짝장구 ⌒

를 가러치며, 한 손바닥으로 입을, 덥헛다 쩨엿다 하면서는

    아와 ⌒ 아와 ⌒

를 가러친다. 이것은 모다 劇的, 音樂的 發音敎授法이다. 불메란 것을 가러 치고저 할 쌔는, 어머니가 아기의 두 손을 쥐고, 마조 두 발을 아기와 참기 쩌친 뒤에, 아기를 압뒤로 흔들면서

    불메 ⌒ 불메야
    이불메가 누불멘고
    경상도 대불멜세   (慶尙)

라고 불메(鞴)의[184] 모양을 흉내 내여 보인다. 그들에게 이약이를 할 쌔에

도, 普通의 會話로서는 效果가 적다. 함으로 아기 보는 사람들

　　알강달강 서울가서
　　밤한되를 어더다가
　　찰독안에 두엇드니 (이상 53쪽)
　　머리감은 새양쥐가
　　들낙날낙 다까먹고
　　단한개만 남엇구나
　　껍질낭은 애비주고
　　본일낭은 어미주고
　　알킬낭 너하고나하고갈나먹자!　(慶尙)

고 노래한다. 밤 알맹이를, 너하고 나하고만 먹자는 것은, 아기 보는 사람들의 지어낸 말이겟지만, 여긔서도, 아희들과 飮食의 關係를 엿볼 수 잇다. 韻律 가진 말, 卽 音樂이라야, 아기의 興味를 쓰을 수 잇는 까닭으로 이약이도 반다시 이러케 音樂的으로 하는 것이다.

　여러 동무들이 群이 되여 놀 째에, 만일 저도 한번 갓치 그 群 속에서 놀고 십흐다고 하면, "이 애들아, 나도 갓치 놀자ㅅ구나" 해서는, 非藝術的이다. 그럼으로, 그들은

　　참째 들째 다노는데
　　아죽째는 못노는가　(慶尙)

노래하면서, 群衆 속으로 뛰여 들어간다. 音樂은 그들의 生命의 半分이엇다.
　　　　革命的, 征服的
　潑々한 生動的인 그들에게는, 무서운 것이 업섯다. 그들의 압헤 무슨 障害物이 잇슬 째에 그들의 意氣는 그것을 破碎치 안코는 참지 못하엿다.

――――――――――
184 '鞴'(배)는 "풀무"를 뜻한다.

그들은 남에게 지기를 스려하고, 階級的 下待를 미워하엿다.

　만일 거리에서 누구가, 그들에게 어룬이라는 態度로 高慢히 굴면 力腕으로 對敵치 못할 것을 잘 아는 그들은,

　　어룽이 더룽이 동내파랭이　　（慶尙）

라고 辱을 하면서 도망한다. 동내 파랭이란 말은, 아마 洞內에서 파리와 갓치, 남의 것을 빠라먹고 사는 卑陋한 놈이라는 意味일 것이다.

　또 그들의 一群이 뛰면서 노는 것을, 어룬들이 겻헤서 求景만 하고 잇슬 째에는

　　뛰자／＼ 뛰여나보자
　　먼데사람 듯기좃케
　　겻혜사람 보기좃케
　　모기들도 한데자네
　　잇째안이면 언제놀고
　　오소／＼ 이리오소
　　어룬이라고 쌔지말고　　（全羅）

하면서 곳소래를 놉히 친다. 이 노래는 어룬들이나, 或은 아희들이 環을 지어서 춤추며 놀 째에 부르는 것이라고 記憶한다. 그들의 眼中에는 어룬의 쌔는 꼴이 우수윗슬 것이다. 音樂과 舞踊을 모르고 所(이상 54쪽)謂 어룬을 그들은 木偶人視 하엿다. 그들의 意氣에는 傳統的 長幼階級이 쏭갓치 보이엿다.

　同時에, 兩班階級의 子息이나, 富家의 子孫들이 書堂에 가서 글 工夫하노라고 傲慢부리는 것이 俗物갓치 草芥갓치 보이엿다. ― 그들은 詩人이오, 音樂家이엿슴으로, 쏘한 勇士들이엿슴으로, 書堂에 단이는 도련님을 붓들고는

　　서당강아지 쏭강아지

누른밥쌀々 글거서
先生님 한그럿 처박드리시오
나한그럿 잡숫고　（慶尙）

라고 놀려 준다. "이놈들 外面으로 바로 얌전을 쎄면서도, 內心으로는 先生
님을 처먹으라고 하고, 저는 잡숫는다고 생각하는, 表裏不同한 僞善者"라
는 意味의 辱일 것이다. "너희들 쏭강아지에 比하야, 우리의 態度를 보라.
얼마나 率直한 自然兒들이냐" 하는 意味도 包括되여 잇슬 것이다. 童謠에
그러케 깁흔 意味가 잇슬 턱이 잇나, 그것은 너의 自作한 군소리 解釋이다
라고, 웃는 이가 잇다면, 나는 다음의 노래를 그이의 코 압헤 내여놋는다.
그들이 둑겁이를 보면, 그놈의 우수운 꼴을 이러케 말한다.

쑥겁아 〳 너등어리가왜그럿노
全羅監司살적에 妓生妾을만이해서
창이올나그럿타
쑥겁아 〳 너속바닥이왜그럿노
全羅監司살적에 將棋바독을만히두어서
쑥겁아 〳 너눈짜리가왜그럿노
못이백혀그럿타
全羅監司살적에 울군불군만히먹어서
붉힌눈이남어잇네[185]　（全羅）

둑겁이 눈알의 튀여나온 것을, 全羅監司 살 적에 울군불군 搾取해 먹을
쌔 붉혓든 눈이 習慣性으로 남어 잇는 것이라고 한다. 얼마나 痛快한 社會
諷刺이며, 吸血階級에 對한 귀여운 어린 反抗心의 發露이냐! 아희들이라
고 업수히 넉이다가는, 코을 쎄일 것이다.

---

185 노래의 배열이 잘못된 것으로 보인다. "全羅監司살적에 將棋바독을만히두어서/못이백혀
그럿타/쑥겁아 〳 너눈짜리가왜그럿노/全羅監司살적에 울군불군만히먹어서/붉힌눈이
남어잇네"가 바른 배열로 보인다.

다음에, 그들의 勝僻을 보자. 俗談에, 癩病者가 보리밧헤 숨엇다가, 아희들이 지내가면 잡아서, 그 살을 먹어 病을 고치고저 한다고 한다. 함으로 아희들이 혼자서 보리밧흘 지낼 째에는 戰々兢々한다. 하나, 한편으로 그들은 조고마한 復讐心을 늣기게 된다. 夕陽에 보리밧흘 지낼 째는

> 보리밧헤 문둥아
> 해다젓다 나오너라!　(慶尙)

하고는, 문둥이가 정말 나올가 십허 走人字을 쌘다. 그째에 누구가 정말 보리밧 속에서 "어악" 소래를 치고 나왓다고 하면, 그들은 魂飛魄散을 할 것이다. 그러케 神經이 弱한 그들이면서도, 그들의 意氣는 衝天을 하고도 오히려 餘裕가 잇섯다.

만일 누구가 그들에게 "너희들은 아직 어리닛가 發音을 잘못한다"고 하여 보라. 그러면 그들은 (이상 55쪽)

> 저건너 집웅에잇는 콩짝대기가
> 깐콩ㅅ덱인가, 안깐콩ㅅ댁인가

를 서슴지 말고 反覆하여 보라고, 도로혀 우리들에게 難題를 提出한다. 우리들이 그것을 서슴다가는 그들에게 "너희들 어룬도 별 수 업구나" 하는 嘲笑를 밧게 될 것이다. 그들의 眼中에는 어룬도 업고 아희도 업다. 그들에게는 詩가 잇슬 뿐이오, 音樂이 잇슬 뿐이다. 咸鏡道 아희들은

> 별하나쑥짜 행주짝가
> 망태너어 東門에걸고
> 별둘쑥짜 행주짝가
> 망태너어 西門에걸고
> 별셋쑥짜 행주짝가
> 망태너어 南門에걸고
> 별넷쑥짜 행주짝가

망태너어 北門에걸고

를 서슴지 말고, 한숨에 다해 보라고 한다. 별을 싸서 행주로 닥는다고 한
다. 쏘 엇든 咸鏡道 아희들은

　　별하나쑥짜 구어서 불어서
　　　　줌택이너어라
　　별둘쑥짜 구어서 불어서
　　　　줌택이너어라
　　별셋쑥짜 구어서 불어서
　　　　줌택이너어라
　　별넷쑥짜 구어서 불어서
　　　　줌택이너어라

를 서슴지 말고 한숨에 몃 번이든지 反覆하라고 한다. 아희들끼리는 그
反覆의 度數로서 그들의 勝負를 決定한다. 먹구집이인 그들은 별도 밤갓치
먹는 것인 줄 알엇다. 慶尙道 아희들 사이에는

　　별하나쑥짜, 별둘쑥짜
　　별셋쑥짜, 별넷쑥짜
　　별다섯쑥짜, 별여섯쑥짜
　　별일곱쑥짜, 별여덟쑥짜
　　별아홉쑥짜, 별열쑥짜

를 한숨에 서슴지 말고 다해 보라는 것이 잇는 모양이다. 모다 그들의 勝負
의 表現인 것 갓다. 쏘 그들이, 이약이(이약이를 慶尙道에서는 "이박이"
或은 "이박우"라고 한다)의 材料에 窮迫할 째에는

　　이박 저박 쌋치박
　　덤풀밋헤 쪼두박
　　이웃영감 두루박　 (慶尙)

이라고 遁辭를 부린다. 그들은 自退을 卑劫하다고 생각함으로, 무슨 소리든지 해서 그 자리를 糊塗라도 하고야 만다. 또 엇던 아희들은 이약이하라고 졸느면, (이상 56쪽)

옛날옛적 간날갓적에
아희 어룬ㅅ적에
어룬 아희ㅅ적에
툭수바리 영감ㅅ적에
나무접시 少年ㅅ적에
한사람이 잇섯그든…… 　　(慶尙)

하면, 傍聽者들은 발서 窮餘의 헛튼 수작인 줄 알고 "고만 주어라"라고 妨間(야지)를 한다. 엇든 慶尙道 아희들은

이약이 째에기 밧째기
마루밋혜 萬자리
천장밋혜 千자리
배나무밋혜 百자리
신나무밋혜 쉰자리
한울밋혜 한자리. 하々⌒

한다. 釜山 아희들은, 이박우(이약이) 材料에 窮하면, 소래처 노래를 불은다.

이박우 저박우 강태박우
江太한짐 질머지고
佐川장에 팔너갓드니
江太한짐 다못팔고
매만맛고 쏙만쌌네
저아바니안테 기별하니
기별한둥 만둥

저어머니안테 기별하니
기별한둥 만둥
兄님안테 기별하니
기별한둥 만둥
동생안테 기별하니
기별한둥 만둥
게집안테 기별하니
기별한둥 만둥
저할머니안테 기별하니
고내孫子 잘마젓다!　　(洪在範 君의 말)

　江太란 江原道産의 明太란 말이오, 佐川 장은 釜山鎭의 市場이다. 이
노래는 아희들의 獨立性을 말하는 同時에, 그들의 殘忍性 ― 남의 不幸을
快히 녁이는 ― 이 表現되여 잇다. 그러나, 그들의 殘忍性은 그들의 노래
中에 훌륭히 美化되여 잇다.

好奇性

　常的이오, 自然的인 것은, 그들의 感興을 끄을지 못하엿다. 異常하고
非自然的인 現象만이 그들의 快興을 이르켯다. 그들의 感情은 物理的이
안이오, 化學的이엿스며, 그들의 趣味는 科學的이 안이(이상 57쪽)오, 詩的이
엿섯다. 亦是 그들이 이약이 材料에 몹시 졸닐 째에는, 그들의 最後의 秘訣
을 내여 "쏘바부" 할미 이약이를 시작한다.

옛날 옛적에
쏘부랑할머니가 쏘부랑싹지를집고
쏘부랑길을가다가 쏘부랑남게올나가서
쏘부랑쏭을누니 쏘부랑강아지가와서
쏘부랑쏭을 먹거든……
쏘부랑할머니가 쏘부랑싹지로
쏘부랑강아지를 째리니
쏘부랑강아지가 쏘부랑쌩々 ⌒⌒

하면서 달아나드란다.

"자— 이만하면 한 자리 햇구나" 한다. 이 소리가 나오면, 이약이판은 식어지는 법이다. 하나 이 소리는 그들의 꼬부랑 할미에 對한 好奇心에서 産出된 것이다. 그들은 꼬부랑 할미의 꼬부랑 똥과 꼬부랑 강아지의 꼬부랑 쌩쌩에 喝采를 하는 것이다. 아희들은 "장님"에게도 好奇心을 가젓섯다. 그들이 장님 소리를 할 째는, 한 아희가 장님된 아희를 붓들고 다음과 갓치 問答한다.

    봉사 ⌒ 대봉사
    어데를가오 대봉사
    아희잡으려 간다
    아희는잡어서 무엇할네
    코ㅅ구멍에 약할난다!

코ㅅ구멍에 약하겟다는 소래를 들으면, 다른 아희들은 "야 이것바라. 장님(慶尙道에서는 봉사라고 한다.)의 코ㅅ구멍에 약이 되엿다가는 큰일이다" 십허서, 다라날 準備를 한다. 장님을 붓든 兒희는 繼續하야

    東으로갈네 西으로갈네
    길거너줄게 말해바라   (慶尙)

하고는, 장님의 머리를 붓들고, 한바탕 쌩ㅅ이를 돌닌 뒤에는, 어아 소래를 치며 다라난다. 다른 아희들도 다라나고, 장님은 아희들을 잡으려고 쏫처 간다. 잽히는 아희는 다음번의 장님이 되는 것이다. 생각컨덴, 이 소리의 起源은 이러할 것이다. 옛날 엇든 아희가 장님의 도랑 건너려고 애쓰는 꼴이 불상해서, "여보, 장님 어듸로 가시오" 하고 물엇다. 장님은 아희의 親切에 侮辱感을 이르켯다. "이놈 내야 어듸를 가든, 네게 업다 달나니" 하는 생각으로 "아희 잡으려 간다"고 威嚇을 하엿다. 아희는 "이걸 좀 놀려주리라" 하고는 "아희는 잡아서, 무엇 할네" 하고 물엇다. 장님은 내친 길에

더 威嚇的으로 "코ㅅ구멍에 藥할난다"라고 對答하엿다. 아희는 골이 번적 나서 "에, 이놈의 장님" 하고는, 쌩々이를 식힌 뒤에 도망질을 하엿다. 장님은 그 애를 잡으려고 터덕그렷다. 아희는 집에 도라와서, 지낸 光景을 가만히 생각하여 보니 꼭 한판의 노리꺼리가 되엿다. 해서, 동무 아희들을 모와다 놋코 시작해 본 것이, 이 장님노리(이상 58쪽)일 것이다.

　그들은 밋구라지(鰍魚)의 짝々 벌니는 입에도 興味를 늣겻다.

　그리고, 아마 저희들과 갓치 먹을 것을 달나는 意味이라고 解釋하엿다. 해서, 그들은 밋구라지를 건저다 놋코는

　　아구리 짝々 벌녀라
　　열무짐치 들어간다　　(慶尙)

를 反覆 노래한다. 그들은, 말을 보기만 하면

　　콩복가줄게 배처라　　(慶尙)

를 놉히 질은다. 그러면, 말은 콩이 먹고 십허 그런지 '오르간'을 내여서 저 배을 친다고 한다.

　俗談에 우슴 잘 웃는 사람을 "방긔만 쮜여도 웃는다"고 하지만, 아희들은 방긔 쮜는 말만 들어도 웃는다. 그들의 노래 中에는 이러한 것이 잇다.

　　아자바 짜자바 아듸가노
　　새잡으러 간다
　　한마리다고 구어먹자
　　두마리다고 쩨지먹자
　　쩨지남게 불이붓허
　　요록쏘록 박쏘록
　　臙脂색기 분쏘록
　　숭어색기
　　납조록

오좀이쨜씀 방구투두랑탕　　(慶尙)

하고는, 허々 치며 웃는다. 論理도 업는 노래이지만, 오좀이 잘금하고, 방기가 투두랑탕 나온다는 것이, 그들의 笑神經을 매우 刺戟하는 모양이다.

愛―悲愛

　最後로 特히 말하여 둘 것은, 그들의 귀여운 愛情의 萌芽이다. 이것은 엇던 나라 아희들보다, 우리 아희들의 가삼 속에 깁히 아름다운 뿌리를 박고 잇는 것 갓다. 以上에서 煩述한 諸兒童性은 外國의 童謠에서도 다 갓치 發見할 수 잇는 바이다.(外國과의 比較는 後日에 鄭寅燮 君의 完全한 發表가 잇겟기로, 나는 一切을 略하엿다.) 하지만 仁情愛―라고 할는지, 特히 그들의 아치러운 愛心의 萌芽는 外國 童謠 中에 만흔 類例를 求하기 어렵다. 一例을 들면, 英米 아희들은

　　Rain, rain go away,
　　Come again another day;
　　Tommy Piper wants to play.　　Mother Goose.

라고 한다. 大意를 말하면

　　비야 ⌒ 오지 마라
　　다음날에 쏘 오너라
　　「톰미 파입퍼」 못놀겟다 … (「母鵝」에서)

고, 놀지 못하는 것을 恨嘆한다. 日本 아희들은 (이상 59쪽)

　　雨こん ⌒ 降つとくれ
　　あしたの晩に 降つとくれ

라고 한다. 大意는

　　비야 ⌒ 오너라

來日 밤에 오너라

는 것이다. 英國 아희들은, 다음날에 오라고 하고, 日本 아희들은 來日 밤
에 오라고 한다. 여긔에 國民性의 一部가 表現되엿다. 今日主義的은 日本
아희들은, 오늘만 안이 오면, 來日 밤에야 오든지 말든지 關係치 안타고
하지면, 英國 아희들은, 좀 더 餘裕 잇게 다음날에 오라고 한다. 하지만
朝鮮 아희들은, 놀지 못하는 걱정보다는, 누의님의 結婚服이 저즐가 念慮
한다.

　　　비야〳 오지마라
　　　우리누나 싀집간다
　　　가마쏙지 비틀치면
　　　다紅치마 얼넝진다
　　　무명치마 둘너쓴다
　　　비야〳 오지마라　　（慶尙）

라고 한다. 全羅道 아희들은

　　　비야〳 오지마라
　　　우러머니 싀집간다

라고 한다. 어머니가 싀집간다는 건, 우섭지만, 柳春燮 君의 말에 依하면,
全羅道에서는 이 노래에 關하야 다음과 갓흔 傳說이 잇다. 논고동이 색기
를 칠 쌔에는, 母體의 底部에 産卵을 한다. 그 産卵은 母體를 食糧으로
하야, 生長함으로 고동의 색기가 一個의 고동이 될나면, 母體를 盡食하는
것이다. 함으로, 어미고동은 색기를 위하야 그의 生命을 犧牲하게 되는
것이다. 비가 올 쌔면 껍질만 남은 어미고동은 定處업시 등〻 쩌나가게
된다. 이것은 맛치 아기를 길느느라고 애쓰는 어머니의 獻身的 愛情에 比
할 만한 것이다. 해서 아희들이 비오는 날 어미고등의 뷘 껍질을 보고는
쏘 或은 그것을 聯想하고는 "비야〳 오지마라, 우러머니 싀집간다"를 부

르는 것이 原意이라고 한다.

　이러케 朝鮮 아희들은, 비오는 날을 當하면, 外國 아희들이 想像도 못할 여러 가지 아처러운 설엄을 노래한다. 그들은 어렷슬 째붓허 人生의 悲哀를 맛보앗다. 이것은 過去 우리 民族의 외롭고 悲痛한 生活을 말하는 것이 안이고 무엇시랴!

　우리 아희들은 綠豆남게 안즌 새를 보고는, 靑푸장수 할머니의 설엄을 위하야 쓰거운 同情을 밧처 노래한다.

　　새야〳〵 파랑새야
　　녹두남게 안지마라
　　녹두쏫이 써러지면
　　청푸장수 울고간다

　부르는 아희들에게는 尋常하다 할지라도, 듯는 우리는 이 노래에 울(이상 60쪽)지 안을 수 업다. 이 노래는 우리 朝鮮民族의 過去 現在의 全 歷史生活을 한 말에 表現한 것이다. 幸福스런 外國 아희들은 生의 悲哀를 모르고 자란다. 하지만 우리 아희들은 어룬과 함긔 生의 苦痛을 맛보며, 生의 苦痛에 눈물짓는다. 生의 苦痛을 맛보고, 그 苦痛에 눈물짓는 아희들은, 그것을 凡然히 생각하는지 몰으고, 第三者들은 그것이 兒童의 處地로서는 幸福스럽다고 할는지 몰으겟다. 하나, 第二者인 우리의 處地로서는, 天眞한 우리 아희들에게, 生動的인 우리 아희들에게, 勇敢한 우리 어린 사람들에게, 悲哀感을 주게 되는 것이 얼마나 憤한 일이며, 얼마나 붓그러운 일인가! 그들은 우리의 슬퍼하는 것을 보고 우리와 함께 울고저 한다. 하나, 우리들의 罪로서 우리의 아희들을 울니는 것은 우리의 참아 못할 일이 안인가. 그들은 어머니의 품속을 그들의 天國이오 樂地로 생각한다. 해서, 그들은

　　새는〳〵 남게자고
　　쥐는〳〵 궁게자고
　　돌에붓흔 쌍갑지야

남게붓흔 솔ㅅ방울아
나는〜 어듸잘고
우리엄마 품에자지   (慶尙)

라든지, 쏘는

숭어색기 물에놀고
밋구랭이 쌜에놀고
나는〜 우러머니품에노네   (慶尙)

하고, 어렷슬 째에도, 어머니의 가슴을 讚美한다. 하지만, 그들이 將次 커
지면 어머니의 가슴을 일허버리지 안이치 못할 것을 그들은 잘 알엇다.

새는〜 남게자고
쥐는〜 궁게자고
나는〜 우러머니품에자고
五六年이 되여가니
속절업시 써러지네?   (慶尙)

라고 큰 아희들은 노래한다. 이것이 엇지, 다맛 兒희들의 平凡한 恨嘆쑨이
랴. 生長코저 하는 아희들이면서도, 朝鮮의 아희들은 長成하기를 슬퍼하엿
다. 왜? (이상 61쪽)

牛耳洞人, "童謠研究(一)", 『중외일보』, 1927.3.21.

◇ 머리에 한마듸

> 달아달아 밝은달아
> 리태백이 노든달아
> 달가운대 계수나무
> 옥도끼로 찍어내고
> 금도끼로 다듬어서
> 초가삼간 집을짓고
> 부모량친 모셔다가
> 천년만년 살고지고

　이 놀애는 朝鮮 어느 곳을 가든지 어린이들이 불른다. 이 놀애가 어린이
들의 입으로 불르게 된지는 오래엇지만 十餘年 前까지도 놀애라고만 하얏
지 "童謠"란 말을 부치어 부르지 안 했다. 뿐만 아니다. "童謠"란 이름부터
몰랐다. 그러든 것이 지금은 말할 줄 아는 어린이면 "童謠"라는 것이 무엇인
지 잘 안다. 그리고 암만 어린 학생이라도 創作童謠까지 製作하게 되엇다.
그리고 現在 朝鮮文壇에 韓晶東, 文秉讚 氏 外 數人의 童謠作家가 出現하
얏다. 아즉 以上에 列擧한 몃 분을 完全한 "童謠作家"라고 斷言은 할 수
업스나 그들의 밟아가는 길을 보면 얼마 잇지 안하서 내가 그들을 "童謠作
家"라고 斷言할 째가 잇슬 줄 안다. 筆者도 퍽 오래 전부터 童謠와 詩에
留意하야 왓스나 "이러타"할 만한 童謠 一篇을 지어 發表하지 못하얏다.
이제는 한 三年 되엇지만 어떤 新聞社에서 童謠를 懸賞으로 募集할 째에
「귀곡새」란 童謠를 一篇 投稿한 일이 잇섯는데 選者가 마음대로 쓰더고치
고 씃 절은 빼고 "選外"로 當選하야 망신당한 일이 記憶된다. 選者가 筆者와
親分이 잇서 마음대로 고친 것인데 고친 것이 돌이어 原作만 못하야 筆者는
不安을 품고 잇든 중에 柳志永 氏가 『朝鮮文壇』에 記載한 評文에 筆者의

童謠는 아모 것도 아니라 表明하야 "창피"한 생각이 아즉도 남아 잇다.[186]

空然이 쓸대업는 이약이를 하얏나 보다. 어찌하얏든 筆者도 童謠에 留意한 사람 中의 一人이기 때문에 이제 童謠에 關하야 되는대로 멧 마듸 해 보려고 한다. 아즉 童謠에 留意만 하얏지 硏究를 別로 하지 안 해서 여긔에 日本 西條八十 氏의 『現代童謠講話』와 野口雨情 氏의 『童謠作法』과 내가 생각한 意見과 綜合하야 이약이한다는 것을 미리 말하야 둔다.

牛耳洞人, "童謠硏究(二)", 『중외일보』, 1927. 3. 22.

◇ 童謠의 起原

童謠가 어느 째부터 불려젓는지 알 수 업는 일이다. 어린애들을 가만이 注意하야 보면 암만 말할 줄 모르는 아이라도 무어라 웅얼웅얼하는 것을 볼 수가 잇다. 이것만 보아도 人類 歷史가 잇는 始初부터 童謠가 어린이의 입에서 불려젓스리라고 생각한다.

달아달아밝은달아
리태백이노든달아

란 이 童謠를 보면 分明히 李太白이가 달을 낙그다가 죽은 以後에 불려진 것이겟다. 그런데 우리는 가끔 무슨 意味인지 알지 못할 童謠를 볼 수 잇다.

---

186 유지영의 「童謠選後感(東亞日報 所載)을 읽고」(『朝鮮文壇』, 1925년 5월호)를 가리킨다. 여기에서 이학인(우이동인)의 「귀곡새」를 두고 "所謂 選外佳作으로 選拔한 것 중 選者가 寓居하는 집 主人의 족하로 選者와 師弟와 가튼 關係가 잇는 李學仁이란 사람의 「귀곡새」 (중략) 大體 이것이 엇지 해서 童謠의 門에인들 들어갈 수가 잇겟습니까. 詩로나 佳作입니까. 「톡기와 거북」과 갓흔 唱歌로나 佳作입니까?"라며 혹평한 것을 이르는 것이다.

새야새야 파랑새야
너어하야 나왓느냐
솔닙대ㅅ닙 푸릇키로
봄철인가 나왓드니
백설이펄펄 헛날린다
저건너저―靑松綠竹이 날속이엇네

이 童謠의 意味는 別로 神奇롭지도 안흘 쑌 아니라 무슨 意味인지 좀
모호하다.
이 童謠는 甲午 東學亂 째에 全琫準 氏의 失敗를 吊傷한 意味에서 나온
것이라 한다. 다시 말하면 全琫準 氏가 째아닌 째에 나왓다가 失敗 當하얏
다는 설은 놀애이다. 쏘 東學亂에 對한 童謠가 하나 잇스니

갑오세 갑오세
을미적 을미적
병신되면 못간다

란 것은 甲午年에 東學亂이 쌀리 成功하여야지 萬一 甲午年에 成功치 못하
고 乙未 丙申에 다달으면 東學亂이 失敗한다는 意味이다. 다시 말하면 쑤
물쑤물하지 말고 革命運動을 쌀리 行하라는 쯧이다.

알에ㅅ녁새야 웃녁새야전주고부 두도새야 두루박, 쌱쌱우여

이 童謠는 甲午 東學亂에 金介南이란 사람이 全琫準과 함께 닐어낫다가
頭流山(智異山) 下 朴姓人에게 敗한다는 意味라 한다. 이것이 東學史에
기록되어 잇는 것인데 우리는 이러한 童謠를 보면 過去의 童謠가 어쩌케
起原이 되엇는지 짐작할 것이다.
　　　◇ 童謠의 意義
童謠는 어린이들이 불르기 쉬운 놀애이다. 말은 처음으로 배우는 젓먹이

어린이라도 부를 수 잇게 쉬운 말로 지은 놀애다. 자세히 말하면 "兒童 自身이 創作한 詩"의 意味다. 곳 "兒童들이 自己의 感動을 何等의 形式에든지 拘束하지 안코 自己 스스로의 音律을 마추어 부르는 詩"의 意味다.

요사이 朝鮮서 小學校나 普通學校에서 兒童들이 부르는 唱歌는 大部分이, 아니 全部가 功利的 目的을 가지고 지은 散文的 놀애이기 째문에 無味乾燥한 놀애뿐이어서 寒心하기 짝이 업다. 우리들은 곳 童謠에 쯧을 둔 이들은, 藝術美가 豊富한 곳 어린이들의 空想과 곱고 째끗한 情緒를 傷하지 안케 할 童謠와 曲調를 創作해 내지 안흐면 안 될 義務가 잇다고 생각한다.

從來의 唱歌라는 것은 全部 露骨的으로 말하면 敎訓 乃至 知識을 너허주겟다 目的한 功利的 歌謠이기 째문에 兒童들의 感情生活에는 何等의 交涉도 가지지 안흔 것을 遺憾으로 생각하고 그 缺陷을 補充하기에 滿足한 內容 形式보다도 藝術的 香氣가 잇는 新 唱歌를 創作하겟다는 것이 童謠 運動의 目的이라고 생각한다. 그리하야 新興 童謠의 定義는 "藝術的 味가 豊富한 詩"라고 할 수 잇다.

◇ 唱歌와 童謠

朝起

닐어나오 닐어나오
맑은긔운 아츰날에
새소리가 먼저나오
닐어나오 닐어나오
아츰잠을 일즉째면
하로일에 덕이라오

닐어나오 닐어나오
아츰잠을 늦게째면
만악(萬惡)의본이라오
닐어나오 하는소리
놀라서 꿈을째니

상쾌하다 이내마음

반달

푸른하늘銀河물
하얀쪽배엔
桂樹나무한나무
톡기한마리,
돗대도아니달고,
삿대도업시,
가기도잘도간다,
西쪽나라로.

銀河물을 건너서
구름나라로,
구름나라지나면
어대로가나,
멀리서반짝반짝
비추이는것,
샛별燈臺란다
길을차저라.

—계속—

牛耳洞人, "童謠硏究(三)", 『중외일보』, 1927.3.23.

우리는 「朝起」와 「반달」을 創作한 作者의 心理가 퍽 다른 것을 볼 수 잇다. 이러한 놀애는 두 가지로 난홀 수 잇다. 「朝起」를 쓴 作者는 아모 感興도 업는 것을 "어린이에게 일즉 닐어나게 하기 위하야" 쓴 것이오 「반달」을 쓴 尹克榮 氏는 이러한 功利的 目的이 하나도 업시 詩的 感興이 닐어나서 쓴 것이다. 「朝起」와 가튼 類의 놀애는 어린이들이 學校에서 强制로 배워 주면 할 수 업시 불르지만 絕對로 學校 以外에서는 불르지 안는다. 불를내야 別로 잘 記憶도 안 될 것이다. 그러나 「반달」은 學校에서도 가르 켜 주지 안흔 놀애이지만 現下 全朝鮮에 퍼젓다. 「반달」이란 童謠가 짓기 도 잘 지엇거니와 더욱이 曲調가 조하서 筆者도 「반달」을 놀애하는 것을 들을 째에는 "工夫고 事業이고 다— 집어치우고 이 놀애 들엇스면" 하고 忘我的 恍惚을 感覺한다. 筆者도 심심할 째엔 「반달」과 「작은 갈매기」를 불르곤 한다. 우리 朝鮮에서도 小學校에서 以前 唱歌라고 하는 것을 唱歌 全 科目으로 하지 말고 童謠를 가르켜 주지 안흐면 안 될 것이다.

◇ 創作 注意

작을갈매기[187]

둥근달밝은밤에 바닷가에는
엄마를차즈려고 우는물새가
南쪽나라면故鄉 그리울째에
늘어진날개까지 저저잇고나

밤에우는물새의 슯흔신세는
엄마를차즈려고 바다를건너
달빗밝은나라를 헤매다니며
엄마엄마부르는 작은갈매기

이 놀애의 말이 얼마나 아름답습니까. 붓잡으면 살아질 듯한 놀애다. 암 만 잘된 童謠라 할지라도 마음이 보들압지 못하고 거칠고 구든 마듸가 잇스 면 眞實한 童謠가 될 수 업다. 이 「작은 갈매기」는 現在 朝鮮 童話界의 "王"이라고 부르는 方定煥 氏가 日本 童謠 「濱千鳥」[188]란 것을 「갈매기」라고 題目을 고치어서 飜案한 것이다. 그러면 「濱千鳥」란 原文은 어쩌한 것인가.

---

187 '작은갈매기'의 오식이다.

188 「濱千鳥」(浜千鳥)는 1920년 가지마 메이슈(鹿島鳴秋, 1891~1954)가 작사하고, 히루타 류타로(弘田龍太郎, 1892~1952)가 작곡한 일본의 동요다.

青い月夜の 濱邊には
親をさがして 鳴く鳥が
海の國から 生れ出ゐ
ぬれたつばさの 銀の色.

夜なく鳥の かなしさは
親をたづねて 海を越え
月ある國に 消えて行く
銀のつばさの 濱千鳥.

朝鮮서「작은 갈매기」가 全 朝鮮에 퍼진 거와 가티 이「濱千鳥」도 日本
全國, 아니 日本 사람 사는 곳에는 어느 곳이든지 퍼진 것이다. 아마 우리
朝鮮 小學生 中에서도 이「濱千鳥」를 別로 모를 이가 업슬 줄로 생각한다.

作家로 안저서 어써한 感興을 어덧스며 "이것은 어린이가 부를 것이다"
란 생각을 니저서는 안 된다. 그리하야 童謠作家로 안저서는 "어린이"들과
동무가 되어서 "어린이"들의 말에 注意하야 듯고 童謠 創作할 쌔에는 어린
이의 말로 쓰지 안흐면 안 될 것을 니저서는 안 될 것이다.

그리고 쏘 어린이들의 고은 마음을 상치 안흘— 곳 어린이들에게 낫븐
影響을 줄 作品인가? 조흔 影響을 줄 作品인가를 區分해 보지 안흐면 안
될 것이다.

◇ 作者의 感動

여러분은 이 우에서 今日의 童謠가 從來의 唱歌가티 單純히 兒童 興味를
中心으로 한 乃至 知識 敎訓 等을 包含해서 兒童에게 주기 위하야 創作한
"오부라토"[189]式 歌謠가 아닌 것을 알 터이지오? 곳 今日의 童謠가 作者
自身의 眞實한 感動이 널어나서 이것을 兒童이 불러서 깃버할 쑌만 아니라
作者 自身도 이것을 지은 데에 創作의 歡喜를 늣길 것이다.

---

189 포르투갈어 오블라투(Oblato)의 일본어 발음 '오부라토(オブラート)'로 보인다. 녹말로 만
든 반투명의 얇은 종이 모양의 물건으로, 맛이 써서 먹기 어려운 가루약이나 끈적거리는
과자 따위를 싸서 먹기 좋게 만드는 데 쓴다.

그리해서 從來의 唱歌의 大部分이 藝術品이 아니고 童謠가 그 代身으로 藝術的 唱歌라고 하는 理由는 眞實로 이 點에 存在한 것이다.

가나리야

놀애를니저버린 가나리야는
뒷동산수풀속에 버려둘가요
아니,아니,그것은 안되겟서요

놀애를니저버린 가나리야는
압강변모래바테 파무들가요
아니,아니,그것은 안되겟서요

놀애를니저버린 가나리야는
실버들채찍으로 째려볼가요
아니,아니,그것은 가엽습니다.

눌애를니저버린[190] 가나리야는
상아배에은 노를부려노코서[191]
달밝은바다에 씌어노흐면
니저버린놀애를 생각하지오.

牛耳洞人, "童謠研究(四)", 『중외일보』, 1927.3.24.

이 童謠는 日本 童謠作家로 有名한 西條八十 氏의 名作인데 急速히 飜譯하노라고 하야 흠집이나 내지 안 햇는지 모르겟다. 그러나 別로 흠집이 낫스리라고는 생각되지 안는다. 西條八十 氏가 이 「가나리야」[192] 一篇을

---

190 '놀애를니저버린'의 오식이다.
191 작품은 원문대로 전사하였는데, '상아배에은노를 부려노코서'로 떼어 써야 옳다.
192 「金紗雀」은 사이조 야소(西條八十)가 1918년 『赤い鳥』(11월호)에 처음 「かなりあ」로 발

쓴 動機를 紹介하면 조켓스나 넘우나 길어서 그만둔다. 作者는 '우에노' 공원에[193] 가서 散步하다가 지나간 어린 째를 追憶하고 感動된 바가 잇서 썻다고 한다. 作者의 動機의 끗절에 다음과 가티 말하얏다. 윈 처음에 「가나리야」를 다시 記錄하야 가르되

　이와 가티 뭇고 이와 가티 對答하는 어머니와 아들 소리는 참으로 當時의 나의 가슴 가운대에 쩌나지 안햇다. 自問自責의 소리의 象徵에 지나지 안흐나 그러나 역시 歲月의 寬大한 손바닥은 이 섊은 金絲雀(가나리야)에 니저버렷든 녯날의 놀애를 回想할 機緣을 주엇다. 나는 쌀하서 一個의 詩人으로 再生하얏다. 今日에도 나는 이 놀애를 닑으면 當時의 自己의 切迫 緊張햇든 氣分이 생각나서 눈물을 흘리지 안흘 수 업다. 그리해서 그째의 悲壯한 介在된 生活 感動이 無意識 中에 다시 나타나서 이 놀애를 낸 것을 切實히 늣긴다. 實로 「가나리야」의 놀애는 나의 一個人의 感銘 깁흔 自敍傳 一節이다.

라고 말하얏다. 筆者가 性急하야 正確하게 飜譯을 하지 못하얏지만 大槪의 쯧은 理解할 줄 안다.
　이제 우리 童謠作家의 作品을 하나 紹介하려고 한다.

소금쟁이
장포밧못가운대 소금쟁이는
1234567 쓰며노누나
쓰기는쓰지만두 바람이불어
지워지긴하지만 소금쟁이는
실타고도안하고 쌩쌩돌면서
1234567 쓰며노누나

표하였다.『赤い鳥』의 전속 작곡가였던 나리타 다메조(成田爲三)가 이 동요에 곡을 붙였고, 1919년『赤い鳥』(5월호)에 악보와 함께 발표할 때 제명을 「かなりや」로 바꿨다.
193 우에노 공원(上野公園)은 일본 최초의 공원으로 도쿄의 공원 중 가장 넓은 규모를 자랑한다.

이 童謠가 鎭南浦 三崇學校에서 敎鞭을 잡고 잇는 韓晶東 氏의 創作童謠인데 『東亞日報』의 新年號인가 무슨 記念號에 一等으로 當選한 것이다. 이 童謠도 全 朝鮮에 퍼저서 "어린이"들이 자나 째나 볼르는[194] 것이다. 이 童謠가 發表된 當時에 어떤 분이 「소금쟁이」는 日本 童謠의

小池の小池の みづすまし
いろはにほへと 書いてゐる
書いても書いても 風が來て
消しては行けと みづすまし
あきずにあきずに お手習ひ
いろはにほへと 書いてゐる

와 갓다 하야 非難을 만히 바닷스나 그것은 한 誤解엿섯다. 筆者가 韓晶東 氏를 잘 알므로 「소골쟁이」[195]가 이상하게도 日本 童謠와 갓지만 韓晶東 氏의 創作品인 것을 確實히 안다. 이제 나는 韓晶東 氏가 이 「소곰쟁이」쓴 動機를 여러분께 紹介해 볼가 한다.

　　나는 본래 물 만흔 곳 다시 말하면 섬(島)이나 다름 업는 곳에서 자라난 사람이다. 어려서부터 소금쟁이와는 親하얏다. 그 親하게 된 理由는 이러하다. 나는 물 만흔 곳에서 자라나면서도 헤염칠 줄을 몰랏다. 그래 書堂의 여러 동무들에게 여간 놀리움을 밧지 안햇다. 그런데 하로는 田○○이란 사람이 소금쟁이를 잡아 먹으면 헤염을 잘 치게 된다고 하는 말을 들엇다. 이 말을 고지들은 나는 이로부터 남모르게 소금쟁이 잇는 곳을 차저가서는 잡기로 애를 썻다. 얼마ㅅ동안 애를 무한히 썻지만 소금쟁이는 한 마리도 잡지 못하얏다. 그러나 결국 헤염만은 치게 되엇다. 그래 田○○란 사람의 하든 말이며 소금쟁이는 언제든지 記憶에서 살아지지 안햇다. 이와 가티 생각에서 써날 줄 모르든 소금쟁이를 詩로 읇게 된 徑路는 쪼한 이러하다.
　　내가 高等普通學校를 卒業한 後에는 生活上 關係로 故鄕을 써나게 되엇다.

---

194 '볼르는'의 오식이다.
195 '「소곰쟁이」'의 오식이다.

그럼으로 故鄕을 늘 憧憬하게 되엇다. 더욱이 내가 詩에 趣味를 둔 後부터는 鄕土에 對한 憧憬은 日復日 더하게 되엇다. 그런데 내가 詩를 쓰기 始作한 것은 一九四二年[196] 봄부터이다. 그 이듬해 一九二三年 첫녀름 六月이다. 나는 故鄕을 차젓다. 그째는 바루 논에 물을 잡아녀코 혹 갈기도 하며 移秧하는 째이다. 農家 에서는 퍽 분주한 째이다. 그런데 내 故鄕에는 兄님과 아우와 親戚들이 만히 살고 잇다. 다소 분주도 하려니와 나는 어린애를 퍽 사랑하는 까닭으로 나의 족하가 그째 여섯 살 된 애와 네 살 된 애와 돌 된 아이 셋을 더리고 들로 젓 먹이러 나가든 길이엇다.

　기름이나 바른 것처럼 반작반작 아름다운 新綠의 미트로 수문(水門)을 通하 야 물이 들어오는 개굴에는 장풍(창포)의 향긔를 더욱 모내리 만치 작은 바람이 불어오는 째이다. 마츰 그 水門 턱에는 소금쟁이 네다섯 놈이 물에 밀리어서 내려오고 쏘 올라갓다 내려오군 하얏다.

牛耳洞人, "童謠硏究(五)", 『중외일보』, 1927.3.25.

　수태도 재미스러워서 야 殷爕아(여섯 살 된 아이) 저 소금쟁이가 무엇하고 잇니 하고 물엇드니 그 애는 죽음도 주저치 안코 아저씨 그것 소금쟁이가 글 쓰느나 하얏다.

　나는 생각도 못하얏든 意外의 대답에 놀래엇슬 쑨 아니라 곳 그째의 實景을 그려서 詩 한 篇을 써 보앗다──(그째 바람이 조금씩 불기는 하얏지만 물결이 일 만한 바람은 아니엇다. 바람이 불어서 지워지군 한다는 것은 原作을 고칠 째에 말에 궁해서 그저 잡아 너흔 것이다. 그째의 實景이 아즉도 눈에 쩐하다.)

　장포바테
　소금쟁이

196　이 부분은 韓晶東의, 「(文壇是非)소곰쟁이는 번역인가?」(『동아일보』, 26.10.9)에서 인용 한 것인데, 한정동의 원문에 '一九二二年'으로 되어 있다. 시간상으로 보아도 '一九二二年' 이 맞다.

글시글시
쓰며논다

글시글시
쓰지만도
물들러서
지워진다

지워저도
소금쟁이
글시글시
쏘써낸다

그 詩의 原作은 니러하다.

그런데 말이 넘우도 길어지지만 나는 어썬 싸닭인지 四四調나 八八調를 그닥지 조하하지 알는[197] 싸닭에 이것을 自己가 조하하는 七五調로 고첫스면 혹 어썰가? 하고 여러 번 생각도 하얏고 쏘 童詩에는 쉽고도 재미로운 것이 조흐려니 하는 생각으로 "글시글시"란 것을 좀 더 재미롭게 하기 爲하야 數字 1234567을 너흔 것이오 쏘 지워진다는 말을 형용할 수가 업서서 바람을 불어도 안흘 것을 억지로 잡아너헛든 것이다. 그럼으로 나로서는 改作이 原作만 못하다고 생각한다.

이것이 쏘 무슨 말쩌리나 되지 안흘지 모르나 筆者도 良心이 잇는 사람이니싸 족음도 거리씸업시 紹介한 것이다. 그리고 作者가 創作의 動機를 적을랴면 하도 만키에 以上 두 분의ㅅ것만 紹介한다.

◇ 藝術이란 무엇인가

藝術이란 무엇인가. 이것은 참으로 어려운 問題 中의 하나다. 西條八十 氏의 말을 빌면 이러하다.

藝術은 人生의 觀照라고 불러도 관계치 안타. 人生의 觀照란 것은 우리 人間이 여러 가지 弛緩한 雜念을 버리고 緊張하고 眞摯한 마음으로 된 人

---

197 '안는'의 오식이다.

生의 第一義를 생각하는 것이다. 皮相的이 아닌 點의 意義에 對한 人生—
깁히 全體的으로 人生을 생각하는 것이다.

그리해서 이 一種 莊嚴한 心境으로부터 나온 것이 藝術이다. 그러한 고
로 적어도 藝術이라고 이름 부친 作品에는 그 作者가 人生을 본 째의 眞實
한 더할 나위 업는 感動이 나타나지 안흐면 안 될 것이다. 또 일편으로
말하면 이 人生 觀照로부터 나온 藝術이 우리 人間에 주는 刺戟 乃至 印象
이라고 할 心的狀態를 總括한 이름은 "美"다. 하야 一般으로 藝術의 目的은
美의 創造에 잇다고 말한다. 그것은 藝術을 이 裡側으로 본 째의 定義다.
곳 繪畵는 形과 色彩에 依하야 그 美를 創造하려고 하고 彫刻은 形에만
依하야 또는 普通은 音響에 依하야 그 美를 創造하랴는 것이다. 그리하야
서 詩는 人間의 言語를 그 表白의 媒介物로 하야 그 美를 創出하는 것이다.
米國에 有名한 詩人 '에도카아·아란·포'[198] 氏는 "詩는 美의 韻律的 創造
라"고 말한 것도 이 意味다.

그런 고로 一節의 놀애에 作者의 그 人生에 對한 眞摯한 感動이 가득한
境遇에는 그 놀애는 藝術的 價値가 잇는 것이 된다. 또는 藝術品이 되는
것이다. 만약 여긔에 反對되는 境遇에는 그 놀애가 如何히 아름답고 如何
히 巧妙하게 썻다 할지라도 嚴重한 意味에 依하야 藝術品이라고 불를 수
업다.

우에 筆者가 「朝起」는 藝術的 歌謠라고 할 수 업지만 「반달」은 훌륭한
藝術品으로 일러 주는 것은 以上과 가튼 理由에 依함이다.

◇ 三 詩人의 童謠觀

이제 나는 日本 詩人의 三木露風 氏의 童謠觀을 紹介하겠다. 三木露風
氏는 童謠集 『眞珠島』의 序文 中에 말하기를

---

198 포(Edgar Allan Poe, 1809~1849)를 가리킨다. 미국의 시인, 소설가, 평론가이다. 환상적,
괴기적인 단편 소설과 음악적인 시를 지어, 순수시의 시론과 더불어 상징파 등에 큰 영향을
끼쳤다. 작품에 시 「갈까마귀」, 「애너벨 리(Annabel Lee)」, 소설 「황금 풍뎅이」, 「검은
고양이」, 「어셔가(家)의 몰락」 등이 있다.

童謠에는 역시 自己自身을 表現한다. 自己自身을 表現하지 안흐면은 조흔 童謠가 아닙니다. 創作態度로써는 童謠를 創作하는 것도 自己自身을 놀애하는 것이라고 생각합니다. 童謠는 곳 天眞스러운 感覺과 想像이란 것을 쉬운 말로써 놀애한 詩입니다. 쉬운 어린이의 말은 그것은 정말 詩와 다르지 아흔[199] 것을 쉬운 어린이의 말로 나타낸다는 意味입니다. 그리하야 童謠는 詩입니다.

牛耳洞人, "童謠研究(六)", 『중외일보』, 1927.3.26.

여긔 또 北原白秋 氏의 童謠觀을 紹介합니다.

童謠는 結局에 어린이의 말로 쓰는 것을 이름이다. 나는 童謠를 지을려면 먼저 어린이에게 돌아가라고 말햇스나 그럴 必要는 업고 童謠를 쓸 째에 어린이의 말, 그대로 쓰기만 하면은 童謠가 되는 것이다.

西條八十 氏의 童謠觀은 어써한가.

童謠는 詩라고 할 수 잇다. 世上에는 이 明白한 事實을 알지 못하고 童謠를 쓴 사람이 매우 만타. 童謠라고 하면은 오즉 調子의 아름다운 文句와 어린이들의 조하할 題材를 늘어노코 甘味가 만타고 하야 쯔이는 놀애만 써도 조타고 생각햇다. 그의 藝術的 氣韻이란 것은 족음도 생각하지 안는 作者가 만핫다. 그것을 注意할 것이라고 생각한다. 나의 意見으로는 童謠는 어대까지든지 詩人이 써야 될 것이라고 말하는 것은 나는 世上에 흔히 잇는 職業的 詩人을 가르치는 것은 아니다. 참으로 詩人의 魂이 잇는 사람으로써 붓을 잡아야 한다. 그리 하지 안흐면 우야 從來의 唱歌란 名稱을 童謠라고 불르는 것을 고칠 必要가 어대 잇슬가? 從來 이 敎育의 손에서 지어진 어린이 놀애를 詩人이 대신 마타서 創作하는 것이야말로 新興童謠의 童義를[200] 確立하는 것이다.

---

[199] '안흔'의 오식이다.

이 外에도 紹介할 童謠觀이 만치만 大槪 비슷한 것이어서 고만둔다.

◇ 童謠도 詩일가

童謠가 藝術品이 될랴면 作者의 人生에 對한 眞摯한 感動이 널어나서 創作하지 안흐면 안 된다고 이 우에서도 말햇다. 或은 歌謠가 藝術品이라고 하는 것은 곳 그 歌謠가 詩라고 하는 것이다. 그래서 新興童謠는 從來의 唱歌보다도 만히 作者 自身의 感動이 가득 찬 고로 唱歌보담도 만히 藝術的 價値를 가지고 쏘 그보담 더— 만히 詩에 갓가운 까닭이다. 그러타고 "童謠는 詩라"고 斷言할 수는 업다. 웨 그런고 하니 純粹한 詩에 比較해 보고 童謠에는 한 가지 남은 條件을 發見할 것이다. 그것은 詩와 쪽 가튼 것을

"平易한 어린이의 말로 나타내이자" 하는 條件이다. 詩는 무엇인가. 簡單히 이것을 말하면 "詩는 먼저 藝術의 目的으로써 敍述한 人生 觀照를 作者가 그 表現에 가장 適當한 音樂的 녯말로써 나타내는 것이다." 곳 人生에 向해서의 作者의 率直한 感動을 言語의 音樂으로써 될 수 잇는 대까지 完全히 表現하는 것이다. 이것이 詩의 使命이다. 詩에는 以外 何等의 目的도 업고 附屬 條件도 업다. 그런데 童謠는 이 以外 條件이 잇다. 詩人은 童謠를 쓸 째에 平常時의 作詩할 境遇와 달라 "이것은 어린이들에게 부르게 한 것이다."

"어린이들께 놀애 부르게 할 것이니싸 쉬운 말로써 表現하지 안흐면 안 된다" 等의 副意識을 腦中에 두는 것이다. 그리해서 이 副意識에 依하야 作者의 感動은 어쩐 程度싸지는 束縛을 밧는다.

結局 作者는 童謠에 對해서는 平常時의 作詩의 境遇보담 自由대로 그 感動을 披瀝하는 것이 되지 안는 것이다. 이 點에서 보면 童謠는 詩가 아니다. 이것은 從來의 唱歌에 比較하면 쪽 詩에 갓가운 것이라 하지만 詩와 全然 同一하다고는 하지 안는다.

---

200 '意義를'의 오식으로 보인다.

牛耳洞人, "童謠研究(七)", 『중외일보』, 1927.3.27.

"그러치만 現今 詩人들에 依하야 創作된 童謠는 어느 째든지 詩 部類에 들지 안흘가?"고 여러분은 물을 것이다. 나는 여긔에 "그러나 大部分에 對해서 純粹한 詩는 업다"고 對答하고 십다.

"그러면 童謠는 쌀하서 詩에서는 잇지 안흔가? 結局 第二義的 藝術 以上에 더 지나지 안흔가?"고 여러분은 다시 물을 것이다. 이 물음에는 나는 "아니"라고 대답하고 십다. 그리고 "今日에 童謠라고 부르는 作品 中에는 그대로의 훌륭한 詩가 存在한다"고 말하고 십다. 웨 그런고 하니 그 놀애를 짓는 作者의 態度 如何에 잇는 것이다. 다시 말하면 가튼 童謠라도 作者의 態度 如何에 依하야 詩라고 認定할 童謠도 잇고 非詩라고 否認할 童謠도 잇다.

童謠뿐만 아니라 詩에 잇서서도 억지로 쑤미어 노흔 詩는 언제든지 詩가 될 수 업스며 感興이 닐어나서 作者의 마음에서 한번을 퍼진 詩를 創作한다 하면 그것이야말로 藝術的 價値가 잇는 참된 詩일 것이다. 여긔에 한마듸 하야 둘 것은 詩나 童謠를 쓸 째에 作者가 實感을 엇고 構想하야 놀애로 불러보아서 놀애가 되면 붓을 들어야 참된 詩品이 되리라고 밋는다.

◇ 童謠의 種類

여긔에 나는 말하기를 피하고 그 代身으로 種類의 童謠를 한 편씩 적어 노흐려 한다.

俚語로써의 童謠

압니쌔진겨송아지(작은쇠새끼)
우물길에가지말아.
들에쪽지(들에박쪽지)째싹하면
붕어새끼놀라난다.

問答으로써의 童謠

형님온다 형님온다
반달가튼 형님온다
내가무슨 반달이야
초생달이 반달이지

녯니야기로써의 童謠

녯날에 한아비가
서울길을 가다가
밤한말을 사다가
다락우에 두엇드니
머리감은 새양쥐가
다―싸먹고
밤한톨이남앗거늘
너허고나허고먹자, 달궁달궁.

寓話로써의 童謠

한울세상 얘기듯고
꼿시뿌린 세아이는
한울구경 가련다네.
봉선화를 심은아이
싹나오길 기다리네
한숨으로 세월일세.

채송화를 심은아이
꼿피기를 기다리네
울음으로 세월일세.
맨드램이 심은아이
씨여물기 기다리네
발버둥이 세월일세.
　　　(버들새의 「한울구경하려고」)

遊戲놀애로써의 童謠

동무들아 동무들아
이곳에서 모래성쌋세
청기와로 놉흔집지어
힌진주로 기동하고
호박으로 들보하고
청옥으로 도리하고
황금으로 벽바르고
수정으로 문을달아
부모형제 모셔다가
천년만년 살고지고.

追憶詩로써의 童謠

눈이나리는밤에
어머니의
무릅에안겨서
생각나는것─

붉은돗대단
작난쌈의배는,
녀름냇물에
니져버렷든배는,
어대로흘러서가나.
　　　　(西條八十)

牛耳洞人, "童謠研究(八)", 『중외일보』, 1927.3.28.

象徵詩로써의 童謠

The trees are dusty in The park.

The grass is hard and brown,
I'm glad I've got a Nosh's ark,
But I'm sorry I'm in town,
A tot of little girl's and, boys,
Are not so rich as me;
But oh! I'd giYe[201] them all my toys,
For shells besids[202] the sea

이 詩는 現代 英國 女流詩人 Laurence Alma Todema[203]의 作品 「In London」이란 것인데 여긔에 서틀게나마 飜譯해 놋는다.

공원의나무는 몬지로덥헛고
풀닙흔 재ㅅ빗으로 구덧다
나는『말십조개』가진것이 깃브기만[204]
도회에잇는것이 설습니다.

어린게집애와산애들은
나와가티 부재가아니다[205]
그러나오오 나는그들에게
나의조개를다주겟다
만일해변에서 조개를줍게되면은—

童話로써의 童謠
여긔에 나는 "栽香"[206] 君의 「정직한나무쑨」이란 作品을 紹介하려 한다.

---

201 'give'의 오식으로 보인다.
202 'besides'의 오식으로 보인다.
203 'Lawrence Alma－Tadema' 오식이다. 화가(畵家) 로렌스 알마 타데마 경(卿)의 딸로 소설가, 극작가이자 시인이다. 로렌스는 6권의 시선집을 발간했는데, 『The Divine Orbit: Seventeen Sonnets』(1933), 『A Gleaner's Sheaf Verses』(St. Martin's Press, 1927), and 『Songs of Womanhood』(Grant Richards, 1903) 등이 있다. 1940년 런던에서 죽었다.
204 '깃브지만'의 오식이다.
205 '부자가아니다'의 오식이다.

니야기의 내용은 '이솝'의 동화에서 취하야 조선 전래의 니야기로 고친 것
이다.

별노 잘되지는 못하얏지만 標本으로 보이기 위하야 紹介하는 것이다.

넷날에도넷날인　태평시절에
강원도짜산속에　나무꾼하나
하로는나무하러　산으로갈제
곤한잠을못니겨　시냇가에서
내가예서잠자다　도끼하나를
니저버려업새고　찻지못해서
벌이하는연장이　업서젓서요
오늘부터날마다　살아갈길이
아득하고답답해　운답니다요
　　　　◇
눈치짜른수신은　이말을듯고
향긔로운바람을　쏘여가면서
달콤한꿈을꾸며　잘도자다가
발벗은그동안에　도끼하나를
짜털여물속에　잠겨버렷다
　　　　◇
나무꾼이잠깨여　도끼차즈나
물에짜진도끼가　어대잇스리
불상한나무꾼은　도끼를일코
어이업시안저서　울기만하니
어느누가도끼를　차저서주랴
　　　　◇
째마츰물속에서　수신하나이
나무꾼우는소리　넌짓듯고서
물우로솟아나와　나무꾼보고

---

206 신재향(辛栽香)을 가리킨다.

『너는무슨일로써우느냐』고요
나무꾼은울음을 쑥쓰치고서
수신을바라보며 반기는듯이
『수신님내말슴을들어주시요』
위로하여하는말 정도답도다
『우지마오나무꾼 일흔도끠는
내아모리재조가 업다하야도
내정성것힘들여 차저주리다』

수신은말한뒤에 물속나라로
깁히깁히들어가 아니보인다
수신일흔나무꾼 정신일코서
우지도못하고서 수신오기만
태산가티미드며 안젓노라니
수신이얼마만에 다시나오며
『나무꾼의도끠가이것인가요』
번쩍번쩍금도끠 찬란한도끠
소매에서쯔내어 나무꾼준다

나무꾼은고개를 절절흔들며
『내도끠가아니오 내도끠는요
무쇠도끠작은것 광이업서요
수신은금도끠를 냇가에노며
『그리면은다시가차저보리라』
물속으로들어가 오래간만에
다른도끠은도끠 어여쁜도끠
나무꾼을주면서 네도끠냐고

정직한나무꾼은 속임이업시
『아니요내도끠는 은이아니오
무쇠도끠작은것 그것이라오
『그러면다시가서 차저보리니

죽음도념려말고 기다려보오』
수신은다시한번 물속에든다
얼마잇다쏘다시 솟아나오며
이번에는참말로 나무쑨도끼
무쇠도끼작은것 갓다가준다
◇
나무쑨은깃거워 춤을출듯이
수신에게절하며 치사하드니
『당신의마음이야 정직합되다
당신의마음을요 시험하랴고
금도끼며은도끼 갓다주어도
욕심내지안코서 아니라하니
나는당신마음에 감동되어서
당신의한평생을 도아주리다
이금도끼은도끼 당신차지요』
물속으로고요히 수신은간다
불상한나무쑨은 수신이도아
일허버린도끼와 보배를어더
길이길이부자로 잘살엇더라

◇ 뒤에 한마듸
　처음에 붓을 들 째엔 具體的으로 좀 잘 써 보겟다고 하얏건만 아즉 硏究가 不足하야 남의 글만 옴겨노케 되어 여긔까지 쓰고는 실증도 나고 더 쓴대야 신긔치 안켓씨에 後日로 밀고 이에 붓대를 놋는다. 그러나 처음으로 文學 工夫를 하려는 어린 사람에게는 한 參考가 될 듯하야 찌저버려야 조흘 것을 그냥 눈감쏘 이 되지 안흔 글을 내놋는다.
　　　　　　　　　　　　(一九二七年 三月 十一日 於 東京)

崔永澤, "少年文藝運動 防止論－特히 指導者에게 一考를
促함(一)", 『중외일보』, 1927.4.17.

本文은 崔永澤 氏로부터의 寄稿입니다. 多少 支離하고 坯한 獨斷에 떨어
진 듯한 嫌疑가 업지 아니하나 當面의 問題가 問題인 만큼 여러 가지 見地에
서 充分히 討議되지 아니하면 아니 될 性質의 것임으로 이를 이에 揭載 發表
하는 바입니다. 多幸히 讀者 諸氏의 熱烈한 討議가 잇기를 바라는 바입니다.

撛任記者

現下 朝鮮에는 少年運動이 大熾하는 中에 잇습니다. 죽은 듯이 잇는 朝
鮮이 되게 하지 안코 산 朝鮮을 맨들기 爲해서 天眞이 아즉도 흘르는 少年
그들의 運動은 움즉여야 할 朝鮮을 爲해서 얼마나 깃버할 일이겟습니까.
少年들의 모임이란 그 모임이 單純하니만큼 그 運動이 春水와 가티 進行되
는 中에 잇습니다. 그들의 運動은 時代思潮를 벗어나지 못햇슴으로 運動
그것의 中心은 이미 明白히 나타낫슴으로 밝히 알 수 잇는 것이니 그 運動
의 中心은 다른 데 잇지 안코 文藝方面에 잇서서 고사리 가튼 어여쁜 精神
의 손을 벌이고 아름다운 文藝의 나라를 建設하고자 하는 데 잇지 안흔가
합니다.

文藝라는 것이 사람을 살리는 生命이 되는 것이라고 하지마는 文藝 그
自體는 아니지마는 文藝의 곳이 滿發햇든 그 자리에는 섭섭하고 쓰라린
눈물이 잇게 되는 것은 歷史가 밝히 證明해 주는 수도 잇는 것입니다. 그러
나 文藝가 全 人類의 血管을 通해서 感激과 讚美와 勇氣로 나타나는 點으
로만 돌이켜 생각하면 "文藝 그것이 人生 全面의 表現이라"고 하는 이에게
感謝하지 안흘 수 업는 바며 "文藝는 人生의 곳이라"고 놀애하는 이에게
坯한 感謝하지 안흘 수 업는 바요 其他 여러 가지 方面으로 文藝 이것이
이러케 조흔 것이라고 처들고 잇는 이에게 ――이 感謝하지 안흘 수 업는

것입니다. 朝鮮의 모든 少年運動이 이 方面에 城을 싸코자 하는 데 니르러
서는 깃버함을 마지안는 것입니다.

사람은 遠慮가 업스면 近憂가 잇다고 햇습니다. 荊棘이 뒤덥힌 朝鮮에서
魚魯를 지내친 이는 벌서 苦痛을 늣기고 呻吟하는 中에 잇지마는 世上이
自己 마음과 가티 純眞한 줄만 안 어여쁜 少年들이 거의 自己의 마음과
가튼, 다시 말하면 緋緞紋彩와 가튼 文藝 그것과 놀아 보기 爲해서 이것으
로 出動해서 未來의 文藝 朝鮮을 쑴쑤고 잇는 이째에 그들의 文藝運動을
防止하자고 하는 것이 얼마나 不吉하냐고 하겟습니다. 그러나 그들이 비록
天眞스러운 處地를 벗어나지 안 햇다고 어대든지 쌀하다니는 魔手가 거긔
에는 絶對로 接近하지 안 해서 아모러치 안타고 安心치 못할 것인 줄로만
알면 이 少年文藝運動에도 遠慮가 아니면 近憂는 잇게 되는 것입니다.

崔永澤, "少年文藝運動 防止論(二)", 『중외일보』, 1927. 4. 19.

筆者도 旺盛해지는 朝鮮의 少年運動을 敢히 指導하는 處地에 잇는 한
사람입니다. 나의 經營은 宗教界의 少年을 本位로 하고 해 나가는 것이라
一般 少年運動과 劃然한 區別은 하지 안흘지라도 좀 分別을 할 必要가 잇
슴을 前提로 하고 나에게는 只今 讀者가 數千名이 잇다는 것이며 그들의
內面狀態를 살펴보면 可慶可賀할 일도 잇지마는 섭섭한 일도 만흔 것입니
다. 宗教團體에 屬한 일이라. 여긔서 이것을 가지고 論하는 것은 偏한 感이
잇슴으로 削하는 바요 墻과 壁을 헐어버리고 一般 少年運動에서 본 바와
생각한 바를 記錄하고자 합니다. 내가 본 바와 생각한 바 가운대서 비록
적다 하는 弊端일지라도 모하 노면 크게 되니 그럼으로써 少年文藝運動을
防止할 必要가 잇지 안흐냐는 데 歸着할 것입니다. 그럼으로 나는 이것을
爲해서 敢히 근심스러운 붓을 들게 된 것이다.

◇

文藝는 말하자면 感化와 衝動이올시다. 그러나 이것은 文藝를 아는 이에게 말할 바입니다. 그러치 안코는 文藝는 誘引性이 만타고 할 것입니다. 朝鮮은 在來 文藝國이오 朝鮮 사람 치고 文藝를 실타고 할 이는 거의 업는 것 갓습니다. 그러타면 朝鮮에서 나하 논 少年들도 文藝를 憧憬할 것은 勿論입니다. 더구나 모든 새틋한 것뿐인 이 文藝의 帳幕 속에 숨어 잇고 文藝는 朝鮮 사람을 全部 文藝의 사람을 맨들고자 해서 된 것 안된 것을 함부루 주서 넙고 判斷力이 强치 못한 朝鮮 少年들을 부를 쌔에 朝鮮 少年들은 그곳으로 向해서 왼통 文藝의 술에 醉하는 中이 아닙니까. 只今도 자꾸 文藝 方面으로만 가는 中에 잇습니다.

◇

좀 말슴키는 어렵습니다마는 배운 것 업는 文藝運動者가 朝鮮에 만하젓습니다. 己未年 爾來 文藝運動이 한참 勃興될 쌔에는 "에" "의"와 "을" "를"의 分別만 할 줄 아는 이면 全部 文藝運動者로 自處햇습니다. 그래서 그들은 잡은 바 職業을 헌신짝가티 거더차 버리엇섯고 學校를 中途에 물러나왓스며 이 가운대서 不知中 家産을 蕩敗하는 者도 만핫습니다. 自己가 特히 조하하는 方面에 成功이 잇는 것이라고는 하지마는 自己라는 個性과 時代와 處地를 冷靜히 살펴보는 觀察力이 업섯슴으로 그러케 만히 생긴 自稱 文藝運動者들이 마츰내 落望의 絶頂에 다달아서 거기서 그대로 自殺한 者도 잇스며 발길을 돌이켜서 아모 것 아닌 變態人物이 된 者도 잇스며 浪人도 되엇스며 高等遊民도 되엇스며 甚至於 浮浪者가 되기에까지 니르럿습니다. 이것은 前途가 만흔 靑年이 自己의 갈 길을 글흐처서 文藝의 술을 耽醉하랴 하다가 이와 가튼 慘狀을 낸 것입니다. 이것은 朝鮮을 爲해서 어쩌한 損失의 것은 다시 더 말할 必要가 업습니다.

◇

이러케 되어 감을 不拘하고 이 文藝運動은 日昇의 歲로 자꾸 旺盛해지드니 挽近에는 少年運動이 이 文藝를 中心으로 널어나는 中에 잇슴으로 이 文藝運動은 少年에게로 옴기어서 空前의 盛況을 呈하는 運動임을 알게 되엇습니다. 三四人의 어린 少年들이 모인 坐席에는 談材가 반듯이 文藝方面으로 集中이 되며 全 朝鮮 坊坊曲曲에 少年團體는 다 잇는 模樣인데 그들이 무엇을 가지고 活動하느냐 하면 文藝를 가지고 活動하는 中에 잇는 것을 알 수 잇습니다.

崔永澤, "少年文藝運動 防止論(三)", 『중외일보』, 1927.4.21.

더구나 十六七歲의 少年들이 文士 風을 쑤며 가지고 돌아다니는 것은 京城에만 限해도 발이 걸리게까지 되엇습니다. 朝鮮의 文藝를 爲해서 얼마나 깃븐 일이겟습니싸. 그들은 안즈면 所長[207]이 그것이니싸 그러켓지마는 다른 걱정도 좀 해야 할 터이나 그것은 "吾不關焉"으로 視若無視하는 것입니다. 언제든지 그들의 論과 視가 文藝에서 寸步라도 써나지 못하고 固着해 잇는 것입니다. 다시 말하면 文藝的 高談峻論만이 暴雨와 가티 쏘다집니다. 그래서 앗가운 歲月이 저긔까지 니르지 안흘 限度에서 消耗되엇스면 할 만한 感想을 닐으키기까지 되엇습니다.

이러케 저러케 論을 거듭해서 判斷을 내릴 것이 업시 現下 朝鮮 少年은 全部 文藝運動者인 것 갓습니다. 文藝와는 別問題라고 할 것입니다마는 漢子熟語 몃 개 모르는 少年이 며츨 닉히면 될 수 잇는 半成諺文記錄을 가지고 이제는 文士가 되엇다고 하는 이째에 모든 少年은 나도 文士요 나도 文士요 해서 文士 天地가 된 것은 숨기지 못할 事實입니다. 더구나 朝鮮 現下 思想界가 어쩐한[208] 가운대로 趨進하는 것도 不關하고 世界의 大勢가 어쩌한 가운대 잇는 것도 不關하고 朝鮮 過去와 現在의 文藝가 어쩌한 것

---

207 여기에서는 "소(所)라고 이름 붙인 곳의 우두머리"란 의미가 아니라, "자기의 재능이나 장기 가운데 가장 뛰어난 재주"란 뜻이다.
208 '어쩌한'의 오식으로 보인다.

도 不關하고 時代를 料理하는 文士로 自處하는 者가 만흔 것입니다. 全혀 여긔에 對한 智識이 업서도 關係치 안흔 듯이 平易한 言文으로 쓴 稚的 記錄을 가지고 자랑하는 것입니다. 文藝라는 것이 貴重하다는 것은 그것이 어 쩌한 人間에게든지 絕對의 慰安이 된다는 것입니다. 이와 動力이 업시 記錄해 놋는 것이 아모 有益은 업고 오즉 迷惑과 浮華를 닙혀 주는 舞文弄 筆이 아닌가 합니다.

家弟 湖東의의 經營 『少年界』라는 雜誌는 發行된 지 五個月에 不過하나 讀者가 三千餘名에 達한 것을 보면 少年의 讀書熱이 얼마나 宏壯할 줄을 알 수 잇습니다. 나는 餘暇가 잇스면 每日 數十通式 들어오는 讀者의 글을 살펴봅니다. 그들의 쓴 것은 全部 文藝인데 그것은 全部 九歲로부터 十四五 歲된 少年의 글입니다. 그러나 그들의 글은 아모 生命이 업섯슴을 遺憾으로 아는 것입니다. 文藝라는 것은 異常한 것입니다. 비록 써 논 것이 平凡하고 無色彩하고 아모 것이 아닌 것 갓지마는 다시 한 번 들여다 볼 째에 거긔에 는 萬重의 힘이 잇는 것이며 숨은 눈물과 너털거리는 웃음이 잇는 것이며 朝鮮이면 朝鮮이 거긔에 잇고 少年이면 少年의 참 生活 다시 말하면 洋洋한 압길을 내다보고 웃는다든지 우는 것이 잇서야 할 터인데 아모 것도 업고 오즉 써 논 것뿐입니다. 그들의 文藝生活의 表現이 이러타 하면 얼마나 섭섭하겟습니까마는 여긔에 짤하서 氣막힌 弊害가 생긴 것을 알앗습니다.

一般 學生을 둔 學父兄에게서 듯는다든지 學校當局으로부터 새어나오 는 말을 들으면 少年運動으로 해서 不可不 걱정을 하지 안흘 수 업다는 것은 工夫 잘하든 學生이 瞥眼間 成績이 不良해지고 誠勤하든 學生에게 缺席과 遲刻이 만하지고 甚하면 스스로 退學하는 學生이 만흔데 그것은 原因이 다른 대 잇지 안코 少年運動에 參加해 지내는 대 잇다고 합니다. 이러케 되는 큰 原因은 그들이 原稿를 어더 가지고 무엇을 쓴다고 監督하는 父母의 눈을 피해서 쓰는 대 잇다는 것입니다. 이보다도 더한層 危險한 것은 敎導할 줄 모르는 이들이 少年本位의 雜誌에다가 戀愛文이나 其他

形容할 수 업는 奇文怪題를 넘우 만히 羅列해 노하서 어린 腦를 亂相化시
킨 까닭도 잇다는 것입니다. 이러케 말하면 아지 못하는 소리라고 할른지는
모르겟습니다. 朝鮮 社會와 一般 家庭의 形便이 外國의 그 社會와 그 家庭
과는 틀리는 것이니까 이와 가른 事實이 잇다면 朝鮮 特殊의 事實이니까
여긔 對해서 深甚한 注意를 하지 안흐면 안 될 것입니다.

崔永澤, "少年文藝運動 防止論(四)", 『중외일보』, 1927.4.22.

文藝를 알 만한 智識도 업고 文藝를 바다들일 만한 智識도 업스니까 文藝
로 해서 亡한다는 말이 나는 것이며 同時에 文藝로 해서 亡햇다는 말이
나는 것이다. 過去 朝鮮이 亡해 내려오는 자최를 살펴보면 알 수 잇는 것입
니다. 이것을 차저내기 爲해서 世界 歷史를 뒤저보면 적지 안케 차저낼
수 잇는 것입니다. "文"에는 "弱"이 붓습니다. "弱"이라면 넘우 漠然합니다마
는 여긔에는 深長한 意味가 잇는 것입니다. "弱"은 곳 "退"를 意味한 것이지
만 곳 "逸高"를 意味한 것입니다. 朝鮮 過去가 여러 가지로 해서 문어젓지만
이 "文"으로 해서도 퍽 큰 傷處를 바닷습니다. 現下 朝鮮은 먹어야 된다고
합니다. 朝鮮을 爲해서는 勞働을 不辭해야 된다는 것입니다. 中國에서는
三民主義를 가지고 更生의 中國이 되랴고 하는 中에 잇습니다마는 우리
朝鮮은 졸가리를 차즐 것도 업고 體面을 볼 것도 업시 勞働해야 할 것입니
다. 아즉까지도 宦官熱이 잇서서 안저 먹는 것만 조하하는 이째에 文藝運動
이라는 것이 닐기를 始作해서는 商보다도 農보다도 "文"이라고 하는 것입니
다. 朝鮮에 만흔 少年들은 文藝雜誌 한 卷式은 들엇스며 그들이 말하는
것은 "來日날에 배울 學課 이약이나 어쩌케 하면 살 수 잇다"는 데는 잠잠하
고 文學이니 文士이니 하고 써드는 가운대 잇습니다. 이것이 어찌 尋常한
問題라고 해서 等閑히 볼 것이겟습니까. 아름다운 文藝의 나라를 建設하고
자 하는 아름다운 現狀을 가지고 이러케 생각할 것이 무엇이냐고 말할 사람

도 잇겟습니다마는 이와 가튼 現狀에 對해서 鞭撻과 矯正이 업스면 안 될 것입니다. 짤하서 이 方面으로 덥허노코 몰려오는 奇現狀이 업서젓스면 하는 것입니다. 그래서 이 불가티 니는 少年運動을 살펴보면 朝鮮을 어쩌케 살리겟느냐는 데 主力을 쓰는 것은 업고 아모러한 猛省이 업시 닐어나는 것 가튼 것이 事實이니 過去 朝鮮에 잇서서 朝鮮을 더 速히 죽이든 그것이 오늘날 닐어난 것이나 아닌가 합니다. 過去의 朝鮮은 "文"으로 해서 어쩌케 되엇다는 것은 다시 말하지 안흘 지라도 아는 것과 가티 안저서 뭉기적어리고 붓으로만 어쩌타고 하고 입으로만 무엇이라고 하는 그것이 다시 이 少年 運動으로 해서 擡頭하는 것이나 아닌가 합니다. 全部 괭이를 들어야 하고 勞働服을 닙어야만 될 이 時期를 노치게 되는 것이 아니냐 하는 것입니다. 實業學校라든지 工場 方面으로 나아가든 이가 돌이켜서 이 少年運動으로 向하는 것은 더욱 이와 가티 되라고 하는 것임을 雄辯으로 證據하는 것이 아닌가 합니다. 이것이 어찌 걱정되는 일이 아니라 하겟습니짜.

　그럼으로 나는 여기서 少年文藝運動을 防止헤야 한다고 말하는 것입니다. 文藝運動 이것이 時代의 가르침이오 이것이 돌이어 朝鮮을 살리는 것이라고 主張할른지도 모르나 짜닭을 모르는 어린 少年들이 規則的으로 되어 나가는 一種 拘束의 學課보다 自由性이 豊富한 文藝方面으로 흘르고자 父母를 속여서 學課를 걸르고 月謝金으로 原稿나 雜誌를 사 버리는 데 니르러서는 그러케 작은 問題로 알아 둘 수가 업지 아니한가 합니다. 이것은 少年運動者 指導者들이 驚愕을 늣기지 안흘 수 업는 問題라고 합니다.

崔永澤, "少年文藝運動 防止論(五)", 『중외일보』, 1927.4.23.

朝鮮人은 다 敎育이 必要하다고 부르짓는 中에 잇습니다. 그러나 一部에서는 敎育亡國論을 提唱하는 것과 가티 少年運動이 이와 가티 旺盛하게

닐어나는 것이 깃븐 消息이 아니라고는 할 수 업스나 이 運動이 마츰내
이와 가튼 弊害를 나하 놋는다는 것입니다. 俗所謂 "철부지" 어린 少年들이
文士로써 自處하는 者가 만흐면 그들이 全 朝鮮에 널려 잇는 만흔 少年들
을 指導한다고 揚言하지마는 그 指導의 方面이 完全하겟느냐는 데 疑問을
할 것도 업시 이와 가티 자꾸 弊害가 생기는 中에 잇스니까 이 運動을 指導
하는 이들은 相當한 主見이 잇서서 그들의 所長을 짤하서 여러 方面으로
引導해야 된다는 것입니다. 더구나 그들의 運動이 文藝方面으로 向하는
中에 잇슨 즉 비록 文藝만이라도 어쩌케 利用해서 朝鮮의 第二世 主人인
一般 少年들에게 朝鮮에 對한 智識과 愛著心을 길러 주어야 된다는 것입니
다. 無定見 無主見한 雜誌로써, 集會로써 그들을 모아 노코 아모 뚜렷한
意味가 업시 지내게 하는 것은 여간 不幸이 아닐 것입니다.

　　이와 가티 하는 데는 勿論 修養 잇는 指導者, 人格 잇는 指導者를 要求하
는 것이며 文藝 아니고도 다른 길로 넉넉히 朝鮮을 살릴 수 잇는 것이라고
다른 길을 열어 주고자 애쓰는 한 편으로 一般 家庭과 學校와 聯絡을 取해
서 어린 少年의 압길을 親切하게 引導하기도 하고 고처 주기도 해야 되는
것입니다. 제 폴 대로 放任해 둔 그들 少年文藝運動이 이러케 危險한 것임
을 알고도 家庭과 學校와는 沒交涉的으로 지내는 것은 잘못입니다. 그래서
그들의 父兄으로 하야금 子女의 性變化를 근심하게 하며 甚해서는 少年運
動이라는 것이 全혀 危險하다는 것으로 認識케 하는 것은 잘못입니다. 더
구나 文藝가 精神運動인 만큼 實務보다 趣味가 잇슴에서 自己의 處地와
性格에 무엇이 適當한 것을 알 것이 아니라듯이 여긔에 기울어저서 全혀
理論의 生活이라야 完全한 生活이오 朝鮮을 살리는 生活이라고 하게 하는
것은 매우 섭섭한 일입니다. 더구나 武士 風에 저진 日本人과 가티 仕宦熱
에 들썻든 朝鮮의 後進 少年들이 文士 風에 휩쓸려서 論者의 處地만 찻고
자 하는 것이 貧寒한 그의 家庭을 爲해서 貧寒한 朝鮮을 爲해서 얼마나
愛惜한 일입니까. 統計가 確實치는 못합니다마는 이 少年文藝運動이라는
것이 實際 方面으로 나아가는 靑年을 이끌어다가 無爲度日하는 無職業的

遊民을 맨든 이 일이 얼마나 되는지 모르겟다고 합니다. 그럼으로 우리
少年運動의 指導者들은 이와 가티 文藝中心으로 나아가는 立場에서 分派
를 시켜서 여러 가지 方面으로 向하자고 引導할 것입니다. 그리고 文藝를
助長한다 할지라도 그들에게 그대로 맛기는 것보다도 될 수 잇는 대로는
農文藝 가튼 方面으로 引導해서 그들이 붓을 들고 人生을 그리다가도 農具
를 들고 快爛하게 나설 만한 一定한 標準이 잇서야 할 것입니다.

　이러케 말하는 것은 좀 弱한 말 갓습니다. 더구나 防止할 것이라고까지
하는 데는 넘우 抑塞한 것 갓습니다마는 나는 큰 勇斷으로 이와 가튼 弊害
를 指摘햇습니다. 文藝를 中心으로 하는 朝鮮 現下의 少年運動에서 다시
사는 朝鮮이 너울너울 춤을 추고 나올른지는 모르겟습니다마는 나는 이러
한 弊害가 생긴다고 敢히 말슴하는 것입니다. 나는 不文의 人입니다. 所懷
의 一端도 넉넉히 그릴 수 업습니다. 賢明한 여러분은 「少年文藝運動 防止
論」이라는 이 題目에 着目해 주셔서 이 글에 나타나지 안흔 곳에까지 達見
이 미처서 아름다운 이 少年運動이 반듯이 새로운 朝鮮을 現出하도록 하는
것이 맛당한 줄로 알앗습니다.

── 一九二七. 四. 一三 ──

劉鳳朝, "少年文藝運動 防止論을 닑고(一)", 『중외일보』, 1927.5.29.

四月 十七日부터 本紙上에 실리운 「少年文藝運動 防止論」[209]은 처음 對할 째부터 異常한 感想으로 닑고 대번에 붓을 들려고 하얏스나 아즉은 한낫 書生이라 함부로 써들 썬 아니고 쏘는 싸움 잘하는 朝鮮의 文壇이라 이만한 重大問題에는 先輩諸氏의 熱烈한 討議가 잇스리라고 아즉쩟 기다렷스나 終是 無消息함으로 淺薄한 識見임도 돌아보지 안코 이 붓을 든 것임니다.

× × ×

그런데 나는 그의 無秩序하고 要領이 確實치 못하고 넘우나 獨斷에 흐른 그의 글을 ——이 들어 말하랴고 하얏스나 時間 紙面이 許諾치 안코 쏘 아무 有益이 업슴으로 主義 그것에 對하야만 나의 主張을 세워 노흐면 讀者 諸氏의 賢明한 批判이 잇스리라고 밋고 本文으로 걸음을 옴기려 합니다.

× × ×

過去時代에는 少年이란 것이 社會에서 아무 地位를 가지지 못하얏든 것이 事實이다. 그러나 現代에 잇서서는 少年도 堂堂하게 社會의 一分子이다. 그럼으로 少年의 世界도 壯年이 가지는 모-든 것을 가저야 함과 同時에 文藝도 반듯이 잇서야 할 것이다. 아니 少年의 世界일스록 文藝가 더욱 發達하여야 할 것이다. 웨?(나는 이곳에서 少年文藝의 重軸이 될 만한 童話를 들어 말하고저 한다.)

童話란 것이 兒童에 對하야 重大한 價値를 가지게 된 것은 童話 그것이 單純한 "녯말"로부터 몃 걸음 더 나와 神話 傳說 奇談 歷史 科學 探偵 地理 等 廣汎한 意味를 包含하게 된 것은 다른 나라는 그만두고라도 少年文藝 發達의 年條가 오래지 안흔 朝鮮에서도 能히 發見할 수 잇는 事實이기 째문이다.

---

209 崔永澤의 「少年文藝運動 防止論」(『중외일보』, 27.4.17~23)을 일컫는다.

×

　그러나 崔 氏의 말에 依하면 少年雜誌 戀愛文을 써서 어린이의 頭腦
를 亂相化하게 한다. —— 文이란 것은 弱을 意味하는 것이다 —— 그러
고 規則的인 學校課程보다도 보드라운 文藝方面으로 머리를 잠그게 된
다 —— 無定見한 無主見한 雜誌나 集會로서 아무 쑤렷한 意味의 무엇
이 업시…… 하얏다.

　朝鮮 少年雜誌 戀愛文을 늘어노튼 이가 며치나 되며 無定見한 雜誌의
經營者나 少年指導者가 얼마나 되는지 나는 그것을 모르지만(?) 잇다고
하면 그것은 相當히 考慮할 必要가 잇는 것이니 各自의 反省을 바란다.

×

　"文은 弱한 것이다." 이 말에는 一理가 잇는 줄 생각한다. 웨? 지나간
朝鮮이 그랫든 것은 歷史가 明白히 우리에게 말하야 준다. 그러나 그랫다
고 文藝를 埋葬할가? 아니다.

　　해는 西쪽으로넘어갓다
　　아! 人生도저와갓구나

하고 厭世的 詩를 쓴 詩人이 잇다고 "詩"라는 것을 업새어 버리려는가. 아니
다. 그 뒤에는 希望에 불붓는 精神에 차(充) 잇는 詩人도 잇는 것이다.

　　해는 넘어갓다
　　그러나 별은써왓다
　　넘어간해는 來日의
　　準備를 하고잇는것이다」
　　　　　　(『兒童中心主義의 教育』에서)

　이 두 詩에서 어느 것을 取함인가. 살려는 朝鮮 사람은 後者를 取할 것이
다. 그러면 害를 주는 것은 排斥하여야 할 것이고 有益을 주는 것은 助長하
여야 할 것이어늘 文藝란 그 全部를 害로만 보는 것은 넘우나 淺見에서

나온 獨斷이 아닌가 한다.

劉鳳朝, "少年文藝運動 防止論을 넑고(二)", 『중외일보』, 1927.5.31.

×

少年들이 規則的 拘束的 學校教育을 실혀하는 것을 崔 氏는 어찌하야 危險으로만 보앗는가.

現下 敎育制度가 그네들 少年에게 무엇을 주는지 崔 氏는 아즉 모르는가. 나는 當然히 그러리라고 밋는다. 崔 氏는 朝鮮 少年은 아모 自覺이 업는 것으로 認定하얏디만 나는 朝鮮의 少年은 相當한 自覺이 잇는 것을 안다──어대로부터?

그네들을 보아라. 沈淸을 모르는 그네들이 ××郞은 잘 아는 것이고 檀君을 모르는 그네들이 ××大神은[210] 넘우도 쏙쏙히 아는 것이다. 그러니 그네들이 배우는 것이 무엇이 맛이 잇스며 더 배울 힘이 날 것인가. 甚至於 朝鮮語冊싸지도 ××× 飜譯 비슷한 야릇한 말로 써 노흔 그런 敎育 미테서 멋도 모르고 잇는 少年들이 自己의 兄님 동생(朝鮮 사람)이 活動하고 잇는 글을 볼 때에 世界로 向하야 急激한 反動으로 달려오는 것은 必然한 일이라고 나는 생각한다.

崔 氏는 朝鮮 사람은 全部 農業을 하여야 하며 勞働을 하여야 한다고 하얏지만 그 農業이 몃 날을 가며 그 勞働이 몃 날을 갈 것인가를 나는 疑心하야 마지안는 바이다. 집 하나이 서자면 기둥도 잇서야 할 것이고 섯가래도 잇서야 하는 것과 마찬가지로 農業을 하는 사람도 잇서야 하고 勞働을 하는 사람도 잇서야 할 것은 事實이지만 現社會에는 ××者도 잇서

---

210 복자(伏字)는 「桃太郞」과 「天照大神」으로 보인다.

야 할 것이 아닌가. 崔 氏는 쏘 다시 學校와 家庭이 아무 連絡이 업슴을 크게 痛嘆하얏다.

崔 氏여ー 나는 이곳에서 내 마음대로의 말을 못한다마는 月謝金으로 하야 쫏겨나는 學生을 보고라도 그 大部分은 斟酌할 수가 잇슬 것이 아닌가.

여긔서 나는 少年文藝運動을 더한층 熱烈히 늣기는 바이다. 家庭이 相當하다면 오즉이나 조흐랴만 朝鮮의 家庭은 十의 九는 無産者이고 文盲者이다. 그럼으로 家庭에서는 未來社會를 創造할 만한 어린이를 맨들 아무 힘이 업다. 이와 가튼 現象 미테서는 拾錢이나 五錢짜리 價廉한 雜誌로 다른 곳에서는 죽어도 못 배울 아니 ××××으로 끌려 들어가는 그네들을 救할 外에는 아무 方針이 업다고 나는 斷言한다.

劉鳳朝, "少年文藝運動 防止論을 닑고(三)", 『중외일보』, 1927.6.1.

그러면 웨? 何必 文藝에만 그 힘을 비는가? 나는 말하고저 한다.

어린이에게 思想論文을 닑히려는가. 科學書類를 배워 주려는가. 아니다. 어린이에게는 探究的 精神이 豊富하다는 것은 그네들이 무엇이든지 알도록 뭇고야 마는 대서 이것을 證明할 수가 잇는 것이다. 그럼으로 童話를 들드라도 그 속에 무엇이든지 업는 것이 업슴으로 그네들의 趣味를 쌀하 各其 나갈 것이다. 文藝는 보들업고 닑기가 쉬웁다. 그럼으로 나뭇조각 가티 짠짠한 글보다는 닑기 쉽고 삭이(消化)기 쉬운 것은 文藝의 힘이 偉大하다는 것을 說明하는 것이다. 웨 그러냐 하면 文藝作品을 닑을 째에는 自己가 그중에 한 사람이 되어 가지고 活動하게 되기 째문이다. 例를 들면 어썬 少年이 가진 險難을 격다가 끗끗내 니기고 自己 아버지의 寃讐를 갑핫다면 그것을 닑는 少年은 작은 손에 쌈을 쥐어 가며 그 結課를 기다리다

가 成功이 되면 그째에야 큰 숨을 한번 쉬고 깃버할 것이다. 깃버할 것뿐인
가. 將次 自己가 그런 境遇를 當할 째에는 거긔 方策이 나설 것이다.

'꾀-테'의 『쩰텔의 슬픔』을 보고 獨逸에는 自殺이 流行하얏단다. 그와
마찬가지로 春園의 『開拓者』를 닑고 죽엄으로 勝利를 어드랴는 어리석은
處女도 잇섯슬 것이지만 曙海의 「紅焰」을 닑고 머리ㅅ속에 큰 것을 깨달은
사람도 만흘 것이다. "해라해라" 하는 것보다도 하고 잇는 것을 볼 째에
더욱 힘이 나는 것은 누구나 다 알 것이다. 자― 그러면 이곳에서 崔 氏는
말하리라. "그것은 文藝를 아는 사람에게 하는 말이오. 모르는 사람에게
할 말은 아니다." 그러나 暫間 기다릴 것이다.

**劉鳳朝, "少年文藝運動 防止論을 닑고(四)", 『중외일보』,
1927.6.2.**

말이 마즌 말이다. 이째까지의 文藝는 닑는 사람으로 하야금 作品 中에
主人公이 못 되엇다. 웨 그러냐 하면 讀者의 生活과 作品에 나타난 生活은
넘우나 遠隔한 差異가 잇섯다. 다시 말하면 藝術이란 것이 뿌르조아의 妓
生妾 노릇을 하고 民衆에게는 아무 有益을 주지 못하얏기 째문이다. 그러
나 時代는 變하야 간다. 지금의 藝術作品은 눌리우고 잇는 民衆 그것에서
題材를 가저다가 未來社會로 살아 나갈 힘을 加하야 表現하얏슴으로 그것
을 보는 사람은 꼭 自己의 處地인 그 世界를 한번 돌아 나오면 그의 압헤는
반듯이 나아갈 길이 훤―ㄴ하게 밝아질 것은 事實이 아닌가. 다시 말하면
文藝란 것이 時代의 反映이고 代辯者이다. 그럼으로 누구든지 어슴푸럿하
게 가젓든 思想이 明白하게 되는 것이다. 例를 들면

어써한 問題로 討議할 째에 自己에게도 어써한 意見이 잇기는 한데 그것
을 能히 말로 發表를 못하고 망설거릴 째에 겨틔ㅅ 사람이 自己가 생각하고
잇는 것을 쪽쪽하게 말하면 不知中에 "옳소―" 하고 贊成하는 것과 마찬가

지다. 그러면 文藝는 그 말하는 사람이란 말이다. 그럼으로 나는 여긔서 文藝 方面에서 일하는 사람의 人格은 高尙하여야 한담을 말하야 둔다.

　　　×

　나는 以上에서 文藝가 사람에게 주는 힘을 大槪 말한 듯하다. 그러면 어린이의 文藝는 어쩌하여야 하겟는가. 더 말할 必要도 업시 朝鮮 大衆의 헤맴을 가르켜 줄 만한 文藝는 어린이에게 잇서서는 그 初步를 밟게 하여야 할 것이다. 文藝로서 그네들이 배울 수 업는 思想을 알게 하여야 할 것이고 歷史를 배워 주어야 할 것이고 處地에 徹底히 눈쓰게 하여야 할 것이고 더욱이 "말"을 가르켜 주어야 할 것이다. 一週日에 몃 時間 못 되는 것으로 배우는 朝鮮말로는 到底히 完全하다고 할 수 업슬 것이다. 그러고 어대든지 그래야 할 것이지만 더욱이 朝鮮의 文藝는 눈감은 感傷에 흐르는 것을 避하야서 좀 더 움즉이는 힘 잇는 것이 아니면 안 된다고 몃 번이나 말하고 십다.

　　　×

　나는 쏘다시 崔 氏에게 뭇고저 하노니

　"平易한 諺文으로 쓴 稚的 記錄을 가지고……"란 것은 무엇을 意味하는 것인지를 나는 알 수가 업다. 諺文이란 대서부터 나는 多大한 不快를 늣겻다. 諺文으로 쓴 것이 어찌하야 幼稚한가? 只今에 漢文을 만히 쓰지 안흐면 完全한 글을 못 쓴다고 漢文 아는 사람이 意氣揚揚하게 豪言할 것인가. 아니다. 漢文을 쓰지 안흐면 아니 될 形便을 맨들어 노혼 그 사람 卽 우리의 祖上을 원망하여야 할 것이며 責任을 지워야 할 것이다. 그러면 現今 少年을 指導하고 잇다는 崔 氏는 日本말 朝鮮말 漢文을 어린 頭腦에 쓸어 너치 안흐면 안 될 그들을 어찌하야 가엽게 못 녀겻는가. 아니 이곳에서 奮起하야 漢字撲滅論을 主唱하지 못하얏는가

　　　×

　그러고 나는 쏘다시 崔 氏에게 뭇고자 하노니 崔 氏는 어린이의 作品에는 生命이 업다고 하얏스니 文藝란 것이 가치 널어낫다고 하야도 過言이 아닌 朝鮮의 어린이에게서 生命 잇는 作品을 차자내자는 것은 억지의 짓이

아닌가 한다. 詩나 小說을 쓰는 이도 相當한 年齡에 達하기까지는 거의 模倣이거늘 이네들은 아즉 글 세우는 模倣에 잇슬 것이 아닐가. 그러고 나는 어린이의 作品에서 生命의 움즉임을 만히 보앗다.

그 例를 들면 넘우 지루하니 그만둔다만 設令 全部가 보잘것업는 것이라 하자. 누가 그 責任을 질 것인가.

더러는 生命 잇는 作品을 쓰고 더러가 못 쓴다면 少年들의 才操에나 熱心에다 責任을 지울 수 잇슬른지 모르나 全部가 그러탐에는 指導者 諸氏가 그 原因에 울고 섯지 안흐면 안 될 것이다. 그러나 今番 崔 氏의 글은 큰 失手라 치고 지금부터는 大奮發하야 힘 잇는 朝鮮少年을 맨들어 주기를 바란다. 그러나 崔 氏는 宗敎方面에 계시다니 말이지만 宗敎方面의 指導가 完全한 朝鮮의 少年을 맨들 수 잇는가 함에는 또 한 가지 疑問이지만 이곳에서는 避하여 둔다.

×

이제 마지막으로 몃 매듸만 더 하면 崔 氏는 根本問題는 解決하지 안코 影響을 바든 少年들에게만 그 責任을 지워서 少年文藝運動을 防止하랴고 하얏스니 끌른 물에 冷水만 부어 너코 불 쓸 道理는 하지 안는 것과 쏙 마찬가지라고 나는 생각한다. 그런 글을 쓰기보다는 少年에게 適當치 못한 글을 쓰는 사람에게 鐵鋒을 나리는 것이 맛당하며 學校에 잘 안 가고 文士行世(?)를 하는 어린이도 學校에 잘 가도록 하는 妙한 글을 써내는 것이 少年指導者로서 할 일이라고 생각하며 이 붓을 놋는다.

一九二七. 五. 一九日

崔永澤, "내가 쓴 少年文藝運動 防止論(一)", 『중외일보』,
1927.6.20.

「少年文藝運動 防止論」이라는 題下에 나의 管見이 敢히 發表하게 되엇
든 바에 對해서 여러 方面으로부터 懇曲한 가르침을 밧게 된 것을 感謝합니
다. 더구나 『中外日報』를 通해서 바든 劉鳳朝 兄의 가르침에 對해서는 크
게 感謝하는 바올시다. 그러나 劉鳳朝 兄의 말슴에는 誤解된 點이 업지
안흔 것 가타서 이에 反言을 들이지 아니치 못하게 된 것을 遺憾으로 생각
합니다.

내가 「少年文藝運動 防止論」을 發表한 것은 文藝가 絶對 不必要하다고
해서 防止하자고 한 것은 아닙니다. 文藝는 車軸의 기름과 가타서 人生이
잇고는 업슬 수 업는 것이라고 햇습니다. 感謝의 歡喜를 주는 아름다운
文藝의 수레가 우리 白衣人의 가슴에 永遠히 흘러 잇스리라고 햇습니다.

그러나 文藝라는 이것도 사람이 잘못 利用하면 큰 中毒과 큰 傷處를 주
는 것이라고 文藝를 讚美하며 同時에 警告를 發하게 된 것입니다.

劉鳳朝 兄은 나의 愚見이 여긔에 잇는 것을 아지 못하고 文藝를 力說한
것은 感想記錄의 當路를 失하신 것이 아닌가 합니다. 그리고 學課를 缺하
며 原稿를 쓰고 이것도 不足해서 中途에 退學을 하는 事實이 잇다는 데
對해서 劉鳳朝 兄은 잘못 아시고 ××××이니 ××××이니 하는 것만 가르
치는 學校가 무엇이 조하서 가겟느냐고 한 것은 臆測과 誤解가 아닌가 합
니다. 내가 말한 바 眞意는 學課를 缺하고 아니 하는 것은 別問題요 父母
가 쌍을 팔아서 시키는 工夫요 쌈을 흘려서 어든 收入으로 굶줄여가며 시
키는 工夫임을 不拘하고 文藝의 生活을 한다고 붓작난만 일을 삼는다는
것입니다. 더구나 그들은 異性의 甘味를 幻想하는 글을 써 가지고 돌아다
니는 것이 어쩌케 危險하다는 대서 이 말을 쓰게 된 것입니다. 劉鳳朝 兄
은 文藝를 쓰고자 함에서 學課를 厭忌하는 것은 몰르고 그들이 大思想家

의 態度를 잡고 서서 現敎育制度를 反抗하는 것으로 認識하셧슴은 誤解
입니다. 이러한 兒童이 假使 잇다 할지라도 어더 보기가 甚히 드믄 것 갓
습니다.

　여긔서 더한層 나아가서 劉鳳朝 兄께 알으켜들일 것은 現下의 敎育制
度는 朝鮮人의 要求하는 바에 適應되지 안햇스니싸 雜誌가 代身 朝鮮인
의 要求하는 學校敎育 노릇을 한다는 것은 잘못 생각하신 것이 아닌가 합
니다.

　雜誌는 雜誌요 學校敎育은 學校敎育입니다. 雜誌를 밋고 現下 朝鮮人의
敎育制度를 否認해서 學校를 버리고 文藝雜誌로 살랴고 해서는 妄斷이
될 것이오. 여긔 쌀허서 큰 危害가 올 것입니다. 文藝雜誌를 밋고 學校를
否認할 것은 問題가 될 것도 아니며 여긔에 付托해 둘 것은 現下 朝鮮의
學校制度가 어써할지라도 文藝雜誌에 글을 쓰라고 學校에를 보내지 안는
데는 니르지 안키를 바라는 바올시다.

　劉鳳朝 兄은 感想文이 아니라 一編 文藝論을 記錄한 가운대는 小說과
童話가 어써한 것을 力說햇습니다. 나 亦 同感을 가진 바올시다. 그러나
내가 文藝運動指導者들을 非難하며 防止論까지를 쓰게 된 것은 少年運動
을 닐으킨 爾來 아모러한 效果가 나타나지 안는 것이며 이 運動의 中心인
文藝方面을 觀察하면 少年을 웃기고 울리는 쎄가 울고 살이 쒸는 奇觀壯事
를 記錄해 논 것은 甚히 드물고 荒唐한 이약이 골치 압흔 戀愛童話, 戀愛詩
밧게는 차저 볼 것이 업다는 대서 過去의 朝鮮을 한업시 불상하게 맨들든
文藝의 狂風이 가장 希望이 만흔 第二世 國民의 少年運動에 멈울러 잇지
안흔가 함에서 防止論을 쓴 것입니다.

崔永澤, "내가 쓴 少年文藝運動 防止論(二)", 『중외일보』,
1927.6.21.

나라는 自身이 아모것도 아니지마는 내가 朝鮮人인 以上, 나 亦 敢히
少年運動을 指導한다는 處地에 잇는 以上 文藝를 中心으로 하고 잇는 少年
運動만 되지 안 햇드면 내가 얼마나 깃버햇겟습니까. 나는 妄佞된 防止論
을 쓰지 안햇습니다.

劉鳳朝 兄은 諺文으로 쓴 아모것 아닌 글을 가지고 文士인 체 한다는
말에 對해서 여러 가지로 말한 바는 劉鳳朝 兄이 잘못 理解한 바에서 나온
것이 아닌가 합니다. 내가 諺文을 無視하는 것이 아닙니다. 무엇보다도
諺文은 朝鮮의 자랑거리가 된다고 합니다. 내가 말한 바는 아모러한 感觸
과 修養과 準備가 업서 가지고 少年된 自身의 趣味性을 온통 기울여 쓴
것이 虎도 아니오 猫도 아닌데 니르지 안느냐는 말에 잇는 것입니다. 學課
에나 家庭 複習에 반듯이 作文時間이 잇슨 지 그 時間은 온전히 힘써 짓는
時間으로 虛費하고 다른 時間은 배을 學課 時間인즉 學課를 쌀하서 부지런
히 배우다가 文藝家가 되랴거든 文藝家가 되고 其他 形便과 處地를 쌀하서
되라는 것입니다.

劉鳳朝 兄은 집을 지랴면 들보도 잇고 석가래도 잇서야 하는 것이니까
文藝思想을 絶對 助長해야 되겟다고 햇습니다. 人生의 組織을 아는 말슴입
니다. 劉鳳朝 兄이 말하기 前에 내가 먼저 말한 것입니다. 나도 文士요
나도 文士요 하고 모다 文士라고 하니 朝鮮은 文士 쌔노코는 다른 일할
사람이 업스니 좀 調節을 할 必要가 잇지 안흐냐고 나는 말햇습니다. 나는
이 말에서 한걸음 나아가서 時急한 問題를 解決하는 것이 正當한 順序니까
文藝를 鼓吹하되 實質 잇슬 農民文藝를 鼓吹해서 文藝를 쓰고 안젓다가도
괭이를 잡게 되는 아름다운 事實, 다시 말하면 먹을 것 업다고 써드는 朝鮮

에서 이만한 實寫眞이 朝鮮人을 웃게 하는 것이 어쩌하냐고 말햇습니다.

◇

劉鳳朝 兄은 나의 말한 바 一般 少年의 쓴 글에는 生命이 업다고 한 것은 甚한 말이 아니냐고 햇습니다. 劉鳳朝 兄은 少年文藝運動이 닐어난 지 얼마나 되기에 그러케까지 責하느냐고 햇습니다. 잠자듯이 고요하든 朝鮮 少年이 이만큼 써드는 것도 귀여우니까 자꾸 웃기만 햇스면 조켓습니다마는 그러타고 내버려만 두라는 것은 잘못입니다. 全 世界의 思想 進步가 急速度로 되어 가는 中입니다. 이 速力으로 밀우어 생각하면 朝鮮의 少年運動 그것도 나히가 相當히 먹엇슬 것입니다. 그러컨마는 아즉도 少年이어 大膽의 날애를 가질지어다 하는 意味深長한 부르지즘이 나타나지 안코 情男과 奉愛라는 두 少年少女가 꼿피어 滿發한 달 알에서 그리운 情懷를 말하느라고 사람의 발자최도 깨닷지 못한다는 種流의[211] 글만 쓰느라고 애쓰고 또 써 노하야만 된다고 이 따위 글만 주어 모으랴고 애쓰는 指導者의 收入政策이 어찌 朝鮮 少年의 마음을 中毒시키는 일이 업다고 斷言하겟습니까.

여긔서 指導者들의 말이 낫스니 말입니다. 그들이 朝鮮 少年을 指導한다고 奔走히 돌아다닙니다마는 해 논 것이 무엇입니까. 少年 그들의 쓴 것이 空虛함에 갓가우니만큼 그들의 해 논 것도 空虛할 것이니까 少年運動의 中心인 文藝運動을 防止해 노코 다른 길을 取해서 주는 것이 어쩌하냐는 대까지 니른 것입니다.

崔永澤, "내가 쓴 少年文藝運動 防止論(三)", 『중외일보』, 1927.6.22.

劉鳳朝 兄은 少年文藝運動을 防止하자고만 햇지 어쩌케 해야 될 것은

---

211 '種類의'의 오식이다.

말하지 안흔 것을 섭섭히 녀긴 것 갓습니다. 그것은 劉鳳朝 兄의 잘못 생각인 것 갓습니다. 少年運動을 絶對로 認定하고 鼓吹하는 나로서는 오즉 文藝中心의 運動만을 업새자고 하는 바입니다. 그럼으로 나는 少年文藝運動을 防止하자는 데만 熱中해서 論을 立하고자 애쓰는 터에 어쩌케 어쩌케 改善하자고 할 理가 업는 것은 아실 만한 것입니다. 첫재 文法의 組織도 그러케는 나가지 안흘 것입니다.

　그러나 劉鳳朝 兄은 말하지 안흔 것을 매우 섭섭히 녀기시는 것 가트니까 말하는 쓰테 말해 들이겟습니다. 劉鳳朝 兄은 少年運動이 文藝에만 中心이 되어 잇서야 하겟습니까. 文藝는 慈母의 젓과 가타서 人生이고는 반듯이 文藝를 쌀흐는 것인데 자꾸 文藝로만 모이라고 하면 되겟습니까. 붓이라는 것은 全部 文藝가 아닌 즉 등불과 갓고 소금과 갓고 집행이와 가튼 붓을 가지고 少年 그들을 이 方面 저 方面으로 引導해야 된다는 것입니다. 少年運動의 裡面을 살피어보면 少年運動이 範圍는 넓고 넓어서 多方面으로 努力하자는 標準은 업고 文藝만을 標準하고 오물오물한다는 것입니다. 내가 무엇을 안다는 自信은 업스나 이러케 文藝만 崇尙하다가는 쌀밥은 이미 먹게 되지 못한 지가 오래나 조쌀밥 먹을 것까지 일허버리지 안흘가 합니다. 말슴하자면 理論도 잇슬 만큼 잇서야 하지 넘우 甚하면 배가 곱흔 것이니까 實際에 汗漫하고 理論에 偏重한 文藝가 少年運動의 全部를 占領해서는 안 되겟다는 데 잇는 것입니다. 峨冠博帶, 갈지 字 걸음, 山水風月이 朝鮮을 亡해 노핫스니까 비록 그 模型을 그대로 쓰고 나올 것은 아니나 朝鮮 少年들은 只今 文士의 生活 이것은 帝王이나 權力者의 支配政策보다 훨신 쮜어난 高貴한 生活이라고 모든 少年들이 쩌드니 그들의 눈에는 文士의 生活 以外에 다른 職業이 업는 것 갓지 안습니까. 이러하면 朝鮮의 文藝를 爲해서는 可賀할 現狀이라 할른지 모르겟습니다마는 安貧樂道라고 큰소리하고 안저서 自己의 子孫과 나라가 빌엉뱅이 되는 것도 모르든 朝鮮이 亡하든 넷이약이를 생각하면 다시 살아나는 途程에 잇는 朝鮮이 밥을 굶되 온통 文藝요 살 짱이 업되 온통 文藝라고 할 것 아닙니까. 이럼으로써 나는

文藝中心의 少年運動은 防止하자는 것입니다.

◇

劉鳳朝 兄은 내가 이와 가티 하는 것을 넘우 섭섭히 녀기지 마시기를 바랍니다. 失敗가 만흔 朝鮮이라 朝鮮을 사랑하는 劉鳳朝 兄이나 내가 이러버리엇든 해ㅅ빗을 다시 東便 하늘에서 차저내어 更生의 朝鮮을 붓들고 웃을 때에 前轍을 다시 밟을가 念慮해서 이러케 말한 바에 지나지 안는 것이니 내가 向者에 遠慮가 업스면 近憂가 잇다는 古語를 들추어 말슴한 句節에서 思念의 걸음을 멈치시고 만흔 考究가 잇서 주기를 바랍니다. 그리고 劉鳳朝 兄은 나에게 말한다. 宗教家의 見地에 잇서서 그러할른지 모르나 宗教로써 少年을 指導할 수 잇다는 것은 疑問인 것가티 말슴하셧습니다.

◇

宗教家가 아닌 者로는 그러케 말하기가 쉽습니다. 어쩌한 이는 宗教는 拘束이라고 햇습니다. 그러타녀 世上에 어느 것 처 노코 拘束 아닌 것이 잇겟습니까. 宗教는 拘束이면서도 自由입니다. 正義가 宗教의 本領인데 이 안에서만 벗어나지 안흐면 이만큼 自由스러운 대는 업슬 것입니다. 그럼으로 이만큼 훌륭한 地盤이 업다고 차저오는 이가 만흔 것입니다. 여긔서는 兄弟를 사랑할 줄 알고 勞働을 歡迎할 줄 알고 其他 時代가 要求하는 대로 應할 만한 自信이 잇는 點으로 보면 이런 것을 爲해서 죽는 것까지도 조하하는 點으로 삶혀보면 宗教는 人生이 말하고 십고 하고 십흔 곳에 解決鍵이 되는 것입니다. 이 안에서 少年을 길른다는 것이 誤解는 아닐 것이오 當然히 잇슬 것입니다. 나의 根本意가 宗教觀으로 少年運動을 말하고자 하는 바가 아니니까 아즉 이만큼만 말해 둡니다.

◇

나는 여긔까지 니르러 더 쓰지 안코 나의 쓴 바가 劉鳳朝 兄이나 其他 少年을 指導하는 兄弟들의 容納함이란다 하면 少年運動을 爲해서 朝鮮을 爲해서 이만한 多幸은 업다고 생각하겟습니다.

一九二七. 六. 二 ──

閔丙徽, "少年文藝運動 防止論을 排擊(一)", 『중외일보』, 1927.7.1.[212]

一

상서럽지 안흔 일을 쓰집어 問題를 삼는 일이 만타. 아즉까지도 朝鮮社會에는 이러한 일이 非一非再하니 爲先 最近에 『中外日報』紙에서 論戰하고 잇든 崔永澤 君의 少年文藝防止論이 卽 그것이다. 勿論 崔 氏는 宗教家인 만큼 聖神의 洗禮를 바다 度量잇는 생각으로 朝鮮의 第二國民의 將來를 爲하야 文藝를 防止하셧것니와 이와 가튼 不徹底한 防止論을 쓰시고 게다가 反論을 擧하셧다는 것은 度量이 크신 崔永澤 氏의 큰 失手가 아니신가 생각하고 잇다. 猥濫하나마 나 亦 崔 氏의 防止論에 反駁의 붓을 잡으려든 사람 中의 하나이엇슴으로 이번에 氏의 駁文을 보고서 多少 自家의 見解를 말한 後 朝鮮少年의 文藝運動도 方向을 轉換하여야만 한다는 것을 말하려 한다.

×

朝鮮少年運動의 歷史는 길지 못한 나희를 가지고 잇다. 그 나희가 不過 七八年밧게 되지 못하는 가운대 그동안 여러 指導者 諸氏의 努力도 적지 안햇슬 것을 나는 밋는다. 그러면 이 少年運動을 高喊처 여러 少年들을 모아 少年會를 組織한다. 그러치 안흐면 以前의 少年指導方法을 버리고 새로운 方式으로 그들의 未來를 爲하야 努力하는 그 目的은 무엇인가! 勿論 崔 氏 論文가티 第二世國民의 養成을 爲하는 것이엇다 하면 별다른 큰 問題는 업슬 것이나!(여긔에서 보면 崔 氏는 少年指導方法이 根本的으로 틀렷다.) 少年運動은 적어도 少年解放을 主로 하고 生氣 잇는 그들에게 自由로운 解放을 주어 未來事會를 보며 달음질치기 爲한 少年運動이어야 할 것이다. 그러면 그들에게 위선 어썬 道具 어썬 方式으로 指導를 해야

---

212 '閔丙徽'은 민병휘(閔丙徽)의 오식이다.

올흘 것이냐 하면 첫재로 文化的 基礎를 너허 주어야 할 것이다. 이러한 點으로 보아 少年運動에는 무엇보다도 文藝가 必要하다는 것이다. 그리하야 文藝에 依하야 覺悟를 促하고써 未來事會를 建設하게 하여야 할 것이다. 崔 氏의 反論의 一句節을 보면 이러케 말햇다.

"나라는 自身이 아모것도 아니지마는 내가 朝鮮人인 以上, 내가 亦是 少年運動을 指導하는 處地에 잇는 以上 文藝運動만을 中心으로 하고 잇는 少年運動만을 中心으로 하고 잇는 少年運動만 햇스면 얼마나 깃벗겟습니짜" 云云.

果然 豪言이 아니고 무엇이냐!

그러타면 氏의 指導方式대로 하고 보자.(宗敎에 根據를 두고) 聖神 압헤 나아가 거짓말이나 들어 가며 狂人이나 巫女들과 마찬가지의 迷信的 指導를 바다야 올흔가! 神聖이란 무엇을 말한 것이냐. 무엇보다 現實 少年運動 線上에서는 宗敎를 排背하여야 한다! 宗敎란 朝鮮民衆에게 害毒를 준다. 民衆解放을 爲한다거나 少年運動을 爲한다 하면 爲先 먼저 업새일 것은 宗敎다! 氏는 이 말에 怒할른지는 모른다. 그러면 少年文藝 防止한 뒤에 어써한 方式을 取해야 조흘 그것을 말하야 주기 바란다. 그러타 하면 學校에 가서 學科工夫만으로써 그들은 完備한 人格者(?)가 되는 줄 아는가. 少年들의 요사이 배우는 것이 무엇인가. 더욱이 普通學校의 敎育制度란 어써한 것인가! 氏도 朝鮮의 志士요 少年指導者요! 宗敎家라 하면 그만한 것은 잘 보살필 줄 안다.

閔丙徽, "少年文藝運動 防止論을 排擊(二)", 『중외일보』, 1927.7.2.

朝鮮의 少年에게는 "×××××"가 무슨 必要가 잇는 줄 아는가. ××××
×××××가 무슨 所用이 잇느냐 말이다! 不幸한 運動을 가진 朝鮮 少年들

이 이 째문에 이러한 배우기 실흔 教育을 밧고 잇는 것이 아닌가! 그러한 現狀에 잇는 少年들에게 무엇을 주어야 그들에게 滿足이 잇스며 氏의 말과 如히 第二世國民의 未來를 꼿다웁게 하게 할 수 잇느냐 말이다.

✕

崔 氏여! 氏는 말햇다. 少年運動에 "文藝 말고 다른 方法을 取하면 어써 켓느냐고." 짤서 "情男이와 奉愛라는 두 少年少女가 꼿피어 滿發한 달 알에서 그리운 情懷를 깨닷지 못해서 사람의 발자최도 모르는" 글만 쓴다고. 이것을 볼 째에 나는 崔 氏의 幼稚함을 비웃엇다. 더욱 氏는 學課를 缺하며 原稿를 쓰고 이것도 不足해서 中途에 退學을 하는 事實이 잇는데 對해서 劉鳳朝 兄은 잘못 아시고 ✕✕✕✕✕✕✕이니 하는 것을 가르치는 學校가 무엇이 조해서 가겟느냐고 한 것을 臆測과 誤解가 아닌가 합니다. 내가 말한 바 眞意는 "學科를 缺하고 아니 하는 것은 別問題요 父母가 쌍을 팔아서 工夫시키는 工夫요 쌈을 흘려서 어든 收入으로 굶어가면서 文藝生活을 한다고!" 氏는 이러한 一分子를 들어내 가지고 一般少年을 無視한 것이다. 이것이 氏가 幼稚한 證據가 아니고 무엇인가. 그래 文藝를 닑는 少年이란 다 이러한 것이라고 氏는 보는가! 그러한 少年은 벌서 墮落한 少年이다. 다른 少年과는 싼 생각을 가진 少年이다. 그러타 하면 아모것도 배우지 안코 글방에만 다니든 도령님들은 將來에 墮落이 업슬 것인가? 萬一 그들도 墮落을 한다 하면 그것도 文藝의 害毒이라 할가. 이 얼마나 幼稚한 수작이냐! 나는 여긔서 氏에게 文藝를 좀 닑으라고 忠告하고 십다! 짤하서 氏의 論文 全體가 臆說이 아니고 무엇인가 한다. 萬一 氏가 少年文藝運動을 排擊한다 하면 徹底한 理論을 세운 뒤에 할 것이다. 그 가튼 不良少年의 一分子를 들추어 가지고 무슨 論文을 쓰며 쓴다 한들 氏가 그만큼 防止論을 쓸 째에는 "그러케 하지 안흐면 아니 되겟다"라는 方式을 써야 一般의 誤解가 풀어지지 안흘 것인가. 萬一에 氏의 말과 가티 少年文藝運動이 少年들에게 害毒이 된다 하면 指導者라는 運動者라는 이름을 등에 진 者 누가 文藝를 排擊하지 안흐랴. 氏가 아닐지라도 벌서 運動方式을 轉換하얏스리라.

×

　나는 崔 氏와는 더 말을 하지 안키로 하고 말이 난 김에 또 한 가지 論하야
두려는 것이 잇다. 그것이 즉 앗가 말한 바 少年文藝運動 아니 그보다 全
朝鮮少年運動의 方向轉換 그것이다. 社會運動이 方向이 轉換되어 감을 짤
하 少年運動도 그 方向을 轉換치 안흐면 아니 될가 한다. 무엇보다 以前에
는 事實上 童話는 긔운이 업섯다. 그보다 少年運動이란 一個 少年 그들을
爲하는 民族的 意識으로 하야 왓섯다. 忠臣이 되고 굿세인 國民이 되고
참된 少年이 되자고——그러나 나는 좀 더 나아가 '푸로레타리아'의 鬪士
를 修良하고 그들에게 解放的 思想을 너허 주어야 할가 한다. 崔 氏는 文藝
를 防止하자고 하얏스나 나는 未來의 新 '유토피아'를 建設하기 위하야 少
年文藝 그것도 階級意識을 담아 갓고 鬪爭的 '힌트'를 주어야 할 것이라고
본다. 그것은 社會運動線의 가튼 步調로 나아가 ×××××를 세우기 위하는
싸닭이다. 나는 여긔서 바라는 바 잇다. 少年運動者——그들도 '푸로레타
리아' 運動과 함께 少年들에게 ××思潮를 너허 주라고——

　쯔트로 臨하야 崔 氏의 反省을 促한다. 그보다 차라리 自己가 文藝를
질기지 안커든 防止論을 쓸 생각도 말라고 付托한다.

—— 完 ——

金長燮, 鄭聖采, 李益相, 朴八陽, 丁炳基, "少年文學運動 可否 — 어린이들의 문학열을 장려하는 것이 가할가, 考慮를 要하는 問題", 『동아일보』, 1927.4.30.

근일에 경성과 디방 소년소녀간에 문학열이 매우 왕성합니다. 동요든 시를 짓고 작문을 지어 신문이나 잡지에 발표하기를 퍽 조화합니다. 쏘 소년운동에 쯧을 두는 이들도 문학 방면으로 아이들을 지도하는 데 힘을 만히 쓰는 경향이 잇습니다. 그리하야 지금 소년잡지의 전성시대를 일우엇습니다. 이것이 자연과 흙에 친하야 과학뎍 지식을 닥그며 건강한 신톄를 길우어 될 시긔에 잇서서 조희와 붓만 친한다 하는 것이 과연 가할가. 교육자와 부모들의 한번 고려할 만한 일입니다. 그래서 이 문뎨에 대한 몃 분의 의견을 아래와 가치 들어보앗습니다.

徽文高普 教員 金長燮, "學校敎育의 補充을 爲하야", 『동아일보』, 1927.4.30.

나는 可하다고 생각합니다. 그 理由는 다음과 갓습니다.

1. 敎育過程으로 보아서 사람은 智的生活을 하자면 自己自身의 思考力 思索力을 길녀야 합니다. 少年文學은 少年 時에서 이 힘을 길너 주는 效果가 잇습니다.

2. 現下 朝鮮 形便으로 보아서 現下 朝鮮兒童은 學校에서 朝鮮語를 一週日에 大槪 세 時間式 배홉니다. 그들은 小學校를 授業한 後에 편지 한 장을 제 意思대로 쓰지 못하는 것이 普通임니다. 그곳에 무슨 偉大한 將來 文學을 期待할 수가 잇겟슴닛가. 一般文學을 反對한다면 모르거니와 그것을 是認하는 以上 그 努力은 少年時代부터 始作되어야 합니다.

3. 世界 趨勢로 보아서 少年文學運動은 世界的 運動입니다. 世界的으로 必要한 것이 朝鮮에서만 不必要할 수는 업습니다.

實行方策

第一 家庭에서 第二 學校에서 하는 것이 가장 理想이겟지마는 朝鮮 現下 事情으로는 不可能합니다. 그러닛가 할 수 업시 社會的으로 하는 수밧게 업습니다. 新聞 雜誌가 그것을 計劃的으로 獎勵하는 것이 必要하고 또 少年少女會 自體가 그것을 行하여야 할 줄 압니다.

少年斥候團 鄭聖采, "理想에 치우침보다 實際 生活로", 『동아일보』, 1927.4.30.

一. 少年에게는 그 實際生活과 比較하야 그 範圍 內에서 하는 것이 可하다.

二. 專門的 或은 程度에 넘치는 것은 將來 人間生活에 合致되지 못하기 쉽다. 卽 理想만 發達되고 實際的 活動能力이 弱한 不具者 될 念慮가 잇다.

少年時期는 모든 것이 아즉 터가 잡히지 안엇스며 또는 그 心理가 치우치는 傾向이 잇다. 故로 敎育에 對하야 注意할 點은 어려서부터 한 가지 치우치는 敎育을 避할 것이다. 少年 時에는 萬能한 人格을 培養하랴고 힘써야 할 것이다. 成長한 後에 專門的 人才가 됨은 各各 그 自身 發達에 잇슬 것이며 又는 敎育者가 그 個人의 特性대로 指導할 뿐이다. 然則 文學이 어느 程度에 限하야 少年에게 實施함으로 將來 豐美한 生活을 與케 할 것이오. 少年에게는 活動的 訓練과 實際的 運動을 勸勵하야 理想과 實際가 兼備한 人格者가 되게 할 것이다.

李益相, "今日의 그것은 別無 利益", 『동아일보』, 1927. 4. 30.

"文弱에서 버서나자" 하는 것이 朝鮮 黎明期에 잇서서 한 叫呼이요 標語이엿다. 이것은 그릇된 文學이 朝鮮을 그릇첫다는 意味이엇다. 軍國主義 萬歲의 時代의 純全한 反動思想이라고 볼 수 잇다. 그러나 今日에 생각해 보면 크게 獎勵할 必要는 잇슬지언정 이것을 禁止하거나 制限할 必要는 少毫도 업슬 줄 안다. 文學도 文學 나름이다. 自己享樂이나 陶醉만을 爲한 것을 少年에게 주랴는 것이면 勿論 不可하다. 다시 말하면 一般文學이라는 것보다는 차라리 이름과 가치 少年 自體가 理解하고 그들의 情緖를 發達식히고 創造性을 培養할 程度의 特殊한 少年文學이면 크게 獎勵하여야 할 것이라 생각한다. 그러나 朝鮮 今日의 所謂 少年文學運動은 업는 것보다는 나흘는지 알 수 업스나 別로 利하리라고는 생각할 수 업다. 少年의 보는 世界와 어른들의 보는 世界는 다르다. 그런데 그들은 어른이 보는 그 世界를 그들로 하여금 쑥 가치 보라는 것은 너무나 無理한 짜닭이다. 가장 簡單히 말하면 少年에게 文學을 運動한다는 것이 아니오 少年文學을 運動한다는 것이라면 平日부터 吾人의 바라는 바이다. 그 方法에 對해서는 여러 가지로 생각한 點도 업지 안흐나 그러케 簡單히 말하기는 어렵다.

朴八陽, "眞正한 意味의 健全한 文學을", 『동아일보』, 1927. 4. 30.

이 問題에 對해서 別로히 생각해 보지도 못하고 여긔에서 可否를 말슴하는 것은 퍽 輕率한 일이 되지 안을가 생각합니다. 그러나 지금 제 생각 갓해서는 少年들의 文學運動을 反對할 重大한 理由가 別로 업지 아니할가 합니다. 勿論 아즉 心志 未定한 어린 사람들이 文學답지 아니한 軟文學類의 書籍에 中毒되는 것도 事實 큰 問題이겟지요. 그러나 그것은 眞正한

意味의 健全한 文學이 아니닛가 文學運動이라고 말하기 어려울 것임니다. 그럼으로 問題는 少年文學運動의 根本的 可否라는 것보다는 少年文學運動을 하되 그들을 엇더한 方面으로 指導함이 問題일 줄 압니다. 다시 말하면 "少年文學運動은 可하다. 그러나 그것을 指導하는 이들이 健全한 方面으로 指導할 重大한 任務가 잇다"고 생각하는 것임니다.

朝鮮少年運動協會 丁炳基, "實社會와 背馳 안 되면 可", 『동아일보』, 1927.4.30.

소년문학운동을 가타고 생각합니다. 일부의 반대 의견은 "문학" 그 자톄가 약한 데 흐르기 쉬운 것이여서 안일(安逸)한 생활을 생각케 하는 넘녀가 잇다. 그러함으로 "소년문학은 실사회와 등지는 관게상 단연히 배척하겟다"는 것을 말슴하나 그러나 그것은 문학은 뎡해 놋코 약한 것이라고 밋는 것은 온당치 못한 의견을 가진 싸닭임니다. 우리는 소년문학을 실사회와 배치되지 아니한 방향으로 지도하여야만 될 것임니다.

말하자면 자긔 자신이 붓으로 그려 보고 몸으로 해 보도록 하는 것이 오늘의 소녀문학의 소중한 사명이라고 생각합니다. 그야말로 심신(心身)병행(竝行)의 문학이야만 되겟습니다.

그러함으로 우리는 가공덕 문학을 말슴치 아니하고 실천덕 문학이야만 되겟습니다.

韓晶東, "童謠作法(三)", 『별나라』, 1927년 4월호.

4. 童謠에는 엇더한 말이 죠흐냐

우에 말한 바와 갓치 童謠란 어린이의 노래이니까 두말할 것 업시 어린이다운 말일 것입니다. 다시 말하면 正直하고 순결하고 아름다운 젓냄새가 몰신~ 나는 어리고도 藝術味가 가득한 말입니다.

그러면 童謠를 노래하는 말이 무슨 特別한 말이 아님을 알 수 잇지 안슴니가. 말할 줄 아는 이가 아름답고 새롭고 날카럽고 강한 自己의 感動과 생각을 속임 업시 그대로 노래하면 그만인 것도 알 수 잇지 안슴니까. 그러나 다른 사람이 다른 말노는 노래할 수 업는 참된 말을 고를 것과 될 수 잇는 데까지 노래하기에 합당한 말이 아니면 안 된다는 것만은 알어야 합니다. 그러타고 일부러 말을 고르다가는 쌋닥하면 無味하고 슴々한 것이 되고 맘니다. 크게 注意할 点입니다.

그리고 한 가지 더 말하고자 하는 것은 地方의 말 卽 方言에 對하야입니다. 方言 갓흔 것은 순직하게 그대로 써야 할 것이라고 합니다. 거긔에는 歷史的 價値가 잇을 것이오 鄕土的 藝術美가 잇을 것입니다. 곳 平安道면 平安道 말노 京畿道면 京畿道말노 全羅道면 全羅道 말노 咸鏡道면 咸鏡道 말노 될 수 잇는 데까지 鄕土的 色彩가 톡々이 붓게 써야 할 것입니다. 그리하면 맛치 쟝미와 山百合 菊花와 蘭草 梅花와 모란이 한거번에 한결갓치 핀 것과 갓해서 대단히 아름답고 훌늉한 것이 될 것입니다. 더욱이 이우러젓던 童謠가 새로히 피여나기 시작하는 우리나라에 잇서々는 鄕土的 童謠를 第一 몬저 發達식이는 童詩에 압흐로~ 힘(이상 48쪽)을 만히 쓰는 것이 꼭 바른 順序라고 생각함니다.

5. 童謠에는 律調(格)가 必要하냐

童謠란 읍는 것입니다. 그러니까 字數의 多少에 짜라서 格이 죠코 낫분 것이 잇슴니다.

그러니까 童謠를 쓸 째에는 몬저 그 律調의 죠코 낫분 것을 擇할 必要가

잇습니다. 假令 말하면 七五調라던지 五七調라던지 八八調(或은 四四調)
라던지 八五調라던지 이외에도 만이 잇지만 爲先 이런 것들이 보통 씨이는
것인가 합니다.

그런데 童謠란 本是 規則的으로 格을 마추지 안으면 안 될 것은 아닙니
다. 더욱이 처음 쓰랴고 하는 이의게는 極히 禁物입니다. 웨 그런고 하니
無理하게 空無히 格을 맛추느라고 손을 곱앗다 폇다 하는 동안에 그 童謠는
힘업고 맛업고 변々치 못한 것이 되고 말기 쉬우니싸 말입니다. 그런 즉
格 갓흔 것은 自己가 創作해도 상관업스리라고 생각합니다. 쑨 아니라 도
로혀 재미스럽고 귀여운 것이 되지 안을싸 합니다.

몬저 말해 둔 바와 갓치 만히 닑고 만히 쓰는 동안에는 自然히 格調에
드러맛게 될 수가 잇는 것이니 그저 마음에서 흘너오는 대로 말의 흘너서
읍허지는 대로 無理가 업시 自己가 노래하기 죠토록 쓸 것입니다.

다시 말하면 童謠는 노래하면서 쓰는 것입니다. 그리고 自然히 노래할
수 잇는 말만이 합해져서 한 격조가 되여 가지고 自己의 마음과 꼭 부합이
되는 것입니다. 그 点을 잘 注意하야 만히 쓰면 될 것입니다.

6. 童謠는 엇더케 써야 잘 쓸 것이냐

童謠는 어린이면 누구나 쓸 수 잇다고 하엿지오. 그리고 그 어린이가
쓴 어린 作品에도 남모를 高尙한 藝術的 香내가 감초여 잇다고 하엿지오.
그러면 童謠라고 그저 덥허노코 쓰기만 해도 안 될 것도 잘 알게 되지 안엿
슴니다. 곳 藝(이상 49쪽)術的 價値가 업스면 안 될 것입니다. 여기에 잘 쓰고
잘못 쓰는 區別은 생길 것입니다. 그르면 "엇더케 쓰면 잘 쓸 것이냐" 하는
問題가 생겨남니다. 아래에 몃 가지를 드러보려 합니다. (가) "몬저 잘 쓴
童謠를 닑을 것"입니다. 그르면 잘 쓴 童謠란 엇던 것을 말함이냐 할 것임니
다. 그 童謠는 第一 格調가 마자서 닑고 잇는 동안에 自然히 노래하고 십게
되고 그 쓴 動機와 그 쓴 材料가 아조 재미럽고 아름다와서 몃 번을 닑던지
노래하던지 실증이 나지 안는 꽉 自己 氣分에 맛는 것을 말함입니다. 이러
한 것을 만이 닑어서 充分히 그 意味를 맛보아엇어야 할 것입니다. 그리하
면 自己가 무엇을 쓰랴고 할 째에는 "이런 것은 이러케 하여야 된다." "이런

것은 이러케 하여야 가부엽고도 맛이 이슬 것이다." "이런 데는 이러한 말이 씨워야 될 것이다." 하고 만은 參考와 智識이 될 것입니다.

(나) 그리고 잘 쓴 童謠를 테밧아서 써 볼 것입니다. 엇던 사람이던지 어머니 배속에서 배와 가지고 나온 사람은 업슬 것입니다. 아모리 잘 쓰는 사람이라도 처음부터 잘 쓴다고는 못할 것입니다. 처음에는 아모리 하여도 自己가 쓰랴고 생각하는 대로 되지 안는 것이며 自己가 쓰고 십혼 대로 슬々 잘 나가지 안는 것입니다.

그런 고로 몬저 自己가 第一 잘되엿다고 생각하는 童謠 멧 가지를 본 밧아서 格調라던지 가쟝 아름답게 된 곳이라던지를 쌔서 지여 볼 것입니다. 그러타고 봄과 꼭갓튼 것을 만들나는 말은 아니요 全然히 다른 것을 만들나는 말입니다. 다른 사람의 것을 그대로 쌔서 쓰면 그것은 "글 도적"이 될 것입니다. 만일 남의 것을 도적질해서 或 엇던 懸賞에 當選이 된다고 합시다. 거기에 맛을 부치게 되면 그 사람은 불상하게도 自己의 本能은 일허버리고 압길이 꼭 막히고 마는 것입니다. 다시 말하건대 본밧는다는 것은 決코 남의 것을 그냥 쌕겨서 쓴다(이상 50쪽)는 것은 아닙니다. 特히 注意할 点입니다. (다) 그리고 "自己의 힘으로 쓸 것"입니다. 우에 말한 바와 갓치 하는 도안에는 童謠란 엇더케 짓는 것인 줄을 알게 될 것입니다. 그리 되면 남의 것을 보는 것은 재미업게 되야 싹 거더치우고 自己의 힘으로 創作을 하게 될 것입니다. 곳 自己가 본 것 드른 것 감격한 것을 그냥 써서 노래를 만들게 될 것입니다. 그째의 그것이 아조 훌늉한 것은 못된다 하더라도 自己로서는 以上 업는 깁붐이 될 것이며 싸라서 작구 ⌒ 써 보게 될 것은 定한 리치입니다. 그리는 동안에는 不完全한 곳과 마음에 들지 안는 곳은 조곰식 곳처서 참말노 귀한 作品이 나타날 것입니다. 그래 自己의 作品을 自己의 힘으로 곳치게만 되면 그만입니다. 쏘 參考 한마듸 할 말이 잇슴니다. 지여 가는 동안에 뜻 갓흔 동무가 잇으면 서로⌒ 박구어서 서로 닑고 서로 곳처 주고 하는 것도 좃습니다. 何如間 만이 닑고 만이 쓰는 동안에는 自然히 잘 쓰게 될 수 잇슴니다. 마그막으로

童謠를 쓰시는 여러 어린 동무의게

나는 童謠를 사랑합니다. 짜라서 만히 硏究해 왓슴니다. 이후에도 씃치지 안코 더욱〜 힘써 硏究하려고 합니다.

여러분 童謠를 사랑하시는 어린 동무들이어 여러분도 熱心으로 童謠를 硏究하시리다. 그르면 여러분 가운데서 自己가 지은 것 가운데서 아모리 하여도 滿足을 엇지 못하는 것이 잇을 것 갓드면 □□□로 보내 주시면 힘 잇는 이와 갓치 연구하여 재미스럽게 가르쳐 드리려고 합니다. 가르쳐 드린다는 이보다 좀 재미스럽게 만드러서 보내드리고져 합니다.

이것은 우리의 童謠 發表을 爲하야 조곰이라도 도움이 될가 하는 마음에 나온 나의 要求이오니 그 点만을 알아주시면 나의 마음이 滿足하겟슴니다.

一九二六. 八. 三一 (이상 51쪽)

昇應順, "新少年社 記者 先生님 想像記", 『신소년』, 1927년 4월호.[213]

記事 先生님들은 엇더한 어른들인가 궁금도 하시겟고 쏘 그의 作品을 多年 읽어 보신 이는 미상불 그럼즉하게 想像도 하시리다. 今番에 讀者 昇應順 氏의 想像記 써 보내심을 機會 삼아 이 欄을 特設하엿사오니 그 外 만히 써 보내시면 그중에 近似한 것을 뽑아 每月 내고 맨 쯫헤 本人이 여러 先生님의 正體를 쪽바로 들내서 여러분의 입을 딱 버러지게 하겟습니다.　（編輯室　給使）

鄭烈模 先生　몸은 퉁퉁하고 늘 洋服을 입고 단니시는 하이칼나 先生이실 듯합니다. 얼골은 좀 사나우실 듯하나 實은 아조 어린애갓치 마음이 仁慈하시지요. 知識이 豊富하여 講演을 잘하실 듯하며 쏘 童謠를 만히 연구하시고 잘하실 듯합니다. 朝鮮 兒童敎育에 만히 힘쓰시는 아조 조흔 先生님이시지요.

李尙大 先生　키는 훨신 크시고 마음은 따라 넓으실 듯합니다. 運動을 잘하고 童話를 잘하시지요. 쏘 술도 질기시는 모양.

李浩盛 先生　前에 「쇠주먼이」 쓰시다가 지금 「쏭기호테傳」 쓰시는 李 先生님이야말로 쇠 만코 우슨 소리 잘하시지요. 몸은 크지 안으시며 얼골은 圓形이실 듯하며 마음도 따라 方正하시지요. 『쏭기호테傳』 갓흔 冊을 만히 사다 두고 每日 讀書만 하시는 모양!

李炳華 先生　科學 硏究에 머리가 쉬실가 바 걱정입니다. 무엇을 보든지 細密히 파시며 마음도 溫順하시지요. 每月 外國서 發行하는 科學 雜誌를 만히 사다 보시는 듯합니다.

---

213 원문에 '讀者 昇應順'이라 되어 있다.

孟柱天 先生　우리 作文을 每月 골느시는 孟 先生님이야말로 우리들의 동
모 先生님이십니다. 맘이 크시고 뜻이 훤하시며 쪼 부지런할 듯합니다.
每月 우리들의 作文이 山덤이갓치 모여드러와 골을 덩이고 드러눕시는
째가 만으시는 모양. 쪼 讀書도 만히 하시며 童話도 잘하시고 책도 만히
지어내시고요. 亦是 퍽이나 親切하신 先生님이시지요.

申明均 先生　우리『新少年』主幹 되시는 申 先生님은 前의 先生님들과
대단 差異가 게신 듯합니다. 차근차근한 性質에 어린이들을 퍽이나 사랑
하시지요. 쪼 누구보다도 朝鮮에 對한 知識이 豐富하여서 朝鮮의 地理
歷史를 잘 알으신 듯합니다. 술도 약간 잡수시고 講演도 약간 하는 모양
입니다. 누가 보든지 朝鮮의 어른이라 할 만콤 점잔으시고 仁慈하신 것
이 特性이실 듯합니다.(이상 50쪽)

宋完淳, "新少年社 記者 先生 想像記",『신소년』, 1927년 6월호.

나는 인제 서울 와서 잇게 되엿슴으로 이 記者 先生님 想像記를 쓰면
或 記者 先生님을 뵈옵고 쓰는 것갓치 생각하실 동무도 게실 듯하나 요전에
申 鄭 先生님을 뵈오려 갓다가 헛거름하고 孟 先生님도 못 뵈옵고 그러고
아모도 못 뵙고 도라왓습니다. 위선 主幹이신 申 先生님부터 이약이하겟습
니다.

申明均 先生　우리『新少年』主筆 되시는 申 先生님이야말로 훌융하신
先生님이시지요. 눈은 좀 크 편이고 키도 그리 적지는 안으실 것입니다.
술도 잘 잡수실 것이며 무엇을 하시든지 실수가 적을 것입니다. 우리 력사
에 대한 知識이 만으실 것이며 어린이들을 귀애하시기는 하나 아조 純粹한
어린이 동무는 못 되실 것입니다. 너무 점잔하신 편이고 講演도 좀 하실
것이나 專門大學에서 서로 점잔 피우며 이약이나 研究 討論하는 것 갓허서
無滋味할 것입니다.(이상 34쪽)

鄭烈模 先生　몸은 그리 퉁퉁하도 안코 그리 가늘도 안은 가운대 되실 것입니다. 洋服도 각금 입으실 것이나 됴선 옷을 比較的 만이 입으실 것입니다. 얼골은 동골하고 퉁퉁하시며 노래 잘하고 어린이를 퍽 귀애하실 것입니다. 우순 소리도 더러 하시고 童謠와 우리글을 만이 硏究하실 것입니다.

孟柱天 先生　키가 헐적 크시고 몸이 흐리⌇하실 것이며 좀 너무 嚴格하실 것이고 大酒客이실 것입니다. 그러나 어린이들을 사랑하시고 마음이 快濶하실 것입니다. 우리 作文을 달々이 골으시는 先生님이신 故로 作文 잘 짓기는 말할 것도 업거니와 쏘 이약이도 잘 쓰실 것입니다.

李尙大 先生　이 先生님은 키로 말하면 孟 先生님과 동무는 될실 것입니다. 얼골은 그리 크지도 안코 적지도 안으실 것이고 눈도 그러실 것입니다. 童話 算術 科學 歷史 가튼 것을 다 아실 것입니다. 그럼으로 한 가지 특별나게 하시는 것이 업고 모다 쏙 갓흐실 것입니다. 마음은 크실 것이고 무슨 일을 하며는 우직근해 버리실 것입니다.

李炳華 先生　마음은 溫純하시고 理科에 對한 知識이 豊富하(이상 35쪽)실 것입니다. 키는 中키나 되시고 몸은 가는 便이며 同情心이 만으실 것입니다. 말ㅅ소리는 가느실 것이며 말을 너무 자조 하실 듯합니다.

李浩盛 先生　童謠는 잘 쓰시나 特히 씩 잇는 이약이를 잘하실 것입니다. 몸은 퉁퉁하실 것이며 마음이 꾸준하실 것입니다.

金南柱 先生　이 生님은[214] 詩 잘 짓고 小說 잘 쓰시는 줄은 이미 됴선ㅅ 사람으로 雜誌 낫이나 보는 이는 다 알으실 것입니다. 마음이 착하시고 어린이를 퍽 귀애하실 것이며 몸은 퉁퉁하시고 키는 적으실 것입니다. 그리고 돈 업서서 배곱흔 사람을 퍽 불ㅅ상히 녁이실 것입니다.

鄭芝鎔 先生　지금 日本 東京에서 留學하시는 先生님이야말로 어엽분 노래(동요) 잘 짓고 詩 잘 짓는 것 다 아는 바이지만 쏘한 얼골도 곱드라며 마음이 사근사근하실 것입니다. 아마도 돈이 업서서 곤난을 당하시는 것 갓흐나 쏘 누가 도와드리는 듯도 십습니다. 女子를 만이 친하듯 하며 日語

---

214 '先生님은'의 오식이다.

는 잘하지도 못하고 그리 즐겨하지도 안으실 듯합니다.(이상 36쪽)

×　　　×　　　×

내친 거름에 여러 先生님 년세까지 想像해 볼까요.[215]

申明均 先生… 四十一 歲.　　鄭烈模 先生… 三十二 歲.

孟柱天 先生… 三十 歲.　　李尙大 先生… 二十五 歲.

李炳華 先生… 二十六 歲.　　李浩盛 先生… 二十八 歲.

金南柱 先生… 二十三 歲.　　鄭芝鎔 先生… 二十五 歲.(이상 37쪽)

朴永明, "新少年社 記者 先生 想像記", 『신소년』, 1927년 6월호.

鄭烈模 先生님　몸은 가느시고 키가 크다라신 분일 듯하며 옷은 촌사람 模樣으로 추리하게 입어시며 朝鮮 國文에 對하야 늘 생각하시는 모양 갓습니다.

金南柱 先生님　살결은 붉으시겟고 좀 퉁퉁하실 듯하며 늘 洋服만 입고 단이시겟고 性質은 新聞記者 模樣으로 좀 사납겟지요.

申明均 先生님　몸은 퉁퉁하신 분일 듯하며 얼골은 부처님 갓겟지요. 그리고 傳說 갓흔 것을 잘 쓰시며 늘 朝鮮 歷史에 對하야 생각하시는 모양 갓습니다.

李浩盛 先生님　키는 작어만어시고 늘 우수운 말을 잘하실 듯하지요. 그리고 活動寫眞 구경을 질길 것 갓습니다. 담배는 하로 세갑 式은 쌋닥업

---

215 상상한다고 하였지만 상당 부분 사실과 부합한다. 세는나이로 계산하여 정열모는 1895년 생이므로 32세, 맹주천은 1897년생이므로 30세, 정지용은 1902년생이므로 25세, 김남주 는 1904년생이므로 23세로 실제 나이와 일치한다. 李尙大, 李炳華, 李浩盛은 확인이 불가 하나 앞의 경우를 보아 이상대(1902년생), 이병화(1901년생), 이호성(1899년생)으로 추 정할 수 있다. 다만 신명균은 1889년생이므로 38세가 맞는데 41세라 한 것은 이해하기 어렵다.

실 것 갓습니다.(이상 37쪽)

安평원, "新少年社 記者 先生 想像記", 『신소년』, 1927년 6월호.

申明均 — 社內에서 第一 점잔으신 先生님이지요. 얼골은 희도 검도 안을 圓形이실 듯하고 퍽이나 嚴하서 보이면서도 親切한 기분이 숨어 잇지요. 歷史와 한글을 언제나 硏究하시는 듯하며 우리 少年들을 위하야 꾸준이 努力하시는 듯합니다. 노하실지 몰나도 바른말로 하면 글로는 先生님을 길이 對하고저 하나 한 잘에[216] 뫼시고 안젓다면 저는 그만 쥐구멍을 차지요? (이상 37쪽)

鄭烈模 — 이 先生님은 얼골은 씀으레한 듯하고 날카라운 記憶을 가진 詩人이면서도 快活한 運動 선수 갓기도 합니다. 申 先生과 갓치 안으로 親切하면서도 밧그론 嚴하실 듯합니다.

孟柱天 — 마음 보드라웁기가 맹주(명주)와 갓흐시고 넓기로는 한울(天)과 갓겟지요. 아름다운 童話를 쓰시는 선생님이야말로 얼골까지 고워서 嚴하신 선생님으로 到底히 생각지 안코 情다운 동무처럼 생각납니다. 거츠른 일이라도 귀여운 童話化식힐 선생님 갓습니다.

申瑩澈 — 이 先生님이야말로 언제나 애달분 旅人 갓고 詩人 아닌 詩人 갓습니다. 콩밧이 욱어진 故鄕을 사랑하고 四寸이 아우를 꿈에 잇지 안는 마음은 아모래도 집 일흔 나그네 갓허요. 八道江山 名勝地를 사랑하시는 선생님은 홀륭한 好旅家이지요.

처용[217] — 처음 오신 先生님이라 알 수 업지만 「차 타고 가신 옵바」를 읽고 저는 선생님을 有名한 詩人으로 생각합니다. 얼골은 고웁질 못하나

---

216 '자리에'의 오식이다.
217 '지용' 곧 정지용(鄭芝溶)을 가리키는 것으로 보인다.

마음은 보드랍고 차운 듯합니다. 情다운 나의 △△이지요.

李尙大 — 얼울이[218] 넓고 마음이 넓고 키는 크고 西洋 어듸 博士 갓치 생각납니다. 괴사도 조곰하서서 아느 니가 보면 점잔은 선생이라지만 모르는 이가 보면 싱거운 사나히라겟지요. 노하질 마시요. 거저 그러케 생각한다 말입니다.

李炳華 — 先生님이야말로 無識한 農軍 갓흐면서도 훌륭한 科學을 硏究하는 듯합니다. 얼골은 순순한 紳士 얼골이겟지요.

李浩盛 — 아참 쫴보 先生님이시지. 얼골은 저 누구 갓흣고 아마 괴사장이라고 世上이 다 아는 許生이 될가? 선생님은 괴사를 쓰시면서도 무슨 걱정이 잇는 듯합니다. 아니 그럴는지요. 꿀단지 히히히 알겟습닛가.(이상 38쪽)

---

218 '얼굴이'의 오식이다.

"훌융한 童謠는 十歲 內外에 된다 — 어린이는 감격의 세계로 指導에 努力하자", 『매일신보』, 1927.5.4.

동요(童謠)를 지을 수 잇는 어린이는 힝복하다 하겟스니 동요가 잇는 어린이는 인간미(人間味)가 가장 만흔이 아이라고 하겟다. 마음에 여유가 업는 어린이는 동요를 지을 수 업슴으로 마음에 여유를 가질 수 잇는 가정과 환경(家庭과 環境)에 잇는 어린이는 가장 훌륭한 동요를 지어낼 슈 잇슬 것이다

어린이가 감정을 솔직하게 표현하야 가쟝 훌륭한 동요를 지을 수 잇는 째는 열 살까지의 유년긔(幼年期)이니 이째에는 아무 거리기임도 업고 긔교(技巧)도 부리지 못하고 다만 넘쳐 나오는 감정을 그대로 표현하게 되는 법이니 이 시긔에 지은 동요는 어린이의 긔분(氣分)에 꼭 드러맛는 것이 될 수 잇는 것이다.

그러나 열 살이 넘어서면 갑작이 어른다운 버릇은 싱기고 기교를 부려서 순진한 어린이 동요는 되지 못하나니 이 시긔에 지은 동요는 참 의미로 보아서 동요라고는 할 수 업다. 이러케 싱각하면 참의미의 동요는 열 살 내외간이라 하겟슴으로 그째에는 어린이로 하야금 동요를 지을 수 잇슬 만한 감격(感激)의 세게에서 자라나도록 하야 줌이 어버이로서의 가쟝 큰 의무라 하겟다. 동요는 짓는 것이 안이요 가삼에서 울어나오는 대로 노리함이니 가령 산이나 들로 어린이를 데불고 단일 째에 우는 새소리와 나비의 춤을 듯고 보게 할 것이며 시내ㅅ가에 갓슬 째는 흘러가는

물소리에 귀를 기우리게 하며 바다ㅅ가에 나갈 째는 널고 널분 바다의 출렁거리는 물결을 보게 하면 그중에서 자연히 시정(詩情)이 움지기어서 훌륭한 동요가 울어나올 것이다. 그런데 어른들이 잘못 싱각하야 동요는 이러케 짓는 것이다 쏘는 이러케 짓지 안이하면 안이 된다고 지도를 함은 돌이어 어린이의 감정을 헛트리게 되며 쏘한 부즈럽시 말과 글자에 구속을 밧게 되는 결과에 니르게 될 것이다. 어린이는 무엇에든지 감격을 바더서

감격된 감성을 그대로 표현하면 자연히 아름다운 '리듬'을 품은 훌륭한 동요
가 솟사날 것이다.

어린이로 하야금 어른의 숙내를 내게 함은 절대 금하여야만 될 것이니
위선 우리는 어린이로 하야금 감격의 세게에서 자라나도록 노력함에 쓰칠
것이라 하겠다.

安俊植, "첫돌을 마지하면서", 『별나라』, 1927년 6월호.

　五百萬의 어린 동무들이여! 『별나라』가 이 세상에 나와 가지고 아모것도 하여 노은 일 업시 어느 사이에 첫돌을 마지하게 되엇습니다.

　『별나라』는 어름장가치 차듸차고 캉캄하고 험악한 그 가운데에서 주림에 울고 배홈에 목말너 헤메는 五百萬의 우리 조선 어린이와 동모가 되여 먹을 째는 가티 먹고 깃버할 째는 가티 깃버하고 놀 째는 가티 놀고 일할 째는 가티 일하고 싸홀 째는 가티 싸워 슯음에서 깃븜으로 구속에서 자유로 차별에서 평등으로 새로운 생명을 차저 나가랴고 으아 소리를 놉히 치며 이 세상에 탄생하엿습니다.

　동무들이여! 『별나라』가 이 세상에 나와 어느듯 첫돌을 여러 동무들과 가치 맛게 되니 그 즐겁고 깃븐 마음이야 엇지 다 말하겟슴니까. 우리가 다 가티 이날을 즐거운 마음으로 깃(이상 2쪽)븐 노래를 불으며 마지합시다. 그러나 동모들이여! 이 가튼 깃븜에도 한편으로 생각하면 슯흐고 분하고 원통하고 미안한 마음이 소사 나옵니다.

　『별나라』가 한 돌을 마지하기까지에는 독자 여러분이 몰으시는 슯음과 원통한 일이고 분함이 그 얼마나 만엇섯는지 몰읍니다. 더욱이 독자 여러분쎄 미안함은 우리는 죽을힘을 다하여 『별나라』를 맨드러 내여노아도 내용이 빈약하여서 여러분에게 만족을 들이지 못하고 항상 불만을 가지게 하여서 우리는 일상 마음을 괴로이 지냄니다. 빈약한 『별나라』가 첫돌을 마지하게 된 것은 독자 여러분쎄서 『별나라』를 사랑하사 만이 애독하여 주신 은혜와 일반사회의 선진하신 선생님쎄서 도아주신 덕택으로 이만콤 자라나 첫돌을 마지하게 된 것이외다. 우리는 그 감사한 뜻을 족금이라도 갑기 위하야 『별나라』가 두 살을 먹게 된 그만콤 우리는 한 살째보다 무거운 짐을 지고 분투와 노력을 다하여 싸호랴 하나이다. 독자 여러분쎄서도 전보다 더 만히 용서하시고 사랑하사 빈약하나마 여러 동무님들에 유익한 벗이 되여 주시기를 삼가 빌며 바라는 바이올시다. (이상 3쪽)

朱耀翰, "머리말", 文秉讚 編, 『世界一週童謠集』, 永昌書館, 1927.6.

文 君은 오래 전부터 소년문학운동(少年文學運動)에 뜻을 두어 왓습니다. 이제 그의 손으로 이 세계동요집(世界童謠集)을 발간하게 된 것은 소년문학운동을 위하야 크게 깁버할 일임니다.

소년문학운동은 그 범위가 이야기를 중심으로 한 동화(童話)와 노래를 위주한 동요(童謠)로 난홀 수 잇는 중에도 '리듬'이 아희들 생활에 가장 중요한 내용의 한 가지가 되는 관게로 "동요"라 하는 것이 더 중요시(重要視)될 것이 아닌가고 생각됩니다. 동화가 호긔심(好氣心)과 상상력(想像力)에 호소하는이만침 신경질덕(神經質的) 정덕(靜的) 색채가 잇는 대신에 "동요"는 박자(拍子)를 련상하고 동작을 련상하는 다혈덕(多血的) 동덕(動的) 색채를 가젓다고 볼런지요. 이런 의미에 잇서서 이야기보다 노래가 더욱 소년예술(少年藝術)로 갑시 잇는가 함니다.

지금까지의 조선의 소년문학으로 "동화"와 "동요"가 갓히 만히 일어나면서도 책으로 발간되기는 동화집이 비교덕 만흔 대신에 "동요집"이 얼마 업는 것은 유감이엇습니다. 이 책이 발간됨으로 이 발언에 대한 구급(救急)이 (이상 2쪽) 되리라고 밋고 그 발간을 환영합니다.

더욱이 이 책에 모혀진 동요는 여러 나라의 것이 잇서서 색채(色彩)가 가장 잇고 쏘 능히 각 국민(各國民)의 민족성(民族性)을 그동안에서라도 차저볼 만한 것을 알게 되니 어린이들의 "읽어라"로도 싸지지 안을 터이오 쏘한 한낫의 조흔 참고서도 될 만함니다.

다만 유감 되는 것은 번역한 동요가 혹 읽기에는 조하나 부르기에 어려운가 함이니 이것은 원작(原作)의 뜻을 일치 안키 위하야 그리함인 듯합니다.

바라건대는 뜻잇는 이들이 이 책에 실닌 수만흔 보석(寶石)을 갈고 다듬어서 우리 어린이들의 노래 주머니를 채우게 하소서. 그리하야 이제 이 압흐로 더욱 크게 일어나는 우리의 소년문학운동에 새로운 □□□을 준비하소서.

세상사람들이모다
손과손을마조잡으면
새게싯에서싯으로
춤추며돌수잇게지요.

一九二七. 一. 三一   朱　耀　翰 <small>(이상 3쪽)</small>

洪銀星, "머리말", 文秉讚 編, 『世界一週童謠集』, 永昌書舘, 1927.6.

사랑하는 문 군(文君)이 지난번에는 조선소년소녀동요집(朝鮮少年少女童謠集)을 짜 내엿섯다. 그러나 이것으로써 조선 소년소녀계(朝鮮少年少女界)의 공헌(貢獻)을 다하얏다 하랴.

그리하야 싯업는 황막(荒漠)하고 짝 업시 싱거운 조선의 □□□□□사회(社會)를 위하야 이번에는 세계동요집(世界童謠集)을 짜 내엇다. □□□나 정역(精力)이든 귀여운 보배(寶貝)이랴.

그리고 각국의 귀여운 정서(情緒)가 조선의 어린이의 □□□하야질 째 얼마나 반가우며 귀엽겟슴잇가.

젓(乳)빗 갓치 쏘얀 안개가 나리는 봄날 아츰이든지 쩌쑥이새 운듯한 푸른 하날에 둥근달이 쑤렷이 쩌 잇는 가을밤 갓흔 째 이 노래가 마을(村)에서 마을로 거리에서 거리로 불너질 째 뉘 안이 감회(感懷)가 일어나지 안이하며 뉘 안이 이 노래에 쮜놀지 안이하겟는가.

망막한 어린이 사회에도 꼿이 피도다

거츠른 동산에 꼿이 피니 나븨는 펄펄 나라 들고 꼿다운 향긔□ □□□마 <small>(이상 4쪽)</small>음을 싯업시 상쾌케 하드라.

이것을 생각할 째에 나는 어린이 사회를 위하야 질거워하며 깁버하기를
마지안는 끗헤 문 군에 대하야 치하를 드리는 바이다.

一九二七.   一五 夜

江戶城 아래에서

洪銀星 (이상 5쪽)

文秉讚, "머리말", 文秉讚 編, 『世界一週童謠集』, 永昌書舘, 1927.6.

참! 우리 어린이 世上엔 너무나 童謠가 貧弱하다. 아니! 貧弱하다는 것
보다도 오히려 童謠의 硏究者가 만치 안음이다. 우리 朝鮮에도 固有한 名
作童謠가 만이 잇섯다는 것은 事實이다. 여긔 실닌 童謠 中에 「人鏡」이라
는 것을 볼 것 갓흐면은 참! 훌륭한 童謠이다.

나도 어릴 째에 술네잡기하고 숫곱질하며 쒸놀 째에는 아모것도 모르고
불으든 것이다. 只今에도 어린이들이 숨박잡기나 술네잡기할 째 □□□고
불으든 것을 본 적이 한두 번이 아니다.

그러나 이 「人鏡」이라는 童謠의 意味에 對하야는 어른들도 지금까지 잘
알지 못하고 잇다. 이는 童謠의 對한 어른들에 硏究가 不足한 것은 事實이
證明하는 바이다. 그리고 이 책에 世界童謠 中에 朝鮮 童謠가 만은 자리를
占領하게 된 것은 나로서의 우리나라에도 이러한 훌륭한 童謠가 만이 잇다
든 것을 스스로 자랑하고 십흔 心事가 한 가지의 原因이엿고 또는 페지
수(頁紙數)의 制限도 잇슴으로 말미암어 다른 나라 童謠는 만이 실어내지
못하게 된 것이 또 한 개 原因이엿다. 싸라서 英吉利나 獨逸이나 佛蘭西
갓흔 곳은 事實로써 童謠가 만음(이상 6쪽)을 싸라 童謠集이 만이 發刊 되어
잇슴으로 名作童謠를 만이 추려서 실럇스나 希臘 埃及 諾威 墺地利 갓흔

곳은 童謠가 적음을 싸라 童謠集 갓흔 것을 어더 보기가 困難한 關係上 그 중에 잘 됨즉한 것으로 不過 몟 가지식밧게 안이 실케 된 것은 나로서의 遺憾으로 생각하는 바이다. 그리고 世界 名作童謠를 蒐集하야 飜譯할 째에 童話나 小說과 달너서 조금이라도 飜譯이 不撤底할 것 갓흐면 童謠의 그 本味를 損失케 하기가 쉬움으로 나로서는 無限한 苦痛 中에서 별별 勇氣를 다ー 내여 붓그럼을 무릅쓰고 □□ 出版하기로 한 것만은 童謠 硏究家 諸氏 또는 讀者 여러분께 만흔 理解를 바라는 바이다.

一九二七. 一. 一八

北岳山 밋에서

秋波[219]는 삼가 올님 (이상 7쪽)

---

219 '秋波'는 문병찬(文秉讚)의 필명이다.

廉根守 記, "一萬三千五百人이 總動員한 朝鮮 初有의 大展覽會", 『별나라』, 1927년 7월호.

오월 일일이 자나자마자 벌서부터 독자들에게는 뎐람회 긔분이 농후하야 각 디방에 잇는 여러 독자들로부터 은제 뎐람회를 하느냐고 뭇는 뎐보가 하로에도 수십 장식 비발치듯이 들러오고 서울 사는 독자들은 뎐화로혹은 즉접 차저와서 물어보는 고로 우리 사원 일동은 뭇는 말에 대답하랴 디방에 뎐보 답장하랴 또 六月號 편집하랴 뎐람회 준비하랴 실로 눈코 쓸새가 업시 밧벗엇습니다. 이러케 밧분 중에 가는 것은 세월이라 사흘 낫밤을 득々 새여가며 돌마지 긔렴호를 내노코 보니 일분일초를 쉬지 못하게하는 것은 뎐람회엿습니다. 한편으로 생각을 하면 가슴이 답ㅡ하기도 하고 긔가 막히기도 하엿습니다만은 압흐로 꽝장한 ㅡ람회가[220] 열일 것과여러 독자들에 깁브할 것을 생각하니 도리혀 무한히 깁벗섯습니다. 이러케 밧분 중에 그럭저럭 六月 十二日이엿습니다. 이날은 半萬点이나 넘는작품을[221] 여러 선생님게서 심사하시는 날이엿습니다. 이날 아침부터 겨녁까지 련 사흘을 두고

安鍾元 先生님은	習字
盧壽鉉 先生님은	自由畵
姜炳屈[222] 先生님은	文章 (이상 45쪽)
文敬子 先生님은	꼿수를 쏜으섯습니다.

전후 사흘을 두고 심사하신 결과 그중에서 데일 잘된 작품으로 몃 백장뽑아서 또 그중에서 특선 열다섯 점을 뽑고 또 특성 중에서 일등 하나를뽑아 노코 보니 사실노 마음이 정돈되고 압일이 태산 갓흐나 다한 것 갓흐

---

220 '뎐람회가'의 오식이다.
221 '작품을'의 오식이다.
222 '姜炳周'의 오식이다.

며 눈물이 쏘다지도록 거룩하엿습니다. 그만콤 마음이 정가롭어지고 고와 젓다는 말임니다. 이러케 련 사흘 두고 심사하신 작품은 작은 도화 큰 도화 큰 글시 가는 글시를 일학년은 일학년대로 이학년은 이학년대로 삼학년은 삼학년대로 짜로 하고 소년회는 소년회대로 짜로⌒ 백로지[223] 두 쟝이나 되는 크듸큰 종히에 간격 맛처 보기 조케 붓처서 수공품과 기타 수예품을 가지고 十七日 밤 열시가 넘어 텬도교긔렴관으로 가니가 그날은 맛침 "어린이독자회"를 하는 날이라 열한시 반이 넘어 열두시나 거진 다 되어서 폐회를 하는 고로 우리 사원 일동은 엇더케 하든지 십팔일 정오(正午)부터는 뎐람회를 개관하려고 열두시부터 열네 사람이 밤을 꼿박 새워 긔여코 진열을 다 맞추고 나니가 시간은 벌서 十八日 아침 아홉시가 헐신 넘엇습니다.

얼마 안 잇다가 오정을 쌩─ 하고 치자말자 미리⌒ 고대하고 잇든 각 학교 학생들이 남녀 선생님에 인솔 하에 三百名식 五百名식 행열을 지어서 물밀녀 들어오듯 들어오길 시작하야 와서는 각々 자긔 학교를 찻고 자긔(이상 46쪽) 일흠을 차지면서 구경을 하고 밀녀나가고 밀녀들어오고 하기를 오후 여섯 시까지 입쟝한 사람이 九千餘名에 달하야 뎐람회 압 넓은 마당과 방안은 관람자로 산과 바다를 닐운 가운데서 무사히 폐회하고 하로밤을 지낸 십구일은 마침 공일이 되어서 개관하기 젼부터 회쟝 문압헤는 우리 조선 어린이의 재조를 보시고자 하시는 손임이 지난 십팔일에 멧 갑절이나 더 만이 오서々 기다리고 기섯습니다. 개관 시간이 되어 문을 여니가 각 은행 회사 학교 관청이 전부 문을 닷고 관람하시러 오시엿습니다. 그리고 경성에 게신 선생님은 물론이요 멀리 십리 이십리 되는 촌에서까지 학생들을 다리시고 오신 고로 이날이냐말로 교쟝 선생님 대회가 열닌 듯하엿스며 선생님 대회가 닐어난 듯하얏습니다.

더욱이 이날을 보고자 각 디방에 산재한 지사와 분사쟝이며 긔자 제씨

---

223 '白鷺紙'는 갱지(更紙)를 속되게 이르는 말이다. '갱지'는 주로 신문지나 시험지로 사용하는 지면이 좀 거칠고 품질이 낮은 종이를 말한다.

가 이날을 함게 맞기 위하야 멀리 올나오시엿스며 멀리 大邱 平壤 江華 載寧 仁川 平康 水原 南陽 議政府 烏山 이외의 수십 곳에서 올나오섯고 더욱 수백여 곳에서 축하 뎐보 축문이 들어오는 중에 축하식을 준비하기 위야 下午 四時에 문을 다덧는데 실로 양일간은 一萬三千五百餘名의 總動員 해서 된 全朝鮮少年少女作品展覽會는 朝鮮 初有의 대성황을 니루윗슴니다.

그러하오나 이번 뎐람회는 아-모 경험도 업고 힘도 미약한 저이로서 주최를 하와 불충분하고 잘못된 점이 만은 데도 이와 갓치 대성황을 닐루게 된 것은 다만 일반사회 각 단체와 학교 제 선생님들과 五百萬의 우리 朝鮮 어린이들게서 저이를 사랑하시고 도와 주옵신 은혜인 줄로 암니다. 저이는 그 각 단체 사회의 은혜를 보답키 위하야 第二回 展覽會에는 잘못된 점이 업시 썩 잘하기로 지금부터 준비를 하겟슴니다.(이상 47쪽)

崔秉和 記, "돌마지 긔렴 祝賀會와 音樂 歌劇 大會", 『별나라』, 1927년 7월호.

그날은 웬일인지 하날에 별빗조차 휘황찰난하엿습니다. "十九日 夜" 이한 밤은 영원이 잇지 못할 깁붐을 나에게 주든 날이엿습니다.

시간이 채 되기도 전에 벌서 달녀들어오서는 래빈과 독자 어머니 누의는 그 널듸널분 방안으로 쏫々 차서 한 사람도 비짓고 드러슬 곳이 업게 되엿습니다.

밝은 전긔불 째끗한 강당 얌전한 사람들 곱게 차린 손님들 쏘가 입은 어린이의 손퍅은[224] 째여저라 하고 힘끗 울엇습니다.

정각 여덜 시 반이 되자 축하회는 시작되엿습니다.

---

224 '손퍅은'의 오식으로 보인다. '손퍅'은 '손뼉'의 방언이다.

主幹 安俊植 氏의 開會辭가 맞난 후 다음에는 廉根守 氏의 『별나라』의 經過報告가 잇섯스며 뒤니어 方定煥 氏의 간곡한 祝辭가 잇서 한찟 장내는 흥분된 가온데 축하회는 이것으로 찟을 막고

꿈에도 보지 못할 아름운[225] 少年少女의 쮜고 노래 부르는 여흥은 시작되엿습니다.

第 一 部

一. 合唱	삽살개	가나다會	박수
一. 舞踏[226]	씹박	培英學校	박수
一. 獨唱		翠雲少年會	박수
一. 유희		仝上	박수 (이상 48쪽)
一. 合唱	찬양하세	蓮花峯女學校	박수
一. 合唱	녀름	가나다會	박수
一. 合唱	힌구름	취운소년회	박수
一. 童謠劇	쏫자랑 全一幕	가나다會總出演	박수

十分間 休息

一. 合唱	흐르는 시내	翠雲少年會	박수
一. 海軍舞踏		許秀龍, 鄭成昊	박수
一. 獨唱	잠든 꾀쏘리 들파네서	文銀淑	
一. 合唱	매 산양	翠雲少年會	박수
一. 獨唱	버둘가지	가나다會	박수
一. 舞踏		취운소년회	박수
一. 獨唱		普光學校	박수
一. 合奏	올칸, 하모니카	취운소년회	
一. 合唱	봄뜰	가나다會	박수

---

225 '아름다운'의 오식이다.
226 '舞踏'의 오식으로 보인다.

一. 歌劇　　　열세집 全一幕　　　　普光學校女子部
一. 閉會

이 수물한 가지를 순서대로 치른 후에 무사히 폐회하엿습니다.

서울 天地를 진동식히는 高唱 萬歲 聲

정각 전부터 달너오는 군중은 수천이 되엿습니다만 장내는 극히 평온하게 '빠라이스'를 일우엇는데 제일 인상에 깁흔 것은 千餘名이 넘는 군중이 일시에 "별나라 만세" 三창을 부른 것임니다.

의연금 환지[227] 쓰거운 정이 쏘다저

음악회를 관람하시는 일반 래빈 제씨들은 우리의 희성적[228] 사업인 뎐람회와 이 축하회를 위하야 적지 안은 금붐을 의손(義捐)하시고[229] 도라가섯습니다.

展品日報까지 發行

그날 밤에는 낫 동안에 닐어난 사건을 속보도 하려고 『뎐품일보』라는 벽신문까지 발행하야 일반 관객과 독자 제씨에게 보이엿습니다.(이상 49쪽)

展品係, "少展 成績 發表", 『별나라』, 1927년 7월호.

自由畵之部
審査　盧壽鉉 先生
　　　特選 点
쓸々한 廣野로　元山公普　　　　崔泰元

---

227 '답지(遝至)'의 '遝'을 '환(還)'으로 오독한 것으로 보인다.
228 '희생적'의 오식이다.
229 '금품을 의연(義捐)하시고'의 오식 또는 오독이다.

밤공부	寧邊	朴奇龍
露國領事館	京城	金恩雨
風景	加明學校	金漢俊
昌德宮 正門	三興學校	金珏慶
우리 圖書館	現代學院	洪龍植
어룬 손	新明學校	任明宰
싸리아	達城	朴榮仲
法律事務所	京城	李鳳雨
구두 한 켤네	三水	金學默
風景	加明學校	趙雨喜
百祥樓	安州	오백관
靜物	加明	鄭任順
風景	槐山	金奎昌

習字之部

審査　安鍾元 先生

特選			
	琿春	春東少年會	韓麟松
	木浦	公普校	朴龍達
	京城	攻玉普通校	安貴男
	昌原	大項少年會	卞孝萬
	麗水	東島少年會	裵理完
	北青	學友親睦會	金禮泳
		〃	李熙振
	三水公立普通學校		金翊洙
	橫城	聖必學校	金正煥 (이상 50쪽)
	京城	弼雲講習所	崔榮星
	〃	〃	張龍俊
	〃	〃	盧致玉
	咸興		文會麟

文藝之部

審査　姜炳周 先生

　　　特選品

童謠	할미꽃	大邱	尹貞愛
〃	참새	大邱女子普通學校	尹福香
〃	세 아들과 셋 딸	京城	楊正燮
〃	갈째	長連	金春園
〃	저녁째	元山	李貞求

藝品之部

審査　文敬子 先生

　　　特選品

京城	女子大成學院	金淑子
〃	〃	南宮晉天
〃	蓮花峯女學校	金明淑
〃	가나다會	리영숙

入選된 것은 八月號에 發表하겟슴니다.

이번 展覽會에 特選 되신 분의게만 賞狀과 賞品을 듸리겟슴니다. 賞狀과 賞品은 八月 二十日께 보내게 되엇슴니다. 그리 아옵시고 特選에 뽑피신 분게서는 사진을 한 장식만 보내 주십시요. 『별나라』 九月號에 내 듸리겟 슴니다.

第二回 全朝鮮少年少女作品展覽會를 明年 六月에 쏘 하겟사오니 지금 부터 만니 준비와 련습하시기를 바람니다.(이상 51쪽)

白南善, "作品展覽會를 보고 나서", 『별나라』, 1927년 7월호.[230]

나는 이번 本社 主催인 全朝鮮少年少女作品展覽會를 구경하랴고 여관에서 일즉이 밥을 먹고 교동 골목을 쑥 올너가 會場인 天道教紀念館 압에를 다々러 문간을 바라보니 양 좌우로는 솔로 멘드른 문갓치 第一回 全朝鮮少年少女作品展覽會 々場이란 글귀와 그 엽 主催 별나라社라는 글귀가 새별가치 빗을 내며 문을 들어스자 가슴에 "위원"이란 표를 부친 양반이 초대권 독자우대권을 금사하고[231] 한편짝으로 쏘부라저 들어가니가 표를 밧는 사람이 잇섯습니다. 초대장를 내고 회장을 들어스자마자 언뜻 보이는 것이 "조용하시요 쩌들지 마시요"라는 색조회에 쓴 주의의 말이엿습니다. 우선 그것만 봐도 얼마나 맘이 그록해지는지를 몰낫습니다. 첫 방을 드러서니 거긔는 소년회실입니다. 여러 소년회 쪼는 개인으로 제각기 보내준 습자를 진열한 곳입듸다. 하나가치 힘 안 드려 쓴 것이 업시 하나가치 공 안 드린 것이 업섯습니다.

「春秋」 두 자에 정말 봄과 가을이 오는 듯 크다란 색비단에 의미 깁게 쓴 표어라던지 곰상스럽게 란간을 처 가며 쓴 글발이라던지 쏘는 룡의 쏘리 모양으로 날녀가며 갈긴 글씨라던지 여간 꾕장하지가 안엇습니다. 그중에도 「春秋」라고 크게 ⌒ 꾕장이 크게 쓴 글시는 정말 속이 시원하엿습니다. 가슴에 쏫을 부친 어린 소녀가 한 간에 한 쌍식(이상 52쪽) 한 간에 한 쌍식 안저 나븨가치 날녀오며 공손이 인사를 하면서 지도하는 모양은 정말 텬사가 하강한 듯 하엿스며 작품에 손대지 말나고 인자하게 일으는 그 목소리는 정말 은쟁반에 구실을 굴이는 듯이 쟁々하엿습니다.

첫재 간 하나만 보고 죽어도 원이 업슬 듯하엿습니다. "야ー 참 꾕장하다"는 생각이 아지 못하는 가온데 깁분 한숨과 더부러 저절노 터저 나왓습니다.

---

230 원문에 '南陽支社長 白南善'이라 되어 있다.

231 '검사하고'의 오식이다.

둘재 간으로 돌쳐스려니 거긔는 더욱 더 요란합니다. "아이구―야 이건 참 굉장하구나" 하고는 입이 버러진 채 담으러지질 안습니다.

꼿가치 고흔 색시들의 고흔 솜씨 고흔 재조.

그다음에 보이는 것은 꼿가치 아름다운 색시들의 꼿수 꼿버선 꼿수건 꼿방석 꼿버개 꼿골무 꼿필통 꼿주머니 그 외 일홈 모를 것이 수십여 가지 실노 쓴 것과 꼿 사진(이상 53쪽)까지 도합 수백여 점이 알눅달눅 보기 조케 느러노혓는대 그 가운데 夜學女子大成學院에서 出品한 것이 第一 만터라. 夜學校에서 그 만은 出品을 하시너라고 先生님과 生徒들이 얼마나 애를 쓰섯슬나고 쏘 그 염혜는[232] 손으로 만든 군함 화차 모판 서양집 시게 구루마 십자등 별々 이상한 장난감이며 색상자가 노혀 잇습니다. 가득이나 시골 사람이 되어서 정신이 어덜쩔한데 이러케 아기자기한 것을 보니 그째는 벌서 빈 마음이 업서지고 나 스々로가 어린 맘이 되엿습니다. 어린 맘이 되어 가지고는 꼿동산에나 들어간 듯하엿스며 작난감 나라에나 들어간 듯하엿습니다. 일곱 빗이 영롱한 무지개 빗가치 곱되 고흔 빗갈은 무엇이라고 말할 수 업섯습니다. 그대로 그 속에서 파무처 죽고 십헛습니다.

꿈 가온데 쏘 꿈을 꾸고 은하수 맑은 물에 발을 잠근 듯.

그다음 방에는 그야말노 정말 쌔끗한 습자가 진열되엿썻습니다. 사학년부터 오륙학년까지[233] 날구 기는 것처럼 굉장히 쏙々하게 쓴 습자들이엿슴니다. 이러고 보니 꿈 가온데 꿈을 쏘 꾸는 셈이엇고 얼마나 진열하여 논 글시가 고르고 얌전한지 은하수 맑은 물에 발을 잠그고 솔々 부는 바람을 쏘이는 듯하엿습니다.

그러케 맘이 가라안즈며 잔풍하여지며 정신이 산듯 나드란 말임니다.

江山如畵라더니 이 아니 自然을 그대로 옴겨노음이 아닌가.

이다음 방이 그림 진열한 방이엿습니다. 무엇보다도 고흔 것은 그림이요 빗나는 것 그림입니다. 텬진란만한 소년소녀 그네들이 맘대로 그린 그림

---

232 '엽헤는'의 오식이다.

233 '오륙학년까지'의 오식이다.

얼마나 어린이다웁고 얼마나 쯧이 깁흔지 과연 말할 수 업(이상 54쪽)시 조왓습니다. 풀, 새, 나무, 꽂, 집, 개, 말, 소, 사람, 도야지, 경치, 기차, 자동차, 마차 그 외 가지각색 찡그린것 우는것 웃는것 성낸것 큰것 작은것 아주 코싹지만한것 별에별것이 다ー 걸엿습니다. 도모지 엇더케 보아야 조흘지를 몰낫습니다.

천연 산을 쩨어다 노은 듯하고 꽂을 짜다 노은 듯하야 하나도 그짓말 가튼 것이 조곰도 업섯습니다. 정말 어른 뎐람회보다 훨신 나어 보혓습니다. 나는 단숨에 볼 수가 업서々 조곰 숨을 둘너 가지고 다음 방으로 들어갓습니다.

하날이 잇는데 쌍이 업스랴. 적어도 조선의 새싹임니다.

들어스자마자 놀내일 만한 작품이 느러섯습니다. 정말 그야말노 굉장하엿습니다. 여섯 방 중에서 제일 고앗습니다. 저절노 조선 자랑이 나올 만하엿습니다. 참 굉장하엿습니다. 흥 이러케 조흔 재조가 아직 조선에도 남엇구나. 아모조록 열심히 공부를 해서 하고는 주먹을 부루쥐고 잠간 동안 눈을 감은 뒤에 우리 조선 단군째 긔도를 올(이상 55쪽)녓습니다. 노래는 깁붐의 노래 노래는 설음의 노래. 그 다음 방에는 동요 동화 동극 작문 론문 감상문을 진열한 곳입니다. 색조희에다 보기 조케 부처도 노코 그 나머지는 책을 매여 대여섯 권을 노왓습니다. 나는 그것을 들척〜해 보고 쏘 다시 자유화의 특선실노 들어갓습니다. 특선 명화 崔泰元 君의 「쓸々한 廣野로」라는 그림을 자세히 보니가 첫재 이 그림은 눈물겨운 그림임듸다. 조선 사람이 북간도로〜 쩌나는 그림임듸다. 어른과 달나 어린 사람은 이런 그림을 그리려고 한 것부터가 이 사람의 재조요 이 사람의 맘이요 눈물이라고 할 수 잇습듸다. 고흔 꽂과 고흔 집을 그리지 안코 이것을 그렷다는 것이 늣길 만한 정신임듸다. 아버지는 압헤서 무거운 짐을 지고 어머니는 뒤에서 애기를 등에 업고 쏘 임을 이고 늙은 할머니는 그 엽해 집팽이를 집고 임을 이고 어린아이은 코를 흘니며 뒤쩌러저 쏘차가고 잇섯습니가? 커단 조고리를 걸처 입은 것이라던 머리가 제비 쏘리처럼 자라난 것이라던지 외싸로 쩌러진 오막사리집 한 채싸지 하나도 쓸々하지 안은 곳이 업섯습니다. 문뎨에 짜라 이 그림은 정말 잘 그엿다고 볼 수 잇슴듸다. 나도 쓸々한 광야로 가는 듯함듸다. 다시 꼬부라저 동요를 읽으면서 차々 도라서 출구로 나가려니가 입구에서 우둥――― 소리가 나며 구경꾼들이 물결갓치 몰녀 드러갑듸다. 아! 나는 그 면람회를 보고 과연 우리 朝鮮이 새루어지는 것 갓햇씀니다. 별나라社에 게신 여러분게서 半年 동안이나 두고 애쓰신 그만큼 우리 社會의 유익을 주신 것을 감사히 생각하며 무한히 깁븐 마음으로 여관으로 돌아왓습니다.(이상 56쪽)

소년운동

"少年時言", 『少年』, 제1년 제1권, 隆熙 二年 十一月(1908.11).

◁여러분은 뜻을 엇더케 세우시려오▷

一日의 計는 晨에 잇고 一年의 計는 元旦에 잇고 一生의 計는 幼少에 잇나니 諸子의 一生에 對하야 只今 갓히 重大한 時節은 업단 것이오. 대뎌 粳團이나 水餅이나 松片이나 饅頭나 이것은 다 成形된 뒤에 일홈이로되 밀ㅅ가루나 쌀ㅅ가루에 물을 타서 뭉친 반둑 째에는 다 갓흔 반둑이니 아모 分別도 업난 것이라. 그럼으로 諸子는 썩반둑 갓하서 只今에 몽굴녀 맨드난대로 아모것이라도 될 수 잇슬 뿐더러 쏘한 달못하면 쉬거나 뭉그러뎌서 아모것도 되디 못하고 말ㅅ 수도 잇난 것이라 이째 우리가 웃디 操心티 안사오릿가.

서울서 義州가 千里ㅅ길이니 義州 가난 行客이 三十里 되난 新院에 가서 발ㅅ病이 나서 듀댜안뎌도 안 될 것이오 一百六十里 되난 開城에 가서 다리가 디뎌(이상 5쪽)서도 안 될 것이오 五百五十里 되난 平壤에 가서 다시 가디 못하게 되야도 안 될 것이라. 그러나 義州千里를 頉 업시 가고 못 가난 것은 獨立舘·母岳峴부터 발서 탸리기에 잇난 것이오. 舊把撥·昌陵川부터 미리 딤댝할 것이라. 그런즉 凡事가 다 이러하야 그 始初에 발서 結末이 보이난 것이니 썩닙을 달 거두어 둔 나무가 畢竟 됴흔 열매를 맷나니 웃디 하면 頉 업시 鴨綠江邊에 牧馬가 長嘶하고 九連城裏에 市塵이 高起하난 樣을 보리오 하난 것은 只今 獨立舘 압헤서 발감기 하난 우리가 탸릴 것이라. 只今에 失手하야 달못하얏다가 다른 날 靑石關에 부릇튼 발을 짜고 洞仙嶺에 얇흔 다리를 쉬여서 徐徐히 統軍亭 우헤 뎌녁바람을 쏘이랴 한들 엇을 수 잇스리오. 썩닙 時節이 重大한 듈 알면 只今에 크게 決斷하야 크게 準備함이 잇디 아니하야선 아니 될 것이오.

栗谷 李 先生은 우리 輩를 爲하야 『擊蒙要訣』이란 됴흔 冊을 著述하야 듀신 고마운 先師라, 그 開卷 第一에 먼뎌 "立志"를 말하시니 大哉라. 達人의 立言이여 탐 됴코 흥하고 크고 덕은 일이 다 立志 한 번에 말매암음이로

구려.(이상 6쪽)

立志!

뜻을 세워! 선 기동이 업시 딥이 支撑티 못하고 선 棹ㅅ대가 업시 배가 가디 못하고 선 地軸이 업시 地球가 도디 못하니 사람에게 선 뜻이 업시 사람이 웃디 디낼 수 잇스며 쏘 웃디 일이 이룰 수 잇사오릿가. 四肢가 느러딘 사람을 보면 흐늑흐늑하야 今時에 四귀가 다 부서딜 뜻하더라. 晝夜長天[1]에 누어 잇기만 하고 안녀도 기대야 안난 사람을 보면 畢竟에 큰 苦生을 하더라. 그런즉 부즈런이 서서 다니고 열새게 서서 그니난 사람이라야 되난 일이 잇고 하난 業이 잇난 것이 쏘한 偶然한 것이 아니로구려. 몸도 세워야 하난 것 갓히 뜻도 세워야 하고 뜻을 세워야 하난 것갓히 몸도 세워야 할 것인데 더욱이 우리 時節에는 무삼 일을 하랴 하던디 鐵杖갓히 꼿꼿하게 뜻을 세우디 아니하면 將來가 可慮ㄹ 쑨더러 이로 因하야 일홈도 누으려면 눗고 서려면 서난 것이오 뎍게 말하면 一身一家와 크게 말하면 一國一天下가 一夫一婦의 뜻이 서고 못 선 것으로 因하야 莫大한 影響을 밧난 수가 잇스니 코오시카 덕은 섬에서 큰 뜻을 세운 나폴네온(이상 7쪽) 한 사람이 웃더케 쓰랑쓰 한 나라와 밋 유롭파 한 天地를 擾亂히하얏나 생각하야 보면, 톨레미 窮僻한 村에서 壯한 뜻을 세운 씨안누, 짜악 한 사람으로 因하야 웃더케 百年戰爭에 影響이 밋텻난디를 생각하야 보면, 泗上亭 우헤 나도 한번 이러케 하야 보리라난 한 뜻을 決斷한 劉邦이 웃더케 支那中原에 風塵을 이리켯난디를 생각하야보면, 쓰릿탠의 毒한 壓制와 惡한 束縛을 벗긴 아메리카 獨立軍에 야톄쓰아픽 浦頭에 우리 아메리카로 자유를 엇게 하디 못하면 世上에 나온 本義가 업다 하야 한번 쓰릿탠을 해 내려 하난 뜻을 세운 와싱톤의 이룬 功은 얼마나 되며 로오마의 驕慢한 꼴을 懲戒하고 痛憤한 마음을 씨스랴 하야 알프山의 險을 넘고 이달늬野의 難을 디나 百番 싸호되 百番 익여 威勢가 掀天한 로오마로 하야곰 불불 썰게 한 것이 죤혀 스페인 神祀 압헤서 이를 갈면서 듁어도 한번 로오마를 해내겟다는 뜻을

---

1 '晝夜長川'의 오식이다.

세운 七歲 小兒 한니쌀의 함인 것을 생각하면, 可히 이 理致를 알디라. 오오 거룩하다 立志의 힘이여.

그럼으로 어늬 나라 歷史든디 榮光스럽고 榮光스럽디 못한 것은 全혀 그 國(이상 8쪽)民의 뜻이 굿고 못 굿은 데 잇고 國民의 뜻이 굿고 못 굿은 것은 全혀 곳으로 말하면 봉오리 갓흔 우리 少年의 뜻이 서고 못 선선데² 잇나니 大抵 우리의 뜻이 서고 못 선 것은 홀노 내 한 몸 내 한 딥에만 상관되난 것 아니라 번디여 한 나라 한 天下에 그 影響이 波及하고 한째 한 時節에만 그 關繫가 잇슬 쑌 아니라 永遠한 後日까디 그 關繫가 接續하난디라 웃디 輕輕히 알아서 세우랴면 세우고 말냐면 말 수 잇난 일이겟소.

諸子는 聰明한디라 모를 里 업거니와 우리 祖先이 暫時 세윗던 뜻을 문 디른 뒤로부터 우리 나라의 歷史는 辱에 辱을 더하고 恥에 恥를 겹하야 드듸여 오날 갓흔 地境싸디 到達하야 보디 못할 일도 만히 보고 탐디 못할 일도 만히 탐나니 이것만 생각하야도 우리는 다른 나라 少年보다 한層 더 크고 깁게 세워서 한層 더 壯하고 快한 일을 하야 한層 더 燦爛하고 煌赫한 光彩를 史上에 드리우디 아니티 못할 디니 이것이 곳 우리의 千里ㅅ 길이오 됴흔 바람에 이마를 쏘이고 깨끗한 곳에 다리를 쉬이난 일이라. 슯흐다 諸子야. 웃더케 하면 病 업시 頉 업시(이상 9쪽) 間斷업시 갈ㅅ 길을 다 가고 할 일을 다 하야 쉰 반둑과 뭉그러진 쩍이 아니 되겟소.

오오 뜻을 세움이여.

오날이 그째로구려, 여러분은 웃더하게 뜻을 세우려 하시오. 알고 십흔 일이오.(이상 10쪽)

---

2 '못 선 데'에서 '선'이 한 번 더 들어간 오식이다.

"少年時言", 『少年』, 제2년 제1권, 隆熙 三年 一月(1909.1).

◎ 吾黨은 읏더케 新年에 處할가? 吾黨에는 新舊歲의 分別이 업나니라.

今日에도 向上精進하고 明日에도 向上精進하고 再明日에도 向上精進하며 今年에도 努力進新하고 明年에도 努力進新하고 再明年에도 努力進新하난 吾黨은 아무 째 아모 대서던지 向上精進과 努力進新의 工夫와 消遣法이 잇슬 뿐이니 永劫無窮토록 消磨치 아니하난 이 事行과 停息치 아니하난 이 生命 우흐로 보면 新年이라고 더 特別하게 쮜놀며 깃버하고 억개춤 추며 조와하야 向上精進하고 努力進新할 貴重한 時間을 쓸ㅅ대업시 消費할 理由를 發見치 못하노라.

歲時佳節은 계어른 者의 專有物이니 決코 吾黨의 알ㅅ 바- 아니라 吾黨은 餠湯을 먹난 時間까지도 茶禮를 올니난 時間까지도 歲拜를 行하난 時間까지도 精力을 養하고 銳氣를 蓄하난데 써서 向上精進·努力進新의 準備를 계얼니 말지니라.

◎ 吾黨은 읏더케 餞迓를 할가?

우리에게 向하야 "오날날 우리 少年은 읏더케 舊歲를 餞하고 新年을 迓하리오?" 한 某氏의 書에 對하야 本 執筆人이 두어 가지 적어서 答書를 보낸 것이 잇난데 그中에서 左記한[3] 一節을(이상 5쪽) 摘錄하야 諸君에게 보이노이다.

     ※   ※   ※   ※   ※

老兄은 破格의 新年을 마지시오

그 까닭은 우리가 이째까지 腐敗한 習俗을 버서나지 못하고 今年이나 昨年이나 밤낫 그 모양대로 그 속에서 꿈지럭꿈지럭하얏슴으로 아모 째

---

3 '左記한'은 "세로쓰기를 한 글에서, 본문의 왼쪽에 기록된 것"을 가리킨다. 따라서 이 글에서는 아래의 "老兄은 破格의 新年을 마지시오" 이하의 내용을 가리킨다.

가도 新鮮한 일이 생기지 아니함이니 萬一 老兄이 今年부터 凡事를 舊例舊格에 拘泥치 아니하고 老兄의 理念에 무러보아서 그러타 하난 일이어든 行하기만 하면 반다시 元朝부터 除夕까지[4] 마음을 깃겁게 할 일만 나오리다.(이상 6쪽)

"少年時言", 『少年』, 제2년 제8권, 隆熙 三年 九月(1909.9).

靑年다운 靑年

天下에 至極히 어려운 일이 許多하다. 그런데 靑年다운 靑年 되난 것도 그中의 한아이라. 웃더하면 名實이 具備한 靑年이 될고? 우리가 이 問題에 對하야 여러 가지로 對答할 말이 잇스나 얼는 알어듯기 쉽게 말하자면 일(工夫)할 째에는 일을 잘하고 놀 째에는 놀기 잘하고 먹기 잘하고 삭히기 잘하고 前途의 希望만 洋洋히 바다 갓코 向上의 誠心만 燄燄히 불 갓하서 나는 한째라도 하난 것 업시 지내지 아니할 것이오, 한 가지라도 義理에 버서나지 아니하난 것만 하겟다 함은 靑年의 資格 中 가장 重要한 것일지오, 至於 超絶한 才智, 弘博한 學問, 鉅大한 財貨, 宏赫한 門地 等은 한아도 參與치 아니한다 하노라.

앗갑다. 世上에 靑年 된 者 — 前者를 行함이 적고 後者를 求함이 만흠으로 그 생각이 마치 五六月 長霖의 똥 開川 갓고 그 企劃이 마치 눈도 코도 업서도 먹을 것은 혼자 차지하려 하난 꽁지벌네 갓고 그 일은 마치 더러운 건지, 구린(이상 11쪽) 내암새로 된 쏭물 속에서 아모 다른 짓 업시 口腹이나 채울 양으로 꿈질꿈질하난 것 갓흠이 잇슬 뿐이라 만일 우리와 갓흔 마음을 가진 漢文學者로 이를 말하게 하면 嘆息·流涕·痛哭을 열 스물 겹쳐 形容

---

4 '元朝'는 "元旦" 곧 "설날 아침"을 뜻하고 '除夕'은 "섣달 그믐날 밤"이므로, 새해 첫날부터 마지막 날까지를 이르는 말이다.

할 것이니 이는 참 社會를 爲하야 생각하던지 쏘 그 사람 自身의 價値를 爲하야 생각하던지 그러치 아닌 것이 아니니라.

사람에 通有한 慾望은 名利라 할 것이오 名利는 더욱 靑年의 心胸間을 가장 널니 占領한 慾望이라 할지라. 그러나 靑年답지 못한 行爲로써 靑年다운(限量업슴을 意味함) 慾望을 채우려 함은 이 쏘한 緣木求魚의 類ㅡ니 그러면 웃지할고. 나는 갈오대 至極히 어려워도 먼저 靑年다운 靑年이 되기를 힘쓰라 하리라.

그러나 어렵다 함은 行하기 前의 말이지 한번 行하야 보면 實狀은 그리 어렵지 아니한 일이라. 다만 우리는 젊은 사람이라 어대까지던지 未成人으로 잇서 將來를 보기만 하면 可하니라.

靑年學友會

〈靑年學友會〉가 이러낫도다. 무엇하기 爲하야? "懋實 · 力行으로 生命을 作하난 靑年學友를 團合하야 ………… 健全한 人物을 作成하기로 目的함"이라더라. (이상 12쪽)

우리나라 이째와 갓흔 時節에 處하야 쓰레시아에는 〈學生同志會〉란 것이 이러나고 이탈늬에는 〈少年이탈늬〉란 것이 이러나서 다 갓히 靑年의 集社로 活動하난데 그 標榜한 바는 毋論 直接으로 政治革新이엿거늘 이제 〈靑年學友會〉는 크게 그와 달나 政治革新 · 社會改良 等을 조곰도 表白하지 아니하얏슬 쓴 아니라 그 일홈이 平凡함과 갓히 그 目的하난 바도 쏘한 平凡한 듯도하도다. 그러나 우리는 오늘날에 平凡한 目的으로 平凡하게 이러난 이 會를 더욱 新大韓을 爲하야 祝福하노니 웃지함이뇨. 우리는 新大韓을 建設할 일은 奇特한 것이 아니라 平凡한 것이오 사람도 神英한 者가 아니라 平凡한 者일 것을 밋음일 새니라.

懋實, 曆行! 果然 平凡한 一句語로다. 그러나 우리는 神巧奇異하고 緻密複雜한 人文이란 것이 이 單純한 基礎 우헤 서 잇슴을 보건댄 新大韓文明의 基礎도 쏘한 이것이라야 될 것을 알지라. 於乎라. 平凡한 이것의 功德과 力量이 크기도 하도다.

願컨댄 懋實아 力行아 너를 가지고 이러난 이 〈靑年學友會〉를 한 時 한

刻이라도 꼭 너의 품에 끼고 잇서 한 呼 한 吸이 다 너의 가삼 속에서 出入하게 하여라. 이 우리가 너에게 바라난 바오 兼하야 〈靑年學友會〉를 勤勉하난 바로라.

有理한 말 (이상 13쪽)

因하야 생각난 格言 한아를 紹介하노라.

"濃肥辛甘, 非眞味, 眞味只是淡, 神奇卓異 非至人, 至人只是常."

이는 明人 洪自誠의 『菜根譚』이란 書中에 잇난 말인데 우리가 사랑하난 格言의 한아이라.

○本卷부터 特히 此欄을 두어 우리 靑年界에 未曾有한 福音을 傳하려 함○

靑年學友會報

◁ 靑年學友會 趣旨書

上으로 先民의 遺緒를 續하야 其短을 棄하고 其長을 保하며 下으로 同胞의 先驅를 作하야 其險을 越하고 其夷에 就할 者는 卽我一般 靑年이 其人이라

故로 靑年은 一國의 司命이며 一世의 導師이어늘 然而我國은 이 來로 恬談退守를 道德이라 하며 偏僻固陋를 學術이라 하고 詐僞無實을 能事라 하며 渙散決裂이 成習되야 風俗이 日頹하고 人心이 日腐하야 靑年社會에 一點 太陽이 不照함으로 其齡은 靑年이로대 其氣力의 疲弊는 老年과 同하며 其貌는 靑年이로대 其智識의 夢寐는 幼年과 同하니 靑年 靑年이여 是가 엇지 靑年이리오 目下文明의 猛潮가 閉戶의 頑蒙을 打驚하야 千里에 笈을 負하고 來頭의 程途를 覓하는 者─ 固多하나 但 腐敗한 舊俗을 改革하고 眞實한 風氣를 養成하랴면 學術技能으로 其功을 收할 바─ 아니며 言論文章으로만 其效를 奏할 바─ 아니오 不可不 有志靑年의 一大 精神團을 組織하야 心力을 一(이상 14쪽)致하며 智識을 互換하야 實踐을 勉하고 前進을 策하야 險과 夷에 一視하며 苦와 樂에 相濟하고 流俗의 狂瀾을 障하며 前途의 幸福을 求하야 維新의 靑年으로 維新의 基를 築할지라 故로 本會를

確立코자 趣旨를 發하야 我靑年界에 佈하노니 惟我有志靑年이여.

隆熙 三年 八月　　　　　發起人　　尹致昊　　張膺震 外 十人

◁ 靑年學友會 設立委員會議定件(摘要)

一. 本會의 名은 靑年學友會라 稱함

一. 本會는 大韓의 懋實·力行으로 生命을 作하난 靑年學友를 團合하야 情誼를 敦修하며 아울너 德·體·智 三育을 硏究코 또 그 好美한 者를 踐履하야 健全한 人物을 作成하기로 目的함

一. 本會의 目的을 達하기 爲하야 左開한 事를 追次實行함

(1) 德育
- 德育上의 講演(演說과 밋 報章으로)
- 品行의 監督과 밋 指導
- 勤儉貯蓄의 奬勵
- 靑年學生의 可能한 公共事業의 實行
- 自彊·忠實·勤勉·勇敢的 精神의 鼓吹

(2) 體育
- 衛生上 操心할 事項의 隨時 訓示
- 運動場(遊泳場·行走場 等)의 設備
- 巡回競技(野球 等)의 設行

(3) 智育
- 機關 雜誌의 刊行
- 有益한 書籍의 刊行
- 圖書 縱覽所의 設立
- 巡回講演의 設行
- 討論會와 밋 講習會의 設行
- 簡易한 博物園의 設立

一. 本 會員의 種類는 左와 如함(이상 15쪽)

(1) 通常會員　　　　(2) 特別會員

一. 通常會員의 資格은 左開 條件을 具備함을 要함

(1) 年齡의 滿 十七歲 以上

(2) 尋常 中學 以上 程度의 學藝를 曾收하얏거나 또 現受하난 者

(3) 品行이 端正하고 國法에 觸犯이 無한 者

一. 特別會員의 資格은 左開 條件 中 一項이 有함을 要함

    (1) 青年學友가 아니라도 本會 目的을 履行할 만한 人士로 捐助金
        五圓 以上을 出한 者(本會의 認定을 要함)

    (2) 本會로서 特別히 得諾延入한 者

一. 通常會員은 本會에서 議定하난 條規를 確守함이 毋論이어니와 特別
會員도 身體와 名譽를 毁損치 아니하난 限에서 本會로서 要求하난
事件을 辭避치 못함

一. 本會는 總會와 聯會를 分置하되 會員 五十人 以上이 集合된 時에
聯會를 成立하고 總會는 聯會 七個 以上이 成立된 時에 組織함
但, 總會 成立키 前에는 凡百 必要한 事務를 設立委員會가 總會를
代辨함

一. 通常會員의 入會金은 貳圓, 月捐金은 貳拾錢으로 定함

一. 各 地方聯會는 發起會員 中 可堪한 人員을 派送하야 成立케 함
但, 確實한 會員 志望者 五十人 以上이 有한 地方에서 聯會를 設코
자 할 時에는 設立委員會 事務所로 設立委員 派來하기를 請求함이
可함

一. 本 總會의 位置와 其他 規則은 議事部 成立 後에 議決함

一. 設立委員會 任員 氏名은 左와 如함

設立委員長 尹致昊　　總務員 安泰國　　書記員 玉觀彬

一. 設立委員과 밋 發起會員은 設立金 參圓 以上을 擔出하기로 定함

      以上(이상 16쪽)

"少年時言", 『少年』, 제2년 제9권, 隆熙 三年 十月(1909.10).

    헛소리 헛닐

무슨 일이던지 헛되고는 못 되난 법이라. 하다 못하야 낫잠 자난 것도

잘 뜻 업난 것을 헛되게 눈만 감고 잇스면 아니 됨이 毋論이나 그러나 이것
은 或 오래 되면 임자 업난 잠이 쩌도라다다가[5] 偶然히 붓들녀서 槐安國
中에 黃粱이[6] 넉어감을 모르난 수도 잇거니와 일이라고 名色하고 보면 헛
字의 내암새만 쏘여도 열이면 열, 百이면 百, 다 못 되난 것이라.

이는 平凡한 소리라 事理에 當然함으로 모르난 사람도 업고 밋지 아니하
난 사람도 업난 바一로되 웃지하야 그러한지 가만히 世上 사람을 보면 이것
을 알면서도 짐짓 그리하난 것처럼 밤낫으로 헛소리 · 헛닐 하기로 職業을
삼난 사람이 만코 쏘 甚至於 우리 新大韓의 建設노 天職을 삼난 少年 사이
에도 이러한 弊風이 間或 잇난 듯하니 우리는 참 慨嘆함을 禁치 못하난
지라 이에 그 조치 못한 일에 되지 못한 例證을 드러 煩遽로히 論難치는
아니하거니와 가장 眞摯한 뜻과 가장 誠實한 마음으로 여러분은 이믜 아시
난 바 이믜 밋난 바를 일위에 보여 우리의 몸과 마음 속에는 헛이 업도록
하고 쏘 侵入할 만한 餘地도 미리 업시 하기를 勸告하노라.

新大韓의 建設이란 여러 말할 것 업시 낫참 차난 種類의 일이 아니라
허믈며 웃지 헛되고 되기를 바라리오. 생각할지니라.(이상 41쪽)

"少年時言", 『少年』, 제2년 제10권, 隆熙 三年 十一月(1909.11).

◎ 自己의 處地

누구던지 일을 할 째에는 꼭 自己의 處地에 對하야 正確한 自覺을 가저
야 하나니 그러치 아니하면 그째 自己의 技能과 事情과 趣味와 局勢에 맛
지 아니함으로 큰 自信이 아니 나고 큰 自信이 업슴으로 順境에 서서 잘되

---

5 '쩌도라다니다가'(떠돌아다니다가)의 오식이다.
6 중국 당(唐)나라 때에 이공좌(李公佐)가 지은 소설인 『南柯記』의 주인공인 순우분(淳于棼)
   이 낮잠이 들었다가 꿈에 괴안국(槐安國) 왕의 사위가 되었다. 황량(黃粱)은 "메조" 곧 "찰기
   가 없는 조"를 뜻한다.

여 가면 모르되 逆境에 서서 困難의 맛을 볼 째에는 길히 견대고 굿게 직히지 못흐고 今時今時에 失敗하난 辱을 當하고 마난 것이라 무삼 일에든지 自己가 自己를 아난 것이 먼저니라.

　自己를 난호아 말하면 먼저 時勢오 둘째 家勢오 셋재 身勢니 自己의 몸을 中心으로 흐고 時勢와 家勢를 觀察함은 如干 사람에게는 매우 安心할 수 업난 일이라. 그럼으로 반다시 먼저 自己가 處하야 잇난 世上(或 나라)이 읏더한 地境에 잇난 것을 삷히고 다음 그 世上에 잇난 自己 집과 그 집에 잇난 自己 몸의 現在와 將來를 생각하야 自己의 避치 못할 職分을 쌔다라서 그대로 할 일을 하면 可흐니라.(이상 9쪽)

　世上은 사른 것이라. 時時刻刻으로 推移하나니 나를 나의 속으로 보면 昨年의 내가 곳 今年의 나오 今年의 내가 곳 昨年의 내일난지 모르되 나의 밧그로 보면 크게 그러치 아니하야 어적게 내가 이믜 오날 내가 아니니 그럼으로 나란 것도 시간과 함끠 連方 나아가고 時勢와 함끠 連方 옴기난 것이니 우리는 쏘한 나의 옴겨 가난 것을 精神 써 보아야 할지니라.

　나를 알아야 함은 오작 個人으로만 그럴 쑨이 아니라 나라로도 쏘한 그러하니 한 國民이오 그 나라의 當場 形勢를 모르면 마참내 國民的 敗辱을 當코야 말 것이오 이미 當한 者라도 怳然히 自我를 쌔닷고 쏘 그째의 自己를 알아서 合當하게 힘을 쓸진댄 쏘한 免할 수가 잇나니라.

　世上 사람이 걸핏하면 남의 일은 比較的 밝히 알되 自己는 장 모르나니 이는 自己가 그 世上의 한 귀를 채우고 잇고 그 世上 일의 한 귀를 自己가 맛핫다 하난 생각이 남과 莫上莫下한 것을 꼭 모르거나 그러치 아니하면 分明치 못한 까닭이라 그럼으로 自己의 일에는 그째 時勢가 그리 크게 相關이 업난 듯하게 알고 무삼 일을 經營하난 일이 만흐니 이는 참 어리석다 하지 아니하면 아니 되리로다.

　自己를 알어! 이것이 일을 하난 第一步이오 功을 이루난 最要訣이니라.
(이상 10쪽)

◎ 나를 이저 바림

古 偉人의 그러한 事業을 이루고 그러한 動功을 세워 사람다운 사람이 된 힘은 어대서 생겻노? 우리는 여러 偉人의 傳記에 나아가 보건댄 毋論 무슨 일에던지 眞心으로 생각하고 至誠으로 當한 데서 생겻난데 眞心과 至誠은 合하야서 다른 말노 形容하건댄 나를 이저바림이라 하야도 失當이 아닐 듯하더라.

이것을 와싱톤에 보고 이것을 싸리발쯰에 보고 쏘 한層 나아가서 이것을 公子·그리스도에 보아라. 웃더한 境遇에던지 웃더한 事業에던지 眞하고 誠한 것은 다시 말할 것 업거니와 그 精神과 事業 中에서 가장 光明스럽고 美麗스러워 輝煌하게 사람의 눈을 쌔앗고 怳惚하게 사람의 마음을 醉케 하난 者는 그 純全하게 나를 이저바린 마음과 일이라 일을 할 때에 이믜 나를 이저바렷거니 何暇에 일의 成敗를 혜아리고 大小를 較計하리오. 몸과 일에 조곰도 顧慮함이 업시 오직 純하고 오직 實하게 내가 올타고 밋고 허락하난 곳으로 쉬지 안코 나아가난 그를 우리의 눈으로 보면 그가 사람인지 神인지 모르게 되지 안터냐.

나를 이저바림이란 웃게 하난 말이뇨. 내가 그 일을 이룸에 對하야 참으로(이상 11쪽) 속으로 조곰만치라도 求하난 바가 업슴과 쏘 참으로 조곰만치라도 앗김이 업슴을 이름이니라. 그네들을 가만히 보니 그네들은 일 압혜는 어린 아해라 그의 感情이 單純하고 그의 欲望이 唯一하얏스며 그네들은 일과 몸에 境界가 업고 일과 몸의 分別을 모르난지라 어대까지던지 몸은 일과 同化하고 일은 몸과 同化하야 일을 위하난 몸도 업고 몸을 위하난 일도 업섯더라. 그러하야 이것이 英과 凡의 갈니난 곳인 듯하더라.

사람이란 弱한 것이라 번연히 나를 이저바리난 것이 可한 줄을 알 만한 程度에까지 올나가고도 每樣 實地의 일을 當할 째에는 어늬 구석에 숨어 잇섯던지 맨 먼저 튀여나오난 것이 "나"란 생각이라. 우리의 道力으로 實驗한 바로 말하면 이러케 걸핏하면 압장서 나오난 나란 요놈을 快刀로 쓴듯 업시 하기가 매우 어렵고 쏘 쑤리ㅅ재 쑵아바리기는 더욱더욱 어려운지라. 이런 째마다 每樣 나의 마음쑤리가 왜 이리 完固하고 汚穢한고를 嘆息함이 멧 百千番인지 모르노라.

나를 이저바림이 더 깁게 말하면 내 마음이란 밧헤서 나의 뿌리를 쏩아바린다 함이 이것이 偉人을 배호난 天地玄黃이오 아울너 焉哉乎也라. 出發點과 終着點이 다 갓히 여긔 잇나니. 그 맛이 맛치 經傳의 말삼과 갓허서 처음에는 쉬운 듯한 것으로 始初하야 次次 나아가난 대로 어려운 것을 알게 되고 那終에 가(이상 12쪽)서 쉬운지 어려운지 모르게 된 뒤에 어늬 틈 同化되고 마난 것이라. 그럼으로 偉人이 되난 것도 그러하야 처음에는 되기가 쉬운 듯하야도 次次 修鍊하야 보면 참으로 어려운 것을 깨닷고, 깨닷고 웃지하고 하난 中 쉬우지만 아니하면 그의 人格이 모르난 틈 놉하지고 마나니라.

世上에 偉人 自處하난 사람들 한번 自己의 속을 搜索해 보아 "나"가 아직도 좀 남쏘 아니 남은 것을 檢査할지어다.

◎ 平凡

平凡이라 하면 世人들이 쏘한 그네들의 이른바 平凡으로 對接하고 말 쑨이오, 그네들이 晝夜長天에 寤寐思服하난 神奇와 卓異와 聖靈과 英傑이 곳 이 平凡인 줄은 알지 못하나니, 그럼으로 그네들은 長 애는 쓰나 그러나 아모것도 엇지는 못하고 寃痛해 하나니라.

그 淺見과 短慮는 어대서 생기나뇨. 그의 눈이 다만 神奇와 卓異와 聖靈과 英傑의 非常코 超越한 한구석만 보고, 이 여러 가지와 밋 다른 온갓을 다 휩싼 平凡의 오직 浩大하고 오직 積厚하고 오직 悠久한 全體는 보지 못하난 싸닭이라. 알기 쉽게 말하면 平凡의 가운데 저 여러 가지가 잇슴을 모르난 싸닭이오 더 쉽게 말하면 平凡을 아름이 저 여러 가지를 아울너 아난 所以오(이상 13쪽) 平凡을 行함이 저 여러 가지를 아울너 行하난 所以인 줄을 모르난 싸닭이니라.

世人은 걸핏하면 平凡을 웃나니 나는 平凡 웃난 그 사람을 平凡으로써 웃고자 하노라. 그리하고 平凡을 깨닷고 또 깨다른 뒤에는 行하려 하면 큰 努力과 큰 誠意가 必要함으로 부처 말하노라.

◎ 本色

일이나 물건이나 第一 아니 된 것은 그 本色을 일난 것이라 밧구어 말하면 平凡을 脫出함이니라.

干醬은 어대까지던지 干醬대로 잇서야 하나니 된醬이 되야도 못 쓰난 것이오 청국이 되야도 못 쓰난 것이라 그 性과 味와 形과 質이 어대 까지던지 干醬이라야 할지니라.

이런 것을 一部分의 世人들은 干醬으로 잇서서 干醬으로 에서 쮜여나기를 힘쓰고 말지 하야 헛되이 앗가운 精力과 光陰을 업시하니 애닯지 아니하냐.

干醬이어든 干醬의 性·味·形·質노 더 조흐고 더 나흐도록은 잇난대로 힘을 쓰고 애를 드릴지어다. 그러나 행여 干醬까지 免하랴고는 생각지 말지어다. 이는 너에게 禍가 될지니라.(이상 14쪽)

◎ 本色이란 무엇이뇨

일이나 물건의 本色이란 무엇이뇨? 우리나라 말에 "다운"이란 것이 곳 그것이라. 사람은 어대까지던지 사람답고 개는 어대까지던지 개다울지어다. 늙은이는 어대까지던지 늙은이답고 어린이는 어대까지던지 어린이다울지어다.

더욱 少年은 어대까지던지 少年다울지어다.

쏘 더욱 新大韓의 少年은 어대까지던지 新大韓의 少年다울지어다.

◎ 誠 모르난 慾望

天下에 慾望 만흔 사람은 우리나라 이째의 사람 갓흔 이가 업슬지라. 무엇을 바라지 아니하며 무엇을 하고자 아니 하나뇨. 甚하게 말하면 銀河水를 利用하야 水力 電氣를 내이려고까지 한다 하야도 過言이 아닐지니라. 그러나 우리가 어두어 그러한지는 모르거니와 이째까지 相當한 功效를 보고 相當한 地位를 엇은 者를 보고 드를 수 업슴은 웃지함이뇨. 求하난 者에게 주심은 天理오 하면 이룸은 事理어늘 그러케 만히 그러게 크게 求하고 하되 조곰도 적은 것도 엇지 못함은 웃지함인고.

그러나 우리가 가만히 그들의 心事를 삷혀보고 이것이 足히 疑心할 것 업슴을 깨다랏스니 다름 아니라 그들에게 誠이 不足 = 차라리 업슴을 發見한 까닭이로라. 그들은 다만 求할 줄만 알고 하고자 할 줄만 알 쑨이오 求하난 法과 하난 法, 곳 誠이란 것은 모르난지라. 이러한 즉 功業의 神이 무삼 까닭으로 그에게 오리오. 만일 온다고 하면 그것이 참 不可思議의 일이라 할지니라.(이상 15쪽)

"少年時言", 『少年』, 제3년 제2권, 隆熙 四年 二月(1910.2).

◎ 倫理的 名利

　○ 名과 利.

이것에도 依例히 正反兩面이 잇서 한편은 善하고 한편은 惡함은 無論이라. 그럼으로 一部 論者들처럼 絶對的으로 不可한 것―― 곳 惡이라 할 것도 아니오 또 絶對的으로 可한 것―― 곳 善이라 할 것도 아니라. 要하건댄 그 돌녀대인 面의 웃더함으로써 무엇이라고던지 分別해 말할 것이니라.

그러면 무삼 標準을 세워 그 面을 識別함이 正當할쑈?

웃더한 種類의 일을 하던지 그 動機에 在하야는 偏僻한 自己에 根據함이 아니며 趣向에 在하야는 外華를 일부러 찻지 아니하고 穩全히 內實만 붓들고 가며 그 結局에 가서는 成·敗는 어대로 갓던지 마조막까지 努力으로 一貫하얏스면 이는 그 正面이오 그러치 아니하면 그 反面이라고 우리는 생각하노니 흔한 境遇에는 대개 틀니지 아니할 줄 밋노라

우리는 그 正한 面을 代名하기 爲하야 이제 얼맛동안 倫利的[7] 名利란 새 말을(이상 17쪽) 베프노니 이믜 倫理的이라 하얏스니 이를 厭忌하고 이를

---

7 '倫理的'의 오식이다.

斥絶함은 姑舎하고[8] 갓흔 社會의 무리면 누구던지 孜孜하게 汲汲하게 渴望하며 熱求하여야 할 것 됨은, 다시 說明할 것 업도다.

世上에 나는 純全하게 名利를 실여한다고 快言하난 사람이 잇스니 이 사람의 이 말이 한때 남을 속이난 말이 아니오 果然 自己가 생각하난 自己의 眞情을 꼭 그대로 吐露한 것이라 하면 우리는 이 사람의 마음을 무엇이라고 評斷할고 하니 實狀은 名利를 실여하거나 求하지 아니하난 것이 아니라 凡俗한 사람, 賤陋한 사람, 淺薄한 사람들의 조와하고 求하난 그 名과 그 利를 실여하거나 求하지 아니 함이오 高尙한, 眞正한, 久遠한 名利를 조와하고 求함이라 하리니 우리의 말ㅅ버릇으로 簡短하게 形容하면 남들은 卑陋ᄒ야 平凡 以下의 名과 利를 求하거늘 나는 그러치 안타 함이라. 그러면 그가 왜 아니 한다고 말하나냐 하건댄 다름 아니라 마치 慾望이란 것이 조흔 것만도 아니오 흉한 것만도 아니로대 世上에 그보담 以下의 사람이 만하 不知中 흉한 것만을 갈으처 慾望이라고 하게 됨애 그보담 以上의 사람은 업다고 하고 쯘헛다고 하난 세음으로 名利란 것도 傳習的으로 反한 面만 남은 싸닭이라. 그러나 偏見과 誤解는 永續할 것이 아니니라.

○ 名利를 追求하난데 세 가지 着念(이상 18쪽)

名・利를 追求할 새 짱으로 말하면 本鄕・他鄕의 分別이 잇고 째로 말하면 亂時・平時의 分別이 잇고 境遇로 말하면 難地・易地의 分別이 잇고 範圍로 말하면 國・家・身의 分別이 잇고 目的物노 말ᄒ면 榮譽・財産・地位의 分別이 잇스며 그러코 方法으로 말하면 正과 邪・善과 惡・潔과 汚・眞과 僞 等 여러 가지 對가 잇나니 細節目에 이르러서는 째와 處地를 싸라 無論 着念할 일이 다 달으리라. 그러나 이제 우리가 말하고자 하난 것은 무엇인고 하니 倫理的 名・利를 追求하난데 特別히 着念할 세 가지라. 곳

名・利는 無論 慾望의 對象物인 快樂 그것의 對象物이니 快樂이란 것이나 慾望이란 것이나 다 限度 잇난 것이 아니라 그럼으로 智愚・賢不肖를

---

8 '姑捨하고'의 오식이다.

싸라 能히 몸을 穩全히 하고 올흔 것을 엇기도 하며 몸을 穩全히 못하고도 올흔 것을 잇지 못하기도 하나니 이 크게 생각할 것이라. 이에 여긔 對하야 聖人이 分數란 尺度를 만들어 뒤ㅅ사람으로 하야곰 이것에 商議케 하시니 여러 方面으로 自己의 能力을 가지고 이 尺度로 計量하야 보아서 한 치면 한 치, 두 치면 두 치, 자에 나가난 대로 그만큼만 追求하도록 한 것이라 이 쏘한 가히 씀직한 法이라. 모도아 말하면 限量 定한 分數를 가지고 限度 업난 慾望 中에 얼만큼을 取할 것이 한아오.

우리와 갓흔 實世間의 經歷이란 것이 업난 터에는 自負와 自大와 自慢이 (이상 19쪽) 너모 强大한 것이니 無論 이 몟 가지는 少年의 特色이오 쏘 日後의 着實과 궁통이 다 이 속으로서 이럭저럭 생기거니와 그것으로 하야 빠지기 쉬운 큰 弊端은 힘 아니 드려도 무엇이 되난 듯―― 큰 애를 아니 써도 큰 名・利를 엇을 듯―― 이것 몟 가지는 나ㅅ살 먹어 가고 事理를 斟酌하 난 대로 그 참을 깨닷난다 할지라도 더욱 두려운 것은 적은 偶然으로부터 나중에는 큰 僥倖이란 것을 偶然이나 僥倖으로 알지 아니하고 웃지웃지 이리저리하면 어리숭 그럴 뜻하게 되거니 하게 되난 일이라 이러한 생각 가진 사람으로 무슨 일을 하고 무슨 일홈을 이룬 者가 거의 업다고 하야도 可하거니와 設或 될 수가 잇슬지라도 크게 빗나게 되지 못할 것이 밝으니 大抵 이것은 여러 有用한 少年의 心志―― 더욱 天才的 少年의 心志를 腐 蝕하난 가장 괴악한 有毒菌이라. 그럼으로 우리는 여긔 쏘한 크게 警戒함 이 可한지라. 밧고아 말하면 多少 내가 남보담 나흔 智能이 잇슬지라도 恒常, 間斷업시, 努力에 매달녀서 名・利에 올나가고 努力을 밋기하야 名・利를 낙구기를 꼭 생각함이 둘이오.

쏘 한 가지는 무엇인고 하니 名・利를 求한다고 名・利에 휘감기고 名・ 利를 붓잡난다고 名・利에게 부림이라. 孔子를 보아라 예수를 보아라 釋迦 牟尼를 보아라 李舜臣을 보아라 와싱톤을 보아라 其他 누구던지 赫赫하고 宏宏하고 (이상 20쪽) 眞正한 利를 만들고 名을 가진 사람의 事蹟을 보아라. 分毫만큼이나 自己의 名・利를 念頭에 둔 痕跡이 잇나냐. 더군다나 이것을 料量하고 일을 左右한 일이 잇나냐. 그들은 일을 爲하야 일하얏슬 뿐이니

世上을 救濟하여야 하겟다. 世上을 利益하여야 하겟단 불타난 듯한 赤誠至意에 썰녀 마지못하야 일을 하얏슬 뿐 아니냐. 果然이지 그 일의 되고 안될 것도 짐작하지 못하고 그 일의 목숨의 길고 쌀을 것도 料量치 못하얏거든 하믈며 그의 눈과 마음에 꿈에라도 드러나 보지 아니하난 自己一身의 名・利를 생각하얏슬 理가 잇스랴. 그러나 그들은 眞實하게 努力하얏더라 堅確하게 守城하얏더라 그리하얏더니 永遠히 光明한 月桂冠은 그의 일홈 위에 씨워지고 永遠히 녹도 아니 슬고 쭈럼이도 아니 썩난 黃金白璧은 가장 萬人이 보기 조흔 곳에 싸히게 되얏더라. 歷史는 이믜 五千年이라. 그러나 成敗는 웃지하얏던지 일을 하지 아니한 者로 일홈을 엇은 者를 못 듯겟고 일홈에 달녀서 지낸 者로 일한 者를 못 드를지라. 그럼으로 우리는 여긔도 크게 反省함이 可하니 다시 말하건댄 어대까지던지 일 그것만 붓들고 나아가야 함이 셋재라.

至於 웃더한 일홈이 참 일홈이오 웃더한 利가 참 利냐 하난데 對하야는 다만 曖昧한 말이지만 古人의 말을 짜라 可名이 是 眞名이오 可利가 是 眞利(이상 21쪽)

ㅇ 偉人이란 무엇?

누가 始作해 한 말인지 天才란 것은 精力의 集中이라 함을 世人들이 흔히 말하거니와 우리는 이 말의 例套를 짜라 偉人이란 것은 至善에 努力者라 하고 偉業이란 것은 努力의 集成이라 하고자 하노라.

이 말은 카알나일이 歷史는 偉人의 傳記라 한 말과 갓히 半面의 眞理밧게 못 되난지도 몰으거니와 웃지하얏던지 웃더한 偉人, 웃더한 偉業을 觀察하던지 그 根柢는 努力인 것은 事實이라. 이는 誣하지 못할 것이오 諱하지 못할 것이 아니냐.

歷史의 一面── 차라리 거의 全體는 人類가 至善──宇宙의 大法에 向하야 前進한 記錄이라 할지니 그런즉 어늬 意味上으론 歷史는 努力의 繼續이라 함도 無妨할지로다.

歷史의 精髓는 偉人과 밋 偉業이오 偉人과 밋 偉業의 精髓는 努力이라. 그런즉 어늬 時代에던지 그 社會는 各人의 努力上에 섯다고 하야도 쏘한

無妨할지로다. 아아 努大하도다 努力이여.

　　○ 極히 淺單하야도 極히 深弘한 理致

宇宙란 무엇고? 人生이란 무엇고?

客觀的의 보난 法도 잇고, 主觀的의 보난 法도 잇스리라. 敬虔한 宗敎家의(이상 22쪽) 神秘한 觀察法도 잇고, 精細한 理學家의 解明하난 觀察法도 잇스리라. 天才神人의 直覺的 判斷도 잇고, 鈍根愚物의 妄想的 判斷도 잇스리라. 그러나 우리는 도모지 이를 몰으노라.

다만 吾人은 非論理的일난지도 몰으고 非科學的일난지도 몰으나 少年으로 學生으로 左의 獨斷을 가지고 滿足할지니 無論 이것이 因明한 理致도 아니오 歸納한 結論도 아니라. 다만 우리의 持身行事의 倫理的 科條를 만들기 爲하야 妄伶되히 생각하고 妄伶되히 試驗한 結果이라.

우리가 宇宙・人生의 어늬 한편을 보니 이러케 생각함이 쏘한 適當치 아님이 아님을 볼지라.

갈오대 宇宙란 것은 努力의 擴張과 努力의 連續이오 人生이란 것은 努力의 部分的 現實이오 努力의 部分的 原因이라. 이 努力은 무엇에서 생겻노? 왜 잇노? 무엇으로 도라갈꼬? 이는 우리 少年은 能히 생각할 것도 못 되고 생각하야도 別, 緊한 일도 업스니 다만 이 努力의 方今 取하난 方向이 至善에 잇단 것만 알면 足하다 하노라. 이는 無論 어늬 매우 微小한 한모를 보고 말함이라. 그러나 우리 少年이 이것은 알아서 둘 必要는 무엇인고 하니 事爲의 宇宙・人生에 對한──아울너 宇宙・人生의 事爲에 對한 倫理를 알아서 大한 我와 小한 我며 大한 生命과 小한 生命이 서로 어긔여지지 안토록 準備함에(이상 23쪽) 큰 關繫가 잇슴이라. 人은 곳 空間의 一部分이오 人生은 곳 時間의 一部分으로 거긔 超越한 듯 거긔 接着한 듯 잇난 것이니 잘 이와 合致하고 잘못 合致함은 全宇宙의 行進에 至極히 微小하나마 至極히 緊要한 影響을 밋치나니라.

努力이란 무엇이뇨. 誠의 發表오 動的 堅忍이오 不斷의 活動이라. 至善이란 무엇이뇨. 그째 그째의 至高한 理想이라. 理致의 全部는 얼마콤 큰지 넓은지 깁흔지 몰으거니와 이것 한아만을 가지고 우리 少年은 지내여도 오히려 잘 다하지 못할 것이 걱정되나니 하믈며 무슨 不足이 잇스리오.

至善에 向하야 努力함- 宇宙·人生의 少年的 觀察노 出來한 少年的 斷案이라. 웃지 말아라, 업시 녁이지 말아라, 眞理는 한아이니라, 大道는 외골시니라.

　　○ "少年心事劒相知"

잘도 한 말이지 "少年心事劒相知"얏다.

泰山에 올음애 天下를 적게 봄은 놉흔 데 잇서 그 마음이 소년 된 까닭이오 皇帝의 威儀를 봄애 大丈夫- 맛당히 이리하리라 함은 壯한 것을 보고 少年다운 慾望이 일어남이로다. 少年이란 이러한 것이니 그에게 劒이 업스면 그를 누가 慰藉하리오.

"아바지가 저리 四方을 經略해 바리면 나는 자라서 무엇을 손대여 보나" 하(이상 24쪽)고 울고 걱정한 者는 少年의 알렉산더오 弱冠이 못 되야서 天下를 澄淸하겟단 쯧을 둔 者는 少年의 陳蕃[9]이오 祖宗의 遺憤을 생각하고 젓쯧지를 겨오 물닌 째부터 알프山 南편을 쑥밧흘 만들녀 한 者는 少年의 한니쌀이오 父師의 傳說을 듯고 머리에 피도 말으기 前부터 고오시카 島를 堂堂하게 獨立식혀 世界上에 가장 크게 만들녀 한 者는 少年의 나폴네온이로다. 少年이란 이러한 것이니 그에게 劒이 업스면 그를 누가 服事하리오.

少年은 이러한 것이라. 그러치 아니하면 비록 靑春에 째를 맛나 紅顔이 욱어지더라도 그는 老人이오 廢物이니라.

이러한 것이 少年이라. 그럼으로 그는 劒을 師하여 劒을 友하며 劒을 飾하며 劒을 枕하나니 만일 劒이 업스면 그에게 在하얀 이 世界가 한 荒凉하고 寥落한 벌판이 되야 눈을 깃겁게 하난 붉은 꼿·풀은 닙도 업고 귀를

9　진번(陳蕃, ?~168)은 중국 후한 말의 정치가로 자는 중거(仲擧)이며, 여남군(汝南郡) 평여현(平輿縣) 사람이다. 나이 15세에 천하를 향한 뜻을 품고 있었다. 환제(桓帝) 때 벼슬이 태위까지 올랐고, 환관의 전횡을 규탄했다. "불외강어진중거(不畏强御陳仲擧)"라는 칭송을 들었다. 영제(靈帝)가 즉위하자 태부(太傅)가 되고, 녹상서사(錄尙書事)로 고양후(高陽侯)에 봉해졌다. 외척인 대장군 두무(竇武)와 함께 환관 조절(趙節), 왕보(王甫) 등을 몰아내려다 발각되어 두무가 살해되었다. 부하 80여 명을 이끌고 궁 안으로 돌입했지만 살해당했다. 이때 나이 70여 살이었다.

좃케 하난 우난 새·울니난 새암도 업스리라.

웃다가도 匣裏에 쩡쩡 우난 劍을 생각하면 한번 울고, 울다가도 壁上에 번쯧번쯧 비최난 劍을 보면 한번 웃나니, 대개 無限한 感慨도 여긔 잇고, 無限한 希望도 여긔 잇스며, 無限한 눈물도 이로 하야 쏘다지고, 無限한 질거움도 이로 하야 생길 것을 생각하난 까닭이라. 劍이여 劍이여 내 너를 哭하고 泣하며 아울너 너를 歌하고 頌하리라. (이상 25쪽)

네 날이 번쯧하면 피가 왜 흘으나냐 殘忍하지를 말아라, 네 몸이 얼는 하면 눈을 왜 찡그리나냐 凶暴하지를 말아라, 그러나 물건은 主人이 잇거늘 이 劍이 少年의 손에 들면 죽어 넘어지난 것을 살녀 일회키고 밋쳐 납뛰난 것을 따려 업대려 눈을 가리던 者가 손ㅅ벽을 치고 도라선 者가 압흐로 向하나니 대개 少年은 쓰기를 爲하야 씀이 아니라 씨우기 위하야 쓰난 까닭이라. 劍이여 劍이여 내 너를 詛咒하며, 아울너 祝福하리라.

暗室靜中에 가만히 나를 觀照하자. 내 몸으로——내 뜻으로——내 經綸으로——내 事爲로를 두루두루 생각할진댄 이리로 가던지 저리로 가던지 이 갈내를 잡던지 저 갈내를 잡던지 痛切하게 感知ᄒ고 深刻하게 痛苦한 者는 有形·無形, 直接·間接으로 내 四肢百體를 束縛한 무엇이 잇슴으로 쌀쌀히 알뜰하게 다 틀녀진 것이오 틀녀지난 것이오 틀녀질 것이라. 이때에 怒는 心上으로 좃차오고 忿은 氣內로부터 나와 몸이 부르를 쩔님을 禁치 못하다가 흘끗 冊床 위를 본 즉 白虹갓히 靑蛇갓히 싯퍼럿케 쑥 쩌친 것 한아가 잇난지라. 한번 그 날낸 것을 試驗하면 이때까지 내가 苦로움 밧던 모든 오라ㅅ줄이 豆腐 버혀지듯 잘닐 것을 생각하건댄 今時에 怒도 풀니고 忿도 살아지고 오직 소리 업난 우숨이 兩頰을 쩌길 뿐이라 劍이 업고야 나는 참 못 견대리로다. (이상 26쪽)

너의도 이 時代의 空氣를 呼吸하지, 너의도 그 歷史의 遺臭를 맛지, 너의도 習慣의 惰力을 밧지, 그리하야 나의 苦生은 너도 하고, 나의 깃븜은 너도 엇을 터이오, 그뿐 아니라 나의 血管을 運行하난 靑春盛時의 쓰거운 피는 너의 血管으로도 運行하고, 나의 胸鬲에서 燃燒하난 少年 元氣의 盛한 慾望은 너의 胸鬲에서도 燃燒할지라. 그럼으로 너의도 劍이 잇서야 견

댈 것을 아노라.

왜 그러냐. 너도 少年, 나도 少年, 허허 모도다 少年인 까닭이오, 少年은 劍을 쌔면 親舊가 업나니 조곰 각갑한 째에 설은 事情할 곳도 업고, 조곰 깃거운 째에 줏탄 情談할 곳도 업고, 생각이 아니 돌녀야 議論할 곳도 업고, 힘이 不足하여야 付托할 곳도 업난 까닭이라.

劍은 少年의 大補元氣湯이니 그는 이를 갓가히 하여야 할 것이오, 消愁撥悶酒니 그는 이를 親하지 아닐 수 업도다.

"人之相知 貴相知心"이라 내 心事는 너만 아나니 네가 管이냐 내가 鮑되마[10] 내가 雷어니 너는 陳되라.[11] 우리는 少年이라 黃白의 癰을 吮하고 靑紫의 痔를 舐할 수 잇나냐.[12] 貨利의 肛門을 싸르고 聲色의 後塵을 좃칠 수 잇나냐.[13] 날나도 鍾子期[14] 너를 억개동무하고 긔여도 楊意[15] 너와 巡奴 잡기 하리라.

───

10 '管'은 관중(管仲)을, '鮑'는 포숙(鮑叔)을 가리킨다. 둘의 관계를 "관포지교(管鮑之交)"라 하는데, "관중과 포숙의 사귐이란 뜻으로, 우정이 아주 돈독한 친구 관계를 이르는 말"이다.

11 후한(後漢) 때의 친구인 뇌의(雷義)와 진중(陳重)을 가리킨다. 뇌의가 무재(茂才)로 천거되자 진중에게 사양했다. 그러나 자사가 들어주지 않자, 뇌의는 거짓 미친 체하고 머리를 풀어헤쳐 명을 따르지 않았다. 그러자 삼부(三府)에서 동시에 두 사람을 불러 둘 다 벼슬을 주었다. 이에 사람들이 "膠漆自謂堅 不與雷與陳(아교와 옻칠이 견고하다고 말하나, 뇌진과 같지는 못하다)"이라 하였다고 한다.(『후한서(後漢書)』의 「뇌의전(雷義傳)」)

12 연옹지치(吮癰舐痔)는 등창을 빨고 치질을 핥는다는 뜻으로, 남에게 지나치게 아첨함을 비유하여 이르는 말이다.

13 화리성색(貨利聲色)은 재물과 이익, 유흥과 여색에 빠지는 것을 말한다.

14 "지음(知音)"과 "백아절현(伯牙絶絃)"이란 고사의 주인공이다. 백아의 거문고 소리를 종자기가 가장 잘 알아들었다는 데서 "지음"이 유래하였으며, 훗날 종자기가 죽자 자신의 음악을 알아주는 사람이 없어진 것을 개탄하여 거문고의 줄을 끊어버렸다는데서 "백아절현"의 고사가 유래하였다.

15 양의(楊意)는 양득의(楊得意)를 가리킨다. 양의는 황제의 사냥개를 관리하는 직책인 구감(狗監)이었다. 한나라 무제가 자허부(子虛賦)를 읽고 칭찬하면서 작가와 동시대에 살지 못하여 만나볼 수 없음을 안타까워하자 양의가 듣고 자신의 동향 사람이라고 아뢰어 사마상여(司馬相如)가 무제를 만나게 되었다. 무제가 사마상여를 만나 『자허부』를 칭찬하자, 사마상여는 "이 부(賦)는 제후들의 사냥을 다룬 것으로 폐하께서 볼 만한 것은 못 되옵니다. 청컨대 천자께서 사냥하는 부를 짓도록 해 주옵소서"라고 말하였다. 무제가 기뻐하며 허락하여 『자허부』의 속편격인 『상림부(上林賦)』가 지어졌다.

"少年心事劍相知"인데 나는 少年이오 너는 劍이로구나.(이상 27쪽)

"少年時言", 『少年』, 제3년 제3권, 隆熙 四年 三月(1910.3).

○ 堅忍

사람의 生命을 存續식히난 者는 毋論 健全한 細胞라. 그러나 이를 죽게 하난 毒이 사람의 마음人속에 잇스니 대저 사람에게는 原來 모든 것을 悲觀하는 한쪽이 잇난데 이것이 무삼 刺激을 밧아서 달은 한쪽과 平衡을 일허바리면 事事物物이 내 눈에는 다 나를 뮈워하난 듯하고 내 마음에는 다 나를 苦롭게 하난 듯 하며 쏘 芸芸한 衆生 中에서 나 혼자는 獨牌 갓히 생각되난지라 이째에 이 一念의 分泌하난 毒液이 心神에[16] 浸漸되면 그의 細胞는 비록 頉이 업고 組織은 비록 變이 업슬지라도 生命을 保全하기가 實노 어려운 것이어늘 그래도 七難八難을 가초 격고 山陣水陣을 다 지내면서 그 속에서 百가지 千가지 心理狀態는 變하나 오직 生命에는 別노 異變이 업슴은 有形的 前擧한 것밧게 쏘 無形的 무엇이 잇난 힘이 아닌가? 우리가 이를 생각하다가 或 堅忍이란 것이 그것이 아닌가 하얏노라.

웃더한 境遇에던지 堅忍하기만 하면 반다시 일을 이루리라고 古人의 訓戒(이상 9쪽)가 여간 만흔 것이 아니니 東西賢哲이 作事秘訣노 告示한 것이 그 形容한 語句로 말하면 여러 가지 限量업스나 要하건댄 堅忍하란 한 가지 일이 그 共通한 根底인 듯하며, 쏘 온갓 法敎도 敎理는 비록 千殊萬別하나 쏘한 堅忍으로써 手段을 삼지 아니한 것이 업난 듯하며, 쏘 人生은 밧그로 보면 努力의 連續이나 안으로 보면 堅忍의 連續인 듯하며, 쏘 不治難病으로 積年 呻吟하난 者의 心理를 보건댄 그가 生을 求하난 强烈한 慾望 中에서도 가장 分明하게 最大力의 分子가 곳 堅忍인 것을 보나니 이것들이

---

16 '心身에'의 오식으로 보인다.

或 그 理致를 說明하난 證據가 아닌가. 읏더한 것의 읏더한 境遇에서던지 堅忍의 力만 가지면 破滅치 안코, (사람의 生命이고, 일의 計劃이고), 비록 다시업시 조흔 機會를 맛난 조흔 일이라도 堅忍이란, 力이 當初부터 업던지 잇다가도 업서지던지 하면 그 運命은 破滅이라, 이럼으로 우리는 堅忍이란 것을 人生의 一大 事實만으로 알아 줄 쑨아니라 健全한 細胞와 한끠 人의 生命의 두 原素로 알아주려 하노라.

○ 自殺·絶望

世上에 自殺이란 事實도 잇고 絶望이란 事實도 잇스며, 그런데 自殺은 대개 絶望의 極에서 일어나난 事實인 듯하더라. 대저 絶望이란 것은 무엇이뇨. 우리가 보건댄 堅忍의 戰鬪力이 漸進하야 悲觀의 毒液이 心田에 浸漸됨으로 나는 인제는 다시 回復이 되야 보지 못하려니 하야 제가 저의 病勢를 斷定하난(이상 10쪽) 것인 듯하더라.

恩을 不報의 地에 施하고, 다한끠 死地에 陷하야서 自己를 바려서 他人을 救援하려 하난 等 行爲에 가장 華麗한 人情美를 볼 수 잇난 것갓히 無可奈何의 境遇에서 期於코 하겟다고 덤뷔난 마당에서 가장 사람의 自己를 發展식히난 굿센 힘을 볼지라, 사람이 이믜 生을 가젓스니 自己로 自己의 것을 가지고 가야 할 것이오, 또 아모리 하야도 生하여야 할진댄 이 生을 發展하여야 할 것이오, 發展치 아니하면 아니 될진댄 어대짜지던지 努力하여야 할지니 努力은 곳 堅忍의 밧그로 드러난 것이라. 堅忍은 이 사람으로 사람을 發展식히난데 가장 必要한 精神的 資本이라, 가장 잘 自己를 發展식히려 하난 者는 가장 만히 堅忍을 準備치 아니치 못할지니라.

녜前 사람은 모든 일을 말큼 다 國家나 家族 갓흔 한 社會를 單位 삼아 말함으로 사람의 生을 發展식히난 일을 말할 째도 여러 가지 矛盾이 잇건마는 單位를 또한 社會에 取하야 特別히 個人으로 말한 바가 업거니와 대저 上文에 말한 것은 이를 國家에 쓰면 國家의 生을 發展함을 일음이오 世界에 쓰면 世界의 生을 發展함을 일음이라. 무엇으로던지 안으론 堅忍하고 밧그론 努力하야 氣껏 發展치 아니하면 아니 되난 것이라.

이 위에 말한 바는 사람사람이 다 짐작하는 일이라. 그러나 어려운 째와 답답한(이상 11쪽) 째에는 失望도 하고 自殺까지도 하나니 이 무삼 까닭인가. 대개 生을 發展한다난 것이 根本의 慾望이오 當然의 義務임을 忘置하고 여러 가지 빠지기 쉬운 誘惑에 빠져 각가지 自己의 조와하난 대로 各其 自己의 目的하난 바를 定하야 마음에 감추어 두고서 이 놈을 成就하랴고 하난 까닭이라. 그래서 이리저리 手段과 方法을 가하여 애쓰다가 時勢所致 로던지 心身疲勞로던지 畢竟 그것을 못 이룰 뜻하면 어어 못된 世上이로 곤, 할 수 업난 판이라곤 하야 뒤와 속은 도라다보난 일 업시 한갓 압과 것만 보고서 오직 所望대로 成就치 못한 것만 憤하고 嘆하고 恨하고 怨하 다가 絶望이 되야서 畢竟 自手로 自己를 破滅하고 마난 것이라. 이러한 사람은 그 境遇를 보고 그 結末을 생각하면 웃지 불상치 아니하리오마는 그러나 그 絶望은 果然 至盡頭의[17] 絶望이 아니라 애초부터 當치 아니한 目的物을, 生을 發展하난데 兼쳐 求하다가 이것을 엇지 못하얏다 뿐이라. 原來 우리가 만일 堅忍할 대로 堅忍하고 努力할 대로 努力하기만 하면 絶 望이란 일이 人生에 잇슬 理도 업스며 絶望이 업스면 自殺이란 일이 別노 업슬지니라.

그러므로 사람이 무삼 일을 하던지 堅忍할 뿐이여야 하며 努力할 뿐이여 야 하나니 일의 滋味를 成敗에 求하거나 大小에 求하거나 하지 말고 오직 일을 하난, 하야 가난 中에 求하여야 하난 법이라, 하랴고 함이 이믜 滋味 오, 始作함이(이상 12쪽) 쏘 滋味오, 하야 가난 것이 쏘 滋味오, 하야 가다가 잘 되여 감도 滋味와 갓히 못 되여 가서 것흐로 속으로 압흐로 뒤로 別別 苦勞움을 밧음도 쏘한 滋味오, 하난 것을 남이 알미 滋味와 갓히 몰음도 滋味오, 하난 것을 남이 批評하야 稱讚함이 滋味와 갓히 詬辱함도 滋味오, 이리하다가 나의 壽限이 다 차서 左手에 努力을 들고 右手에 堅忍을 쥐고 서 자기 집 훗훗한 자리에 슬그먼히 눈을 감음이 滋味와 갓히 鐵窓에 呻吟 하고 藁席에 苦痛하다가 封神臺 좁은 틀에 산뜻한 맛을 봄도 滋味라. 이러

---

17 '地盡頭의'의 오식이다. "地盡頭"는 "여지가 없이 된 판국" 또는 "시기가 절박하게 된 상태"란 뜻이다.

하게 일을 하난 것으로만도 無數한 滋味가 잇거늘 쏘 무엇이 不足하야 成功 이니 立名이니 되지 못한 달은 것을 바라다가 自取ㅎ야 絶望의 深淵에 써 러져 回復하지 못할 果實을 매지리오.

우리는 다만 하기로 爲하야 全能을 다하리라. 하난 것 外에는 다시 所望 이 업노라.

○ 우리들도 광대

녜부터 詩人들은 만히 天地로써 劇場에 比하고 社會現象으로써 창시놀 음갓히 말하야 一種冷嘲的 口氣로 人生의 幻虛함을 論說한 者- 만흐니 우리가 만일 이 世上에 招出하야 남의 일갓히 나려다보면 보난 法을 딸아 或 그러케 보이기도 하려니와 自己가 自己를 가만히 反照하건댄 생각 못하 얏다. 나(이상 13쪽)도 쏘한 舞臺에 서서 한참 試演하난 者이오 엇접지안케 이러케 생각함은 夢中에 說夢하난 세음으로 광대로 안자서 광대를 웃고 舞臺에 석겨서 舞臺를 批評함이라. 果然이라. 제 아모리 무슨 생각을 가지 고 무슨 소리를 하던지 아모나 다 광대니라.

이믜 광대가 되얏고 이믜 舞臺에 섯스니 當然한 義務로 맛흔 광대를 놀 아야 할지오. 그져 놀 쭌만 아니라 가장 誠實하게 쏘 가장 巧妙하여야 쏘 하랴 하여야 할지오. 그리하야 圓滿한 속으로 한 院本[18]을 맞내여야 할지라 만일 그러치 아니하면 쭉찌여진 소리를 암만하고 舞臺上에 잡바자 잇서도 남이 稱讚할 理도 업고 自己 마음에도 便할 理 업스리라.

광대인 줄을 알고 광대질을 하얏던지 몰으고 하얏던지 광대질 한 것은 광대질 한 것이오, 쏘 前에 한 것은 몰으기 때문에 한 것도 아니오 오날에 알앗다고 쏘 광대노릇 아니 한다난 수가 잇난 것도 아니니, 낫던 地位가 놉하지난 수나 잇다면 몰으되 올라갈 곳이 旣爲 업난 바에야 自己의 職務까 지 내여더지고 이러니저러니 한들 그 무슨 意味가 잇스리오.

---

18 원본(院本)은 중국 남송 시대에, 북방의 금나라에서 행하던 연극의 극본을 말한다. 금나라의 배우가 거처하던 행원(行院)이라는 곳에서 쓰던 각본으로 익살스러운 문답에 간단한 소리 를 곁들인 풍자극이다. 원나라의 원곡(元曲)이 여기에서 유래하였다.

광대야? 광대면 우리는 광대로 잘하기를 힘쓰리라. 이는 바로 뚤닌 우리의 발은 길이니라. 우스운 者는 그네들 갓흔 광대로 제 스스로 觀客인 체하난 者로다.(이상 14쪽)

○ 純實한 犧牲

우리는 때때 純實한 犧牲이 되고 십다. 聲名에 팔리지 아니한── 貨利에 팔리지 아니한── 虛僞 아닌── 죽은 뒤에라도 怨望 아니 할.

歷史의 한 面은 희생의 堆積이라, 온갓 偉人과 偉業은 희생에서 생긴 무덤이라. 只今까지 또 只今에 또 將來에 自願이던지 强制던지 되고, 되난, 될 희생이 그 數가 얼만고? 그러나 그中에 오직 純하고 오직 實하게 남에게 誘惑을 닙지도 아니하고 自己에게 目的을 두지도 아니한 희생이 얼마나 되난고?

사람으로 終極의 理想은 아마도 能히 至善에 일으러 俯仰天地에 몸과 마음이 둘이 다 堂堂한 것이리라. 그러나 우리는 그러한 때만 맛나면 한번 희생이 되여 보고 십흔데 그저 되난 것이 아니라 꼭 純實한 희생이 되고 십허!

○ 싹한 사람 · 싹한 多幸

四顧悵悵한 곳에서 길 일어바리고 애쓰난 이도 싹한 사람이오, 北風寒雪이 살을 찔으고 쎼에 심이 난 데 홋옷을 닙고 쪄난 사람도 싹한 사람은 싹한 사람이라. 그러나 智에는 남아지 잇스나 手가 不及하고 情에는 남아지 잇스나 智에 不足한 것을 兼쳐 가지고 애씀으로, 오래도록 몹시 고롭게 지내난 사람만큼 싹하다 할가?

毋論 各其 自己에 所遭대로 말하난 것이 달으려니와 우리는 맨 나종이가(이상 15쪽)장일 줄노 생각하노니 우리는 또한 그 맛의 너모 辛酸한 것을 맛본 사람의 一人인 故─라. 爲人이 原來 그러하고 더군다나 時勢좃차 이러하니 젊은 피 끌난 서슬에 내 웃지 편하리오. 내게 貯蓄하야 둔 한 줌 눈물이 잇노니 이는 同病相憐의 處地에 잇난 者에게 주고자 하여 감추어 둔 것이로라.

그러나 우리에게는 한 가지 多幸이라 할 것이 잇난더 그런 中에라도 그런대로라도 可能한 데까지는 하겟다 하는 性稟을 가진 것이라. 한 녑흐로는 저 일노 하야 未嘗不 煩惱도 하고 未嘗不 火症도 나나 그러나 한 녑흐로는 또 이 性稟으로 하야 手는 웃지하얏던지 智대로 하며 智는 웃지하얏던지 情대로 하야 自己가 能히 意識하난 矛盾을 가지고도 일노 因하야 한아를 廢하고 한아만 붓들지 아니하고도 제 스스로 怪異하게 생각하지 아니함이라. 이것이 毋論 分明치 못한 사람의 表로대 우리가 만일 이 奇怪한 多幸이 업섯더라면 應當 나의 마음은 綠草地 업난 沙漠 갓핫슬 것이오. 그리하야 나의 몸 위에서 進步의 神이 발서 다라낫스리라. 이 또한 싹한 사람의 只今까지의 싹한 處地라.

○ 國民의 外形과 國勢의 盛衰

사람의 顔色은 그 當者 한 사람의 속을 證明할 뿐만 아니라 아울너 그 집안과 더 나아가 그 나라의 形便까지를 說明하난 것이라.

興盛하난 또 한 나라의 사람의 얼골을 보며, 또 衰亡하는 또 한 나라의 사람(이상 16쪽)의 얼골을 보아라. 속일 수 업난 說明書가 顔華와 儀表에 들어 박히지 아니하얏더냐..

泰西 사람들의 顔色의 華麗함과 元氣의 旺溢함과 行止의 活潑함을 보자. 누가 보면 그네들의 얼골과 모양에서 衰亡 두 字의 한 點 한 劃이나 엇어 구경할 수 잇나냐. 어대를 가던지 그는 板에 박아 노흔 興國民이로다.

눈을 둘너 淸人을 보고 安南人을 보고 比律賓人을[19] 보니 黃人種의 皮膚가 黃한 것은 當然이어니와 그들의 黃은 病黃이오 健黃이 아니며, 동쩌러지게 白한 者는 또한 대개 病白이라. 이러히 血色이란 것은 조곰도 업난 顔色에다가 兼하야 氣力이란 한쌈도 업거늘 더욱 꾀꾀한 衣服으로 裝束하고서 흐늑흐늑한 關節노 어치렁어치렁 움직이니 設或 소경다려 만자 보라 하야도 단박에 이것이 亡國民이오 衰國民이다 할 터이라. 무삼 밋천이 잇다고 이 말을 免하리오.

---

19 '淸人'은 청나라 사람 또는 중국인을, '安南人'은 인도차이나반도의 동부에 거주하는 남방계 몽골족의 한 분파를, '比律賓人'은 필리핀 사람을 가리킨다.

毋論 泰西 사람의 얼골에는 激烈한 生存競爭이 만드러 준 射力 强한 眼子와 밧삭 담은 닙이 잇서 더욱 어울님이 아님은 아니나 그들의 사게 마진 모양은 決코 最初부터 그러케 생긴 것도 아니오, 生存競爭으로서만 생겨 나온 것도 아니오, 居處와 其他 外圍의 關繫로만 제절노 된 것도 아니라. 대개 오랜 동안 修鍊의 結果라. 興國民은 곳 길게 修鍊한 人民이오 길게 修鍊한 人民은 興(이상 17쪽)國民이 되난 것이라. 오랜 修鍊이 얼골에 나타내여 그네들의 興國民임을 說明하니 이 阿某가 보아도 밝히 알아보난 所以—라.

우리나라 사람의 顔色은 웃더한고? 不幸하다 只今짜지는 泰西ㅅ사람에 比하야 암만해도 血色도 不足하고 和氣도 不足하다 아니치 못할지라. 通衢 大道에 佇立하야 얼맛 동안이고 지나다니난 行人을 가만히 보자. 羣鷄의 一鶴으로 或 그럴듯한 사람이 얼마 업난 것은 아니로대 웃지한 일이냐. 大體는 病黃들이오 愁心이 가득한 사람뿐이오 生氣는 昨年부터 업서진 사람뿐이라. 앗가 말한 바와 갓히 顔色이 그 國勢를 說明한다 하면 慣하다 얇흐다 우리의 큰집도 그리 興盛한 處地는 아니오 우리 큰집의 興盛치 못한 것은 一般 國民의 顔色에도 낫타낫구나.

발서 여러 해 前 일이라. 어늬 外國의 中學校에 가서 修身科의 敎授를 밧난데 그날은 맛참 처음 入學生에게 對하야 自己學校의 校訓 中 "精神을 修養하고 身體를 鍛鍊하야"를 解說하난데 여러 가지로 心身을 아울너 鍛鍊하지 아니하난 害를 말한 後에 마조막 이러케 말하더라.

"여러분 어늬 나라던지 衰하난 나라를 보시오. 더욱 그의 國民의 얼골을 보시오. 갓갑게 支那人을 보시오. 또 朝鮮人을 보시오. 그 蒼白하거나 黃槁하고 光澤 업난 顔色을 보시오……"(이상 18쪽)

罔測한 일이로다. 至今짜지의 우리나라ㅅ 사람은, 願한 일도 업건마는 남들은 구태여 이러한 고마웁지 못한 例證으로 쓰도록 된지라. 이째 이 자리에서 이러한 말을 드를 째에 속으로 慣하기도 限量이 업섯스나 한녑으로 抑制치 못하도록은 慣이 끌치 아니하니 대개 우리나라 일이라면 氣쓰고 흠담하난 ○분네의 닙으로서 그 말을 듯난 싸닭이라. 그래 그 當場은 그저

들엇슬 쑨이러니 뒤에 이 말을 생각할 때마다 가만히 맛나고 보낸 사람들의 顔色을 삷혀보고 過히 �‍捏誣함이 아님을 알아 크게 무엇을 일흔 듯하야 마음이 매우 섭섭하더라.

한 나라의 自然과 人事는 다 그 國勢의 反映이라. 이것이 事實이라. 우리나라 方今으로 말하더라도 山의 童濯함, 河의 壅塞함, 田野의 亂雜함, 居處의 麤陋함, 生活의 沒理想함, 事爲의 不誠勤함, 한아토 조흔 것이 업스며 毋論 國勢도 이의 正比例니 이는 누구던지 다 아난 바오 다 말하난 바오 다 걱정하난 바이어니와 우리 생각으론 온갓 問題 中 重大한 듯한 國民의 顔色을 보고는 모다 尋常한 것 갓고 대강 무삼 생각이 잇슬지라도 쏘한 等閒한 것 갓흐며, 쏘 오늘날 敎育界의 志士란 이들의 생각을 듯건댄 最大의 憂患은 德에 關한 것도 아니오 體에 關한 것도 아니라 智에 關한 것으로 아닌 듯하니 噫라. 쏘한 짐작 업난 일이로다. 果然 植林과 採礦과 河床整理와 家屋改良 等이 興國의 要(이상 19쪽)素가 아님이 아니라. 그러나 山에 廣耳를 대고 물에 가레를 너흐기 前에 國民의 血管을 수섬이질 하고 國民의 얼골을 장도리질 하야 그리하야 번듯한 인물을 만들고 血色도 난 얼골을 나타내난 것이 더 큰 것이며, 쏘 敎育으로 말하더라도 勘當치도 못할 腸胃에 抑制로 多量의 智識을 집어 늣코 包容하지 못할 度量에 함부로 過分한 刺激을 주난 것 보담 智와 筋이 째를 갓히 하야 자라고 精과 骨이 거름을 한씌하야 커지게 하야 이 體力의 내암새가 끼치고 이 精氣의 소리가 울녀 錦繡갓흔 江山이 成하고 病든 사람의 사난 곳이 되지 아니하며 基盤갓흔 街衢가 쪽쪽하고 얼싸진 사람의 다니난 길이 되지 아니하게 하야 굿센 元氣로 세차게 일하난 國民을 만드난 것이 더 緊하리로다. 우리도 남만은 하여야 하고 쏘 남보담 나하야만 할지니 끈준하게 修練함이 能히 이 慾望을 達케 한다 하면 우리는 웃더한 苦行 難業이라도 有終의 工夫을 하리라. 참말이지 달은 것은 다 고만두어도 얼골에 衰頹 國民의 牌를 걸고 다니고는 십지 아니하며, 온갓 事物을 衰頹의 象徵을 삼아서 모처럼 오시난 달은 곳 손님의 눈에 걸기는 실토다. 이 웃지 나 혼자만 그러하리오. 남들은 나보담 더 간절하리로다.

外形은 아모 表徵이 되지 아니하난 줄노 생각함은 큰 謬見이라, 前人의 말(이상 20쪽)은 姑舍하고 近來 生理學者의 말을 듯더라도 健康이 美의 큰 밋이라 하며, 쏘 달은 일은 姑舍하고 達德과 奸物의 얼골을 對看하며 富者와 貧士의 얼골을 對看하건댄 얼마큼 神經의 所爲도 잇스려니와 虛心平氣로 보아도 그 사이에 懸絶한 差異를 看取할지라. 이것을 國民으로 늘녀 노흐면 그의 相貌에 그의 國運을 볼 수 잇난 것이니라.

* * * * *

우리의 祖上에도 누구누구와 갓흔 大思想家도 잇고 누구누구와 갓흔 大英雄도 잇스니 그러한 人物들은 아모 쌔 아모 곳에 갓다 노아도 實노 남에게 遜色만 업슬 뿐 아니라 혹 남에게 超越할 터이라. 그런데 只今부터 後의 우리 國民의 얼골이 決코 只今 갓지 아니할 것갓히 只今부터 前의 우리 國民도 決코 只今 갓지 아니하얏슬 줄노 밋노라. 왜 그런고 하니 國民의 大多數가 이러한 얼골과 밋 얼골ㅅ빗을 가지고는 그러틋한 偉大한 人物을 鎔鑄해 내이기 어렵고 더욱 그 當者들은 毋論 病黃의 皮를 뒤집어쓰고 몸가지기를 흐늑흐늑하야 그 動止가 危殆危殆한 무리들이 아닐지니 그 말과 그 일과 그 생각과 모든 여러 가지로 아모리 생각하야도 이러한 結論에 到達하난지라. 그럼으로 우리는 우리 國民 大多數의 當場 얼골을 볼 쌔마다 今日 此時에 偉大한 人物이 아직 생기지 아니하고 쏘 近時 世界史上에 우리 民族의 손으로 만들엇다난 事業이 업(이상 21쪽)슴이 偶然함이 아닌 줄 알고 산아희 處身이 눈물도 여러 번 내엿노라.

* * * * *

나는 藥局 속에 生長한 故로 大邱나 公州에 令이 설 臨時에는 令ㅅ軍들이 唐茸이나 北茸의 血色 不足한 것을 선지피와 燒酒와 其他 여러 가지 材料로 巧妙하게 血色을 내이난 것을 구경하얏노니 이것은 毋論 罪 짓난 일이어니와 남 듣기 붓그러운 말이지만 이 問題에 對하야 몹시 急히 웃더케 하고 십흔 째에는 或 사람에게 對하야도 이러한 法이 업슬가 하기도 하며, 쏘 제 멋대로 노니난 四肢百節에는 燭에 心炷를 박듯 웃더케 變通할 수만 잇다면 試驗하고 십흔 생각을 가진 일도 잇노라.

*　　*　　*　　*　　*

年前 어늬 新聞에 韓國의 京城은 이만한 나라로 市街가 조곰도 整齊코狀麗치가 못하야 遊歷하난 外人으로 하야곰 未開國에 다니난 感이 생기게함이 큰 恨事라 함도 보앗거니와 이는 果然 泰西ㅅ 사람에게 對하야 맛치나의 집 形便은 이 모양일세 하난 것이나 無異하야 未嘗不 羞恥스러운일은 일이로대 設或 三日間에 예루살넴의 聖殿을 다시 建設하난 수로 千家萬戶를 忽地에 改造한다 하야도 主人의 顔色이 依舊할진댄 이것이 或 珠宮貝闕 錦幃繡席에 黃瘦한 病人이 起居하난 세음이 아닐까? 靑天直指의 避雷針이 半空에 簇立(이상 22쪽) 한 것은 泰西와 彷佛하고 綠樹繁陰의 市街林이 路上에 列生한 것은 泰西와 近似하야도 各人의 니마와 各人의 쌤에 깁히깁히 삭인 衰頹의 肉牌는 이를 웃지하야 가릴쏘. 나는 하루잇흘 한 사람두 사람의 돈만 잇고 힘도 잇서도 가리지 못하고 고치기 어려운 이 일이더욱 羞恥스러운 일이라 하노라. 오로지 國民의 元氣如何에 잇고 國民의元氣如何는 가장 分明히 國民의 顔色에 낫타나난 故一라. 남들은 왜 枝葉만 생각하고 根本을 等閒히 하난고.

*　　*　　*　　*　　*

國民의 顔色은 그러면 웃더케 고침을 엇을까? 압헤 말한 바와 갓히 毋論여러 가지 일노 긴 동안 修練하여야 하난 것이라. 靜의 機微만 알던 이가動의 機微도 알게 되여야 하고, 安息의 妙味만 알던 이가 作爲의 妙味도알게 되여야 하고, 담배 연긔 쌔난 것만 수고로 알던 이가 쌤 흘니난 것도수고로 알게 되여야 하고 畢竟에는 宇宙의 法則도 活動이오 人物의 生命도活動이오 그리하야 活動 업난 것은 價値 업난 것인 줄을 알아 一局面을다 뒤집어 活動으로써 靜息을 代身함이 곳 그 방법이라.

오랜 동안 活動은 自然히 國民의 性質을 變하고 國民의 性質이 變 ＝＝＝차라리 사람 本然의 面目인 活動이 肉身과 精神을 主管할 째에는 內에 잇난 대로 外에 낫타나 光明이 돌고 氣力이 찰지니 이에 비로소 家人으론興하난 家人, 國民으론 興하난 國民의 說明書가 아모의 눈에던지 씌우게

될지니라.(이상 23쪽)

"少年時言", 『少年』, 제3년 제8권, 隆熙 四年 十月(1910.10).

雜言十

○

모든 것의 압헤 죽을지어다. 죽을 酌定을 할지어다. 죽을 차림을 할지어다. 弱한 사람 적은 사람으로 모든 것을 닉이난 道理는 이 박게 다시 업나니라.

우리는 참아 이러케 더럽고 흉하고 모질고 간사한 世上에 살 수 업도다. 그러나 내 손으로 내 목숨을 싸서 그를 避함은 이 가장 怯弱한 者의 일이라. 그러나 그를 除하기 爲하야 그 反對를 엇기 爲하야 죽음으로 싸호면서 죽을 째싸지 애쓰다가 죽난 마당에야 그침은 이 가장 勇猛한 者가 아니면 할 수 업난 일이라.

사람의 목숨은 쌀은 것이라 긔운은 弱한 것이라 힘은 적은 것이라. 이로써 無窮한 宇宙 間에 잇서 無限한 事務를 하랴 하니 이것이 곳 一人一生에 아모라도 하난 일에 對하야 勝捷이란 것을 엇지 못할 所以라. 그럼으로 사람에게는 客觀上으론 勝捷이란 것이 絶對的으로 업난 것이라. 그러나 主觀上으론 勝(이상 7쪽)捷이 잇스니 곳 自己의 올케 넉이난 일에 對하야 웃더한 境遇에서던지 그 目的을 貫徹하랴난 뜻을 變치 아니함이라. 곳 어대싸지던지 올흔 自己를 세워 가난 것이라. 곳 죽음으로써 그 일도 더부러 씨름하야 말지 아니함이라. 곳 그 압헤서 내 목숨을 맛춤이니라.

죽으라 이 닉임이니라. 그러나 싸호지 안코 죽난 것 갓흔 怯弱한 일이 쏘 다시 업나니라.

○

사람이 大體 하난 일이 무엇이뇨.

아마 求함이 잇난 것 갓도다.

그러면 그 求하난 것이 무엇이뇨.

무엇인지 몰으거니와 그것을 求하야 가지고는 무엇을 하잔 말인고.

내가 알고자 함은 이로라, 우리가 人生에 對한 疑問은 이것이로라.

○

나는 주리도다 목 마르도다 헛헛症이 나서 참 견딀 수 업도다. 우러러 하늘을 보아도 썰어지난 것이 업고 굽으려 쌍을 보아도 쒸여올으난 것 업스며, 宗敎果를 먹어도 그만이오 理學水를 마셔도 그만이며, 歷史에 물어도 잠잠하고 詩文에 求하야도 잠잠하며, 남에게 付托하야도 눌너주지(이상 8쪽) 못하고 나 스스로 試驗하야도 참아지지 아니하니 이 사람 나야말로 웃지하면 조흔가.

眞理야 眞相아 웃지할 수 업스면 너의 압혜 餓莩되기는 내가 辭避치 아니 하노니 어두운 나로 어린 나로 너를 닉이난 법이 이 外에 업슴을 알밀세니라.

○

文明은 希望의 連續이라.

속에 잇난 希望이 것흐로 나오면 努力이 되나니 모든 文明은 이 努力의 集積이어늘 努力은 希望의 아들이니라.

社會란 덩어리를 만든 者는 누구뇨, 歷史를 생기게 한 者는 누구뇨, 希望은 모든 것의 原動力이로다.

○

남 못하난 일을 하기에 英特하다 함이오 남 생각 못하난 일을 생각하기에 英特하다 함이니 남이라도 할 일이오 생각할 일이면 그리 남달은 닐홈을 엇을 수가 왜 잇겟나냐.

모든 사람이 다 바람(希望)을 일허바리고 마음을 업시하야 웃지할 수 업단 한마디로 그 일을 하직할 쌔에 오즉 한 사람이 잇서 아모 現象에도 눈쓰지 아(이상 9쪽)니하고 아모 論評에도 귀 기울이지 아니하고 아모 事理도 헤아리지 아니하고 如前히 가던 길을 가니 이 사람은 일 되기 前까지는 어리석은 사람이라. 그러나 일이 된 뒤에는 英特하단 부러움의 稱讚이 비ㅅ발갓히 나려오리로다.

非常한 째에 나서 非常한 일을 하자면 不得不 痴漢이냐 傑物이냐의 分水脊上에 번드시 올나서야 하나니 初志를 貫徹하기까지 모든 사람의 비웃난 눈ㅅ毒과 譏弄하난 손ㅅ살을 마져야 함일세니라.

함이 업스랴면 己어니와 그러치 아니하면 이 언덕에 올나서기를 躊躇치 말지어다. 한번 이 위에 올으기만 하면 洋洋한 바람의 바다는 큰 물ㅅ결 가는 물ㅅ결을 투당탕 철썩 발밋흘 치난데 기다리고 기다리난 붉은 볏치 彩雲에 싸혀서 바야흐로 고개를 들믈 시원하게 볼지니라.

○

旣爲 아모 맛도 업슬 양이면 차라리 깁고 크고 길기나 하야 배도 씌우고 쩨도 흘녀 갈 만한 江이 되거나 모든 것을 다 反映하고 包括하난 바다가 되야서 大平凡의 標象이 되려니와 이가 이믜 能치 못하야 山ㅅ골에 흘으난 적은 내여든 숨어도 흘으다가 들어나게도 흘너 보며 急하게도 가다가 느리게도 가 보며 돌ㅅ부리를 것어차고 激湍도 되얏다가 언덕에 나리질녀 飛瀑도 되야 보며 웅덩이가 되야서는 고기도 살니다가 새암이 되야서는 沐浴터도 되야 보(이상 10쪽)며 궁등이를 살그먼히 복사ㅅ가지로 돌녀서 밝으레한 꽂도 비최다가 고개를 불쑥 버들ㅅ가지 등걸노 드리밀어 파릇한 싹도 쩨미러보며 둥글둥글 盤渦가 져서 小螺陣도 치다가 풀쑥풀쑥 거픔이 져서 胡朴국도 쓰려 보아서 저만콤은 할 것까지는 奇하고 妙하고 變化만코 景趣 넉넉하야 혼자라도 질겨하고 남이라도 조와하난 自然의 名産이요 인물의 寵兒가 될지니 泰山이냐 萬物草냐 그中의 한아를 가릴지로다.

○

坦坦하고 쪽바로 뚤닌 길을 거름함은 가기는 便하랷다. 그러나 曲折하고 崎嶇한 길의 말할 수 업난 滋味는 차져도 엇지 못할지로다.

天地의 攝理는 單純을 厭惡하나니 이를 星宿의 排置에 보아 알지오 地球의 外表에 보아 알지오 物質의 化合에 보아 알지니 그中 갓가운 事實을 가지고 말하야도 水蒸氣의 變化에 보아 밝히 알지로다.

單純치 아니하기에 遠大하고 奧妙하고 深刻함이라.

安穩한 搖籃에서 길니고 溫柔한 祗席에서 자라서 順境에 일을 하고 樂窩에 몸을 맛추어 平地에 물 흘으듯 짱 집고 혜윰하듯 지냄이 이 人生의 쩟쩟이라 할진댄 果然 그 單調와 純音에 厭症나지 아니할 者— 그 멧치나 될꼬. 만일 처음부터 人生의 事實이 이러하얏슬 것 갓흐면 아마도 只今ㅅ 사람이 安樂(이상 11쪽)을 求하듯 餘裕을 求하듯 그 모양으로 藥 삼아 苦痛을 찾고 고명 삼아 險難을 차질지니 무어니무어니하야도 單純처럼 사람이 견대기 어려운 것이 別노 업슴일세니라.

苦生 업난 사람의 지내가난 것을 보건대 그리 목숨이 갑잇고 살님이 뜻잇슴을 볼 수 업스되 오즉 波瀾이 만코 曲折이 만흔 사람의 살남사리는 우리에게 갈으침과 깨닷게 함이 多大할 뿐더러 大詩文・大畵圖・大彫刻 以外의 쏘 以上의 藝術的 意義와 價値가 잇스니 그가 곳 살은 人生 理學임이로다.

苦로움아! 앏흠아! 인제 알건댄 네가 나를 못살게 구난 것이 아니라 참말 나를 살게 하난 者가 도리혀 너로구나. 旣往에 내가 너를 怨謗하얏슴을 허물하지 말라. 새로히 感謝하기를 말지 아니하려 하노라.

苦痛 잇난 곳에라야 비로소 뜻잇난 人生과 맛잇난 人生을 보리로다.

○

돌 틈으로 물이 흘너감이 무엇이 놀나우리오. 오즉 오줌ㅅ줄기 갓흔 가는 물이 질악 갓흔 바위ㅅ돌을 뚤어내난 것이라야 참 놀랍다 할지로다.

病든 사람이나 어린 아희를 메여친다고 이 웃지 氣운 잇난 사람이랴 하랴. 病든 사람이 成한 사람을 아희가 어른을 메여첫서야 참 힘세다 할지로다.

할 일을 하고 될 일을 만들믈 웃지 英特하다 하랴. 남들이 하기 어려워하난(이상 12쪽) 일을 하고 남이 못 되겟단 일을 하여야사 참 남달으다 하리니라.

○

疑惑하라 疑惑하라 쏘 疑惑하라. 疑惑의 밧게 다시 悟란 것이 업나니라. 쉬지 안코 疑惑함이 곳 다시 업난 解決이니라.

釋迦는 누구뇨 예수는 무엇 하얏나뇨 그도 쏘한 우리와 갓히 疑惑으로 지내다가 疑惑으로 맛추기를 우리와 달음업시 아니 하얏나냐. 다만 그의

疑惑은 깁흐며 큰지라. 그럼으로 항용ㅅ 사람이 보지 못함이오 다시 한 疑惑으로 들어가랴난 過渡的 現象 한아씩을 남기고 죽엇스니 사람이 갈으쳐 그의 엇은 悟라 하고 만든 道라 함이 곳 이에 지나지 못하나니라.

小疑惑을 버스면 大疑惑이 압헤 오고 低疑惑을 올흐면 高疑惑이 위에 잇스니 한 疑惑의 解決은 믄득 더한 한 疑惑에 붓들니난 仲媒밧게 못 되나니라.

하늘이 사람에게 命하시기를 疑惑하랴 하섯거늘 사람은 하늘에게 對하야 疑惑에 對한 解決을 求하니 이 사람에게 긔막힌 苦로움이 잇슴이라. 그러나 이 苦로움을 免하량으로 解決 求하기를 쉬지 아니함이 곳 疑惑하기를 말지 아니하난 所以인 줄을 알건댄 하늘의 일하심이 웃더케 工巧함을 볼지로다.

疑惑은 사람의 本分이라 이리하지 아니함은 本分을 바림이니라. 사람의 일(이상 13쪽)으난 바 解決이란 것은 머리와 꼬리 두 끗이 온전히 大疑惑 갓운데 잇슴을 알라.

○

우리의 다리는 안께도 되고 서게도 되며 것게도 되고 쮜게도 되며 긔게도 되고 것어차게도 되며 놀 양으로 다니게도 되고 달음질하게도 되얏스니 그 必要함을 應하야 아모러케라도 쓸 것이라. 그中에 한 가지를 제게 조흔대로 擇하야 가지고 "다리는 이러이러한 것이라"고 定義를 만들어 가지고 그 속에 억지로 拘束하야 지냄은 이 痴가 아니면 狂이라 할지니라.

○

나는 하느님끠 感謝하난 여러 가지 일 가운데 이즘에 特別히 더 하난 것이 잇노니, 곳 여러 가지 權利上 自由가 흔이 强者의 侵害를 닙어 束縛을 當하건마는 홀노 思想의 權利上 自由는 絶對的으로 穩全함이라, 이에서 나는 더 한 겹 思想의 神聖함을 感하노라.

病時의 사상은 健時의 思想과 달으고 苦時의 思想은 樂時의 思想과 달으니 이 或 思想이 外物노 因하야 變易함이라 하기도 할지나 이는 暫時 그를 動搖함이오 決코 그 自由를 傷함으로 볼 것은 아니라.(이상 14쪽)

春園, "子女中心論", 『靑春』, 1918년 9월호.[20]

一. 父祖 中心의 舊朝鮮

朝鮮서는 孝가 最上의 道德이엇섯고 孝의 內容은 子女된 者가 父母의 志를 承順함이엇섯다. 父母가 生存하는 동안에는 子女에게는 아모 自由가 업고 마치 專制君主下의 臣民과 갓히 父母의 任意대로 處理할 奴隷나 家畜과 다름이 업섯다. 父母가 生存하는 동안뿐더러 死後에도 三年의 居喪이라는 嚴法이 잇고 그 後에는 奉祭祀라는 大義務가 잇서서 子女의 時間과 精力과 金錢을 浪費하며 活動의 自由를 檢束함이 莫甚하엿섯다. 그럼으로 孝子가 되랴는 子女는 一生에 父祖를 爲하야 自己를 犧牲하는 以外에 아모 일도 할 餘裕가 업섯다. 假令 子女가 三十 되기까지 父母가 生存한다 하면 人生의 修養과 活動의 黃金時代인 靑春은 全혀 父母를 깃브게(?) 하기에 浪費하엿고 三十에 父가 沒하면 三十二 乃至 三十三까지는 不出門庭의 罪人이 되어야 하다가 그 後에 공교히 母親이 沒한다 하면 또 三十六七歲까지는 그와 갓히 罪人의 境遇를 지내야 하며 이리하야 多幸이 四十 以前에 父母가 沒하면 이에 비로소 自由의 人이 되지마는 그로부터는 四代奉祀를 한다 하고 各代에 多幸히 考와 妣 兩位만이라야 二四八 每年 八次의 祭祀가 잇슬 뿐이어니와 萬一 어느 祖考가 喪配를 하엿다 하면 每年 或은 十次 或 十三四次의 祭祀가 잇스니 每月 平均 一次의 祭祀가 잇다 하더라도 每祭에 全 家族이 三日의 時間을 費하고 數多한 金錢을 費한다 하면 그것이 實로 不少한 個人的 社會的 損失일지며 其他 或은 墳墓를 쑤미며 或은(今日에 한창 盛(이상 9쪽)行하는 모양으로) 族譜를 修하며 이것저것 하야 朝鮮의 子女는 實로 그 一生을 父祖를 爲하야 犧牲하는 셈이다.

舊朝鮮의 子女는 오직 父祖를 爲하여서만 살앗고 일하엿고 죽엇다. 父祖의 뜻이 곳 그네의 뜻이오 父祖의 目的이 곳 그네의 目的이엇섯다. 萬一

---

20 '春園'은 이광수(李光洙, 1892~1950)의 필명이다.

어느 子女가 自己의 뜻을 主張하고 自己의 目的을 貫徹하면 그것이 아모리 조흔 일이라 하더라도 그는 不順父母之命하는 罪人일 것이다.

最近 三百餘年의 朝鮮人의 倫理 敎科書 되는 小學은 實로 孝에서 始하야 孝에서 終하엿다 하리 만큼 子女를 父祖의 奴隸를 만들고야 말랴는 孝의 思想을 鼓吹하엿다. 우리가 小學이 가라치는 바를 다 順從치 아니하엿기에 망정 萬一 꼭 고대로 하엿다 하면 우리는 只今 가진 悲慘한 境遇 以上의 悲慘한 境遇를 가젓슬 것이다.

父祖 中心의 멧 가지 實例를 더 들건댄 子息을 工夫는 식혀야겟지마는 膝下를 쩌내기가 실혀서 못 식히는 것이며 子息을 工夫를 식히랴면 父祖된 自己가 生活問題로 苦生을 하여야 하겟스니 自己네의 便宜를 爲하야 子息의 將來를 犧牲하는 것, 甚至에 貧寒한 農民들은 어린아이를 보게 하기 爲하야 큰아이를 敎育하지 안는 것, 子女로 婚姻케 할 째에 子女를 爲하여 하지 아니하고 父祖된 自己네의 재미나 便宜를 爲하여 하는 것 等은 實로 우리가 日常에 보는 것이다. 上述한 例를 輕하다 하지 말라. 人生의 一生에 敎育과 婚姻에서 더 큰 것이 업슬지니 敎育과 婚姻의 自由를 剝奪하면 그 사람의 個人的 幸福에 對한 自由의 全部를 剝奪함과 갓흘 것이라.

다음에 重要한 것은 職分의 自由니 우리의 子女는 父祖가 指定하는 以外에는 아모리 自己가 最上으로 自己의 能力에 最適한 줄로 생각하는 것이라도 取할 수가 업게 되는 것이라. 이것은 近日의 父母도 흔히 하는 일이니 子女가 專門學科나 職業을 撰定하려 할 째에 父祖는 비록 自己가 그 子女만한 聰明睿智가 업더라도 그 子女를 干涉하야써 一生을 그릇되게 하는 수가 만타.

二. 子女의 解放

文明은 엇던 意味로 보면 解放이라. 西洋으로 보(이상 10쪽)면 宗敎에 對한 個人의 靈의 解放, 貴族에 對한 平民의 解放, 專制君主에 對한 臣民의 解放, 奴隸의 解放, 무릇 엇던 個人 或은 團體가 다른 個人 或은 團體의 自由를 束縛하던 것은 그 形式과 種類의 如何를 勿論하고 다 解放하게 되는 것이 實로 近代 文明의 特色이오 또 努力이라. 女子의 解放과 子女의 解放

도 實로 이 機運에 乘하지 아니치 못할 重大하고 緊要한 것일 것이니 歐米 諸邦에서는 엇던 程度까지 이것이 實現되엇지마는 우리 땅에서는 아직 꿈도 꾸지 못하는 바라. 그러면 或者는 말하기를 彼와 我와는 歷史가 다르고 따라서 國情이 다르니 우리도 반다시 그네를 본밧지 아니해서는 아니 된다는 法이야 어듸 잇겟느냐 하겟지마는 이것은 因襲에 阿諂하는 者의 말이 아니면 人類의 歷史의 方向을 全혀 모르는 者의 말이라. 살아가랴면, 잘 살아가랴면 그러하지 아니치 못할 줄을 모르는 말이라.

女子의 解放에 關하야서는 他日에 말하려니와 여긔서는 子女의 解放을 爲先 絶叫하고 同時에 그 必要하고 緊急한 所以를 말하겟다.

生物學이 가라치는 바와 갓히 人類의 目的이(他 生物과 갓히) 個體의 保全과 種族의 保全發展에 잇다 하면 天下의 中心은 自己요, 다음에 重한 것은 子孫일 것이니 他人을 爲하야 自己를 犧牲하는 것은 特殊한 境遇를 除한 外에는 惡이라, 하믈며 自己의 自由意志로 함이 아니오 남의 奴隷가 되어서 함이리오. 子女는 自己便으로 보면 獨立한 個體니 子女는 實로 子女自身을 爲하야 난 것이오 父祖를 爲하야 난 것이 아니니 그럼으로 子女는 決코 父祖(그도 他 個體이매)를 爲하야 自己를 犧牲할 義務가 업고 쏘 父祖가 子女에게 犧牲되기를 請求할 權利도 업다. 萬一 個體의 保全쑨이 目的일진댄 父祖와 子女는 아모러한 權利義務의 關係도 업슬 것이오 오직 서로 平等한 個體일 것이라. 그러나 生物에게는 個體 保全의 目的이 잇는 同時에 宗族 保全의 目的이 잇슴으로 쏘 그 目的을 達하랴는 本能이 잇슴으로 父母된 者는 子女를 養育하고 敎育할 義務가 잇는 것이니 他 動物로 보건댄 義務를 지는 者는 父母요 子女가 아니라. 父母는 子女를 養育하고 敎育할 義務가 잇스되 子女는 決코 父母를 爲하야 自己를 犧牲할 義務가 업느니 저 蜘蛛類의 어미가 그 색기의 밥이 되고 마는 것은 實로(이상 11쪽) 이러한 自然의 法則을 가장 分明히 가라친 것이라. 그리하고 子女가 父母에게 바든 恩惠를 갑흘 곳은 父母가 아니오 다시 自己의 子女니 子女로 父母에게서 바든 바를 父母로 子女에게 주는 것이라. 그럼으로 父母가 子女를 養育할 째에 하는 勞苦는 엇지 보면 自己네가 그 父母에게서 바든 바를 그 子女에게 傳한다 할 것이니 萬一 子女에게서 報償을 바들 생각으로 그 子女를 養育한다 하면 이는 人生의 根本義를 니저바린 것이라.

　그러나 그러타고 人類도 他 動物과 꼭 갓히 父母에게 對하여서는 아모 義務가 업느냐 하면 그런 것이 아니니 人類를 確實히 他 動物이 가지지 못하는 道德的 感情을 가젓슴으로 또한 他 動物이 가지지 못하는 孝라는 것도 가진 것이라. 그러나 이 孝라는 觀念의 內容은 不可不 變하여야 할 것이니 이것은 他項에 更論하려니와 아모러나 子女의 最大한 義務가 父母에 對한 것이라 하던 舊朝鮮의 그릇된 道德에서 新朝鮮의 子女를 救出하여야 할 것은 焦眉의 急이오 同時에 吾族 萬年의 運命이 分岐하는 地頭라.

　爲先 子女에게 獨立한 自由로운 個性을 주어라. 그네로 하여곰 自己네는 父祖의 所有다 하는 觀念을 바리고 自己네는 自己네의 所有다 하는 觀念을 가지게 하여라. 다음에는 子女된 者의 最大의 義務는 自己네 自身과 自己네의 또 子女에게 잇고 決코 父祖에게 잇는 것이 아니라도 觀念을 가지게 하여라.

　그리되면 子女도 父母에게 依賴하랴는 생각을 버릴 것이니 이 생각은 社會에 極히 有毒한 것이라. 自己의 能力으로 自己의 地位와 名譽와 財産을 獲得하려 아니 하고 父祖의 것만 바람으로 奮鬪할 생각이 업서저 文明이 停滯하며 더구나 經濟的 損失이 莫大하다. 엇던 代의 個人이 奮鬪의 一生으로 幾萬의 財産을 成한다 하면 그것을 그 아들들에게 分割하고 그 아들들은 또 그 아들들에게 分割하야 이러케 幾代를 經過하면 그 財産은 小額으로 分割되고 마나니 一人의 勤勉으로 數十百人의 遊食者를 出하며 또 社會의 膏血되는 財産이 無用하게 消耗되는 것이라. 그러므로 될 수만 잇스면 財産 相續制度를 廢止하고 各 個人이 相當한 敎育만 바든 뒤에는 獨立하야 自己의 生活을 經營하도록 함이 理想이니 이에 비로소 完全한 子女의 解放을 어들 것이라.(이상 12쪽)

三. 子女를 中心으로 한 父子 關係

　子女가 生하면 父母의 最大한 義務는 그 子女로 하여곰 激烈한 生存競爭 場裏에서 獨立하야 自己의 生活을 經營하는 能力을 가지며 前代에게 傳承

하는 文化를 바다 이를 維持하고 거긔다가 多少의 補益發展을 添하야 쏘 自己의 後代에 傳할 만한 能力을 가지게 함이니, 이 義務는 實로 父母된 者의 免하려 하여도 免할 수 업는 것이라, 만일 이것을 疎忽하는 者가 잇스면 그는 自己와 種族에 對한 大罪人 大惡人이라.

이러케 함에 두 가지 길이 잇스니 즉 萬事를 그 子女를 標準삼아서 할 것과 全力을 그 子女의 敎育에 傾注함이라. 孟母의 三遷之敎는 이를 가르침이니 그 아들의 將來를 爲하야 세 번이나 移住를 하엿단 말이라. 貧寒한 生活에 幾多의 不便과 損害도 잇스련마는 아들의 將來를 爲하야서는 그것도 다 참는다 하는데 孟母의 不朽의 模範이 잇지 아니하냐. 이 精神을 擴充하면 그만이니 住居를 擇할 째에도 子女를 爲하야, 職業을 擇할 째에도 子女를 爲하야, 무슨 일에든지 父母는 子女를 中心으로 하여서 그 子女로 하여곰 自己네보다 優勝한 公民이 되도록 힘을 써야 할 것이라.

그러나 子女를 爲한다고만 하여도 不足하니 昔日의 父母네도 或은 子女를 爲하야 寺刹에 施主가 되며 或은 子女의 安樂을 爲하야 財貨를 聚하며 或은 子女를 爲하야 賢良한 婦婿를 擇하는 等 子女를 爲하야 全心力을 다하지 아니함이 아니엇스나 그네는 첫재 子女를 爲하는 標準을 그릇하엿고 둘재 子女를 爲하는 心地를 그릇하엿다. 그네는 子女의 幸福에 必要한 모든 것을 自己네의 손으로 주려 하엿고 子女로 하여곰 自己네의 손으로 그것을 獲得할 能力을 엇게 하려 하지 아니하엿다. 財産도 주고 地位도 주고 賢妻도 주고 成功도 주려 하엿고 그것을 子女 自身으로 하여곰 獲得하게 할 能力을 주려고 아니하엿다. 이리하야 그네는 子女를 爲한다는 것이 도로혀 子女를 賊害하는 反對의 結果를 엇게 하엿다. 그럼으로 父母는 子女에게 모든 것을 물려주려고 애쓸 것이 아니오 오직 子女에게 最善한 敎育을 주기를 圖謀할 것이니 子女에게 물려주랴던 全 財産을 傾盡하더라도 子女에게 敎育을 주어야 할 것이라. 重言復言(이상 13쪽)하거니와 子女에게 敎育을 주는 것은 孝보다도 忠보다도 무슨 義務보다도 父母에게는 最大한 義務라.

둘재 心地가 그릇되엇다 함은 子女를 父母 自己의 所有物로 알아서 子女

를 敎育하거나 말거나 自己네의 自由라고 생각하며 갓히 子女를 爲한다 하더라도 子女自身을 爲함이 아니오 父母 自己의 目前의 자미라든지 老後의 安樂이라든지 쏘는 死後의 奉祀를 爲하야 함이니 이리 하더라도 그 結果는 갓다 하더라도 그 精神은 確實히 잘못된 것이라. 子女는 決코 父母의 所有物이 아니오 子女 自身의 것이며, 種族의 것이니 父母된 者는 子女에게 對하야 父母에게 對한 듯한 精誠과 全 種族에게 對한 듯한 敬意를 表하여야 할 것이오 決코 至今짜지와 갓히 自己가 任意로 處分할 수 잇는 自己의 所屬物로 생각지 못할 것이라. 더구나 子女가 成年이 지나고 相當한 敎育이 끗나거든 完全한 個人으로의 人格을 尊重하여야 할 것이라.

더욱이 子女는 父母의 것이 아니오 全 種族의 것이라 하는 思想은 朝鮮에 잇서서 高唱할 必要가 잇다. "내 子息를 내 맘대로 하는데 相關이 무엇이냐" 하는 말은 흔히 듯는 말이오 事實上 우리 父母가 저마다 생각하는 바다. "내 아들은 내 나라에 바첫다" 하는 스파르타의 母親의 精神은 우리의 古代의 父母에게는 잇섯는지 모르거니와 近代의 父母는 꿈도 못 꾸던 것이라. 現今 文明諸邦이 義務敎育制를 取하는 것이며 兵役의 義務를 徵하는 것을 보더라도 알려니와 今日과 갓히 民族主義가 發達된 時代에 잇서서는 善良한 父母는 決코 子女를 "내 아들"이라고 생각하지 아니하고 "내 種族의 一員"이라고 생각하나니 子女를 나흘 째에도 "내 種族의 一員"이라고 생각하고 養育할 째에도, 敎育할 째에도, 그가 社會에 나설 째나, 成功할 째에도 "내 種族의 一員"이라는 생각을 끈치 아니하여야 할 것이라. 녯날 家門을 빗냄으로써 子女의 榮光을 삼앗거니와 今日에는 種族을 빗냄으로써 子女의 榮光을 삼아야 할 것이 마치 녯날에는 家門의 地位로 卽 所謂 門閥로 班常을 가렷스나 今日에는 族閥 或은 門閥로 班常을 가림과 갓흘 것이라. 녯날은 族이라 하면 同姓을 일컬음이엇거니와 今日에는 族이라 하면 歷史와 言語를 갓히 하는 全 民族을 가르친다. (이상 14쪽)

四. 子女中心과 孝의 觀念의 變遷
孝의 觀念이 變하지 아니할 수가 업다. 첫재 父母의 膝下를 쩌나지 아니한다는 생각을 깨터려야 할지니 學校에를 다니랴도 쩌나야 할지오 外國

留學을 하라면 더구나 써나야 할지오 社會에서 活動을 하라면 더더구나 써나야 할지라. 子女가 萬一 父母의 膝下를 아니 써난다 하면 그러한 種族은 滅亡할 수밧게 업다. 父母된 이가 萬一 子女를 써나기가 실커든 子女를 짤아갈 것이니 或은 學校 近處로, 或은 事務所 近處로 집을 옴겨 짤아감이 適當하고 萬一 父母도 子女와 갓히 무슨 事業이 잇거든 每年 멧 번式 만남으로써 滿足하여야 할 것이라. 녯날 父母는 "내 겻에 잇서라, 잇서라" 하엿스나 只今 父母는 "내 겻흘 써나라, 짜나라" 하여야 한다. 써나서 天涯로 가든지 地角으로 가든지 네가 네 새 生活을 開拓하고 네 族名을 빗내어라 함이 今日의 父母의 子女에게 주는 訓戒라야 한다. 그리하여 남과 갓히 살아갈 것이다.

그럼으로 子女된 便의 孝도 반다시 父母의 側에 잇슴이 아니오 自己의 손으로 自己의 새 生活을 開拓하야 번적한 勝者의 地位를 獲得함이니 昏定晨省이라든지, 찌니째마다 父母의 밥床을 밧들어 들인다든지 아롱아롱한 옷을 입고 父母의 압헤서 어리광을 부린다든지 하야 鷄初鳴부터 三更漏聲이 들닐 째까지 父母의 겻헤서만 어물어물함은 亡家亡國할 凶道오 不孝라.

둘재 居喪과 祭祀를 廢할 것이니 큰 갓에 큰 두루막을 닙고 三年이나 戶內에 蟄居하야 朝夕으로 "아이고 아이고"의 亡國哀音을 發함이 이믜 凶兆요 그 째문에 貴重한 歲月을 浪費함은 社會의 大損이며 또 無用한 金錢을 바려 無用한 飮食을 여투고 懶散之輩가 三四日이나 醉且飽하야 "아이고 아이고" "어이 어이"의 凶音을 發하야 隣里까지 陰鬱케 하는 것도 不緊한 일이라. 父母 沒커시든, 될 수 잇는 대로 速히 在來의 事務를 取할지어다.

父母의 命을 順從함이 毋論 美德이지마는 올치 아니한 命까지 順從함은 도로혀 不孝라. 三諫而不聽則號泣而隨之라 하엿스나 나는 三을 三倍나 하야 諫(이상 15쪽)하기를 여러 번 하다가 그래도 不聽하시거든 自由로 行함이 조타고 한다. 父母라고 반다시 聖人되는 法은 업스니 孔子도 父가 될 수 잇지마는 盜拓도 父母가 될 수 잇슴이라. 未成年 前에는 毋論 父母의 指導를 바다야 하지마는 門戶를 빗냄이 毋論 조커니와 이것은 現代人의 目的이 되기에는 넘어 小하고 弱하다. 爲先 自己가 强하고 勝한 人다운 人이 되고 다음에 全族의 일홈을 빗냄으로써 目的을 삼을지니 이리하면 自然히 門戶도 빗나고 顯父母之名도 될 것이라. 一家의 傳統에 끌님은 우리의 取할 배 아니니 그것을(必要하거든) 廢履와 가티 집어던지고 自己가 一家의 始祖가 되리라는 氣魄이 잇서라 한다. 門戶를 빗낸다 함은 그래도 얼마큼 積極的이지마는 門戶를 더럽히지 안는다 함은 消極的이니 그가 아모의 아들이라 하야 비로소 世上의 認定을 바드며 果然 아모의 아들짜다 하야 비로소 世上의 稱讚을 듯는다 하면 그런 못생긴 子女가 어듸 잇스랴. 그가 아모의 父親이라지하야 子女재문에 그 父母의 일홈이 알려지도록 하여야 비로소 孝子라 할 것이라.

五. 結 論

우리는 至今까지 뒤만 돌아보는 生活을 하여 왓다. 卽 祖先만 늘 仰慕하고 父母만 中心으로 하는 生活을 하여 왓다. 그럼으로 祖先의 遺産은(精神的이나 物質的이나) 祖先의 墳墓를 쑤미기에만 使用하엿고 子女의 새집을 쑤미기에는 使用하지 못하엿다. 이리하야 우리는 如干한 遺産을 말씀 祖先의 墳墓에 집어너코 말앗다. 그래서 이러케 못살게 되엇다. 그러나 이제부터는 우리는 압만 내다보는 生活을 하여야 되겟다. 死者는 死者로 하여곰 葬케 하고 生者는 生한 者, 쏘는 生할 者를 爲하야 生하게 하여야 되겟다. 우리는 우리의 財産(精神的이나 物質的)의 全部를 우리와 우리 子孫을 爲하여서만 使用하여야겟고 必要하거든 祖先의 墳墓도 헐고 父母의 血肉도 우리 糧食을 삼아야 하겟다. 오랜동안 父祖가 우리에게 犧牲을 强求하여 온 것갓히(그것은 不當하다) 우리는 이제 父祖에게 우리의 犧牲되기를 强請하여야 하겟다(이것은 正當하다).

우리는 우리 先祖를 왼통 모화 노흔 것보담 貴하고(이상 16쪽) 重하다, 毋論 우리 父母네보담 重하다. 우리는 우리의 先祖가 하여 노흔 모든 일보다도 더 크고 만코 價値 잇는 일을 할 使命을 가진 사람들이라. 그럼으로 우리는 우리가 最善이라고 斷定하는 바를 實現하기 爲하여서는 우리가 忌憚할 아모것도 업다. 우리는 先祖도 업는 사람, 父母도 업는 사람(엇던 意味로는)으로 今日 今時에 天上으로서 吾土에 降臨한 新種族으로 自處하여야 한다.

그래서 우리의 一生에 우리의 最善을 다하다가 우리의 後代에 오는 健全한 子女들에게 그것을 물려주어야 한다. 우리의 子女로 하여곰 우리의 身體와 精神을 왼통 그네의 食料를 삼게 하여야 한다. 우리의 子女되는 者로 우리를 발씰로 차게 하여라, 우리의 억개로 그네가 놉히 오르랴는 발磴床이 되게 하여라, 우리의 身體로 그네가 江을 건너 나아가기에 必要한 橋梁의 材料가 되게 하며 泥濘을 메우는 瓦礫이 되게 하여라. 우리의 子女가 必要로 認定하거든 우리의 骨骼을 솟헤 쓸혀 機械를 運轉하기에 需用되는 기름도 만들어도 可하고 거의 색기 모양으로 우리를 산대로 두고 가슴을 우귀어 먹어도 可하다. 우리는 子女에게 모든 希望을 두고 價値를 부쳐야 할 것이라. 그네로 하여곰 니를 옥물고라도 强하여지고, 知하여지고, 富하여지고 善하여져서 榮光스럽고 幸福스러운 生活을 하도록 우리는 生前에나 死後에나 全心力을 다하여야 한다.

아아! 子女여 子女여, 너희야말로 우리의 中心이요 希望이오 깃븜이로다. (一九一八. 五. 八) (이상 17쪽)

金小春, "長幼有序의 末弊－幼年男女의 解放을 提唱함", 『開闢』,
제2호, 1920년 7월호.[21]

日前 咸南 咸興을 구경간 일이 잇섯다. 그때 停車場 門을 척 나서니 巡査
가 엇던 農軍 한 사람을 붓잡고 발길로 차며 이 뺨 저 뺨을 함부로 친다.
나는 저것이 警官의 橫暴 － 特히 地方 警官의 橫暴로구나 하고 곳 傍人에
게 그 故를 問한 즉 그 農軍이 엇던 幼年 兒童을 些少한 感情으로써 歐打한
故이라 한다. 相當한 方式에 不依하고 羣衆 中에서 放縱히 사람을 歐打하
는 農軍에 對한 警官의 行爲도 不穩하거니와 些少 感情을 理由로 하야
無邪氣한 幼年에게 敵對的 行爲를 敢取한 農軍의 橫暴는 더욱 可憎한 것이
라 하얏다. 이째에 驛前에 散在하던 數三의 日本人 男女는 異口同聲으로
朝鮮人은 長者가 사람인 줄은 잘 알되 어린애도 가티 사람인 줄을 모른다
하며 一齊히 嘲罵의 矢를 放함을 …… 나는 보앗다.

쏘 우리가 如何한 곳임을 勿問하고 長幼가 同一 場所에 會合하게 되면
이런 꼴을 볼 수가 잇다. 곳 幼年이 長者와 더불어 무슨 問題를 말하다가
毫末만치이나마 唐突의 態가 有하면 그 長者는 "요놈, 어린놈이 或 요놈
조그마한 놈이 쏘 요 － 머리에 피도 말으지 안이한 놈이 ……"이란 말을
話頭로 하야 "敢히 長者에게……" 하는 語調로 結末한다. 그間에는 是非曲
直이 업고 아모 條件이 업다. 그저 "어린놈－, 長者에게 敢히……" 하는
數語이면 그만이다. 이것은 오히려 헐하다. 甚한 者는 幼兒를 척 對하기만
하면 첫 人事가 "이놈"이 아니면 "이 자식"이며 自己의 前에 或立하기만 하
면 "이 자식 저리 가－" 하다가 "아니 갈 테야……" 하는 말이 나오는 째는
그 幼年은 그만 氣가 썪기인다. 그리고 家庭에서 教育은 얼마나 嚴行하얏
스며 쏘한 長者 自己가 各其 自家의 幼年教育을 爲하야 盡瘁한 것이 얼마
인지는 모르나 幼年을 對하면 動輒 "이놈 배우지 못한 子息…… 버릇업는

---

21 '金小春'은 김기전(金起瀍, 1894~1948?)의 필명이다. 뒤에 이름을 '金起田'으로 바꾸었다.

子息……" 한다.

養生送死는 禮之太子라 하얏스며 愼終追遠이면 民德이 歸厚이리라 함은 옛 聖人의 懇切히 남겨 준 訓語이다. 그리고 그리하라 함에는 男女이나 長幼를 區分치 아니하얏다. 그런대 이 訓語에 산다는 우리의 幼年에게 對한 養生送死, 愼終追遠은 如何한가. 쩌러진 소반(이상 52쪽)이어던 兒童에게로 돌려라. 찌썩이 飮食物이어던 幼兒에게 주어라 함이 兒童 養生法이다. 그러나 養生에 對한 節은 그래도 過凶치는 안타. 送死追遠의 節은 생각만 하야도 氣가 막힐 일이다. 不幸히 兒喪이 나면 不幸卽時로 油紙 조각이나 거적에 둘둘 말아 마치 犬馬의 死體를 處理하듯히 山谷山頂도 不問하고 一尺深數 簣土로써 이리저리 하고 만다. 그러면 土鼠가 그 塚을 穴하고 狐狸가 그 肉을 取한다. 엇던 地方에서는 雪寒風의 冬季에 兒童이 若死하면 그 싸위 兒屍를 爲하야 誰가 凍地를 堀하리요 하야 附近 樹枝에 屍體를 그냥 掛置하얏다가 翌春 暖節을 俟하야 비롯오 埋葬하는 바 그리하는 父老의 怪惡은 且置하고 樹枝에 걸녀 잇는 그 凶한 꼴을 忍見키 不能하다 한다. 그리고 엇더케 하얏던지 一次 埋葬한 後는 그만이다. 永永不顧見이다. 自己 祖先의 埋墓나 忌日은 記憶이 消失되고저 하는 것을 억지로 曆書 뒤 등에 적어가면서 省墓又致祭하되 自己 兒孫의 墳墓亡日은 念頭에는 唯日 不忘하면서도 꿀걱 참고 돌아보지 안는다. 참 奇現狀이오 큰 戲謔이다.

新聞紙 第三面은 가끔 가르되 엇던 小學校에서는 或 敎師의 兒童 虐待로 或은 學生이 同盟休學하얏다 하며 或은 學父兄과의 不和를 致하얏다 한다. 學校의 철업는 敎師들은(勿論 全部는 아니다) 一尺餘의 敎鞭만 握하면 舊時 邏卒이 棍杖을 잡은 樣으로 空然한 逸興이 陶陶하야 툭하면 채쑥질이며 그리고 그 말은 어대서 배운 本인지 依例히 "이놈"이 아니면 이 "子息"이라 하는 等 그들의 幼年 學生에게 對한 暴虐과 專橫은 實로 言語同斷이라 하겟다.

幼年이라 함은 成年의 對稱이라 見할지며 成年이라 함은 更히 成人이라 解할 것이다. 그런대 우리 朝鮮에서는 支那의 古禮를 倣하야 年이 二十이면 均히 冠을 加케 하고 成人式을 行하면 始로 長者의 資格 ― 안이 長者의

權位를 有하게 되며 未成人 卽 二十歲 以下의 人은 幼者의 取扱을 受하게 된다. 그런대 歲月의 推移를 從하야 加冠은 結婚의 象徵으로 化하고 結婚은 父母의 慰悅劑로 化하야 結婚期가 엄청나게도 일러지는 同時에 二十歲의 加冠은 十五歲 乃至 十一二歲에 加冠이 되며 짤아서 成人 卽 長者 되는 標準도 此 加冠 與否에 一從하게 되어 口中에 乳臭가 모락모락 나는 孩童이라도 結婚만 하얏스면 長者라 하야 衆人은 그에 長者의 禮遇를 與하고 兩頰에 鬚髥이 푸른 ─ 안이 雪白을 欺하는 老年일지라도(이상 53쪽) 妻眷만 不有하얏스면 오히려 未成人이라 하야 一種 幼者로 指目할 뿐이오 小毫 禮遇를 不與한다. 實로 渝俗이며 惡風이다 可히 他人에게 돌리지 못할 말이다. 철업는 父母는 自己의 慰悅을 求하는 外에 尙一面으로는 自己兒孫으로 하야곰 어서 長者인 禮遇를 受케 하기 爲하야 一日이라도 부히 結婚을 行하게 되도다.

例를 擧하자면 限이 업다. 다못 生覺하는 것을 몃 가지 적엇슬 뿐이다. (此點에 就하야는 特히 讀者 諸兄으로부터 各히 그 地方 그 風俗에 向하야 長幼間에 起하는 惡風을 널리 推想하기를 切托) 그러나 爲先 玆에 擧한 例로만 見하야도 從來 ─ 안이 現在의 우리 長者들의 幼者에 對한 行爲와 態度가 如何히 不合理하얏스며 不道德하얏슴을 可知할 것이다. 嗚呼라 朝鮮 幾千年間의 우리 長者들은 幾千年間 우리 幼年의 人格을 抹殺하며 自由를 剝奪한 歷史的 큰 罪人이엇스며 惡行者이엇도다.

엇지면 從來의 長者가 大罪人이 되기까지 惡行者가 되기까지 幼者의 人格을 蔑殺하얏스며 自由를 剝奪하게 되엇는가. 觀察하는 方面에 依하야는 諸多原因이 無함도 안일지나 一言으로 蔽하면 舊倫理道德의 殘弊 ─ 切言하면 所謂 五倫 中의 一인 長幼有序의 末弊이라고 余는 斷言하노라.

長幼有序의 根本意 ─ 卽 五倫을 敎하던 當初 其人의 意思를 말하면 大槪 禮儀作法上 長幼의 順序를 말함이오 決코 長者가 幼者의 人格을 無視하기까지 位序를 定하라 함은 안이엇슬 것이다. 比較的 年이 高하고 知가 長하고 體가 大한 長者에게 對하야 比較的 年이 幼하고 知가 淺하고 體가 小한 幼者로서 相當한 敬意를 表하며 多少 禮讓을 行하여야 할 것은 是 ─ 勿論

의 事인 同時에 苟히 世間의 常識을 有한 者는 誰이나 夙認할 것이며 비록
幼年이라 할지라도 苟히 是非를 辨하는 程度에 達하면 스스로 行할 것이라
五倫의 一이라 하야 두고두고 써들 것이 업는 것이라.

옛적 먼 時代에 支那의 엇던 한 사람이 소리 질러 가로되 父子有親하라
君臣有義하라 夫婦有別하라 長幼有序하라 朋友有信하라 하다. 쏘 가로되
君爲臣綱이오 父爲子綱이오 夫爲婦綱이니라 하다. 後에 엇던 사람은 거긔
에 名을 與하야 前者를 五倫이라 하며 後者를 三綱이라 하다. 玆에 宏壯,
又 宏壯한 三綱五倫이란 巨影이 비롯오 世間에 出現되엿도다. 於是乎 治
者被治者 — 別로히 治者, 賢者 愚者 — 別로히 賢者, 長者幼者 — 別(이상
54쪽)로히 長者가 相率而就하야(마치 夏夜 農軍이 松火에 就함과 如히 十食
闕人이 粟飯에 就함과 如히) 그를 讚하며 그를 拜하며 그를 演하며 그를
頌하야 그저 거룩거룩하외다 至當하외다 하야 日이 移하고 歲 — 換하는
間에 그(三綱五倫)는 天降誥訓이 되고 大經大法이 되고 絶對神聖品이 되
며 그의 威는 不可侵 그의 力은 不可抗이 되어 그의 巨影은 儼然히 東洋天
地를 下覆하얏도다. 於是乎 爲君者, 爲父者, 爲夫者, 爲長者, 其他 道學者,
邪惡者, 相率而就하야(마치 大地主 밋헤 小作人 모히듯 舊大監 階下에 食
客 모히듯) 그에 附하며 그에 詔하며 그를 利用하며 그를 惡用하야 그의
荼毒이 世間을 病하며 그의 末弊가 人生을 蔑하얏도다. 余의 言이 미덥지
못하거던 今日까지 지내온 事實로써 暫間 對証할지라 從來로 或 君主의
專橫暴虐과 殺子賣女 無關의 親權萬能과 婦女壓迫의 男權唯一 等 非人道
非人情인 諸多 巨惡의 根據地가 何處인가 모다 三綱五倫이 안인가 貪官汚
吏의 人民膏血을 索하는 唯一 口實도 "이놈 兄弟 不睦하엿지…… 以少凌
長……"이 안이엇는가. 오늘날 所謂 儒者들의 吾人에 對한 行態로써 볼지
라도 理窮辭盡하면 但曰 "이놈 아비도 한애비도 업느냐 或은 이놈 三綱五
倫을 모르는 놈이라" 하도다. 嗚呼라 所謂 三綱五倫의 末弊 — 안이 그의
背後에 隱하야 美名에 依하야 非道를 敢行하고 私慾을 恣逞한 그 惡漢들의
所行 — 생각하면 實로 써가 저리고 마음이 차도다.

이 實際를 말하면 父子有親, 君臣有義 等 그 敎訓이 그러틋 惡한 것이

안이라 五倫이라 三綱이라 하는 그 名稱이 惡하며 그 名稱을 附與하고 更히 絶對 偉力을 附與하고 그리한 後 그를 利用 惡用한 邪徒가 極惡하도다. 一言으로 蔽하면 五輪 三綱의 末弊가 極惡하도다 同時에 여기에 말하는 長者對幼者의 非道德 非人情도 長幼有序 그것의 所致가 안이라 그것이 五倫의 一이 되엇슴으로 仍히 邪徒의 惡用이 되엇슴으로써 그리된 것이다. 更言하면 그 末弊의 所致이다.

큰 屍體 잇서 아츰 바람 쌀쌀히 넘치는 저 메 뒤에 누엇스니 無邪氣한 어린 兄弟 서로 손 가르치며 "저것 生命 끈어진 舊道德 舊倫理의 形骸"이라 하도다. 사람의 소리 잇서 "그것 ─ 依例히 그리 될 것이라 때가 도로혀 느졋다" 하거늘 因襲의 무서운 固執 惡을 쓰며 소리처 가르되 "嗚呼痛哉 彝倫斁矣"라 하도다. 그러나 그의 生命은 確實히 끈쳐젓도다 痛哭한다 하야도 屍體는 不可(이하 55쪽)爭의 屍體이다. 凝固한 蛋白質만 解하면 그는 곳 腐化할 것이다. 그러나 生前이 그러틋 悠久하고 爀爀하던 그는 死後라 하야 그러케 全 寂寞은 안일 것이다. 그의 살던 諸多 洞穴에는 그의 꼴 비슷한 그 暗影을 認하도다. 暗影은 勿論 實物은 안이나 그러나 만히 類似하도다. 因襲의 여러 相續人들은 "이 發見! 多幸이다" 하며 서로 慶賀하며 擁護하도다. 兄弟들아 그 暗影 무엇이냐 因襲의 相續者로 보면 巨人의 남겨준 唯一 珍品이오 우리의 말로써 名하면 巨人의 씨처 준 가장 凶한 末弊라 할 것이다. 우리는 이 暗影을 除去하여야 할 것이다. 곳 이 末弊를 除去하여야 할 것이다. 爲先 長幼有序의 末弊를 除去하여야 할 것이다.

第一 幼年에게 對한 語態를 고칠 것이외다. 실업슨 말이라도 그 "이놈 저놈" 或 이 자식 저 자식" 하는 말을 絶對로 쓰지 못할 것이외다. 幼年의 行爲 中에는 勿論 不恭 或 亂暴의 일도 有하겟지오. 그래서 그와 더불어 問題가 될 째도 잇슬 것이외다. 그러한 째에는 될 수 잇는 대로 彼의 幼年이라는 그 點을 잘 諒解하야 十分의 九까지 海容하며 不得已 그대로 放過치 못할 境遇이어던 그에게 相當 反省을 求하되 必히 正言正色으로써 할지요 妄히 憾情的 氣分을 勿露할 것이외다. 그리고 업은 兒 말이라도 귀넘겨 들으라 함은 우리의 예부터 傳하야 오는 모토거니와 自己의 兒孫이나 或

他家의 幼年임을 不問하고 幼年의 酬酌 或 主張이라 하야 無條件으로 却下치 勿하고 아모쪼록 그에게 言柄을 與하며 一面으로 吾人의 意中을 披露하야 幼年의 自張心을 助長하며 知求欲을 滿足케 할 것이외다.

그 다음은 養生送死의 問題이외다.(家庭을 標準 잡아 말하나이다.) 우리 習俗이 幼年의 養生送死에 憾이 多한 事例는 右에 旣述한[22] 바이거니와 斷然히 그 習俗을 致할 것이외다. 爲先 養生에 對하야는 境遇境遇에 必히 兒孫의 獨立한 人格을 認定하야 衣服 飮食 居處에 그 精神을 實現케 할 것이외다. "그것 兒들 것이니 아모려면 關係 잇나……" 함과 如한 態度는 絶對 禁物이외다. 長者가 新衣를 振하면 兒孫에게도 亦 新衣를 與할 것이오 長者가 冠履를 着하는 것이면 兒孫에게도 亦 相當 冠履를 着할 것이며 其他를 總히 此에 準할 것이외다. 모르거니와 兒童 中에는 朝鮮 兒童의 꼴이 世界 中 第一 너저질 하리이다. 爲先 日本 兒童과 比하야도 其差가 如何함닛가. 이것이 모다 우리 사람들은 "兒들 것이야 아모러(이상 56쪽)면 關係 잇나……" 하는 그 無理한 마음의 所産이외다. 兒童이라 하야 그리 賤待할 理가 어대 잇겟슴닛가 반듯이 養生의 一節을 改하야 爲先 他傍國人에 對한 朝鮮 幼年의 體面을 維持케 하고 進하야 幼年으로 하야곰 自立, 淸新, 喜悅의 感을 常懷하게 할 것이외다.

送死에 對하야는 第一 葬送의 習俗을 改하야 幼年이라도 亦相當 儀節下에 葬式을 執行하게 하야 從來의 犬馬待遇와 如한 惡風을 斷掃할 것이며 그리고 적어도 第一回 紀念祭를 지내어 주며 그의 墓所도 長者의 墓所와 如히 相當 治山할 것이외다. 만일 外國人으로 하야곰 現今 朝鮮에서 行하는 幼年 送死樣을 본다 하면 實로 氣가 찰 걸이외다. 우리를 野蠻 그대로의 民族이라 하리이다. 禮義東方이라는 우리의 幼年 送死樣이 웨 그러케까지 凶惡스럽게 되엇나잇가. 이것이 모다 幼年은 兒童으로는 보앗스나 사람으로는 보지 안이한 錯誤에서 나온 것이라 합니다. 原因이 如何하얏던지 이

---

22 원문은 세로쓰기를 한 것이므로, 글이 위에서 아래로 그리고 오른쪽에서 왼쪽으로 이어진다. 따라서 '右에 旣述한'은 '앞에서 말한' 정도의 의미가 된다.

것은 確實히 罪惡이외다. 自己 兒孫에 對하야 스스로 惡惡을 지을 理가 何有 하겟나잇가.

幼年에게 一齊히 敬語를 用하얏스면 如何할가 하나 이것은 實現이 頗難할 것이외다. 個人間에는 猝然難行이라 하야도 小學校와 如한 幼年의 集團 中에서 爲先 實施하얏스면 大可할 것이외다. 第一 今日 小學校員의 幼年 學生에게 對한 動作語法은 甚히 怪惡한 바 그것만이라도 斷然改良할 것이라 하나이다. 그리고 今日의 第一 渝俗은 冠童區別의 嚴格이외다. 右에 述함과 如히 朝鮮의 冠童標準은 本來의 精神을 全失하고 全혀 結婚與否에 一依하게 된 故로 結婚期의 日早함에 從하야 冠童의 標準은 正히 冠履顚倒가 되엇나이다. 結婚與否는 自己의 境遇 又는 意志에 依하야 自由로 行하는 것이다. 此로써 엇지 社會上 位階를 定할 수가 잇스리오. 우리 風俗에 大槪 十五歲이면 大丈夫라 하며 또 成年으로 認하나니 此 十五歲假量으로써 成人 標準을 定함이 如何할가 하나이다. 口生乳臭의 黃口小兒라도 妻만 有하얏스면 敬語를 用하고 나히가 골百이라도 妻만 不有하얏스면 下待를 敢行함과 如함은 渝俗 中의 渝俗이외다. 幼而有妻는 妻된 그 女子 又는 一般社會에 對한 罪人이라 罪人에게 向하야 구타혀 敬意를 表할 理는 全無하다 하나이다.

그리고 우리 習俗에 또 滋味업는 것은 가튼 幼年이라도 男女에 依하야 넘어 區別을 立하는 것이외다. 男子(이상 57쪽)된 幼年은 비록 사람의 待遇는 못 밧는다 할지라도 幼年의 待遇와 兒孫의 待遇는 바드나 女子에게 在하야는 大槪 그것도 업습니다. "저 짜위 년은 더러 죽어도 조흐렷만은……" 하는 것이 父母된 者의 常語이외다. 女子의 境遇야말로 果然 慘酷하외다. 幼年이라는 그 點에서 사람이란 그 格을 失하고 女子이란 그 點에서 更히 쓴 맛을 안이 보지 못하게 되엇나이다.

條件條件히 말하자면 限이 업슬 것이외다. 要約히 말하면 第一 幼年도 亦是 사람이다. 二千萬 兄弟 中의 一人이며 안이 世界 十六億萬人 中의 一人이며 將來의 큰 運命을 開拓할 일군의 一人이라 하야 그의 人格을 認할 것이외다. 그리하야 그로 더불어 아모쪼록 際會하야 長幼間에 열리는 짜수한 새 길을 짓도록 할 것이외다. 이러한 精神을 長者된 우리가 各히 所有하면 長幼有序의 末弊로 起한 現下의 諸般 惡習을 改하게 될 것이며 半島의 數百萬 어린 男女는 仍習의 무서운 坑塹으로서 解放될 것이외다. 近日 女子解放論이 盛行함에 不拘하고 兒童解放論이 웨 傳하지 못하얏나 잇가.

- 孔子曰 少者懷之 又曰 設有教兒問於我 叩其兩端而盡之已矣.
- 孟子曰 幼吾幼以及人之幼 大人不失其赤子之心者也.
- 崔海月曰 人來어던 勿謂人來하고 謂之天主降臨.
- 耶蘇基督曰 小兒와 가티 못하면 天國에 入하지 못하리라.
- 釋迦牟尼佛曰 世間一切皆平等.
- 레닌 曰 勞農政策의 第一 施設로 兒童에 對한 體刑을 全廢하얏노라.

兄弟들이여. 右의 여러분 말삼 가운대 長幼有序의 根本的 意義를 認할 수 잇겟나잇가. 想必認치 못하리이다. 長幼有序는 그러케 거룩한 말이 못되나이다. 그의 末弊는 特히 罪惡化 하얏나이다. 斷然히 고칠 것이라 하나이다.

~~~~~~~~~~~~~~~~~~~~~~~~~~~~~~~~~~~~~~

참말 偉人은 아모 儀容도 不望한다. 王冠도 劍도 元帥의 儀杖도 裁判官의 法衣도 다 일이 업는 것이다. 그런 모든 것은 그의 自體에서 흘러넘치는 慈愛에 比하야 몸을 꾸미는 힘이 半分에도 미치지 못하는 故이다.

敵은 不信實한 友보다 勝한 것이다.

~~~~~~~~~~~~~~~~~~~~~~~~~~~~~~~~~~~~~~(이상 58쪽)

社說, "少年運動의 第一聲 – 天道敎少年會의 組織과 啓明俱樂部의 活動", 『매일신보』, 1921.6.2.

듯건대 〈天道敎靑年會〉 少年部에셔는 그 部의 活動을 一層 意義잇게 하기 爲하야 今回에 〈天道敎少年會〉라는 一團을 시로 組織하고 該會의 今後 發展에 對하야 여러 가지로 劃策홈이 잇는 中 現在 會員이 벌셔 男女 三百餘名을 算하게 되얏더라.

가만히 生覺하면 過去本位, 長者本位의 中國 倫理를 그대로 引受훈 우리 朝鮮의 社會에셔는 古來로브터 只今ᄭ지 幼少年에 對훈 모든 것이 너무 苛酷하얏스며 너무 沒人情하얏스며 너무 不自然하얏도다. 이에 關훈 實例를 玆에 一ᄼ히 枚擧훌 수 업스나 우리가 一般으로 重視하는 喪祭禮에 現하는 規禮로써 見훌지라도 長者의 死에 對훈 儀節은 도로혀 煩에 近하다 하리만큼 制定되얏슴에 不拘하고 幼少年의 葬祭에 對하야는 何等의 儀式도 無하얏스며 그리고 幼少年에게는 人格의 存在를 不認(勿論 右에 말훈 喪禮의 規定이 그리 된 것도 長幼有序의 倫理를 極端으로 解釋하야 長者는 사람이나 幼者는 사람이라 홀 수 업다는 點에셔 卽 幼年의 人格無視에셔 나온 것이니) 하야 兒童에게는 一切의 敬語를 不用(長者 對 幼者間은 勿論, 兒童相互間에ᄭ지) 훈 等, 이 結果는 一般社會의 幼少年 除外라는 最可恐可憎의 現狀으로써 出現되야 家庭에셔는 隔離가 안이면 (從來의 우리 家庭에셔 幼少年을 書堂에 보니는 意思 中에는 敎育보다도 兒童隔離가 도로혀 主目的이 되지 안이하얏는가 훈 嫌이 不無홈) 壓迫이엿스며 社會에셔는 除外가 아니면 賤待이엿도다. 些少 事例는 비록 말훌 것이 안이라 훌지라도 不幸 幼少年이 世上을 쩌나는 時에 우리는 如何히 그를 葬送하는가. 棺槨을 具하는가. ᄯᅩ훈 喪＝[23]를 使用하는가. 犬馬의 死를 取扱홈에셔 別로 다름이 업는 것이 우리가 아니며 ᄯᅩ 長者의 死에 對하야는 其 忌日을

___

23 '喪輿'로 보인다.

曆書 뒤등에 적어가며 紀念홈에 不拘하고 幼少年의 死에 對하야는 그의
一年祭이나마 執行하야 쥬는 者가 果幾人인가. 그리고 第一 可憎호 것은
長者와 幼者의 標準은 結婚 與否로써 定호 바 未婚 前의 사람은 其齡이
如何히 高홀지라도 幼少年으로 同視하고 家庭上 社會上 法律上의 地位를
全然히 否認호 바 그 結果는 곳 一般으로 하야 早婚의 惡風을 馴致케 하얏
도다. 모든 것이 이 模樣이 되얏는지라 幼少年에 對하야 如何호 機關을
設하며 如何호 用意를 重하야써 그의 指導啓發을 圖홀야 홈과 如호 事는
누구의 夢想에도 업셧도다. 그런대 지금 〈天道敎靑年會〉에셔 이에 所感이
有하야 少年會를 特히 獨立으로 組織하고 少年의 指導啓發이라는 一事에
向하야 시로운 旗幟를 揚홈과 如홈은 實로 其宜를 得하얏다 홀지며 且〈天
道敎靑年會〉라는 其 自體가 今日 朝鮮에셔 重視되는 큰 團體이며 坙 組織
的인 同時에 이러호 團體를 其 背景으로 호 〈天道敎少年會〉는 今後의 活動
如何에 依하야는 朝鮮 全 少年의 蹶起를 誘致홀 事가 有홀지도 不知라.
吾人은 더욱 그 會의 將來에 向하야 囑望不已하는 바이로다.

다시 그 會의 趣旨와 規程을 보면 (한 줄 가량 해독불가) 에 不限하고
滿八歲 以上 十七歲 以下의 朝鮮人 少年이면 누구나 入會홀 수 有하며
(二) 會의 主目的은 一般少年의 智識啓發을 圖홈보다 寧히 少年期의 享樂
을 重要視하야 快活 健全호 少年을 만들고져 홈에 잇스며 (三) 그리하야
家庭上으로나 社會上으로나 少年의 人格을 是認케 하야 사람인 幼者와
사름인 長者가 셔로 交歡하며 셔로 調和하는 곳에 活氣 잇고 感激 잇는
新文化의 樹立을 策코져 홈에 잇다 하는 바 그 趣旨와 目的이 엇더호 形式
으로써 어느 程度꼬지 實現될가 홈은 그 會의 今後 進行如何를 注視홀 外
에 無하거니와 幼少年에 對호 施爲가 今日가치 零星하고 幼少年에 對호
問題가 今日가치 寂寥호 우리 社會에 잇셔셔는 少年會의 設立이란 그 一聲
만으로도 一種의 刺戟劑 됨을 不失하겟도다.

抑又 社會的 文物의 改善을 唯一 目的으로 삼는 〈啓明俱樂部〉에셔는
日前에 兒童互相間에 敬語의 使用을 促하기로 하고 몬져 學務當局에 말하
야 各 普通學校 學生 互相間에 此의 實行을 交涉하기로 決議호 事가 有하

다 하니 是는 卽 從來 朝鮮의 兒童은 互相 敬語를 使用치 안이 홈으로 因하야 自兒 時로 人格의 尊重을 認치 못하는 同時에 他人에게 對하야는 侮視오 自己에 對하야는 自忽(敬身의 觀念이 缺乏되는 結果로)이 되는 것인즉이 弊習을 改善치 안이하면 社會의 根本的 改善을 策훌 수 업슴을 看破홈에셔 起훈 運動인 바 그의 根本義도 쏘훈 少年의 地位를 向上케 하야써스사로 改善의 路에 當케 하고져 홈에 不外하도다.

要컨대 少年은 社會의 漱芽며 國家의 元氣라. 그의 敎養如何는 未來의 社會 國家를 꾸미는대 큰 關係가 잇슬 것이며 쏘 小年 自身의 將來 活動에 對훈 唯一 準備가 되는 同時에 一般社會의 空氣를 圓滑케 하야 老少의 衝突을 未然에 防하고 식어가는 人氣를 짜수하게 하는 一策이 될 것인 바 少年的 運動의 蹶起는 어느 點으로 보아셔도 必要하며 쏘 緊急훈 일이라 吾人은 이번에 設立된 〈天道敎少年會〉와 〈啓明俱樂部〉의 決議가 徹底히 進行되기를 바라며 아울너 이 두어 가지 運動이 곳 朝鮮社會에 對훈 少年 運動 第一聲이 되고 다시 第二 第三의 絶叫가 處々에셔 起하야 朝鮮新文化의 花가 몬져 少年社會로셔부터 開홈이 有하여야 훌 것을 이 機會에 一 言하노라.

妙香山人, "天道教少年會의 設立과 其 波紋", 『天道教會月報』, 제131호, 1921년 7월호.[24]

〈天道教青年會〉京城本部 안에는 〈天道教少年會〉라는 새 모듬이 생겻 나이다. 그 생긴 日字는 지난 五月 初一日이라 엿튼 日字이나 그 모듬의 波紋은 非常히 넓게 이제는 누구라도 한번 注意치 아느치 못하개 되얏다. 이제 이에 對한 數言을 記하야 同德의 一覽에 供코져 하나이다. 나라에 國會가 잇고 洞里에 洞會가 잇스며 青年에게 青年會가 잇고 婦人에 婦人會 가 잇습니다. 사람이란 恒常 孤居함보다 群居하기를 즐기는 動物인 同時에 사롬들이 사는 곳에는 반다시 무슨 會라는 것이 생기는 것인 듯합니다. 그리고 철업시 사는 野蠻人이 아니오 그래도 自己의 意識으로써 어찌하면 今日 以上의 더 죠흔 生活을 지여 볼가 하는 文明人에 잇서서는 무슨 會 무슨 會 等 그 會의 種類가 別로 만흔 貌樣이웨다.

우리 朝鮮에도 近年 以來로 會의 種類가 훨신 늘어스며 그 會로서 行하 는 活動의 範圍도 非常히 넓어 가나니 이것이 卽 우리가 文明人이라는 表 示이며 將來의 榮光을 꾸미리라는 約束이웨다. 그러나 한 가지 섭々한 것 은 우리의 모듬의 種類와 範圍가 그와 갓치 만코 넓음에 不拘하고 그 種類 中에는 少年에 關한 모듬이란 것이 들지 아니하엿스며 짜라 그 範圍 안에는 少年에 關한 何等의 施爲가 업는 그것이다. 勿論 或 青年會에는 少年部란 것을 特設하야 少年에 關한 多少의 施設을 行치 안음은 안이나 그것은 그 青年會로서 經理하는 여러 가지 事業 中으로서 少年에 對한 一科를 設한 것인 同時에 그 施設이 充分치 못할 것은 勿論 더욱 少年 自己들이 自進하 야 行하는 일이 아니며 쏘 昨年 中 慶南 晋州에서 〈晋州少年會〉란 것이 優曇花와 가치 暫間 나타난 일이 업지 아니하얏스나 그것은 或種 行爲를 하기 爲하야 一時的으로 設立함에 不過함이오 新聞紙의 報道에 依하면

24 '妙香山人'은 김기전(金起田)의 필명이다.

會員 各自가 그 會의 本來의 使命을 自覺하고 相當한 組織과 意義 잇는 規模 밋해서 그리한 것이라 하기는 어렷왓습니다.[25] 故로 嚴格히 말하면 우리 朝鮮에는 아직도 眞正한 少年(이상 15쪽)의 모듬이라고는 업섯다고 할 수 잇습니다.

우리에게 少年會 問題가 업는 理由

가만히 우리 社會를 도라보면 업셔야 할 것이 잇는 것도 만흔 代에 잇셔야 할 것이 업는 것도 만습니다. 그러면 只今 말하는 少年會는 우리 社會에 잇셔야 할 것인가 또한 업셔야 할 것인가. 업셔야 할 것이라 하면 벌서부터 잇는 것이라 할지라도 우리의 손은로[26] 쒸드려 보실 수 잇는 것이오 만일 잇서야 할 것이라 하면 우리는 녀름 밤의 잠을 못 자는 限이라도 잇도록 하여야 될 것이웨다.

世上 사롬들은 幼少年을 無視합니다. 우리 朝鮮에 잇셔셔는 더욱 그러한가 합니다. 이것은 勿論 까닭이 잇셔 그리함인 줄 압니다. 卽 (一) 幼少年은 마음이 곱고 살과 갓치 부드러우며 音聲이 和悅한 同時에 큰 사롬들의 玩具가 되기 쉽습니다. 그래서 누구나 한번 그를 玩具로 認한 以上은 그것을 貴愛할 것까지 생각하나 그의 將來를 걱정함과 가튼 遠大한 생각을 잘 내이지 못한 故이며 (二) 特히 從來의 東洋 倫理는 長幼有序의 敎訓을 極端으로 固守하야 幼少年의 人格을 認定치 아니한 同時에 그를 社會의 各 方面으로브터 除外하야 成年에 達하기까지는 그로써 何等의 問題를 삼지 아니한 慣例가 잇는 故이며 (三) 우리 朝鮮 사롬이 社會的 生活에 意義를 브치고 價値를 認定하기는 甲午年 以後브터의 일이라 할 수 잇는 同時에 그 波紋은 이제 겨우 큰 사롬에게 밋첫고 아즉 소년에게 밋치지 못한 바 今日의 우리 큰 사롬들은 만일 自家에 어린 子輿姪이 잇다 하면 그에게 가벼여운 옷을 주고 보드라운 밥을 주며 쏘는 家庭敎育을 잘하고 學校 工夫를 잘 식히는 것이 그의 將來에 有益할 것까지는 생각하되 그에게 미리브터

---

25 '어려왓슴니다'의 오식이다.
26 '손으로'의 오식이다.

社會的 訓鍊을 주고 同時에 그 訓諫을[27] 줄 만한 機關을 設施함이 한層 더 有利한 것을 생각지 못하는 故이며 (四) 少年의 會合에 關한 傳說과 形式이 업스며 또 一般이 그 會合을 壯하게 생각지 아니하는 이 社會에 잇셔 少年된 自己로서는 到底히 그러한 機關을 施設할 수 업는 故이웨다. 少年問題가 우리의 口頭에 오로지 아니하게 된 原因을 實로 여러 가지가 잇슬지나 츄려 말하면 前記 數者에 不外할 듯합니다. 故로 우리 社會에 잇셔 少年에 關한 會合이 아직까지 생기지 아니한 것은 그것이 잇셔 可할 것인가 또는 업셔 可할 것인가 하는 等의 무슨 興論的 斷定이 잇셔 그리 된 것이 아니오 오즉 幼少年을 無視하던 從來의 慣例에 依하야 그에 생각이 밋지 아니하얏스며 또는 從來의 慣例를 打破하야 幼少年을 重視하[28](이상 16쪽) 생각을 가진 이가 업지 아타[29] 할지라도 社會的 生活을 始한 其 日字가 淺한 그들로서는 아즉 幼少年에게까지 社會的 訓鍊을 施함이 如何히 緊切할가 하는 그것뿐이웨다. 그러한지라 朝鮮에서의 少年問題는 니러난다 하면 이제브터 날 것이요 짜라 그 問題가 우리 社會에 對하야 如何한 關係 안니 어느마한 價値를 가지고 잇슬 것이냐 하는 것도 이제브터 査定할 것이웨다. 아々 少年!! 少年!! 아々 少年!! 일홈만 하야도 얼마나 香氣로움니까. 大地의 구석〜이 氷雪로써 埋沒할 째에도 짜수한 입김을 부러내는 者가 그들이며 우리의 말과 글이 나날히 因襲의 넷집을 차즐 째에도 오히려 來日의 새 生命을 노래하는 者가 그들이웨다. 그들이 잇슴으로 因하야 우리의 사는 곳에는 우숨과 깁붐이 豊盛하며 그들이 잇음으로 因하야 우리가 지여가는 功程에는[30] 녹이 쓸지 못하나니 그들은 實로 우리 社會의 꽂이며 生命의 엉지순이며 因襲이란 虫의 驅除者이며 未來의 豫言者이웨다. 故로 그들을 善導하는 곳에 社會의 生長이 잇슬 것이오 그들과 잘 調和하는 곳

---

27 '訓鍊을'의 오식이다.
28 '重視하는'의 오식으로 보인다.
29 '안타'의 오식이다.
30 '工程에는'의 오식이다.

에 人道의 샘물이 흐를지오 그들이 스사로 소리쳐 나아가는 곳에 眞正한 破壞와 建設이 잇슬 것이웨다. 英國의 今日 有名한 思想家 럿셀은 말하되 靑年은 그 죽은 幽靈일지라도 산 老人보다 낫다 하얏나이다. 이 말에 一理가 잇다 하면 少年은 죽은 幽靈일지라도 쏘 산 靑年보다 나을 것이웨다. 맨주먹으로써 社會에 새로운 波紋을 그리는 것이 靑年이라 하면 다못 가부여운 우슴 한 쇼래로써 새로운 繡를 놋는 것이 少年인 故이웨다. 卽 少年은 靑年보다도 언제던지 人道的이 되는 故이웨다. 말하면 少年은 人間 中의 選民이라 그를 除外하고는 더브러 社會의 改善을 말할 수 업스며 人間의 向上을 말할 수 업스며 人道의 擁護를 말할 수 업는 것이웨다. 今日의 우리 世間에 不道德이 오히려 公行한다 하면 — 쏘한 썩어진 因習이 오히려 머리를 들먹거린다 하면 이것(이상 17쪽)은 모다 過去 世紀에 잇서 選民인 少年을 除外함에서 생긴 反殃에[31] 不過한 것이웨다. 이런한[32] 여러 가지에 늑김이 잇서 이번에 새로 設立된 것이 〈天道教少年會〉이웨다.

우리 敎의 敎旨과 少年

"鬼神者도 吾也라" 卽 "人은 天이라 한 宗旨를 가진 우리 天道教는 當然히 少年 男女의 人格을 是認하게 되는 것이며 無窮한 이올 속에 無窮한 내 아닌가" 하는 歌詞를 지여 내여 人生의 無窮한 進展을 吟味한 大神師끠셔는 미리브터 少年 教導가 如何히 緊重한 것임을 暗示하섯다 할지니 未來를 말하는 니 少年을 除外하고는 人生의 無窮性을 想像할 수 업는 故이웨다. 그리고 海月 神師끠셔는 다시 露骨的으로 말삼하섯스니 曰 道家婦人이 幼兒를 打함은 是- 天主의 意를 傷함이니라 하시고 니여 말삼하시되 사람이 오거든 사람이 왓다 니르지 말고 天主- 臨하섯다 니르라 하섯나이다. 이런 誡示 져런 말삼으로 볼지라도 우리 教 宗旨 속에는 當然히 少年問題가 包括흐얏다 할지며 짜라 우리가 少年問題에 一部의 力을 傾注함과 如함은 우리 敎의 奧旨를 事實로써 世間에 表顯식히는 一事림을 不失할 것이웨다.

---

31 '反映에'의 오식이다.
32 '이러한'의 오식이다.

少年會의 組織과 其 內容

이제브터 〈天道敎少年會〉의 如何를 具體的으로 紹介하겟나이다.

一. 目的 事業   少年會 規約 둘재를 보면 "이 會는 天道敎의 宗旨 밋혜서 會員의 常識을 늘니고 德性을 치며 身體의 發育을 꾀하야 快活 健全한 少年을 짓기로을써 目的함"이라 하얏스며 다시 同 規約 "아홉재"를 보면 이 會의 目的을 達하기 爲하야 遊樂部와 談論部와 學習部와 慰悅部의 네 部를 두되 遊樂部에서는 遊戲와 運動을 行하며 談論部에서는 談話와 講論을 行하며 學習部에서는 社會 各 方面의 實際的 常識을 學理하며 慰悅部에서는 會員과 會員 아임을 不問하고 째와 境遇에 相應한 慰問을 行함이라 하얏나이다. 이로써 보면 前은 少年會의 目的이오 後者는 少年會의 事業이웨다. 同會에서는 目的事業을 實現키 爲하야 一周間에 二次式 會合하되 會員이 旣히 三百餘名에 達하얏슴으로 會務 進行上 此를 男女 二便에 分하고 更히 此를 年齡別로 第一部 八歲 至十歲 第二部 十一 至十三 第三部 十四 至十六으로 各分한 后 各部에는 特別 指導委員 一人式을 置하야 遊樂 講論 學習 其他에 關한 一切를 敎導하게 되얏스며 그(이상 18쪽)리고 同會에서는 일즉 遊樂部의 主催로 運動會와 濯足會를 行한 事가 有하며 其他 各部에서는 只今 여러 가지로 活動을 準備하는 中이라 합니다. 그 會員의 資格과 其 權義는 同 規約 "넷제"에 이 會는 滿七歲로브터 滿十六歲까지의 少年으로써 組織함이라 합니다 하얏나이다. 故로 會의 會員이 되는 資格은 滿七歲로브터 滿十六歲까지의 少年이엿스면 足하고 男子와 女子임을 不問하며 쏘 朝鮮人임과 外國人임을 不問하며 天道敎를 밋는 少年이면 더욱 됴코 밋지 아니하는 少年일지라도 無關합니다. 그리고 이 會의 事務를 處理키 爲하야 委員 멧 사람과 特別委員을 멧 사람을 두게 되얏는대 委員은 少年會員으로브터 公選하되 現在의 委員數는 男女 便을 合하야 十二人이며 그 委員 中에는 委員長이 有하야 그 會를 代表하게 되얏슴니다. 이러한지라 會員된 一般은 그 會의 모든 集會議에 參與하고 委員을 選擧하며 쏘 被選될 權利가 有한 同時에 그 會의 規約 其他 決定에 絶對로 服從할 義務가 잇게 되얏슴니다. 그리고 이 會의 發展을 圖하기 爲하야는

勿論 金錢을 要합니다. 그 料金을 全部 負擔하기는 金錢에 對한 能力이 無한 少年 自己로서는 事實上 不可能인 바 要金의 多部는 一般 有志의 贊助金으로 充하고 其餘의 幾分은 會員 各自가 負擔하게 되얏습니다. 이것은 少年에게 自立 自營의 教訓을 주는 一道가 아닌가 합니다. 그 負擔金은 立會金 五錢 月捐金 三錢인대 只今까지의 成績을 考하면 그 義務金 收入은 成績이 甚히 良好합니다. 會員의 多數는 月捐金을 내이기 爲하야 每月의 第一 日曜를 손곱아 기다리나니 이것은 그 會의 資金이 날노 增加하여 감을 滋味잇게 생각하는 故이웨다.

三.[33] 實際에 하는 일　　少年會의 目的과 事業은 前項에 記함과 갓습니다. 그런대 그것을 實地로 執行함에는 여러 가지의 苦心이 되는 同時에 만흔 趣味가 잇습니다. 會員 自己가 즐거워함은 勿論 그를 傍視하는 者-까지 興味를 늣김니다. 第一 遊樂部에서는 遊戲와 運動을 行하되 이것은 學校에서 배우는 것과 가튼 것이 아니오 自由스럽고 즐거운 中에서 그것을 行하는 것이니 卽 或은 演戲 或은 唱歌 쏘는 舞蹈과 野球 蹴球 픗쏠 가튼 等이 그것이며 談論部에서는 歷史나 談話上에 나타난 趣味와 教訓이 가득한 話材를 選하야 談話 或은 討論을 行하는 同時에 日常 行事에 關한 것을 懇々히 說盡하야 그의 品格陶冶에[34] 努力하며 慰悅部에서는 會員間에 或病이 나거나 其他 意外의 됴치 못한 일이 생길 째이나 쏘는 一般 社會에라도 사람의 耳目을 놀래일 만한 不幸事가 잇슬 時에 誠心으로 慰問을 行하며 此와 反對되는 깁거운 慶(이상 19쪽)事가 잇슬 째에는 祝賀를 行합니다. 卽 喜憂를 社會와 共分하야 그들의 品性에 잠겨 잇는 人道를 그대로 發揮하자는 것이 이 部의 精神이며 學習部에서는 少年으로서 日常에 行할 禮儀作法을 學習하면 社會에 널니 씨우는 常識을 準備하되 이것을 안자서 理論으로써쑌 그 目的을 達할 것이 아님으로 名勝古蹟을 求景하며 社會의 實際를 見學하기에 主力을 用합니다. 그리고 이 會에는 會員 互相間은 勿論이

---

33 '二'의 오식으로 보인다. 본문에 '二'는 없이 바로 '三'으로 이어진다.
34 '品格陶冶에'의 오식이다.

오 指導委員과 會員間이라도 必히 敬語를 用하며 그리고 互相間의 禮讓을 重視하야 만나고 혜여질 때에는 반다시 禮를 行하며 指導委員으로브터 會員에게 무엇의 實行을 要求할 時는 몬져 그 理由를 曲盡히 說明하야 그가 自進하야 實行하야 그리도록 하는 方式을 取합니다. 그래서 모든 指導에는 命令과 가튼 殺風景의 態가 업고 極키 溫和한 氣分 中에 實行됩니다. 例하면 一般 會員의 行列을 짓고져 할 때에는 척우로 하는 일이 업고 指導委員으로브터 자— 좀 보기 됴케 서 봅시다 하면 곳 整然한 行列이 일너짐니다. 모든 것이 그 套로써 된 바 퍽 滋味잇슴니다.

〈天道敎靑年會〉와 〈天道敎少年會〉

〈天道敎少年會〉는 會 自体로 보면 勿論 獨立体이웨다. 그러나 少年은 少年이라 自己 스사로 모든 일을 劃策할 수 업스며 또 그 劃策을 實現할 能力이 不足할 것이웨다. 반다시 누구의 指導를 要하며 扶腋을 要할 것임니다. 그런대 이를 指導 扶腋함에는 누구보다도 少年과 第一 因緣이 갓가운 靑年이 最適할 것이웨다. 〈天道敎靑年會〉에서는 깁히 이 點에 생각한 바 잇서 靑年會 事業의 一로써 少年社會에 手를 下하얏나니 〈天道敎少年會〉의 設立이 卽 이것이웨다. 말하면 靑年會에서 少年部를 둔 셈이웨다. 그러나 少年部를 둘 뿐으로서는 다시 말하면 少年에 關한 問題를 靑年會의 一部로서 取扱할 뿐으로서는 少年에 關한 여러 가지 事爲를 有效히 實行키 困難할 뿐 아니라 一面으로 少年의 自立 自存性을 滅如함과 如한 嫌이 不無함으로 少年會를 本會로 獨立케 하야 어느 程度까지는 自己네 스사로 會務의 處理에 當케 하야써 責任과 喜悅을 아울너 늑기면셔 會의 發展을 圖케 한 것이웨다. 그리고 靑年會에는 다못 特別委員 멧 사람을 指定하야 그 會의 全般을 指導監督하는 今日이웨다. (이상 20쪽)

少年會의 設立과 其 波紋

〈天道敎少年會〉의 設立은 겨우 한 달 前 일이웨다. 짜라 會員數도 아직 三百二十餘人에 지나지 못하며 모든 것이 只今에 쓰는 中에 잇슴니다. 會員들은 오히려 이 會의 趣旨 宣傳 中에잇슴니다. 그러나 이 會의 設立은 우리 社會 全般에 向하야 꽤 큰 波紋을 그렷나이다. 設立 初에 잇서 各 新聞은

其 實相을 報道하얏스며 엇던 新聞에서는 此를 社說로써 報하야 이 少年會의 設立이 곳 朝鮮 社會에 在한 少年運動의 第一聲임을 論하얏스며 其他 社會問題에 有意한 某々 氏는 少年會의 光景을 親見하고 運動 機構와 冊가튼 것을 寄附한 일도 잇나이다. 이것은 依當히 그리할 것인 줄 압니다. 오즉 過去 禮拜에만 奔走하던 前日에 잇서서는 少年을 問題 以外에 두엇슬넌지 모르거니와 적어도 明日의 더 됴흔 光明을 바라며 나아가는 今日 社會에 잇서서는 少年問題가 무슨 問題보다도 더 큼이 되는 故이웨다. 그런 中에도 이 問題는 天道教의 宗旨로 보아 더욱 緊重한 것인 듯합니다. 이에 對한 第一聲은 〈天道教青年會〉로브터 發하얏나이다. 그 波紋은 곳 青年會 잇는 곳에는 아니 天道教徒 잇는 곳에는 모조리 밋흘지며 그리하야 不幾日에 朝鮮 全土에 밋츨 줄을 밋드면셔 이 글을 草하나이다. (이상 21쪽)

金起灋, "可賀할 少年界의 自覺－天道教少年會의 實事를
附記함－", 『開闢』, 1921년 10월호.[35]

벌서 年前의 일로 記憶된다. 慶尙南道 晋州 市內의 少年들이 少年會를
組織하야 그 하는 일이 매우 滋味스럽던 中 그만 中途에 萬歲運動을 일으
킨 탓으로 그 幹部는 一體로 檢擧되고 그 會는 解散되얏다. 이 事實은 當時
新聞紙上으로 累次 報道된 바 생각하면 一般의 記憶이 오히려 새로울 것이
다. 말하면 그 少年會가 우리 社會에 나타나자 곳 업서진 것은 마치 優曇華
가 暫間 웃다가 곳 슬어짐과 한가지이엇다. 그러나 少年會－라 하는 그
곱고 아름다운 이름은 永遠히 우리를 記憶의 한 모퉁이를 차지하게 되엇스
며 少年會를 組織하여섯다! 하는 그 事實은 朝鮮少年으로서 自覺의 첫소
리가 되엇섯다. 반듯이 그 少年會의 울림에 應하야써 그리 된 것은 아니엇
겟지(이상 57쪽)마는 朝鮮 少年들은 昨年 以來로 自覺의 程度가 훨신 나위여
써 或은 團, 或은 會, 或은 俱樂部, 或은 契의 名稱 等으로써 幾多의 少年集
會가 多數 地域에서 일어남을 보게 되엇스며 少年 卽 兒童의 일이라 하면
눈도 거들써보지 아니하던 우리 어룬들 社會에서도 이 少年들의 놀음을
얼마큼 興味잇게 觀察케 되엇다.

울고 젓 먹고 또 씌염질하던 無意識의 生活期를 벗어나 朦朧하게나마
비롯오 人間 社會의 어쩌한 것임을 느끼게 되는 것이 少年들이며 그래서
비록 한 가지(一個)의 보는 것일지라도 한 가지의 듯는 것일지라도 또한
한 가지의 當하는 것일지라도 모조리 異常하게 느끼며 씀즉하게 생각하는
것이 少年들이라 그 마음의 純粹하기 白紙와 가트며 그 態容의 어엽븜이
피는 꼿 가트며 그 生氣의 潑渶[36]하기 엄싹(萌芽)과 갓도다. 다못 指導者의

---

35 이 글은 「우리의 靜中動觀」이란 제목 아래 「兒童互相間의 敬語 使用」, 「可賀할 少年界의
自覺－天道教少年會의 實事를 附記함」, 「今日의 朝鮮基督教會」, 「産業大會와 産業調査
會」 등이 있는데 그 가운데 하나이다. 지은이가 밝혀져 있지 않으나 당시 편집을 담당하고
있던 김기전으로 보인다.

方法 如何에 依하야써 푸르게도 되고 발가케도 될 수 잇는 것이 그들이며 培養者의 心事 如何에 依하야써 잘 生長될 수도 잇고 못 生長될 수도 잇는 것이 그들이다. 이러한지라 다른 잘 되어가는 나라 사람들은 이 少年 問題에 가장 깁흔 注意와 두터운 施設을 行하야써 明日의 國民과 明日의 社會를 準備하기에 熱中한다.(이 짧은 글 中에 그 實例를 들 수 업스나 爲先 그 顯例를 생각할지라도 英國의 少年團은 어써하며 美國의 少年保護法規는 어써한가.)

그러나 우리 朝鮮 自來의 少年에 對한 一切를 보면 어써한가. 長幼와 老少를 最嚴格히 區分하고 過去 規範의 祖述로써 人生의 第一義를 삼다십히 한 儒敎의 倫理와 道德은 少年(卽 過去와는 別般 因緣이 업고 또 過去의 동무라 할 어룬도 되지 못하는 그들)의 人格의 根本으로 否認하고 社會的 地位나 禮儀라고는 털끗만치도 주지 아니하얏다. 卽 말에는 그를 下待하얏스며 順序에는 그를 뒤로 하얏스며 葬儀禮에는 그를 除하얏스며 입은 가젓스나 말은 업스야 하얏스며 발은 가젓스나 다름질은 못하리라 하얏다. 딸아서 一般社會는 그들을 無視 아니 그들의 有無를 이즈리 만큼 되엿스며 다못 이가티 一般社會로부터 더러움을 다들 그 少年들쑨이 스스로 特殊社會를 지어 날로 野卑하며 째로 惡化하얏슬 쑨이엇다.

그런데 이째 그와 가티 우리의 除外를 밧든 少年들이, 아니 그와 가티 날로 글러가는 少年들이 스스로 覺悟하야 奮發하야 健全한 少年이 되겟다 하며 健全한 少年이 될 일을 한다 하겟다. 이 얼마나 반가운 일이며 얼마나 훌륭한 일인가. 째어 잇는 어룬이어든 한번 그들을 向하야 滿幅의 同情을 기울여 可하며 이를 動機로 하야써 우리 어룬 社會에서는 짜로이 少年問題를 硏究하며 少年에 對(이상 58쪽)한 施設을 行함이 잇서야 하겟다.

兄弟들이어. 여러분이 우리 社會에 훌륭한 老人이 가득하기를 要望하는가. 그러거든 먼저 그 老人의 밋동인 壯年 靑年이 가득하기를 要望하는가. 그러거든 먼저 그 壯年 靑年의 밋동인 少年이 훌륭하여야 할 것이라.

---

36 '潑剌'의 오식이다. 당대의 여러 필자들이 '발랄'을 '潑溂'과 같이 썼음을 확인할 수 있다.

그런데 이제 이 少年들이 훌륭하여지려 하도다. 우리 어른된 者— 맛당히 그 氣勢를 크게 하여 줄지며 그 不及을 보태어 줄지며 그리하야써 老少의 融合을 策하며 社會의 根本的 改造를 圖케 할지로다. 最後로 여러분의 參考를 爲하야 이 少年運動 中의 하나인 〈天道敎少年會〉의 實事를 附記하리라.

〈天道敎少年會〉는 今年 五月 一日에 天道敎會의 少年을 中心으로 한 서울 少年들의 發起에 係한 것이니 會員 되는 資格은 滿七歲로부터 滿十六歲까지의 男女 少年으로 하얏는데 現在 會員數는 三百七十餘名으로서 發起되는 當時의 會員數에 對하야 約三倍가 增加되엇다 하며 只今도 나날이 新入會員을 보는 中이라 한다. 該會 規約 "둘재" 條를 보면 "本會는 會員의 德性을 치고 혬수를 늘리며 身體의 發育을 圖하야써 快活 健全한 少年을 짓기로써 目的" 한다 하얏스며 다시 그 規約 "아홉재" 條에는 "이 會의 目的을 達하기 爲하야 遊樂部와 談論部와 學習部와 慰悅部의 네 部를 두되 遊樂部에서는 遊戲와 運動을 行하며 談論部에서는 談話와 講論을 行하며 學習部에서는 社會 各 方面의 實際를 學習하며 慰悅部에서는 會員과 會員 아닌 사람 사이임을 뭇지 안코 째와 境遇에 相應한 慰問과 慶賀를 行한다" 한 바 이로써 그 會의 目的과 事業을 알 수 잇스며 여긔에 그 會 事業의 詳細를 말할 수 업스나 그 會 少年들의 하늘 일 가운대 가장 고맙다 할 것은 (一) 會員 互相間에 서로 敬語를 使用하야 愛敬을 主하는 일 (二) 會員 互相間의 友誼를 甚히 尊重하야 疾病이어든 반듯이 相問하고 慶事여든 반듯이 相賀하되 그中에 或 不幸하는 동무가 잇거든 追悼會 가튼 일까지를 設行하야써 少年의 人格 自重心을 기르는 일 (三) 日曜日이나 其他 休日에는 반듯이 團體로 名勝古蹟을 尋訪하야 그 心志를 高尙純潔케 하는 일 (四) 每週間에 二次의 集會를 行하야 社會的 試鍊을 게을리 아니 하는 것 等이라 하겟다. 그리고 이 會의 設立과 또 그 活動은 서울 地方 할 것 업시 少年 社會에 적지 아니한 影響을 미치어 電報나 或 書信으로써 그 會의 進行 方法을 問議하며 또는 聯絡을 取하자 하는 일이 적지 아니타 한다. (이상 59쪽)

魯啞子, "少年에게", 『開闢』, 1921년 11월호.[37]

◀머 리 말▶

少年 여러분! 지금 二十歲 以內 되시는 여러 아오님들과 누의들이며 장차 아름다운 朝鮮의 짱을 밟고 나오실 여러 아드님들과 짜님들! 나는 가장 쓰거운 사랑과 가장 큰 希望과 가장 공손한 존경으로 이 글을 여러분께 들입니다.

웨? 여러분이야말로 朝鮮의 主人이시오 生命이시니까요.

내가 이 글을 쓰랴고 붓을 들 째에는 形言할 수 업는 슬픔과 깃븜이 석겨 닐어나 자연히 가슴이 답답하고 손이 썰립니다. 돌아봅시오, 여러분과 내가 사는 朝鮮이 어대를 보든지 걱정거리만이 아닙니짜. 山은 벌거벗어 해마다 바람비에 살이 싹깁니다. 江은 물이 말라 젓과 기름이 흐르는 祖傳의 꼿동산이 沙漠이 되려 합니다. 사랑하는 여러분의 집은 남의 것과 가티 번적하지를 못하며, 여러분의 父兄은 남의 父兄과 가티 돈도 知識도, 德行도, 勢力도 업스십니다. 여러분의 學校는 남의 學校만 갓지 못하며 여러분의 작난터와 運動場도 남의 나라 少年들의 그것만 갓지 못합니다. 이런 것을 생각하니 어쩌 슬프지 아니하겟습니짜.

그러나 여러분은 다른 나라 少年들과 가티 父祖의 遺業을 밧지 못한 代身에 여러분이 여러분의 손으로 모든 것을 맨들어 여러분의 뒤에 오는 千萬代 後孫에게 遺業으로 줄 수가 잇습(이상 25쪽)니다. 여러분은 山에 森林을 입히고 江에 물을 만케 하며, 쓸어져가는 움악살이를 헐어버리고 번적한 벽돌집, 花崗石 집, 大理石 집을 지으실 수가 잇습니다. 여러분은 여러분의 귀여운 아들과 쌀들을 위하야 조흔 學校와 작난터와 運動場과, 쏘 會社와 銀行과 演劇場과 公會堂을 지을 수가 잇습니다. 그리고 朝鮮에 이러한 建設을 할 이는 여러분이시오 오즉 여러분이시니 이것을 생각할 째에 어쩌

---

37 '魯啞子'는 이광수(李光洙)의 필명이다.

깃브지 아니하겟슴니까.

내가 책상에 대하야 이 글을 쓰는데 내 눈 압해는 어여쑤고 긔운찬 여러분의 얼굴이 보입니다. 책보 메고 學校로 가시는 모양, 쩨트 메고 運動場으로 가시는 모양, 쏘 소를 끌고 개천가에 풀 쓧기는 모양, 쏘는 두렁이 입고 숫곱질 놀음하는 모양, 달아달아 하고 물작난하는 모양, 모다 지극히 귀엽고 반가운 情으로 내 눈 압에 아른아른 보입니다.

이러케 눈 압해 보이는 여러분, 濟州 쓰테서 조개 줍는 도련님 아가씨로부터 豆滿江 가에 갈닙피리 부는 도련님 아가씨까지 우리 朝鮮 十三道, 十二府, 二百十八郡, 二島, 二千五百九面에, 계신. 쏘는 장차 오실 모든 도련님, 아가씨, 情든 本國을 써나 멀리 西間島, 北間島, 西伯利亞와, 그보다 더 멀리 하와이, 美國, 멕시코에 흐터 잇는 모든 도련님 아가씨쎄 나의 쓰거운 사랑과 정성의 이 편지를 쓰읍니다. 비록 여러분과 나와 서로 본 적은 업다하더라도 피차에 가튼 조상의 피를 바다 가튼 쌍 우에 자라고, 가튼 말을 하며, 가튼 팔자를 난후는 우리들이니 자연히 정과 피가 서로 통할 것입니다. 내가 눈물로 쓴 것은 여러분도 눈물로 보실 것이오, 내가 깃븐 희망으로 쓴 것은 여러분도 깃븐 희망으로 보실 것입니다.

여러분! 나의 이 편지는 진실로 아니 쓰지 못하야 쓰는 것입니다. 내가 이 편지 속에 고하려 하는 말슴은 진실로 우리의 죽고 사는 데 관한 긴급한 말슴입니다.

우리의 現在와 將來의 살 길을 위하야 긴급한 말슴을 들일 곳이 어대입니까. 한울입니까. 한울에 말이 업슴니다. 쌍입니까, 쌍에 손이 업슴니다. 어른들입니까, 어른들은 늙고 힘이 업슴니다. 그럼으로 이에 대한 설은 사정을 할 곳도 여러분이오 來頭의 큰일을 부탁할 곳도 여러분밧게 업슴니다. 여러분의 족으마한 손에는 무한한 힘이 잇슴니다. 우리(이상 26쪽)를 살릴 이는 오즉 이 손이오 이 힘쑌입니다.

그럼으로 내가 우리의 불상한 處地를 볼 째에 매양 여러분쎄 하소거릴 생각이 납니다. 마치 집안에 급한 병을 알른 이가 잇슬 째에 곳 名醫를 생각하는 모양으로, 생각이 나는 대로 곳 急步行을 놋는 모양으로.

이러한 뜻으로 내가 여러분께 이 편지를 쓰는 것입니다.

나의 사랑하고 囑望하는 五百萬의 朝鮮 少年男女들이시어!

第1章 朝鮮의 現狀

우리 朝鮮이 지금 어쩌한 형편에 잇는가, 이것을 아는 것이 제일 먼저 할 일입니다. 실로 이러한 問題는 普通學校나 高等普通學校에 단이시는 여러분께는 넘우 어렵고 興味업는 것일지 모릅니다. 다른 나라나 다른 時代 가트면 여러분 나에는 집에서 어른들께 쩨나 쓰고 學校에 가서 先生님들께 쑤중이나 듯고 算術 宿題나 푸노라고 고생을 하고 베쓰볼 풋볼로 나가 쮜놀 기만 하면 그만입니다. 아즉 내 나라의 형편이니 將來니 할 째가 아닙니다. 그러한 여러분께 이러한 어려운 問題를 말슴하게 된 것은 실로 不幸한 일입 니다. 마는 우리는 지금 어려서부터 이러한 말을 아니 할 수 업는 處地에 잇습니다.

다른 나라 아이들은 자긔네가 자라나는 동안 모든 일을 어른들께 一任하 면 조흡니다. 自己네들을 가르쳐 주는 것도 어른들께 一任하면 그만입니 다. 아버지, 어머니, 묀님, 누님 學校의 先生님, 社會의 여러 어른들이 자긔 나 우리를 잘 敎導하여 주랴 하고 맘 노코 쮜놀 수 가 잇습니다. 그러치마는 우리에게는 그러케 모든 것을 一任할 어른들이 업습니다. 우리네의 어른들 은 우리 아이들을 敎導하여 주기는커녕, 장차 우리네가 그네를 敎導해야만 할 형편입니다.

만일 우리 어른들이 다른 나라 어른들만 가트면 여러분 나히에는 벌서 만흔 修養과 識見을 어덧슬 것입니다. 家庭에서 父兄에게, 社會에서 尊長 에게 배우는 것이 學校에서 배우는 것보다 더욱 힘이 잇고 分量도 만흡니 다. 그러나 우리에게는 그것이 업습니다.

그러니짜, 여러분은 여러분끼리 精神을 차려서 修養할 것은 修養하고 배울 것은 배우며, 將次 나아(이상 27쪽)갈 길도 定하셔야 합니다.

이러케 하셔야 할 理由를 한 가지 實例를 들어 말슴하오리다.

지금 우리 靑年들은 自己네가 一生에 잡을 職業을 定치 못하야 애씁니 다. 짤아서 무슨 專門을 擇하야 工夫할지를 모릅니다. 이 글을 보시는 여러분도 아마 이 問題로 고생을 하실 것이오, 여러분의 동무들도 그와 가티 고생하시는 것을 보실 줄 압니다. 과연 사람의 一生에 가장 重要한 것이 셋이 잇스니 하나는 一生에 지켜갈 人生觀을 擇하는 것, 둘은 一生에 衣食住를 엇고 사람으로의 職務를 다할 職業을 擇함이오, 셋은 一生의 苦樂을 가티 하며 種族繁殖의 任務를 다할 配匹을 擇함이외다. 이 셋 중에서 첫재와 둘재는 둘이면서 하나이니 이것이 실로 사람의 一生의 幸不幸과, 그 사람이 사는 社會의 興亡이 달리는 것이외다.

만일 녯날과 가티 父祖의 가젓던 人生觀을 그냥 가지고 父祖의 하던 職業을 世襲的으로 그냥 繼承한다면 問題는 업지마는 오늘날 우리나라와 가티 民族的 生活의 理想이 定해지지아니한 곳에 사는 우리들은 우리 힘으로 우리의 길(人生觀)을 차자야 할 것입니다. 職業도 그러합니다. 우리의 父兄에게 우리의 個性과 特長을 알아보아서 適當한 刺激과 指導로써 우리의 나아갈 專門의 學術과 職業으로 引導할 만한 識見이 업스니 이 모든 것을 아이들 우리끼리 定해야 할 것입니다.

이리 하랴면 여러분은 여러분 自身의 個性과 特長을 알아내기도 하여야 하겟습니다.(여긔 대하여서는 뒤에 자세히 말할 기회가 잇겟습니다.) 그러나 우리는 혼자 사는 사람들이 아니오 社會의 一員으로 民族의 一員으로 사는 사람들이니 우리의 人生觀은 우리 民族의 生活의 一機能입니다. 그러니짜 우리 個人의 人生觀이나 職業을 定함에는 民族의 現狀을 明確히 앎은 根本的으로 要緊한 일입니다.

이럼으로 나는 여러분께 들이는 이 편지의 첫머리에 "朝鮮의 現狀"을 말씀함입니다.

經濟的 破産

우리 朝鮮은 가난합니다. 世界에 一等 貧國이외다. 朝鮮이 가난하다 함은 우리 朝鮮 사람들이 다 가난하고 쌀아서 朝鮮 사람의 손으로 된 모든 團(이상 28쪽)體(銀行, 會社, 가튼 實業團體며, 學校, 敎會, 靑年會 가튼 公共團體며, 國家의 모든 機關)가 다 가난하다 함이외다.

朝鮮人으로 一等 富者라는 者도 千萬圓을 넘기는 者가 업고, 年前 某

新聞社에서 調査한 바를 보건대 朝鮮 內에서 五十萬圓 以上의 富者 六十名 假量이나(?) 되는 中에 머리로 二十名假量은 日本人이오 朝鮮人은 겨우 四十名假量 밧게 업스니 朝鮮 十三道에서 每道 平均 四人이 五十萬圓 以上 의 財産을 가진 富者입니다.

朝鮮 內에 잇는 銀行이 왼통 二十一인데 그中에 朝鮮 사람의 손으로 된 것이 約 半數에 그中에 가장 큰 것이 資本金 三百萬圓의 漢城銀行이오, 各 銀行의 資本을 總合하여도 一千萬圓 內外에 不過하니 이것은 한 銀行의 資本을 삼더라도 外國 작은 銀行 하나에 지나지 못합니다. 朝鮮銀行이 四 千萬圓, 朝鮮殖産銀行이 一千萬圓이나 여기는 朝鮮人의 資本은 몃 푼도 못됩니다. 德國에는 一農村銀行도 千萬圓 以上 되는 것은 貴하지 안타 합 니다. 다시 工業上으로 보건대,

昨年度 統計表에 朝鮮 內에서 工業을 職業으로 하는 者 日本人 一萬一 千五百九十五戶 四萬二千九百六 人口에 對하야 朝鮮人이 六萬三千八百 五十六戶 二十二萬九千六百五十七 人口에 不過하며 그것도 朝鮮人으로 工業을 職業으로 한다 함은 대개 幼穉한 手工業이나 其他 純全한 肉體的 勞働에 從事하는 이들이외다.

朝鮮 內에 一個年 生産品 價格 五千圓 以上 되는 工場 七百三十八 中에 朝鮮人의 것은 二個에 不過하며 資本 總計 三千五百萬餘圓 中에 朝鮮人의 資本은 一百五十萬圓을 넘기지 못합니다.

이리하야 正木, 紙物, 陶磁器, 비누, 洋燭, 染料, 鐵物, 木物, 材木, 船舶, 菓子, 酒類, 卷煙, 淸凉飮料, 성냥, 벽돌, 瓦斯電氣 等 日常生活의 必需品을 全혀 他人에게서 사들이기만 하니 天下 一富인들 그 돈이 몃 날이나 가겟습 니까. 이리하야 원악 가난한 우리 民族은 더욱 가난하야질 뿐입니다.

朝鮮 사람의 産業으로 唯一한 輸出品이 米와 大豆인데 戊午年度 輸出額 이 米 二百三十一萬 八千五百五十石, 六千一百五十四萬 一千六百三十一 圓과 大豆 九十五萬 七千六百八十三石, 九百五十萬 七千八百八十二圓, 都合 七千一百四萬 九千五百十三圓이니 朝(이상 29쪽)鮮 內에서 日本人의 손 으로 製造되는 工業品의 一個年間 産出額 八千四百四十萬 一千五百八十

五圓보다 少하기 一千三百三十五萬 二千七十二圓이오, 戊申年度 輸移入
總額 一億五千八百三十萬 九千圓보다 少하기 八千七百二十五萬 九千四
百八十七圓이니 여긔다 一千三百三十五萬 二千七十二圓을 加하면 一億
六十一萬 一千五百五十九圓式 해마다 朝鮮 사람의 주머니에서 흘러나가
는 셈이외다. 다 말할 수는 업지마는 이 밧게도 年年이 二千萬圓假量은
朝鮮 外로 流出하는 것이 分明한즉 말하자면 每年 一億數千萬圓式 朝鮮
民族은 그 生活에서 밋져 가는 것입니다. 이것이 十年이면 十餘億, 二十年
이면 二十餘億, 三十年이면 四五十餘億에 達할 것이니 어찌 무섭지 아니합
니까. 게다가 해마다 生活의 理想과 奢侈의 範圍와 程度가 擴大하여감을
똘아 輸入品의 種類와 價額은 더욱 膨脹하야 갑니다. 中流 以上 男女의
身體에 가진 물건은 거의 다 朝鮮製가 아니외다. 時計, 萬年筆, 洋服, 內服,
洋襪, 洋靴, 短杖, 그리고, 卷煙, 麥酒, 正宗, 쏘 家庭에서 쓰는 石油, 성냥,
各色비단, 西洋木, 玉洋木, 이것이 다 朝鮮 사람의 손으로 되는 것이 아니
외다. 이러고는 가난하지 아니할 수가 잇습니까.

果然 우리가 얼마나 가난한가 여러분과 한쎄 實地를 구경합시다.

爲先 우리의 首都 서울. 번적번적한 大路邊의 큰 建物에 朝鮮 사람의
것이 며치나 됩니까. 우리들이 사는 家屋은 어쩌합니까. 낫고, 더럽고, 아
모 建築의 技巧도 裝飾도 업고, 食堂, 寢室, 常居室의 區別조차 업고 自用
의 水道나 下水道의 設備도 업고 浴室이나 圖書室 가튼 것은 더구나 업고,
그리고 飮食이나 其他 日常生活이 아즉 原始時代의 째를 벗지 못하도록
幼穉하고 貧弱합니다. 더욱이 農村에 가면 그 貧弱한 慘狀을 참아 말할
수가 업습니다. 農을 業으로 하는 者 一千四百三十七萬一千七百九人, 二
百六十七萬五千九百九十六戶 中에 八萬一千五百四十一戶의 地主를 除하
고 二百五十九萬四千四百五十五戶, 一千六百萬 人口는 小作人이외다.

朝鮮 內 全人口를 一千六百六十九萬七千十七人(戊午年 末)이라 하면
大約 每 八人에 七人이 小作人이외다. 여러분은 우리나라 小作人의 生活
을 아실 것이니 구태 길게 說明할 必要가 업코 다만 悲慘이라 하면 그만일
것입니다. 이 小作人의 每戶에 平均 食口(이상 30쪽) 五人半이라 하고 그中에

정작 農務에 從事할 만한 者는 平均 二人에 不過할 것이어늘 이러한 農夫의 平均 一年 收入은 百圓을 넘우기가 어려운즉 一個年에 每戶 平均 收入 二百圓을 食口 五人半에 均分하면 每名 下에 三十六圓 强에 不過합니다. 여러분 우리 朝鮮 사람이 얼마나 가난한가를 짐작하십니까.

다음에 知識으로나 富力으로나 全 民族의 中樞階級을 作한다 할 公務 及 自由業者(官公吏, 敎員, 醫師, 辯護士 가튼)와 商業者를 봅시다. 九十九萬八千九百五十八人, 二十萬 四百三十七戶의 商業者가 잇다 하나 이 二十萬戶, 一百萬의 商業者 中에 萬圓 以上의 資本을 가진 者는 또는 百圓 以上의 月俸을 밧는 者는 十에 一이, 될락말락합니다. 그러고는 卷煙 가가, 반찬 가가, 客主집 가튼 것입니다.

또 朝鮮 內의 公務 及 自由業者는 八萬五百二十一戶, 三十四萬三千九百二十六人 中에서 二萬八千五十七戶 九萬二千四百六十四人은 日本人이니 戶數로는 日本人의 約 二倍 弱, 人口로는 三倍 弱되는 五萬 二千四百六十四戶, 二十五萬 二千二百九十八人이 朝鮮人이외다. 그런데 朝鮮人은 官公吏나 敎員이나, 대개 收入이 적은 下級이며 게다가 日本人에 比하야 三과 二의 比로 每戶에 食口가 만흐니 그 生活이 어쩌케 가난할 것을 알 것입니다.

以上에 나는 農, 工, 商, 士의 四級의 生活에 對하야 어쩌케 가난한가를 말하엿습니다. 넘우 無味乾燥한 數字를 길게 늘어노하서 이러한 記事에 익숙치 못한 여러분께는 퍽 支離하섯겟습니다. 그러나 우리는 果然 가난하고나 하는 것을 分明히 깨달으시고 아모러케 해서라도 우리를 富케 하자 하는 구든 決心을 닐으키시게 되면 支離하시던 턱은 될 줄 밋습니다.

다음번에는 우리가 어쩌케 道德的으로 腐敗한가를 보려 합니다. 우리의 道德的 腐敗를 말하는 것이 或 民族의 자랑을 損할 근심이 잇슬 듯하지마는 그러타고 妄自尊大하야 저를 돌아볼 줄 모르는 것은 아주 어리석은 일입니다. 우리가 天下第一 貧民이란 것을 애써 說明함이 여러분의 無限한 能力을 刺激하려 함임과 가티 우리의 道德的 破産을 說明함도 여러분의 奮起를 바라기 째문입니다.

············ (未完) ··········· (이상 31쪽)

魯啞子, "少年에게(二)", 『開闢』, 1921년 12월호.

△ 朝鮮民族의 道德的 破産

道德과 人生生活(個人生活이나 團體生活이나)의 關係가 어쩌한가 함에 對하야서는 後章에 말슴할 기회가 잇겟습니다,마는 여긔서는 다만 그 結論 되는 "道德은 人生生活(그中에도 團體生活)의 第一義的 要件이다" 하는 것만 말슴해 두겟습니다. 近來에 흔히 말하기를 知識이 人生生活의 第一義的 要件이라 하는 모양이지마는 이것은 무서운 謬見이외다. 道德을 第二로 知識을 第一로 보는 團體는 滅亡하고 맙니다.

그런데 우리 朝鮮 사람은 古來로 道德에 對하야 자랑함이 매우 큽니다. "禮義之邦"이라 하야 天下에 우리가 가장 道德이 만흔 民族인 듯이 말합니다. 日本 사람도 西洋 사람도 道德으로는 우리만 못하다고 자랑합니다. 民族에게 이러한 자랑, 그中에도 武力의 자랑도, 金錢의 자랑도 아니오 道德의 자랑이 잇슴은 크게 깃버할 일입니다.

그러나 現在 우리네는 果然 그러케 道德的으로 健全한 民族일가요? 우리가 이처럼 衰頹한 今日을 가지게 된 것에는 道德的 原因이 잇지 아니할가요? 다시 말하면 우리는 政治制度가 낫바서, 産業이 發達되지 못하여서, 教育이 업서서, 武備가 업서서, 英雄이 업서서, 다만 이러한 理由만으로 이 衰頹를 부른 것일 것일가요? 世論 그러합니다. 政治制度가 올흐면 民(이상 29쪽)族의 모든 機能이 다 活用되고 發展되엇슬 것이오 産業이 잘 되엇더면 民과 國이 富하엿슬 것이오, 教育의 理想이 바로 서고 또 그것이 普及되엇더면 一國家를 維持할 人材가 넉넉할 것이외다, 이리할진댄 衰頹가 잇슬 理가 업습니다. 그러나 이러케 하는 根本되는 힘이 무엇입니까, 政治制度 가 올흔 것이 되게 하고 産業과 教育이 發達되게 하는 根本되는 힘이 무엇 입니까, 道德입니다, 道德입니다. 道德은 生命입니다.

"禮義之邦"이라는 禮義는 나의 말하는 道德이 아닙니다. 우리 어른들은 흔히 外國 사람이 三年의 居喪을 아니 한다 하야, 또는 同姓이 相婚한다

하야 이것이 道德이 업는 證據라고 합니다. 이런 것을 道德의 核心이라고 합니다. 그러나 아즉 나는 여긔서 어떤 것이 우리의 지금 取할 道德이란 말은 아니 하고 後章에 밀겟습니다. 그리고 다만 斷片斷片으로 現在 우리 民族의 道德의 缺乏된 것을 말하겟습니다.

(ㄱ) 虛僞. 우리 사람의 道德的 欠 中에도 가장 큰 欠이오 아울러 모든 欠 卽 罪惡의 뿌리되는 欠은 虛僞입니다. 虛僞라 하면 "有名無實", "伐齊爲名", "虛飾", "虛榮", "虛言", "詐欺", "弄絡", "手段부림", "體面차림", 이러한 말로 표시되는 일과 말이외다 이런 것을 이러케 글字로만 써노흐면 웃스워 보이지마는 이것이야말로 우리의 民族的 生活의 根幹을 쏠아먹은 毒蟲이 외다. 우리는 虛僞로 亡한 者외다.

이것은 나만이 아니오. 요사이 우리 어른네도 만히 이것을 째달으신 모 양이니 『開闢』 雜誌에서 「諸 名士의 信條와 主張과 排斥」이라는 題로 答案 을 募集하엿는데 應募者 四十九 氏 中에 "排斥"이라는 項에 虛僞 또는 그와 비슷한 뜻으로 대답한 이가 九 氏요 그리고 虛僞의 反對되는 誠實을 信條 로 삼는 이가 十 氏니 誠實을 信條로 한다 함은 極히 虛僞를 排斥한다 함과 同一할 것이며 應答者 四十九 氏 中에 虛僞를 가장 排斥하는 思想을 가진 이가 十九 氏인 것을 보아도 지금 우리 社會가 어쩌케 虛僞의 毒害에 自覺 되어감을 알 것입니다.

또 지난번 少年野球大會 事件을 보더래도 參加團體 十六 中에 規定의 年齡을 속인 團體가 十四라 하며 그中에 어떤 主日學校는 一團 九人 中에 六人이나 年齡을 속인 者가 잇다고 합니다. 이 十六團은 다(이상 30쪽) 어떤 學校의 校長의 年齡에 關한 證明이 잇다 하니 그러면 十六 校長 中에 十四 校長이 거짓말하기를 쩌리지 안는 사람인 심이외다. 그中에도 主日學校나 某 學校 가튼 예수의 이름을 부르는 學校의 校長들조차 이러한 거짓말을 짐줏 하엿습니다. 그러면 宗敎學校의 校長은 牧師나 長老일 터인데도.

靑年과 少年을 敎育한다는 敎育者조차 八分의 七이나 이러한 虛僞를 쩌리지 안는 性格을 가젓다 하면 다른 一般 人民은 어쩌하겟습니까.

또 司法의 統計를 보건대 우리나라에 가장 만흔 犯罪가 詐欺라 하며,

또 이것이 해마다 더욱 增加하여 가는 傾向이 잇다 합니다. 이리하야 全民族은 날로 虛僞化해 갑니다.

우리 사람은 우리 사람을 밋지 아니합니다. 兩人이 마조 안저 終日 무슨 이악이를 하엿다 하고 서로 쩌난 뒤에 彼此에 彼此의 들은 말을 信用치 못하고 그中에서 어느 말을 어느 程度까지나 미들 수가 잇슬가 하고 臆測으로 撰擇하는 지경입니다.

어른들이 젓먹이를 속이매 젓먹이는 어른을 속입니다. 先生은 學生을, 學生은 先生을, 父母는 子女를, 子女는 父母를, 夫는 妻를, 妻는 夫를, 친구끼리 이웃끼리 서로 속이고 속는 것이 우리네의 日常生活이외다. 商人이 顧客을, 醫師가 患者를, 辯護士가 依賴者와 法廷을 속임으로 職業을 삼는 것은 말할 것도 업습니다. 우에 말한 『開闢』 雜誌에 난 諸 名士의 信條에 對한 對答 中에 "남을 속이지도 말고 남에게 속지 말 것"이란 것을 信條로 삼는 이가 잇습니다. 이것이 우리 짱의 생활이, 어쩌케 虛僞에 찬 것인가를 가장 잘 說明하는 痛嘆할 말인가 합니다.

以上에 말한 것은 虛僞의 半面인 거즛된 言行을 가르친 것이지마는 虛僞에는 또한 半面이 잇습니다. 그것은 "虛張聲勢", "有名無實", "伐齊爲名" 가튼 우리 사람이 흔히 쓰는 熟語로 說明될 것입니다. 이것이 虛僞 中에 가장 무서운 虛僞외다.

이전 韓國時代에 軍隊가 잇섯습니다. 軍隊를 두는 本意는 內로는 國內의 秩序를 維持하고 外로는 外國의 侵入을 防禦함이지마는 韓國의 軍隊는 有名無實에 不過하엿고 軍隊를 기른다 하고 伐齊爲名하는 小數 野心家의 野心을 채워줄 뿐이엇습니다.

어찌 軍隊만이겟습니짜, 警察도 그러하고, 行政도, 司法도 그러하고, 아니 國家 全體가 이 有名無(이상 31쪽)實, 伐齊爲名에 不過하엿습니다. 웨? 이러한 모든 機關을 마튼 사람들이 모다 虛僞 사람들이기 째문에, 더 깁히 들어가 말하면 이러한 사람들을 내어 노흔 우리 민족이 왼통 虛僞에 저젓섯기 째문에.

좀 더 녯날에 올라가 科擧制度를 例로 듭시다. 科擧의 本意는 國家 便으로 보면 國家의 모든 機關을 運轉시킬 人材를 고르자 함이오 거긔 應하는 人民 便으로 보면 自己의 學力을 試驗하야 國政에 參與하자 함이언마는 其實은 試驗을 보기도 前에 門閥과 顔面과 請囑을 쌀아 壯元과 及第는 이미 試官의 手帖에 記入되엇고 及第한 사람은 國家야 興커나 亡커나 自家의 慾心만 채우면 그만이엇습니다.

何必 녯날 일을 말하리오, 目前의 우리 民族의 모든 事業을 삷혀봅시다.

學校들. 相當한 資本金도 敎員도 업시 "우리도 學校를 하네" 하는 有名無實의 學校를. 學生들도 무엇을 알기 爲하야 工夫하는 이보다 工夫한다는 소리와 卒業하엿다는 이름을 엇기 爲하야 하는 이가 만흡니다. 運動도 그러하야 健康을 增進하고 勇氣를 涵養하며 團結의 道德을 練習하는 本意를 잇고 아모 실상이 업는 勝負에만 골똘하야 少年野球大會와 가튼 醜態를 演出하게 됩니다.

다음에는 여러 團體들. 昨年 以來로 數업는 團體가 생겨낫습니다. 그 趣旨書와 綱領과 規則과 벌여 노흔 事業의 名稱을 보면 실로 宏壯합니다. 그러나 대개는 實力(金力과 人材)이 업스니까 有名無實입니다.

다음에는 여러 新聞과 雜誌들. 그 亦是 조흔 事業이오 또 그 趣旨도 조치마는 實力은 헤아리지 아니하고 虛名만 取함으로 或은 創刊號가 終刊號가 되고 或은 누구의 말과 가티 "月刊이 節刊도 되고 年刊"도 되며 그것조차 內容을 充實케 하지 못합니다.

다음에는 여러 會社와 銀行과 其他 企業들. 이것도 實力은 업시 虛名에만 汲汲하다가 장마의 버섯과 가티 財政恐慌의 볏만 한번 쪼이면 다 슬어지고 말며, 或 殘喘을 僅保한다 하더라도 무슨무슨 株式會社라고 宏壯한 이름을 가진 企業團體가 實狀으로는 족으마한 個人의 가가만도 못한 形便입니다.

다음에는 數업는 講演會들과 巡講團들과 講演者들. 講演이라 하면 무슨 方面으로나 專門家의 할 일(이상 32쪽)이어늘 普通敎育 程度의 學識도 업는 이에게 무슨 先生 무슨 大家의 徽號를 바처 深遠한 演題로 講演을 시킵니다.

다음에 商店 廣告들. 무엇무엇 直輸入 販賣, 무슨 洋行 무슨 大藥房하고 新聞에 나는 廣告를 보면 宏壯하지마는 親히 그 집에 가보면 보잘것업는 것이 만흡니다.

이 모양으로 現在 우리네의 營爲하는 事業과 生活이 全혀 虛며 僞외다. 或 말하기를 이는 虛僞를 崇尙하고저 하야 그러한 것이 아니라 우리의 오늘날 形便에 團體도 잇어야 하겟고, 新聞과 雜誌도 잇서야 하겟고 社會 其他의 企業機關도 잇기는 잇어야 할 터인데 實力이 넉넉지 못하니 自然히 姑息的으로 하게 되는 것이라도 말씀하리라. 얼른 생각하면 그러할 것입니다. "그저 해야지, 언제 압뒤를 돌아볼 새가 잇나" 하는 것이 實力 업는 者에게 가장 큰 慰安을 주는 말입니다. 그러나 무슨 일이던지 먼저 사람과 돈의 豫算과 一定한 目的과 方針의 設計를 確立하고서 비롯오 일을 시작하는 것이 文明人의 일하는 法이니 그러치 아니하고 "어쌧던지 조흔 일이니 해보자 하야 爲先 시작한 뒤에 사람을 구하고 돈을 구하고 目的과 方針을 생각하니 이야말로 本과 末을 顚倒한 것입니다. 이러케 아모 豫算이 업시 일을 시작하는지라, 自然히 僥倖을 바라게 되고, 남에게 哀乞하고 依賴하는 맘이 생기게 되고 實力이 업스며 虛飾할 째를 찻게 되는 것이니 僥倖이나 哀乞이나 依賴나 虛飾은 실로 가장 可憎한 根性입니다, 罪惡입니다."

假令 넉넉한 準備도 업는 學生이 어썬 高等한 學校에 入學하기를 願한다 합시다. 正理로 말하면 그의 할 일은 盡心力하야 그 學校에서 배울 만한 學力을 準備하는 外에 다른 일은 업슬 것이언마는 그리하라면 精力과 歲月을 消費하겟는지라, 이에 그는 學力을 準備하기는 그치고 入學하랴는 學校의 有力한 職員에게 對한 紹介狀을 求하랴고 돌아다니며 請하고 哀乞합니다. 그리하야 正路로 말고 어쩌케 僥倖으로 入學만 되기를 願합니다. 이 모양으로 入學하고도 入學한 뒤에는 나는 아모 學校 學生이어니 하고 自己도 滿足해 하고 남에게도 자랑합니다. 그러나 實力이 부치는지라, 試驗째마다 아모러한 手段으로라도 발라넘기기를 애씁니다. 實力은 업서도 試驗에 발라넘기기는 極히 容易한 일이(이상 33쪽)외다. 이 모양으로 몃 번 試驗을 발라넘겨 卒業證을 엇게 되면 그는 무슨 學士요 무슨 專門家입니다.

實力은 업지마는 卒業이라는 形式을 지냇스니 卒業生입니다. 그러나 實力이 업스니까 그는 社會에서도 발라넘기는 수밧게 업습니다. 이리하야 告訴와 告發의 區別을 모르고도 法學士도 되고 辯護士도 되는 것입니다.

이럼으로 왼 社會가 正經正路의 事業과 成功보다 僥倖과 哀乞과 依賴와 짤아서 虛飾의 事業과 成功을 願하게 됩니다. 힘 안 들이고, 돈과 歲月만 들이고 어찌어찌 成功하기를 願하게 됩니다 近年에 만흔 우리 財産家가 米豆取引[38] 鑛業에 모여들어 모다 破産의 悲境에 빠지게 된 것입니다. 그뿐더러 오늘날 南大門에서 東大門에 이르는 넓고 큰길에 아츰부터 저녁까지 분주히 다니는 우리 사람들을 봅시오. 그네는 거의 다 成功을 僥倖에 바라는 虛飾者가 아닌가.

이러케 虛僞가 全 民族을 風靡하기 째문에 사람에게 가장 貴한 道義의 念을 痲痺하야 個人과 社會의 道德的 生活이 破産의 悲境에 빠지게 되엇습니다. 흔히 말하기를 富와 强만 잇스면 一國이 興盛하리라 하나 이는 진실로 모르는 말이외다. 大羅馬帝國을 망하게 한 것은 決코 富와 强이 不足함이 아니오 道義의 念이 슬어짐이외다. 또 衰하엿던 民族이 中興함에도 갑작이 黃金비가 나리고 大砲와 軍艦의 샘이 솟아 될 것이 아니오 먼저 잇셔야 할 根本的 要件은 强固한 道義의 念이외다. 朝鮮民族이 衰頹한 原因을 或은 外强의 壓迫이라 하며 或은 一二 惡人의 所爲라 하며 또 或은 莫非天運이라 하거니와 그 根本되는 原因이 진실로 道義의 念의 痲痺인 것은 李朝의 歷史를 보면 昭詳할 것이외다. 詐欺, 詭譎, 陰謀, 虛飾, 猜忌, 謀害, 利己, 依賴, 反覆, 責任廻避 — 이런 것이 지난 三百餘年 歷史의 主流가 아닙니까. 이러한 惡한 性質이 遺傳을 通하여 漸漸 蓄積하고 漸漸 濃厚하게 되면서 이 代에서 저 代로 흘러 우리에게까지 미첫습니다. 그래서 只今 우리 社會는 道義의 念이 痲痺하기로 世界에 몃재 아니 가는 社會가 되고 말앗스니 오늘날 우리의 行爲를 支配하는 動機는 오즉 利害의 念뿐이오 義不義를 分辨하는 道義의 念이 아니게 되엇습니다. 이리하야 世界에 在한

---

38 "미두 거래"란 의미이다. '取引'은 "とりひき"라는 일본어로 "거래, 흥정, 商행위"라는 뜻이다.

우리 民族의 別名이 "거즛말장이" "미들 수 업는 민족"이 되고 말앗습니다. 대개 모든 罪惡의(이상 34쪽) 母가 되며, 同時에 가장 큰 罪惡이 되는 者는 虛僞, 虛僞, 虛僞니싸요.

外國 사람이 우리를 信用치 아니하는 程度는 如干이 아닙니다. 人蔘 장사와 假字 愛國者로 더할 수 업시 우리의 信用을 일허 노흔 中國은 말할 것도 업거니와 一個 朝鮮民族의 代表라는 者가 十種이나 二十種이나 들여밀려 서로 自己가 正式임을 다토아 서로 陰害하고 排斥함으로 우리의 낫에 똥을 바르게 된 勞農 俄國도 말 말고 가장 우리를 사랑하고 우리에게 親하다는 宣敎師들조차 우리의 言이나 行은 決코 額面價格으로 밋지 아니하는 形便이외다.

外國은 말 말고 우리 우리끼리는 더욱이 서로 밋지 아니하나니 밋지 안는 것이 가장 安全한 일이라 우리 사람을 밋다가는 큰 일이 날 것이외다. 돈을 꾸이거던 實物의 抵當을 바드시오, 무슨 말을 듯거던 當場에 그 말한 사람의 圖章을 바드시오 ― 이러한 形便입니다.

하는 말만 밋지 안는 것이 아니라, 하는 일도 밋지 아니합니다. 누구시나 新聞紙上에 나는 여러 商店의 廣告를 그냥 미듭니싸. 廣告란 의례이 거즛말하는 것으로 作定된 것입니다. 누가 富者 모양으로 차리고 다닙니다, 그가 果然 그만한 富者입니싸. 이런 것은 다 적은 것입니다마는 누구누구가 어쩐 主旨로 무슨 會를 組織하엿다, 하면 우리는 첫재 그 會의 趣旨를 그 會가 發表한 趣旨와 가티 밋지 아니하고 그 側面, 裏面을 살펴보며, 둘재 "只今 저러케 써버리지마는 웬 實力이 잇스랴, 몃날이나 하다가 말랴" 합니다. 이러케 첫재는 그 動機를 의심하고 둘재는 그 實力을 疑心하기 째문에 그것에 參加하거나 贊成할 熱心이 아니 생깁니다.

近來에 만히 널어나는 雜誌들도 그러하고 會社들도 그러합니다. 創刊號가 發行될 째에는 그 第一頁에 發表한 趣旨書에는 維持할 能力이 잇슴과 또 彈盡心力하야 그것을 維持할 抱負를 誓約하고, 다음에는 여러 名士의 祝辭에 그 雜誌가 時代의 要求에 適할 뿐더러 그 經營者와 筆者가 또한 適材適所인 것을 讚揚하고 나중에 調를 놉히 誠을 다하야 그 雜誌의 永遠無

窮하기를 祝합니다. 그러컨마는 그 雜誌는 創刊號가 終刊號가 되거나, 月刊이 節刊이 되고, 節刊이 年刊이 되다가 마츰내 소리업시 슬어지고 맙니다.

　이러케 서로 밋지 못함에서 나오는 結果 中에 가(이상 35쪽)장 무서운 것은 團體生活의 不可能이외다. 一民族의 生活이 이미 一大團體生活인데다가 그 民族生活은 다시 無數한 大小團體生活의 集積이외다. 産業團體, 敎育團體, 宗敎團體, 修養團體, 慈善事業이나 娛樂, 運動을 目的으로 하는 團體, 各種 學者의 團體, 枚擧할 수 업거니와 一民族의 生活은 이러한 各種의 團體生活을 細胞로 하야 組織된 大團體生活이외다. 國家를 個人의 集合이라고 볼 一面이 잇는 同時에 個人의 集合인 大小諸團의 集合이라고 볼 一面이 쏘 잇습니다. 그런데 이 一面은 가장 重要한 一面이니 대개 現代의 國家生活이나 民族生活은 이 一面으로 가장 잘 說明되기 째문입니다. 一民族의 生活이 個人이나 家族의 生活을 組成의 單位로 하던 것은 昔日의 일이오 現代의 民族生活의 組成 單位는 우에 列擧한 것과 가튼 大小 各種의 團體외다. 그럼으로 이러한 모든 團體가 健全하고 興旺하지 아니하고는 그 民族生活은 衰頹함을 免치 못할지니 自由團結(Free Association)은 社會的으로나 政治的으로 今日에는 國家의 政治制度와 다름 업시 重要한, 쏘 그와는 서로 分離할 수 업는 것이 되엇습니다.

　그런데 우리네는 서로 밋지 아니하기 째문에 이러한 團體가 成立되며 維持, 發展되기가 어려웁니다. 쌀아서 全 民族的 團體生活이 不可能하게 되고 團體生活이 不可能하면 그 民族은 滅亡할 수밧게 업는 것이외다. 크로포킨 氏의 말을 들으면 모든 動物 中에 가장 生存에 適한 者는 가장 잘 相互扶助의 實을 擧하야 가장 鞏固한 團結을 成하는 者라 하엿습니다. 그런데 이러한 團結은 서로 信任함으로 되는 것이니 서로 虛僞를 爲主하는 個體끼리 어쩌케 團結이 되겟습니까.

　(ㄴ) 懶惰. 나는 前節에 虛僞를 말할 째에 虛僞는 우리의 生命의 쑤리를 쏘는 毒菌이라 하엿거니와 虛僞가 우리의 生命의 쑤리를 쏘는 毒菌의 웃니라 하면 懶惰는 그 알엣니라 할 것입니다. 外人이 우리를 批評할 째에는 모다 懶惰한 것을 第一로 칩니다. 긴 담배대를 물고 한대 낫잠 자는 모양을

박은 朝鮮사람의 寫眞이 西洋에 돌아다니는 寫眞帖과 甚至어 地理敎科書
의 揷畵에까지 들어갑니다. 外國으로 처음 오는 손님으로 或은 釜山에서
義州, 或은 義州에서 釜山까지 지나가는 동안에 그 벌거벗은 山들, 죽음도
堤坊을 整理함이 업시 가로 쒸거(이상 36쪽)나 세로 쒸거나 다라나는 대로 내
버려둔 河川, 곳곳이 흘러가는 물을 두고도 灌漑의 設備도 할 줄 모르는
田畓, 다 문허져 가는 城壘와 道路, 꿰쌱지 가튼 茅屋들, 이런 것을 볼 째에
어쩌케 懶惰라는 印象이 아니 박이겟습니다. 外國 사람뿐 아니라, 이숙에
서 자라는 우리들도 잘 살아가는 남의 나라에 갓다 오는 길이면 저들의
부지런함에 대하야 우리의 懶惰함을 痛嘆하지 아니할 수 업습니다.

懶惰한 사람의 집을 보시오, 그의 몸을 보시오 얼굴을 보시오, 어느 것에
서나 懶惰의 개기름이 아니 흐르는 대가 잇는가.

農夫, 漁夫, 工匠 가튼 職業을 가진 者는 거의 다 懶惰하다 할 수 잇습니
다. 우리 民族의 懶惰함을 代表하는 階級은 곳 中流 以上의 有産, 有識
階級이외다. 멋 十年 前으로 말하면 治者階級입니다. 治者階級이라 하면
全國을 다스리던 所謂 兩班階級, 모든 시골의 一郡一鄕을 다스리던 土豪階
級이니 그들의 特徵은 産業에 從事하지 아니하고 오즉 官吏나 挾雜으로
業을 삼음과, 漢文字를 배워 衣服, 言語, 動作을 庶民과 判異하게 하야
써 治者로 自處함에 잇습니다. 그럼으로 이 階級은 官吏가 되지 못하면
生을 無爲로 보내나니 얼어 죽더래도, 굶어 죽을지언정, 體力을 勞하는
일을 잡지 아니합니다. 그러한 結果가 어쩌합니까. 지나간 五百年에 우리
가 하여 노흔 일이 무엇입니까. 큰 都會를 建設하엿습니까. 옛날 高句麗
서울이던 平壤은 人口가 百萬이 넘엇고 쪽으마한 新羅의 서울인 徐羅伐도
九十萬이나 넘엇습니다. 그러나 現在 朝鮮에는 京城이 二十五萬이외다.
그러면 큰 建物이나 남것습니까. 다 헐어버리다 남은 慶福宮이 잇슬 뿐이
외다. 半月城, 雁鴨池, 佛國寺만한 것도 남기지 못하엿습니다. 그러면 무슨
科學을 發達시겻습니까, 哲學이나 文學이나 藝術을 産하엿습니까. 哲學으
로는 李退溪의 宋學의 完成이 잇섯다 하나 亦是 漢人의 糟粕을 쌜앗슬 뿐
이오 文學으로는 幾個의 漢文으로 된 文集이 잇지마는 民衆에게 普及된

것으로 『九雲夢』, 『謝氏南征記』 가튼 金春澤 一人의 著書 外에 作者不明인 春香이 打鈴이 잇슬 뿐이외다. 音樂, 美術은 말할 것도 업습니다. 그러면 經濟的으로 富나 蓄積하엿습니까. 領土나 擴張하엿습니까. 대관절 지난 五百年에 하여 노흔 것이 무엇입니까. 우에도 말한 바와 가티 松蟲이 모양으로 山에 森林을 다 벗겨 먹엇습니다. 河川(이상 37쪽)에 물을 다 할타 먹엇습니다. 古代 先人의 남겨준 有産까지 다 팔아먹고 이런 도야지우리 가튼 집에 物質的으로 精神的으로나 거지 가튼 生活을 하게 되엇습니다.

만일 그네가 날마다 싸씨 한 발식만 쏘아 싸핫더래도 그것이 이 地球를 멋 바퀴 동여맬 만한 동아줄이 되엇슬 것이오, 쏘 만일 그네가 하루에 흙한 짐식만 날라다 싸핫더래도 白頭山 멋 개는 남겻슬 것이외다. 그런데 그네는 아모것도 남긴 것이 업습니다 웨 그럴가요, 懶惰하엿던 까닭이외다. 밤낮 空想과 空談으로만 歲月을 보내고 實地로 한 일이 업섯는 까닭이외다. 多幸히 農夫의 勤勉의 德澤으로 굶어 죽지는 아니하엿슬 뿐이외다. 진실로 불상한 朝鮮의 農夫들은 五百年間이나 自己네를 爲하야 무엇 하나 有益한 일 아니 하여 주는 遊民階級을 먹여살려온 것이외다.

五百年의 朝鮮史를 보면 壬辰, 丙子의 戰爭史를 除한 外에는 空論의 記錄이지 實地로 무슨 國家的 事業을 한 事業의 記錄은 아니외다. 壬辰, 丙子의 戰爭의 記錄조차도 그 大部分은 이것이 올타, 저것이 올타 하는 机上空論의 記錄이 大部分을 占領하고 진실로 國防을 爲하야 陸海軍을 養成하엿다던지, 要塞를 建築하엿다던지, 戰爭 後의 産業 發達을 計劃하엿다던지 하는 事業의 記錄은 別로 업습니다. 이렁하야 五百年間에 아모것도 이뤄노흔 것이 업습니다.

過去만 그러냐 하면, 現在도 그러합니다. 近 二十年來 써든 結果로 일러노흔 것이 무엇입니까 果然 二十年來로 써들기는 宏壯히 써들엇습니까. 그리하고 그네의 써드는 主旨도 올핫습니까. 가튼 敎育의 振興, 가튼 産業의 發達, 가튼 團結, 그러나 그네가 얼마나 産業을 振興하고 얼마나 敎育機關을 施設하엿습니까. 그네가 一哩의 鐵道나 一條의 電線을 敷設한 일이 잇스며 一隻의 汽船을 建造한 일이 잇스며 文明한 都會地에는 衣食과 가티

必要한 水道나 電燈은 敷設한 일이 잇스며 圖書舘 하나 大學 하나는 設立한 일이 잇습니까. 甚至에 京城 가튼 大都會에 運動場 하나, 演劇場 하나, 浴場 하나도 設備한 일이 업습니다. 朝鮮人이 敎育을 부르지즌 結果로 생긴 것이 죽으만 私立高等普通校 三四가 잇슬 뿐이니 果然 그네가 무엇을 하엿습니까.

웨 그런가요. 그네는 懶惰합니다. 곳 實行이 업(이상 38쪽)습니다. 懶惰란 實行업다는 뜻이외다. 그리고 懶惰한 者의 本色으로 空想과 空論만 조하합니다. 아마 우리 사람처럼 무슨 일에 말 만흔 사람은 업스리라. 假令 무슨 會席에 가 봅시오, 밤낫 無用한 談論만이오, 事件處理야 몃 가지 되나, 쏘 하자고 決定하여 노코서는 그대로 實行하는 일이 몃 가지 되나.

우리 民族 中에 第一 만흔 罪惡인 遊衣遊食, 挾雜輩, 僥倖을 바라는 것, 虛榮, 依賴性, 哀乞性, 浮浪性 等은 진실로 이 懶惰에서 생기는 것이외다. 一言以蔽之하면 一定한 職業을 가지지 아니한 것이 懶惰한 者의 特徵이니 여러분 보십시오, 우리 民族 中에서 農夫와 其他 勞働者를 除한 外에 一生의 職業을 가진 者가 少數가 아닌가. 쏘 職業을 가젓더래도 그것을 진실로 一生의 天職으로 알아 그것에 全心力을 바치는 者가 몃 사람이나 되나. 이것이야말로 滅亡의 兆외다.

假令 警察署에서 犯罪의 可能性이 가장 만타고 嫌疑 둘 者는 첫재는 無職業한 者일 것이니 대개 그는 職業이 업스매 衣食에 窮하고, 衣食에 窮하매 犯罪할 생각이 날 것이니 여긔서 財産에 關한 罪惡이 생기기 쉽고, 쏘 職業이 업스매 閒暇하고 閒暇하매 여러 가지 情慾과 好奇心이 생길 것이니 여긔서 倫理的 犯罪가 만히 생길 것이외다.

그럼으로 以上에 말한 虛僞와 懶惰는 모든 罪惡의 根本이니 우리 民族間에 일어나는 모든 罪惡은 이 두 根本에 생기는 것이외다.

사랑하는 아우님과 누이들이어, 나는 이 우에 우리 民族의 經濟的 破産과 道德的 破産을 말하엿습니다. 여러분은 우리가 어쩌케 貧窮한 民族 中에 태어낫나, 어쩌케 道德的으로 墮落한 民族 中에 태어낫나, 하는 것을 보시고 슬퍼하고 落膽하실 줄 압니다. 그러나 나는 여러분에게 슬픔과 落膽

을 들이자고 이 말슴을 들이는 것이 아니라, 우리의 다시 살아날 길을 찾자고 이 말슴을 들이는 것이외다. 잠간만 참읍시오, 한 번 더 "知識的 破産"이라는 슬픈 이악이를 더 하고 그 담에는 우리가 이 民族을 건질 方策을 討論하겟습니다.

여러분! 거듭 말슴하거니와 여러분은 우리의 生命이시니 爲先 虛僞와 懶惰를 버릴 工夫를 하시면서 各各 이 民族을 이 破産에 救濟해 낼 道理를 생각하야 두섯다가 내가 말슴하는 바와 對照하시기를 바랍니다.…………
(未完) (이상 39쪽)

魯啞子, "少年에게(三)", 『開闢』, 1922년 1월호.

△ 朝鮮民族의 知識的 破産

나는 朝鮮民族의 經濟的 破産과 道德的 破産을 말하고 인제 쏘 知識的 破産을 말하게 되엇습니다. 우리 民族의 知力은 只今 어쩌한 程度에 잇는가, 足히 民族的 生活을 하여 갈 만한 知力이 잇는가. 한 民族이 살아가기에 넉넉한 富力이 不足함을 經濟的 破産이라 하고, 道德力이 不足함을 道德的 破産이라 함과 가티 한 民族이 民族的 生活을 하기에 足할 만한 知力이 업슴을 知識的 破産이라 하겟습니다. 破産이라 함은 貧窮과 다릅니다. 貧窮이라 하면 不足하지마는 아즉도 살아갈 수 잇다는 뜻이로되 破産이라 하면 貧窮을 지내서 살아갈 수 업는 地境에 達하는 것을 니름이외다. 여러분은 우리 民族의 知力이 얼마나 한 지 아십니까.

한 民族의 知力을 헤아리는 가장 조흔 方法은 그 民族 中에 잇는 專門家의 數爻를 봄이외다. 대개 民族生活은 政治, 經濟, 敎育, 學術, 宗敎, 藝術 等 各 部門의 生活의 總合인데 이 모든 部門의 生活은 어느 것이나 專門家 업시는 할 수 업는 것이외다. 假令 政治的 生活로 봅시다. 國會議員이나, 政府에 모든 官吏, 外交官, 技術官, 모두 專門家라야 할 것이오, 經濟的

生活로 보더라도 모든 工業에 專門家를 要求할 것은 勿論이오. 鐵道, 輪船, 電信, 電話, 道路 等의 建設과 使用, 會社, 銀(이상 41쪽)行 等의 經理, 農業의 改良, 어느 것이 專門家 아니고 할 일입니까. 坖 敎育으로 말하더라도 敎育 行政學校의 施設, 管理, 敎授 모두 專門家로야 할 것이오 모든 文明의 源泉 되는 學術의 硏究는 毋論이오 宗敎, 藝術 等 모든 生活은 專門家를 기다려 서야 할 것이외다. 朝鮮民族을 一千七百萬 치고 이것이 完全한 民族的 生活을 하랴면 最小限度에 一萬名 以上의 專門家를 要합니다. 이제 그 槪算을 봅시다.

官公職에 在한 者	二千名
農, 工, 商業 及 交通 等 機關을 運轉하는 者	三千名
敎育者	二千名
宗敎家	三百名
學 者	五百名
藝術家	二百名
醫 師	二千名

여긔 專門家라 한 것을 專門學校 以上 程度의 學校를 卒業한 者와 밋 그와 同 程度의 學識이나 技能을 備한 者를 니름이외다. 右表에 揭한 數字 는 반듯이 무슨 特別한 標準에 依한 것이 아니로되 坖한 함부로 定한 것도 아니니 假令 醫師, 敎育者 二千名은 朝鮮을 二百府郡 치고 每 府郡에 平均 十名으로 잡은 것이니 其他도 이만한 根據는 잇는 것이외다. 坖 醫師, 敎育 者 二千名이, 卽 每 府郡 平均 十名이 最小限度인 것 가티 다른 것도 亦是 最小限度외다.

그런즉 朝鮮民族이 完全한 民族的 生活을 經營하랴면 적더라도 우에 말한 種類의 一萬名 以上의 專門家를 要하는 것이니 아모리 經濟的 條件과 道德的 條件이 具備하더라도, 坖 政治的 條件까지 具備하더라도 이 條件 이 업시는 될 수 업는 것이외다. 만일에 朝鮮이 朝鮮 自身의 陸海軍을 가진 다 하면 다시 數千名의 專門家를 要할 것이외다.

經濟的 條件이나 道德的 條件이나 知識的 條件이나 坖는 政治的 條件은

대개 平行하야 充實되는 法은 업습니다. 그럼으로 萬名의 專門家가 생기노라면 其他의 條件도 漸漸 具備하여올 것이외다. 그러나 이 모든 條件의 中心이오 根本은 萬名의 專門家의 養成이니 經濟的 條件이나 道德的 條件은 이 萬名의 知識家, 卽 專門家가 맨들어 노흘 것이외다.

그런데 우리의 現在의 狀態가 어쩌한가. 알아듯기 쉽기 爲하야 나는 뭇고 여러분은 대답하는 形式(이상 42쪽)을 取합시다. 그리하되 政治에 關한 것은 略하고 합시다.

첫재 朝鮮은 農業國이니 朝鮮農業改良에 關한 該博한 知識과 計劃을 가저 이 사람이면 農業 改良의 모든 施設을 맛길 만하다 하는 이가 몃 사람이나 됩니까, 여러분이 아는 이의 이름을 말해 보시오. 나는 아는 이가 한 사람도 업습니다.

둘재 이것도 農業의 一部分일 林業에 對하야 뭇읍니다. 朝鮮의 急務는 造林인데, 여긔 對하야 一家見을 가젓다 할 專門家가 몃 사람이나 됩니까, 잇다 하면 그의 姓名이 무엇입니까. 나는 한 사람도 모릅니다.

또 養蠶에 關하야 뭇읍니다. 近年에 蠶業은 우리의 큰 副業이 되엇습니다. 그러던 桑의 栽培, 蠶의 飼養, 製絲, 織造 等에 關하야 크게는 말고 道技師나 될 만한 이가 몃 사람입니까, 그의 姓名이 누굽니까 나는 모릅니다.

그러면 우리는 農業的 生活을 할 만한 能力이 업습니다. 다시 말하면 우리는 穀物耕作, 種子의 改良, 害蟲驅除, 이런 것도 우리 손으로는 할 줄 모르고, 또 저 童濯한 山들에 造林도 할 수 업고, 養蠶도 朝鮮人 自力으로는 할 수 업는 形便이니 이것이 農業에 關한 知識的 破産이 아니면 무엇입니까.

다음에는 工業으로 봅시다. 輪船을 짓는 것, 卽 造船術을 배운 專門家가 잇습니까, 한 사람 잇섯스나 어느 郡守인가 되고 말앗습니다, 그 다음에는 업습니다. 造船術은 말고 남이 지어 노흔 배를 부리는 재주, 卽 航海術을 아는 이는 누굽니까, 나는 모릅니다.

그런 큰 것은 말 말고, 朝鮮 사람이 저마다 닙는 西洋木, 玉洋木, 各色 비단을 맨들 줄 아는 이는 누구며, 당성냥, 비누, 물감, 花露水, 白露紙,

鉛筆, 鐵筆을 맨들 줄 아는 이는 누굽니까.

그보다도 우리가 날마다 걸어 다니는 道路의 設計와 工事, 學校, 官廳, 其他 建築物의 設計와 工事, 이것을 할 줄 아는 이는 누굽니까. 구두를 기울 줄은 알지마는 그 가죽을 닉이고, 麥酒를 마실 줄은 알지마는 그 製造法을 아는 이가 누굽니까. 누가 電氣를 알며, 누가 天文과 氣象을 압니까.

朝鮮 사람은 하나도 제 손으로 맨들지 못하고 남이 맨든 것을 사다가 쓰니 그네는 工業的 生活할(이상 43쪽) 能力이 업습니다. 그네는 工業的으로 破産한 者외다.

다음에는 敎育家로 봅시다. 우리가 大學을 세운다 하면 總長은 누구로 내리까. 理科長은 누구로, 物理學 敎授는 누구로, 數學 敎授, 化學 敎授, 天文學 敎授, 動植物學 敎授는 누구로 내리까. 工科에 모든 敎授, 農科, 醫科의 모든 敎授는 누구로 내리까. 法學과 政治經濟學을 배운 者는 比較的 만흐니 法科의 모든 敎授, 政治나 經濟學科의 모든 敎授는 누구로 내리까. 近來에 思想家와 文士가 만흐니 哲學, 倫理學, 心理學, 社會學은 누가 가르치며, 文學은 누가 가르칩니까. 한 사람이라도 알거든 姓名을 말하시오. 나는 하나도 알 사람이 업습니다.

大學은 말 말고 高等普通學校로 봅시다. 現在 官私立의 高等普通學校 中에 朝鮮人 敎員이 몃 名이나 됩니까. 그보다도 더 程度를 나추어 普通學校로 봅시다. 普通學校 敎育의 充分한 資格을 가진 者가 몃 名이나 됩니까.

다음에는 學者로 봅시다.

우리 中에 法學者라고 알려진 사람이 누굽니까. 法律學校를 卒業한 者가 반듯이 法學者가 아니니 그는 法學者가 되랴면 될 만한 基礎 知識을 배운 者외다. 判檢事나 辯護士가 반듯이 法學者가 아니니 그는 말하자면 法術家외다. 우리 中에도 法學者라고 이름난 사람 둘이 잇섯는데 하나은 某 銀行 支店長으로 墮落하고, 하나은 辯護士로 墮落하엿습니다. 支店長이나 辯護士가 賤한 職務란 말이 아니라 學者 되랴고 努力하던 것을 버린 點으로 墮落이란 말이외다.

政治學者는 누구며, 經濟學者는 누굽니까. 李承晚 氏가 美國서 政治學

으로 博士가 되엇스나 그는 그 後 學者 生活을 버렷고, 鄭漢景[39] 氏가 昨年
에 政治學으로 博士의 學位를 어덧스니 그는 아즉까지는 朝鮮에 唯一한
政治學者외다.

다음에 物理學者. 無! 化學者? 無! 動物學者, 植物學者, 鑛物學者, 天文
學者, 氣象學者, 生理學者? 無.

다음에는 醫學者. 朝鮮에는 近來에 醫師가 꽤 만흡니다. 高等普通學校
를 卒業하고 四年만에 醫學專門學校를 卒業하면 그는 開業醫의 法定한
資格을 어듭니다. 그러나 外國語學校 出身이 百名이면 그中에 十名 內外
나 語學을 배윗다 할 만한 實力을 가(이상 44쪽)지는 것을 보건대 醫學專門學
校 出身의 醫師란 매우 危殆危殆한 일이외다. 西洋 醫師는 中學校를 卒業
한 後 七個年을 배워 學位를 엇고 다시 一二年間 臨床實習을 하야 開業試
驗을 치른 뒤에야 비롯오 醫師의 資格을 엇는다 합니다. 그런즉 四年 工夫
의 醫師이 實力을 可히 알 것인데 게다가 한 번 開業하면 돈푼버리에 汨突
하야 다시 硏究를 생각하는 者가 만치 못한 모양이니 醫學者 되기는 어림도
업는 것이외다. 알아보기 쉬운 것은 京城醫學專門學校에 朝鮮人 敎授가
一人도 업슴이외다.

다음에 哲學者. 아마 朝鮮人으로 哲學을 배운 者는 早稻田大學의 哲學
科를 마친 崔斗善 君 一人뿐인 듯합니다. 그러나 그가 哲學者가 되고 안
되기는 將來 問題니 아즉은 그를 哲學者라고 할 만한 아모 發表된 證據가
업습니다. 學者의 證據는 著述인데.

다음에는 社會學者, 心理學者, 倫理학자, 論理學者, 史學者? 無—.

다음에는 藝術家. 畵에는 美術學校를 卒業한 이가 三四人되나 畵家 生
活을 하는 이는 업는 모양이오, 音樂에는 金永煥 君의 피아노가 잇스나
聲樂家는 누구, 作曲家는 누구. 劇에 李基世 君 一派의 新現出이 잇스나

---

39 본명은 정한경(鄭翰景, 1891~1985)이고 일명 한경(漢慶, 漢景)을 사용했다. 1910년 미국
으로 망명하여 이승만, 안창호 등과 함께 대한인국민회(大韓人國民會)를 조직 재미교포의
애국성금을 모아 임시정부에 전달하는 등 독립운동을 전개했다. 『동아일보』(21.9.18)에
의하면 워싱턴대학교에서 철학박사를 수득하였다는 보도가 있다.

아즉 試驗 中이오, 彫刻에 업고, 建築에도 업고, 詩人도 아즉 자리잡힌 이는 업고 劇作者, 小說家도 아직 누구라고 指名할 수는 업고, 舞蹈는 아주 생각도 업고.

그러타 하면 우리는 무엇으로 文明한 民族的 生活을 하여 갑니까. 진실로 이것이 知識的 破産이 아닙니까. 知識的 破産은 곳 人材的 破産이니 이러케 人材가 업시 어쩌케 살아갑니까.

그런즉 우리네는 하로가 밧부게 무엇이나 한가지식 배워야 하겟거늘 元來 虛僞라는 道德的 欠點을 가진 우리는 배운다는 것이 대개 伐齊爲名뿐이외다. 오늘날 敎育熱이 振興되엇다 합니다. 果然 各 學校에 入學志願者가 넘치고 留學生도 三年 前에 倍하는 盛況이지마는 아즉 數만 增加되엇지 質은 增加되지 못하엿습니다. 그래서 무슨 學問을 배우나 그것을 끗까지 研究할 생각은 아니하고 卒業이라는 虛名을 엇기로써 目的을 삼읍니다. 쏘 懶惰의 性質이 잇서 刻苦勉勵함이 업고 勇氣가 不足하며 遠大한 目的을 向하고 나갈 根據가 업서 中途에 廢하는 수가 만흡니다.(이상 45쪽)

여긔 가장 조흔 實例는 아마 語學일 듯합니다. 우리는 元來 語學에 天才가 잇다 하고 쏘 우리의 處地가 語學을 만히 배우게 되어서 外國語를 아는 이가 쫴 만히 잇지마는 語學者라 할 사람은 며치나 될는지, 만일 참말로 語學者가 잇다 하면 그는 반듯이 무슨 著述이 잇슬 것이어늘 별로 업는 것을 보니 아마 語學者가 업는 모양이외다. 우리 中에 完全한 英語를 한다 할 만한 者 — 卽 쓰고, 읽고, 듯고, 말하는 者가 全 民族을 썰어도 四五人에 不過한다 합니다. 그러고 본즉 우리에게는 아즉도 배워야 한다는 徹底한 自覺이 업는 것이외다.

그러면 안 배우고 살 수가 잇느냐. 卽 經濟的으로 道德的으로나 知識的으로나, 政治的으로나, 破産의 慘境에 잇는 우리로서 배운 사람, 곳 專門家를 내지 아니하고도 살 수가 잇나냐, 到底히 살 수가 업는 것이외다. 만일 녜와 가티 朝鮮사람끼리만 鎖國的으로 산다 하면 살 수도 잇지마는 오늘날다 가티 異民族과 석겨 生存을 競爭하는 째에는 到底히 이래 가지고는 살수가 업는 것이외다. 남 만한 힘을 가지고야 남 만한 살림을 할 것이니 남 만한 살림을 못하면 그의 當할 것은 滅亡이 잇슬 뿐이외다.

慷慨하는 이들이 흔히 말하기를 朝鮮民族은 더 갈 수 업는 悲境에 빠젓다고 말합니다. 그리고 이미 衰殘의 極에 達하엿스니 이제부터는 다시 興함이 잇슬지언정 더 衰함은 업스리라 합니다. 그러나 이는 "내야 설마 죽으랴" 하는 心理에 나온 無知한 말이니 朝鮮 民族은 더 衰할 길이 잇습니다. 아즉도 限百年 동안 더 衰하여 들어갈 餘地가 잇는 것이외다. 곳 朝鮮民族은 저 北海道의 아이누 모양으로 되랴면 될 수도 잇는 것이외다. 一千七百萬이나 되고 오랜 文化를 가진 民族이 아모러면 그러케야 되랴, 하겟지마는 歷史를 보시오. 사라센 帝國이 亡한 지가 아즉 七百餘年에 不過하건마는 아라비아人은 그네의 가젓던 領土도, 富도, 學術도, 名譽도, 다 일허버리고 只今은 한 遊牧의 蠻族으로 化하고 말앗습니다. 그네는 그러케 激烈한 競爭의 處地에 잇지 안핫건만도 그리 되엇스니 朝鮮民族 싸위는 배우기에 힘쓰고 고치기에 힘쓰고 새사람이 되기에 힘쓰지 아니하면 百年이 다되지 못하야 京城 平壤 가튼 大都會에와 鐵道, 輪船 가튼 交通 機關에 마츰내 白衣人의 그림자를 끈코, 只今 京城 住民이 大街邊을 내노코 뫄관과 자하ㅅ골로 들여 쫏기는(이상 46쪽) 심으로 山밋으로 山밋으로 몰려나가다가 長白山 골작이에 遊牧하는 백성이 되고야 말 것이외다. 아아 그 모양이 내 눈앞혜 歷歷히 보입니다.

그런데 이러한 處地에 서서 우리의 取할 길이 둘이 잇습니다. 하나은 絶望하야 自暴自棄하고 마는 것, 쏘 하나은 스스로를 救濟할 計策을 講究하는 것이외다.

이미 우리 中에는 이러한 計策으로 學校를 세우며 新聞, 雜誌를 刊行하며, 講演會를 엽니다. 그래서 敎育을 하여라, 産業을 振興하여라, 文化運動을 하여라 하고 絶叫합니다. 果然 敎育과 産業과 文化運動, 이것이 우리를 救濟하는 唯一策이외다. 이것은 古今, 東西를 勿論하고 民族의 繁榮에 必須한 要件이외다. 누구나 다하는 것이외다. 그러나 오즉 問題가 되는 것은 어찌하여야 이 敎育과 産業과 文化를 가장 速히 가장 完全히 朝鮮 內에 振興하겟느냐 함이니 곳 方法 問題외다. 이 方法이 重要한 것이오, 찾기 어려운 것이니 敎育과 産業으로야 산다는 것은 거의 누구나 아는 것이외다. 朝鮮民族이 진실로 살아나랴면 이것을 急速히, 그리되 確實히 振興시키는 방법을 차저야 합니다.

사랑하는 少年 諸君! 내가 諸君에게 우리의 듯기 실흔 슮흔 私情을 한 것이 진실로 諸君에게 우리의 現在 處地가 어쩌케 危急한 것을 分明히 自覺케 하고 因하야 우리가 다시 살아날 方法을 討論코자 함이외다.

少年 諸君이여! 우리의 命運이 諸君의 손에 달렷나니 諸君은 각기 생각하엿다가 一個月 後의 本 誌上에 諸君의 압헤 하소거릴 나의 意見에 參照하도록 하시기를 바랍니다.(이상 47쪽)

魯啞子, "少年同盟과 朝鮮民族의 復活－少年에게(其四)", 『開闢』, 1922년 2월호.

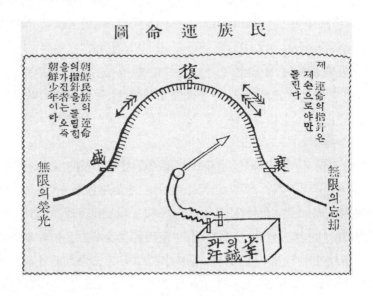

이미 三回에 亘하야 우리 朝鮮民族의 現狀을 말하엿습니다. 卽 그는 道

德的으로도 破壞하엿고 經濟的으로 그리하엿고 知識的으로도 그리한 것을 말하엿습니다. 그러고 맨 나종에 이대로 가면 白衣人種의 그림자가 永永 朝鮮 땅에서 消滅되리라고 痛嘆하엿습니다.

그러면 여러분! 朝鮮民族의 運命은 어쩌하겟습니까. 亡입니까, 興입니까. 그 對答은 前者일 수도 잇고 後者일 수도 잇습니다. 亡하는 대로 내버려 두면 亡할 것이오 興하는 길을 차자 全力을 다하면 興하기도 할 것이니 이 朝鮮民族의 運命에 對한 이 두 가지 問辭 中에서 어느 것을 答하는 것은 全혀 우리 少年男女에게 달린 것이외다. 高等普通學校와 普通學校에 다니 (이상 57쪽)는 數十萬의 少年男女에게 興이냐 亡이냐의 問辭가 노혀 그 答辭를 求함이 急합니다. 아아 少年이어 어느 答辭를 擇하랴나뇨, 興이뇨 亡이뇨?

진실로 朝鮮民族의 運命은 少年男女에게 달렷고 오즉 그네에게만 달렷나니 저 路上에 冊褓 끼고 가고 오는 少年들, 運動場에서 아조 無心히 공치는 少年들, 스케트 메고 어름지치러 가는 少年들, 또는 치운 밤에 갈돕만두 외오고 다니는 少年들, 또는 모든 海外에 흐터져 잇는 少年들을 보고 생각할 째에 "저네가 우리의 運命이다, 우리의 興亡이 저네의 조고마한 손에 달렷다" 하는 한긋 슬프고 한긋 깃브고도 아슬아슬한 希望의 感懷를 禁할 수가 업습니다.

아아 朝鮮의 少年들아
네이름을 뭇는이 잇거드란
金之요 李之요 할줄이 잇스랴
우리는 朝鮮의 運命이오라 하라.

果然 오늘날 朝鮮의 少年들은 全 民族의 運命이니 그네는 네요 내요 金之요 李之요 할 수가 업시 오즉 "우리"라는 一人稱 複數를 써야 할 것이외다. 그네가 바로 이째를 타서 朝鮮의 땅에 朝鮮의 사람으로 난 것은 진실로 큰 뜻이 잇스니 대개 只今 十二三歲 以上, 二十歲 內外의 少年男女들의 一生이 될 四十年 乃至 五十年間이 朝鮮民族의 運命을 左右할 時機일 것이외다. 運命의 바늘은 마치 電流計의 指針과 가티 興과 亡 두 字의 中間에

잇서 瞬間瞬間이 顫動하면서 어느 한 便을 向하야 一分一分 올마 갑니다. 그런데 民族的 生活力이란 電氣를 發하는 發動機의 動力의 源泉되는 불은 써지려 합니다. 時刻時刻으로 發動機의 爆音은 써 가고 弱해 가니 쌋닥하면 이 發動機는 永永 그 廻轉을 休하고 말아 저 顫動하는 指針이 亡의 便에 固定되고 말 것이외다.

불을 집혀라! 장작이라도 집히고 石炭이라도 너허라! 진실로 時刻이 急하다. 아니다, 이 發動機를 돌릴 火力은 오즉 저 少年들의 쓰거운 精誠이나, 끌는 쌈이다, 그네의 기름이오, 살이요 쎠다. 少年들아 너희는 一心으로 너희의 왼통을 저 아궁지에 집어너허 顫動하는 저 指針의 方向을 돌리지 아니하랴느냐, 저 發動機의 爆音으로 朝鮮의 왼 쌍을 흔들어 저 어느 便을 向하려 하는 指針으로 하여곰 興을 지나 盛을 지나 無限의 榮光의 限업는 度를 밟아 올라가게 하지 아니하랴느냐.

世人이 或 天運을 말합니다. 昨年 八月號 本誌上에 나는 「朝鮮民族의 宿命論的 人生觀」이란 一篇(이상 58쪽) 說, 宿命論을 밋는다는 것을 論하엿고, 나아가 이 宿命論的 人生觀을 打破하기 前에 우리에게는 改造도 創造도, 싸라서 復興도 업슴을 論하엿습니다. 宿命論, 쏘는 天運說이라 하면 우리의 運命의 指針을 돌리는 動力이 우리 人力 以外의 무슨 神秘한 힘임을 일커름이어니와 나는 斷定코 이를 排斥하야 이 運命의 指針을 돌리는 原動力은 決코 天運도 地運도 時運도 아니오 오즉 사람의 힘에 달린 것이라고 確信합니다. 쏘 가튼 사람의 힘 中에도 저 知識階級들이 흔히 말하는 世界의 大勢나 어쩐 第三者의 들는 힘이 아니오 오즉 그 興亡의 主人되는 사람, 朝鮮의 境遇에서는 오즉 朝鮮人의 힘이 잇슬 쑨이라 합니다.

이는 누구나 넘우도 잘 알고 흔히 말하는 理致이기 쌔문에 極히 平凡한 듯하지마는 眞理란 흔히 日常에 넘우 親熟하야 平凡하게 보이는 것 中에 含在하다는 古語와 가티 아모리 平凡하더라도 眞理는 眞理외다. 그런데 이러한 眞理를 흔히 다 아는 듯하면서도 其實은 만히 모르는 모양이외다. 卽 一部의 同胞는 우리의 興盛과 幸福을 或은 어쩌한 便에서 大勢에 무슨 急激한 變遷이 생겨서 갑자기 큰 수나 날 것을 기다리니 이것이 벌서 "제

運命의 指針은 제 손으로야만 돌린다"는 眞理를 모르는 確證이니 몰라서
모르는 것은 가르쳐서 알게만 하면 그만이어니와 알고도 모르는 것이야말
로 진실로 걱정이니 이는 오는 特히 오늘 朝鮮社會 中에서 가장 큰 걱정이
외다.

朝鮮民族의 運命의 指針을 돌릴 者는 오즉 朝鮮民族이 잇슬 뿐이니 이
眞理를 不顧하고 모든 僥倖에 바라는 것은 모두 外道요 異端이오 滅亡의
길이외다.

그런데 나는 웨 右에 그린 運命圖에 朝鮮民族의 運命의 指針을 돌릴
原動力이 "少年의 誠과 汗"에 잇다 하엿는가. 다시 말하면 現在의 全 朝鮮人
에게 잇다 아니하고 特別히 그中에도 少年에게 잇다 하엿는가. 그것을 말
하기 前에 먼저 나의 所謂 運命圖란 것을 說明할 必要가 잇습니다.

첫재 運命의 軌道는 抛物線的이외다. 古語에 天運이 循環이라 하엿스니
循環이라 하면 그 軌道가 圓形이나 楕圓形일 것이니까, 비록 興하더라도
結局(이상 59쪽)은 衰할 것이오, 또 그와 逆으로 비록 衰하더라도 結局은 興할
것이라, 싸라서 興한다고 깃버할 것도 업고 또 衰한다고 크게 슬퍼할 것도
업겟지마는 내가 밋는 바로는 運命의 軌道는 抛物線的이라 쌀아서 興의
方向으로 向한 運命은 永遠히 興의 方向으로 갈 수 잇고 衰의 方向으로
기울어진 運命은 永遠히 衰의 方向으로 갈 수 잇는 것이외다. 그런데 運命
의 軌道의 自然의 方向은 興에서부터 衰로 向하는 것이기 째문에 興하던
個人이나 民族도 그 쓰던 힘, 卽 自然의 方向에 抵抗하던 힘을 그치면 그
指針은 제절로 漸漸 衰를 向하고 돌아가는 것이외다. 돌아가다가 抛物線의
頂點에 니르러서부터는 더욱 急速하게 썰어저서 썰어질스록 더욱 그 速力
이 加하는 것이 마치 加速度의 原理와 가틉니다. 우에 그린 運命圖로 보건
대 그 指針은 이미 復이라고 쓴 抛物線의 頂點을 지나 衰에 니르는 거의
半에 니른 것이니 이는 朝鮮民族이 저 志士의 흔히 말하는 바와 가티 이미
衰頹의 極點에 達하지 아니하엿고, 아즉 얼마동안 더 衰하야 잇다가는 亡
에, 마츰내는 씨도 업서지고 永遠의 忘却에 들어갈 수도 잇다는 것과, 또
그 衰退의 程度가 이미 抛物線의 頂點을 지나 衰를 向하야 半 以上이나

나려갓슴으로 그 衰頹의 速力이, 이 그림으로 보면 衰를 向하고 다라나는
運命의 指針의 速力이 甚히 急速한 것을 表한 것이외다.

그런데 只今 우리의 할 일은 진실로 이 指針을 復의 方向으로 逆行시켜
서 마츰내 興을 지내어 無窮한 榮光의 方向으로 永遠히 나아가게 함이니
그리하는데 가장 先되고 가장 難한 것은 이 指針을 復의 方向으로 끌어올림
이외다. 첫재 우리는 指針의 前進을 抵抗할 만한 힘을 發하여야 하겟고
다음에 우리는 이 指針으로 하여곰 一度一度 復을 向하고 逆行케 할 만한
힘을 發하여야 할 것이니 이 힘이야말로 우리의 生命이 달린 외줄이외다.
그러면 現在 朝鮮 民族에게 이만한 힘이 잇는가, 만일 업다 하면 그 힘의
出處가 어댈는가. 이것이 진실로 本篇의 論文이 차자보랴는 骨子외다.

저 僥倖(天運과 世界 大勢)을 바라는 者는 이 힘을 僥倖에 어드려 합니
다. 어썬 他國民의 援助를 바드랴는 者는 이 힘을 他國民에서 어드려 합니
다. 이는 마치 하늘에서 黃金이 썰어지기를 기다리는 것과 가티 愚하고
남의 힘이 足히 나의 生命과 健康을(이상 60쪽) 維持해 줄 줄을 밋는 것과
가티 痴한 일이외다. 이러한 愚와 痴를 버리고 "내 運命의 指針은 내 손으로
야만 돌린다"는 眞理에 돌아오는 것이 復活의 第一步인 줄을 아프게 깨달
아야 합니다.

그러면 그 힘이 어대 잇느냐. 오즉 "次代의 朝鮮民族의 誠과 汗에 잇슴니
다!" 다시 말하면 改造된 朝鮮民族의 誠과 汗에 잇슴니다. 쏘는 新生한 朝
鮮民族의 誠과 汗에 잇다고도 할 수 잇슴니다.

나는 改造라 하엿슴니다. 果然 改造외다. 現在에 잇는 것과 가튼 朝鮮民
族으로는 生存의 能力이 업고 能力이 업스니까 權利도 업슴니다. 제가 입
는 옷감도, 제 몸치레하는 物品도, 바늘 한 개, 당성냥 한 개비도, 제가
다니는 길도, 大學校 하나, 圖書館 하나, 제가 먹는 藥 하나 만들 줄 모르는
朝鮮民族, 서로 속이고, 猜忌하고, 잡아먹고, 勇氣업고, 主義업고, 게을러
쌔지고, 進取性 업고, 쌀아서 세 놈도 한 대 뭉칠 수 업는 現在의 朝鮮民族
은 生存할 能力도 權利도 업는 무리외다. 그러니까 이 무리로 하여곰 生存
할 能力과 權利를 享受케 하랴면 그만한 能力과 權利를 가질 만한 資格이

잇도록 改造하지 아니코는 안 될 것이니 그럼으로 朝鮮民族이 살아날 수 잇는 條件은 오즉 改造외다.

또 新生한 朝鮮民族이라 하엿습니다. 果然 新生이외다. 亡하던 백성은 그대로 다시 興하는 백성이 되지 못할 것이니 現在의 朝鮮人은 三十年 乃至 四十年間에 다 죽어 업서질 것으로 보고 이 三十年 乃至 四十年間에 新朝鮮人이 나게 하여야 하리니 이 意味로 朝鮮民族이 살아날 수 잇는 條件은 오즉 新生이외다.

그런데 이미 三十歲를 지내어 志가 定한 者는 卽 道德的으로는 舊習에 물이 들고, 또 압헤 知德修養의 機會를 가지지 못한 者는 改造되기 어려운 것이니 진실로 新人이 될 수 잇는 이는 오즉 少年뿐이외다. 진실로 朝鮮民族의 運命의 指針을 돌릴 原動力은 오즉 少年의 족으마한 줌억 속에 잇습니다! 이에 이 글을 特別히 少年男女 여러분에게 부티는 뜻과 내가 重言復言 朝鮮의 運命이 오즉 少年의 손에 달렷다는 뜻이 分明하여젓슬 줄 미듭니다.

그러면 이러한 重任을 마튼 朝鮮少年은 무엇을 하여야 할가, 어써케 하여야 할가. 이 問題에 對答함으로 우리는 朝鮮民族의 前途方針을 解決하는 심이 될 것(이상 61쪽)이외다. 그리고 그 解答은 이미 本論의 一回, 二回, 三回에 暗示되엇는 줄 미듭니다.

朝鮮少年의 할 일은 改造되고 新生된 朝鮮民族의 民族的 生活을 (一) 組織하고, (二) 그 組織된 機關을 運轉함이니, 그네가 將次 할 事業이 決定되면 그네의 現在에 하여야 함도 決定될 것이니, 곳 二千萬이나 되는 決코 적지 아니한 民族의 團體生活을 組織하고 그 모든 機關을 運轉할 만한 사람이 될 工夫를 함이외다. 올습니다. "工夫, 工夫, 工夫를 함이외다."

(一) 少年들아 德行잇는 사람이 될 工夫를 하기로 굿게 同盟하자.

(二) 少年들아 아모리 하여서라도 普通敎育과 專門學術의 敎育을 바다 한 가지 職業을 할 수 잇는 사람이 되도록 工夫하기를 同盟하자.

(三) 少年들아 健壯한 身體와 氣力을 가진 사람이 되도록 工夫하기를 同盟하자.

(四) 우리의 同盟으로 하여곰 가장 鞏固하게 가장 神聖하게 뭉쳐진 團體

가 되어 民族改造의 大業을 成就하기에 偉大한 힘을 내도록 工夫하기를 同盟하자.

이것을 한마디로 줄이면

"朝鮮의 少年 男子야 女子야, 朝鮮의 運命의 指針을 돌릴 原動力이 우리의 손에 잇스니 우리는 그 힘을 낼 만한 사람이 되기 爲하야 工夫하기를 同盟하자", 함이외다.

어쩌케 同盟을 할 것인가, 同盟은 웨 하여야 할 것인가, 工夫하기 同盟이란 大體 웨 하여야 할 것인가, 工夫하기 同盟이란 大體 무엇인가, 이것은 本誌 次號에 繼續하야 討論하기로 하고 少年諸君은 각기 이 問題에 對하야 今後 一個月間에 硏究하심이 잇스시기를 바랍니다.(이상 62쪽)

魯啞子, "少年同盟과 그 具體的 考案-少年에게(五)", 『開闢』, 제21호, 1922년 3월호.

民族運命의 指針을 돌릴 길이 오즉 少年同盟에 잇는 것을 말하엿습니다. 그리고 웨 少年同盟을 하여야 하나, 또 그것을 하는 方法은 어떠한가 하는데 關하야서는 이번에 討論하기를 約束하엿습니다.

(一) 어쩌해 同盟이 必要한가.

무릇 傳播에 두 가지가 잇스니 하나는 思想의 傳播요, 또 하나는 行爲의 傳播외다. 思想의 傳播의 方法은 言論과 出版이니 그럼으로 어떤 社會에 新思想을 傳播하려 할 째에 言論과 出版의 自由가 重要한 條件이 되는 것이외다. 만일 그 社會의 主權者 (政權을 執한 者)가 現在의 社會의 抱懷한 思想을 變動케 하기를 願치 아니하는 째, 또는 某種의 新思想이 그 社會에 浸潤되기를 원치 아니하는 째에는 言論과 出版의 自由를 拘束하는 것이 그의 最後의 方法이외다. 그래서 言論과 出版의 自由를 憲法의 條文으로 保障하도록 모든 文明한 民衆과 國家가 重大하게 보는 것이어니와 思想의

傳播라 함은 곳 觀念의 傳播를 意味함이오 行爲의 傳播를 意味하는 것은
아니외다. 毋論 어떤 觀念이 傳播되어 相當한 時機(이상 29쪽)의 醱酵를 經過
하면 그것이 行爲로 變하야 들어나기도 하려니와 그러하기에는 長久한 時
日이 걸릴 것이오 또 과연 그 觀念이 行爲로 實現되어 나올는지 觀念대로
消滅하고 말는지도 알 수 업슬 것이외다. 더욱이 우리 民族과 가티 空想과
空論만 爲主하는 人民에게는 아모리 조흔 觀念을 傳播하더라도 그 觀念이
行爲로 實現되기를 바라기는 甚히 어려운 일이외다. 過去에도 우리 民族
中에 조흔 思想이 업서서 아모것도 이룬 것이 업슴도 아니오, 現在에도
어쩌케 할 것을 몰라서 아모것도 못하는 것이 아니라. 아는 것도 行하지를
아니하여서 아모것도 이루지를 못하는 것이외다. 그럼으로 오늘날 朝鮮에
서 急한 것은 觀念의 傳播, 換言하면 思想의 傳播보다도 行爲의 傳播외다.
그런데 오늘날 朝鮮에서 하는 것을 보면 이 妙機를 깨닷지 못하고 한갓
어떤 觀念의 探求와 揚言만 일을 삼고 行爲의 傳播에 힘쓰는 일이 적읍니
다. 例컨댄 사람들이 걸핏하면 朝鮮人은 미들 수가 업다, 猜忌心이 만타,
實行이 업다 하야 입으로 붓으로 떠들지마는 이 미들 수 업는 것을 업시
할 實行, 猜忌心을 업시 할 實行, 空想과 空論만 말고 實地로 行하기를
할 實行을 하려고 아니합니다. 그래서 써드는 소리는 밤낮에 激烈하지마는
고쳐지는 것은 하나도 업습니다. 또 다른 例를 들건댄 勤儉貯蓄을 하여야
한다. 生活을 改良하여야 한다, 敎育을 普及시켜야 하고, 産業을 振作하여
야 한다, 하고 無數이 써들지마는 實地로 어런 일이 되게 할 일을 하는
것이 적읍니다. 진실로 朝鮮人은 空論의 人이니 그에게 複雜한 觀念만 注
入하려 함은 오즉 空論의 材料를 豐富케 하여 줌에 不過합니다. 만일 이대
로 가면 우리는 오즉 空論으로만 歲月을 보내다가 말 것이외다. 오늘날
우리의 形便이 여간 急한 째가 아니라, 前番 運命圖에 그린 바와 가티 우리
가 虛荒한 소리(이상 30쪽)만 써들고 그 虛荒한 소리를 問題삼아 쎗고 싸불고
하는 동안에 運命의 바늘은 사정업시 亡을 向하야 永遠한 忘却을 向하야
一刻一刻 氈動하야 나려갑니다.

그러면 行爲를 宣傳하는 方法이 무엇인가, 이 方法이야말로, 만일 잇다

하면, 우리를 살려 낼 方法이외다.

그 方法이란 무엇이냐, 이것이 곳 同盟이외다. 行爲를 傳播하는데 가장 確實한, 가장 迅速한 方法은 곳 同盟이니 이 方法을 두고 다른 方法은 업는 것이외다.

웨 同盟이란 行爲를 傳播하는 가장 確實하고 迅速한 方法이냐. 대개 同盟이란 各其 自己에서부터 始作하기 때문이외다. 爲先 내가 나를 改造하자, 하는 사람들이 모이는 것이 同盟이니 내가 나를 改造하기에서 더 確實한 일이 어대 쏘 잇겟슴니까. 남더러 아모리 改造하라, 改造하라, 웨치더라도 그 사람이 改造를 할는지 아니 할는지는 未可必이지마는 내가 내 몸을 改造하는 것이야 아모 疑心도 업슬 것이니 그럼으로 지금토록 하여 오던 바와 가티 서로서로 남더러만 하라 하고 남에게만 責任을 돌니는 것으로 일삼기를 그치고 다 各其 自己에게 돌아가 저마다 저를 改造하기를 힘쓰는 것이 民族改造나 人類改造의 第一步일쑨더러 가장 確實한 方法이외다. 그리하되 나 혼자만 그러지 안코 나와 가튼 自覺과 가튼 決心을 가진 者를 하나씩 둘씩 聯合하야 同盟員을 늘여감으로 가튼 行爲를 하는 者의 數가 漸漸 늘어갈지니 이는 다만 思想 또는 觀念의 傳播가 아니오 行爲의 傳播가 되는 것이외다.

이 모양으로 저부터 改造하랴는 者들이 同盟을 지어 처음 約束한 몃 가지 일, 가령 우리로 말하면,(이상 31쪽)

(一) 務實力行하기를 同盟하자.
(二) 信義를 지키고 勇氣를 가지기를 同盟하자.
(三) 團體生活의 訓鍊을 밧기를 同盟하자.
(四) 普通知識과 一種 以上의 學術이나 技藝를 배우기를 同盟하자.
(五) 衛生과 運動을 一生에 쉬지 안키를 同盟하자.
(六) 반듯이 一定한 職業을 가져 每日 一定한 時間의 勞力을 하며, 金錢을 貯蓄하야 저마다 제 生活의 經濟的 基礎를 確立하기를 同盟하자.

이러한 것을 實行하기를 同盟하는 人員을 增加하야 마츰내 全 民族을,

爲先은 全 民族의 生活의 모든 機關을 組織한 運轉할 만한 人數를 엇기로 힘쓰는 것이 同盟의 主旨외다.

假令 二人이 이러한 同盟을 始作하야 第一年에 二十人의 同盟員을 어덧다 하고 그로부터 每年에 一人이 一人式만 새 同盟員을 엇는다 하면 第二年에는 四十人, 第三年에는 八十人, 第四年에는 一百六十人, 第五年에는 三百二十人, 第六年에는 六百四十人, 第七年에는 一千二百八十人, 第八年에는 二千五百六十人, 第九年에는 五千一百二十人, 第十年에는 一萬二百四十人이 될 것이오, 이 比例로 나아가면 第十七年에 一百二十七萬七百二十人, 第二十年에 一千十六萬五千七百六十人의 同盟이 되고 第二十一年에는 二千三十四萬一千五百二十人의 同盟員을 어더 朝鮮 全 民族을 덥게 됩니다. 그만한 分明한 自覺과 確實한 決心을 가진 사람으로서 一年에 一人의 同盟員을 求하기는 甚히 容易한 일이 아닙(이상 32쪽)니까.

그러나 同盟員 中에 或 死亡하는 者, 中途에 規約을 어기어 쫏겨난 者, 또는 一年에 一人에 新同盟員도 엇지 못하는 者 잇슬 것을 다 豫想하고 第十年에 一萬二百四十人 될 것을 그 期間을 三倍하야 第三十年에야 엇기로 치면 아마 이에서 더 確實할 것은 업스리라 합니다. 내가 이 論文 中 朝鮮民族이 民族的 生活을 營爲할 만한 確實한 基礎를 어드랴면 적어도 一萬人의 專門家는 잇서야 한다는 것을 말하엿거니와 우리는 이 同盟의 方法으로 速하면 十年 더디더라도 三十年에 이를 確實히 어들 수 잇슬 것이외다. 或이 말하기를 이러한 同盟이 업슨 들 三十年間에 一萬人의 專門家야 엇지 못하랴 하려니와 이 同盟이 업고는 그러치 못할 큰 理由 두 가지가 잇습니다.

現在의 形便으로 보건댄 朝鮮人 中에 專門家 되랴는 者가 몃 사람 보이지를 아니합니다. 工夫한다는 것이 흔히는 伐齊爲名인 데다가 그나마 一種의 專門學術이나 技藝를 배우랴는 者가 적고 대개는 高等普通學校를 마초고는 工夫를 中止하거나 或 海外에 留學을 간다하더라도 分外와 釣名慾에 떠서 工夫를 眞實히 하랴는 이가 적고 兼하야 或은 法學, 或은 文學, 或 商工業을 배우는 이도 그것이 자기 個人과 自己가 屬한 民族의 團體的 生

活에 어쩌한 關係가 잇는지를 分明한 自覺한 者가 적어서 이대로 가면 어느 째까지 가더라도 民族生活에 必要한 一萬 以上의 專門家가 언제 現出될는지 期限이 茫然한 것이 한 理由.

또 民族性의 根本的 缺陷, 즉 本論에 말한 모도 道德的 缺陷을 改造하지 아니한 사람이 專門知識이(이상 33쪽)나 技藝를 가지게 되면 그가 個人의 生活의 資는 어들 수 잇슬는지 모르지마는 民族生活의 一職務를 擔任할 資格이 되기 어려울 것이니 例를 들건댄 거짓말하고 속이는 버릇 가진 사람이 法學을 배웟다 하더라도 그가 官吏나 辯護士도 될 수 업슬 것이외다. 그럼으로 知識이 비록 조치마는 德을 떠난 知識은 돌이어 社會에 茶毒을 줌이 큰 것이외다. 저 挾雜輩들을 보시오, 詐欺漢들을 보시오, 그네에게 知識이 업섯더면 얼마나 多幸하겟슴니까. 過去의 朝鮮을 衰頹케 한 者도 知識 업는 者의 한 일이 아니오 진실로 朝鮮人 中에 가장 知識 잇던 者의 한 일이외다. 將來의 朝鮮을 더 亡케 할 者도 진실로 德 업고 知識 잇는 者외다. 이것을 깨다를진대 道德的 改造를 無視한 知識의 普及이 어쩌케 戰慄할 만한 것인지를 알 것이외다. 이것이 同盟이 잇서야 할 둘재 理由.

同盟이 必要한 理由가 이 밧게 잇지마는 그것은 前에도 말하엿고 後에도 말하려니와 여기 말한 두 가지 理由로만 보더라도 同盟이 업시는 信賴할 만한 一萬 名의 專門家를 어들 길이 업슬 것이외다.

그러면 우리의 말하는 同盟으로 어든 人物은 어쩌한 人物들일가. 假令이러한 同盟에 一員이 되어 十年 間 修養한 者를 보기로 하면,

　(一) 그는 거짓말 안하기, 게으르지 안키, 바꿔말하면 務實, 力行하기를 十年間 힘썻고,

　(二) 그는 信義 잇고 勇氣 잇기를 十年間 힘썻고,

　(三) 그는 十年間 團體生活의 訓練을 바닷고,

　(四) 그는 十年間 普通知識과 一種 以上의 專門學術이나 技藝를 배우기에 힘썻고,(이상 34쪽)

　(五) 그는 十年間 衛生과 運動으로 健康을 修鍊하엿고,

　(六) 그는 十年間 貯蓄하야 生活의 經濟的 基礎를 세윗고,

(七) 그는 鞏固한 團結의 規約을 確守한 一人이외다.

이만하면 이 사람은 英雄도, 豪傑도, 聖人도, 아닐는지 모르지마는 信賴할 만한 一 公民되기는 確實할 것이외다. "信賴할 만하고 能力잇는 凡人!" 이것이야말로 우리의 要求하는 바외다. 지금은 英雄이나 豪傑이나 聖人의 時代가 아니오 實로 多數한 信賴할 만하고 能力잇는 凡人의 時代외다. 朝鮮民族의 全部가, 全部는 못 되더라도 爲先 一萬人이라도 이러한 凡人을 어더야 우리는 살아날 것이니 이 길밧게는 決코 다른 길은 업습니다.

이만하야도 同盟이 아니고는 안 될 것은 알앗스려니와 以上에 말한 것 外에 同盟이 必要한 重大한 理由가 잇스니 그것은 우리는 民族을 改造하기 爲하야 오즉 各기 저부터 改造할 뿐이 아니오 넓히 全 民族을 改造하기에 必要한 事業을 할 必要가 잇기 때문이외다.

通信敎授, 書籍出版, 定期刊行物의 刊行, 圖書樅覽所의[40] 設立, 簡易博物舘, 體育場, 各種의 學校와 講習所와 集合場의 設立, 娛樂機關의 設立 等 事業은 朝鮮民族의 文明을 爲하야 업지 못할 것이외다. 學校에서나 講習所에서나 通信敎授로나 全 民族이 普通敎育과 專門學術, 쏘는 技藝의 敎育을 밧도록 되고 科學, 哲學, 宗敎, 文學 等 各種 書籍이 全 民族의 要求에 넉넉히 應하리 만한 書籍을 出版하고, 圖書縱覽所를 세우게 되고, 全 民族이 모도 享受할 수 잇도록 體育場과 모든 健全한 娛樂機關이 設備 되어야(이상 35쪽) 이에 비롯오 朝鮮民族의 文化生活의 基礎가 確立되엇다 할 것인데 이리하라면 幾百의 學校, 幾千萬部의 書籍, 幾百의 體育場, 娛樂場, 圖書縱覽所 等을 設立하여야 할지니 이것을 누가 하나, 이것이 업시는 分明히 民族이 살 수가 업슬 터인데 이것을 누가 하나? 할 사람이 너와 나밧게 누굽니짜. 그런데 이러한 큰 事業들을 施設하고 維持하랴면 實로 想像도 못할 巨額의 資本을 要할 것이오, 想像도 못할 多數의 人物을 要할 것이니 이 巨額의 資本과 多數의 人物을 偉大한 團體가 아니고야 어대서 엇겟습니짜.

---

40 '圖書縱覽所의'의 오식이다.

조흔 일이니 하면 된다. 始作이 半이니 金錢과 人材의 豫算이야 잇든지 업든지 爲先 始作부터 하자 하야 趣旨書를 짓고 發起人의 氏名을 發表하고 宏壯한 規則을 制定하고 會長, 副會長, 總務, 무슨 部長, 무슨 部長의 全 會員의 數보다 얼마 적지 아니한 職員을 내고, 그러고는 첫 달부터도 經費가 困難하야 職員들이 "無限한 困難을 當하게 되고" 云云하는 式의 事業을 하여서는 아니 됩니다. 이것은 在來로 우리 社會에서 하여 오던 事業方式이니 이것이 社會에 利益을 준 點도 아주 업다 할 수는 업스나 民心을 浮虛케 하야 眞正한 事業을 일으키는데 妨害 됨이 또한 적지 아니하엿습니다. 이대로 가다가는 마츰내 아모 힘 잇고 永久한 事業을 經營할 수는 업시 될 것이외다.

在來로 朝鮮에서는 社會的 事業이나 敎育事業을 經營할 째에 金錢에 對하야는 寄附主義를 썻고 人材에 對하야는 唯名主義를 썻나니 寄附主義라 함은 一定한 收入을 確保할 基本金의 積立을 計圖치 아니하고 一時一時 會員 또는 一般社會의 興奮을 利用하야 寄附金을 어더 들여서 그 事業의 資金을 삼으려(이상 36쪽) 함이니 이럼으로 그 事業의 經濟的 基礎가 確實치 못하야 朝生暮死의 悲運을 當하지 아니하면 龍頭蛇尾의 羞恥를 當하는 것이외다.

또 唯名主義라 함은 그 人物의 資格能力이야 어쩌하든지 會長이란 자리에 노흐면 會長이 되고 敎師란 자리에 노흐면 敎師가 되고 支配人이나 編輯員의 자리에 노흐면 그것이 되는 줄로 알앗습니다. 그래서 爲先 職名을 맨들어 노코는 되는대로 주어다가 그 職員을 삼으니 事業이 될 리가 萬無합니다. 오늘날과 가티 社會의 萬般業務가 複雜하고 高尙하게 分化된 時代에는 한 사람으로 한 가지 以上의 職務에 適合하기도 어려운 것이니 한 사람의 一生의 한 가지 職務의 一生이 되는 것이 通則이외다.

우리는, 懋實力行하랴는 우리는 무슨 事業을 함에던지 이 寄附主義와 唯名主義를 斷然히 버리고 金錢에는 基本金主義, 人材에는 適所主義를 實行하여야 할 것이외다.

假令 한 雜誌를 刊行한다 합시다. 그리 하랴면 먼저 雜誌 編輯室과 印刷

所를 設備하고 다음에 적더라도 五年間 繼續 刊行할 만한 基本金을 세우고, 다음에는 編輯事務를 볼 適材, 營業事務를 볼 適材, 이를 統率하야 經營의 全 責任을 마틀 만한 首腦者를 擇하여 노코 그런 뒤에 每號에 寄稿할 適材를 넉넉히 定하여 노코 그러고 나서 비롯오 創刊號를 發行할 것이니 이러케 하랴면 月刊 百 頁의 評論, 文藝雜誌를 發行하기에 적어도(印刷所의 設備는 除하고라도) 二萬圓의 基本金은 必要할 것이외다.

그런즉 우에 말한 듯한 民族敎化의 모든 事業을 實施하랴면 얼마나 巨額의 基本金과, 얼마나 多數의 人材를 要하겟습니까. 이러한 金錢과 人材를 엇는 方法이 同盟을 두고 어대서 求하리까.(이상 37쪽)

(二) 同盟은 어떠케 하여야 하나?

以上에 말한 바로 同盟의 必要를 알앗거니와 그러면 그 同盟은 어떠한 方法으로 하여야 할가. 이 問題는 決局 團體를 어떠한 方法으로 組織할가 함에 歸着합니다.

團體를 組織한다 하면 우리 一般 人士의 觀念은 첫재 發起人會를 모으고 거기서 規則委員을 選定하엿다가 創立總會에 그 規則에 依하야 機關을 組織하고 任員을 選擧하고 그리고는 會員을 募集하야 名簿를 맨들고……. 이 모양으로 판에 박은 듯하니 이것이 과연 萬國共通의 團體組織法이외다. 그러나 이는 懋實力行하고 團結의 信義를 지켜 그 會의 主旨를 徹底히 알아 그것이 自己의 意思와 一致한 줄을 確認한 뒤에야 그 會員되기를 許諾하고, 한번 許諾한 뒤에 끗까지 그 規則이 命하는 義務를 履行할 뿐더러 自己가 參加한 團體를 極盡히 愛護하야 자기의 �뗼 수 업는 一部分으로 알만한 사람들의 할 일이오 우리네와 가티 함부로 들어가서 함부로 잇다가 함부로 나오는 사람들의 할 일은 되지 못합니다. 그럼으로 우리와 가튼 처지에 잇는 이들은 團體를 組織할 째에도 남다른 特別한 方法을 取할 必要가 잇습니다. 이리하여야 過去에 失敗만 하던 朝鮮人 間의 團體의 覆轍을 다시 밟지 아니할 것이외다.

그러면 그 方法이란 무엇인가.

團體의 要求할 바는 그것이 가장 鞏固하고 가장 長壽하고 가장 힘을 만

히 發함이니 이 要求를 채우기 爲하야는 左記한 다섯 가지 要件이 잇다
합니다.(이상 38쪽)

(一) 團體의 各 員의 意思가 그 團體의 主旨에 對하여서는 絶對的으로
同一할 것.

(二) 團體의 法을 嚴守할 것.

(三) 團體의 各 員이 團體와 밋는 다른 團員을 사랑한 것.

(四) 團體의 各 員은 團體의 行爲에 대하야 一心할 것.

(五) 團體의 目的한 事業을 할 만한 經濟的 基礎가 確固할 것.

(一)로 말하면 즉시 團體라 하면 多數人이 共同한 目的을 達하기 爲하야
모인 것이니 그 團體의 目的 즉 主旨에 對하야 各 員의 意思가 一致하지
안는다 하면 벌서 團體의 本領을 失한 것이외다. 그럼으로 어떤 團體에
들어가랴는 個人이나 어떤 個人을 바드랴는 團體는 人力으로 할 수 잇는
모든 手段을 다하야 彼此의 意思를 了解할 必要가 잇는 것이외다. 그러하
거늘 우리네는 흔히 그 團體의 規則, 즉 目的과 밋 이를 達하랴는 計畫을
規定한 規則도 잘 모르고 함부로 加入하며 甚하면 發起人도 무슨 主旨인지
도 모르면서 그 자리에 參與하엿기 째문에 著名하는 수가 잇스니 이러고
그 團體가 鞏固할 리가 萬無합니다.

(二) 法이 解弛하는 날 그 團體는 解體되는 것이니 이미 定한 法이면
一點一劃도 어길 수가 업는 것이외다. 무릇 人類生活은 團體生活이오 쌀아
서 法의 生活이니 法을 嚴守한 習慣을 짓도록 訓練하는 것은 文明人의 要
件이외다. 그럼으로 國家의 秩序도 明嚴한 司法을 賴하야 維持되는 것이니
國法이라고 特히 重하고 私團體의 法이라고 重치 아니한 것이 아니라, 다
가티 나의 良心이 지키기를 許諾한 點으로는(이상 39쪽) 마챤가진 즉 國法을
지키는 嚴正한 態度로 團體의 法을 지켜야 하고 만일 法을 어그리는 이가
잇거던 團體에서는 秋毫의 容恕함이 업시 이를 罰하여야 할 것이외다.

(三), (四)도 團體를 鞏固케 하고 長壽케 하고 有力케 하기에 必要한
條件임은 勿論이어니와 團體를 사랑하는 情, 一心하는 情은 微微한 듯하면
서 그 團體의 生命이 되는 것이외다. 그러고 우리 同胞가 特히 注意할 것은

團體의 經濟的 基礎니 이것은 在來에 극히 等閒히 생각하여 오던 것이면서 其實은 極히 重要한 것이외다. 大小의 團體를 勿論하고 經濟力이 잇는 者는 盛하고 업는 者는 衰하는 것이외다.

以上에 말한 다섯 가지 條件에 맛게 團體가 組織되면 그 團體의 結束은 鞏固하고 壽命은 長하고 힘을 發함은 클 것이니 決코 在來의 여러 團體와 가티 失敗할 근심이 업슬 것이외다. 우리가 말하는 少年同盟은 이러한 種類의 團體라야 할지니 이 團體 自身이 改造된 團體로 今後에 일어날 團體의 模範이 되어야 할 것이외다.

그럼으로 우리는 "朝鮮 사람으로 아모 일도 할 수 업서 —"하는 自嘆을 맙시다. "그러다가 또 有始無終되게" 하는 杞憂를 맙시다. 우리에게는 分明한 自覺이 잇고 구든 決心이 잇스며 確實할 計畫이 잇스니 깃버 뛰며 實行합시다.

　＊　＊　＊　＊　＊　＊　＊　＊　＊　＊　＊

나는 이로써 本論을 마추랍니다. 結末에 臨하야 나는 本 誌上에 五回에 旦하야 論한 바 主旨를 總括하고 아울러 내 이 편지를 바드시는 少年男女諸君에게 재촉하는 한 말슴을 들이려합니다. (이상 40쪽)

나는 本論에서

(一) 朝鮮民族의 經濟的 破産

(二) 朝鮮民族의 道德的 破産

(三) 朝鮮民族의 知識的 破産

을 論하야 現在의 朝鮮民族에게 거의 民族的 生活의 能力이 업슴을 말하고, 흔히 우리네가 말하는 "朝鮮民族은 이미 衰頹의 極에 達하엿스니까 이제부터 天運이 循環하야 盛運에 들리라" 하는 信念의 誤謬를 指摘하야 朝鮮民族의 아즉도 衰亡의 過程에 잇스니 씨도 업시 絶滅할 것도 잇슬 수 잇다는 것을 力說하야 所謂 運命 抛物線說을 말하고,

여긔서 朝鮮民族을 救하야 盛運에 入케 하는 것은 오즉 民族을 改造하야 生活力이 업던 現在의 朝鮮民族代에 生活力이 잇는 新朝鮮民族을 造出함에만 잇다는 것을 말하고,

民族改造의 唯一한 길을 少年의 修養同盟에 잇다 하야 修養의 條目과 同盟의 必要와 方法을 말하엿습니다.

아아 사랑하는 朝鮮의 少年男女여! 나는 이 편지를 쓰기 始作할 째에와 가티 方今 이 편지를 씃내려 할 째에 여러분의 얼굴이 눈압헤 아른거립니다. 우리에게 무슨 希望이 잇습니까. 우리의 唯一한 希望은 오직 여러분이외다. 우리에게 무슨 깃븜이 잇습니까. 우리의 깃븜은 오즉 여러분이 健全하게 長成함이외다.(이상 41쪽)

여러분! 만일 여러분쎄서 나의 이 가슴에 피를 찍어 쓴 편지에 共鳴하심이 잇거든 그날부터 그 自覺대로 實行하기를 決心해 줍시오, 그래서 우리들이 갓가운 將來에 이 論文에 그린 듯한 少年同盟을 實現하기를 힘씁시다.

◆ 謹　　告 ◆

少年同盟에 對하야 더 討論키를 願하시는 篤志者가 계시거든 魯啞子에게로 通信하시기를 바라옵니다.

…… (魯啞子) ……

(이상 42쪽)

李敦化, "新朝鮮의 建設과 兒童問題", 『開闢』, 1921년 12월호.

一. 恒常 十年 以後의 朝鮮을 잇지 말라

어느덧 十餘年 前 일입니다. 내가 關北 어떤 學校에 잇슬 째에 生徒 한 사람을 父母의 同意가 업시 斷髮을 식켜더니 미리 斟酌하엿던 바와 가티 그 生徒의 父母가 各其 棍棒을 들고 學校 門압헤 와서 當局者 되는 나의 이름을 부르면서 慘惡한 行惡을 하던 일이 아즉도 귀에 남아 잇습니다. 그런데 月前에 내가 어떤 要務를 찌고 그 地方을 巡回하다가 아는 사람에게 그 生徒의 形便을 무러 본 즉 그 地方 사람들이 一口如出로 하는 말이 當時에 問題되엇던 生徒는 只今 某 郡廳의 判任官으로 잇스며 그의 父母는 當時의 잘못을 後悔할 쑨만 아니라 한번 나를 만나면 謝過도 하고 兼하야 自己 子息의 出身의 前途를 열어 준 功勞를 톡톡히 한번 갑하야 하겟다고 벼른다 하는 긔별을 들엇습니다.

世上 일이란 大抵 이러합니다. 十年 以前에는 惡讎로 알던 일도 十年 以後에는 그를 功勞로 알게 되는 것이올시다. 그것이 大概―世事의 變遷을 말하는 것이오 人心의 進步를 알게 되는 것입니다.

무슨 일의 成就되는 法이란 恰然히 春園의 풀이 當場에 보면 아모 成長이 업시 고냥 고대로 잇는 것 갓지마는 萬一 며칠을 걸러 가 보면 엉뚱하게 茂盛함과 가티 世事의 變遷하는 法도 쏘한 이와 가타야 한 달 두 달 一年 二年 동안에는 別로히 進步된 氣色이 나타나 보이지 아니하지마는 十年이라던가 或은 幾十年이라 하는 만흔 歲月을 쎠어노코 그 前後를 본다 하면 實로 몰라보게 進步가 되는 것이올시다. 우리가 只今 다만 우리의 現在만 본다 하면 아모 進退與否를 아지 못하지마는 萬一 只今으로부터 幾十年 以前의 넷일을 가저다― 우리의 現在에(이상 19쪽) 比較하고 보면 누구던지 놀랄 만한 變遷이 잇섯다 말하지 아니할 수 업습니다. 우리가 萬一 十歲나 或은 十五六歲 되는 靑年에게 甲午年의 形便이나 或은 甲辰年代의 形便을 일러주면 그들은 그것이 거즛말이나 아닌가 하고 疑心할 일이 十에 七八은 될 듯합니다. 내가 어썬 째에 鐘路를 나서니까 어썬 南道 兩班 하나이 큰 갓을 쓰고 道袍를 입고 거리에서 彷徨하는 것을 보고 오고가던 兒孩들이 손가락질을 하야 가면서 求景하는 일을 보앗습니다. 우리들은 以往 일상 보던 衣冠이니까 아모 殊常한 생각이 업지마는 그를 처음 보는 神聖한 兒童의 眼目에는 恰然히 멧 萬里 박게 잇는 他國 사람이 다른 他國 사람을 처음 對하는 感想이 잇는 듯이 보일 것입니다. 이것은 勿論 조고마한 例를 들어 말하는 것이어니와 어쌨던 사람의 社會라는 것은 善으로던지 惡으로던지 어느 便으로던지 變하야 가는 것이 原則이며 그리하야 時代의 潮流가 急할스록 그 變하는 度數가 빠른 것이올시다. 그럼으로써 우리가 여기에 永遠히 잇지 말아야 할 一事는 첫재 世事는 變하야 가는 것이라 하는 것, 둘재 그 變하는 速度는 時代의 潮流와 當事者 되는 모든 民衆의 活動과 比例되는 것, 셋재 變하야 가는 功績의 效果는 이가 積極的으로 되며 消極的으로 되는 두 가지의 岐路가 잇는 것의 새 條件입니다. 少하야도 萬一 이 세 條件이 眞理에 가까운 것이라 하면 우리는 時代와 가티 變하야 가는 것이 原則이며 旣往 變함이 原則이라 할 진대 아무쪼록 積極的 方面을 向하야 가장 놉흔 速度로 進步하는 것이 事實上 利益이 될 것입니다. 이와 가티 時代에 合理되는 進步가 過去 우리 中에 잇서오며 繼續하야 그 進步가 未來에 一層 놉하진다 하면 十年 以後의 朝鮮은 쪼 한번 몰라보게 變化할 것입니다. 우리가 只今에 안저 十年 以前의 朝鮮을 보고 그 幼稚하얏슴을 非笑함과 가티 十年 以後의 朝鮮 사람은 現在 우리 朝鮮을 돌아보고 그만치 幼稚한 程度를 嘲笑하게 됩니다. 그리하야 十年 以後의 朝鮮 사람이 現在의 朝鮮 사람의 程度를 돌아보고 嘲笑하는 分量의 多寡는 直接 十年 以後 朝鮮이 얼마만치 進步된 與否를 알게 됩니다. 卽 十年 以後의 朝鮮 사람이 現在의 우리 程度를 嘲笑하는 分量이 만타 하면 만흐니만치 그만치 當時의 朝鮮이 進步된 것이오 萬一 嘲笑할 事件이 하나도 업다 하면 업스니만치 그만치 不進步 된 것을 證明할 것입니다. 事實이 萬若 이와 가튼 原理로 돌아간다 하면 우리는 十年 以後 朝鮮이라는 것을 크게 重要視하지 아니면 아니 됩니다. 卽 十年 以後의 새 朝鮮을 맨들기 爲하야 只今으로부터 基礎를 닥그며 材料를 準備하여야 됩니다. 다시 말(이상 20쪽)하면 우리는 十年 以後의 朝鮮이라는 것을 彼岸의 樂園으로 보고 現在의 모든 苦痛을 달게 바드며 모든 犧牲을 거름하야 喜悅과 늣김으로써 徐徐히 모든 準備를 작만할 것 뿐입니다.

古人이 일럿스되 百年도 瞬息이오 萬世도 빠르다 하엿나니 우리가 十年 이라는 光陰을 그러케 길게 생각할 것이 아니오 우리 一生이 반듯이 닥칠 만한 가장 가까운 時期임을 알아두어야 합니다. 알고 보면 十年이라는 것 이 實로 瞬間에 當着이 됩니다. 三十歲 되는 이는 四十歲이면, 五十歲 되는 이는 六十歲면, 六十歲 되는 이는 七十歲면, 八十歲 되는 이는 九十歲면 문득 十年 以後의 새 朝鮮을 볼 것입니다. 現在의 살아 잇는 사람은 누구나 十年 以後의 朝鮮이 그러케 멀지 아니합니다. 이와 가티 十年이라는 것이 멀지 안은 歲月이라 하고 보면 우리의 하는 모든 일을 少하야도 十年을 一期로 삼지 아니하야서는 아니 됩니다. 即 十年이라는 것을 한 度數로 삼고 十年이라는 歲月 안에 한 가지 事業식 成就하지 아니하면 아니 됩니다. 十年 以後에는 이 일이 반듯이 目的대로 成功되리라 하는 遠慮와 根氣 와 實行을 가지고 그 準備를 只今부터 하야 두지 아니하면 아니 됩니다. 나는 平素 우리 朝鮮 사람 中에서 恒常 이러한 말을 만히 들은 일이 잇습니 다. "아— 내가 十年 前부터 그때부터 이 工夫를 始作하얏더면 只今은 免無 識이나 되엇슬걸?", "아— 내가 몃 해 前부터 그 事業에 着手하엿더면 只今 은 夫子가 되엇슬걸?" 하는 等의 말은 常人의 恒茶飯으로 하는 말입니다. 보통의 사람이란 大概 이러합니다. 일이 지나간 뒤에 그 일을 後悔하는 感情은 發達되엇스나 일前에 멀리 그 일에 對한 準備를 하는 이는 甚히 적습니다.

이 點에서 우리가 只今 안저 十年 以前의 事를 생각하야 본다 하면 個人 自己의 일에나 社會 民族의 일에나 愁懷나고 斷腸할 일이 만히 잇슬 것이 올시다. "아— 敎育을 十年 以前부터 힘썻더면 오늘날 이들이 되지 안흘 걸?", "아— 産業을 十年 以前부터 經營하야더면 오늘 이러틋한 貧窮을 免 할 것?" 等은 個人으로나 社會로나 잇서 한 가지로 後悔하고 애를 쓴는 일이 아닙니까. 우리가 만일 十年 以前의 일을 돌아보아 이러틋 後悔가 난다 하면 우리는 斷然히 十年 以後의 일을 생각하야 모든 것을 事實로 하야 가지 아니면 아니 됩니다. 卽 十年 以後의 "나"를 爲하야 現在의 "나"를 改造하여야 합니다. 朝飯을 굶은 불상한 勞働者가 저녁밥을 爲하야 곱흔 배를 억지로 참고 一日의 勞働을 堪能함과 가티 우리는 十年이라는 光明을 자못 一日의 朝夕과 가티 생각하야 곱흔 배를 억(이상 21쪽)지로 참고 刻骨精心으로 十年의 時間을 黃金化하게 되면 十年 以後의 朝鮮은 實로 刮目하고 對하게 될 것입니다.

　　二. 新朝鮮의 準備는 무엇보다도 兒童問題를 解決함에 잇슴

이와 가티 우리가 十年 以後의 새 朝鮮을 爲하야 그것의 建設을 爲하야 모든 것을 只今부터 準備하야 둘 必要가 잇다 하면 그 必要는 무엇에나 다 ― 適切치 아니할 것이 업겟습니다. 크다 하면 一民族 全 社會의 일로부터 적다하면 一家庭 一個人의 일에까지 大小精細를 가릴 것이 업시 다 가티 只今부터 準備를 始作치 아니하야서는 아니 됩니다. 내 自身의 學識과 財産을 圖得함도 그러하며 一家庭의 生活을 豊足케 함도 그러하며 進하야는 一洞面 一國家의 隆盛을 求함도 그러합니다. 그리하야 그를 徹底히 斷行함에는 一字의 識과 一林의 植과 一子의 敎와 一業의 營이 모두 다 十年 以後를 標準하고 十年 以後에는 우리의 이마마하던 生活이 얼마마한 比例로 進步되리라는 預算과 度量과 假定으로 爲先 遠慮 잇는 思量과 根氣 잇는 意志와 堪能한 實行으로써 大死一番, 大悟徹底的 手段을 取한다 하면 人世 ― 寒巖枯木이 아니어든 무엇이던지 起死回生 ― 되지 안홀 者 ― 어대 잇스며 轉禍爲福이 되지 아니할 者 ― 어대 잇겟습니까. 그러나 일에는 元來 ― 表와 裏가 잇스며 根과 葉이 다르며 先과 後의 差異가 잇나니 그럼으로 事에 臨한 者 ― 먼저 深遠의 考察을 要할 것은 무슨 일에던지 그 일에 반듯이 根本的으로 改造할 者와 姑息的으로 彌縫할 者의 두 가지의 緩急을 가려 善히 處變치 못하면 그 活動은 문득 徒勞에 멋츨 쑨이올시다.

이러한 意味下에서 우리가 只今 우리 朝鮮 現下의 改造事業을 考察한다 하면 어느 것이던지 다 가티 根本的 改造를 要치 아니하는 者 ― 하나도

업는 듯합니다. 그리하야 모든 根本的 改造의 事業 中에 根本的의 根本的이 될 者는 먼저 人物의 改造이겟습니다. 事의 成敗는 經營에 잇스며 經營의 善否는 人物에 잇스며 人物의 實不實은 오로지 敎育의 力에 잇나니 그럼으로 人物의 養成은 모든 根本的 事業 中 가장 큰 根本事業이 되겟습니다.

이와 가티 朝鮮의 改造事業이, 아니 世界의 改造事業이 먼저 人物 改造에 잇다 하면 그 改造의 目標는 "사람" 本位에 잇는 것이오. 그리하야 사람의 改造 本位는 全히 兒童問題에 잇다 합니다. 곳 兒童을 解決함이 곳 將來 世界를 解決함이오 將來 모든 問題를 解決하는 根本的 解(이상 22쪽)決이 될 것입니다.

이른바 世界의 四大 問題라 하는 것은 勞働問題 婦人問題 人種問題 兒童 問題를 가르처 말함이니 兒童問題가 이러틋 世界的 四大問題가 됨으로써 보아도 兒童의 硏究가 오늘날 얼마나 重且至大함을 알 것입니다. 한 家庭의 將來를 擔當할 者도 兒童이며 한 國家의 將來를 擔當할 者도 兒童입니다. 現在의 未決한 問題를 解決할 者도 그들의 兒童이며 現在의 未完全한 思想을 完全히 할 者도 兒童입니다. 우리가 只今 생각하며 憂慮하며 希望하는 모든 것도 저들의 神聖한 兒童에게 밀우워 期於코 目的을 達할 날이 잇슬 것입니다. 우리는 저들의 兒童이 잇슴으로써 우리의 現在가 비록 不完全할지라도 不徹底 할지라도 모든 것이 如意치 못하더래도 그들이 잇는 以上에야 다시 무슨 걱정이 잇스며 落膽과 失望이 잇겟습니까. 그들의 將來 活動은 우리의 現在 活動의 延長이며 그들의 將來 經營은 우리의 現在 經營의 繼續입니다. 이러한 意味에서 우리는 우리의 將來를 完成키 爲하야 그들의 兒童으로써 사람다운 模範을 짓게 하야 주며 將來 모든 責任을 지게 할 만한 人格을 養成케 하여야 합니다.

以上에 말함과 가티 우리가 十年 或은 幾十年 後의 새 朝鮮을 建設키 爲함에는 그 準備를 只今으로부터 始作하지 아니하면 안 된다 하면 우리는 將來의 우리 朝鮮을 爲하야 將來의 朝鮮民族인 저들의 兒童을 우리의 現在 보다 더욱 重要히 보며 至重且大히 생각하야 그들의 將來를 爲하야 周密한 用意를 가지지 아니하야서는 아니 됩니다.

우리가 號를 따라 屢屢히 말함과 가티 우리 朝鮮 사람은 恒常 — 將來를 輕히 하고 現在를 重히 하며 더욱이 現在보다 더 — 뒤에 잇는 過去를 重히 생각하는 故로 우리는 우리의 過去에 지낸 祖先은 尊敬하나 우리의 未來에 잇는 子孫은 한푼의 價値로도 알아주지 아니하엿습니다. 그러기에 朝鮮 사람이 兒童을 對하는 觀念은 자못 微弱하엿습니다. 다만 兒童은 兒童이니 그들의 하는 일은 모다 作亂이라 이름하야 어른의 뜻에 맛지 안는 일이면 盲目的으로 排斥하고 叱咤하고 强制하며 侮辱하엿슴이 어른 對 兒童의 關係엿습니다. 勿論 — 兒童은 兒童이오 어른은 어른이라 짜라서 兒童의 하는 작난과 어른의 하는 일이 서로 갓지 아니할 것이며 더욱이 兒童의 생각과 어른의 생각이 彼此 合致 아니할 것도 事實은 事實입니다. 그러나 일이 갓지 아니하며 생각이 合致 아니함으로써 兒童은 兒童대로 賤待하며 어른은 어른대로 取(이상 23쪽)扱한다 하면 卽 兒童과 어른 새이에 아모 連脈 이 업고 感化가 업다 하면 그럿스록 이 社會는 漸次 滅亡에 빠지고 말 것입 니다. 俗語에 어른의 "밋동은 總角이라" 하는 弄談이 잇습니다. 果然 그럿 습니다. 어른의 밋동은 兒童입니다. 兒童이 자라 어른이 되는 것이며 어른 의 過去는 곳 兒童이엇습니다. 그럼으로 元體 되는 어른으로 사람다운 어 른을 맨들고저 하면 먼저 어른의 밋동되는 兒童으로 사람다운 兒童을 맨들 어야 합니다. 어려서 "굽은" 남기 커서 쏫쏫이 되지 못하며 根源이 흐린 물이 흘러서 맑은 理致가 업슴과 가티 어려서 不完全한 兒童이 자라서 完全 한 어른이 될 理가 업습니다. 그럼으로 어른의 社會 어른의 階級이 사람답 게 되랴면 먼저 兒童의 社會의 兒童의 階級이 사람답게 되어야 합니다. 現在의 우리 朝鮮 사람 中 — 우리들의 어른의 社會가 이와 가티 虛僞가 만흐며 缺陷이 만흔 것을 이곳 우리들의 어른의 罪가 아니요 어른이 밋동되 는 兒童時代의 罪입니다. 우리들은 이미 兒童時代에서 不完全한 兒童으로 지내 왓는지라 그의 罪惡은 문득 우리 어른 時代의 只今에 와서 當時의 모든 缺陷이 事實로 나타나게 된 것입니다.

이와 가튼 事實이 萬一 眞理라 미들 것 가트면 우리는 우리 朝鮮의 將來 의 어른들을 爲하야 그 어른의 밋동되는 現在의 兒童을 잘 指導하며 잘

保證하는 것이 新朝鮮의 新朝鮮될 根本的 解決策이며 基礎的 準備術이라 할 것입니다.

三. 新朝鮮의 基礎되는 兒童問題는 如何히 解決할가

우에 一言함과 가티 兒童問題라 함은 다못 朝鮮的으로 된 것이 아니오 實로 全 世界의 四大問題 中 하나인즉 全 世界 사람이 合하야 本 問題의 解決을 기대리지 아니하면 안 될 것이지만 그러나 程度와 事實에 依하야 朝鮮에 在한 朝鮮의 兒童問題는 特殊의 方針과 別個의 手段을 가리지 아니 하면 안 될 것입니다. 그런 故로 우리들의 兒童問題는 넘우도 原始的임으 로써입니다. 남들은 이미 研究에 研究를 더하고 解決에 解決을 더하야 新 局面으로부터 다시 一層 놉흔 新局面을 열고저 苦心하는 此際에 우리들은 아즉도 兒童이라 하는 그것에 對하야 問題나마 成立되지 못한 今日이니까 남과 가티 제법 段階를 밟아 解決의 策을 講究할 수는 업습니다. 다만 至急 한 目前의 弊害를 矯正하는 一方法으로 宣傳的이지마는 두어 가지 알에와 가튼 問題를 例로써 보이건대

甲. 爲先 兒童尊敬의 風을 養하라. 우리가 우리의 背(이상 24쪽)後에 잇는 祖先의 功績을 爲하야 祖先尊敬의 風을 養함이 道德이라 할진대 그와 同一 한 理由로 우리는 우리의 將來에 잇는 子孫의 希望을 爲하야 그들에게 또 한 尊敬의 風을 養成함이 道德의 一條件이 될 것입니다. 아니 祖先의 功績 以上의 功績을 그들의 子孫에게 依賴하기 爲하야 우리는 當然히 그들을 欽仰하며 그들을 尊敬치 아니하야서는 아니 됩니다. 나는 已往 이러한 말 을 들은 일이 잇섯습니다. "外國 有名한 어떤 兒童研究學者가 잇서 가튼 어른들에게는 甚히 傲慢한 態度를 부리지마는 문득 兒童을 對하는 째에는 그는 머리를 굽혀 恭遜히 인사하고 말을 나즉히 하야 그들의 應對進退를 順應하는 모양이 자못 狂客과 가튼 行爲를 함을 보고 그의 友人이 그 然故 를 무른 즉 그는 沈吟良久에 對答하는 말이 兒童이라는 것은 참으로 神聖 합니다. 決코 現在 우리 어른들과 가티 比較 對照할 것이 아닙니다. 우리의 어른들은 이미 모든 人格이 判明되어 그 以上에 더 一 놉히 볼 價値가 업지 마는 저들의 兒童의 中에는 將來 英雄이 될 者도 잇스며 聖賢이 될 者도

잇스며 學者, 哲人, 大富, 大貴의 資格을 가진 者도 업지 아니할 것입니다. 곳 저들은 未來의 英雄, 豪傑, 學者, 哲人입니다. 나는 이러한 일을 생각할스록 兒童을 對하면 自然히 崇拜할 생각이 납니다" 하고 말하엿다 합니다. 果然 올흔 말슴이올시다. 저들 兒童의 中에는 將來 우리의 社會를 代身하야 乾坤을 停頓하며 宇宙를 振撼할 人物이 무텨 잇는 것입니다. 생각이 한번 이에 이르고 보면 우리가 어찌하야 저들의 兒童을 賤待할 수 잇겟습니까. 우리가 眞實로 自己의 民族을 神聖히 보며 自己의 社會를 神聖이 본다 하면 짤아서 將來 自己의 民族이며 將來 自己의 社會를 料理할 저들을 神聖히 보아야 합니다.

우리는 參考 兼 只今 우리 朝鮮 사람들의 兒童에 對한 態度의 一例를 들어 봅시다. 우리들이 爲先 兒童에게 對한 말버릇이 무엇입니까. 兒童에 對한 가장 놉흔 말이 "이 애 - 이리 오너라. 저리 가거라." 함으로부터 "이 子息 - 亡할 子息" 더 甚하면 "이 - 종간나 새끼", "이 질알 벼리째 가튼 새끼"(咸鏡道 地方의 方語) 等의 말로써 兒童에게 對하게 됩니다. 참으로 筆端으로 쓰기 엄청난 語法이 한두 가지가 아닙니다. 그럼으로 우리 朝鮮 兒童은 처음으로 먼저 배우는 말이 常말입니다. 생각하야 봅시다. 사람의 感情을 發表하는 말버릇부터가 이와 가티 不人道不德行이 되고 나서야 다시 모든 關係가 順調로 進行할까.(이상 25쪽)

우리 社會에는 父母가 子弟를 對하는 態度는 物品主가 物品을 다르는 態度와 彷彿하나니 物品主가 自己의 經濟上 關係를 爲하야 物品을 貴重히 봄과 가티 우리의 父兄은 倫理上 或은 家族關係를 爲하야 子弟를 貴重히 보게 됩니다. 子弟의 人格 子弟의 個性을 爲한다는 點보다 子弟로부터 受하는 待遇 或은 將來 家庭을 爲한다는 關係上으로부터 子弟를 貴하게 보게 됩니다. 그럼으로 子弟가 올튼지 글튼지 父母 自己의 뜻에 合하고 보면 子弟의 人格의 將來에야 어쩌한 影響이 밋던지 그만입니다. 그럼으로 家庭에 在한 兒童은 오즉 父母의 機械的 使用이 잇슬 뿐입니다.

그리고 우리 社會에서 學校가 生徒를 待하는 態度는 警察이 關係者를 取扱하는 態度와 彷彿합니다. 先生이 生徒에게 對한 말法이라던가 그들의

過失을 責할 時에 態度라던가 그들을 命令하며 指導하는 方法이라던가 거의 다 恰似합니다. 내가 日前 어썬 小學校에를 갓더니 그 째 — 마츰 어썬 生徒 하나이 무슨 過失이 잇던 모양인데 先生되는 한 사람이 楚撻鞭을 가지고 나서면서 하는 말이 "이 놈 한번 격거 보아라" 하고 나서는 威嚴이 어른 되는 나의 마음도 어찌 悚懼하던지 몰랏습니다. 그리고 다음에 어썬 生徒 하나이 先生에게 무슨 物品을 請求하는데 先生은 죽음도 和氣의 빗이 업시 "이 놈 — 저리가 — 저 房에 잇서 —" 하고 薄情히 말하는 態度가 겨테 잇던 내 마음에 어찌 서운하던지 몰랏습니다. 어쨋던 이것저것 할 것 업시 現在 우리 朝鮮學校에서 先生이 生徒를 다스르는 方法은 警察이 凡人을 다스르는 態度에서 別로 다름이 업서 보입니다. 그러기에 그들의 通常口中으로 하는 말이 "無知한 兒童은 째리는 것이 第一 教訓이라 합니다. 글 모르는 것도 째리고 辱하면 그만 作亂하는 것도 째리고 辱하면 그만 萬事 — 오즉 째리고 辱하면 그만 效果가 나는 줄로 압니다. 그들은 恰然히 過去 저들이 初學 訓長에게 배워 온 그 버릇을 쏘한 新教育上에 實施하는 것이니까 勿論 先生은 强하고 弟子는 弱하니까 어른은 强하고 兒童은 弱하니까 辱하고 째리기만 하면 當場 順從하는 效果는 잇슬 것이올시다. 그러나 當場 順從하는 滋味를 조타 하고 兒童의 個性을 蔑視하며 人格을 몰라 본다 하면 그 教育이야말로 참으로 效果가 업슬 뿐만 아니라 人道의 違反함이 그 罪 — 크다 할 것이며 더욱 民族의 將來를 爲하야 寒心한 일이 아닙니까.

다음 우리 社會에서 社會가 兒童을 待하는 態度는 恰然히 主人이 奴僕을 對하는 形便과 갓습니다. 어른이 兒孩들을 보기만 하면 "이리 오너라. 너— 담배 한 匣 사(이상 26쪽) 오너라. 술 한 병 바다 오너라" 하고 絶對의 命令을 내립니다. 萬一 그 兒童이 如一令施行으로 그 命令에 잘 服從하면 稱讚의 말이라고 하는 法이 "놈— 착하군? 이놈 뉘집 子息이냐?" 한다. 그러치 안코 其兒가 命令을 잘 順從치 안코만 보면 "저런 고약한 놈의 子息 보아. 그것이 뉘 집 子息이냐. 亡할 子息도 잇다" 하고 叱罵합니다. 甚하면 선쯕 躊躇업시 뺨을 치기가 例事입니다. 내가 日前 齋洞 네거리에서 安洞 四街를 向하고 가는 途中에서 이러한 일을 當해 본 적이 잇섯습니다. 족으마한 洋靴屋에서 中東學校의 帽子를 쓴 나히나 十四五歲 되어 보이는 少年學生이 洋靴를 修繕하다가 어찌어찌하야 價格의 關係로 승강이 되더니 洋靴店 主人이 無慘히 少年學生의 쌤을 치고 째리며 "이 子息 – 어린 子息이 어른에게 함부로?" 하고 야단하는 變을 본 나는 우리 社會가 實로 社會的 弱肉强食의 原始的 狀態를 免치 못하엿다 하엿습니다. 이와 가튼 일은 우리 社會에서 恒茶飯으로 보는 일입니다. 이러하고야 어찌 兒童의 將來를 善良히 도아줄 수 잇스며 또는 그의 將來 希望을 무엇에 부틸 수가 잇겟습니까.

이와 가티 兒童을 壓迫한 結果는 兒童에게 어쩌한 惡影響이 잇느냐 하면 첫재는 兒童의 個性 發達을 막음이 甚하며 둘재는 兒童에게 人權 自由와 活氣를 꺽거 兒童으로 하야금 怯病을 치게 하며 無爲의 恐怖와 萎縮의 氣를 養成케 됩니다. 只今 우리 朝鮮 사람들이 거트로 自體쑌이 늘큰하고 無脈할 쑌만 아니라 精神까지 無活氣 無突力한 態를 나타내는 것은 도모지가 兒童時代에 社會的 壓迫으로 나온 罪惡이라 할 수 잇습니다. 그럼으로 나는 新朝鮮建設의 第一步로 兒童尊敬의 風을 養成하야 그의 個性을 尊重히 하며 그의 人權的 自由와 活氣를 도아주어 完全한 人格의 사람 本位의 兒童을 養成함이 무엇보다 먼저 할 일이라 합니다.

乙. 兒童保護機關을 設置할 것. 우에와 가티 兒童尊敬의 風을 養成하야 家庭에서나 學校에서나 社會에서나 그의 風敎를 馴致케 하랴면 兒童保護機關을 設置함만 가틈이 업습니다. 들은 바에 依하면 米國에서는 各 重要한 都市에 兒童虐待廢地協會라는 것이 成立되어 그로써 兒童을 保護하야 간다 합니다. 이제 그 協會의 目的하는 바 一端을 들어보면 同 協會에서 協會의 事業으로 兒童의 虐待를 廢止코저 目的할 쑌만 아니라 兒童의 身心을 障害케 하는 社會의 모든 狀態까지 處理케 된다 합니다. 例하면 어쩐 遊戱는 兒童의 身을 障害게 하는 것이니까 그는 廢止하여야 할 것이라던가. 또는 어쩌한 處所(이상 27쪽)에는 어른들이 兒童의 將來에 妨害될 演劇的 노름이 잇스니 그것을 禁하여야 한다던가 어쩌한 곳에는 兒童들이 集合하는 空家가 잇서 거긔에서 兒童들이 不好한 遊戱를 하는 모양이니 그 家庭

을 毁撤케 한다던가 하는 等을 處理한다 합니다. 米國과 가티 比較的 보다 以上으로 兒童을 尊敬하며 兒童을 保護하는 나라에서 더욱이 兒童虐待廢止라 하는 會가 잇슴이 必要타 하면 朝鮮과 가튼 原始的 狀態에 잇는 兒童社會에는 더욱이나 그러한 協會가 잇슴이 말할 것도 업시 必要한 일이라 하겟습니다.

月前 〈啓明俱樂部〉에서 兒童에게 敬語使用 問題를 當局에 提出하엿다는 말을 듯고 우리는 大端히 同 俱樂部의 有志함을 嘆服하엿습니다. 바라건대 그와 가튼 機關에서 一層 더 努力에 努力을 加하야 兒童保護機關 가튼 것을 設置함이 時宜에 適當할 줄로 밋습니다.

丙. 少年指導機關과 貧兒敎育 方針. 兒童問題의 一部로 少年問題를 一言하려 합니다. 少年은 곳 兒童의 一部입니다. 比較的 큰 兒童을 가르쳐 少年이라 할 것입니다. 그럼으로 少年의 指導機關은 곳 兒童의 指導機關입니다. 그러나 少年은 比較的 兒童 中 큰 兒童이라 하는 意味에 잇서 少年指導機關을 特設함이 必要합니다. 文名한 國家에 잇서는 少年團體라는 것이 各種의 形式으로 만히 잇는 것은 누구나 다 아는 일입니다. 그러기에 英國에는 少年義勇團이라 하는 大丈夫的 名牌를 가진 團體까지 잇습니다. 朝鮮과 가티 아즉 啓蒙時代에 잇는 形便으로는 더욱이 少年의 모임이 至極히 必要합니다. 朝鮮에는 最近 京城에서 〈天道敎少年會〉라는 것이 생겨 매우 조흔 成績으로 進行합니다. 同 少年會에서는 純粹이 사람 本位의 意味를 가지고 少年의 智力, 德性, 體育을 目的하고 그것의 完成을 期한다 하니 나는 이와 가튼 意味의 少年團體가 朝鮮 各地에 盛旺하야지기를 懇切히 빕니다.

나종에 할 말슴 할 것은 貧兒敎育입니다. 이것은 特히 慈善을 目的한 有志 又는 團體가 그들의 貧兒를 救濟하는 一方策으로 더욱 만흔 힘을 써야 할 것입니다. 될 수만 잇스면 無依無托한 孤兒를 無條件으로 養成할 뿐만 아니라 나아가서 더 廣義의 意味를 取하야 一切의 貧兒에게 月謝를 不取하며 書冊을 貸與하는 等의 制度를 세워 平等의 敎育을 밧게 함이 至當합니다.

다시 十年 以後의 朝鮮

다— 아시는 말슴을 簡單히 이악이 삼아 한마디 한데 지내지 안습니다. 그러나 내가 이 問題를 쓴 動機는 알고 보면 그 意味가 甚히 깁흔 대 잇습니다. 내가 머리에 十年 以後의 朝鮮이라 하고 다시 終末에 十年 以後의 朝鮮이라 한 것을 表明한 것은 聰明한 여러분이 먼저 그 뜻을 諒解하시려니와 朝鮮 사람은 넘우도 今日主義 刹那主義에 각겨 죽음도 將來를 爲하는 根氣 잇는 經營이 업슴이 큰 欠이며 짤아서 現在의 우리들의 어른의 이 心法이 氣力 이 體面을 가지고는 모든 것의 建設을 根本的으로 施設하기가 넘우도 그 材料가 薄弱하다는 信條下에서 慇懃히 저들의 兒童의 將來를 바라보고 十年 以後의 朝鮮은 더들의 손에서 새것이 되어 나오리라 하는 깃븜과 느낌으로 이 問題를 널리 有志한 天下 兄弟 同胞에게 提案하는 바이올시다.(이상 28쪽)

張道斌, "少年에게 與하노라", 『학생계』, 제12호, 1922년 4월호.

나는 이즘에 少年 諸君이 매우 新鮮함을 사랑하노라. 諸君이 매우 活潑하며 매우 雄壯하며 매우 神奇함을 사랑하노라. 統히 諸君이 堂々한 新社會 主人될 만한 氣象과 雄懷가 잇슴을 사랑하노라.

그러나 나는 少年 諸君에게 一言을 贈하고저 하노라. 그는 諸君을 사랑함이 懇切한 所以며 그는 諸君을 사랑함이 遠大한 所以로라.

나는 이즘에 흔히 듯고 보매 少年 諸君이 너무 卑近에 써러지는 弊와 너무 空遠에 다라나는 弊가 잇슴을 是認하노라. 諸君 中에 과연 最善의 途로 行하는 이도 적지 안치만 쏘 以上의 弊에 걸닌 사람도 적지 안타 하노라.

첫재에 너무 卑近에 써러짐을 말하랴 하노라. 諸君이 혹 人生의 目的을 잘못 알아 所謂 잘산다는 뜻을 誤解하야 目前의 利益과 瞬間의 娛樂을 追求하는 수 잇도다. 이는 우리 社會가 점々 더욱 墮落하야 가는 端緒라 하노라. 諸君은 잘산다는 뜻을 아는가. 이는 善人 生活을 意味함이니라. 곳 사람이 사람 노릇 한다는 意味니라. 諸君아 무릇 우리 사람은 무엇을 하랴나뇨. 곳 조흔 사람, 善한 사람이 되랴 함이니 이것이 아니면 우리 人生은 아모 意味 업나니라. 생각하야 보라. 利益이 善人 되는 利益에서 더 큰 利益이 어대 잇스리오. 善人이 되야 生하야 完人이 되고 死하야 義人이 됨보다 더 조흔 일이 무엇이리오. 이 利益은 金錢으로 살 수 업고 權力으로 엇을 수 업서 오직 善人으로야 가지는 利益이니 이 利益을 바리고 金錢이나 情慾에 迷惑하야 自己의 一生을 誤하고 社會의 廢物이 됨이 엇지 可하리오. 諸君은 혹 錦衣를 着하고 美姬를 擁함이 快樂인 줄 知할넌지 모르나 그는 決코 眞情한 快樂이 아니라 저 善人이 되야 仰하매 天이 不愧하고 俯하매 地가 不愧한 心으(이상 11쪽)로 我를 靜思할 時는 참 快樂하나니 이런 快樂이 實로 眞正한 快樂이니라. 世人은 흔히 이 快樂을 모르고 徒然히 잘못 快樂을 求하야 身勢를 破亡하나니 諸君은 아못조록 이런 渦中에 쌔지지 말고 오직 善人 되기를 힘써 生하야 人格을 一世에 빗내고 死하얀 名譽를 千秋에 머물러 참 快樂을 享하라.

다음에 너무 空遠에 다라남을 警戒하노라. 諸君 中에 혹 喟然 長太息하며 曰 이 世上은 墮落하얏다 하며 이 世上의 罪惡을 破滅하여라 하야 大聲으로 呼號하도다. 나는 쓰한 諸君에게 同情하노라. 나도 쓰한 諸君과 함께 歎息하며 呼號하는 사람의 一人이로라. 과연 이 世上은 墮落하얏스며 이 世上의 罪惡을 破滅하여야 하갓다. 그러나 諸君처럼 嘆息과 叫呼로 이 世上을 救하며 이 世上의 罪惡을 駈逐할 수 잇나냐. 이는 안 될 것이니라. 世上의 墮落은 그 原因이 잇나니 그 原因을 矯正하랴면 그는 반드시 切實한 努力을 要할지라. 그는 곳 諸君이 誠實히 勉學하야 德과 智와 才巧를 修하고 進하야 敎化를 張하야 社會의 精神을 改革하며 物質의 實力을 擴充하야 我等도 天下의 何人과 나 同等 又는 優越한 人格과 地位를 有함을 要하나니 今日 諸君이 徒然히 辭氣를 慷慨히 할 쑨으로 무슨 效果가 잇스리오. 쏘 諸君은 言必稱 社會制度의 罪라 하야 社會制度를 改造한다 하도다. 과연 諸君의 말이 올토다. 과연 社會制度가 缺點이 만아 人生의 前途를 妨함이 大하도다. 과연 社會制度를 改造하야 理想的 社會를 建設함이 可하도다. 그러나 나는 諸君에게 反問하노니 諸君은 과연 理想社會를 建設할 知識과 品性이 잇나냐. 諸君이 과연 理想社會를 建設할 知識과 品性이 잇나냐. 諸君이 과연 理想社會를 指導 維持할 만한 能力과 準備가 잇나냐. 諸君이 과연 理想社會의 一員이 되야 徹頭徹尾 社會에 奉仕하야 一毫라도 欠點이 업슬 만한 自信이 잇나냐. 諸君은 對答하라. 나는 思하건대 諸君의 中에 혹 金錢을 만히 가지면 그를 諸君의 美服이나 遊興에 濫費할 者 잇슬 쯧하며 혹 地位를 가지면 그를 諸君의 豪氣와 驕慢에 姿用할 者 잇슬 쯧하며 혹 口로는 社會改良이니 世界人道主義니 하면서 心으론 虛榮과 野心에 醉한 者 잇슬 쯧하도다. 諸君아 과연 社會를 사랑하거던 諸君붓허 美服을 脫하라. 金時計를 내여노라. 遊興費를 쓰지 말라. 이 모든 冗費를 節하야 苦學生을 길으며 路傍에 呼哭하는 孤兒를 救濟하라. 과연 世界人道主義를 알거던 諸君붓허 恭順하라. 世上를 怨쑘하지 말며 他人을(이상 12쪽) 猜忌하지 말라. 내가 主人 되갓다는 생각을 두지 말고 내가 奴僕 되갓다는 생각을 두라. 世界를 사랑하기 前에 먼저 諸君의 父母를 사랑하며 兄弟를 사랑하며 동무를 사랑하라.

自己를 爲하는 虛榮心을 두지 말며 野心을 두지 말라. 오직 自己를 勞하야 他人을 助하기를 思하고 妄佞되히 他人을 勞하야 自己를 助하라 하지 말라. 諸君이 世界主義를 主唱하나 實은 極端 個人主義를 가지는 수 잇도다. 諸君이 人道主義를 主唱하나 實은 極端 野心主義를 가지는 수 잇도다. 諸君은 人道를 世界에 擴張하기는 次後에 하고 먼저 人道를 諸君의 心中에 펴라. 먼저 人道를 諸君의 家庭에 펴라. 먼저 朝鮮 社會에 一半點이라도 利益 되는 일을 하야 한갓 空遠한 것만 부르지즈며 아모 實効 업는 사람이 되지 말라. 世界를 改造하기 前에 먼저 諸君의 自身을 改造하라.

以上에 한 말이 혹 諸君의 憤怒를 買할년지 모르나 나는 諸君으로 하야 곰 憤怒하게 하기 爲하야 말하얏노라. 나는 諸君을 攻擊하기 爲하야 말하는 사람이오 諸君에게 阿諂하기 爲하야 말하는 사람은 아니로라.(이상 13쪽)

一記者, "朝鮮에서 처음 듯는 '어린이의 날'-五月 一日의 天道教
少年會 刱立紀念日을 그대로 引用하야", 『天道教會月報』, 제141
호, 1922년 5월호.

〈天道教少年會〉의 일에 關하야는 벌서 本誌에 累次의 報道를 行하엿습
니다. 그런대 이번에는 全 朝鮮의 少年에 關한 일을 報道하는 깁쁨을 엇게
되엿습니다. 더욱이 일이 〈天道教少年會〉의 考案 中으로브터 된 것임을
생각할 째에 一層의 感激을 가지게 됩니다.

今日의 少年問題는 實로 天下의 問題이며 少年問題를 完全히 解決하난
데에 依하야 비로소 天地隕絶의 氣를 補할 수 잇다 하는 것이 今日 識者輩
의 共通으로 쩌드난 소래이외다. 이것은 여태까지 뒤를 돌너다보고 사던
人間들이 이제브터 압흘 내다보고 살게 된 까닭이며 오날날까지에는 모든
完全은 過去에 잇다 認하던 것이 이제브터는 事實上의 完全은 未來에 잇다
고 斷言한 까닭이외다. 그런대 少年은 人間의 압길잽이이며 未來의 表徵이
외다. 世上 사람이 제아무리 少年問題를 等閑視하고져 한덜 될 수가 잇게
되엿습니까.

　一

春滿乾坤에 福滿家라. 宇內의 泰運이 青帝의 수래를 타고 東出의 故國
을 두루 차즐 새 그 泰和의 一枝運이 어리고 고흔 少年의 社會에까지 핑
돌게 되엿습니다. 慶南 晋州의 少年들이 第一着으로 그의 大運에 參與하엿
스며 天道教의 少年 男女들이 連하야써 새빨간 홰쌜을 들엇습니다. 그 소
래 밋츠난 곳에 봄풀가티 니러나고 烽燧가티 應하야 男女의 少年은 勿論
一般의 어른 社會에서까지 다-가티 이 問題를 論議하게 되엿스며 이 運動
을 注視하게 되(이상 51쪽)엿습니다.

다- 무르녹은 꼭지이라 한 마리 싸마구의 지치는 힘에도 그 배(梨)는
써러지게 되엿스며 다- 가티 願하는 판이라 한 지아비의 叫呼에도 民衆은
應하게 되엿습니다. 〈天道教少年會〉의 刱立 一週年紀念日 되는 壬戌의[41]

五月 一日을 期하야 朝鮮少年運動의 큰 旗幟를 들엇스니 그가 곳 朝鮮에서 처음 듯는 어린이의 날의 刱言이외다.

"어린이의 날"! 어린이의 압길에 對한 限업는 光榮을 期하며 民族의 압길에 對한 그지업는 幸福을 齎來하기 爲하야 가장 깨끗하고 가장 싸뜬한 動機에서 일너진 五月 一日의 朝鮮의 "어린이의 날—" 우리는 다— 가티 이날을 祝福할지며 特히 우리 民族의 明日을 爲하야 다— 가티 이날을 祝福할 것임니다.

                二

爲先 우리(〈天道教少年會〉를 中心한 幾多의 사람)는 今年의 이날(五月 一日)을 마음것 祝福하고 십헛슴니다. 서울이나 地方에 잇는 우리 少年會 友와 힘을 合하기는 물론 朝鮮 內에 잇는 各 社會의 少年團體 또는 各 方面 의 有志와 더브러 그 소래를 아울너써 이날의 하루를 慶事롭게 하고져 하엿 슴니다. 그래서 적어도 朝鮮의 물을 마시는 사람 치고난 이날(五月 一日)의 엇더한 날임을 고루히 感銘하게코져 하엿슴니다.

"한우님이시여. 大自然의 그 豊富한 資料로써 우리를 지을 때에 엇지하 야 두 個 以上의 손을 주지 못하엿슴니싸. 이 말은 우리들이 각금 내이는 말이옵거니와 特히 이번 形便에 잇서 우리는 一層 우리 손이 둘에 머믄 것을 怨尤하엿슴니다. 손만 만흐면 무엇이라도 마음이 가는대싸지 갈 것 가튼대 그것이 不足하겟슴니싸. 그런 中에도 이번 海蔘威[42]의 演藝團을 마 저 멋츨 동안을 奔走不暇한 것은 一層 少年會의 對한 活動의 機를 노친 것이 되엿슴니다. 그러나 이것은 할 수 업는 일이엿슴니다.

이즐 수도 업슴니다. 四月 三十日 져녁에 돌닌 五月 一日附의 서울 各 新聞紙에는 二段 一號의 字로 或은「十年 後의 朝鮮을 慮하라」或은「朝鮮 初有의 少年日」이라는 等의 큰 題目下에서 五月 一日의 "어린이의 날"을 祝福하고 아울너 〈天道教少年會〉의 美擧를 激賞하야 그 記事의 句々로부터

---

41 여기에서 말하는 '壬戌'은 1922년을 가리킨다.
42 블라디보스토크(Vladivostok)를 가리킨다.

소사 나오는 感激의 波紋이 먼져 城中의 空氣를 음죽이엿슴(이상 52쪽)니다.

그러나 이것이 웬일임니까. 날 맑고 바람 가벼운 五月 一日이 왓스나 아니 그날의 午前 十時가 되엿스나 우리의 소래은 내일 수 업섯고 우리의 발은 음즉일 수가 업섯슴니다. 날을 두고 생각하며 밤을 새와 가며 準備한 여러 가지의 計劃을 實現할 道가 업섯슴니다. 우리의 가삼은 타고 우리의 마음은 설엇슴니다. 서로 쳐다보고 울고져 하엿슴니다. 사랑하는 兄弟여. 이 까닭이 무슨 까닭이엿겟슴니까.

처음브터 말하리이다. 우리들의 이번(五月 一日)에 對한 생각은 果然 만핫스며 計劃은 자못 컷슴니다. 젹어도 全 朝鮮을 一圜으로 하야 이날이 엇더한 날인 것을 一時에 알니고져 하엿슴니다. 그러나 右에도 말삼하온 바와 가티 우리의 가진 손이 우리의 가진 생각과 만치 못하며 거긔에 쏘다른 事情에 牽制되야 極히 單純한 方式의 하나인 文書의 宣傳으로써 그날의 하루를 意義 잇게 하기로 되얏슴니다. 그래서 크고 젹은 宣傳文 種類로 四種, 枚數로 都合 二萬 一千枚를 印刷하야셔 朝鮮 全土에 撒布하되 京城 市內에는 當日 午前 十時브터는 少年會에 關係한 어룬 委員 全部가 出動하고 午後 二時브터는 學校로서 도라온 少年會員 全部가 出動하야 大宣傳을 行하기로 準備 旣成하엿섯슴니다.

그런대 그 印刷物 頒布의 件이 문득 警察當局에 對한 問題가 되야 出版法에 依한 正式의 許可를 엇은 後가 아니면 一枚의 頒布를 不許한다는 當局의 말셩이엿슴니다. 이 말셩은 四月 二十九日브터 始作하야 言去言來 數日의 間에 오히려 解決이 되지 못하고 문득 五月 一日을 當하얏슴니다. 그것을 正式으로 出版許可를 엇쟈 하면 젹더라도 二十日 乃至 三十日間의 時日을 要할 것이외다. 이것이 엇지 될 일임니까. 어린이들와 가난한 살님에 百九十餘圓의 巨額을 드려 諸種의 印刷를 畢하여 노흔 것은 오히려 젹은 問題라 할지라도 世上의 만흔 兄弟에게 對하야 "어린이의 날"임을 알려 노코 그만이 地境을 當하여 노앗스니 우리들의 마음성이 果然 엇더하엿겟 슴니까. 다못 한울을 울어러 긴 한숨지엿슬 뿐이외다.

當局의 諒解인가 周旋의 結果인가 午后 一時에 니르러 겨우 "事後手續"

의 條件下에서 全部의 宣傳文을 配付(이상 53쪽)하게 되엿습니다. 事半休矣라. 地方의 配附는 엇지할 수가 업고 오직 豫定 區域의 一部인 京城 市內에 쏜 向하야 이리ㄣㄣ하게 되엿섯습니다.

三

맑던 날은 흐렷습니다. 넓은 구름이 蒼空의 全部를 채엿습니다. 計劃은 計劃대로 우리는 몬쳐 靑年會 開闢社 月報 其他 少年會 委員 中의 大部가 各其 "少年의 日" "어린이의 保育" "天道敎少年會" 等의 文句를 쌜갓케 쓴 白襷를 엇메이고 손에는 쌜강이 노랑이 等의 宣傳文 數千枚式을 들고, 二三의 少年會友와 거름을 가티 하며 慶雲敎堂의 正門을 나셔 한 派는 齋洞 네거리를 東으로 썩거 昌德宮 압거리를 또 두 派는 齋洞 네거리를 西으로 써거 다시 한 派는 寺洞 거리를 또 한 派는 典洞 거리를 通하야 다— 가티 鍾路 네거리로 모혀 다시 한便길식을 마타 가지고 오고가는 行人에 그 뜻을 宣傳하며 그 글을 配付하여섯습니다.

그리고 午后 四時브터는 自働車 二臺에 男女 少年會員이 아울너 타고 네 사람의 어룬 委員이 그를 指導하야 서울의 구석ㄱㄱ — 西大門監獄의 압 東小門의 안 往十里의 들까지 — 을 돌며 萬餘枚의 宣傳文을 撒布하엿습니다. 初處의 보드라운 空氣를 브러 허티는 男女 少年들의 唱歌 소래와 어울너 써러지는 宣傳文의 조각ㄱㄱ은 보난 이의 感動을 자아내일 째로 내여줄 것입니다. 少年도 少年이려니와 그 크다란 어룬들이 히고 쌜가코 또 노란 各種의 '비라'를 들고 게다가 "少年의 保育"이란 白襷를 메이고 街頭에 그대로 나셔셔 直接으로 少年의 保育을 宣傳함과 가튼 일은 實로 우리 會에서는 처음 보는 일이여슬 것입니다. 少年 問題의 宣傳 그것이 貴하니 만큼 그 크단 사람들이 모든 例套와 體面을 다— 不顧하고 直接으로 街頭에 나션 그 일도 매우 貴한 것이엿습니다. 우리는 모르미 이와 가티 아니할 수 업는 것입니다. 생각만으로 말만으로마는 아니 됩니다. 이와 가티 直接으로 나셔지 아니하면 아니 됩니다. (여긔에서 보고 당한 여러 가지의 實事가 어느 것이 우리의 肺腑를 쑤루지 아니한 것이 업섯습니다. 그러나 쓰난 者의 일이 밧버 모든 것을 畧하게 되는 것이 섭ㄱ함니다.)

四 (이상 54쪽)

밤에는 七時 半브터 〈天道敎少年會〉의 刱立 一週年紀念式이 敎堂 안에 잇섯슴니다. 少年問題의 氣勢가 一般 兄弟를 끄러 옴인지 敎堂 안 定刻가티 滿員이엿슴니다. 會員 一同의 會歌 幷唱으로 開會하야 朴達成 氏의 社會下에서 金起瀍 氏의 少年會 一年間의 狀況報告와 來賓의 祝辭로써 式을 맛추고 곳 少年會員의 餘興을 始作하야 우리 少年會員 獨特의 舞蹈와 音樂 等으로 滿場人員의 歡喜 中에 會를 맛치고 니여써 少年會友의 委員들이 一堂에 團會하야 紀念의 祝菓로써 談笑自若하다가 各其 一生에 닛지 못할 큰 像을 가지고 明年의 五月 一日을 니야기하며 敎堂 門을 나셔기는 밤 十一時 半이엿다.

五

그날에 宣傳文은 全部 四種으로 되얏스니 이제 그 雛形을 보히면

一. 菊板 八頁大의 赤色 石版印刷物(어룬에게)

(雛形 一)

어 린 이 의 날

少年을잘키워야함니다　남갓치잘살라면

어린 사람을 헛말로 쇽히지 말아 쥬십시요
어린사람을 늘 갓가히 하시고 자조 리약이 하여 쥬십시요
어린사람에게 敬語를 쓰시되 늘 보드럽게 하여 쥬십시요
어린사람에게 睡眠과 運動을 充分히 하게 하여 쥬십시요
理髮이나 沐浴 갓흔 것을 째맛처 하도록 하여 쥬십시요
낫븐 求景을 식이지 마시고 動物園에 자조 보내 쥬십시요.
장가와 싀집 보낼 생각 마시고 사람답게만 하여 쥬십시요.

묘션을생각하십시요　항상십년후의

天 道 敎 少 年 會

(이상 55쪽)

二. 菊板二頁大의 普通印刷物(어룬의게)

朝鮮에서 처음 듯는 어린이의 날

右는 第一項 印刷物의 演譯임으로 雛形을 畧함

三. 菊板四分一頁大의 色紙印刷物(一般에게)

四. 菊板三分一頁大의 色紙 印刷物(少年에게)

(雛形 三)

오 늘 은 '어 린 이' 의 날

오날은 五月 초하로
　　어린이(少年)의 날입니다
해마다 이날은
　　어린이(少年)의 날입이다
집안이 잘살라도
　　어린이가 잘커야하고
나라가 잘되랴도
　　어린이가 잘커야합니다
동포가 열심으로정성썻
　　어린이의날을 축복하십시다

텬天 도道 교敎 쇼少 년年 회會

(雛形 四)

우리어린이는		어 린 이 동 무 여 러 분 끠	오늘은우리의날임니다
텬도교당으로모이십시다	오늘져녁닐곱시에교동	一. 어른에게는 물론, 우리끼리도 셔로 존대하십시다	
		一. 손으로 코풀어 문지르지 말고 숀슈건 가지고 다니십시다	
		一. 길거리에 광고 부친 것은 쪗지 마십시다	
		一. 뒤싼이나 담벽에 글씨도, 그림도 쓰지 마십시다	
		一. 도로에셔 쎄지여 놀거나 류리 갓흔 것 바리지 마십시다	
		一. 쏫이나 풀을 사랑하고 동물을 잘 보호하십시다	
		一. 뎐차나 긔차가 좁을 쌔는 나 만흔 이에게 자리를 주십시다	
오늘져녁에텬도교당으로오십시요			
天 道 敎 少 年 會			

(이상 56쪽)

"朝鮮 初有의 少年軍 — 됴쳘호 씨 등 유지의 발긔로, 오일 오후에 발회식을 거힝", 『동아일보』, 1922.10.7.

조선에서 처음으로 〈조선소년척후군(朝鮮少年斥候軍)〉이 싱긔엇다. 소년군(일명은 〈동자군〉)이라는 것은 원래 서력 일천구백칠년에 영국 륙군 중장 '파덴 바우엘' 씨가 창설한 것인대 목뎍은 순연히 아동의 텬진스럽고 활발한 텬성을 잘 발달식히어

남자다운 용감한 긔운을 기르는 동시에 남을 위하야 자긔를 희싱에 밧치는 고상한 인격을 만들고자 함이라. 이럼으로 그 운동이 싱긔인 지 겨우 십여 년 동안에 전 세계에 퍼지어 구미각국 가튼 문명국은 물론 인도(印度) 중국(中國) 일본 등 동양 각국에까지 소년군이 싱긔엇스나 조선에는 아즉 이 계획이 업섯더니 시내 중앙고등보통학교(中央高等普通學校)에서 교편을 잡고 잇는 조텰호(趙喆鎬) 씨 외 여러 유지의 발긔로 조선에서 처음으로 〈조선소년척후단〉을 조직하야 재작일 오후 네 시 반에 발회식을 하얏는대 먼저

푸른 모자에 누른 빗을 씌운 연회식 군복을 입고 분홍빗 의상을 달고 홍백의 척후긔(斥候旗)를 가진 소년 여달 명이 용장하게 중앙학교 후원에 모히어 정제히 느러선 후 여러 유지가 럴석하고 인도자 조텰호 씨가 소년군이 싱긴 후로 사회의 유익을 씻친 실례를 들어 취지를 설명하고 소년군들의 이째까지 배혼 재조를 시험한 후 소년군 중 한 사람이 례사를 베풀고 폐회하얏다. 이에 대하야 발긔자인 조 씨는 말하되 "영국에서 처음으로 이 운동이 이러난 후 세계 각국에서 채용하야 만흔 효과를 엇고 현재 전 세계에 널녀 잇는 회원이 팔백만 명인대 자유와 의리를 존중하는 점에는 도로혀 압제뎍인

군대 교육보다도 낫다는 평판이 잇슴니다. 더욱 조선 소년가치 나약한 소년은 크게 이런 운동을 장려하야 용감하고 고상한 긔풍을 기를 필요가 잇슴니다. 그러나 이것은 장래의 조선을 위하야 만히 싱각하야 주시는 유지

의 찬조를 엇지 아니하면 도뎌히 효과를 어들 수 업슴니다. 처음 일이닛가 먼저 여달 명만 중등학교 학싱 중에서 쏩아서 조직하얏는대 장래 팔 세 이상 이십 세 이내의 소년으로 부모나 기타 감독자의 허락을 어더서 입단하기를 원하면 엇더한 사람이든지 허락할 터이라. 이와 가치 조직된 척후단은 매 주일에 한번식 모히어 산에 오르기 배젓기 혜염치기 기타 군대 싱활에서 하는 야영(野營) 가튼 것을 가르칠 터이라"고 하더라.

社說, "朝鮮 少年軍의 組織 - 剛健한 精神 健壯한 身體",
『동아일보』, 1922.10.8.

人生이 遊戲이라 할지라도 그 遊戲는 眞個勇과 義를 要하는 遊戲이며
人生이 戰鬪라 할지라도 쏘한 그 戰鬪는 實노 勇과 義를 要하는 戰鬪이니
此 戰鬪 或은 遊戲에 處하는 吾人이 果然 如何한 覺悟와 鍛鍊을 持하여야
할 것인가. 此 覺悟와 鍛鍊 如何는 單히 吾人의 個々人의 生活과 運命을
決定할 뿐 아니라 一社會, 一國家, 一民族의 興亡盛衰의 基礎를 定하는
것이라 곳 人生 全體의 歸結을 定하는 것이라 하야도 過言이 아니니 然則
吾人은 如何한 覺悟로써 吾人의 自身를 鍛鍊하며 쏘한 吾人의 子弟 第二
國民을 養成하여야 할 것인가. 吾人이 萬一 奮鬪努力, 果敢을 要하는 此
人間 社會에 處하야 儒弱[43]한 精神과 脆弱한 身體로써 그 生을 維特[44]하고
그 繁榮을 企圖하랴면 此는 맛치 東으로 居하기를 目的하고 西를 向하야
走함과 如하도다. 所謂 社會的 淘汰를 受하야 滅亡할 수밧게 업슬지니 人
間 社會의 興亡盛衰史는 곳 此를 明白히 證明함이 아닌가 볼지어다. 羅馬
의 興은 何로써 興하얏스며 쏘 그 亡은 何로써 亡하얏는가. 今日의 日本은
何로써 저와 갓흔 偉大한 地位를 占領하게 되고 今日의 朝鮮은 何로써 이
와 갓흔 可憐한 境遇에 處하게 되얏는가. 歷史의 流動이 單純하지 아니하
도다. 싸라 그 興亡盛衰의 原因이 不一할 것이나 要컨대 歷史의 主體가
되고 文明의 幹元이 되는 그 民族의 精神이 剛健하고 그 身體가 强壯하면
싸라오는 偉大한 活動에 依하야 그 社會는 盛旺할 것이며 不然하면 그 反
對의 衰殘한 結果를 見하게 될 것이니 同一한 羅馬가 一時는 興하고 一時
는 亡함이 그 原因이 此에 在하며 同一한 文明 系統下와 人種 內에서 一은
興하고 一은 衰함이 쏘한 그 原因이 玆에 存하는도다.

---

43 '儒弱'의 오식으로 보인다.
44 '維持'의 오식이다.

自然이 荒하도다. 容易히 人力에 服從치 아니하니 此를 征服하여 吾人의 利를 作하랴면 그 荒한 自然을 御할 만한 剛한 精神과 意志가 有하고 쏘 百折不屈하는 健實한 努力이 存하여야 하며 人間 社會가 惡하도다. 容易히 至善에 就하지 아니하는도다. 이럼으로 吾人이 그 社會에 處하야 吾人의 理想을 實現하고 吾人의 生命을 發現하랴면 眞實노 勇力과 義感을 不斷에 持하고 亦 百折不屈하는 奮鬪가 存하여야 할지니 此 自然에 面하고 此 社會에 處하야 엇지 剛健한 精神과 不斷의 努力에 堪耐할 만한 健壯한 身體를 持치 아니하고 吾人의 生의 實現과 아울너 그 繁榮을 期할 수 잇스리오. 이럼으로 吾人은 新朝鮮 建設에 土臺가 되고 基礎가 될 우리 少年敎育에 對하야는 맛당히 이와 갓흔 覺悟와 이와 갓흔 鍛鍊으로써 勇敢하고 活潑한 氣象과 同時에 義務의 觀念이 强하고 協致의 精神이 豊富한 그와 갓흔 訓練으로써 臨하여야 할 것을 切히 感하나니 目下 朝鮮에 智識이 貴하지 아니한 것이 아니나 그러나 어늬 點으로 觀察하면 이와 갓흔 一種 氣風의 敎育 强한 意味에 在한 道德的 敎育이 一層 重하다 하겟도다. 死한 精神 弱한 身體에 千萬 卷의 知識을 收한들 何等 所用이 잇스리오. 然則 目下 朝鮮社會에 가장 必要한 換言하면 새로 勃興하기를 始作한 新朝鮮社會에 必要한 그 剛健한 精神과 健壯한 身體를 養育하는 手段 方法이 如何한가. 勿論 一二에 止할 것이 아니나 吾人은 中央學校 敎職에 在하는 趙喆鎬 氏가 試하야 組織한 〈朝鮮少年軍〉과 如한 것은 確實히 그 가장 有力한 方法의 一인 것을 覺하노니 軍隊的 敎育과 訓練이 一面에 勿論 弊害가 伴치 아니하는 것은 아니나 그러나 元來 此 少年軍의 組織은 決코 彼 軍國主義, 帝國主義的 利己念에서 出한 것이 아니라 純然히 人生 社會의 共存共榮을 爲하야 換言하면 모든 人生의 眞價値, 眞面目을 發揮하기 爲하야 光輝를 發하는 眞人格을 確立하기 爲하는 바 健壯한 身體와 剛健한 精神을 養함에 不過하는 것이니 이재 그 事業의 一端을 觀하건대 山에 登하는 것 水에 泳하는 것, 靑天下大地上에 野營하는 것 等 實로 自然을 對手로 하고 眞人을 目標로 하야 努力하는 點은 壯하다 할지며 快하다 할 것이로다. 그間에 生長이 有할지언정 何等 弊端이 存하리오. 吾人은 如此한 組織이

朝鮮 全道에 布하고 如此한 訓練이 朝鮮 全 少年界에 及하야 將來 朝鮮 民衆의 全部가 그 意氣에 在하야 剛하고 重함이 泰嶽과 如하고 그 身體의 健하고 壯함이 喬木과 如하기를 바라노라. 如此한 民族, 如此한 民衆이면 그間에 自然히 偉大한 文明, 偉大한 社會가 發生될 것이 아닌가. 아— 少年 軍의 組織 些小한 試驗과 如하나 그實 影響의 及하는 바는 可히 그 大를 測定하기 難하도다.

吳祥根, "朝鮮少年團의 發起를 보고 - 參考을 爲하야", 『東明』, 제7호, 1922.10.15.

緒論

少年은 靑年의 根盤이오, 靑年은 社會의 中堅이라, 活力의 源泉이 되는 도다. 쌀해서 그 나라 그 社會의 少年의 志氣가 旺盛하면, 그 나라 그 社會 의 將來 進運을 可期어니와, 萬一 此와 反하야 彼等에게 進取 氣像이 缺하고, 勇邁精神이 乏하면 非但 그 少年과 그 家庭의 不幸이 될 쑨 아니라, 써치어 그 나라 그 社會에 波及되는, 惡影響이 甚大함도 可히 推知할지니, 이에 少年의 指導 啓發이 社會 進運上, 甚히 緊切한 것은 깁히 깨달을지오, 決코 輕忽히 보지 못할 問題이라, 우리 一般 社會의 가장 注意할 바이며, 兼하야 人生問題로 볼지라도, 人生의 一期 卽 사람의 한平生 中의 가장 佳期이며, 遙遠한 前途事爲의 出發點이 여긔서 비롯하는지라, 압흐로 조흔 理想도 이째에 싹이 돗고, 人生은 人生답게 지낼 압혜 希望과 結果도 이째에 싹이 생기는도다.

이럼으로 이를 覺醒한 社會에서는, 少年의 訓育과 誘掖에 全力을 盡하나니, 이 訓育·誘掖 二者는 가장 重要하고, 쏘는 至極히 어려운 問題라. 저 歐米에서는 이 問題의 目的을 貫徹하기 爲하야, 오래 前부터 여러 가지 方法을 講究함이 잇스니, 例컨대 日曜學校·少年俱樂部·少年圖書館靑年會·少年部 等과 如한 者이, 總히 이 目的을 達키 爲하야 設立된 機關이라. 朝鮮서도 挽近에 新現像이 닐어나, 幼年主日學校·少年部 等이 各地에 勃興하고, 蹴球 野球 等 少年運動의 聯合이 가끔 잇게 됨도 그 動機가 少年의 指導로서 비롯한 것으로 볼 수 잇도다.

그러한데 世界가 改造되며, 時代의 線을 變하려 하는 오늘에 잇서, 人類 의 共存共榮을 圖함에, 將來 社會의 中軸이 될 少年에 對한, 指導 敎養을 어찌 泛忽에 付할가. 압 社會로 完全한 社會를 만드는 것과 社會 모든 組織 을 合理이며 自然스럽게 하자면, 반듯이 天眞爛漫한 少年들에게, 가장 善

良한 方法으로써, 訓化하지 안흐면 되지 안흘 것이라. 故로 少年 訓育에 對하야 決코 形式에 陷치 말지며, 恒常 趣味와 興味를 도아주어서, 良好한 習性을 作케 함으로써 指導 誘掖함이 可하도다.

이에 朝鮮 少年에게 理想的 發育을 實施하여 보려고, 少年指導의 責任을 負하고 各地에서 少年團을 組織함에 對하야, 喜悅을 못 이기어 誠을 盡하야 贊賀하는[45] 同時에, 少年團 創立에 參考를 爲하고, 且 朝鮮少年團 創立者인 馬湘圭[46] 君의 要求에 依하야, 歐米 一二國 少年團의 槪略을 玆에 紹介하노라.

少年義勇團의 本旨와 系統

【本旨】最近 現世 各國에서, 少年의 訓練과 修養을 主眼으로 하야, 創設된 者의 名稱은 少年義勇團이라 하니, 是는 少年에게 特히 義勇을 獎勵하는 意味下에서, 이러한 名稱이 생긴 듯하다. 그런데 이 少年義勇團이 設立된 지가 얼마 되지 안컨마는, 그 主義 宣傳이 歐米諸國 到處에 播及되어, 어느 나라 어느 地方을 勿論하고, 解團의 創設이 盛하게 됨을 보게 되고, 近者에는 少女義勇團이란 것이, 또 創設되게 되는 盛況을 엇게 되니, 이 무슨 까닭인가. 少年義勇團의 왼 世界의 喝采를 엇게 됨은 이 무슨 까닭인가?

그 主因 되는 本旨가, 義勇團은 抽象的인 綱領을 가지고 團員을 律하는 者이 아니오, 그 標榜한 바 主義는 實地에 就하야, 躬踐實行하는 點에 在하다. 簡單히 말하면 兒童 本來의 性質을 善導하야, 實踐躬行의 眞趣 發揮로써, 身體 鍛鍊을 爲하고 品性向上을 圖하는 것이로다.

【系統】現에 各 邦國에 設立된 少年義勇團의 各其 系統은, 此에 別로이 論할 必要가 無하나, 그러나 本來 最初에 少年團이 設立된 그 系統은 知할 必要가 有하다. 그 少年團의 最初 創立되기는 英國이오, 其外 邦國은 以後

---

45 '攢賀하는'의 오식이다. '攢賀'는 "두 손바닥을 마주 대어 손을 가슴에 모으고, 경사스러운 일을 축하함"이라는 뜻이다.

46 마해송(馬海松, 1905~1966)의 본명이다.

에 設立된 者이며, 英國에서 된 것으로도 그 系統을 二種으로 分하여 言할지니, 一은 로버드·쏘란·쌔웰 卿의 設立에 係한 者니, 이는 軍隊的 傾向을 가진 것이 特色이오. 二는 푸랜시쓰·우엔 卿의 組織에 係한 者니, 이는 平和的 敎育主義를 가진 것이 特色이라. 그런데 '우엔' 卿은 本是 쌔웰 卿을 도아, 義勇團 設立에 盡瘁하든 사람으로서, 國民平和義勇團을 組織하야, 平和敎育主義 宣傳에 努力하게 된 者이라. 故로 英國의 少年義勇團은 兩卿으로 中心을 삼아 自然 二種의 系統이 生하다.

그리 되어, 쌔웰 卿이 中心이 된 義勇團은, 單히 英 帝國 內에 對한 事業에 힘을 쓰게 되어, 中央機關과 他國에 對한 此種 團體와는 全혀 交涉이 無하고, 우엔 卿이 中心된 義勇團은, 이에 反하야, 世界的 運動으로 世界 各地에 支部를 두게 되니, 一例를 擧하면, 千九百十年에 同 卿이 親히 伊太利에 赴하야, 同團의 主義를 鼓吹하야 드듸어 一支部를 設立함이 그것이라.

이 二種의 系統이 彼此 各異한 點이 有한 것 가트나, 그 眞義에 及하야는, 同一한 點에 歸着되고 少毫도 다른 것이 업다. 다만 創立 當時에 事勢의 相左로 分岐되엇스나 彼此 秋毫의 衝突도 업고 爭論도 업고, 互相提携하야 그 事業에 向進할 뿐이다.

英國少年義勇團 起原

少年義勇團은 南阿戰爭 當時, 英國 陸軍 中將 로버드·쏘란·쌔웰 卿의 創設로 源이 起하다. 쌔웰 卿은 千八百九十九年으로 그 翌 千九百年까지에 亘한 南阿戰爭에 際하야, '메푸킹'이라 云하는 一市街를 防禦할 새, 孤軍 弱卒로 倍勇奮鬪하야, 能히 拔羣의 功을 奏함으로 英名을 天下에 揭한 사람이다.

그런데 當時 將軍 麾下의 將卒은, 겨우 千人 內外에 不過함으로, 優勢의 敵 쏘아人의 猛烈한 攻擊을 堪키 難하엿섯다. 戰鬪員은 時時刻刻으로 滅하여지고, 援兵의 來到를 待하기가 자못 急하고 어려웟다. 이째에 將軍은 不得已한 計策으로, 同 市內에 잇는 一羣의 英國 少年들을 集合하야 軍隊的 訓鍊을 施하야 軍事行動에 充하엿섯다. 이 少年들은 彈雨飛飛하는 속으로 驅馳來往하며, 斥候 又는 傳令使의 責任을 擔當하엿다. 그 結果가 甚히 良好하엿다. 그 少年들이 身을 挺하야 그 使命을 盡함으로, 多大한 便益을 그 軍隊에 與하야 援軍의 來到를 待함에 益이 多하고, 援軍의 來到로 同 市는 無事하엿다.

이러한 實地의 經驗을 지내본 쌔웰 卿은 少年軍의 有利함을 深覺確信하고, 此를 平時에 組織하야, 一般 少年에게 志氣를 鼓舞시키어, 有事時에 活用함이 必要타 하야, 少年團의 組織을 스스로 唱道하니 이것이 卽 少年 義勇團의 緣起이다.

槪況

千八百九十九年頃에, 南阿의 족으마한 '메푸킹' 市에서 비롯한 少年義勇團이 不過 十數年에 滔滔히 天下를 風靡하야, 至今은 世界各國에 創立되지 안흔 대가 別로 업게 되고, 그 組織이 完備하야 規律이 整然함은 實로 可驚할 바이라. 이는 이 創設 運動이 時代 要求에 適切한 싸닭으로, 世界에서 國旗를 날리는 三十邦國에는, 少年團 업는 대가 업고, 總 團員 數百萬에 達하는 盛況을 이루게 되엇다.

그런데 英國으로 말하면, 英吉利 國內 모든 少年義勇團의, 總裁는 英國 皇帝가 되고, 團長은 쌔웰 卿이 되어, 힘써 指導하나니, 各 都市와 各 地方에 各其 機關이 잇서 秩序가 整然하며, 組織은 軍隊的으로 되어, 서로 連絡과 統一이 完全하다. 一年 一回나 二回식 大競技를 行하야, 優勝少隊에는 名譽旗의 行賞이 잇고, 時로 觀兵式을 行하나니, 倫敦 練兵場 가튼 대서 數三萬의 少年義勇團 閱兵式을 擧行할 時에는, 英皇 陛下가 親臨閱兵하고, 又는 期日을 卜하야 總集合을 行하나니, 年前의 '쌔밍감' 市에서 擧行하는 集合에는 不, 獨, 米, 匈의 觀覽者가 多數히 參例하엿섯다. 이러한 集合이 되는 時는, 軍隊的 行動을 함으로, 軍幕의 露營, 野營의 生活을 試習한다. 英領 新西蘭, 濠洲, 加奈陀, 印度, 南阿 等에도, 少年團의 活動이 甚大하다.

이가티 少年團이 蔚興함은, 少年 自體의 覺醒으로 보기는 難하고, 將來 社會를 爲하야 各 社會 有志 先覺者의, 周圖用慮로 말미암음이라 할 수밧게 업다.

綱領

國民 一般이 標準삼으리 만한 것과, 社會 共同生活에 準則이 되리 만한 것과, 人生으로 人生다운 意志를 가질 만한 것 等으로 綱領을 定하고, 이 綱領을 依支하야 團則을 定하고, 이를 常時 遵守케 하는 것이 少年團 綱領 定하는 原則이 될 것이다. 그러나 時代와 社會 形便을 딸하, 多少의 差異가 잇슬 것도 그러할 일이다. 그럼으로 그 綱領 條文에 對하여서는 詳記할 必要가 別로 업다. 그러나 英國 少年團은 團의 開祖인 觀이 잇고, 又는 參考에 깁흔 關係上 그 綱領을 玆에 記한다. 故로 現今에서는 不適當한 者이 만흔 것도 모르는 바이 아니나, 그 不合當한 것을 取할 것이 아니라, 但只 參考에 供할가 함이오, 그 合當한 것은 期於히 取함이 조흐리라 하노라.

一. 神及皇帝에 對하여 恒常 充實할 事

二. 他人의 危急에 際하야는, 如何한 境遇일지라도 身을 挺하야 그 急에 赴할 事

三. 常時 團則에 服膺할 事

第三項 團則은 左와 如히 分함

一. 團員의 名譽를 重히 하며, 團員은 互相 信賴할 事

二. 團員은 皇帝를 尊崇하며, 國家에 忠實할 事

三. 團員은 身分이 如何한 人에게 對하든지, 友情을 傾注할 事

四. 團員은 禮節을 尙할 事

五. 團員은 動物을 愛護할 事

六. 團員은 長上의 命令에 服從할 事

七. 團員은 如何한 境遇에든지 從容할지니, 笑顔으로써 沈着自發하야, 항상 스스로 餘裕를 存할 事

組織 及 進級

地位와 名望이 잇는 人物을 擧하야, 少年義勇團長으로 推戴하고, 그 次에 副團長을 置하야, 團長을 援助하며, 團을 監督한다. 그 下에 更히 指揮

官을 置하야 團員에 訓練을 맛게 하고, 그 다음에는 少隊長과 伍長을 두어, 各各 指揮官을 도으며, 團規에 振肅을 힘쓰게 하니, 이는 少年義勇團 幹部의 組織이요, 次에 團員의 階級으로 言하면, 團員의 年齡은 十一歲로 十八歲까지의 範圍 안에서 入團을 許하고, 階級은 三級으로 分하야, 見習 生・二級生・一級生 等으로 定하고, 更히 그 上에 二等生・一等生의 別이 잇다.

그리하야 最初 入團한 者는 見習生이 되어, 上長의 指導를 반듯이 밧는다. 그런데 見習生도 相當한 資格을 要求하나니, 卽 左의 諸 要件을 體得한 者로서, 비롯오 見習生이 되어 入團을 許하고, 同時에 團의 定한 바 徽章을 授與한다.

一. 團의 規約을 了知하여야―

二. 團의 規定한 禮式을 能通하여야―

三. 國旗를 맨들 줄 알고, 國旗의 所重한 바와 旗의 쯧과 使用法을 알 어야―

見習生으로서 二級生에 進級하는 것은, 左의 各項을 體得하여야 된다.

一. 적어도 一朔 以上의 實地演習을 하여야―

二. 他人을 救助 又는 繃帶의 用法을 알어야―

三. 團의 暗號를 了解하여야―

四. 一哩를 十二分間에 疾走하여야―

五. 燐寸二枝(석냥 두 개)로써 野外에 火를 放하여야―

六. 釜鼎 업시 一磅의 肉과 二個의 馬鈴薯를 能히 調理하여야―

七. 貯蓄銀行에 預金이 적어도 六七錢 以上이 잇서야―

八. 羅針盤의 主要한 地點 十六 個所를 知하여야―

右 條件에 及第한 者로서 二級生이 되고, 다시 一級生으로 通級함에는, 左記 諸件의 熟習을 要한다.

一. 五야드(다섯 마)의 游泳을 能히 하여야―

二. 貯蓄銀行의 預金이 五十錢 以上이 되어야―

三. 受信器에다가 一分間에, 十六通의 電報의 受信과 記錄을 하여야—

四. 一人 又는 數人을 '쏘드'에 태여 가지고, 七哩의 往復을 하여야—

五. 항용 食物을 調理할 줄 알어야—

六. 燒死・溺死・凍死・感電致死의 際에 應急 手當을 施할 줄 알어야—

七. 地圖를 펴노코, 羅針盤이 업시, 方向을 能히 暗射하여야—

八. 距離・容量・高低 等의 判定을 能히 하여야—

九. 日用品 使用에 習熟하여야—

十. 見習生 監督을 能히 하여야—

以上의 難關을 모다 熟練함을 要하고, 다시 二等生으로 上進함에는, 左의 各項 中 적어도 三者의 合格이 잇서야 한다.

一. 戰地用 馬車에 操縱

二. 自轉車의 操縱

三. 射擊에 練達한 者

四. 水夫의 技量이 잇는 者

五. 信號의 練習이 잇는 者

六. 喇叭을 吹奏하는 者

이와 가티 次第로 上級이 됨을 짤하, 技術이 至難케 된다. 그러나 右에 合格한 者로서, 비롯오 冠門이 有한 徽章을 授하고, 一級生의 上이 되어, 團員에게 相當한 敬重을 밧고, 다시 一等生이 됨에는, 此 以上의 科目을 定하여, 試驗을 바다서 登第한 者임을 要하다. 이 外에도 團則 中에 滋味스러운 것이 만타. 例컨대 團員은 一日의 一善을 行하라는 것과, 實踐實行을 힘쓰게 하야, 空然히 口舌로만 人道니 正義니 함은, 絶對禁物이 되는 것과, 陸海軍事에 關한 것과, 船泊・汽車・電車・郵便・電信 等 交通機關에 關한 것, 自然・人物・社會・觀察・旅行・露營・水泳・登山・應急救護・人工呼吸・傷病者扶助運搬・深呼吸・冷水摩擦 等 모든 것이 實行 條目이 되어 實社會 實生活에 合當한 者이다.

方定煥, "새히에 어린이 指導는 엇지 홀가?(一) 少年會와 今後方針", 『조선일보』, 1923.1.4.[47]

어린아희들을 잘 지도하여야
미리의 사회도 완전하게 될 듯

세계에 엇더한 나라이던지 그 나라의 발달을 보랴면 먼져 그 나라의 아희의 노는 것이라든지 일상의 생활하는 것을 보아야 할 것이라. 그런데 죠선에서는 지금낀지 아희는 아무것도 모르는 것으로만 생각하야 오즉 압박만하야 조금만 잘못하면 싸리고 나물하고 할 쑨이며 그리고 그 아희가 잘한 일에 디하야는 조곰도 잘하얏다는 표사는 업섯다. 그럼으로 아희들이 어렷슬 적부터 어른의 말에 눌니여 자긔의 마음에는 잘하얏건만은 자긔의 어른의 마음과는 맛지를 안이함으로 오직 잘못하얏다는 나무리는 말만 듯고 울 쑨이얏다.

그럼으로 아지 못하는 사람이 자긔에게 디하야 알지 못하는 척당을 하건만은 그는 어른인 고로 마음디로 디답을 하지 못한다. 이러한 상태로 한 히 두 히 지니이다가 어른이 되야 사회에 나셔셔 무슨 일을 하는데도 관습에 어른이란 것이 눌니여 자긔의 이상과 자긔의 하고자 하는 바와는 디단히 틀니이건만은 엇지할 수 업시 순종하다가 필경에는 신구의 충돌이 밍렬하게

일어나는 일은 근일의 각 사회를 보드라도 가히 짐작할 바이다. 그럼으로 우리는 먼져 어린아히를 잘 인도하고 히방하야셔 죠곰 자유스럽게 텬진 그디로 직히게 하는 것이 자녀교육의 가장 필요할 바이다. 이에 디하야 죠선에서 쳐음으로 조직된 소년회를 지도하는 〈텬도교소년회(天道敎少年會)〉의 방정환(方定煥) 씨는 말하되 우리의 회가 성립되기는 벌셔 직작년

47 원문에 '天道敎少年會 方定煥 氏 談'이라 하였다.

오월 일일이외다. 우리의 회가 조직되자 조선 전도에 이르는 큰 곳은 거의 다 조직되얏스며 겸하야 각 사회에셔도 소년 문데에 더하야 현지에 수의를 깁히 하니 이에 더하야 노력하는 중이외다. 그럼으로 작년 오월 일일에는 "어린이의 날"이라고 하야 젼조션에 선뎐하얏슴니다. 이제브터도 될 수 잇는 디로 긔회가 허락하는 디로 디디뎍으로

선뎐하랴고 하는 중이외다. 이것은 우리 〈텬도교소년회〉뿐 안이라 다른 소년회와 런합하야셔 하는 것이 조흘 줄 밋슴니다. 겸하야 우리 회는 종교뎍으로 뎐도교인뿐만 한하는 것이 안이라 엇더한 사람이던지 입회를 식히나이다. 그럼으로 현지의 회원이 사빅오십팔명이외다. 이 소년들만 완전히 지도한다고 하야도 이후의 소년들은 비록 만분의 일이나마 힝복스러울 듯하외다. 참으로 조선의

아동교육은 넘우나 한산하얏슴니다. 외국의 상티를 보고 뎐하는 말을 들을 것 갓흐면 어린이를 극히 사랑하고 만반사를 어린이에게셔 비롯하고 그들을 위□□□□지도 발힝하고 선물까지도 발힝하얏스며 학교의 교육도 극히 완젼하야 잇슴니다. 그러나 조선에셔는 넘우나 어린이에 디한 긔관이 부족하외다. 부족할 뿐 안이라

무정혼 터이외다. 작년에 니가 『사랑의 선물』이라는 책도 그들을 숭상하고 그들의 환락을 주기 위하야 발힝한 바이외다. 이제부터는 각디의 소년 단체가 만이 이러날 줄을 밋스며 우리 동포가 하로라도 먼져 사람스럽게 쏘는 자유스럽게 힝복스럽게 생활을 하랴면은 먼져 어린이들을 조흔 길로 인도하고 그들을 위하야 사업을 경령하여야 하며 긔관을 셜비하여야 할 것이외다. 참으로

어린이들처럼 중한 이는 업슬 것이외다. 그들은 바다에 씌워 잇는 비와 갓치 바람이 동으로 불면 동으로 셔으로 불면 셔으로 흘너가는 것과 갓치 지도하는 이의 지도하에 싸라셔 혹은 힝복의 길로 혹은 불힝의 길로 도라가는 것이외다. 이러한 쳐디에 잇는 그들을 엇지 하로이나마 범연하게 역이랴 하고 미우 근심하는 빗으로 말하더라.

鄭聖采, "새히에 어린이 指導는 엇지 홀가?(二) 斥候軍과 今後 方針", 『조선일보』, 1923.1.5.[48]

셔양의 '쏘이쓰카웃'과 갓치
남을 도아주는 것이 뎨일 사업

참으로 그럿슴니다. 조선에셔는 어린이에 디한 긔관이 전부 업섯다고 하야도 가하외다. 어린아희가 잇스면 집에셔 신바람이나 식혓고 그럿치 안흐면 글방에나 보니이든 것이 뎨일의 일이얏슴니다. 그리셔 어린아희들은 오직 구속만 밧게 되는 것이 그의 할일인 줄로 아랏스며 우리가 인뎡하야 왓섯슴니다. 그럼으로 우리는 엇지하면 그들로 하야금 자유스럽게 쏘는 자연 그더로 지니게 할가 하고 비상이 근심하얏슴니다. 그리셔 작년 사월부터 우리 소년회의 주최로 〈소년척후단(斥候團)〉이란 것을 조직하게 되얏슴니다. 이것이

셔양으로 말하면 '쏘이쓰카웃'이란 것이외다. 그런데 그곳에서는 어린아희가 잇는 집이면 누구나 반다시 '쏘이쓰카웃'이라는 단뎨로 보니여 치루어 나게 하나이다. 그런데 '쏘이쓰카웃'이라는 것은 혹시 군인 갓흔 성활을 하는 듯하외다. 그러나 이것은 결코 그런 것이 안이외다. 셔양에 '쏘이쓰카웃'이 하는 일로 말하면 길로 걸어가다가도 엇던 사람이

자긔 혼자 무엇을 하□□□고 익를 쓰는 사람이 잇슬 □□□□ 그것을 보조하야셔 그 사람으로 하야금 넘우 노력을 하지 안코도 가히 할 만치 보조를 하며 그 외에도 어린아희나 부인이 위험한 일을 당하야 자긔의 힘으로는 도뎌히 할 슈가 업는 경우를 보는 찐에는 속히 가셔 그것을 구제하고 그 외에도 무슨 일이던지 사회의 유익한 일이면 하도록 수선하야 주는 것이외다.

이것이 즉 〈소년척후군〉의 사업으로 힝하는 바외다. 그런데 현지 우리

회의 회원은 십사 명이외다. 그러나 지금ᄭᅩ지 아무것도 한 일이라고는 전부 업다고 하야도 가하외다. 그중에도 셔양사람으로 말하면 옷을 믄들어 입어도 자긔네가 스스로 지여서 입게 됨으로 제도만 가틀 쑨이면 그 외에는 다른 돈이 들 필요가 업겟지만은 오즉 조선에셔는 ᄶᅡ로히 돈을 들이지 안흐면

안 될 것이외다. 그럼으로 극히 어려운 바이외다. 보통 녀름 낫 가트면 □동복에다가 토식물감만 들이면 그것으로 완전하겟지만은 겨울옷으로 말하면 돈이 젹지 안케 되나이다. 이러한 형편에 잇슴으로 회원을 좀 만히 모집하고 십흐나 경비 문데로 인하야 어렵슴니다. 그리고 쳑후군들도 아즉 쳐음인 고로 무엇을 하랴면 조곰 붓그러운 긔싴을 뵈이고 수즈버하나이다. 그런데

금년브터는 되도록 회원도 늘고 조곰 일다웁게 하랴고 회의하는 중이외다. 그리셔 조선의 소년게도 자연게와 즉졉의 연락을 바다서 전보다 좀 텬진스럽게 자유스럽게 하고 하나이다. 어린이브터 이럿케 희방하고 자유를 주지 안을 것 가트면 우리의 사회는 언제ᄭᅡ지던지 이 상태를 면치 못할 것이외다. 그러나 우리의 소년군으로 말하면 종교 범위 안에셔

실힝하는 고로 일상의 힝동도 군인 가튼 싱활을 식히지 안이하나이다. 톄죠라던지 그 외의 무엇은 형식에 의지하야 하지만은 군인덕의 싱활은 식히지 안이하며 단지 남들 도아쥬기를 뎨일의 목뎍으로 식히는 바이외다라고 말하더라.

趙喆鎬, "新年의 新意見: 少年軍團! 朝鮮 샞이스카우트 - 먼저 人間改造로부터 -", 『개벽』, 제31호, 1923년 1월호.[49]

> 形式萬能오늘날이文明은
> 拜金敎勢力의三角塔이오
> 嫉妬와猜忌의假裝行列은
> 現今의偉人과紳士擧動
>
> 애처럽다○○○우리兄弟여
> 입으로는自由를부르지즈며
> 붓으로는人道를잘그릴지나
> 空論空文모도다虛飾이로다
>
> 어지러운世上을救하려고
> 世界的奉公者샞이스카우트
> 처음으로鷄林에始作된날은
> 一千九百二十二年十月五日 (이상 83쪽)

이 노래는 朝鮮샞이스카우트의 行進 中의 一節이외다. 나는 다른 생각이 업습니다. 오즉 석달 前에 始作된 朝鮮샞이스카우트(童子軍)의 運動이 癸亥年[50] 一年 中에 全 朝鮮을 通하야 일어나기를 바라는 그것이외다. 그러케만 되면 죽어도 限이[51] 업겟습니다. 내가 이 運動의 勃興이 잇기를 이와 가티 全心力으로써 暗求하는 것은 다른 뜻이 업습니다. 먼저 사람이라는

---

49 「新年의 新意見」이란 제목에 趙喆鎬, 曹晩植의 「죽기로써 鄕土를 지켜야 하겟습니다 - 제各其 行할 新朝鮮의 定礎式」, 太空의 「新年之新希望」, 金永喬의 「着實한 硏究者 卽 學者가 생겨야 하겟습니다」, 魚基禎의 「農村啓發運動의 興起를 切望」, 廉台振의 「明年에 쏘다시 歲拜할 道를 합시다」, 李範昇의 「功名을 일삼지 말자」, 李承薰의 「이쑌이외다」 등이 실려 있다.

50 1923년을 가리킨다.

51 '恨이'의 오식이다.

그 自體의 改造로부터 始作하야 이 社會의 모든 虛飾과 惡習에 宣戰, 肉迫하자 함이외다. 그리함에는 먼저 사람의 始初인 少年의 改造에 着手하야 그들로 하여곰 社會를 爲하고 自己를 爲하기에 最適切한 自覺과 試鍊을 가지게 하자 함이외다.

朝鮮쏘이스카우트! 그의 一般을 說明한 趣旨書와 團則은 모다 印刷가 되엇습니다. 請求하시는 이에게는 절하여 들이겟습니다.(이상 84쪽)

社說, "朝鮮少年軍의 將來를 顚祝흠", 『조선일보』, 1923.3.4.

距今 十五年 前에 英國人 中佐 '파테 파우에르'[52] 氏가 亞弗利加[53] 黑人이 住居하는 '하와이 마훼킹'이라는 島嶼에 寓居하든 中에 當地 土人의 小兒 等이 群遊하는 것을 見하다가 偶然히 幼少한 者의 力量이 偉大함을 觸覺하고 곳 英 本國으로 歸來하야 家庭 兒孩들에게 遊戲物을 與하야 셔로 嬉遊하기도 하며 各個의 心理狀態를 隨하야 그 意氣와 精神을 引導하고 助長한 것이 곳 少年軍 英語에 이른바 '쏘이쓰카웃'이 비로소 組織된 動機가 되얏는디 以後로 獨佛米 等 國에도 그와 갓흔 團體가 繼續하야 組織된 바 如今에 至하야는 世界 到處에 無處無之의 現狀이며 特히 東洋으로 言하여도 中華의 南北各地에 雄風이 越々한[54] 妙齡의 少年軍이 그 數爻가 頗多하며 日本이 쏘한 그러한지라. 이리하야 우리도 恒常 思惟하기를 우리 朝鮮에도 이러한 團體가 組織되야셔 우리의 가장 囑望하고 가장 親愛하는 後進 少年의 活潑 勇敢한 氣質을 鼓勵하고[55] 循公忘私하는 道德을 養成하야 幼少時부터 神聖高潔한 人格을 造就함이 쏘한 現代社會에 不可無할 事業이라 하얏스나 筆硯의 勞에 汨々無暇하야 다만 何許有志의 先唱함이나 企待할 짜름이엇섯더니 現今 中央學校에서 敎鞭을 執한 趙喆鎬 氏가 朝鮮少年의 前途를 爲하야 客年 十月頃에 비로소 少年 同志 幾人을 糾合하야 朝鮮에 初有한 少年軍을 發起 組織하얏는디 組織할 時에는 僅히 八人에 不過하더니 爾後로 逐漸增加하야 今日에는 거위 三倍數에 達하얏다 하니 同軍의 前途가 愈益發展할 것은 過去한 成績으로 可히 預期하는 同時에 趙 氏의 苦心을 우리가 空言이나마 極度로 稱訟할 것은 오히

---

52 로버트 베이든 파월(Robert Baden Powell, 1857~1941)을 가리킨다. 영국의 군인으로 1907년 보이스카우트를 창설하였다.
53 '阿弗利加'의 오식이다. 아프리카(Africa)의 음역어이다.
54 '越越하다'는 "씩씩하고 헌걸차다"란 뜻이다.
55 '鼓勵'는 "鼓舞"와 같은 말로, "힘을 내도록 격려하여 용기를 북돋움"이란 뜻이다.

려 第二 問題요 그 精神과 그 熱誠은 永遠한 時期를 繼續하도록 少年軍 諸人의 腦裡에 灌注할 터이니 趙 氏는 眞實로 敎育家 됨이 無愧하도다.

個人의 家庭으로 言하건딘 그 家庭이 目下에는 비록 그 財産이 貧乏하고 싸라셔 學問이 淺하고 見聞이 無하야 可히 指數할 수 업는 境遇에 處하엿드라도 만일 그 子弟가 聰俊하야 後繼者가 前去者보다 優勝할진딘 畢竟 通泰한[56] 運氣를 挽回함과 如히 一步를 更進하야 國家로 言하여도 目今에는 如何한 悲境에 處하엿스나 第二 國民으로 將來 社會를 支配할 少年 諸人이 모다 優秀俊爽하야 他人의 子弟보다 頑劣하지 아니하면 그 父兄된 者는 人보다 庸愚하야 侮辱을 備受하엿드라도 그 子弟된 者는 困難을 繼續하지 안은 一面으로 그 父兄의 侮辱까지라도 可히 伸雪[57]할지라. 그러면 現今 우리의 가장 寶貴한 者는 芸芸叢叢한 少年 以外에 更無한 바이니 그 價値를 論할진딘 金銀과 玉帛으로 可히 比較하지 못할지며 그 依重할 바를 言할진딘 泰山喬嶽보다도 더욱 重大하다 할지로다. 所以로 少年 그네들에게 時代에 適合하도록 學術을 敎授하야 智識的 敎育을 厚施함이 勿論 急先務이나 그 智識에 相當한 人格을 修養하야 幼少時로부터 自我를 標準하는 私的 觀念을 抛棄하고 公共한 供獻으로 國民의 一分子인 責任을 前提로 作할 覺悟를 識得하게 함이 何보다도 必要한지라. 그런즉 少年을 引導함에는 少年軍의 趣旨보다 더 良好한 者는 無함이 定理가 안인가.

少年의 그 身分을 譬喩하면 明珠의 無瑕함과 如하고 그 志槪를 譬喩하면 止水의 澄澈함과 同하야 그를 合當한 道理와 良好한 方法으로 誘掖할진딘[58] 血氣가 旣壯하고 頭腦가 已判하야 利害是非의 世間萬事가 胸間에 往來하는 壯年者보다 그 効力이 百倍나 敏速하나니 先進諸國이 모다 幼年者의 敎育을 重視하야 孩提時代로부터[59] 一言一動이라도 稍히 輕忽히

---

56 '通泰'는 국어사전에 등재되어 있지 않다. 중국어 사전을 참고하면 "사리가 밝고 확실하다. 분명하다"의 뜻이다.

57 '伸雪'은 "伸冤雪恥"의 준말이다. "가슴에 맺힌 원한을 풀어 버리고 창피스러운 일을 씻어 버림"이란 뜻이다.

58 '誘掖'은 유익(誘益)과 같은 말로 "이끌어서 도와줌"이란 뜻이다.

역이지 아니함이 엇지 進步된 現象이 아니리요. 그런디 我의 少年軍을 歡迎하는 意思에는 以爲호디 그 本旨가 우리 朝鮮少年에게 더욱 必要한 條件이 有하다 하노니 그 理由가 何에 在하냐 하면 우리가 五百餘年의 長久한 期間을 宋儒의[60] 學說에 넘우 拘泥하야 一搖手와 一擧足을 任意로 行하지 못하든 風氣가 尙今꺼지 우리의 心理를 支配함으로 古所謂 俠士義人의 尙氣 任俠하든[61] 丈夫漢의 行動은 도리혀 無意味함과 如히 思한지라 그 自然한 結果로 自家事가 아니면 如何한 不平이 有하여도 拔力相助하는 美風이 無하엿스니 짜라서 民族全體가 現境에 陷한 原因을 推究하랴면 此가 쪼한 一個 條件이 아니라 云치 못할지라. 이 點으로 言하면 少年軍이 完全히 發展될진딘 小하여도 屢劣한 舊日風習은 可히 不變할 바인즉 그 效益이 엇지 尠少타[62] 하리요. 人種도 國境도 모다 打破하고 다만 不意의 事變에 救濟를 從事함이 時代的임은 勿論이요 偉大한 人格으로 偉大한 事業을 成就하는 第一 方法이 곳 義氣 二字에 在하지 아니한가. 聊히 數言으로 趙喆鎬 氏의 功勞를 賀하고 少年 諸君의 前途를 祝하노라.

---

59 '孩提'는 "어린아이"란 뜻이므로, '孩提時代'는 "어린아이 때"란 뜻이다.

60 '宋儒'는 "중국 송나라 때 정주학파에 속하는 선비"란 뜻으로 정호(程顥), 정이(程頤), 주희(朱熹) 등을 이른다.

61 '任俠'은 "약자를 돕고 강자를 물리치는 정의감이 있음" 혹은 "용맹스럽고 호협한 사람"이란 뜻이다.

62 '尠少'(尟少) 또는 '鮮少'는 "매우 적음, 아주 적음"이란 뜻이다.

社說, "少年運動協會 創立에 對하야", 『조선일보』, 1923.4.30.

人이 始生하야 飢하면 嗜哭하고 飽하면 嬉遊하야 世間事爲에 如何한 心機가 萌動하지 아니하고 塊然한 一個 血肉體인 乳哺時代와 喜怒의 觸覺을 始感하고 是非의 辨別을 纔解하는 孩提時代와 血氣의 循環이 强烈하고 動作에 模倣이 銳敏한 幼少時代를 天時에 譬喩할진딘 群蟄이 始動하야 漸次 發榮하는 域으로 向進하는 初春과 仲春과 밋 季春과 如하도다. 그러면 一年의 歲功을 成就함이 모다 春節에 根基를 着하고 萌芽를 發함과 如히 人의 後日 榮枯와 終生 事業도 모다 幼少時代에셔 端緖를 發하나니 가장 重要한 時期가 幼少한 時代라 할지라 幼少한 時代에 學問의 修養이 無하면 他日에 비록 絶大한 人格이 有할지라도 그를 擴充하고 潤色하는 資料가 無할지며 性情의 啓導를 缺하면 비록 純潔한 資品이 有할지라도 그를 琢磨하고 鍛鍊하는 門逕이 無하야 結局 有爲할 良材로 無用한 幣物을 作할지니 教育의 何者가 緊要치 아니하리요만은 幼少한 後進 叢生을 引導하며 教育하는 이보다 더 緊要한 者는 無할지로다.

그럼으로 우리 東洋 古代에 子弟를 教訓하든 往事를 溯考하여도 人이 腹中에 在할 時로부터 生後 七八歲에 至하기까지 그 中間의 教育을 審愼히 하고 周密히 하야 小毫도 輕忽히 認치 아니하얏스나 그러나 此는 一部 特權階級에셔 行하든 바이요 共通으로 應用하지는 못하얏섯드니 挽近 西歐의 制度를 見하면 教育政策의 整備함을 因하야 幼少한 者에게 施하는 教育도 盡善盡美하게 舖置된지라 學校를 廣設하고 直接으로 教授를 行함은 오히려 茶飯의 常事요 或種의 有益한 遊戲로 身體의 發育을 謀하며 或種의 方法으로 尙武하는 精神을 涵養하며 義俠의 風氣를 誘發하야 幼少할 時부터라도 그 資格이 絶對로 頑鈍한 者가 아니면 將來社會에 落伍되지 아니할 만큼 教育을 施함으로 如彼히 健實한 國民을 造就하거늘 우리는 不遠한 過去에 在하야 彼의 完全無缺한 制度를 倣倣하지 못함은 오히려 第二問題요 近古 幾百年의 黑洞々하든 舊規를 墨守하야 上古時에 極小 部分에셔

行하든 敎育術선지 有也無也한 中에 在하엿습이 쏘한 今日 現象을 誘致한 一個 原因이라 할지라 前에 우리가 親히 見聞한 바 過去의 少年敎育法을 暫時 說道하건딘 若此하도다. 現今에도 此風이 아조 歇息함은 아니지만은 더욱이 往時갓치 階級防閑이 □甚할 時에 貧富程度가 懸隔할진딘 他事는 勿論하고 다만 少年敎育에 對한 一款으로 論하여도 그 敎養하는 制度가 完備치 못함과 如한 觀이 有하엿스니 少年 그들이 如何히 遊戲하든지 如何히 行走하든지 모다 不計하고 다만 身體나 健實하고 疾病이나 無하엿스면 다른 敎導法이 無함으로 그의 天質이 純良한 者이면 放任하고 天質이 頑劣한 者이면 叱咤와 笞楚를 加할 而已요 他術이 無하니 그 待遇가 그럿케 冷酷하고 엇지 良好한 人材가 되기를 希望하리요. 그의 自然한 結果로 만일 出衆한 德性이 無한 者이면 浮浪者로 化하거나 頑悖下類가 되거나 그러할 外에 好果가 無하엿스니 少年의 前程을 爲하야 眞實로 茫然發歎함을 自己치 못하엿섯도다.

右와 如한 弊習을 有志한 社會에서 恒常 缺憾으로 認하야 如何한 改良策을 講究하는 바임으로 近日에 至하야는 小兒의 幼稚園과 少年의 '쏘이 쓰카웃' 等이 組織되야 幼少한 同胞의 修養하는 機關을 作하나 此는 物質의 拘束이 有함으로 그 便宜를 一般이 共享하지 못하는 바이러니 日前에 開闢社 主筆 金起瀍 氏 外 某々 有志의 發起로 〈朝鮮少年運動協會〉를 組織하야 事務所를 開闢社 內에 置하고 오는 五月 一日을 어린이의 날로 定名하야 二十萬枚의 宣傳文을 撒布하고 演藝會가 有할 터인 바 同 事務所에서 逐日會議를 開하고 全 朝鮮 各 少年會에 勸誘하야 一致團結하기를 勸한 바 此에 對하야 贊成하는 者가 大多數이라 하니 此日을 逢하야 全 朝鮮少年의 前無하든 大會合 大活動의 盛儀를 參觀하게 됨이 우리는 中心의 充欣함을 不勝하는 바이로라. 그러나 或 如何히 思惟할진딘 同 會를 運動協會라 命名한 同時에 한번 會合하야 한번 運動이 有함을 敎育上으로 見할진딘 그러케 重要視할 것이 안임과 如한 觀念이 有하나 此는 大히 不然하니 各 團體가 모다 聯合하야 相互間의 情誼를 交換하고 技藝를 比試하야 未來社會의 社交를 實地로 見習하는 一方에 人類는 團結하면 偉大한

力이 生하는 實例를 幼少時부터 體得하게 함이 何보다도 高尙優美한 敎育이라 할지며 더욱이 우리 少年의 舊日陋習을 革除하게 하고 우리도 國民의 一分子요 社會의 一個人이라는 覺悟를 注入하는 그 點이 絶對로 推許할 바이라. 그럼으로 我는 이 協會를 看做하기를 少年에게 對하야 無上한 敎育方針으로 認하노라.

社說, "少年運動", 『매일신보』, 1923.4.30.

最近 京城 某々 團體의 有志는 셔로 協議하야 〈少年運動協會〉한 곳을 組織하고 全般의 少年問題에 就하야 聯絡과 統一을 圖ㅎ며 調査와 研究를 遂홀 것을 標榜하며 更히 每年 五月 一日로써 特히 "어린이의 날" 卽 少年日로 定하야 一般 家庭과 社會가 셔로 和應하야 此日로써 少年에 取하야 가장 意義 잇는 日이 되도록 하며 今番 第一回의 少年日에는 그 趣旨의 宣傳을 爲하야 各種의 實行方法을 講究 中이라 홈은 本紙의 報道훈 것과 如하도다. 吾人은 彼 可憐한 兒童을 爲하야 此 運動은 實로 慶賀홀 일이오 此를 主唱하며 實現ㅎ는 諸氏의 勞力을 多하다 하는 바이로다. 現今 東西의 文明列邦은 此 少年問題를 爲하야 幾多의 國家的 施設과 社會上 運動이 盛行하는 中이나 從來 我 朝鮮에서는 此 問題를 比較的 閑却하야 冷淡視ㅎ는 缺陷이 不無하얏거니와 要ㅎ건대 社會의 將來 主人公이오 또 家庭의 後日 主長者될 第二國民에 就하야 此를 善養하며 善導홀 것은 家庭과 社會가 互相聯絡을 取하며 方法을 講하야 그 目的을 貫徹치 아니치 못홀 것이다. 從來에 우리 社會에서는 兒童에 對훈 制裁와 拘束이 甚한 것은 잇섯스나 此를 保護하며 訓鍊하야 智德을 成就케 하는 社會的 施設이 一無ㅎ얏셧다. 그것은 單히 兒童에 取하야 不幸이 될 뿐 아니라 國家와 社會에 取하야 莫大한 損失이오 文明한 社會의 一 羞恥가 되는 것이라. 今에 朝鮮의 文化가 日로 向上됨을 싸라 此種問題가 識者의 注意하는 바이 됨은 엇지 欣喜홀 바이 아니리오. 老를 老하는 社會에셔는 반다시 一方으로 少를 少로 하는 觀念이 업시며 不可한 것은 多言을 不要하는 바 今에 朝鮮社會에셔도 少를 少하는 美風이 起하라 홈은 實로 我意를 得홀 바이로다.

少年問題에 就하야 今番의 運動은 二樣의 意義가 存在하나니 一은 社會와 家庭으로 하야 少年을 慈愛하야 그 保護의 周到를 期하는 것이오 又 一은 少年으로 하야금 恒常 家庭과 社會에 感激의 念을 有하게 하고 社會生活에 訓鍊을 養하야 他日 國民으로 世에 處홈에 實로 規律이 잇스며 修

養이 잇는 善良호 人物이 되게 흠이라. 무릇 慈愛가 업시 生養된 人物은 그 平生에 感激의 念이 無하는 것이다. 또 訓鍊이 업시 長成된 人物은 公德의 如何를 辨치 못하게 되나니 兒童問題의 重大홈이 實로 斯와 如하도다. 吾人이 엇지 그 後援에 怠하며 注意를 忽히 홀 것이리오. 古人의 말한 바 生子가 難이 아니라 敎子가 甚히 難하다 흠은 此間의 消息을 道破훈 것이라. 吾人이 今番 少年運動에 無限의 歡喜로써 同感을 表하는 所以가 玆에 在흔 것이다.

그러나 吾人은 一種의 婆心으로브터 當事者에게 告홀 것이 잇나니 諸君의 그 着眼한 것과 努力하는 것은 미우 感謝에 不堪하거니와 近日의 世態를 一瞥하건대 神聖치 아니하면 不可홀 各種問題가 多數는 或의 무삼 目的에 利用되며 惡用된 經驗이 不無하얏다. 吾人은 些毫라도 今日의 諸君을 敢히 疑치 아니하거니와 諸君도 此點에는 十分의 注意를 拂하야 動輒淺薄 흔 風潮에 誤키 易흔 此時에 우리 少年問題로 하야금 그 渦中에 混同치 아니케 하고 實로 堅實한 向上을 期하야 眞面目으로 愼重히 홀 必要가 잇다 하는 것이다. 諸君은 應히 吾人의 此言에 首肯흠이 잇슬 것이오 從하야 吾人의 期待에 必副홀 것을 信하야 疑치 아니하노라.

少年會員, "民族的으로 祝福할 五月 一日 '어린이'의 날",
『天道敎會月報』, 제151호, 1923년 4월호.

오날은 五月 초하로 어린이의 날입니다. 해마다 이날은 어린이의 날입니다. 한 집안이 잘 살내도 만저 이날을 祝福하여야 하고 한 나라가 잘 살내도 만저 이날을 祝福하여야 합니다. 아울너 三千里江山에 죽어가든 無窮花를 다시 滿發하게 하랴면 만저 이날을 誠心으로 祝福하여야 합니다. 그리고

五月 一日은 世界의 모든 無産者 勞働者가 世界的으로 永遠히 紀念하며 祝福하는 勞働祭(메데)日이외다. 이날은 이러케 意味가 깁고 坯 燦爛宏壯한 날입니다. 勞働世界 少年世界가 아울너 祝福하는 歷史的이요 民衆的이오 世界的인 人世 最大의 紀念日이외다.

再昨 辛酉年 五月 一日은 우리 朝鮮 少年界에 가장 첫거름으로 鍾을 울니고 비로소 〈天道敎少年會〉라는 一個의 조고마한 團體가 生긴 그날임니다. 우리 民族이 이날을 祝福치 안으면 어늬 날을 祝福하겟슴니까. 範圍를 넓게 말하자면 이 어린이의 날은 全人類가 祝福할 날입니다. 그럼으로 어늬 社會 어늬 民族을 勿論하고 그 生活上 가장 큰 問題는 어린이입니다.

現時에는 우리 民族이 아무것도 업는 가난뱅이입니다만은. 우리 民族이 어린이만 잘 키우고 보면 그째에 이르러서는 잘 살 슈가 잇슴니다. 그리고 自然히 偉大한 人物도 生길 것이며 同時에 偉大한 事業도 할 슈 잇슴니다. 그러면 우리는 復活하는 民族입니다.

그러나 우리 民族 中에는 아직까지도 그를 째닷지 못한 이 만슴니다. 그리고도 平和와 安樂이 오기를 멀—건이 바라고 잇슴니다. 이는 맛치 아무것도 업는 븬 병을 기울느고 술 나오기를 기다리는 天痴와 갓슴니다. 건지 업시 잘살기를 바라니 이런 氣가 막힐 일이 잇슴잇가.

엇텃튼지 여러 어른들은 사랑하시는 子女의게 만저 이러케만 하여 쥬십시요.(이상 45쪽)

起瀍, "開闢運動과 合致되는 朝鮮의 少年運動", 『開闢』, 1923년 5월호.[63]

少年運動協會의 壯擧 == 朝鮮少年의 倫理的 壓迫 == 보다 甚한 經濟的 壓迫 == 이러케 解放할 것이다 == 少年問題를 云爲하는 者에게

◇ 少年運動協會의 壯擧

듯건대 京城 안에 잇는 各 少年團體의 關係者 一同은 지난 四月 十七日로써 〈少年運動協會〉를 組織하고 地方에 잇는 幾多의 少年團體 其他 社會團體와 聯絡을 取하야써 世界的으로 意義 깁흔 五月의 一日을 期하야 朝鮮十三道 兄弟로 하야금 一齊히 少年運動의 旗幟를 들도록 하리라 하는도다.

이번에 高調하는 그 協會의 少年運動의 眞意가 那邊에 잇슬가 함에 對하야는 우리가 아직(이 글을 쓰는 四月 二十日까지) 그 仔細한 것을 아러엇지 못하얏스나 그 運動이 爲先 朝鮮의 少年을 標準하야 計劃되는 것이라 한 즉 今日 朝鮮少年의 特殊한 處地에 거울하야 몬져 "少年解放"이란 그것을 目標 삼아 나아갈 것은 想必 疑心업는 事實일지며 또는 그것이 事實이 되지 아니하면 안 될 것이다.

解放! 解放! 이 말은 近來의 우리 朝鮮 사람에게 퍽도 만히 絶叫되는 말이다. 政治的 解放, 經濟的 解放을 絶叫함은 말도 말고 "女子의 解放"과 가튼 問題도 우리의 귀가 압프리 만큼 喧藉되며 잇다. 그러나 엇던 셈인지 今日 社會의 潛勢力이 되고 明日 社會의 中堅力이 될 少年 解放 問題에 對하여는 別로 이러타 하는 소래가 업섯다. 再昨年 以降으로 이곳져곳에 몃 군대의 少年團體가 생기여 空谷呼聲과 가티 얼마콤이라도 少年問題의 聲息을 傳한 바가 업지 아니 하얏스나 그 問題가 一般의 興論이 되고 運動이 되어 萬人의 注視를 要하(이상 20쪽)기까지에는 너무나 微微하얏스며 또는

---

63 '起瀍'은 김기전(金起瀍, 金起田)이다.

너무나 不鮮明하엿다. 이러한 오늘 이와 가튼 普遍的 少年運動이 니러남을
보게 된 것은 實로 好消息 中의 好消息이라. 우리는 몬져 말만 듯기에도
一片의 衷情이 스사로 躍如함을 禁치 못하겟다.

◇ 朝鮮少年의 倫理的 壓迫

그런대 少年을 解放한다 하면 少年을 壓迫하는 事實의 存在를 前提로
하지 아니치 못할지니 그리면 從來의 우리 朝鮮 사람은 果然 엇더케 少年
을 壓迫하엿난가. 말은 여긔에서브터 始作될 수밧게 업는 것이다. 그윽히
생각하면 從來의 少年 壓迫에 잇서 맨 첫재로 해일 것은 倫理的 壓迫이라.
오늘날의 우리가 무슨 宗敎를 밋고 무슨 主義를 말한다 할지라도 우리의
社會的 生活의 實際는 百의 九九가 모다 儒敎의 倫理밧게 한 거름을 나가
지 못하는 것이라. 그런대 儒敎의 倫理는 사람을 사람 그대로 觀察하지
아니하고 여러 가지로 사람을 分析하야 그中에서 君이라 하고 父라 하고
夫라 하는 세 베리(三綱)를 發見하고 남아지의 群庶를 거긔에 服屬케 하되
別로 五倫이란 그믈코 가튼 것을 지여 써 一般의 脫出을 禁制하엿나니 少年
壓迫의 唯一의 道德的 乃至 倫理的 根據가 되는 "長幼有序"라는 金言도
곳 이 五倫 中의 하나이다.

가만히 그間의 經緯를 생각하면 五倫은 三綱에 屬케 하고 三綱 中에도
夫는 父에 屬게 하고 天은 一種 完全을 極한 旣成品이라 하야 一切의 規範
을 거긔에서 取하기로 하엿다. 그런대 天은 聲도 無하고 臭도 無한지라
自稱 曰 天을 繼하야 極을 立하엿다는 君王의 意思로써 天의 意思를 代表
하게 되엿스니 堯舜禹湯文武周公은 卽 그이며 孔子와 가튼 사람은 그들을
잘 祖述하고 憲章함으로 因하야써 거희 그들과 同列에 居하는 聖人이 되여
섯다. 卽 天縱의 大聖이 되여섯다. 伊後의 儒道의 敎條를 中心 삼아써 生活
한 帝王이나 學者나 쏘는 群庶는 千律一篇으로 그 方式을 反覆함에 지내지
못하엿다. 卽 一切의 帝王은 다― 가티 堯舜을 바라보면서 堯舜만 조곰
못한 帝王이 됨으로써 最后의 理想을 삼앗고 一切의 士子는 孔子를 바라보
면셔 孔子만 조곰 못한 聖人되기로써 究竟의 目標를 삼앗스며 外他의 一切
群庶는 그 當時當時의 帝王, 君子의 威風 밋헤서 指導 밋헤서 그날그날의

판박은 生活을 持續하엿슬 뿐이다. 만일 者 누구라도 여긔에서 한거름을 벗어나면 그는 곳 異端者라(이상 21쪽)는 指目 밋헤서 하염업는 犧牲이 되고 마렷슴이다.

一言으로 蔽하면 여태까지의 우리들(儒敎의 敎化에 저즌)의 머리에는 過去─過去에 對한 信仰이 잇는 밧게 다시 아모러한 것이 업섯다. "執古之道, 以御今之有"라는 老子의 말은 這間의 經緯를 遺憾업시 象徵하엿다. 우리에게 만일 過去가 아닌 現在나 未來가 잇섯다 하면 그것은 過去라는 큰 模型에 판박은 現在이나 未來이엿다. 다시 말하면 過去의 延長인 現在이며 未來이엿섯다. 이와 가티 過去의 祖述로써 唯一의 人生是를 삼든 그 때 ─ 오늘까지도 ─ 에 잇서는 過去와 그中 잘 阿諛하고 過去와 그中 因緣이 갓가운 사람이 第一 社會的 地位가 놉흔 사람이 되엿다. 그런대 가튼 人間 中에서도 어린이가 아니오 어룬인 그 사람은 過去와 因緣이 가장 갓가운 사람이며 過去에 對한 智識이 가장 만흔 사람이라 짜라서 어룬이 그는 그 社會에 對한 가장 놉흔 地位와 가장 만흔 許與를 밧는 反面에 "어룬"이 아닌 "어린이"는 아모것도 아니로 取扱하고 말엇다. 根本으로 그의 人格을 否認하엿다. 그의 全 存在는 어룬의 玩弄品이 되는 대에서쑨 어룬의 使令 쑨이 되는 대에서쑨 意義가 잇섯다. 이와 가티 어린이에 對하야는 根本的으로 그의 人格을 否認하엿는지라 日常의 接觸에 잇서도 그에게 對해서는 사랑은 잇섯슬지언뎡 恭敬은 업섯다. 그 사랑은 마치 主人이 犬馬를 사랑하는 사랑이엿스며 犬馬가 그 색기를 사랑하는 사랑이엿다. 卽 그가 貴여 윗슴으로 사랑하엿스며 그가 可憐하엿슴으로 사랑하엿스며 自己 所有라 認하엿슴으로 사랑하엿다. 果然 얼마나 淺薄하고도 野俗한 사랑이엿는가.

從來의 社會에 잇서 어룬이 어린이를 無視한 생각을 하면 實로 氣가 맥힌다. 몬져 日日時時로 쓰는 言語에서 그를 한層 나즌 놈으로 取扱하엿다. 어룬은 반다시 어린이를 下待하고 어린이는 반다시 어룬을 敬待하엿다. 行住, 坐臥, 衣服, 飮食의 모든 節次에 잇서도 반다시 어룬과 어린이를 區別하야 어룬을 第一次, 어린이를 第二次에 두엇다. 例하면 길을 갈 째에는 어린이는 반다시 뒤에 서라 하고(疾行先長者를 謂之不悌) 飮食을 먹을 째에는 어린이는 반다시 어룬이 잡수시고 난 뒤에 먹으라고 함과 가튼 것이다.

冠婚喪祭는 在來의 社會的 儀節 中에 가장 重要한 儀節이엿다. 그런대 그 儀節 中에 어린이에 對한 것이라고는 한 가지가 드러 잇지 아니하다. 그中의 冠婚은 儀節의 性質上 스사로 어린이를 除外하엿다 할지라도 喪祭에 對해서는 얼마라도 생각할 餘地가 잇는 것이다. 그런대 喪(이상 22쪽)禮에 어린이가 잇는가 祭禮에 어린이가 잇는가 어린이는 죽은면 그저 거적이나 油紙 쪼각으로 둘둘 마라 내다 버릴 뿐이다. 아모러한 儀式도 업고 아모러한 追念도 업다. 어룬에게 對해서는 몃 해를 두고 입는 服이오, 몃 代를 두고 하는 祭祀가 어린이에게 對해서는 單 하루의 服이 업고 한 回의 祭祀가 업다. 반다시 服을 입게 하여야 되고 祭祀를 지내게 하여야 한다는 말이 아니라 在來의 어린이에게 對한 凡節은 그러케도 野俗하게 되엿다는 말이다.

가지가지로 말할 수가 업거니와 一言으로 蔽하면 從來의 우리 東洋 사람들은 天이라 하는 一大幽靈的 古物을 등 뒤에다 숨겨노코 그 압헤서 우리의 人間이라는 것을 分析하기 始作하엿다. 君, 臣, 夫, 婦, 長, 幼, 老, 少, 男, 女, 君子, 少人, 貧者, 富者, 父子, 祖, 孫, 叔, 姪, 兄, 弟와 가튼 幾多의 稱號는 分析의 結果에 생긴 큰 조각 적은 조각에 지내지 못한 것이다. 그中에서 君이란 것이 가장 큰 쪼각이 되엿고 어린이란 것이 가장 적은 조각이 된 셈이엿다. 그런대 어린이란 것이 가장 적은 조각이 된 셈이엿다. 그런대 어린이란 조각은 적으되 普通人의 眼中에는 쯰우지도 아느리 만큼 적었다. 實로 말이지 여태짜지의 사람들의 眼中에는 아조 어린이란 것이 보이지를 아나섯다.

그쌔의 形便에는 이러케밧게 더 할 수가 업서서 그리하엿난지 쏘는 이러케 맨드러 노아야 몃 개 特殊 級人의 利益을 擁護할 수가 잇스리라는 惡意에서 그리하엿는지 그것은 아직 別問題로 하고라도 엇지하엿던 在來의 社會制度 그것이 人間이란 것을 分析하야 어린이 級을 最下位에 둔 그것은 常말노 人事不祥이엿다. 우리는 이러한 社會制度를 하루를 維持한다 하면 하루만큼 報殃을 밧을 것이라. 생각하면 毛骨이 悚然하도다.

◇ 보다 甚한 經濟的의 壓迫

둘재로 생각할 것은 經濟的 壓迫(첫재는 倫理的 壓迫)이니 몬져 倫理的 壓迫으로써 어린이의 精神을 侵蝕하고 다시 經濟的 壓迫으로써 어린이의 몸셍이를 결단내인다. 事實대로 말하면 오늘 社會에 잇서 어린이에게 주는 經濟的 壓迫은 그들의 心身을 全的으로 敗亡하게 함이 된다. 그것은 다른 것이 아니라 現下의 社會制度로브터 오는 無産家庭의 生活難은 그 影響이 고대로 그 家庭에 잇는 어린이에게 밋처서 즐겁게 노라야 하고 힘 마추 배와야 할 어린이 그들은 不幸하게도 勞働하여야 하고 受難하여야 되게 되는 그것이다.(이상 23쪽) 오늘 朝鮮에 잇서 그 無産兒童들의 머리 우에 壓下되는 經濟的 壓迫을 생각하면 實로 氣가 맥히는 事情이라. 學校가 업서서 工夫를 못하는 것도 말할 수 업는 怪惡한 形便이려니와 學校가 門 엽에 잇서도 먹을 것이 업서서 工夫를 못하는 그 形便은 더구나 怪惡하지 아늘가. 兄弟야 오늘 우리의 어린이들노서 學校는 잇슬지라도 먹을 것이 업서서 工夫를 못하는 이가 얼마라도 잇는 줄을 아는가. 그들의 多數는 只今 每日 몃 分錢의 賃金과 즈즐치 못한 勞役으로 緣하야 前程萬里의 自身의 將來를 그릇치며 잇는 것이다. 그런대 이 問題는 오늘 社會의 經濟 制度를 根本으로브터 改造치 아니면 解決되지 못할 것인 바 그의 問題 歸屬處가 單純치 아니할 것은 事實이나 그 問題가 單純치 아니함을 理由로 하야 그 解決을 等閑히 할 수가 업는 것은 勿論이다.

◇ 이러케 **解放**할 것이다

우리는 여태까지 더— 數업는 어린이들을 이와 가티 倫理的으로 壓迫하엿스며 經濟的으로 壓迫하엿다. 그래서 우리의 明日의 前程을 우리 스사로 가로막아스며 우리의 今後의 光明을 우리 스사로가 否認하엿다. 여태까지의 우리는 이와 가튼 큰 過誤를 거듭하며 잇섯다.

형제여 이러한 過誤를 大明天地의 오늘에 잇서도 쏘다시 거듭하여야 올흘 것인가. 天이 開하고 地가 闢하야 世上의 文運이 將次 根本으로브터 한번 뒤집히려 하는 오늘에 잇서서까지도 이러한 過誤를 쏘다시 거듭하여야 올흘가. 아니다 아니다 그들을 根本的으로 解放하여야 한다. 몬져 倫理

的으로 解放하고 다시 經濟的으로 解放하라. 어린이 그들은 사람의 부스럭(屑)이도 破片도 아니오 풀노 비기면 싹이오 나무로 비기면 순인 것을 알자. 또 우리 사람은 過去의 延長物도 祖述者도 아니오 限업는 極업는 보다 以上의 明日의 光明을 向하야 줄다름치는 者임을 알쟈. 그리고 우리가 쌔여 잇는 이 宇宙는 太古쩍 어느 째에 製造된 旣成品도 完成品도 아니오 이날이 時間에도 不斷히 成長되며 잇는 一大의 未成品인 것을 알쟈. 그런대 해마다 날마다 끈힘업시 나타나는 져 새싹이 새 순이 그中에도 우리 어린이덜이 이 大宇宙의 日日의 成長을 表現하고 謳歌하고 잇슴을 알며 그들을 쩌나서는 다시 우리에게 아모러한 希望도 光明도 업는 것을 쌔닷쟈.

멋 千年을 두고두고 過去만 돌녀다 보던 우리의 목은 아조 病的으로 그 便에만 끼우러지게 되엿슬넌지도 모른다. 그러나 이제브터는 억지로라도 져 未來를 내다보(이상 24쪽)기로 하쟈. 언제에는 過去의 標徵은 어룬이라 하야 社會規範의 一切를 어룬을 中心 삼아 써 云爲한 바와 가티 이제브터는 未來의 象徵은 어린이라 하야써 社會規範의 一體는 어린이를 中心 삼아 써 云爲하도록 하쟈. 저 — 풀을 보라. 나무를 보라. 그 줄기와 쑤리의 全體는 오로지 그 적고적은 햇순 하나를 쩌밧치고 잇지 아니한가. 그래서 이슬도, 햇빗도, 또 단비도 맨 몬져 밧을 者는 그 순이 되도록큼 맨그러 잇지 아니한가. 우리 사람도 別수가 업다. 오즉 그러케 할 것 쑨이다. 社會의 맨 밋구멍에 쌀니워 잇던 在來의 어린이의 可憐한 處地를 활신 끌어올니여 社會의 맨 놉흔 자리에 두게 할 것쑨이다.

그러면 그러케 하는 具體的 方策이 엇더할가. 몬져 倫理的으로 그의 人格을 認하야.

첫재로 言語에 잇서 그들을 敬待하자. 엇던 이는 말에 무슨 상관이 잇겟느냐고 할지도 모른다. 그러나 어룬된 自己自身으로써 생각해 보라. 만일 自己自身이 알지도 못하는 엇던 사람에게 下待를 밧어 본다 하면 엇더 하며 또는 試驗하야 한번 어린이에게 敬語를 쓰고져 하면(記者의 體驗대로 말함이라) 처음에는 암만 해도 敬語가 나가지지 아니할지니 나가지지 아니하는 그것은 벌서 自己의 마음에 어린이를 差別함이 잇기 째문인 즉 우리는 어린이의 人格을 認하는 첫 表示로써는 몬져 言語에서 敬待하여야 한다.

둘체로 衣服, 飮食, 居處, 其他 日常生活의 凡百에 잇서 어린이를 꼭 어룬과 同格으로 取扱하는 慣習을 지어야 한다.

셋채로 家庭, 學校 其他 一般의 社會的 施設에 잇서 반다시 어린이의 存在를 念頭에 두어써 施設을 行하여야 한다.

다시 經濟的으로 그의 生活의 平安을 保障하야

첫채로 그들에게 相當한 衣食을 주어 自體가 營養不良의 弊에 싸짐이 업게 하며

둘채로 幼少年의 勞働을 禁하고 一體로 就學의 機會를 엇게 할 일이라.

그런데 倫理的 解放은 今日의 社會制度 밋헤서도 眞實로의 自覺만 잇스면 能히 어느 程度까지 實行할 바이거니와 經濟的의 解放에 잇서는 우에도 말한 바와 가티 根本問題가 解決되지 아느면 能치 못할 바인가 한다. 이 點에 잇서는 特히 一段의 加念을 要할 바이라.(이상 25쪽)

◇ 少年問題를 云爲하는 이에게

우리는 지금 民族으로 政治的 解放을 브르짓고 人間的으로 階級的 解放을 부르짓는다. 그런대 우리는 생각하되 우리가 몬져 우리의 발 밋헤 잇는 男女 어린이를 解放치 아니하면 其他의 모든 解放運動을 事實로써 徹底하지 못하리라 한다. 君子의 道는 그 끗이 夫婦에서브터 지여진다는 녯말이 잇거니와 우리는 써 하되 解放의 道는 그 끗에 어린이를 解放함에서 지여지리라고 한다.

或 少年問題를 말하는 사람 中에 解放問題를 뒤에 두고 今日이 現狀 그대로의 우에서 少年保護問題를 말하고 少年修養問題를 말할 사람이 잇슬넌지도 모른다. 그러나 그것은 아조 틀닌 생각이다. 假令 여긔에 엇던 盤石 밋헤 눌니운 풀싹이 잇다 하면 그 盤을 그대로 두고 그 풀을 救한다는 말은 到底히 首肯할 수 업는 말이다.

오늘 朝鮮의 少年은 果然 눌니운 풀이다. 눌으는 그것을 除祛치 아니하고 다른 問題를 云爲한다 하면 그것은 모다 一時一時의 姑息策이 아니면 눌니워 잇는 그 現狀을 巧妙하게 擁護하고져 하는 術策에 지내지 아니할

바이다. 少年問題가 論議되는 劈頭에 잇서 몬져 이것을 注意하지 아느면
안 된다. 더욱 今日 朝鮮少年運動의 論議가 主로 旣成宗敎의 勢를 背景으
로 하여써 니러남을 볼 때에 이러한 念을 더욱 크게 함이 잇다. 이것은
今日 少年問題를 論議하는 사람에게 잇서 特히 注意하지 아느면 안 될 點
이라 한다. 몬져 두어 마디를 니야기하야써 方히 니러나는 少年運動의 意
義를 깁게 하려 하며 아울너 이 運動에 關係되는 만흔 同志의 注意를 一煩
하려 한다.(이상 26쪽)

"少年關係者 懇談會", 『매일신보』, 1923.6.10.

少年關係者 懇談會
오는 칠월이십삼일부터 륙일간
텬도교당에셔 기최홀 예뎡

됴션에 쇼년운동이 싱긴 이후로 어린이 문뎨가 비로쇼 셰상 사롬의 쥬의
를 끌게 되얏눈대 경셩 경운동 텬도교당 안에 잇는 됴션 어린이스와 동경에
잇는 〈싁동회〉에셔는 평쇼브터 어린이 문뎨를 쥬쟝 삼아 연구와 진력을
힝하야 오더니 이번에는 그 량스의 련합 쥬최로 쇼년운동관계자의 간화회
(懇話會)를 오는 칠월이십삼일브터 이십팔일ᄭᆞ지 륙일간 텬도교당에셔 기
최하고 어린이에 대하야 아리와 갓흔 각종 문뎨를 토의혼다는대 참회홀
자격을 가진 사롬은 각 디방 소년단뎨의 대표자와 유치원과 쇼학교의 선싱
들은 직접으로 신쳥하되 그 단뎨와 학교 등의 증명셔를 첨부하기를 바란다
하며 달은 유지로 참가홀 희망을 가진 사롬은 쥬최즈 측의 쇼기가 필요하다
는대 신쳥 긔한은 칠월 십오일 이니로 경셩 경운동 팔십팔번디 『어린이』사
로 보내기를 바란다더라.

第一日

一. 少年運動 以外의 運動에 對훈 朝鮮少年運動의 地位　　　金起瀍

二. 少年問題에 關하야　　　　　　　　　　　　　　　　　　方定煥

　　A. 그 意義와 實際

　　B. 各國 少年運動의 實際(夜間自由討議)

第二日

一. 兒童敎育과 少年會　　　　　　　　　　　　　　　　　　曹在浩

　　A. 敎育의 根本 意義

　　B. 現代學校敎育狀態와 그 缺点

　　C. 少年運動과 少年會(夜間自由討議)

第三日

一. 童謠에 關하야 　　　　　　　　　　　　　　秦長燮

　　A. 兒童生活과 童謠

　　B. 詩와 童謠民謠와 童謠

　　C. 朝鮮 童謠論

二. 童謠에 關흔 實際論 　　　　　　　　　　　尹克榮, 鄭順哲

　　A. 童謠 取擇에 關흔 注意

　　B. 發聲教授에 對흔 注意

三. 童謠[64]에 關하야 　　　　　　　　　　　　　方定煥

　　A. 兒童生活과 童話

　　B. 童話의 種類와 意義

　　C. 兒童의 生活과 心理와 童話와의 關係

　　D. 童話口演에 關흔 注意(夜間童話大會 開催)

四. 童話劇 　　　　　　　　　　　　　　　　　趙基俊

　　A. 童話의 戲曲化의 精神的 價値

　　B. 童話劇의 製作과 演出

　　C. 兒童劇 反對者와 그 論據

五. 童話劇의 實際 　　　　　　　　　　　　　高漢承

　　A. 兒童劇 材料 取擇 問題

　　B. 上演에 關한 諸注意(夜間自由討議)

第四日

一. 市內 小學校 及 幼稚園 當局者의 經驗談과 쏘는 그의 對흔 質問

　　及 討議

第五日

一. 少年運動의 進行에 關한 主催便 쏘는 參加便의 提出 意案 討議

第六日

一. 懇親會

---

64 '童話'의 오식이다.

"(오늘 일·래일 일)'어린이날' 선전에 대하야", 『시대일보』, 1924.4.23.

"어린이날"이라는 것을 엇지하야 오월 일일로 정하게 되엇는지는 모르겟지만 경찰당국자 — 요사이 "대회"ㅅ 바람에 한층 더 신경이 과민하게 된 경찰 당국자는 "오월 일일"이라는 날자만 드려다보고 이 "어린이날"도 '메이데이'의 일종으로 생각하는 모양이다. 우리는 원래 경찰에 대하야 록록한 공박 가튼 문자를 붓끗헤 올리기를 질기지 안는 바이며 쏘한 요사이 루차 경찰 당국의 처치의 모순된 점을 적발하얏슴으로 우리 역시 쏘다시 이 붓을 잡기가, 도로혀 머리ㅅ살 압흔 일이다. 그러나 "어린이날"을 긔념하야 여러 가지로 회합을 한다는 데 대하야 종로서에서 이를 허락지 안는다 함은 확실히 '메이데이'란 로동운동의 일종을 연상하고 그처럼 우습은 소리를 하는 것 갓다.

그러나 다시 경긔도경찰부의 의견을 들으면 "위험한 점만 업스면" 허가한다고도 하얏다. 대관절 경찰과 위험이라는 것은 물건의 그림자가 쌀틋하는 것인지는 모르지만, 어린이의 교도(敎導)를 위하야 성립된 단체가 어써한 소위 위험 사상을 가젓슬까? 쏘는 이 "어린이날"의 긔념으로 동화회(童話會)를 한다든가 혹 동화극을 하는 데에 얼마한 위험이 품기어 잇슬 줄로 추측하고 그러한 말을 하는가. 실로 당국자의 무식에는 웃지 안을 수 업다. 만일 "어린이"를 잘 교도하는 것이 장래 조선 민족에 발전상 필요치 안은 일이요 현재 사회제도나 정치조직에 방해가 된다고 검한다면[65] 그 리론상 올코 그른 것은 고사하고라도 잠잣고 잇슬지 모를 것이다. 그러나 "어린이날"에 어린이들이 노래하고 춤춘다는 것까지를 위험하다거나 혹은 위험할까 보아서 어쩌니 저쩌니 한다면 무엇보다도 경찰의 위신이 쩌러질 것이

---

65 '금한다면'의 오식이다.

아닌가? 여러분! 보통학교 훈도를 불러 세 노코 학급회(클라쓰회)가 위험할 듯하니 고만두라고 할 날이 머지안을 것을 여러분 자신도 미리 짜지고 잇지는 안는가? 하하하…….

武星, "朝鮮 代表의 少年軍은 어쩌케 그 회를 치럿나?-眞相에 對하야", 『시대일보』, 1924.5.12.[66]

지난달 십삼일부터 삼일간 북경에서 소년군대회가 열니엇섯다.

지난 사월 십팔일부터 이십일까지 사흘 동안 북경긔독교회(北京基督敎會) 주최로 북경 텬단(北京天壇)에서 소년군대회(少年軍大會)가 열엿다 함은 임의 보도한 바와 갓거니와 이제 우리 조선에서 온 소년군 대표(少年軍代表)의 자세한 진상(眞狀)을 잠간 소개하야 보자.

지난 사월 십칠일

북경 착 렬차로 우리 조선에서도 이번 소년군대회에 참가하랴고 대표(代表)가 온다 하기에 뎡거장에까지 나갓다. 렬차가 도착하자 소년군 대표로 조철호(趙喆鎬), 김주호(金周鎬) 량씨와 련맹회 대표(聯盟會 代表)로 뎡성채(鄭聖采), 박창한(朴昌漢) 량씨가 차에서 내리자 북경에 잇는 재류 동포들의 렬렬한 환영을 바드면서 대흥공우(大興公寓)에 묵고 그 이튿날은 무엇인지 준비를 하는 모양이엇다. 그리고 그 이튿날은 대회가 시작되는 날임으로 회장에는 장막(帳幕)을 치고 각국에서 참가하야 온 대표의 위치를 뎡하야 각각 진(陣)을 치고 국긔(國旗)를 놉드란히 씁게 달엇는데 우리 〈조선소년군〉은 그 회장의

회장 중앙을 차지

하야 〈조선소년군〉이란 목패를 세윗슴으로 누구에게든지 뎨일 먼저 눈에 번쩍 쓰이어서 매우 좃터라.

그곳에 갓든 우리 학생과 여러 동포이며 대표 제씨는 모다 우리 자리에 모혀서 리국(異國)에 잇는 몸이란 생각도 아조 니저 버릴 지경인데 우리 〈조선소년군〉들은 장막을 친다 좌석을 맨든다 하야 설비에 분주하고 죠, 김 량씨는 복장(服裝)과 텬막(天幕) 치는 것을 그 대회의 설비 위원(設備委

---

66 원문에 '於 北京 武星'이라 되어 있다.

員)인 듯한 사람에게 물어 보는 모양이드니 다시 우리 동포들이 모혀 선
곳으로 와서 무에라고 수군수군하기에 나는 무슨 일인가 궁금하야 여러
사람들을 뚤코 얼는 쏘처가 본 즉 〈조선소년군〉의 자리에 전긔 명성태 씨가
미국긔(米國旗)를 들고 가서 그것을 쏩엇는데 이는 조선에 잇는 미국인
'내쉬' 씨가 데리고 온 미국 사람 소년군이다. 이를 보고 잇든 재류 동포들은
〈조선소년군〉은 두 대(二隊)가 잇스니 과연 그

어느 것이 진정한

〈조선소년군〉이냐고 역정을 더럭 내면서 슬금슬금 돌아가 버리고 그 자
리에 남아 잇는 사람은 얼마 아니 되엇다. 나는 그 까닭을 알아보고 십허서
〈조선소년군〉이란 목패가 서 잇는 곳과 쏘 미국긔 미테 잇는 〈조선소년군〉
의 량쌱으로 다니며 알아본즉 그는 이런 리유가 잇다.

이번 소년군대회의 통지가 조선 내디에 오자 그 주최자가 북경긔독교회
임으로 조선긔독교 측(基督敎側)에서는 명성채, 박창한 량씨와 '내쉬'라는
미국 사람이 참가하게 되엇고 정말 〈조선소년군〉 대표로는 조철호 김주호
량씨인데 그네는 북경에 도착하든 날 곳 그곳에 류학 중인 김성호(金誠鎬)
씨와 협의한 후 북경긔독교회 동자군부(童子軍部)로 이번 대회의 주최자
측 한 사람인 '캐링커' 씨와 교섭하야

대회일에 쓸 목패

(木牌)로 김성호 씨는 그 자리에서 〈조선소년군〉이라는 한자(漢字)를
알아보기 쉽웁게 례서(隷書)로 써 주엇는데 대회 당일에 그 장소를 가 보니
례서로 쓴 것은 간대 업고 해서(楷書)로 〈조선소년군〉이라 쓴 패만 잇는데
그 패 위에는 미국 국긔와 미국 사람 소년군이 잇다. 그래 나는 "〈조선소년
군〉이란 자리에 정말 조선 사람 소년군은 간데온데업고서 어찌하야 미국
사람 소년군이 잇느냐"고 질문을 헷드니 주최자 측으로 한 사람인 '캐링커'
씨는 "조선에서 온 분은 미국 사람이거나 조선 사람이거나 다 가티 한 자리
에 잇스라고 〈조선소년군〉의 자리를 짜로 잡지 아니햇소" 하야 그의 언행이
매우 거만할 쑨 아니라 조선 사람의 존재(存在)를 무시하는 태도이엇슴으
로 이곳 류학생 측(留學生側)에서는 여러 가지 물론이 널어나서 학생회(學

生會)에서는 대표를 뽑아 박창한 씨를 대홍공우로 방문하고 "당신네가 어찌하야 이번에

참가케 되엇스며 쏘 뎡성채 씨는 무슨 까닭에 미국긔를 〈조선소년군〉의 자리에 뽑엇스며 쏘 〈조선소년군〉이라고 영어(英語)로 쓴(련맹회 대표 뎡성채 씨가 가저온 것) 패를 무슨 심사로 미국긔 미테 뽑엇느냐"고 힐책을 하다가 필경 나종에는 손질까지 하게 되엇다.

李定鎬, "五月 一日 어린이날", 『天道敎會月報』, 제164호, 1924년 5월호.

어린이의 압길에 對한 끗업는 光榮을 뜻하며 民族의 압길에 對한 끗업는 끗다운 幸福을 누리기 爲하야 가장 깨끗하고 아름다운 動機에서 이루어진 五月 초하로 해마다 이날은 어린이날입니다.

復興 民族에 모一든 새 建設 努力 中에 잇는 우리 朝鮮의 處地로 잇서서는 무엇보담도 第一 緊切한 일노 아버지나 어머니나 누구를 勿論하고 마음과 뜻을 다一하야 이날을 紀念합시다.

더할 수 업는 困境에 處하야 가진 迫害와 辛苦를 격그면서도 그래도 우리가 안탑갑게 무엇을 求하기에 努力과 熱誠을 다一하는 것은 오즉 압날을 爲하야 새로운 늣김에 希望이 남어 잇는 까닭입니다.

亡처진 오늘의 處地를 생각하고 압날의 處地를 끗답게 하기 爲하야서는 오즉 오늘브터 朝鮮을 爲하야 가장 榮譽로운 일꾼 어린 少年少女를 뜻잇게 키우고 가르하는 데 잇슬 것입니다.

한 家庭을 살니는 데도 그럿코 朝鮮 全體를 살니는 데도 그럿코 이것뿐만은 朝鮮 民族 全部가 이것을 깨닷고 이 어린이運動에 큰 힘과 정성을 다一하여 注力한다면 우리는 새로운 朝鮮에 復活하는 사람이 된 것입니다.

썩어진 녯날에 因襲的 鐵德이란 빗두러진 思想으로 家庭敎育은 嚴해야 한다는 無識스러운 主見으로 잘한 일에 충찬은 엇잿든 조고만 일에도 벼락 가튼 꾸중과 사나운 매를 가지고 하늘이 주신 自由와 뻣어가는 깨끗한 意志를 썩지 말어 주십시요. 이는 마치 샛파랏케 돗아나는 어엽븐 어린 플닙흘 무지한 발로 짓발븜이나 무엇이 다르리요.

욱박질느고 나리나리눌너서 天性대로 힘잇게 뻣는 氣運을 펴지 못하게 키운지라 씩씩하고 참된 사람을 만들지 못하고 겁 만코 비슬비슬한 못난 사람을 만들엇슴니다.

씩씩하고 참되게 自己의 天品대로 자라지 못한지라 항상 한 곳에서 어물어물하다가 남에게 뒤저진 이가 한아버지요 아버지은 어린이임을 切實히 늣기는 가온대 압흐로 자라는 어린이?

　天下라도 흔들 수 잇고 세상 사람을 다— 굽힐 수 잇는 擔負와 才質을 자진수 그들 뿐만은 活潑하고 勇氣잇는 씩씩 少年을 만드십니다.

　우리의 家庭을 잘 잘하기 爲하야 아니 朝鮮이란 그 큰 덩어리를 꼿답게 만들기 爲하야서는 一般이 民族的으로 해마다 이날을 뜻잇게 마지합시다.

六五.⁶⁷ 五. 九. 松峴洞서

---

67 '六五'는 포덕(布德) 65년으로 1924년이다. 포덕은 천도교(天道教)에서 "한울님의 덕을 세상에 편다는 뜻으로, 천도교의 전도(傳道)를 이르는 말"인데, 포덕 원년은 1860년이다.

趙喆鎬, "少年軍에 關하야", 『동아일보』, 1924.10.6.

一千九百二十二年 十月 五日은 朝鮮에 少年軍이 처음으로 始作된 날이
다. 卽 只今부터 滿二年 前 오날이엿섯다. 永遠한 生命을 가진 民族的 事業
으로 보면 가장 짤는 時日이라 하겟다만 사람의 一生涯로 보면 그다지 짤는
時間이 아니다. 內容은 如何間 少年軍의 精神을 가지고 指導하는 團體가
겨우 十九個所에 지나지 못하고 團員數가 四百餘에 不過하다. 우리 社會는
모든 것이 다 貧弱하고 困難하다. 그러나 남의 나라의 急速한 發展를 比較
하야 볼 째에 너무도 잠자는 狀態에 잇는 것 갓다. 一般 同胞에게 切實이
바란다. "百年計가 되는 우리 사람 敎育問題 中 根本的인 이 少年軍 問題에
對한 理解와 援助"를.

다음에 簡單이 少年軍에 對한 말을 몃 마듸 하랴 한다.

少年軍의 根本的 目的은 團員 個人의 個性에조차 將來의 希望잇는 職業
別에 조차서 人格 智識 技術 健康 技能을 增進시키자는 修養 機關이다.
그리하야 훌용한 "社會公人"이 되는 것으로써 主眼을 삼는다. 그 結果는
남을 爲하야 社會를 爲하야 獻身하자는 것이다.

少年軍의 指導方法은 現今의 敎育과 가치 注入的이 아니요 各々의 個性
을 完全히 發起시켜서써 人格者가 되게 하며 實社會 事物에 나가서 부듸처
보는 團員 各身의 自發的 敎育이다.

少年軍은 少年 서루가 사랑과 誠意로써 扶助相合하는 愛와 誠意와의
聯合團體이다. 團員은 兄弟이다. 어느 나라를 勿論하고 少年軍은 個性으
로부터 湧出하는 親密한 兄弟이다.

少年軍은 出處가 南河戰爭 時 '마휘킹'[68]이요 服裝이 쏘한 軍服 비스름하

---

68 마페킹(Mafeking)은 남아프리카공화국 케이프(Cape) 주 동북단의 도시인데, 옛 영령(英
領) 베추아날란드(Bechuanaland)의 행정 중심지로서 주도(主都)였다. 보어 전쟁(Bore
War, 1899~1902) 때 보어인(Boer 人)에게 217일간 포위되었다(1899~1900).

고 行伍가 軍人 動作에 依似함으로 말미아마 軍國主義의 權化니 "軍人의 種子"니 하는 一部 人事의 非難을 밧게 된다. 이러한 問題는 어느 째 어느 나라를 勿論하고 한번식은 반다시 나는 問題인 것 갓다. 少年軍이 創設된 英國 本 바닥에서도 그럿코 米國에서도 쏘한 그럿타. 露西亞 갓흔 나라는 日露戰爭 後 國情이 그럿케 맨든 것이지만 制定時代에 그럿케 盛榮하든 것이 지금은 그다지 發達되는 것 갓지 아니하다. 그러나 조곰이라도 少年軍 問題를 生覺하야보고 少年軍 問題를 硏究하야보면 그러치 아니한 것을 알 것이다. 그럼으로 이는 다만 皮相的 觀察者流의 偏屈한 言動에 지나지 못하는 것이다. 少年軍의 創設은 一九〇七年 卽 距今 十七年 前에 英國人 陸軍 豫備 中將 '로바-드 빠덴 파웰'[69] 卿의 發表에 依하야 된 것이다. 只今은 全 世界에 업는 곳이 업고 四五百萬의 團員이 여기저기서 嬉々하며 活潑하게 活動하고 잇다. 勿論 强한 나라일사록 더욱 旺盛하다. 엇지 遇然의 일일가 보냐.

第四回 萬國 少年軍 大會가 今年 八月 十一日로부터 卄二日까지 十一日間 丁抹 '콤펠하-겐'에서 開催되얏다. 各國의 少年 同侔들에 이 짜뜻한 손을 서로 잡고 얼마나 깁쁜 우숨에 꼿이 피엿스며 世界平和運動에 供獻하는 배 잇스리. 아 - 우리 少年들도 다른 나라 少年과 갓치 손목을 잡고 서로 親交할 機會를 맨드러주기를 바란다. 極히 簡略한 말이나마 여러 兄弟와 서로 生覺하고 祝賀하기 爲하야 쓴 것이다.

---

69 로버트 베이든 파월(Robert Baden-Powell, 1857~1941). 영국의 군인으로서 1899년 보어 전쟁에 참전하여 마페킹(Mafeking) 시를 성공적으로 방어한 것으로 유명하다. 1907년 세계 적인 소년 조직인 보이스카우트를 창설하였다.

"朝鮮 少年運動", 『동아일보』, 1925.1.1.

○

조선 사람은 자랑할 장점을 가진 것도 업지 안치만 결점을 더 만히 가젓습니다. 새로운 젊은 사람들은 그 결점을 잘 알고 그것 째문에 잘 못살게 된 것도 잘 알고 "곳처야 된다!"고 말하는지 오래면서 실상 족곰도 싀원히 곳치지 못하고 잇습니다. 그것은 그 몸과 머리와 생각이 벌서 어릴 째부터 조치 못하게 굿어진 고로 용이히 마음이 곳처지지 안는 싸닭입니다. 어릴 째부터 굿어지기 전부터 고흔 새 생명을 더럽히지 말고 꿉으리지 말고 순실히 커 가게 하자. 이 한 가지를 조선소년운동은 남달리 더 가지고 잇습니다.

○

그러니 먼저 필요한 것이 이째까지의 잘못된 온갓 것에 쓸리거나 구해되지 말고 온전히 새 생명을 새롭게 잘 지시할 힘과 정성을 가진 지도자(指導者)입니다. 잘못되게 길리운 사람이 자긔 고대로 가르키고 그리 본밧게만 된다 하면 소년운동은 그 생명을 닐허버리는 것입니다.

○

그런대 지금 전조선 일백사십여처의 소년회가 모다 조흔 지도자를 가젓다고 하기는 어렵습니다. 불행한 조선소년들은 돌보아 주는 지도자도 업시 자긔네끼리 모여서 청년회 흉내만 내는 것으로 잘하는 일인 줄 아는 곳이 만코 쏘는 어느 교회나 청년회에서 소년회나 소년부를 세우고 어린 사람을 웃키기 잘하고 석기여 작란 잘하는 사람을 골라서 가장 덕임자라고 어린사람 지도를 맛겨 두는 곳이 쏘한 만슴니다. 어린 양의 무리를 말승량이에게 맛기는 위험보다 더 무서운 일입니다.

○

외국 그것의 흉내나 내거나 한째의 흥미로운 소년운동에 관계하는 사람이 아니고 자긔의 생활에 싄힘업는 반성(反省)을 가지고 새것에 대한 렬렬한 동경(憧憬)을 가지고 몸소 어린 사람의 나라에 도라 가려는 진실한 사람이 만히 생겨야 조선의 소년운동은 바른 길을 밟아가게 될 것입니다. 지금 긔세 좃케 니러나는 소년운동은 기실 그런 사람을 엇기 위하야 또는 짓기 위하야 선전하고 준비하는 것이라고 보는 것이 맛당합니다.

○

조선의 소년운동이 진실로 잘 되여 간다 하면 그째에 큰 방해가 두 쪽으로 생겨 옵니다. 하나는 소년들의 부형이 자긔네의 날근 눈에 들지 안코 전가치 무조건 복종을 하지 안케 되는 까닭으로 반대하는 것이요. 하나는 보통 교육 십일년 간으로 준(準) 일본사람을 맨들리라 하는 총독부의 교육 방침이 소년운동으로 말미암아 방해될가 렴려하야 간접으로 간섭하고 방해하려는 것입니다. 작년 녀름에 멋 군데만 쌔여놋코 전선 여러 곳의 공립 학교 교장들이 "소년회에 가면 퇴학식인다", "어린이 잡지는 닑으면 벌을 씨운다"고 어린 사람들을 위협하엿습니다. 우리가 항의하닛가 그러지 안헛노라고 태연히 거짓말하는 사람이 잇섯습니다.

○

먼저 학부형에게 소년운동에 관한 리해를 갓게 하야 학부형으로 하여곰 그들에게 항의하고 싸흐게 되게 되어야 합니다. 이 점으로도 조선의 소년운동은 아즉 선전긔에 잇다 할 것이니 지금 현상에 락망할 것은 아니고 힘써 서로 련락하야 힘을 모아가지고 크게 선전에 힘쓸 것이라 합니다.

○

"조선의 소년운동"이란 굉장히 큰 문뎨를 구십 줄에 쓰라 하닛가 구십 줄이 벌서 넘치고도 세 마듸 밧게 못 썻습니다. 후일에 다시 말슴할 긔회를 기다리겟습니다. 여러 곳 소년회에 새해의 건전한 발전을 빔니다. (十二月 二十二日)

趙喆鎬, "朝鮮 少年軍", 『동아일보』, 1925.1.1.[70]

少年軍 — '샏이스카우트'는 지금부터 十九年 前에 世界的 天才이라고 하는 英國 '로바-드, 빼덴, 파젤' 將軍(陸軍 中將)이 처음으로 엇던 한 적은 섬(島)에서 열두 사람의 少年을 모하 가지고 組織한 것으로부터 생겨난 것이올시다. 그리하야 그 後 不過 二十年을 지나지 못한 今日에 와서는 어느 나라의 어느 社會를 勿論하고 '카-키' 빗 服裝에 三葉印 徽章을 단 少年軍의 그림자를 보지 못하는 곳은 업슬 만큼 되엿습니다. 精確한 數는 모르겟스나 大略 五百萬 가량이나 된다고 합니다. 그러면 이에 잇서서 우리 朝鮮의 少年軍을 말씀하기 前에 五百萬이나 되는 만흔 平和運動者를 엇게 된 그 動機와 經過를 大綱 말씀하겟습니다.

사람이 가장 뜻잇게 사람다운 生活을 하야 보랴고 하면 爲先 무엇보다도 適者가 되여야 할 것이외다. 卽 이 宇宙의 모든 眞理와 合致하여야 할 것이외다. 그 理想을 實現코저 함에 우리는 人生의 첫거름을 거러나가는 어린 이를 고르는 까닭이올시다. 이와 가튼 理想이 모든 사람의 마음을 共鳴식이는데 잇서서 全 世界의 志士들은 이를 圓滿히 實現식혀보겟다는 마음으로 千九百二十年 七月에 英京 '론돈'에서 第一回 少年軍國際大會와 밋 國際聯盟 會議를 여러 二十二個國 五萬七千五百餘人의 參加를 엇고 그 後 째를 짜러 各處에서 大會를 열물 짜라 參加人員도 日增月加하고 參加國도 四十餘個國이나 되도록 만흔 數를 보히게 되엿습니다. 이와 가치 少年軍의 基礎가 漸々 鞏固하야지고 그 氣脈이 全 世界에 흐르게 되매 우리 朝鮮에 잇서서도 임의 그대로 看過치 못할 形勢에 잇슴으로 맛참내 千九百二十二年 十月 五日에 이르러 비로소 少年軍을 組織하고 方今 세 돌을 맞게 되엿습니다. 그러나 눈쯘 지가 임의 얼마 되지 못함으로 아즉 充分히 普及치

---

70 원문에 '少年軍 大將 趙喆鎬'라 되어 있다.

못하고 基礎도 鞏固치 못합니다.

◇

　이 點에서 다만 여러 同胞들의 援助를 바라는 바이올시다. 그리고 아래
에 少年軍律을 列記하야 보겠습니다.

　　　 軍律 十五綱◇

一. 團員의 言은 神聖하다. 生命을 賭하더라도 名譽를 重히 하며 信과
　　義를 직힐 事

二. 團員은 社會上 父母 長者 又는 雇主와 밋 下人에게 이르기까지 誠意
　　로 接할 事

三. 團員의 義務는 有爲하고 他人의 有助됨을 本旨로 할 事

四. 團員은 地位 身分의 如何를 勿論하고 그 親友이요 兄弟로 生覺할 事

五. 團員은 禮儀를 重히 할 事

六. 團員은 動物을 愛護할 事

七. 團員은 父母 上長에게 唯々服從하는 同時에 紀律은 一般社會의 利
　　益과 秩序를 維持함에 必要한 것임을 了解할 事

八. 團員은 快活하고 困苦를 困苦로 역이지 말 事

九. 團員은 勤儉할 事

十. 團員은 思想, 言語, 操行을 共히 高潔히 할 事

十一. 團員은 勇敢할 事

十二. 團員은 敬虔할 事

十三. 團員은 萬事에 進取的이며 그 行動에 全 責任을 負할 事

十四. 團員은 義俠 勇敢하며 恒常 弱者를 助하야 自己를 考慮치 말 事

十五. 團員은 一日 一善을 行할 事

趙喆鎬, "(寄書)少年軍의 眞意義", 『동아일보』, 1925.1.28.

二十世紀 今日 物質文明의 産物은 滔々히 우리 人類로 하야금 唯物主義
의 魔堀에 모라널 形勢와 가트며 柔儒 軟弱한 狀態는 罪惡의 坑塹에 彷徨하
다가 氣盡自滅하게 될 만한 趨勢이다. 이와 가튼 우리 社會를 一變하야
'에덴'의 樂園을 다시 보랴고 하는 新運動이 發生하엿다. 이 活動力은 時々
刻々으로 그 威勢를 擴張하야 歐米의 天地를 風靡하고 임의 그 큰 날개
그림자는 우리 東洋에까지 펴게 되엿다. 그리하야 半萬年間 錦繡江山에서
天然의 惠澤을 힘입어 桃園에서 享樂하든 우리도 頹廢惰弱에 傾倒한 精神
과 體質을 一變식히지 아니하면 아니 될 時代가 到來하엿다. 그의 일홈은
〈朝鮮少年軍〉이다. 이 少年軍은 우리 朝鮮少年들의 肉體와 精神을 健全確
實하고 將來 有用한 社會의 公民이 되도록 敎養하는 團體이니 其 有力한
것은 從來까지 우리가 取하야 오든 여러 가지 敎育方式으로는 밋지 못할
바이다.

　爲先體育에 對하야 例를 들어 말하자면 只今까지의 學校와 社會에서
行하야 오든 여러 가지 運動과 여러 가지 遊戲는 한갓 方型的 形式的이다.
'샌이스카우트'의 行하는 바와 가치 健康的 實地的이 못 되는 것이다. 德育
에 對하야는 學校의 修身과 訓育과 밋 特히 有力한 宗敎의 힘이 잇스나
그러나 그는 모도 다 理論과 感情에서 헤매는 가장 힘이 弱한 道德에 지나
지 못한다. 少年軍에서 行하는 것과 가치 實踐躬行하는 强烈한 意義가 잇
는 道德과는 同日의 論이 아닐 것이다. 쏘 智育에 對하야도 現今 學校敎育
을 우리 人生의게 가장 偏狹한 敎育으로 是認하니 이는 盲目的이오 因襲的
에 지나지 못하는 弊端이다. 이 人生을 機械와 가치 맨드는 것이다. 그러나
다만 우리 現時 形便으로 보면 物質的 破産이 極度에 達함으로 말미아마
物質 그것에 對한 自覺은 蔑視할 수 업슬 것이다. 그러나 不勞而取하며
遊而自生을 圖謀하는 一攫千金의 不合理的 物質慾은 取할 것이 아니다.
要컨대 人生은 民族的 自覺 우에 確乎不拔하는 精神을 가진 後에 物質도

必要한 것이다. 쏘한 그의 所得이 될 것이다. 物質的 生存競爭 法則에 從하야 가장 强한 者가 가장 狡猾한 者가 弱한 正義를 밥는 者를 壓倒하는 것은 一時的 現像이다. 正義는 最後의 決勝을 잡는 것이 眞理이다. 眞理를 根本 삼아 힘(力)과 사랑(愛)을 具體化하자는 것이다. 즉 眞理 우에다 物質을 써야 하겟다. 同胞 全體가 熱烈한 深刻한 決心과 渾身의 力愛를 질겨 行하는 者가 되기를 修練하여야 하겟다. 少年軍의 끗 目的이 이것이다.

歐米 一部 學者는 以上 陳述한 바 弊害를 矯正하기 爲하야 新教育論을 絶叫하는 者도 不少하다. 即 現今까지의 教育制度는 우리의 實生活을 幸福으로 알 만큼 靑少年에게 咀嚼이 되지 못한다. 그러나 少年軍에서 教養하자는 智識은 教育하는 것이 아니요 다만 兒童의 各自가 有한 바 個性을 助長 啓發하는데 잇는 것이다. 何時던지 靑少年의 理解力과 實驗과에 依하야 確實한 所有가 되게 하자는 것이다. 此等을 綜合하야 考思할 때 少年軍은 德智體 三育에 對하야 從來 하야 온 教育方式보다 卓越한 新教育法이라 하겟다. 自然要求로부터 發生하는 社會運動에 對한 革新教育法이다. 米國에서는 少年軍은 社會 모-든 것에 對하야 宣戰을 布告하엿다 한다. 이를 總言하면 教育法으로 하야금 實生活化 하자는 것이며 過去의 不充分한 것을 革破하고 이 少年들의 손으로써 새로운 平和와 正義를 地球上에 세우자는 偉大한 世界的 運動이다.

이와 가치 有力하고 有益한 少年軍 運動을 모르며 돌보지 아니함은 民族的 自覺이 업다 하겟고 民族으로서 時代에 落伍하엿다 할 수밧게 업다. 쏘한 教育者로서 理解가 업다 하면 아니다. 理解는 姑捨之하고 妨害한다 하면 이는 羞恥라 하겟다. 朝鮮에 損失이 안일가 보냐. 況이

少年軍의 活動이 다만 우리 第二世 國民 되는 少年에게만 利할 뿐이 아니라 如何한 階級人士를 勿論하고 다 實生活에 應用할 수가 잇는 것이며 쏘한 身體를 健康하게 하며 後進 有用의 人材를 研磨할 수 잇는 것이니 靑年會 普通學校 中等學校에서 모름직이 다투워서 그 研究 成立을 圖謀하여야 하겟다. 家庭으로서 學校로서 一般社會로서 民族全體가 들어서 이 少年軍 運動을 힘써서 그의 充分한 發達을 期하여야 하겟다. 이것이 民族

永遠의 生命길이며 曙光의 반짝임이라 하겠다. 永遠히 살 길이라 하겠다. 少年軍의 組織發達 以下로라도 遲延하면 우리 民族의 意義 잇는 希望은 하로만큼의 損失이 될 것을 民族 全體가 覺悟하여야 하겠다.

우리 半島江山의 方々谷々이 少年軍의 姿影을 보는 날이 卽 新生命의 呼吸을 하는 날이 되겠다. 朝鮮의 主人公이 될 活氣 橫溢한 우리 靑少年의 힘을 나는 밋는다. 우리의 이 散亂한 現狀을 두 억개에 짊어지고 이러날 少年軍의 組織을 나는 밋는다. 希望은 이 쑨이다.

사랑하는 兄弟여. 共鳴하라. 이것이 〈朝鮮少年軍〉의 眞意義이다.

方定煥, "이 깃분 날－어린이 부형쯰 간절히 바랍니다",
『동아일보』, 1925.5.1.[71]

◇… 一

전조선 몃 십만의 어린 동모들과 함쎄 손곱아 기다리든 "어린이날"이 이제 하로 밤을 격하게 되니 여러 날 잠 한잠 못 잔 피곤도 니저버리고 그냥 마음이 깃불 쑨임니다. 이제 오늘밤 마즈막 준비를 맛치고 리발하고 목욕이나 하면 왼통 새 세상을 마지하는 늣김을 어들 것 갓슴니다.

◇… 二

예전 '스팔타' 사람들은 리웃 나라와 싸와 패전하야 전승국에서 "너의 나라의 어린 사람 백명을 우리나라로 다려오너라" 할 쌔에 "우리가 모다 죽을 망정 우리나라의 어린 사람은 단 한 사람이라도 남의 나라에 보낼 수 업다. 차라리 어린이 대신 우리 큰 사람 백명이 가겟노라" 하고 디옥사리보다 더 괴로운 적국의 노예로 자진해 갓슴니다. "지금은 너의에게 젓슬 망명 우리 어린이 대에도 질 줄 아느냐. 우리가 종이 될 망명 어린이를 남에게 맷기는 것은 우리의 장래쌔지 쌔앗기는 것이다" 생각한 그들은 몹시도 영악한 사람들이엿슴니다.

◇… 三

아모럿케라도 새로워저야 할 우리의 처디에는 스팔타 사람 이상으로 어린이들에게 긔대하는 바가 만코 간절합니다.

장래를 살리자! 장래를 살리자! 그것밧게 바랄 것이 업고 미들 것이 업는 우리에게 오늘날이 새로운 생명의 략동을 보는 깃붐이 엇지 몃 개 소년운동 관계자쑨의 것이겟슴닛가. 五月 一日 오후 세시 왼 조선 이십여만명의 어린 일쑨이 갓흔 마음 갓흔 정신으로 웨치는 만세 소리를 드를 쌔에 우리는 늙어진 고목에 돗기 시작한 새파란 싹이 웃적웃적 자라나는 것을 불 보듯

---

71 원문에 '少年運動協會 方定煥'으로 되어 있다.

환연히 볼 것임니다.

◇… 四

어린이의 날 희망의 날 이날에 우리는 엇더케 하면 깃붐으로 모르고 밝은 빗을 보지 못하고 자라는 우리 어린이들에게 더 만흔 깃붐을 주어 그들의 마음이 씩씩하게 자라고 그들의 긔운이 한이 업시 뻐더가게 할가 그것만을 생각하고 십슴니다.

◇… 五

리해 업는 어른의 밋헤 눌리고 짓밟히여 밝은 빗을 보지 못하고 꼿꼿하지 못하게 자라나는 그들로 하여곰 저의 타고난 긔운을 펴고 더 좀 씩씩하고 명쾌한 긔질을 갓는 사람이 되도록 한다는 일은 우리 조선 부모에게 뎨일 긴급하고 긴요한 일일가 함니다.

◇… 六

아즉도 조선의 부형은 이 어린이의 날을 엇더한 단톄의 세력 확장을 위하는 일이나 자긔 선전을 위하는 일로 알고 잇는 이가 만하 흔히 남의 일 가치 구경만 하는 이가 만히 잇는 것이 유감임니다. 바라건대 우리 조선 사람 모다가 스팔타 사람 이상의 마음으로 어린이를 대한다 하면 조선의 장래는 오늘날 듯고 보는 어린이의 운동과 그들의 고함소리 갓치 희망과 환희에 찰 것이겟슴니다.

◇… 七

다만 몹시 밧분 중에도 어린이들 틈에 석기여 그냥 깃불 뿐이라 조용히 가라안지 안어서 더 차근차근한 말슴이 나오지 안슴니다만은 다만 한 가지 일반 부모가 오늘날 반도강산을 흔들며 웨치는 어린이들의 부르지즘을 똑 바로 듯고 생각해 주엇스면 할 쭌임니다.

李定鎬, "少年運動의 本質 - 朝鮮의 現狀과 및 五月 一日의 意義",
『매일신보』, 1925.5.3.

五月 초하로는
            어린이의 날임니다.
해마다 이날은
            어린이의 날임니다.
집안이 잘 살려도
            어린이가 잘 커야 하고
나라가 잘 되랴도
            어린이가 잘 커야 함니다.
동포가 한마음으로
            이날을 祝福합시다.

어린 사람의 마음은 항상 단순하기 째문에 아침 해뜰 째부터 저녁 해질
째까지 잠시 동안을 쉴 새가 업시 무슨 작란이든지 하고셔 놈니다. 이것이
즉 어린 사람의 生命□에서 날뛰는 自然의 姿態 그것의 搖籃임니다.

어른은 이것을 공연히 막으려고 애를 쓰지만 그것은 아조 잘못임니다.
만일 어린 사람의 노는 것을 조금이라도 뜻잇게 注目하여 본다면 참으로
놀날 만한 일이 만슴니다.

흙을 파셔 山을 만들고 내를 만들며 풀을 뜯어다 각씨를 만들어 놈니
다. 이럿케 어린 사람은 어른이 꿈도 못 꿀 創造를 그들의 손으로 만들어
냄니다.

그뿐 아니라 꼿이나 풀이나 즘승을 말하면 사람과 갓치 넉이고 이약이를
함니다. 이와 갓치 어린 사람의 싱각은 무한히 溫和한 가운대 가장 단순하
여셔 어른의 生活과 趣味와는 全혀 다른 것임니다. 이것을 널니 알지 못하
고 깨닷지 못하는 이는 이것을 공연한 쓸대업는 작란이라고 무단히 制止하
거나 외롭게 하지만은 무한 自由롭게 뻗어나가는 어린 힘을 그대로 뭇질너

바리는 것입니다.

어릴 쌔에 제 마음대로 작란을 하고 노리를 하는 것은 이다음 커서 學校 敎科書를 배호는 以上의 효과를 낫하내는 것이니 어린 사람의 生活은 될 수만 잇스면 아모조록 自由롭게 고대로 키워야 할 것입니다.

어린애는 무슨 작난을 하거나 모다 空想的임니다. 이 空想이 가장 偉大한 創造를 나하 놋는 것입니다. 임금 노릇을 하고 대장 노릇을 하고 先生님 노릇을 하는 것이 모다 어린 사람의 單純한 感情을 굿세게 □動식히는 空想의 힘으로 낫하내는 것입니다. 쏘 어른의 흉내를 내거나 무슨 장사치에 흉내를 내여가며 그것으로써 즐거워하고 깃버하는 것이 어린사람의 先天的으로 □□에 對하야 가장 굿세게 要求하는 것임으로 되도록은 이러한 작란을 우숩게만 알 것이 아니라 그를 □□하여야 할 것입니다. 特히 어린 사람이란 말과 힘이 어른과 가치 充分치 못한 까닭에 自己의 □□가 잇셔도 어룬이나 누구에게 發表치 못하는 대신 單純한 어린 마음의 空想을 現實의 世界로 옴겨다 노려고 애를 쓰는 것을 보면 분명히 그들은 마음과 뜻이 잇스면 무엇이나 잇는 대로 實地를 낫하내려는 欲求를 가진 것입니다.

어른은 무엇이나 싱각한 것이 잇스면 마음으로 경륜과 決定이 잇셔야 實行을 하나 그러나 어린 사람의 마음이란 한번 늣긴 일이 잇스면 늣긴 그대로 그여히 하고야 마는 先天的으로 欲求하는 마음이 강한 것입니다.

그리고 어린 사람의 滋味 붓치는 □□□□ 一定한 것이 안이다. 마음으로 注意하는 焦点은 感情의 □을 밧는 대로 感動되는 까닭에 그의 눈은 恒常 분주하게 四方으로 注視하고 活動하는 것입니다.

이럿케 어린 사람의 心情은 할수록 自己自由대로 무슨 일이든지 쳐단하려 하며 쏘한 感動되는 것도 만흔 □하고 變化가 만흔 고로 그 品性을 바로 잡기 爲하야셔의 고쌔에 가장 □□한 □□이 잇서야 하고 指導가 잇셔야 할 것입니다.

                    ×

일천구백십팔년에 米國에서 일어난 兒童保護運動은 世界 사람의 耳目을 내일 만큼 宏壯한 運動이엿슴니다. 그쑨 안이라 米國 政府에서는 이

해를 □히 兒童保護年이라 하야 여러가지로 國民에게 兒童에 對한 認識을 普及식히기에 적지안은 努力을 하엿고 그째에 一般에게 宣傳햇든 標語는 "健全한 兒童은 健全한 國家의 긔초라" 일커럿습니다. 이와 갓치 좀 더 깨이고 좀 더 發達된 다음에 잇셔셔는 어른의 問題보다도 兒童의 問題를 얼마나 重大視하고 힘쓰는지 몰읍니다. 그만큼 얼만한 偉大한 효과가 들어나는가를 다- 갓치 싱각해 보십시요.

그 뒤를 니여 우리 東洋에 잇셔셔도 各地에서 일어나는 少年運動은 불일듯이 猛烈한 氣勢로 일어낫습니다. 日本이 그럿코 中國이 그럿습니다.

그러나 우리 朝鮮은 남의 나라에셔 "健全한 兒童은 健全한 國家의 긔초"고 民族의 根本을 主로 한 가장 올흔 運動을 하는 대신에 어린 사람은 반듯이 "家庭敎育이 엄해야 한다"는 無□한 主見으로 잘한 일에 칭찬은 잘 안하고 조곰만 싸ㅅ닥하면 벼락 갓흔 꾸지람과 사나운 매만 째려셔 윽박질느고 나리눌너셔 키운지라 씩々하고 참된 사람을 만들기는 고사하고 겁 만코 비슬비슬하는 못난 사람을 만들엇습니다. 이리하야 限업시 自由롭고 快活한 어린 사람의 高尙한 性格을 그대로 짓발버 온 것은 事實이엿습니다. 이러케 자란 그들이엇는지라 항상

"무엇이나 하면 반듯이 된다는 自信力을 기르지 못한 지라 하면 된다는 自信을 가지고 달겨들지 못하고 먼저 하다가 안 되면 엇저나- 하는 겁부터 가지기 째문에 每事에 어물어물해바리는 病身을 만들엇습니다."

어린 사람을 이러케 無能하게 키우고도 남보담 더 나은 幸福과 成功을 바란 것이 우리 朝鮮 사람이엿습니다. 그리다가 비로소 三年 前에야 〈天道敎少年會〉를 비롯하여 全國 各地에서 우리도 남과 갓치 잘 살녀면 家庭으로나 社會로나 다 갓치 우리 朝鮮의 씨가 되고 쑤리가 되는 어린 사람을 뜻잇게 키우자는 어린 사람의 압길에 對한 끗업는 光榮을 뜻하며 民族의 압길에 對한 끗업는 幸福을 누리기 爲하야 가장 깨끗하고 가장 아름다운 動機에셔 이루어진 날이 卽 五月 一日이며 復興民族의 모-든 □ 諸般 努力 中에 잇는 우리 朝鮮에 잇셔셔는 아모것보다도 가장 緊切한 말로 누구나 다 갓치 무참하게 짓발펴 온 어린 사람들의 生靈을 爲하야 一年 中에 한

날을 作定하여 이 날을 祝福하고 紀念하자는 뜻에서 擧論된 날이 卽 五月
一日입니다.

　이 運動이 始作된 후로 적으나마 한 군대 두 군대서 어린 사람만을 爲한
集合이 싱기고 團體가 싱기고 어린 사람만을 爲하는 □□가 하나둘 生겻스
며 어린 사람에 對한 問題를 □□썻 할녀 하시고 연구하시는 분이 작고작고
늘어가는 것쓴은 아모것도 보잘것업는 우리 朝鮮에 잇셔셔 가장 깃거워할
現像이겟습니다.

　理論보다도 事實에 잇셔셔 三年 前 민 쳐음으로 어린이 運動이 이러낫슬
째는 全鮮을 통트러 三十個 少年團體에 五萬枚의 宣傳 '비라'가 오히려 남
는 것이 再昨年에 와셔는 六十餘 少年團體가 되고 十萬餘枚의 宣傳 '비라'
를 쓰게 된 것과 再昨年보다도 昨年에 잇셔셔 百餘 少年團體가 되고 三十
萬枚의 宣傳 '비라'를 쓰게 된 것과 昨年보다도 今年에 잇셔셔는 一百六十
餘 少年團體에 七十萬枚의 宣傳 '비라'도 不足될 現像을 보게 되엿스니 멀
지 안어서 朝鮮도 가장 새로운 意味에 잇셔셔 굿세인 朝鮮이 될 줄로 알고
疑心하지 안는다는 것을 가라쳐 망녕된 밋음이라고 말할 사람이 누구이겟
습닛가?

　새로운 朝鮮, 굿세인 朝鮮, 未久에 어린 사람들의 힘으로 建設될 것이며
빗나는 三千里江山 無窮花 동산에 새롭은 꼿이 퍼일 째 아─ 이것이 朝鮮
사람의 깃븜이 안이고 무엇이겟습니 짜? (꼿)

"京城少年指導者 聯合發起總會 議事", 『동아일보』, 1925.5.29.

참가단톄는 시내 일곱군대

경성소년지도자련합 발긔 총회는 예뎡대로 지난 이십사일 오후 두 시에 간동(諫洞) 백십이번디 불교소년회관(佛敎少年會舘) 안에서 의댱 뎡홍교(丁洪敎) 씨의 사회로 개회되엿는데 리원규(李元圭) 씨를 서긔로 자벽하고[72] 의안을 결의할 새 련합회 조직에 대하야 취지는 일치 가결하고 회명은 〈오월회(五月會)〉라고 하기로 되엿스나 혹은 총회에서 개칭하게 될는지도 모른다 하며 창립총회는 오월 삼십일일 오후 여덜시에 하기로 되엿다는데 준비위원은 아래와 갓치

丁洪敎, 朴俊均, 李元珪, 金興慶, 張茂釗

다섯 사람이 선거되고 참가 단톄는 아래와 갓다더라.

半島少年會, 佛敎少年會, 새벗會, 明進少年會, 鮮明靑年會少年部, 中央基督敎少年部, 天道敎少年會

◇ 創立總會 決議案

一. 少年問題

    (가) 京城少年總聯盟으로 改稱할 件

    (나) 少年運動線上에서 一致的 行動을 取할 件

    (다) 各少年會 運動 狀況 調査의 件

    (라) 異類團體의 對한 件

一. 附帶問題

    (가) 少年問題의 件

    (나) 少年會와 連絡의 關한 件

    (다) 少年事業 着手의 關한 件

    (라) 少年會 指導者의 關한 件

---

[72] '자벽'은 "自辟"으로 "회의에서, 회장이 자기 마음대로 임원을 임명"하는 것을 뜻한다.

(마) 少年會의 向上에 關하야 聯盟에서 行할 만한 施設에 關한 件

◇ **綱領**

一. 우리는 社會進化法則에 依하야 少年總聯盟을 締結함

一. 共存共榮의 精神으로써 京城少年團體와 聯結하야 少年事業에 增進을 圖謀함

一. 相助相扶의 主義와 人類共存의 思想으로써 時代潮流에 順應코자 하야 少年聯盟을 完全히 達成코자 함

◇ **宣言**

우리는 圓滿한 理想과 遠大한 抱負와 堅實한 實力으로써 本 聯盟의 目的을 徹底히 貫徹코자 이에 宣言하노라.

李晟煥, "少年會 이야기-주고 바든 몃 마듸-", 『어린이』, 제3권 제5호, 1925년 5월호.

픽 자미잇고 유익한 이약이를 들엇습니다. 이번은 李晟煥 先生이 우리에게 가장 必要한 말슴을 해 주시겟습니다. (拍手)

△

一少年 선생님! 소년회라는 것은 이 세상에 꼭 잇서야 되는 것임니까?

指導者 그러치 안습니다. 꼭 잇서야 된다거나 또는 안 된다는 것을 무슨 법률과 가튼 것이 잇서서 명령하는 것은 결코 아임니다. 단지 소년된 당신네 스스로가 "우리는 모혀저야 되겟다"는 필요를 느끼게 되는 그때에 비로소 꼭 잇서야 될 것이 됩니다.

一少年 그러면 모혀저야 될 그 필요는 무엇일가요?

指導者 허허 그것임니다. 그것이 당신네의 세계에 안자서 당신네들로서 느껴야 될 일이라 함니다.

一少年 아 그럿습니까. 그러면 우리 소년이라는 사람을 쑥 쩨여내서 따로히 소년의 세계를 지여노코 볼 째에 소년이 소년 자신을 위하야 외짜로 못할 일을 모혀서 한다는 것이겟습니다.

指導者 아-ㅁ 그럿지요. 올케 생각하섯습니다. (이상 8쪽)

一少年 그러면 그와 가튼 느낌 아래에 모혀저서 한 단톄가 되엿다 합시다. 하고 보면 단톄가 업섯는 째와는 얼마나한 다름이 잇슬가요?

指導者 그야 그 단톄의 할 목덕과 또 그 목덕을 행하야 일해 나가는 성격에 짜라서 다르지요만 대톄덕으로 말할 것 갓흐면 "그때 또 그때보다 더 또 더욱 잘살앗다"는 것으로써 픽 다른 뎜을 발견할 수 잇다 함니다.

△

一少年 선생님! "보다 더 잘 산다"는 말슴을 좀 더 자세하게 설명해 줄 수는 업슴니까.

指導者 올치 오라!! 그럴듯함니다. 내가 넘우도 막연한 말을 하엿습니다.

즉 말하자면 "이 세상에는 어른이라는 것과 어린이라는 크다만한 두 갈림이 잇슴니다그려."

一少年　네 잇습지요.

指導者　그런데 이 둘 가운데 이른바 어른이라는 그네들은 나희가 만흐니만치 오늘날 사회의 륜리 도덕 법률 죵교 문학 등(倫理, 道德, 法律, 宗敎, 文學 等)에 만히 물들엇고 또 그마치 오늘날까지의 사회문화(社會文化)에 대한 지식 경험 전통 등(知識 經驗 傳統 等)의 힘을 만히 가지고 잇습니다.

一少年　네 그럿켓슴니다. 그런데는 뭘 함니까요.

指導者　그러치 안치요. 여긔서 다 가튼 사람이면서 하나는 내리누르는 사람들 또 하나는 눌니우는 사람들이 갈나서게 되는 데올시다.

一少年　어쩌케 눌으며 어쩌케 눌니(이상 9쪽)운다는 말슴이심니까?

指導者　이 세상을 가만히 두고 생각해 보시오. 성의 차별(性의 差別)로는 사내자식들이 녀자 사람을 게집년들이라고 내리누루고 빈부의 차별(貧富의 差別)로는 돈 가진 놈들이 업는 사람을 가난뱅이 년석들이라고 맘대로 부려먹고 잇습니다. 이와 쪽가티 년령의 차별(年齡의 差別)로는 어른이란 것들이 또한 어린 사람을 "요 조고만한 어린 아회놈들아" 하고 자긔네가 가진 힘으로 약한 어린이들의 늠늠히 자라 감을 맘대로 쥐락펴락하고 잇습니다. 이것이 눌으는 어른 눌니우는 어린이로 갈나서는 버릇이라 함니다.

一少年　그러면 소년회와 가튼 단톄는 모와진 힘으로 이 누름에 눌니우지 안키를 힘쓰는 데서 "보다 더 잘 살 수 잇다"는 것이겟슴니다.

指導者　그럿치요. 소년도 사람인 이상 사람이 사람의 권리를 못 가지니만치 슯흔 일이 또 잇겟슴니까. 이째까지는 왼 세계의 소년은 이 슯흔 구렁에서 헤매는 살림이엿슴니다. 그러나 한번 이것이 잘못된 일인 것을 당신네 자신이 깨닷고 "야— 이것 안 되엿다" 하고 우렁차게 부르지저 닐어나서 "우리의 인권을 존중하라" 하는 날 확실히 부르짓지 못하든 째보다는 잘살 수 잇게 될 것을 알 수 잇습니다.

△

一少年 …………

指導者 당신은 이 세상이 어쩌케 되얏스면 조켓다 합니까?

一少年 제야 알겟습니까마는 제 맘에는 늘 이러케 생각됩니다. 즉 "이 세상 사람이 다 자유롭고 평화롭고 그리하야 다 가티 잘 살아지이다"라(이상 10쪽)고 …….

指導者 아- 거룩한 맘이시여!! 이 맘이 진실로 인류들이 가장 놉히 요구 하는 맘이라 합니다.

一少年 …………

指導者 요사이 여러 군대서 소년 단톄가 만히 닐어나는 것은 퍽 깃분 일은 되나 항상 그 닐어나는 동긔가 진실 되고 또 압흔 늣김을 붓잡지 못한 것과 가튼 염에도 업지 아니한 듯하니 이 뎜은 대단히 주의하여야 할 일인가 합니다.

一少年 어쩌한 차레로 붓잡어야 그릇됨이 업시 나갈가요?

指導者 위선 오늘날 "사람"으로서의 요구는 참된 문명에 잇고 이 문명은 "사람"이 자연덕 인위덕 압박(自然的 人爲的 壓迫)에서 버서 나오는 것을 이르는 것인데 즉 남자사람 녀자사람은 그 권리를 가티 하고 돈 잇는 사람 돈 업는 사람은 그 대립을 업시 하고 어른 사람 어린이 사람 사이의 위압(威壓)을 일절 업게 하지 아니하면 안 된다는 데서 거름을 옴기기 시작을 하되 이러한 모든 성틀에서 버서나려는 약한 무리들은 여러 사람 의 피를 모워서 홰ㅅ불을 만들어 가지고 쑤준히 싸우는 일뿐이 성공의 길이라 합니다. 하믈며 오랫동안 아름답지 못한 모든 것에 더럽게 물든 어른들의 안목을 가지고 자긔네가 입은 탈이 조흔 탈이니 이것을 그대로 니여 입고 춤추라고 강제함을 당하는 조선의 소년에게 잇서서 또 한칭 싸움의 준비가 필요하지 아니할가 합니다.

一少年 잘 아랏습니다.

指導者 더 무를 말슴이 잇스면 후일 또 다시 대하기로 합시다. 오늘은 시간이 업스니까. ═ 쯧 ═ (拍手) (이상 11쪽)

權悳奎, "卷頭에 쓰는 두어 말", 趙喆鎬, 『少年軍 教範』,
朝鮮少年軍總本部, 1925.6.

少年은 사람의 꼿이다. 꼿 가운대에도 덜 피인 꼿이다. 깨끗한 아츰이슬
을 먹음어 해 방글에 피려는 꼿망울을 보고 누가 거긔에 입마추어 기리지
아니하랴. 압으로 열매를 열어 씨를 傳하기까지의 큰 希望과 큰 抱負를
가지고 것흐로는 남에게 고움과 깃븜을 주고 속으로는 끈히지 아니하는
마음과 정성으로 오즉 제 구실을 하야 가는 것이 이 꼿망울의 全 目的이다.

일의 成功은 實行이다. 말로만 쩌드는 것은 實行이 아니다. 일의 創始는
아무리 좃흐라도 實行이 업는 바에는 그림자로 싸르는 것이 失敗이다. 한
다 하고 하지 아니하는 것이 거짓말이 아니냐. 世上에 만일 거짓말이 잇다
하면 거짓말 그것도 참으로 잇는 줄을 알어야 한다. 물속의 고기를 보고
입맛만 다시는 것은 實行이 아니다. 한時밧비 그물을 쓰는 것이 實行이다.
남의 어려움을 보고 아이구 가엽서라만 부르는 것은 實行이 아니다. 그
사람의 손목을 붓잡고 따뜻한 慰安이라도 주어야 한다. 이것이 實行이다.

이제의 學校教育은 理論에 흐르고 形式에 억매는 便이 업지 아니하다.
그리하야 人生의 實際에는 좀 쩌나서 열매 열려는 참스러운 꼿으로 하여곰
꼿으로 그냥 쩔어지는 헛꼿이 되게 하는 嫌疑가 잇다. 얼른 말하면 少年들
로 속 업고 쩌불고 부푼 대에 쓸리게 하는 잘못이 업지 아니하다는 말이다.
이째에 實際의 訓練으로써 북도다서 人生의 참 살림에 맛는 信念과 實務를
엇고 닥게 하며 나아가 짜로이 제 살이를 할 만한 조흔 백성이 되도록 힘쓰
는 教育이 잇서야 할 것이다. 다시 말하면 쓰거운 볏과 무서운 치위에 시달
림을 밧고 줄임과 갓븜에 성가심을 격근 몸을 가져 놀(이상 1쪽) 째에 잘 놀고
일할 째에 일 잘 하는 사람 오즉 善으란 爲하고 不義란 行치 아니하는 實行
의 教訓을 밥게 하는 그것이 잇서야 할 것이다.

이런 實行의 教育을 주는대는 少年軍團 가튼 것이 適當할 줄로 생각한
다. 너는 아츰 몃 時에 닐어낫느냐. 그리고 오늘은 무엇을 하겟다 생각하엿

느냐. 果然 義를 行하엿느냐─ 人의 急을 救하엿느냐, 公共의 危難을 防護하엿느냐, 그 남아지 餘暇에는 무슨 工夫을 하엿느냐, 이것이 아마 少年軍의 敎訓인 것 갓다. 이것만 行하엿스면 우리의 일은 成功한 것이다. 곳 實行한 것이다.

곳으로 新羅 古代의 花郎制度를 들어 우리 少年에게 듯기고저 한다.

花郎은 一에 國仙 쏘는 風月主라 하엿나니 곳 少年의 容儀가 아름답고 德行이 점쟌흔 者면 貴賤을 勿論하고 다 쏩아서 한 군대에 모이어 道義로써 서로 깨우치며 歌樂으로써 서로 질기며 혹 四方으로 단이며 民情風俗을 살피며 혹 名山大川에 놀아 돌아오기를 잇기도 하는데 이 가운대에서 올코 글흠을 난우고 점쟌코 아님을 가려서 可히 어질고 쓸 만한 者면 朝廷에 薦하야 쓸 만한 자리에 쓰는 것이니 한번 國仙이 되면 님검이 공경하고 全國이 尊崇하며 徒衆이 섬기어 郎徒되기를 願하나니 郎徒의 數는 혹 百人 數百人도 되며 혹 千人 數千人도 되엿는데 方年이[73] 十六에 大伽倻를 討平한 斯多含郎과 唐나라를 쯰여가지고 高句麗, 百濟를 統一한 金庾信郎이다. 花郎의 中으로서 나온 者이다. 그러함으로 當時의 金大問이 花郎을 贊하야 가르되 "賢佐忠臣과 良將勇卒이 이로부터 生하엿다" 하엿다. 내 이 말로써 少年軍團에게 代身하려 한다.

아─ 少年은 사람의 꼿이다.

權 惠 奎

---

[73] '芳年이'의 오식이다.

趙喆鎬, "予의 感", 趙喆鎬, 『少年軍 教範』, 朝鮮少年軍總本部, 1925.6.

古人은 人生의 處世가 極히 어려움을 가리처서 "負重荷而行遠"이라 하얏다. 波瀾曲直 多端한 朝鮮社會에서 成事不如意한 이 時代에 處한, 나의 힘이 微小하며 才가 不足함을 切感하노라. 내가 少年軍 發起를 立志한 지가 去今 五年 前 일이다. 二十九에 企圖하야 三十三에 旣成하얏스매, 歐洲 戰亂 大砲聲에 잠을 깨여 벨사유宮殿에서 開催된 萬國平和會議와 步調를 갓치 한 微이 되얏다.

一九一四年 六月 二十六日 夕陽, 쏀스니아 首府 사라에보에서 奧匈國 皇儲 후란쓰, 훼루지난드 大公 及 同妃를 襲擊할 六穴砲聲은 天下 사람의 耳朶를 울니게 되얏다. 이는 부린집이란제루비야 學生인 十七才된 少年의 손에 導火된 것이다. 以後 싸움의 火焰은 歐亞에 傳派되야, 一九一九年 十一月 十一日까지 終息하게 되얏다. 其時 各國 靑少年들의 싸뜻하고, 부드러운 熱誠의 피는 逆出하얏다. 彈丸雨飛하는 第一線 後方 勤務와 國內에서는 赤十字 材料 調達에 努力한 힘은 적지 아니하다는 것을 各國 新聞雜誌는 소리를 갓치 하야 報導하얏다. 少年들은 其 純眞한 天使의 心芽發露로 平和的 運動에 貢獻하얏다 하겟다. 나는 所感되는 바 不少하야 友人 李重國 氏와 其他 同志에게 相議하얏더니 異口同音의 贊同激勵를 밧아 더욱 少年軍 創設할 決心은 鞏固하게 되얏다.

아― 그러나 是等 過大한 援助를 바드면서 여러 가지 事情에 거릭김으로 因하야 數年의 時日을 徒(이상 1쪽)經하고 碌々不才한 나의 하염이 업는 男兒임을 自覺 自憤 自激하얏다. 神에 謝하노라

이 人類社會 朝鮮社會上에 切實히 必要한 運動인 以上 此 運動을 爲하야 供獻하랴 하며 쏘한 理想은 繼續不絶될 줄 아노라.

此 運動에 對하야 幾多의 憨笑 幾多의 嘲罵 幾多의 妨害가 吾 身上에 올 것이다. 生覺하면 도리혀 天의 寵愛가 될는지 모른다. 이 試鍊에 依하야

나의 意志를 堅固케 하는 우리 社會를 永遠히 슬퍼하며 少年斥候運動을 成功하게 하는 것으로 안다.

나는 지금 〈少年斥候軍〉의 무엇인 것을 朝鮮社會에 紹介하야, 그 必要한 것을 世上에서 認證하야 주면 滿足하게 안다. 勿論 이 小冊子는 不安全하며 粗雜하다. 그러나 이 書冊 一卷이면 何人이던지, 곳 쏘이쓰카우트 敎育에 着手할 수가 잇다. 이 点에 잇서 朝鮮 初有의 述作이라 하겟슴으로 스사로 洽足하게 안다.

아ー 우리 少年斥候運動이 널니 퍼질 날이 果然 何時日이 될가!?

大正 十二年 十二月

著　　者 (이상 2쪽)

金剛道人, "(讀者와 記者)目的은 同一한데 方針이 各各 懸殊", 『동아일보』, 1925.10.10.[74]

‖ 합하얏다가 갈라진 조선소년군 ‖

‖ 목덕은 한가지나 방침이 다르다 ‖

◇ 兩派 分立한 少年軍 消息

> 경성 시내에 소년군본부(少年軍本部 鐘路 基督敎靑年會舘) 안에 잇는 소
> 년척후대조선총련맹(少年斥候隊 朝鮮總聯盟)과 견지동(堅志洞) 칠 번디에
> 잇는 조선소년군총본부(朝鮮少年軍總本部) 중에 어느 것이 확실한 본부인지
> 그 래력을 좀 알 수 업슬는지 (先着者 市內 桂洞 郭珉烔)

쪽가튼 의복과 맛창가지 사회봉사 사명(令命)을 가지고 나가는 일음부
터 귀여운 조선의 소년군(少年軍)이 조선 안에 나타난 지도 얼마 아니 되야
어느 파니 누구 지휘이니 하야 서로 대장이라는 것을 세상 사람이 보아
알 수 업도록 된 것을 무르시는 독자에게 대답하는 긔자가 어쩌케 말하엿스
면 조흘지 모르겟습니다. 이에 대한 말슴을 하기 전에 긔자로서 두 가지가
다 조흔 목덕으로 나간다는 것만 알아 두시고 어느 쪽을 취하시든지 그것은
마음대로 하시라는 것입니다.

出生으로 分立까지

견지동 〈조선소년군〉 총본부는 방금 중앙고등보통학교 교원인 조텰호
(趙喆鎬) 씨가 지휘를 하는 것이요 종로 긔독교 중앙청년회관 안에 잇는
〈소년척후대〉 조선총련맹은 그 청년회 소년부 간부 뎡성채(鄭聖菜) 씨가
주당을 한답니다. 소년군이 처음으로 조선 사회에 나타난 것은 지금부터
사년 전 일천구백 이십이년 십월 오일에 조텰호 씨의 여덜명 소년군이 그것
인가 합니다. 뎡성채 씨의 〈소년척후대〉도 아마 가튼 째에 이 세상에 나타

---

74 讀者 桂洞 郭珉烔, 記者 金剛道人. 원문에 '讀者課題 記者記事'로 되어 있다.

난 듯 십흔데 쏘 어느 말을 들으면 그 후 약 이십여일 후에 세상에 알려젓다고 합듸다. 처음부터 파가 갈리게 된 〈소년군〉과 〈소년척후대〉는 한동안 합하자는 말이 잇서 한동안 합하엿다가 서로 리상(理想)이 맞지 아니하야 쏘 다시 두 파로 갈리게 되야 지금도 의연히 서로 대립하여 잇답니다. 합하엿다가 갈린 째가 아마 작년 사월 이십 팔일에 중국 북경(北京)에 열린 만국동자군련맹대회(萬國童子軍聯盟大會)에 두 편 간부가 갓다온 전후인가 합니다. 그째에 북경으로부터 들어오는 소문은 별별 자미업는 소리가 만핫섯담니다. 그것이 사실이엇던지 그째에 잘못 난 풍설이엇던지는 몰으나 총련맹 측에서 간 대표가 미국 국긔(米國 國旗) 밋헤서 그 회당으로 들어갓다는 것이 총련맹 측에 대한 공격의 도화선이 되엿섯더랍니다. 누가 올코 누가 그른지는 지금 와서 새삼스럽게 말할 필요도 업슬가 합니다. 내막을 아지 못하는 국외(局外) 사람의 말보다 조코 그른 것을 바로 가리는 량편의 당국자의 말을 소개합니다.

理想이 懸殊
◇ 總聯盟 側 鄭聖彩 氏 談

내가 본래 중앙긔독교청년회 소년부 일을 보게 되엿슴으로 소년부원 어린이에게 이전부터 〈소년척후대〉의 정신은 만히 너어 주엇다가 차림차림이를 세계 '쏘이쓰카우트'로 하고 나서기는 일천구백이십이년 구월 삼십일이엿슴니다. 그 후 조텰호 씨의 합하자는 주댱으로 시내에 잇는 멧 단톄와 한번 청년회관에서 모히어 의론을 하야 그째에 〈소년척후대조선총련맹〉을 조직하엿섯는데 조텰호 씨는 항상 자긔의 주댱만 하여 피차에 리상이 맞지 안케 되엿슴니다. 세상에 알리기도 실슴니다마는 북경에 갓든 풍설로 더욱 피차에 오해를 품게 되엿슴니다. 지금 간판을 긔독교청년회에다 부처서 세상에서도 긔독교의 선뎐긔관인 줄 오해를 하야 줍니다. 조텰호 씨와 우리와는 근본부터 리상이 맞지 아느니 언제든지 합할 수는 업슴니다. '쏘이쓰가우트'는 세계덕인 것을 조텰호 씨는 구태여 조선식으로 하자는데 뎨일 질색임니다. 그보다도 뎨일 〈소년척후대〉의 장래에 위험한 것은 자미롭지 못한 단톄에서 척후대를 빙자하고 나올가 하는 것임니다. 지금 우리 련맹에서 관계하는 단톄는 전조선을 통하야 열두 단톄인데 시내에 련락하는 데는 중앙긔독교청년회 〈소년척후대〉와 대화(大華) 광활(光活) 두 척후대올시다라고 말합듸다.

朝鮮的 精神
◇ 總本部 側 趙喆鎬 氏 談

조선 어린이에게 자립덕 훈련을 주는 데에는 용감한 활동과 의용스러운 긔게를 주는 소년군 생활 식히는 것이 뎨일일 듯 십허 야영(野營) 생활을 각금 식히는데 세상에서 무슨 군주 사상(軍主思想)을 고취한다는 비평으로 요전에 중앙청년회관에 잇는 〈소년척후대총련맹〉 측과 갈리게 된 원인의 하나임니다. 그러나 내가 주창하던 련맹에 내가 나오게 된 것은 순전히 리상이 맛지 안은 것인데 총련맹 측의 주댱하는 서양식 그대로를 덕합치 못한 조선 아이들에게 구태여 쓰자는 데에서 나는 조선덕 소년군을 만들자고 주댱한 것이 내가 탈퇴한 분긔덤임니다. 우리 총본부가 경향간 련락하는 단톄는 모도 이십오개소인데 시내에는 중림동소년군(中林洞少年軍)과 상조소년군(相助少年軍)임니다. 되도록은 서로 합하엿스면 조흘 터이나 아마 상당한 시일이 걸닐 것이지요 합듸다.

社說, "少年少女의 雄辯 禁止", 『시대일보』, 1925.10.11.

一

地方의 各 警察署로부터 往往이 少年少女의 雄辯大會를 禁止한다는 말을 들을 째에 少年少女의 雄辯大會는 무슨 治安에 關係되는 意味를 包含한 演說이 아니오 한갓 天眞이 爛漫한 少年少女의 志氣를 發揚시키고 辯說를 熟鍊케 함에 지남이 업는 것이어늘 警察 側은 무슨 理由로 禁止하는 것인가 하야 자못 疑訝함을 마지아니하얏섯드니 京城府 當局은 少年少女들이 演壇 우에 올라서서 時事를 評論하며 過激한 言動으로써 公安을 妨害할 憂慮가 잇다는 理由로 府內 各 普通學校에 向하야 普通學校 生徒로서는 演壇에 오르지 못하게 할 것을 通知하얏다 한다. 이제 생각하고 보니 少年少女의 雄辯을 禁止하는 것은 行政當局, 警察當局의 共通한 旣定方針인 것을 알겟다. 數年前에 私立專門, 中等의 學校葬 會議에서 中等學生으로는 學生大會에 參加치 못하게 할 것을 決議하드니 오늘날에는 初等生徒의 雄辯까지 못하게 하니 初等, 中等 또는 公立, 私立할 것 업시 生徒의 작으마한 言動이라도 絶對로 禁止하는 것이 現敎育의 精神인 것을 또다시 알 것이다.

二

"時事를 評論하야 過激한 言動으로써"라는 그것이 어찌 可當한 理由라 하랴. 本來, 血氣가 成長하지 못한 兒童으로 하야금 時事의 可否와 政治의 得失을 알게 하야 頭腦의 刺戟을 주며 精神의 苦痛을 닐으키는 것은 純然한 德性을 培養하는 本旨가 아님으로 雄辯大會를 主催 或 引導하는 人士들로 그만 것은 께달아서 特別히 注意할 것이어늘 官廳으로부터 禁止하는 데까지 니른 것이랴. 또 "公安을 妨害할 憂慮가 잇다"는 그것은 아즉 供案을 妨害하지 아니한 未然의 意味이다. 未然의 妨害를 미리 憂慮하야 禁止할 것 가트면 무엇이나 모다 그와 가티 憂慮할 수가 잇는 것으로 科學을 가르 첫다가 危險品이나 發明하면 어쩌할가 하는 憂慮로 科學의 敎授도 停止할

것이 아닌가. 그런 理由는 了解키 어려움을 쌀하 朝鮮 民衆이라면 發育期
부터 言語動作을 根本的으로 拘束하야 活潑한 氣像과 自由의 意思는 絶對
로 업스라는 것이 아닌가 하야 우리의 特殊한 環境과 處地를 슬퍼하는 것으
로 자라는 少年少女의 將來를 끗까지 憂歎함을 마지아니할 뿐이다.

金五洋, "(自由鍾)少年運動을 何故 阻害?, 『동아일보』, 1926.1.27.

◇ 江景 金泉 馬山 等地의 普通學校는 저 愚直한 教育方針이 少年運動
을 阻害하며 防止하랴고까지 드는 事實이 新聞紙上에 자조 報道가 된다.
果然 普通學校에서는 이 少年運動은 眞情으로 防害할[75] 것인가? 뭇노니
普通學校 先生들이여! 歷史는 進化한다. 이것이 그 全幅의 生命인 것이다.
그럼으로 少年이 차지할 社會는 우리의 踽踖[76]하는 社會보다 휠신 進明하
여 가지고 出現할 것도 막지 못할 必然의 運命인 것이다.

◇ 짜라서 그 教育은 機構와 發育을 完全하게 助成식여서 眞正한 效用을
보게 하나니 이것이 社會形成態에서 要하는 骨子로 그 進化하는 思想은
防遏할 何等의 手段도 認識치 아니하며 速度의 緩急은 잇슬지나 不斷히
發展을 하고 잇는 것이다. 그럼으로 朝鮮人의 바로 박힌 思想은 民族運動
에서 다시 社會運動으로 轉化하여 가고 잇스니 이것은 모름직이 少年의
意氣를 代表하는 큰 現象이 아니고 무엇인가?

◇ 이것이 곳 朝鮮의 將來를 意味하는 事實이니 政治的으로나 經濟的으
로 解放의 戰術을 鍛鍊[77]식힐 것은 朝鮮人치고 너나 업시 最大의 教育 要件
이 아니겟느냐. 頑冥無類한 教育者… 特히 普通學校 先生 諸君! 우리의
處地를 잘 삷히고 우리의 思想을 尊重히 보라. 그리하야 兒童의 個性을
充分히 伸張케 하라! 一大苦難이 압흐로 닥처올 것을 미리 째닷것든 少年
運動을 尊重히 하라!

◇ 이러한 非常의 時機에 잇서 勇壯한 氣性이 豊富한 少年을 要求할
것은 勿論이요 그러한 우리 朝鮮을 볼 쌔에 엇지 少年運動이 緊切치 아니
하더냐. 나는 더욱이 朝鮮人이 大部分 先生으로 들어박힌 普通學校에서

---

75 '妨害할'의 오식이다.
76 '踧踖'의 오식이다. "몸을 구부리고 조심조심 걷는다"는 뜻으로, "두려워하거나 삼가고 조심
하는 모양"을 뜻한다.
77 '鍛鍊'의 오식이다.

이러한 事實이 生기고 잇는 것을 갑절이나 冤痛하게 生覺한다는 것보다도 오히려 憤激한다.

◇ 野蠻이니 犬馬이니 하는 屈辱을 堪耐하기에 足한 性格만 남게 될 悲痛한 우리의 處地를 엇지 生覺지 못하는가? 生活을 扶持하기 爲하야 本意에 업는 그것을 하고 잇다는 諸君도 個中에 혹 잇슬 줄 推測이 될 째에 더군다나 君 等이 이러한 點에 明哲히 理解를 하고 크게 少年運動을 聲援할진뎌.

(江景 金五洋)

朴錫胤, "英國의 少年軍-趙喆鎬 先生에게(一)", 『동아일보』, 1926.2.4.[78]

　오늘은 休戰日 뒤ㅅ 第一 日曜日입니다. 倫敦[79] 안의 全 '로-버스'가 大戰 紀念碑 압폐 모혀서 英國을 위하아 죽은 사람들의 魂에게 꼿을 올리며 그 精神을 새로 맛보는 날임니다. 九時 十五分에 '템스' 江岸 倫敦의 中心인 그 '세노타푸' 近處에 가니 어둠어둠한 아츰 안개 속에 발서 數千의 '로-버스카웃쓰'가 모혓습니다. 저는 倫敦大學 '로-버스'의 一員으로 比較的 行列의 前部에 끼엇슴으로 그 人數가 얼마나 되는지 斟酌할 수 업섯습니다마는 적어도 萬에 達하는 數이엇스리라고 생각함니다. 그 만흔 사람이지마는 누구 하나 指揮하는 사람도 업시 整然히 行列을 지어 처음부터 꿋까지 거진 한 個의 有機的 機械가치 行動하는 데는 다시 그들의 訓練과 敏捷을 놀랏습니다. 或은 極히 簡單한 것이엇습니다. '베이든 포웰' 將軍의 企圖와 찬송가 一章으로 맛첫습니다.

　이 運動의 發祥地인 英國에서 이 運動의 第一 創始者인 '베이든 포웰' 그 사람을 볼 째마다 저의 마음 가운대 구더지는 것이 잇스며 世界를 通하야 二百萬이라는 少年少女가 한 目的을 위하야 나어가는 것을 생각할 째에 人類의 將來를 위하야 한 功獻이 될 것을 確信함니다.

　오늘 瞥眼間에 붓을 들어 이 글을 쓰게 된 動機는 두 가지임니다. 第一은 『東亞日報』 十月 十日 發行 第 一八六九號 第三面 讀者와 記者欄에 揭載된 「目的은 同一한데 方針이 各各 懸殊 兩派 分立한 少年軍 消息」[80]이라는

---

78 원문에 '在倫敦 朴錫胤'이라 되어 있다.

79 '倫敦'은 런던(London)의 음역어이다.

80 記者 金剛道人, 讀者 桂洞 郭珉炯, 「(讀者와 記者)目的은 同一한데 方針이 各各 懸殊 兩派 分立한 少年軍 消息」(『동아일보』, 25.10.10)을 가리킨다.

一文을 읽은 것이오 第二는 今朝의 全 倫敦 '로-버스'의 集合을 機會 삼아 英國 와서 본 이 運動과 大陸에서 본 이 運動을(獨, 佛, 丁抹, 和蘭)[81] 이약 이해 드리려는 것입니다.

◇

少年軍 運動의 目的은 '베이든 포웰' 自身이 千九百八年 一月에 쓴 『Scouting for Boys(少年의 斥候術)』 第一 페지에 明示되어 잇슴으로 다시 贅言할 何等의 餘地가 업습니다. 그러고 더욱 仔細히 알기 爲하야는 前記한 冊 千九百二十四年版(十一版에 對한 緒言 五페지 — 七페지)를 읽으면 "三百三十二 페지" 읽지 아니하야도 完全히 理解할 수가 잇습니다.

"한마듸로써 말하면 『森林의 智識』(Woodcraft) — 이 『우-드 크라푸트』라는 字의 包含한 深長한 意味가 거진 少年軍의 全 精神을 代表한다고 할 수 잇는데 適譯을 생각할 수 업슴으로 위선 字義대로 飜譯하야 둡니다. 『自然을 憧憬하는 森林生活術』이라 하면 아시는 이는 斟酌할 듯합니다 — 을 通하야 市民의 資格을 기르는 學校이다." 品格, 健康, 手藝, 奉仕를 通하야 個人的 能率을 向上식히는 것이 가르침의 目的이다. 이것을 達하기 爲하야 少年을 三段으로 난홈이 適當하다.(八歲 — 十一歲) Wolf cubs(狐子) 十二歲 — 十七歲 Scouts(斥候) 十八歲 以上 Rovsrs[82](遊歷者)

이 目的의 發達은 이 冊이 보이는 대로 거진 全部를 camping(野宿生活)과 Wood activities(森林 속 生活)으로써 하여야 될 것이다 …… 그런고로 少年軍 訓練의 目的은 社會奉仕로써 自己를 代身식히는 것이다. 少年으로 하야금 個人的으로 能率과 德性과 健康을 向上식히며 이것으로 社會奉仕에 쓰게 하는 것이다 ……(同書 五 페지) 英國의 少年軍은 그 目的이 우에 말한 바에서 明白합니다. (계속)

---

81 '丁抹'은 덴마크(Denmark), '和蘭'은 네덜란드(Netherlands)의 음역어이다.
82 'Rovers'의 오식이다.

朴錫胤, "英國의 少年軍—趙喆鎬 先生에게(二)", 『동아일보』,
1926.2.6.

◇

B.P少年軍의 組織에서 森林 속 天幕生活을 除하면 '베이든 포웰' 將軍의
쯧하는 眼目이 업서집니다. 이 숩 生活을 조와한다는 것이 곳 B.P少年軍의
眼目입니다. 이 B.P少年軍에 對하야 一言할 必要가 잇습니다. 英國에서
少年軍이 決코 한 種類뿐이 아임니다. 제가 아는 것만 하야도 四五種이
더 넘슴니다. 坯한 가튼 B.P少年軍 制度를 取한 各國의 少年軍運動도 그
나라에 짜라서 英國의 그것과 判異한 點이 적지 아니함니다.

萬一 "野營"을 軍主思想으로 誤認하는 사람이 잇스면 그것은 野營의 意
義와 少年軍의 目的을 조곰도 理解하지 못하는 사람입니다. 이 少年軍 運
動이 軍主思想과 關係가 잇다는 攻擊을 밧는 것은 非但 朝鮮이리오. 世界
各國이 다임니다. 저도 今年 二月부터 이 運動에 實際로 參加하야 모든
것을 學理와 實地로 硏究하면 硏究할사록 이 世界의 批難을 밧는 軍國主義
가 加味될 危險이 적지 아니한 것을 째째로 切實히 늣김니다. 이것은 英國
에서도 날마다 이 運動에 對하야 攻擊을 밧는 焦點이며 짜라서 이 運動에
參加한 우리는 모든 힘을 다하야 軍主主義의 加味를 斷然히 避하여야 하겟
스며 우리가 이것을 아는 以上에는 避할 수 잇다고 밋슴니다. '베이든 포웰'
自身의 말은 "이 少年軍 運動에는 何等의 軍事的 意味가 업다. 사랑스러운
少年들로 하야곰 피에 주린 자 만들고 십흔 意思는 조곰도 업다. 平和의
斥候는 '힘의 充實과 自律'에 잇서서 사람 中에 사람 만들 것뿐이다."(同書
三二六 페지)

이 "힘의 充實과 自律"(Resomcefulness and self-reliance)[83]이라는 말이
少年軍運動 그 물건을 雄辯으로 나의 가슴 안에 너허 줍니다. 『東亞日

---

83 'Resomcefulness'는 "Resourcefulness"의 오식으로 보인다.

報』에 揭載된 鄭聖采 氏의 말슴에 意志하면 "'뽀이스카우트'는 世界的인 것을 趙喆鎬 氏는 구타여 朝鮮式으로 하자는데 第一 질색입니다"라고 말슴하섯습니다. 이 말슴에 對하야 저의 意見을 드리고저 합니다.

저는 鄭聖采 氏가 어쩌한 意味로 이 "世界的"이라는 語句를 쓰섯는지 알 수 업스나 그 밋테 말슴하신 "朝鮮式"이라는 語句와 對立식혀 생각하면 어느 程度까지 斟酌 못할 것도 업습니다.

이 B.P體 少年軍運動은(이 우에도 暫間 말슴하얏거니와 이 少年軍運動은 英國 안에서도 그 種類가 許多할 쑨 아니라 大陸 諸國에 이르러서는(不, 獨, 丁抹, 和蘭)가치 B.P體를 採用하면서도 그 組織體가 數個로 갈려 잇습니다.) 世界的인 同時에 世界的이 아닙니다. 이 運動의 참 精神으로 보아서 반드시 世界的인 同時에 當然히 世界的이 아니여야 할 것님니다. 이 矛盾되는 두 觀念의 兩立에는 相當한 說明을 要합니다.

이 運動의 根底는 아시는 바와 가치 第一 斥候約束 三章과 第二 斥候法 十條에 잇습니다. 그러나 이것은 英國에 잇서서의 約束 三章이오 法規 十條이지 바다 건너 佛蘭西만 가면 그대로 採用하지 못할 것이 하나둘이 아닌 것은 佛蘭西의 約束과 法規를 보면 明白히 나타나 잇슬 쑨 아니라 國民生活이 다른 곳에 當然히 나타날 現象입니다. (繼續)

朴錫胤, "英國의 少年軍 － 趙喆鎬 先生에게(三)", 『동아일보』, 1926.2.18.

至今까지 제가 어더 본 約束과 法規 中에 五個國의 그것의 差異가 얼마나 顯著한 것을 發見할 째에는 차라리 놀나움을 익이지 못하얏습니다. 그러나 仔細히 생각하야 보면 이것이 當然한 歸結입니다.

요前 崔斗善[84] 君의 손을 빌어 보내 드린 寫眞과 그림葉書와 瑞西[85]에서 올린 글월은 밧으섯슬 줄 압니다마는 今夏 '에핑 森林' 속에서 三週間 實習

科를 工夫할 때에 두 차려나 '베이든 포월' 將軍과 會談할 機會를 가젓섯는데 公衆에게 對해서나 사사로 제게 對해서나 將軍의 말은 "世上이 稱하는 所謂 BP體는 大部分 나 個人이 생각한 것인데 性質上 各 國民에게 그대로 適用할 수 업는 것은 勿論이려니와 다만 나의 뜻하는 바를 取하야 各國의 國民生活에 適合하도록 發展식히기를 바란다"고 屢次 말합듸다. 이것은 將軍의 數種의 著書 안에서도 적어도 四五次 이 意味의 記述을 일엇슴니다.

이 以上에 論述한 意味에 잇서서 少年軍運動은 明確히 世界的이 아임니다. 쑨만 아니라 自體의 性質上 世界相 될 수가 不可能한 일임니다. 짜라서 中國을 쩌나서 中國의 童子軍의 存在의 意味가 업슬 것이며 日本을 쩌나서 日本의 少年團의 存在의 意義가 업슬 것이며 "朝鮮式"을 쩌나서 朝鮮 안에 少年軍이 存在할 何等의 意義가 업슬 것임니다. 今夏 實習科 講習 時에 十六國에서 모힌 運動 關係者들에게서 各自 如何히 이 精神을 英國에 取하야 國民生活과 適合하도록 制度와 其他 모든 것을 變更하는 이약이를 들엇슬 쑨 아니라 제가 實地로 佛蘭西, 瑞西, 和蘭, 丁抹 等의 組織體에서 調査한 것과 今夏 瑞西 '버-ㄴ'[86]에서 모힌 世界少年軍大會의 報告 等을 綜合하야 생각할 때에 各國의 "自國式"을 容易히 發見할 수가 잇섯슴니다.

저는 來月에 잇는 學理科 試驗에 應하기 爲하야 少年軍의 聖經인 『少年의 斥候紙』을 數讀하얏고 其他 指定된 冊을 數卷 일것슴니다마는 다른 冊은 姑捨하고 少年의 斥候紙 中에서도 朝鮮에 適用치 못할 것이 如干 만치 안슴니다.

朝鮮的 精神이 朝鮮少年軍의 柱礎가 되어야 할 것은 勿論임니다. 鄭聖采 氏의 질색이라고 말슴하신 "朝鮮式"이 朝鮮少年軍의 生命인 것을 저는

---

84 최두선(崔斗善, 1894~1974)은 교육가, 언론인, 정치가이다. 호는 각천(覺泉)이다. 일본 와세다(早稻田) 대학을 졸업하고 독일 예나·베를린 대학에서 철학을 연구하였다. 대한적십자사 총재를 거쳐 국무총리를 지냈다. 육당 최남선(六堂 崔南善)의 동생이다.

85 '瑞西'는 스위스(Suisse)의 음역어이다.

86 스위스의 수도 베른(Bern)을 가리킨다.

確信합니다. 뿐만 아니라 軍主思想이라고 批難을 밧는 所謂 "野營"을 極度로 獎勵하여야 할 것이며 森林과 天幕을 써나서 Rq[87]少年軍運動을 云云하는 것은 저는 적어도 이것은 BP 少年軍運動은 아니라고 斷言합니다.

이 森林 속의 野人生活(野營)은 軍主思想과는 何等의 關係가 업습니다. 쏘한 업는 것을 世人에게 證明하여야 될 줄 압니다. 이 自然을 憧憬하는 生活에서 참 品格의 建築이 나옵니다.

少年軍은 運動會 날 票 파라 주고 門 직켜 주는 것이 決코 아닙니다. 이상스러운 服裝과 帽子를 쓰고 市中을 도라댕기는 것이 아닙니다. 이 點은 '베이든 표월' 將軍의 혀가 달토록 말하는 點임니다. 『少年의 斥候隊』第三百三十一 페지에 依하면 "要컨대 우리의 計案의 目的은 小年의[88] 性格이 썰거케 쇠 달 듯한 그 時期를 잡아서 바르고 고든 形體를 치며 個性의 發展을 충동식히는 것이다. 그리하야 그 少年이 조흔 사람이 되며 곳 將來에 나라를 위하야 쓸데 잇는 市民이 되도록 自己를 敎育식히게 하는 것이다"라고 明言하엿습니다.

이것이 先生의 말슴하신 "自立的 訓練"임니다. 다시 말하면 少年軍 運動은 쁜 意味에 잇서서의 所謂 社會奉仕가 決코 아니올시다. 個性의 發現이 업는 社會奉仕가 어데 잇겟슴니까. 少年軍 運動은 무엇을 가르치는 것이 아니올시다. 自己가 스스로 自己를 가르치도록 引導하는 것입니다. 自己의 個性 우에 自立하도록 訓練하는 것임니다. 저는 鄭聖采 氏가 意味하신 "朝鮮式"이라는 觀念과 對立식힌 "世界的"으로는 存在할 수가 업다고 생각함니다. 적어도 少年軍 運動에 잇서서는.

---

87 'BP'의 오식이다.
88 '少年의'의 오식이다.

朴錫胤, "英國의 少年軍－趙喆鎬 先生에게(四)", 『동아일보』, 1926.2.20.

同時에 BP體 少年軍運動은 世界的임니다. 基督敎나 佛敎나 世界的임과 다른 意味에 잇서서 世界的임니다. 絶對를 멀리멀리 쩌난 極小限度의 相對에서 世界的임니다. 佛蘭西나 中國이나 朝鮮은 敢히 넘어다 보지 못하는 世界的임니다. 對立 上下 廣狹과 아무 關係업는 한 "道理"의 世界的임니다. 父母가 子息을 사랑하고 子息이 父母를 사랑한다는 意味에 잇서서의 世界的임니다. 四海同胞라는 意味에 잇서서의 世界的임니다. 이 以上의 世界的은 決코 아니며 길 수가 업슴니다. 이 以上에 多少間 "自立的 訓練"을 實行하는 方法에 잇서서 各 國民이 共通임니다. 여긔서 少年軍世界總本部가 생겨나게 됨니다. 짜라서 國際聯盟 規約과 가튼 各國을 拘束하는 何等의 法規가 업고 다만 廣汎한 精神의 共鳴이 空中에 둥둥 뜰 뿐임니다.

朝鮮의 少年軍은 朝鮮的 精神 우에 確立할 것임니다. 다만 이 朝鮮的 精神을 發揮하는데 BP體의 方法을 採用할 것뿐임니다. 우리에게는 우리에게 固有한 精神과 人類愛의 憧憬이 先天的으로 存在함니다. 英國人에게 英國人의 固有한 精神이 잇고 中國人에게 中國人의 人類愛의 憧憬이 存在한 것과 何等의 다를 것이 업슴니다. 다만 이것을 個性의 自立 우에 表現식히는 『理路와 方法』이 BP體가 가장 優越함으로 그것을 採用하는 것뿐임니다. 우리의 民族生活에 適合하는 程度까지.

日前에 國際總本部 委員 '마－틴' 氏를 맛나니 氏가 말하되 朝鮮에서 登錄을 要求하야 왓스나 直接으로 受理할 수 업다고 합듸다. BP體를 採用한 朝鮮이 어찌 直接으로 登錄할 수가 업느냐 하는 問題는 後日에 仔細히 알려드리려 하며 그째 다시 그 根本精神과 矛盾되는 行動과 組織을 痛擊하려니와 여긔서 한 말슴 드리고저 하는 것은 그 登錄의 要求를 所謂 總聯盟

側이 하엿든지 또는 總本部 側이 하엿든지 兩 團體의 存在가 明白한 以上 한편 團體를 無視하얏다는 意味에 잇서서 우리 運動의 精神과 委叛되는 것을 깁피 슬퍼합니다. 더구나 두 團體가 적어도 表面 BP體를 採用하는 以上 두리 合하기 前에 世界와 合하려는 것은 너무도 생각이 不足한 行動인가 합니다.

朴錫胤, "英國의 少年軍 – 趙喆鎬 先生에게(五)", 『동아일보』, 1926.2.22.

나는 只今까지 先生이 主張하시는 團體에서 하섯는지 鄭聖采 氏가 主張하시는 團體에서 하섯는지 알지 못합니다. 日前 瑞西에서 올린 글월 가운대 이 問題를 물엇지마는 아즉 그 答章이 주섯드래도 올 때가 못 되엿슴니다.

제의 意見을 말슴하면 몬저 兩 團體가 合하여야 될 줄 압니다. 그러고 全 運動의 動脈이 "朝鮮式"으로 흘러야 할 것은 勿論입니다. 萬一 國際總本部에 登錄하려면 現制度가 그대로 잇는 以上 奇怪한 手續을 要하여야만 될 터임으로 登錄할 必要가 업다고 생각합니다. 이 問題는 後日 仔細히 말슴하며 다른 나라의 例도 좀 더 仔細히 調査하야 보려니와 오는 二十六日 倫敦大學 軍 晚餐會에서 '베이든 포월' 將軍을 맛날 터임으로 問題를 充分히 議論해 보려 합니다. 今日의 國際聯盟이 奇怪한 것과 맛찬가지로 所謂 英國式의 少年軍運動에도 奇怪한 點이 적지 아니한 것을 깁피 記憶하시기를 바랍니다. 엇재ㅅ든 卽時 登錄할 수 잇다 할지라도 朝鮮的 精神이 어느 程度까지 이 運動 우에서 익기까지는 登錄 아니 하는 것이 조켓슴니다.

倫敦大學에는 三十二個 民族의 學生의 모힌 곳입니다. 亞弗利加[89] 黑人이 四百名 잇는 것만 말슴하면 大槪 斟酌하실 줄 압니다. 따라서 倫敦大學

---

89 '亞弗利加'(阿弗利加)는 아프리카(Africa)의 음역어이다.

軍은 黑白黃 야단야단스럽슴니다. 來月에 學理科 試驗에 應하고 明年 三月에 行政科 試驗에 應하랴 함니다. 實行科는 多幸히 今夏에 及第하엿슴으로 運이 조흐면 明年 여름에는 '우-드 배지' 佩用의 資格을 어들가 함니다.

今夏 大陸 旅行 中 佛蘭西에서 두 團體를 訪問하엿슴니다. 第一은 大部分 BP制를 採用한 것이며 第二는 BP制의 一部分에 亞米利加[90] 紅印度人式을 만히 加味한 것인데 英國에서도 近日에 '인듸안' 生活의 硏究가 宏壯하며 漸漸 採用의 程度가 增加하야 감니다. 天幕生活에야 '아메리칸 인듸안'을 當할 수 업슴니다. 丁抹에서도 두 團體를 보앗슴니다. 그러나 主義다를 뿐이지 서로 尊敬하며 서로 理解하는 點은 果然 놀라웁듸다. 決코 입으로 싸우지 아니하고 實行에 잇서서 서로 그 結果로 自己의 優越을 나타내려 하는 努力은 참 可賞합듸다. 獨逸에는 그보다 더 다른 두 團體가 잇슴니다. 和蘭도 그러함니다. 그러나 亦是 제 생각은 BP制가 祖宗이라는 結論에 이르럿슴니다. 明年에 다시 이 나라들을 歷訪하야 더 仔細히 硏究하며 도라가는 길에 米國의 少年軍運動도 硏究하려 함니다. 貴國하면 先生의 指揮下에 一員이 되면 幸福이겟슴니다. (十一月 十五日 밤)

---

90 '亞米利加'는 아메리카(America)의 음역어이다.

"어린이를 옹호하자(一) – 어린이데이에 대한 각 방면의 의견", 『매일신보』, 1926.4.5.[91]

> 해라 밧고 욕먹고 꾸지람 듯고 매 맛고 업슴 역임 밧는 가장 가엽슨 처디에 잇는 가장 착한——가장 고결한 사람——어린이들을 위하야 새로운 옹호 운동을 이릇켜 장릭 "됴선의 주인"이 될 어린이들에게 자치(自治)심과 자존 (自尊)심의 정신을 길녀 주자.

靑邱少年會 文秉讚 氏 談, 「꾸지람보다 感化的 教訓 – 데일 고결한 그들 에게 학대는 무슨 리유인가」

참 싱각할사록 가엽슨 것은 됴선의 어린이들이올시다. 무엇보다도 몬져 긔자가 자랄 때에 어른들에게 밧은 멸시만 싱각하야도 긔가 막힐 디경이올 시다. 나희가 빅살이 되야도 장가만 못 들면 아해 노릇을 하지 아니치 못하 는 됴선에는 오즉 장유유서(長幼有序)라는 — 어른에게 유익한 교훈만 밧 드러 왓지 어른들은 아해들에게 엇더케 하지 안으면 안 된다는 가릇침이라 고는 보도 듯도 못한 것이올시다. 그럼으로 자녀갓흔 인싱으로 태여나서 — 가장 죄가 적으며 가장 순진 고결한 몸과 마음을 가지고 잇는 어린이들 이 가장 비천한 디위에 잇셧습니다.

부도는 의례히 자손들에게 미를 드러 째리는 것은 여사로 하며 귀여운 어린이들에게 참아 듯지 못할 욕셜을 하되 조금도 뉘웃칠 줄은 모르는 것이 올시다. 이와 가튼 무조건하에 절대덕으로 누르고 썩는 어른들 틈에서 자라 나는 됴선의 어린이들 속에서 비록 텬재가 난들 그것을 누가 북도도아주며

---

91 『매일신보』의 「어린이를 옹호하자」는 총14회 연재가 되었으나, 10회 이하는 소년회 관계자 나 소년운동 관계자가 아닌 유치원 원장 등의 글이라 생략하였다. 생략한 것은 9회(醫師 朴容駿, 中央幼稚園 車士伯), 10회(甲子幼稚園 劉白痴), 11회(安國洞幼稚園長 兪珏卿), 12회(壽松幼稚園 崔敬淑), 13회(泰和女學校 金活蘭), 14회(梨花幼稚園 師範科 敎師 河福 順, 泰和幼稚園 方成玉) 등의 글이다.

못된 것을 배혼들 누가 바로잡아 주겟슴니가. 그러함으로 여러 부모되시는 이는 쑤짓기보다 사리로 타일느시고 짜리기보다 조혼 말노 감화를 식히시기를 바라는 바-올시다.

佛敎少年會 丁洪敎 氏 談,「人格을 認定하고 **尊敬하라!** -가히 본바들 만한 외국의 아름다운 풍속」

어린이 데-를 압헤 두고 더욱히 늣기는 것은 외국 사람들이 어린이들을 뎨일 존경하는 미풍이올시다──존경을 하되 자손을 부모와 갓치 위하는 것이 안이라 매사에 어린이라고 멸시하지 안코 항상 일개의 인격을 허락하야 어린이 자신에 관한 일은 어린이 자긔의 의사를 극력으로 좃차 쥬며 비록 잘못된 싱각을 가지고 잇는 줄은 안다 해도 됴션의 부모들 모양으로 우선 짜리거나 우션 쑤짓는 일이 업시 바로 국졔담판이나 하듯키 어린이를 불너 셰우고 일샹토론을 하야 끗까지 부자간에 의론 닷홈을 하다가 긔어코 어린이가 스사로 자긔가 잘못됨을 깨닷고

"어버지! 졔가 참 잘못하얏슴니다."

하기를 기다려 그 부친은 잘못을 뉘웃치는 아들을 가장 귀엽게 안아셔 입을 맛치며

"너는 장릭의 대통령 가음이다! 너는 자긔의 잘못된 것을 가장 잘 깨닷는 아해이다."

하며 극력으로 칭찬을 하야 가며 길느는 것이니 엇지나 남의 일이라도 부럽지 안으며 하로밧비 본을 밧지 안을 것이겟슴니가.

"어린이를 옹호하자(二)—어린이데이에 대한 각 방면의 의견", 『매일신보』, 1926.4.6.

해라 밧고 욕먹고 쑤지람 듯고 매 맛고 업슴 역임 밧는 가장 가엽슨 처디에 잇는 가장 착한——가장 고결한 사람——어린이들을 위하야 새로운 옹호 운동을 이릇켜 장리 "됴선의 주인"이 될 어린이들에게 자치(自治)심과 자존 (自尊)심의 정신을 길너 주자.

甲子幼稚園 劉賢淑 女史 談, 「衣服이 重한가 子女가 貴한가」

어린아회들에게 거짓말하는 폐단도 대단하지요만은 더욱 한층 싹해 보 히는 것은 어린 아해의 전신의 자유를 의복으로 붓드러 매어서 아해가 의복 에게 매어서 사는지 의복이 어린아해들에게 위엄을 밧고 지내는지 알기 어려웁게 되는 일이올시다. 즉 다시 말하면 일것 고흔 의복을 어린에게 지어 입혀 놋코는

진 쌍에도 가지마라

흙장란도 말나

다름질도 말나

침도 흘니지 말나

하야 어린아해는 의복을 더럽히지 안키 위하야 전신에 소사나는 활동을 일코 말며 만일 실수하야 의복만 드럽히면 미를 싸리고 야단을 치니 도모지 의복이 귀한지 애기네가 더 귀한지 분간도 하기 어렵게 되는 것이올시다.

半島少年會 李元珪 氏 談, 「天眞한 子女를 欺瞞하는 弊風—거짓말로 속히지 말나」

어린이들을 사회덕으로 지로하는 칙임을 가진 소년회의 한 사람으로 일 반 가뎡을 바라볼 째에 무엇보다 뎨일 늦기는 것은 어린 아해들에게 거짓말

을 하는 것이올시다. 우는 아해에게 구경을 식혀준다 하고 시힝치 안키와 사탕 사 준다 말내고 우름만 긋치면 모르는 체하는 그 태도는 아모리 보와도 싹하야 못 견대일 것이올시다. 그쑨만 안이라 순사가 온다고 어린 아해를 놀내며 호랑이가 온다고 위협을 하야 그날그날의 어린이의 입을 막어가는 것을 볼 쌔에 그 아해들의 장리를 싱각하면 오직 암담할 쑨이올시다.

三團體新參加
〈五月會〉 주최에 관한 오월 일일 어린이 데에 새로히 참가한 단톄는
◀ 新光少年會 ◀ 朝鮮中央少女舘 ◀ 靑邱少年軍
이라. 이로써 전부 십사 단톄의 련합 선뎐의 큰 운동을 이루워간다.

宣傳實行委員

〈오월회〉의 '어린이 데이'의 선뎐 실힝위원은 다음과 갓치 결뎡되얏더라.

◎ 宣傳部 = 李基世, 李瑞求(每申), 趙明熙, 趙岡熙(時代), 李漢容(〈우리少年會〉)

◎ 交涉部 = 文秉讚(靑邱), 李元珪(半島), 閔丙熙(和一), 崔圭善(鮮明)

◎ 庶務部 = 朴埈杓(鮮明), 丁洪敎(佛敎), 尹小星(侍天), 韓榮愚(第四), 高長煥(서울), 金成俊(第四), 張明浩(和一), 洪性德(紫門)

"어린이를 옹호하자(三) – 어린이데이에 대한 각 방면의 의견",
『매일신보』, 1926.4.7.

해라 밧고 욕먹고 쑤지람 듯고 매 맛고 업슴 역임 밧는 가장 가엽슨 처디에 잇는 가장 착한——가장 고결한 사람——어린들을 위하야 새로운 옹호 운동을 이릇켜 장리 "됴선의 주인"이 될 어린들에게 자치(自治)심과 자존(自尊)심의 정신을 길너 주자.

和一새벗社 閔丙熙 氏 談, 「순리로 일으라―아모리 해를 주지 안코 공포만 주는 것은 불가」

어린이날이 시작된 이리 각 가명에서 어린이들애 대한 태도가 얼마나 나어졋는가 도라볼 째에 아즉까지도 어린이들에게 대한 태도가 짜듯하지는 못하야졋다고 싱각이 듭니다. 그야 물론 삼천세계에 자식을 사랑치 안으시는 부모가 어대 잇겟슷닛가만은 됴션의 부모는 자손을 사랑하되 오직 그 몸이나 그 재롱을 사랑하실 쑨이지 이 아해는 엇더케 교육을 해야 조흔 사람이 되겟다는 리해 잇는 사랑을 하시지 못하는가 함니다. 더욱히 심한 것은 아해들이 잘못하야 그릇을 쎄치거나 돈 가튼 것을 이러바리는 째에도 그 아해의 두려워 쩌는 꼴을 보시며서도 오히려 매를 더하야 극도로 "공포"를 늣기게 하야 그 어린 아해는 결국 바보를 만들고 마는 일이 만슴니다. 본시 어린이들은 자라나는 터이요 불완전에서 완전으로 가는 도뎡에 잇는 사람들이라 혹 어린이들이 잘못하는 일이 잇셔도 그것은 결코 악의이나 과실이 안이요 어린이로셔는 업지 못할 한 가지 불완전한 형상일 것이니다. 정히 일너셔 젹은 일노 말매암아 어린이의 장취를 데일 크게 도읍는 정신을 쩍지 마시기를 바라는 바이올시다.

서울少年會 高長煥 氏 談, 「악착한 형벌―이것이 데일 배척할 것」

힝랑 뒤 골목이나 좁은 길로 지내려면 어머니에게 잡혀서 죽도록 매를 맛는 아해들의 늣겨우는 소리를 각금 듯슴니다. 임의 정부에서도 태형을 폐지한 오늘날 부모가 되야 자녀를 짜린다는 것은 너모나 긔괴하며 짜려도 피가 흐르고 살이 부프러 오르도록 짜리는 이들의 심경은 참으로 민망한 것이올시다. 셰상에 누가 자녀가 미워서 짜리겟슴니가만은 자녀를 쑤짓거나 가릇치는 수단을 "쑤다리는" 것으로 취하는 것은 참으로 긔가 막히는 것이올시다. 더욱히 가소로운 것은 화김에 죽도록 짜려 놋코 나종에는 즉시 뉘웃쳐셔 안어서 달내인다 피를 씨서 준다 하며 일졍 소동을 피우니 째릴 째는 무슨 의사이며 달내일 째는 무슨 의사이겟슴니가. 무엇보다도 어린이들에게 악착한 민는 절대로 들지 안키를 바라는 바이올시다.

"어린이를 옹호하자(四) – 어린이데이에 대한 각 방면의 의견",
『매일신보』, 1926.4.8.

> 해라 밧고 욕먹고 꾸지람 듯고 매 맛고 업슴 역임 밧는 가장 가엽슨 처디에
> 잇는 가장 착한──가장 고결한 사람──어린이들을 위하야 새로운 옹호
> 운동을 이릇켜 장리 "됴션의 주인"이 될 어린이들에게 자치(自治)심과 자존(自
> 尊)심의 경신을 길녀 주자.

우리少年會 金孝慶 氏 談, 「賞罰을 分明히 – 어린이의 자유를 위해」

아해들에게는 아해 친고가 잇고 아해들에게도 친고와 사고혀 놀고자 하는 의식이 잇는 이상 부모 되시는 이는 결코 그 어린들에게 잇는 아릿답은 우정(友情)이며 피어나는 정서(情緒)를 무시하야서는 안이 됩니다.

"어머니! 나 봉동이 집에 좀 놀너가요."

할 때에 아해들이 안이쪼읍게 동모가 다 무엇이냐. 어셔 일즉 자거라 하시는 어머님은 실노히 그 애기를 진정으로 귀해 하시는 것이라고 논하지 못할 것이올시다.

"오냐! 작란 말고 잘 놀다가 일즉 오너라! 늣게 오면 안 된다."

하시는 어머님이야말노 얼마나 자손을 위하야 조흔 어머니가 되시겟슴니가. 한번 슌리로 잘 일너셔 놀너 내보내엇다가 만일 잘못한 일이 잇거든 그때에는

"너는 일느는 말을 듯지 안이하니 이틀 동안은 대문 밧그로 놀너 나아가지는 못한다."

하는 벌측을 나리시어서 하로이틀 어린들의 압길을 솟다웁게 여러 주실 것이올시다.

侍天敎少年會 尹小星 氏 談, 「生日祝宴에는 – 어린이를 주빈으로」

저는 어렷슬 때에 부모께서 차려주시는 싱일쩍은 미년 엇어 먹엇스나

한번도 마음에 흡족한 일은 업섯습니다. 그것은 다른 것이 안이라 자긔의 싱일잔치인지 부모님네의 동리노리인지 모르게 된 짜닭이엇습니다. 싱일 임자가 어린이인 이상 싱일잔치의 손님도 쏘한 어린이가 중심이 되지 안으면 안이 될 것이올시다. 그러나 일홈만 어린이의 싱일이지 어린이의 동모보다는 어룬의 친고가 집에 넘처서 고만 어린이들은 밀녀나게 되거나 그럿치 안으면 전혀 어린이의 동모는 부를 싱각도 안이하야 결국은 데일 깃버해야 할 싱일 임자는 격막하게 어른들 틈에 끼워져 지내게 되고 마는 것이올시다. 될 수 잇스면 압흐로는 어린이의 싱일에는 어린이의 동모들을 주빈으로 하야 싱일잔치를 차리시기로 하시는 것이 가장 조흘 것 갓습니다.

"어린이를 옹호하자(五)─어린이데이에 대한 각 방면의 의견", 『매일신보』, 1926.4.9.

> 해라 밧고 욕먹고 꾸지람 듯고 매 맛고 업슴 역임 밧는 가장 가엽슨 처디에 잇는 가장 착한──가장 고결한 사람──어린이들을 위하야 새로운 옹호 운동을 이룻켜 장리 "됴션의 주인"이 될 어린이들에게 자치(自治)심과 자존(自尊)심의 정신을 길너 주자.

靑邱少年軍 李龍根 氏 談, 「어린이 노리터─탑골공원 압 근방에 노리터를 신셜하라」

어졔 신문을 보니 경성부에셔는 특히 사회과를 신셜하고 탁아소(托兒所)도 셜치하리라고 하엿습니다. 참으로 무산계급의 어린이들을 위하야셔는 가장 반가운 소식이라 하겟스며 이왕 어린이들에 이만큼 착안을 한 경성 부윤인 이상──쏘 한 가지 청할 것은 탁아소를 셜치하는 동시에 시내 짜고다 공원 음악당 압 너른 마당에다가 "아동의 노리터"를 한 개 작만하야 주엇스면 좃켓다고 싱각합니다. 북촌으로 드러스면 길거리일지라도 그다지 위험치는 안으나 뎐차길 부근에 사는 어린이의 부모들은 어린이를 길에 내어놋코는 능히 한시도 마음을 놋치 못할 것이올시다. 그러함으로 다른 외국의 공원 모양으로 아동의 노리터를 탑 공원 가튼 곳에 작만하야 놋코 모리터(砂場) "유동 원목", "근에" 등 여러 가지 셜비를 갓츄어 주면 오작히나 아해들도 잘 모도혀 들며 부모들인들 감사하겟슴닛가. 그러함으로 이왕 어린이들을 위하야 시설을 하는 끚이거든 우선 탑골공원 가튼 중앙디에라도 한 곳 "아동의 노리터"를 작만하야 주엇스면 조흘 것이라 합니다.

鮮明少年會 朴埈杓 氏 談, 「욕을 금하라－입에 못 담을 욕셜은 시작할 째 엄금할 일」

어린이에게 말을 가룻킬 째에 뎨일 불가한 것은 "욕"을 장려하는 것이올시다. 어린이의 입에셔 말이 비로소 흘너나올 째에 얼마나 그 부모 되신 이의 마음이야 깃브시겟슴닛가. 그러나 아모리 귀엽다고 "망할 자식"이니 "싹졍이"이니 하는 욕을 배워가지고 옴기는 것까지 재롱 삼아서 내바려두는 것은 참으로 불가한 줄노 암니다. 본시 어린이들이 말을 처음 배호는 정도는 남의 흉내를 내는 대 잇는 것이라 어린이들의 말솜씨가 야비하고 안이 야비한 데는 실노히 그의 가뎡의 교양 뎡도도 엿볼 수 잇는 것이다. 아못조록은 어린이의 입에서 만일 욕셜만 나거든 시작할 째에 진작 꾸지지시어서 그 가튼 폐풍이 업도록 하시엇스면 좃켓슴니다. 어느 가뎡에셔는 내외분이 마조 안자서

"아바지더러 욕해라."

"어머니를 좀 짜리고 오너라."

하시며 한 재동으로 역여서 어린이들의 입버릇 손버릇을 못되게 만드는 일도 잇는지라 특히 주의하실 것이올시다.

"어린이를 옹호하자(六) – 어린이데이에 대한 각 방면의 의견",
『매일신보』, 1926.4.10.

> 해라 밧고 욕먹고 꾸지람 듯고 매 맛고 업슴 역임 밧는 가장 가엽슨 처디에
> 잇는 가장 착한——가장 고결한 사람——어린이들을 위하야 새로운 옹호
> 운동을 이릇켜 장릭 "됴선의 주인"이 될 어린이들에게 자치(自治)심과 자존(自
> 尊)심의 정신을 길녀 주자.

朝鮮中央少女舘 劉時鎔 氏 談,「돈을 주지 말 일–돈에 애착을 이르킴은
절대로 불가」

어린이들이 울거나 알커나 하면 어버이 되신 이들은 의례히 "돈"을 주시
는 폐해가 잇슴니다. 그러나 그것은 결국 자라나는 어린이들에게 군것질하
는 버릇과 "돈"에 대한 애착심을 이릇켜 나종에는 별々 폐단이 다— 싱기는
터이오니 어린이들에게는 철날 때까지는 절대로 돈을 모르게 하시는 것이
죠흘가 싱각하며 돈 대신 어린이들에게 유익한 과자를 만이 사 두엇다가
주시긔를 바라는 바이올시다.

虎勇靑年會 姜壽明 氏 談,「사랑하는 맘은–고마우나 운동 졔지함은 불
가해」

어린이들을 귀해 하시는 부모들의 심려하시는 지셩은 실로히 자손된 이
들의 감읍할 바이나 그 방법에 일으러셔는 너모나 불합리한 뎜이 만타고
싱각함니다. 어린이가 운동을 하러 나아간다고 하면

"이 애 어듸나 닷치여서 병신이나 되면 엇지 하느냐."
하야 즉시 졔지를 하는 부모가 만흐심니다. 물론 운동터에 나스면 위험한
일도 만켓지요만은 그럿타고 신톄의 건강을 주안으로 삼은 운동장에 만일
의 부상을 넘려하야 내보내지를 아니하시여 일성의 톄질을 셤약하게 만드
시는 것은 너모나 유감이올시다. 속담에

"곤닭의 알 지고 셩 밋헤 가지 못한다."

는 말슴도 잇거니와 뜻밧게 불힝을 넘려하야 일셩의 불힝을 사게 하시는
것은 너모나 답々하다고 합니다.

"어린이를 옹호하자(七)-어린이데이에 대한 각 방면의 의견", 『매일신보』, 1926.4.11.

> 해라 밧고 욕먹고 꾸지람 듯고 매 맛고 업슴 역임 밧는 가장 가엽슨 처디에
> 잇는 가장 착한──가장 고결한 사람──어린이들을 위하야 새로운 옹호
> 운동을 이릇켜 장러 "됴션의 주인"이 될 어린이들에게 자치(自治)심과 자존
> (自尊)심의 정신을 길너 주자.

第四少年部 韓榮愚 氏 談, 「自尊心 培養」

됴션의 어린이는 바보이올시다. 됴션의 어린이갓치 사람답지 못한 아해
는 다시 업슬 것이올시다. 무엇보다도 됴션의 어린이들에게는 나도 한 싱명
을 가진 사람이다 ── 하는 자존심(自尊心)이 업는 것이올시다. 자존심이
업는 어린이는 죽은 사람과 다를 것이 업고 사러서 움즉이는 고기덩이와
다를 것이 업슬 것이올시다. 다님 한아를 매는데도 부모의 간섭을 기다리고
대문 밧게를 나아가도 부모의 눈치가 보히며 동모를 사고히는데도 부모의
감시를 끄리는 바보가 되야 나중에는 자긔라는 것은 몰각이 되고 오직 부모
의 싱존(生存)의 일 연장(延長)으로밧계 안이 보히는 터이라 엇지나 가엽
지 안켓슴니가. 그러함으로 일반 부모들은 어대짜지든지 어린이들의 자존
심을 길너주시기를 바라는 바이올시다.

新光少年會 安俊植 氏 談, 「自治의 精神」

져는 무엇보다도 각 소학교에셔 창가회나 쏘는 학예회 가튼 것을 전혀

선싱들의 계획과 지휘 감독하에 어린이들은 긔게와 갓치 출연식히는 것이 불가한 줄노 암니다. 장리의 큰 일꾼이 되랴면 어려셔부터라도 자치의 정신(自治精神)이 필요한 줄노 암니다. 항상 남의 말만 기다리고 남의 지휘만 밋고 하든 어린이가 장리에 무슨 큰일을 하겟슴니가. 그러함으로 무슨 어린이들의 회가 잇슬 째에는 어린이들 중에서의 장과 평의원을 뽑아

　자긔네의 일은 자긔들이 계획한다.

는 관념을 너허 준 뒤에 다만 선싱이나 어른들은 고문이나 상담역의 태도로 어린이들의 계획을 완성(完成)케 하시는 것이 조흘 것 갓슴니다.

"어린이를 옹호하자(八) – 어린이데이에 대한 각 방면의 의견",
『매일신보』, 1926.4.12.

> 　해라 밧고 욕먹고 꾸지람 듯고 매 맛고 업슴 역임 밧는 가장 가엽슨 처디에 잇는 가장 착한——가장 고결한 사람——어린이들을 위하야 새로운 옹호 운동을 이릇켜 장리 "됴선의 주인"이 될 어린이들에게 자치(自治)심과 자존(自尊)심의 정신을 길너 주자.

　新進少年社 崔奎善 氏 談, 「뎍당한 작란감 – 못된 작란을 말니고 됴흔 작란감을 주라」

　됴선의 부모들은 어린이들에게 작란가음을 선틱하야 줄々을 모르는 모양이올시다. 세상의 어린이들을 위하야 작란가음다운 쟉란가음을 사 주시는 부모는 드무실 것이올시다. 그러함으로 어린이들은 대개 흙쟉란이나 그러치 안으면 돌쟉란밧게 더 할 줄 모르는 것이올시다. 본시 어린이들의 마음의 함양 여하는 결국 그들의 장리를 뎜치게 되는 터이라 과학에 관한 작란가음이며 식조가 고흔 작란가음을 사쥬어셔 한편으로는 어린이의 정셔를 북도도와주며 겸하야 머리를 치밀하게 민들 "싱각"이라는 것을 갓계

하는 것이니 아못조록 어린이들에게 흙작란을 말나 돈치기를 마라 하시는
대신 경계가 허락하시는 대까지 죠흔 작란가음을 사 주기를 바라는 바이다.

兒童世界社 李明濟 氏 談, 「시간을 직혀라 ─ 침식에 시간을 직혀 모든
폐해를 막을 일」

어린이들의 몸은 속담에도 두부살에 바늘 쩌[92]라는 말도 잇거니와 가장
귀하게 양보치 안으면 안이 될 것이올시다. 그러함으로 누구에게보다도
더 대즁하계 시간 싱활을 식히지 안으면 안이 되리라고 싱각합니다. 그러나
우리 됴선에서는 어린이들에게는 전혀 시간 싱애를 몰각식히어 아모 째나
먹이고 아모 째나 재워셔 별별 동을 다 이룻키계 하는 것이올시다. 그러함
으로 녯 로인들도

"미운 애기이거든 밤[93]을 만히 주라"는 금언(金言)을 남기기까지 한 것이
니 아모 째이나 시간 관념이 업시 밥을 막오 먹이는 관게로 배탈이 나고
창증이 싱기고 나중에는 귀즁한 싱명까지 쎄앗기기까지 하는 폐해가 싱기
는 것이니 될 수 잇는 대로는 침식하는 시간과 뎡도를 엄뎡하시는 것이
죳켓습니다.

---

92 '쎠'의 오식으로 보인다.
93 '밥'의 오식으로 보인다.

論說, "어린이날", 『조선일보』, 1926.5.1.

五月 一日은 民衆的으로 두 가지의 意義가 잇다. 一은 '메이데이'라고 하는 勞働祭로서의 意義이오 一은 곳 "어린이날"로서의 意義이다. '메이데이'가 勞働階級의 幸福을 爲하야 마련된 날이라 할 진대 그는 社會的 差別에 因하야 制限되고 侵害되는 人類의 幸福을 더욱 伸張하고 擁護하기 爲하야 努力하는 紀念이라 할 것이오 "어린이날"은 天然的 差別에 因하야 制限되고 侵害되는 人類의 幸福을 더욱 伸張하고 擁護하기 爲하야 努力하는 紀念이라 할 것이다. 階級的 差異에 依하야 制限되고 侵害되는 것이 不合理한 人類의 禍因이라 할진대 年齡의 差異에 依하야 制限되고 侵害되는 것도 또한 不合理한 人類의 禍因이 될 것이다. 어린이의 價値는 尊重하여야 하겟고 그의 權利는 擁護되어야 할 것이다. 그들은 귀염 밧고 쩌밧들려야 할 것이오 그들의 온갓 것은 매우 깁흔 注意로써 考慮되어야 할 것이다.

　　二

어린이는 家庭의 엄싹이오 社會의 순이오 人類의 원대이다. 그들은 人生의 곳이오 希望이오 그리고 깃붐이다. 그들로 因하야 우리의 社會가 繼承되고 進步되어 發展되는 것이다. 그들을 自由롭게 하고 깃부게 하고 깨끗하게 純潔하게 하고 正直하고 誠實하게 참스럽게 튼튼하게 웅성굿게 引導하도록 하라. 어린아이 어린 녀석 어린년이 하고 輕視 또 無視하는 것은 매우 野昧한 또 淺薄한 짓이다. 東洋人이 어린이를 抑壓하는 風이 만커니와 朝鮮에서는 더욱 그러하다. 이러한 弊習을 打破하기 爲하야 어린이날은 마련된 것이다. 그리고 어린이의 心理와 氣分을 어린이로서 考慮하고 理解하야 그들에게 順應하여 주는 것이 가장 緊切한 條件이 될 것이다. 朝鮮의 父母들은 넘우 어린이의 心理를 理解하지 못하는 것이 憂慮할 事實이다. 今年에는 不幸히 一切의 集會를 禁止하게 되엇고 어린이의 紀念集會도 또한 中止하게 되엇스니 이는 어찌할 수 업는 바어니와 우리는 滿天下의 어린이들을 爲하야 祝福하고 이날의 紀念이 永久히 發展하기를 熱視하지 아니할 수 업다.

方定煥, "싹을 키우자", 『조선일보』, 1926.5.1.

어린사람의 압헤서 아모리 잘난 톄 우사람인 톄하야도 어른은 어린사람
보다 二十년 三四十년 뒤쩌러진 낡은 사람입니다. 어른의 속에서 나와서
어른의 보호 아래에서 자라긴 하지만 어린사람은 어른보다 二十년 三四十
년 새로운 시대를 타고 나온 새 사람입니다.

　　　　×

지금의 어른들이 자긔네 하라버지 째에 업던 긔차를 타고 다니고 뎐긔등
을 켜고 사는 것과 가티 지금의 어린 사람들은 지금 이 세상에 업는 물건과
지금 어른이 뜻도 못하든 새로운 생각을 □□해 내여 가지고 지금 어른들보
다 더 새롭게 살아갈 사람들입니다.

　　　　×

三四十년 뒤쩌러진 낡은 사람이 三四十년 새 시대를 타고 나온 사람을
이리 끌고 저리 끌고 할 수가 잇겟습닛가. 그래서 되겟습닛가…….　예전의
콩기름불이 지금의 뎐긔불을 나리눌르고 나만 짜라오라 하면 되겟습닛가.

　　　　×

하라버지보다는 아버지가 새롭고 아버지보다는 아들이 새로워야 그 집
기운이 날로 새롭게 쩻어나가지 하라버지는 아버지를 나리눌르면서 나만
짜라오라 하고 아버지는 아들을 나리눌르면서 나만 짜라오라 하면 하라버
지보다 아버지가 못하고 아버지보다 아들이 못하게 되야 날로 쇠해지고
낡어지고 하야 망하는 밧게 수가 업고 조선은 그래서 망하엿습니다. 하라버
지는 지나간 시대 사람이외다. 무덤으로 갓가히 가는 사람입니다. 무덤으
로 작고 가면서 "나는 웃사람이다" 하면서 아들과 손자를 나만 짜라오너라
한 것이 어제까지의 조선이엿습니다.

　　　　×

헌 것 낡은 것으로 새 것을 눌러서는 안 됩니다. 어린 것이라 하야 업수히
녁여서는 안 됩니다. 어린 사람의 뜻을 존중하고 어린 사람의 인격을 존중

하여야 우리가 바라는 조흔 새 시대를 지을 새싹이 붓적붓적 자라남니다.

×

쑤리 업는 싹이 어대 잇느냐 하야 쑤리가 싹을 나리눌러 온 고로 우리의 나무는 죽어버렷슴니다. 아비 업는 자식이 어대서 낫다데 하고 어린사람을 나리눌러 온 조선 사람은 마치 쑤리가 중하다고 싹을 쌍에 박고 쑤리가 하늘로 올라가 잇다가 말러 죽은 격임니다.

×

조선의 어린이란 어른이 모다 조흔 쑤리가 되여야 함니다. 쑤리는 미테 드러가 디긔와 수분을 쌜아서 싹에게 올려 바치는 고로 중한 것임니다.

×

조선의 어른이란 어른은 모다 조흔 쑤리가 되자! 어린이의 인격을 존중하자! 어린이의 뜻을 존중하자! 어린이날을 긔념하는 본의는 여긔에 잇슴니다.

×

잘살기 위하야 잘살기 위하야 다ㅡ가티 이날을 긔념하십시오. 이 일을 맹서하십시오.

상의, "조선 소년운동과 어린이날", 『조선일보』, 1926.5.1.

〔문〕 조선에서 니러난 소년운동의 년혁과 어린이날을 오월 일일로 정하게 된 리유를 좀 가르처 주세요. (市內 崔榮□)

〔답〕 조선에서는 일즉이 어린이들을 위하야 특별히 긔념하는 날도 업섯고 그들의 정신을 지배할 만한 조흔 긔관도 업섯슴니다. 그런데 긔미년 삼일운동을 전후하야 진주(晋州) 소년들이 사회뎍 성질을 씨인 모힘 한아를 조직하고 그 일홈을 〈진주소년회〉라 하엿는바 이것이 이곳 조선 소년의 운동을 니르킨 조선 소년 력사의 첫 긔록이 된 것이올시다. 그 후 이년을 지나 시내 텬도교회와 개벽사에서 청년 유지 몃 분이 모혀 〈텬도교소년회〉를 창립하고 희망에 찬 소년들을 잘 기르자는 운동이 이러낫스니 이로부터 십삼도 각 디방에 잇는 텬도교회에서 디방 〈텬도교소년회〉를 조직하게 되엿슴니다. 바야흐로 눈을 쓰기 비롯한 전조선 소년들은 혹은 〈불교소년회〉 혹은 〈긔독교소년회〉 혹은 아모 종교 단톄에도 가입치 아니한 소년들노 조직된 여러 가지 일홈의 소년회가 벌 쩨가티 이러나고 한편으로 〈소년척후대(少年斥候隊)〉가 조직되여 맹렬한 활동을 하는 동시에 적극뎍으로 소년운동을 선전할 필요가 잇다 하야 한 날을 택하야 그것을 선전하고 쏘한 그날을 긔렴하기로 작정한 후 일천구백이십이년 오월 일일부터 해마다 "오월 일일"을 어린이날노 직히게 되엿슴니다. 그리고 일천구백이십삼년 삼월부터는 전조선 소년운동을 한 줄로 련락하기 위하야 〈소년운동협회〉가 경성에 조직되고 "어린이날"에 대하야 모든 순서와 소년운동에 대한 절차를 총지배하는 긔관이 되엿슴니다. 나날이 격렬하게 니러나는 소년운동은 장족의 발면을 보게 되야 일천구백이십삼년부터 이십사년까지 약 일년 사이에 전조선에 조직된 소년소녀 단톄가 일백삼십여 곳이요 이십오년 사월까지의 도합 수효가 이백이십여 곳이 되엿스며 작년 "어린이날"을 지난 뒤로는 경향 각처 동동곡곡을 물론하고 각가지 일홈이 소년소녀 단톄가 그 수

효를 해일 수 업시 니러낫슴니다. 조선에서 니러난 소년운동의 년혁을 대강 말하자면 이와 갓고 오월 일일을 어린이날로 긔렴케 된 것은 —— 오월은 녜로부터 동서양 어린이들에게 가장 인상이 깁흔 날이올시다. 서양에서는 어린이들을 축복하는 꼿제사가 오월 일일에 잇는데 이를 오월제(五月祭)라 일홈하고 중국에서는 소위 초(楚)나라 충신 굴원(屈原)의 죽음을 (석 줄가량 해독 불능)머리에 창포 꼿을 쏘저 주는 풍속이 잇슴니다. 그럼으로 오월은 동서양의 어린이달이라고도 할 수 잇슴으로 이달의 첫날을 긔하야 "어린이날"로 직히게 되엿고 희랍(希臘) 력사에 오월 일일은 꼿 피고 닙 돗고 세상이 새로워지는 즐거운 날이라 하야 "종달새보다도 일즉 니러나 새 봄을 마즈려 들로 나갓다"는 긔록이 잇스니 하여간 오월 일일은 인정적 자연으로 누구나 깃븜으로 마지하게 되는 것도 그 원인의 한아라 하겟슴니다. (담임긔자)

一記者, "'메이데'와 '어린이날'", 『開闢』, 제69호, 1926년 5월호.

메-데-가 왓다. 萬國 勞働者의 祭日인 메-데가 왓다. 萬國의 勞働者는
이 祭日을 잘 紀念함으로 해서 勞働階級의 國際的 聯結感을 一層 濃厚히
하는 同時에 勞力 群衆을 本位로 하는 新社會의 建設을 一層 促成케 함이
되는 것이다.

一般이 아는 바와 가티 메-데-(May Day)는 英語에 五月 一日이라는
意味로서 一八九〇年 以後로는 萬國 勞働階級의 國際的 祭日 또는 勞働祭
日이 된 것이다. 이 五月 一日이 勞働祭日이 된 所以는 지금으로부터 四十
餘年 前에 米國 勞働者가 이날로써 八時間 勞働運動을 行한 데에 잇섯다.
卽 一八八五年 米國에 잇는 各 有力한 勞働團體는 八時間 勞働 實施의
目的을 達키 爲하야 翌 一八八六年의 五月 一日로써 全國의 勞働者가 一時
에 八時間 勞働을 要求하고 萬一 拒絶될 境遇에는 同盟罷業을 斷行할 事
를 決議하얏다. 그리고서 五月 一日 되는 그날에는 全 米國의 勞働者가
　"오늘부터 以後는 單 한 사람일지라도 八 時間 以上은 일하지 말자. 八
時間의 勞働!, 八 時間의 休息!. 八 時間의 敎養!"
을 叫呼하면서 一大 示威運動을 行하얏는데 그 날부터 數日이 못 되야 全
米國의 資本家는 다-가티 八 時間制를 承認하게 되엿다. 米國 勞働者의
이와 가튼 成功은 全 歐羅巴의 勞働者를 激動식힘이 되야 一八(이상 40쪽)八
九年 巴里에서 생긴 國際社會黨은 翌年으로부터 五月 一日을 期하야 萬國
勞働者의 國際的 同胞主義와 階級的 一致를 示키 爲하는 世界的 大示威運
動을 行하는 日로 定한 바 一八九〇年의 五月 一日에는 歐米 兩大陸을
通하야 大小都市의 勞働者가 "勞働階級쓴의 國際的 祭日"을 祝賀하얏다.

일로부터 메-데-는 해를 따라 盛況을 일너 오다가 歐洲大戰이 勃發하
며 世界의 勞働運動이 四分五裂 됨에 따라 一時 沈滯하더니 그 後 戰爭이
終結되고 第三 國際共産黨에 依한 勞働階級의 國際的 團結이 復活되며
메-데-도 亦是 復活하야 오늘날에 니르러 勞働者가 잇는 곳은 곳 이 祭를

執行함과 가튼 一致的 景況을 짓게 되엿다.

우리 朝鮮에서는 一九二三年부터 이날을 紀念하기 始作하야 始作하는 그해에는 爲先 京城에 잇는 印刷職工을 爲始한 多數의 勞働者가 業을 休하고 奬忠壇公園에 會合하야, 勞働時間短縮 賃金增上 失業防止의 三種 決議를 行하고 示威會合을 行함과 가튼 景況을 보혓스나 그로부터의 當局의 取締는 逐年 嚴重하야 何等 積極的 示威를 行하지 못하고 京城이나 地方이 한가지로 이날을 沈痛히 지내엿슬 뿐인데 今年도 亦是 示威行列과 가튼 積極的 紀念은 하지 못하게 될 모양이다.

가튼 慘境을 當하고 잇스면서도 가튼 동무들로 더브러 이 祭日을 紀念하지 못하는 白衣 勞働者의 가슴 속에는 한層 무서운 忿鬱과 悲哀가 잇슬 것이다. 萬國의 勞働者들아. 그대들이 힘 잇게 뜻 잇게 이날을 紀念하는 그 마당에 잇서 그대들이 聯結할 만흔 勞働者 가운데에는 全 民族的으로 無産階級에 屬한 朝鮮의 大衆이 잇다는 것을 另念하라. 그래 그들은 世界의 누구보다도 가장 이날을 沈痛히 지내고 잇다는 것을 記憶하라.

(參考)지금 五月 一日로써 國際的 勞働祭를 行하야 勞働階級의 國際的 一致를 高調하지마는 勞働者(이상 41쪽)의 國際的 結合은 一八六四年 九月 二八日 倫敦에서 英, 佛, 白, 伊, 及 波蘭의 勞働代表者가 國際勞働者聯合會 (第一 인타-나소날이라 하는 것)의 設立을 決議한 그 때로부터 始作한 것이니, 이제 이 聯合會의 創立總會 때 (一八六六年 九月 三日 제네바에서)에 通過, 發表된 宣言書 (막스의 손에 起草된 것)를 參考삼아 附記하면.

"생각컨대 勞働階級의 解放은 勞働階級 自身이 實行하지 아느면 안 될 것이다. 그리고 勞働階級을 解放하기 爲한 鬪爭은 勞働階級이엇던 特權이나 또는 利益을 壟斷하기 爲한 鬪爭이 아니요 同等의 權利와 義務를 賦課키 爲하야 一切의 階級을 廢止하기로 目的해서 行하는 것이다."

"生産手段 卽 生産資料의 獨占者(資本家를 意味함)에게 勞働者가 經濟的으로 依賴하고 잇다는 그것이 모든 屈從, 社會的 不平, 精神的 墮落 及 政治的 隷屬의 基礎가 되는 것이다."

"故로 勞働階級의 經濟的 解放이 究極의 大目的이오 政治運動과 가튼

것은 다못 이 大目的을 達하기 爲한 手段에 不過하는 것이다."

"이 大目的을 爲한 過去의 모든 努力이 失敗에 歸한 原因은 各國 內에 잇는 各種 勞働團體의 結合이 不充分하엿는 것과 各國 間에 잇는 勞働階級의 友愛的 聯合이 缺如하엿는 故이다."

"勞働階級의 解放은 地方的 또는 國家的의 일이 아니요 世界的의 問題이다. 卽 現代的의 社會狀態를 具備한 一切의 國과 國을 包括한 問題이다. 따라서 그 解決은 가장 進步한 여러 나라들의 實行的 及 理論的의 協力(이상 42쪽)을 기다리지 아느면 안 될 것이다."

"目下 歐洲의 各 工業國에 잇는 勞働階級의 覺醒은 새 希望을 喚起함과 同時에 過去의 過失을 反覆하지 안키 爲하야 嚴히 警戒하고 또 지금까지 連絡 못 된 모든 運動을 緊密히 結合할 必要를 늣기게 한다."

"右와 가튼 理由에 依하야 이 勞働者 最初의 國際會議는 아레와 가튼 宣言을 한다.

國際勞働者聯合會 及 이 會와 뜻을 가티 하는 모든 團體와 또 個人은 眞理와 正義와 道德으로써 이를 相互間 及 人種, 宗敎, 國籍의 如何를 不問하고 一切의 同胞에 대하는 行爲를 基礎를 삼을 것을 承認하며. 또 本會는 各人이 自己 及 其義務에 忠實한 모든 사람들을 爲하야 사람으로서 또 市民으로서 權利를 要求함으로써 各人의 義務를 삼을 것을 認하나니 義務 업는 곳에 權利가 업는 것이오. 權利 업는 곳에 義務도 또 업는 것이다." (끗)

"어린이날"에 하고 십흔 말

五月 一日은 國際的으로 勞動祭日이 되는 同時에 우리 朝鮮에 잇서는 다시 少年運動日 卽 "어린이날"이 되엿다. 이 "어린이날" 紀念은 亦是 一九二二年 辛酉에 端을 發하야 一九二二年 五月 一日부터는 아조 全 朝鮮的의 少年運動日로 化하고 마랏다. 그래서 그날은 京城이나 地方임을 勿論하고 數千數萬의 어린이 示威行列이 行하게 되는 同時에(이상 43쪽)

"우리 朝鮮 五百萬의 少年少女를 在來의 倫理的 또 經濟的의 壓迫으로부터 解放하라"는 가장 새로운 叫號를 듯게 된다. 이번 五月 一日도 京城地方할 것 업시 少年團體 또는 少年運動을 理解하는 동무가 잇는 곳에서는 제 各各 이 "어린이날"을 紀念할 準備를 急히 하며 半島山河는 이 '메-데'와 "어린이날"의 紀念 氣分으로 充滿되는 感이 잇다.

이와 가티 少年運動을 紀念하는 "어린이날"에 잇서 우리가 한 마듸 말을 하고 십흔 것은

첫재 少年團體에 關係하는 指導者나 또는 少年 自身은 一層 少年運動의 意義를 理解하고 그 意義에 準하야써 萬般을 進行하여야 할지니 萬一 그러치 못하고 이 運動이 다만 一時의 好奇心이나 遊戲感에 몰녀서 하게 된다 하면 이야말로 少年運動을 冒瀆함이 甚한 同時에 人의 子를 毒함이 클 것인즉 一般은 이에 對하야 共同으로 注念할 必要가 잇겟스며

둘재 少年運動은 다른 運動과도 달나서 少年自身이나 또는 그 少年들을 指導하는 멋 個 有意人의 努力에 依하야써 될 것이 아니오 各 家庭이면 家庭, 社會면 社會 一般의 共同한 發意와 努力에 依하야 비로소 好果를 어들 것인 즉, 적어도 社會의 一般福利를 念頭에 두는 사람씀이면 다-가티 이 運動의 進行을 注視 督勵하야 지금과 가티 이 運動을 어린사람 그들이나 또는 멋 名의 指導者에게 맛기고 도라보지 안흠과 가튼 無關心한 態를 取치 말도록 할 것이며

셋재 在來의 우리 父老들은 自己 밋헤서 자라나가는 어린이에게 對하야 그저 "날 달마라 날 달마라"라 하야 好意 또는 强制로써 在來의 傳統을 注入할 뿐이엿는 바 이것이 어린사람에 對한 一大害毒이엿는 것은 말할 것도 업는 일이오 여긔에서 또 한 가지 새로 問題되는 것은 어린 사람에게 注入的 敎養을 하는 것이 不可하다 하야 어린사람을 自己 되여가는 그대로 保養해 가쟈 하는 그것이다. 勿論 어린 사람(이상 44쪽)을 自己 생긴 대로 保養해 갈 수가 잇다고만 하면 이 밧게 더 조흔 일이 업겟지만 實地의 事實을 보면 어린 사람에게 아모러한 것을 注入하지 안코 그대로 길너 간다는 것은 結局 現 社會(乃至 現狀)의 一切를 그대로 是認하고 擁護하는 것을 가르킴이 되고 마는 것이다. 웨 그러냐 하면 우리가 現 社會에 處하야 이 現狀을 타고 잇는 것은 마치 一葉片舟가 不斷히 흘너나리는 여울물에 떠 잇슴과 가타야 그 배가 積極的으로 그믈을 漕上하는 努力만 업스면, 그 배는 스사

로 그 물을 따라 내려가는 모양으로 우리 사람도 이 現狀에 대하야 積極的으로 批判 反抗하는 努力이 업스면 우리는 그저 그대로 잇슬지라도 스사로 이 社會의 이 現狀에 安協服從함이 되는 것이다. 故로 우리가 根本的으로 이 社會의 이 現狀을 完全無缺한 것으로 認한다 하면 다시 할 말이 없겠거니와 만일 조곰일지라도 이 사회 이 현상을 修正改革할 必要를 認한다 하면 우리는 到底히 우리 뒤에 거러오는 少年少女에게 대하야 無條件하고 이 社會 이 現狀을 是認하게 할 수는 업는 것이다. 그러니까 우리는 스사로 어린 사람을 自己 생긴 그대로 커 가게 한다 하야 그의 思想이나 感情이나 行動에 無關心하는 態度를 取할 수 업는 것이다. 할 수 잇는 데싸지는 在來의 傳統이 쑤리박기 前 그째에 一段의 努力을 하지 안흘 수 업는 것이다. 이것은 우리와 正反對의 境遇에 선 저를 支配者 側에서 이 少年들의 團束敎練(自己便에 有利하도록)에 어대싸지 留意하는 것을 보아서도 推側할 수 잇는 것인 즉 무릇 少年運動에 쯧을 머무른 사람은 다시금 이 點에 留意할 必要가 잇스리라 한다.(이상 45쪽)

趙喆鎬, "少年軍의 必要를 論함", 『現代評論』, 창간호, 1927년 1월호.

緒論

時勢의 進運은 우리로 하야금 언제까리[94] 東洋 一角에서 惰眠을 貪하게 두지는 아니할 것이다. 世界의 文明은 마치 回轉作用을 하는 것 갓다. 東에서 西로 西에서 다시 東으로 進行하고 잇지 아니한가 한다.

新羅 古代에 花郎制度가 有하얏스니 一名은 國仙 或은 風月主라 하야 곳 少年의 容儀와 德行을 닥그며 貧賤을 勿論하고 뽀아서[95] 名山大川을 巡歷하야 民情風俗과 地理植物 等 大自然을 硏究하는 同時에 才操와 道行이 가장 나은 者는 나라에서 쓰는 것이다. 然故로 國仙이라면 一般이 尊崇하며 짜라서 누구든지 그 徒衆에 들기를 願하게 되얏다. 斯多含郎 갓흔이는 芳年 十六에 大伽倻를 討平하고 金庾信은 高句麗와 白濟[96]를 統一한 巨人이니 다- 花郎에서 쌔낸 사람들이다. 이 花郎制度와 精神上 倣似한 形式으로 編成될 靑少年의 敎養團體가 西洋에도 約 二十年 前에 英國에서 始生하얏스니 名 曰 쏘이스카우트(Boy Scout)라 한다. 大體에 잇서 前者와 同一한 것임으로 長皇하게 呶呶할 必要는 업을가 한다. 그러나 花郎의 制度는 쌔도 오라고 漠然粗糠하야 仔細한 것을 알기 어렵고 쏘한 少年의 制度가 輸入된 지 五個 星霜에 이르럿스나 모-든 妨害와 不自由로운 氛圍氣에 싸여서 아즉 널이 아지 못하는 故로 새삼스럽게 拙筆을 들어서 멧 마듸를 同志들이 主幹하는 『現代評論』의 紙面을 비러서 여러분과 갓치 硏究하랴 한다. 以下 少年軍의 起源으로부터 먼저 그 動機를 摘記하고 次에 必要論에 이르고자 한다.

---

94 '언제까지'의 오식이다.
95 '뽑아서'의 오식으로 보인다.
96 '百濟'의 오식이다.

一. 起源으로부터

西曆 一九〇七 卽 十九年 前 일이다. 英國 陸軍 中將 '로바-드 쌔덴 파웰' 이 그 甚深한 늣김에서 慨然히 組織하야 發表한 샏이스카우트(Boy Scout) 가 現今 世界的 大運動이 된 少年軍 蒿矢[97]의 名譽를 갓게 된 것이다.

쌔덴 파웰 將軍은 一八九九 — 一九〇〇年間 南阿戰爭에 嘖嘖한 驍名을 發揚한 鬼將軍이다. 마침 그 戰爭 中(이상 136쪽) 將軍은 當時 大佐로서 '마훼킹' 市街를 守備하며 매우 苦辛의 經驗을 맛보앗섯다. 同 市街에 駐屯하는 英國兵은 極히 少數얏섯다. 卒然히 '포-아' 人의 包圍가 되야 兵備를 增할 道理가 업는 故로 將軍은 不得已 住在한 英國人 中에서 義勇兵을 募集하야 겨우 一千餘人의 兵員을 得하얏다. 當時 市街에 住在者는 白人 男女와 밋 兒童을 合하야 겨우 一千六百人에 不過하고 土人은 七千餘人이나 잇섯다 한다. 그리하야 此 小數의 兵員을 가지고 十重 二十重이나 包圍한 敵兵을 支撑하며 援助軍의 到來를 苦待하얏다. 將軍의 苦心은 참으로 想像 以外 이얏섯다. 날마다 戰死者 負傷者 病人은 增加하야 兵員은 益益減損되야 안다 戰時의 互相間 連絡을 取하는 傳令兵을 缺치 못할 要員임에 不拘하고 此에 充用할 사람이 업섯다. 將軍은 百計를 다하야 一案을 生覺하야 在留한 英國 少年들를 集合하야 傳令과 斥候의 任務를 命하얏다. 少年들이요 쏘한 처음의 試驗임으로 그의 成績을 매우 疑心하얏섯다. 그러나 算外에 十分 十二分의 好果를 現出하얏다. 適當한 指導가 如此히 少年으로 하야 금 成人도 싸라 못할 任務를 達한 일을 目擊 實驗한 將軍은 深甚한 興味를 가지고 靑少年 指導問題에 對하얏다.

南阿의 포아 土人 少年과 英國 少年과를 比較 硏究하얏다. 文明의 惠澤 을 享愛한[98] 白人 少年이 놀날 만큼 纖弱無方한데 反하야 蠻野한 風習 속 에 放置한 土人 少年이 剛健한 것을 發見하얏슬 쌔 將軍은 憤然히 文明의 餘弊를 思하고 土兵의 勇敢함이 偶然함이 아님을[99] 쌔닷는 同時에 敎育과

---

97 '嚆矢'의 오식이다.
98 '享受한'의 오식이다.

社會上 環境이 如何히 少年들을- 아니 全 人類를 善化하며 또는 惡化하는지를 痛切하게 배우게 되얏다. 포아 少年들의 自然 戶外 生活은 實로 彼等으로 하여곰 何如如한 危險한 境遇에라도 辟易하지 아니할 만한 頑强自恃의 身體와 心意를 修得하게 하는 것이엇다. 이 自然的 敎育은 科學에 依하야 文明人에게 適用할 수 잇스면 반다시 優良한 國民을 養成할 수 잇슬 것을 確信하엿다. 이것이 뽀이스카우트 組織의 必要를 늑긴 動機의 하나이다.

英國이 十九世紀 以後 海外에 領土를 만히 갓게 되고 强大한 海軍을 擴張하며 따라서 나라가 富强하게 되매 一般 人心은 奢侈를 조와하고 物欲에 偏重하며 德性은 頹敗하고 身體는 弱하게 되엿다. 一方으로 大陸에는 列强의 虎視耽耽한[100] 威壓을 밧고 잇섯다. 國家의 安危가 此一機에 잇스리라고 大勢를 觀破한 憂國之士는 참 念慮 아니할 수 업섯다. 이 근심을 덜고 바로잡는 데는 成人에 잇지 아니하고 반다시 少年들을 잘 敎養하야 根本的으로부터 病根을 除去희야 한다는 데서 少年軍 組織한 것이 그 必要의 둘(이상 137쪽)재라 하겟다.

二. 學校育育의[101] 缺陷으로부터 國民의 敎育과 訓鍊에 對한 모-든 缺陷을 學校만에 依하야 補充하랴고 하는 것은 너무나 學校敎育을 過信하는 無謀한 일이라고 하겟다. 現下 (4자 가량 삭제됨) 學校敎育 制度와 方法은 冷情한 觀察眼으로 봐서 그다지 適當하다고 할 수 업스며 다만 機械的임에 不過함이 만다.

師弟의 情誼上으로의 德義도 衰하야진 것이 事實이다. 도라서면 先生의 辱說을 맘대로 하게 되얏다. 절믄 少年들이 神經衰弱에 걸여서 病을 이루며 自殺하거나 敎程에는 趣味를 갓지 아니하고 다른 軟文學을 戲弄하야 成績이 不良한 者가 차차 만이 난다. 그리고 갈사록 兒童들은 劣等의 體力

---

100 '虎視耽耽한'의 오식이다.

101 '學校敎育의'의 오식이다.

과 懶弱한 性質에 따라 奢侈文弱에 흐르게 된다. 뜻잇는 者로 누가 等閑視하랴. 大抵 學校가 兒童을 監督指導하는 時間은 一週에 겨우 三十時間 內外에 不過한다. 其餘百三十八 時間은 學校 勢力이 不及하는 時間이라는 것보담 차라리 이것을 破壞하는 時間이라 하겟다. 兒童들은 大概 有害한 他勢力 아래에 잇서 물들기 쉬운 品性을 惡傾向에 引導하는 것이라. 그리면 五分四에 當하는 惡勢力에 對하야 겨우 五分一에 當하는 興味 적은(兒童 自體로 봐서) 學校敎育의 無力한 것도 當然히 그러할 것이다. 또 學校敎育 內容에 들어가 잠간 考慮하야 보면 其無力한 것을 發見하기 容易하다. 學校에서는 兒童을 普通으로 六七十名을 한 學級으로 編成하야 가지고 한 先生이 擔任하니 兒童의 固有한 特性과 長短 等을 級師가[102] 能히 認識하야 한 사람 사람의 個性을 適當하게 啓發식히기는 不可能한 일이다. 따라서 兒童의 其 個性을 充分히 活動시키기 極難하고 極端으로는 反히 個性을 沒却식히는 일이 不少하다고 보겟다.

그러면 學校 以外에 그 무엇으로던지 이것을 補充하야 健實한 第二世國民을 敎養할 團體의 組織이 업서서는 안이 되겟다. 이 點이 學校敎育의 缺陷으로 보아서 少年軍의 組織이 必要하다는 것이다. 少年軍이 組織된 以後 間或 이러한 말을 듯는다. 時間과 여러 가지 關係로 學校 工夫에 妨害가 되지 안느냐고 그런 것이 아니다. 時間은 잘 利用하는 데 잇는 것이오 만타고 工夫를 잘하며 적다고 工夫를 잘못하는 것이 아니라 만흐면 도리혀 等閑心이 생겨서 그 時間에 조치 못한 言行에 젓기 쉬운 것이다. 例를 들건대 活動寫眞館에나 出入하며 저이끼리 모혀서 쓸데업는 잡담이나 하며 吸煙이나 하야 衛生上 큰 害를 어드며 日用 돈이라도 空然히 浪費하게 되는 것이 아닌가. 또는 惰怠한 피가 흐르는 그들로 하야 낫잠이나 자게 하는데 (이상 138쪽) 지나지 못할 것이다. 아니다. 事實 그러하다. 이러한 弊害를 바로잡자는 것이 少年軍의 目的이며 精神이다. 또 學校 課程을 補充하야 趣味를 주며 體驗시키자는 것이다. 普通學校나 中學校에서 敎習하는 學科에

---

102 '敎師가'의 오식이다.

對하야 生徒가 興味를 갓지 못한다는 것은 識者가 누구나 다 認識하며 憂慮하는 바가 아닌가. 其 學校 知識에 依하야 如何한 事業을 行할는지 또는 이 知識이 그 事業을 成就하는데 얼마씀 必要한지를 알이는데 짜라서 容易하게 生徒에게 興味를 復活시킨다면 少年軍에 行하는 方法을 取해야 하겟다는 것이다. 例를 들어보면 算術은 어느 學校에서든지 生徒가 즐겨하지 아니하는 學科이다. 그러나 그들을 郊外에 다리고 가서 敎鍊하면서 "저 河幅은 簡單한 單比例로 알 수가 잇다" 하고 告하면 生徒는 其 利用法을 알고 곳 學校科目에 興味를 갓게 되야 比例를 배우고자 할 것이다. 敎師 監督下에서 마지못하야 하거나 또는 하지 안으면 罰을 行한다는 威嚇 下에 배운다는 것은 決코 그 豫想의 結果를 엇지 못할 것이다. 또 우리 人生의 興味를 주며 不可解할 저 蒼空에 반작이는 星學을 알이기 爲하야 夜間에 靑少年을 生踈한 地方에 引導하야 "北極星의 所在나 '오리오' 星座만이라도 記憶하야 두면 夜間에 進路를 誤失할 念慮가 업다" 하고 가리치면 그들은 깃버서 天空의 各 星座를 硏究하랴고 힘쓸 것이다. 地理學도 亦是 여러 學生이 比較的 興味를 가지고 배우는 科目이지만 同科 敎授들이 必要업는 數百의 都市 河川의 名稱, 面積, 人口, 等의 單調無味한 것만을 暗記시키는 故로 조흔 成績을 엇지 못하게 되는 것이다. 萬若 學生을 郊外에 引率하고 가티 土地를 觀察시키며 이 地上에는 무슨 植物을 生하며 또 무슨 野獸類는 무슨 植物을 飼料로 하야 生活한다는 것을 敎授하면 그들은 連하야 他郡他道와 乃至 外國 某 地方이 如何한 土壤을 有하며 如何한 植物을 有한지를 알고자 할 것이다. 짤아서 이 精神이 像想도 못하든 地方의 開拓을 하랴 할 것이다. 다시 彼等 少年들을 近處의 異見珍聞매 接케 하면 반다시 遠地方의 旅行 視察을 生覺하게 되며 그의 希望은 반다시 外邦의 地理를 硏究하랴 하는 好奇心을 起케 하는 것이 定한 理致이다. 如此히 局部의 指圖를 抽寫하면 그보다 더 크고 廣大한 地形을 抽寫하야 보랴고 할 것이요 또 敎授 밧을 時에도 容易하게 理解할 것이다. 이러한 몇 가지 例에 지나지 안이하지만 이것으로 學校敎育의 缺陷을 補充하야 將來 社會의 一員이 되는데 完全한 人格者의 土臺를 닥자 하는 点에서 少年軍의 組織이 必要하다는 것이다.

三. 市街 生活의 害로부터 大凡 社會가 文明할사록 都會가 發達하며 都會가 發達할사록 人煙이 調密하며 一般(이상 139쪽) 施設이 複雜하야지는 것이다. 同時에 우리 사람의 生活上 가장 重要한 空氣는 不潔하야저서 사람의 血液을 混濁하게 한다. 市民의 不健全 不攝生을 이루게 되는 것이 아니냐. 이로 말미야마 사람의 心性에까지 惡影響을 주는 것이다. 天眞하고 純白한 年少子女들은 不知不識間에 조치 못한 것을 만히 보며 싸라서 조치 못한 行動을 例事로 하게 된다. 나는 우리 社會의 모-든 무엇보다 더 근심되고 걱정되는 것은 우리 靑少年들의 無氣力하고 虛弱한 것이다. 말하자면 그들을 肺病쟁이나 阿片쟁의 쩨와 恰似하다고 酷言하고 십다. 社會는 한 有機體로 볼 수가 잇다. 이 團體가 强하고 잘 發達하랴면 그의 細胞體가 힘 잇고 生氣 잇는 것이라야 될 것이 안난가.[103] 朝鮮 全體의 弱하고 自由 업는 것을 슯어하는 者여! 먼저 各自를 도라보아서 튼튼히 하는 同時에 貴한 子女들를[104] 반다시 튼튼하게 하는 것이 急先務라고 알아야 된다. 先哲의 말과 갓치 튼튼한 身體에 튼튼한 精神이 자는 것이다. 나는 쏘한 悲觀하기를 시려하는 한 사람이다만 이러한 虛弱 無氣力의 主人公들이 웃지 이 波瀾이 甚하고 曲折이 만흔 우리 社會의 重任을 堪當할가 하는 쩨에는 悲觀치 안을 수 업다. 善美華麗한 都市 生活이 이 갓치 德性이 頹敗하고 文明病의 虛弱한 靑少年을 輩出케 하는 原因은 만흔 餘裕의 時間을 가지는 데 쌀아서 惡戲, 活動, 寫眞, 劇場, 座談, 間食, 飮酒, 吸煙 等 其他 만흔 不美한 行實를 能事로 알게 되는 데 잇다. 그럼으로 이 惡現狀으로붓터 이 불상한 現代 靑少年들을 救濟하려고 少年軍을 組織하야 天空이 紺碧하고 晴朗하고 종잘새 놉히 空中에 우는 봄이나 金風이 蕭瑟하고 爽快한 가을날에 산이나 덜이나 개울가로 靑少年들을 다리고 갈 째에 일즉이 애러케 크고 널고 아리 짜운 自然에 接할 機會가 업든 그들은 野外趣味를 憧憬하

---

103 '안닌가'(아닌가)의 오식이다.
104 '子女들을'의 오식이다.

야 날이 가는 줄 모르게 하로를 자미잇게 놀게 된다. 或은 풀을 짜며 곳을 썻그며 石을 投하며 흙을 파며 새를 쏘치며 나비를 갑으며 고기를 낙그며 배를 저며 自轉車를 타며 競走를 하며 씨름하면서 하로를 맛친 靑少年들은 온갓 惡醜를 다- 감춘 陰鬱한 都市으로 들어가기를 시려하게 된다. 그리하야 그 마음 集合을 焦待한다.[105]이 点으로 보아서 少年軍의 組織이 가장 必要하다는 것이다.

쏘 家庭敎育으로 봐서 취할 点이 잇느냐 하면 舊式에 억매인 拘束的 敎育이나 그러치 아니하면 放任主義에 지나지 못한다. 쏘 社會 方面으로 보자. 우리 現社會는 아무리 過渡期에 免치 못할 事實이라고 하지만 너무나 複雜하고 混沌하고 無秩序하야 그다지 청소년의 배우고 본바들 만한 点을 찻기가 極히 어렵지 아니한가. 이와 갓치 學校로(이상 140쪽)나 家庭으로나 社會로 쏘는 都市 制度로나 우리 靑少年의 修養하며 배우기 不適當하고 不足한 것을 곳치고 補充하야 少年時代로부터서 完全한 敎養으로 知識의 土臺를 닥게 하며 規律 잇는 訓練으로 身體의 健全을 保케 하야 複雜하고 어려운 일을 잘 料理할 일군을 만들자면 綿密하고 周到한 考案으로 組織되야 普通敎育 方法에서 超越하고 兒童 個性의 啓發을 爲主하는 이 少年軍 敎育方法에 依치 아니하면 아니 되겟다.

仔細한 說明은 避코자 하나 現下 우리 朝鮮에 잇서서는 어느 点으로 보던지 少年軍이 가장 時機에 適合한 必要한 團體라 하노라. 우리 祖先으로부터 흐르는 惰怠文弱의 弊로 보던지 學校制度로 보던지 無秩序하고 團體的 訓練性이 不足한 点으로 보던지 우리는 힘쓸 것도 만코 할 것도 만코 改良할 것도 만코 하지만 오-ㄴ갓 것을 다 젓처노코서라도 모-든 犧牲을 다- 하야서라도 이 少年軍을 歡迎하야 援助하며 發展시키지 아니하면 아니 될 줄 안다. 一年之計는 在於農하고 十年之計는 在於林하고 百年의 計는 사람 기르는 데 잇는 것이다. 우리의 일은 참으로 급하다. 本根이 튼튼치 못하면 枝葉의 繁盛을 期待키 어려운 것이다. 아모리 急하지만 百年之計로

---

105 '招待한다'의 오식이다.

本根的 解決策이 必要치 아니한가 한다. 世間에는 或者 少年軍의 組織이 多少 規則이 嚴하야 君國主義를[106] 模倣한다는 말을 하는 이도 잇다. 그러나 嚴正한 規則은 여러 사람이 同一한 行動을 取하는데 免치 못할 條件일 뿐 안니라 團合心 協同心을 養成하는데 도리혀 必要한 것이다. 坯 服裝이 누럿코 齋一한[107] 点으로 批評을 加하고 애쓰는 이도 잇다. 勿論 經濟의 乏迫을 當하는 우리로서는 多少 過分한 点이 업다는 것은 決코 아니다. 그러나 그보담 다른 利가 만흘가 하야 하는 것이다. 或은 主義를 云云하는 이도 잇스나 이는 아조 事理에 不明한 所論이라 하겟고 坯 大體로 봐서 兒童에게는 아모조록 人間正體의 根本 土臺 닥도록 힘쓸 뿐이 適當하다고 하겟다. 根本 되는 土臺만 잘 닥가 논 다음에는 그 우에 무엇을 심으며 세운들 엇지 잘 아니 됨이 잇스리오. 이 蕉雜한 몟 마듸로 必要 編을 그치랴 하고 다음에 少年 訓練 課目의 大綱과 綱領을 參考로 記한다.

綱領

一. 社會를 爲하야 忠實勇敢하자.

二. 사람을 사랑하며 心身을 鍛鍊하야 恒常 準備하자.

三. 少年軍의 準律을 잘 직히자. (이상 141쪽)

第一年度

第一年度(自衛敎鍊)

四月. 入團式, 結繩法, 觀察法, 步行法

五月. 保健法, 人垣[108], 形跡 追及

六月. 信號法, 測天氣,

七月. 水泳法, 漕船法

---

106 '軍國主義를'의 오식이다.

107 '齊一한'의 오식이다.

108 일본어 "히토가키(ひとがき〔人垣〕)"로 "많은 사람이 빙 둘러싸서 울처럼 된 상태"를 이르는 말이다.

八月. 動植物研究, 野營, 登山

九月. 方向發見學 測量

十月. 獨立生活, 自轉車

十一月. 乘馬, 見學

十二月. 練習, 一, 二, 三月 未備点 補習

第二年度(救護 敎鍊)

四月. 奔馬, 暴漢, 火災

五月. 繃帶法, 擔架法

六月. 人工呼吸法, 一般急法

七月. 地震, 汽車顚覆, 航空機 墜落

八月. 洪水, 難船

九月. 溺水, 練習

十月. 偵察法, 傳令法, 架橋法

十一月. 養禽法 大要, 旅行 登山

十二月. 殖民法, 自治制法

一月. 指導法

二月. 練習, 熟練을 圖

(以上) (이상 142쪽)

全柏, "朝鮮少年軍의 社會的 立脚地(1)", 『동아일보』, 1927.2.13.[109]

歐洲大戰[110]이 人類生活上 痛烈한 慘禍를 가저온 以來 그 反動에서 政治界 經濟界 思想界를 勿論하고 世界平和 人類相愛의 標語 밋헤 全 人類의 肯應으로 一大 世界的 運動이 이러나니 國際聯盟의 成立과 華府에 軍備制限의 會商 等이 모다 이것이다. 그러나 巴里講和會議는 大戰의 終局이나 休止를 意味함이 아니요 其實 文明戰의 烽火가 이로부터 擧起된 것이다. 故로 聯盟과 會商이 果然 世界平和를 爲하야 萬全의 成果를 擧하고 所期한 目的을 達할 수 잇는지 업는지는 一種 疑問의 宿題라 하기보다 否定하기 넉넉한 證據도 不少한 것이다. 本來 少年軍運動은 일즉이 大戰 前 十五年 卽 一八九九年 英國이 南阿를 伐할 째 發緖한 것으로 大戰 當時의 非常한 工作은 발서 萬國의 驚愕한 바 되어 一九○七年 드듸여 英國 陸軍 少佐 '쌔이든 · 파우웰' 將軍의 提唱으로 少年義勇團 卽 '샏이스카우트'가 組織되니 이것이 現代 社會의 一大 權威를 掌握한 바 少年軍 運動의 嚆矢이다.

그 後 二十年을 지나온 今日 世界 各國에 이 運動이 업는 나라를 듯지 못하게 되엿고 正히 世界的 大團合을 形成하야 人類의 福祉를 根本的으로 構造함에 이르러 虛僞의 會商이나 假飾의 聯盟을 超越하야 一大 倫理的 運動에 歸着한 바 곳 少年軍運動이 되엿나니 半萬年 國史를 가지고 北半球의 一域에 陣地한 바 우리 朝鮮 民族은 憤然히 이러나 時勢에 爲人類的 一責을 自負치 아니치 못할 것이며 더욱 進化上 法理的 過程에서 必然性을 씐 이 運動이 國家的으로나 社會的으로나 存在의 價値가 極大함은 여긔 筆者의 再論을 竢할 바 아니요 理論上 急切한 所以는 當面한 現局에 잇나

---

109 원문에 '總本部에서 全柏'이라 되어 있다.

110 구주대전(歐洲大戰)은 1914년 9월, 파리(Paris) 외곽에서 벌어진 마른 전투(Battle of the Marne)로부터 비롯된 제1차 세계대전을 이른다. 대부분의 전투가 유럽에서 벌어졌기 때문에 해방 전까지 우리나라에서는 이를 '구주대전'이라 불렀다.

니 智銳無能한 一跛兒로 이 重責 大任에 當事하야 獨擧孤行의 難局에 自處케 된 것은 當初부터 過히 冷淡하고 악착스러운 우리 社會에 그 責任을 아니 돌릴 수 업는 바어니와 斷肝折腸의 苦惱에서 血誠의 一叫뿐으로 所論이 卓明함은 스사로도 바라지 안은 터임에

只今 다시 紙數에 制限이 잇다 하면 細分明解의 論章에서 少年軍 事業의 眞價를 完全히 論할 수는 업는 것이다. 그러나 片談小論에 긋칠지라도 切迫한 情勢의 一端이나마 呼訴치 안을 수 업는 것이니 憂國愛族의 志士와 卓越賢明한 識者間에 徹底한 應動이 興起하는 날도 不遠한 將來에 잇슬 것을 信條로 敢히 이 論筆을 執한 것이다. 本是 少年軍이라 함은 少年으로 한 目的을 가진 무리라는 意味이니 國際聯盟의 運動인 만콤 共通된 目標도 不無하지나는 各其環境과 處地를 따라 特殊한 情勢를 爲한 그것이 아니면

國家의 支柱와 社會의 土臺石이란 根本義는 발서 矛盾이 發生하는 것인 즉 果然 우리 朝鮮 民族 或은 朝鮮 社會를 爲하야 目的의 眞義를 삼은 우리 〈朝鮮少年軍〉은 歐米式 斥候의 模倣이 아니며 軍事敎育의 糟粕도 勿論 아니다. 故로 그 正體를 簡明히 말하자면 最後 一期를 압헤 두고 자못 混沌 破毀된 現今의 朝鮮을 救 하고 第二 朝鮮을 健實히 하라는 土臺階級의 糾合이니 改造와 建設의 基本이요 準備다. 먼저 土臺와 支柱로 完全한 程度에 이르기까지 敎養을 目的함으로 그의 要旨를 삼앗다.

於是乎 萬全의 成果를 낼 수 잇는 社會的 敎養 機關이라 하겟스니 따라서 그 構成이 複雜하고 深義한 것이 안일 수 업다. 여긔 敎育의 定義까지는 論及할 必要가 업지마는 今日 朝鮮의 敎育은 純全히 學校에만 依支하게 되여 敎育은 學校敎育만으로 充足한 줄 아는 것이 一般的 傾向이요 唯獨 우리 朝鮮의 民族性은 同化와 依賴를 즐기는 터임에 學校敎育 그것이나마 可否是非를 아라볼려고 아니 한다. 要컨대 事物 選擇의 標準이 업고 價値判斷의 眼目도 업는 것이다.

이리하야 明治 以後로 西洋文明의 燦爛한 外形에 眩惑한 日本 敎育 그대로며 다시 한 거름 異色을 씌고 民族的 根本精神을 消滅하는 現下의 學校 當局을 敎育外의 社會까지 獻呈貢上하는 變態에서 써날 줄을 모르며

其中에도 外國人의 怪常한 弄絡에 醉하야 自己를 忘却하고 乘雲浮游의 狀을 버릴 줄 모르나니 智識을 널리 世界에 求하고 向學의 氣焰이 大聖哲을 낫는대까지 놉하 감이야 誰가 贊成치 안으리요마는 金銀珠寶도 自我를 쩌나서는 貴함이 업슬지니 博學卓識과 英膽豪氣도 滅亡의 闇谷에 사라진 自己를 發見한 然後에야 用途와 必要가 바로 설 것이 理致다.

全柏, "朝鮮少年軍의 社會的 立脚地(一)", 『동아일보』, 1927. 2. 14.[111]

그럼으로 徹頭徹尾 西洋을 崇拜하고 同化와 妥協도 餘地업는 幽谷에서 一躍萬丈의 痛覺이 업다 하면 우리는 발서 永滅의 屍房에 橫臥한 死體이요 肆市商籠에 사여진 鮑魚이다.

嗚呼痛哉여. 三千里江山이 그리 크지는 안흐며 二千萬 族屬이 그리 만치는 안타 하고도 憂慮가 여긔에 멈추어 본닛가 이다지 稀少하다 할 수 잇스며 計略과 策動이 한 가지도 顯出한 者 업슴은 이 무삼 曲直인가? 올타 高層紅屋이 여긔저긔 聳然한 京城을 一觀한 者 우리 靑少年 敎育 問題의 萬端을 거긔다 依托하기 넉넉하리라 생각하고 모처럼 感得한 바 第二 朝鮮敎養을 憂慮함이 幾個의 學校를 보고 閑心 放念을 쉽게 할 맘적하다 하겟스나 果然 敎育의 定義를 把執하고 本然의 眞義에 立脚한 學校인지 또 한 그

營業的 外觀 美的 敎育을 超越하야 敎育者的 本質을 具備한 敎育者가 얼마나 되는지는 보아 알 수 업스며 드러 알 수도 업는지라 有無와 多少를 分別할 수도 업슬이 만큼 顯著치 못하고 明確치 못함이 現狀이요 敎育을 爲한 學校보다는 經營을 目的한 學校가 더 만타는 非難은 발서 우리들 귀 속에서 묵은 말이나 그러나 筆者는 이러한 種類의 區區한 詰難은 그만두고

---

111 원문에는 연재 횟수가 '一'로 되어 있으나 '二'가 맞다.

敎育이 場所를 따라 分類되는 大體를 드러 보려 한다.

一. 學校敎育

二. 家庭敎育

三. 敎會와 寺院에서 行하는 敎育

四. 博物館, 圖書館, 動植物園 等處에서 行하는 敎育

五. 從事하는 職務와 職業의 內部에서 行하여지는 敎育

六. 社會的 敎育

이러하야 交友間의 團體 內의 新聞雜誌의 都市 田園의 一切 現象의 飾窓의 廣告 等 우리는 時刻으로 幼時부터 老衰에까지 쉬지 안코

敎育을 밧는 셈이니 以上 極히 簡略한 分類上으로 보아도 學校敎育 外의 敎育이 얼마나 廣義한 바를 알 것이다. 그러나 今日 學校敎育이 敎育界의 中央을 占位하고 萬般에 自跨하는 現狀에 이르기까지는 여러 가지 原因과 所以가 잇는 것이니

一. 被敎育者가 敎育的 感應性이 가장 旺盛한 靑少年인 것

二. 接觸時間이 第一 만흔 것

三. 敎育에 任當한 者로 專門的 硏究가 만흔 것

四. 現下 師範敎育이 學校經營的 或은 學校式 敎育의 發展에 注力하는 것

五. 社會的 傾向이 敎育問題를 學校에 一任하는 것

等이 그것이겟다. 그러면 學校敎育이 敎化 中心 或은 獨占한 地位에서 社會 敎化 問題의 萬般을 解決함에 理想的 方道가 되고 못 되는 것은 簡便한 說明으로 分析키 不能하지마는 課目부터 實質을 써난 그것이며 敎育 範圍까지 苛酷히 制限된 우리로서 他實한

公民을 養成하고 資格이 完備한 社會人物의 造出을 期待할 수 업는 것은 明白한 理致일 뿐 아니라 그나마 學校敎育이 全 國民에 不平이 업슬 만큼 收用의 길이 잇다 하면 차라리 依支해 볼 餘地나 잇다 하겟스며 旣有의 그것이나마 果然 敎化의 責任을 다할 수만 잇겟다면 쏘한 將來를 希望할 餘念이라도 가질 수 잇겟스나 敎化의 萬端을 負責할 수 잇는 것이라면

그는 발서 學校教育의 範疇를 버서난 者이요 當初부터 이러한 萬能의 機關은 잇슬 수도 업는지라 於是에 百擧千論이 모다 敎育的 缺陷만을 意味함이니 痛烈한 所感과 急切한 境地는 이 敎化上 缺陷을 補充할 機關의 設施를 渴求하야 마지아니하나니

今에 〈朝鮮少年軍〉의 創設은 正히 이 時勢의 要求로 나타난 者이라 慌慌急急한 現實을 收拾함에 唯一한 方路가 될 것은 勿論이오 社會 進化의 法利的 轉換을 支撑操理함에 妥當할 新民造成의 열쇠를 掌握한 者로 永遠히 存在할 것을 미들 것이다.

全柏, "朝鮮少年軍의 社會的 立脚地(三)", 『동아일보』, 1927.2.15.

그럼으로 〈朝鮮少年軍〉은 우리 少年의 眼界를 넓혀주고 社會的 品格을 馴馳하며 訓練과 審判에 嚴正하야 一日 文裝的이요 二日 武裝的으로 科學的 理論에 基準한 바 改造와 建設의 根本運動이라. 虛唱亡動의 作戱가 아니며 奇怪한 術策이 아니니 〈朝鮮少年軍〉은 〈朝鮮少年軍〉으로 本眞에 正立하야 最後까지 堅執할 것이요 大勢의 轉倒와 함께 社會的 民族的 實質이 될 것뿐이다. 故로 〈朝鮮少年軍〉의 存在的 價値는 朝鮮 社會와 우리 民族의 存在的 價値와 劃一됨을 알 것이니 萬般 責任은 社會에 잇고 一切 論據는 公意에 因할지라 大體를 下記하야 是非的 輿論과 實利的 指導를 切望하는 바이니 紙數의 關係로 細論은 後機로 미루려 한다. 一九二二年 十月 五日 創立을 宣布한 以後 四五年의

積勞는 事業的 階級으로 宣傳에 徒費되엿슬 뿐이오 從來의 事業的 目標이든 三大 綱領을 말하면

"一. 良心 잇는 朝鮮男女로 그 義務에 忠實勇敢하라.

二. 사람을 사랑하며 社會에 奉公하라.

三. 心身을 鍛鍊하야 恒常 準備 잇는 사람이 되라"는 것이며 以外 열

가지 準律이 잇서 敎養의 骨子가 되엿스며 總本部를 京城에 置하고 地方은 虎隊로 稱名하야 ──히 加盟케 한 後 萬端을 總本部에서 負責 指導하엿다.

時機는 발서 緻密한 組織을 要求하고 宣傳條目도 質的 方面에 主重할 것임으로 當面한 問題를 解決함에서 出發하야 爲先 計案의 旣條는 섯스니 中央機關의 革新 學校 當局과의 協調 大同機關과의 提携 社會機關과의 聯絡 指導者의 養成 後援會의 組織 事業的 受配 等이 그것이다.

其中 指導者의 養成에 對하야는 向日 三新聞에 發表한 바도 잇거니와 年中例事로 講習會를 開催하야 指導者를 養成하기로 하엿고 維持 方針 갓흔 것은 甚히 複雜한 問題임으로 細論할 餘暇가 업지마는 從來의 方法에서 後援會를 增設하야 어느 程度까지 根本的 解決을 期圖함이니 簡明히 말하면 會員은 四種으로 自由會員 特別會員 甲種 乙種으로 分하야 自由會員은 任意 捐助로 特別會員은 特別한 約定으로 甲種은 月納 三十錢 以上 乙種은 十錢 以上으로 한 것이며 學校當局과는 從來와 갓치 別個示함이 不利한 故로

自進하야 學校 敎育上 或 經營上 補弼의 役에 當함으로 實利를 擧하자 함이요 社會機關의 嚮應은 過去도 不無하엿지마는 一層 具體的이요 廣義的인 協調를 必要로 함에서 公公히 商議할 것이며 大同機關의 提携에 잇서서는 意義가 特히 深出하다 하겟스니 率直하게 말하면 少年會나 幼年敎育機關과 갓흔 것은 類別할 수 업는 敎養機關으로 可謂 異名同體인즉 相互分離함이 運動 全線을 爲하야 莫大한 損失이 되나니 偏見部利가 아니요 作案 奸策이 아닌 以上 大同團合을 切求하는 時勢에 順하야 맛당한 것이며 協同一致하야 最大 力量을 構成하자 함이 그 眞意이다.

全柏, "朝鮮少年軍의 社會的 立脚地(四)", 『동아일보』, 1927.2.16.

各方의 肯定할 것도 自信하는 바이지마는 憂慮는 輿論에 긋치지 말고

缺陷은 見做로 忘却치 말자 하야 實擧에 努力하기로 한 것이며 尤히 幼年 教育機關은 大概 幼稚園이 그것이니 少年教養은 社會의 完全을 目的함이 그 根本意義가 되나니 이에 조차 幼年教育은 먼저 少年으로 充實하게 함으로 第一 階段이 될 것은 理致인 즉 見地를 싸라 一種의 準備教育으로도 解釋할 수 잇는 것이니 凡次로도 氣脈은 이미 相通된 바어니와 最後 目的을 爲하야 最 完全을 期圖함이 主張의 本義요 尤히 少年軍式 教養이 幼年에게 얼마나 必要한 것은 여기서 專門의 說解을 못 하지만 服色裝樣까지 品性을 陶冶함에 有助한 것으로 되엿스니 그 必要의 切實함이 分明하다. 다음 事業的 手配에 對하야는 너머 廣汎함으로 枚擧키도 不能한 바이지만

現狀에서 可能한 몃 가지를 擧記컨대 警衛班－偵察班－救護班－補役班－通信班－宣傳班－矯風班－探査班 等으로 奉公的 實務에 當하려 함이니 以後 運動의 進展과 함께 受配가 充足토록 增制할 것이어니와 社會的 公利를 圖하려는 役割에는 恒常 充實하고 勇敢할 것이 準律의 根本이다. 이로부터 質的 量的을 勿論하고 一奮發을 試함으로 多端한 이 判局에서 뛰여나 赫赫한 意氣를 發揚하려 하나니 內部의 組織을 더욱 情密히 하고 訓練과 教習에 忠實하야 自體의 完成을 促할 것이어니와 一般社會의 嚮應이 切切함에서라야 最短期間으로 根本 目的에 到達할 수 잇는 것이 理致이다.

大哉 〈朝鮮少年軍〉으로의 責任과 義務는 우리 社會의 特殊한 情勢로 一層 重한 것이니 興亡盛衰에 汝我의 別이 업는 것을 深覺합니다. 老幼와 男女를 不問하고 現存한 바 現存的 一分子요 社會的 一員이면 急切한 이 難局을 等閑히 못하리니 徹底한 自覺을 土臺로 老者의 血誠과 少年의 義氣를 結合하야 〈朝鮮少年軍〉의 發展을 圖함으로 健實한 社會에 永安逸居를 서로 할 것이다.

蜂起하라. 朝鮮 社會는 猛醒하라. 朝鮮 靑少年은……社會의 健實과 民族의 幸福이 모다 自己의 그것이다.

時期는 急切하야 압헤는 最後 一期의 餘裕盟이요 뒤로는 千兵萬馬의 火急이 쫏는구나.

事旣盡矣를 恨歎치 말고 擧國一致로 準備하자.

浮世虛荒에 彷徨치 말고 憤起警醒에 生路를 찾자.

文章의 不美함이 所論을 明白히 못하엿고 理論의 不哲함이 眞義를 나타내지 못함은 筆者의 가장 歎息.하는 바이지만는 高枕暖衿에 深思와 熟慮를 게을리 말고 滅亡의 幽闇에 흐미한 本然을 發見하야 甦生의 坦路를 차즘에서 이러나 모히자. 이것이 改造에 着手이오 建設에 起工이다.

西門生, "(婦人時評)소년운동과 어린이날", 『중외일보』, 1927.4.30.

◇ 소년은 꼿과 갓습니다. 인생에 가장 재미스럽게 살고 가장 깃브게 지내는 째가 소년긔입니다. 천리 나갈 일평생 길을 이 소년 째에 냅더 드되고 장래할 화려한 리상의 성을 이째에 주추돌을 놋습니다.

◇ 봄이 되면 동산에는 일백 가지 꼿이 만발합니다. 그 꼿은 모다 열매를 매즐 중요한 준비로 피는 것입니다. 소년은 장래에 이 조흔 열매를 매질 씀직스럽게 귀여운 꼿입니다.

◇ 여러분은 꼿을 보시니 아름다웁게 생각하시지오. 그러나 그 아름다운 꼿이 쓰테 아름다운 열매를 매즐 것을 생각하실 째에 더한층 그 꼿의 소중한 것을 알 것입니다.

◇ 녯 사람이 말하기를 꼿은 웃는다 하얏습니다. 소년도 웃습니다. 조선의 꼿인 소년도 웃습니다. 여러분은 여러 가지로 긔막킨 일만 만흔 우리 조선에서 이 웃는 꼿을 볼 째에 얼마나 마음이 깃브십니까.

◇ 그리고 그보다도 그 웃는 꼿에서 장래 새 조선을 맨들어 내일 열매가 매질 것을 생각하실 째에 얼마나 사랑스럿습니까.

◇ 이 꼿을 보고 깃버하며 이 열매를 아모쏘록 잘 맷게 하려고 생긴 것이 소년운동입니다. 그리고 이날 (한 줄 가량 해독 불가) 야 일년 일자 날을 뎡하야 노코 여러 가지 선전을 하는 날이 오월 일일 "어린이 데이"입니다.

◇ 조선에 소년운동이 생긴 지도 여러 해입니다. 이 방면에 힘쓰는 이들이 여러 가지로 애도 만히 쓰고 온갓 것이 어려운 처디에 잇는 조선에서 일하야 나가기에 고생도 만히 하얏습니다.

◇ 그러나 우리는 이 우리 압헤서 방실방실 웃는 소년이 장래 열매가 되어 이 어려운 조선을 바로잡고 새 조선을 만들 일쑨인 것을 생각할 째에 여간 고생이야 어찌 사리겟습니까.

◇ 아버지도 오십시오. 어머니도 오십시오. 형님도 오십시오. 누의님도

오십시오. 모든 어른 되신 분은 모다 오서서 이 소년운동을 내 일로 알고 하십시오.

　◇ 당신들은 묵은 사람입니다. 소년은 당신보다 한거름 압선 사람입니다. 당신들은 지금 일을 하고 잇지만 그들은 장래 일을 할 사람입니다. 당신들이 하려다가 못한 일을 그들이 하옵니다. 당신이 성공 못한 일을 그들은 성공할 것입니다!　　― 슻 ―

社說, "어린이날", 『조선일보』, 1927.5.1.

一

"萬國의 勞働者야 團結하라!" 이러한 精神 下에 五月 一日이 世界的으로 직혀지는 것은 누구나 다 아는 바이어니와 이날이 朝鮮에 잇서서는 한 가지 더 特別한 意義를 가지는 것은 이날을 "어린이날"로 하야 全 朝鮮的으로 직히게 된 것이다. 이것은 朝鮮 사람의 發明한 것이니 자랑할 수 잇는 性質의 것이다. 〈朝鮮少年協會〉에 依하야 이날을 "어린이날"로 하야 직히기로 作定된 後 今年 今日에는 그 第五回를 맞게 되엇다. 그동안에 이 "어린이날"의 意義는 漸次 宣傳 되어서 漸次로 一般에게 理解되게 되엇다.

二

그리하야 그에 對한 儀式은 每年 그 盛大의 度를 더하야 나가게 되엇다. 今年에는 四百餘 團體의 參加로 盛大한 儀式이 잇고 또 行列까지도 잇게 되엇다. 우리는 여긔 잇서서 "萬國의 어린이들아 團結하라!" 하고 부르지지려고 한다. 이와 가튼 標語는 一見 매우 우수운 것 갓지마는 아즉 邪心이 적고 天眞爛漫한 째에 서로 交通하게 되면 그 사이에 잇서서 서로 理解하는 짜뜻한 感情이 이러날 수 잇슬 것이다. 知的으로 理解하는 것이 勿論 必要하겟지마는 그것을 더한層 힘 잇게 하는 데는 感情的으로 서로 理解시키는 것이 必要할 것이니 少年期에 잇서서 그러케 하는 것은 가장 그 뿌리를 깁게 박을 수 잇는 것이다. 오늘날의 交通機關은 그것을 能히 助長할 수 잇는 것이니 그것이 어느 程度의 可能性을 가질 수 잇는 것이다.

三

봄날이 짜뜻하야 꼿이 피고 풀이 나고 새가 노래하는 이째에 어린이들로 하여금 天地의 大氣에 順應케 하야 그 生의 眞味를 感得케 하는 것은 그 精神을 快活케 하고 그 血肉을 躍動케 하는 바 잇슬 것이다. 그리고 또 이날에 잇서서 어린이의 權利를 保護하자는 생각을 一般에게 깁게 너허주는 것이 必要할 것이니 어린이는 막 누루기만 할 것이 아니라 그 意思를

尊重하며 叱責的 態度를 取하지 말고 親切히 誨誘的 態度를 取하야 그들로 하여금 長上의 말한 바에 悅服하도록 하는 것이 緊要한 것이니 笞刑이나 업스면 子女를 敎育할 수 업다는 것과 가튼 생각은 업서지도록 하여야 할 것이다. 勿論 그러케 하는 데는 퍽 힘이 들겟지마는 社會의 "싹"인 貴重한 어린이들을 爲하야 그만한 努力은 하여야 할 것이다.

北岳山人, "朝鮮少年運動의 意義 - 五月 一日을 當하야 少年運動의 小史로", 『중외일보』, 1927.5.1.

朝鮮 少年의 處地와 形便

一九一九年 三月의 朝鮮××運動은 우리 朝鮮의 사람 사람을 모든 方面으로 움즉이게 하얏다. 그리고 그 運動이 해를 지내며 文化的으로 思想的으로 한層 또 한層 깁히 드러감에 짤하서는 여러 갈내의 部門運動 具體運動을 니르킴이 되엇스니 지금 말하는 少年運動은 卽 그中의 하나이다.

從來의 朝鮮 少年은 그 家庭에 잇서서나 社會에 잇서서나 아모러한 地位도 認定되지 못하얏다. 그들의 人格은 蹂躪되고 情緒는 枯渴되고 總明[112]은 흐리우고 健康은 耗損되고 社會性은 痲痺되어 말하면 形容할 수 업는 處地에 빠지엇다. 더욱 近來의 ×××義的 經營이 政治勢力을 背景으로 한 ××××의 손을 거치여 擴大되며 朝鮮 사람의 經濟生活이 破滅됨에 밋처는 朝鮮 少年 大多數의 運命은 한層 더 崎嶇하게 되엇다. 그들은 自己 家庭의 生活難으로 因하야 公私立의 普通學校, 書堂 其他 學校에서 工夫하는 約七十萬名의 幼少年을 除한 外의 約四百七十萬名 幼少年은 全혀 文盲이 되고 말을 뿐이 아니라 그들은 大概 새벽으로부터 밤중까지 工場과 農場에 拘置되어 견델 수 업는 勞役에 從事하는 同時에 그들의 聰明과 健康은 온전히 潰滅되고 잇는 것이다. 이러함에 不拘하고 몃 해 前까지의 우리 社會에서는 이것을 問題조차 삼지 아니하던 바 우에 말한 바와 가티 겨우 己未運動 以後로 비로소 이에 對한 厖大한 覺醒과 潑剌한 運動이 니러난 것이다.

少年運動 發現의 經過

少年團體의 出現이 반다시 少年運動의 出現이라 할 수는 업스나 少年運動의 發興 經路를 더듬는 째는 스사로 少年團體의 發興으로부터 니야기하

---

112 '聰明'의 오식이다.

지 안흘 수 업다. 勿論 우리 朝鮮에도 開化運動이 니러나자부터 或은 基督
敎會가 드러오자부터 多少의 兒童을 相對로 하는 集會 團體가 업지 안헛슬
것이나 그것은 主로(거히 純然히) 宗敎의 宣播 或은 文字의 記誦, 쏘는
그들 새의 戱樂을 目的한 것인 바 少年運動의 意味에서 본 少年便體[113]라
할 수 업고 적어도 少年의 處地, 形意識하고[114] 그 意識 밋헤서 어쩐 目的을
세우고 그 目的에 到達하기 爲하야 정말 運動的으로 니러난 己未 以後에서
차즐 수밧게 업다.

大體 이러한 前提 밋헤서 朝鮮 少年團體의 發興된 자춰를 차즈면 一九
二〇年(庚申) 겨울에 慶南 晋州에서 姜敏鎬 金敬浩 等 十數人의 發起로
〈晋州少年會〉가 創立되며 少年會라는 일홈이 비롯오 新聞紙上으로 傳하
게 되엿다.

그런데 이 少年會에서는 發起 卽時로 東鮮××××로 부르기로 決議한
바 그것이 곳 發覺되야 그들은 沒數히 檢擧되며 少年會는 곳 업서지고 말
엇다. 嚴正한 意味로 보아서 〈晋州少年會〉를 發起한 그들이 한 朝鮮 사람
으로의 ○○萬歲를 불을 것을 그 會의 成立 內意로 하는 以外에 보다 더
한거름을 드러가 한 少年으로서의 處地와 形便을 意識하고 거긔에 相應한
運動을 니르킬 것까지를 內容으로 하야 그 會를 發起햇던 것인지는 모르나
如何間 그 會는 會員 多數가 犧牲(最高 一年半을 爲始하야 大概 約一年의
役을 밧엇섯다.) 됨과 가티 中絶 되고 말은 바 이 以上 더 말할 나위거리가
업고 이 일이 잇슨 後 約四個月만인가 京城에 〈天道敎少年會〉가 생기엿다.
째는 一九二一年 辛酉 四月 그 會는 아레에 적은 것과 가튼 다섯 가지를
朝鮮少年運動의 綱領으로 하야 宣傳, 組織에 熱力하얏다.

첫재 어대까지 少年의 人格을 擁護하야 在來의 倫理的 壓迫을 물니칠 것
둘재 어대까지 少年의 情趣를 涵養하야 在來의 沙漠가튼 쓸쓸한 生活을
업시 할 것

---

113 '少年團體'의 오식이다.
114 '形便을 意識하고'의 오식으로 보인다.

셋재 어대까지 少年의 慧明을 發輝揮하야 在來의 不學에서 생기는 無知를 업시 할 것

넷재 어대까지 少年의 健康을 護持하야 在來의 不當勞働에서 생기는 過勞를 防止할 것

다섯재 어대까지 少年의 社會性을 길너서 새 世上의 새 主人 되기를 準備할 것

이뿐이 아니라 〈天道敎少年會〉는 天道敎 그 自體의 宗旨가 이 人間을 宇宙의 最高 存在者로 認하고 人間中에도 幼少年을 現下의 旣成人間보다 한겹 더 進化 鍊成된 人間으로 보는 그만큼 天道敎 本精神으로의 이 運動을 支持하는 點이 强하며 (二) 天道敎의 地盤이 相當한 것만큼 그 會로서의 發展이 便易한 關係 等으로 因하야 날로달로 旺盛함을 보게 되매 이것은 만히 全 朝鮮의 靑少年을 刺戟함이 되얏다.

一九二一年 以降으로 京鄕處處에 少年團體가 盃興한 裡面에는 多少 이로써 動起된 事實도 업지 안헛슬 것이다.

"어린이날"의 刜定과 其意義

一九二二年 봄 일이다. 〈天道敎少年會〉에서는 東京에 잇는 〈색동會〉(이 會는 일즉히 少年問題를 硏究키 爲하야 東京에 留學하는 方定煥 秦長燮 外 六七人으로 成立된 것이다.) 其他 京城에 잇는 少年團體와 議論을 通하야 每年 五月 一日을 幼少年의 日, 다시 말하면 "어린이날"로 定하고 그날을 期하야 全 朝鮮 五百餘萬 幼少年이 一齊히 少年運動 自祝 示威를 하기로 하야 그해(一九二二年) 五月 一日부터 實行하얏다. 勿論 이 "어린이날" 運動이 첫해에 잇서는 一般에게 對한 宣傳이 未及한 關係上 그에 對한 意識이 明確하게 되지 못하야 큰 成果를 엇지 못하얏스나 해를 지냄에 짜라 그냥 成蹟을 엇게 되야 一九二五年의 이 날에는 朝鮮 全國에서 約 三十萬의 幼少年이 이 運動에 參加(紀念式과 行列에 參與한 것을 標準함) 하는 盛況을 이루워섯다. (한 줄 가량 해독 불능) 特 五月 一日을 指選한 것은 무슨 뜻이엿는가 하는 것이다. 푸러 말하면 어린이날은 (一) 幼少年 自身들로 볼 째에는 자기네들의 잘 놀고 잘 즐겨하는 唯一한 "名節날"인 同時에

(二) 少年運動의 氣勢와 威力을 一般에게 보히여 그 運動의 意義와 進行을 年復年으로 새롭게 하고 促進식혀 가는 "示威의 날"이며 (三) 幼少年을 相對로 하는 어른들 便으로 볼 째에는 "幼少年 保育의 날"이라 할 것이다. 말이 좀 우수워지는지는 모르나 오늘까지의 어린이날은 幼少年의 名節날이오 少年運動 示威의 날이오 幼少年 保育의 날이라 함이 最可할 것이오 五月 一日을 指選한 것은 (一) 少年運動을 象徵하는 節候로 보아서 이달이날이 最適하다는 것과 또 이날은 歐洲에서는 녯적부터 어린이의 名日이 되여 잇는 等 理由에 基因한 것이다.

'쏘이스카우트'의 出現

朝鮮少年運動의 發現 經路를 보면 一九二〇年末 乃至 一九二一年 春에 그 소래를 發하야 一九二二年부터 아조 盃興되엇다고 할 수 잇다. 一九二二年에 잇서 特記할 것은 少年會의 名義 及 性質을 가진 少年團體가 各地에서 勃興함을 본 以外에 少年斥候 或은 少年軍이란 일홈을 가진 英米式의 '쏘이스카우트'가 組織된 것이다. '쏘이스카우트'는 一九〇七年에 英國 陸軍 中將 '쌔덴파웰' 氏가 一九〇〇年間 南阿戰爭 째에 少年 斥候를 使用해본 것을 動機로 組織한 것이니 오늘 世界各國에 傳播된 것으로서 少年運動 氣分이 一般으로 盛旺하게 되는 一九二二年 秋에 鄭聖采, 趙喆鎬 氏 等 指導者를 通하야 우리 朝鮮에도 組織된 것이다. 卽 鄭聖采 氏는 基督敎 其他 宗敎 便의 少年을 中心으로 〈朝鮮少年斥候團〉이란 일홈으로써 '쏘이스카우트'를 組織하야 一九二四年에 斥候團聯盟을 組織한 바 그에 加盟團體가 十九處에 約 四百名의 團員을 가지고 잇고 趙喆鎬 氏는 宗敎的 地盤을 써나서 〈朝鮮少年軍〉이란 일홈으로써 '쏘이스카우트'를 組織하야 今日까지 六十四隊에 約五百名의 團員을 가지고 잇다.

'쏘이스카우트'라 함은 무엇이냐. '쏘이'라 함은 英語에 兒童이오 '스카우트'라 함은 英語에 斥候라 兵隊라 하는 말인대 이 '쏘이스카우트'의 刱立者인 '쌔덴파웰' 氏의 說明에 依하면 斥候라 함은 어느 짱 어느 時間에도 存在한 것이다. 卽 새로운 가지각색의 探險을 하야 人智를 나위여 公益에 資하고 널리 世間人類를 위하야 貢獻을 하는 사람 사람은 모도가 斥候이다.

이런 意味에서 少年은 少 (한 줄 가량 해독 불능) 具體的 綱領으로는 (一) 神과 國家社會에 對한 自己의 義務를 다하고 (二) 언제던지 他人을 도아주고 (三) 自己 團體의 準律에 順服할 것과 自己 健康의 護持에 注力할 것을 指摘한다. 朝鮮의 '쏘이스카우트'도 大體로 英米式 그것을 輸入한 것으로서 그 訓鍊方式으로서는 '쏘이스카우트'의 共通 敎範에 依하야 秩序 잇는 行進과 野營生活과 其他 自己 及 他人을 爲하야 當面의 善을 實行할 技能을 가르친다. '쏘이스카우트'에 對하야 一言할 것은 그와 가티 漠然한 意味에서 神과 國家 或은 自己와 他人에 對한 盡忠할 義勇을 가르키는 것은 스사로 現世上 現社會를 信賴하고 그에 對한 忠實을 期하게 되는 바 그 結果는 正히 오늘 各 帝國主義 國家에서 各其 自國家 쏘 自階級의 利益을 護持하기 爲하야 靑少年을 訓鍊함과 가튼 意趣에 맛추게 된다는 그것이다. 다시 말하면 現下 少數 支配의 斥候軍 되는 데에 運命을 마추게 된다. 이 點은 如何間 考慮할 處이겟스나 要는 '쏘이스카우트'라는 名稱이나 方式 그것이 問題가 아니라 實際로 해 나가는 指導精神 그것이 問題일 듯십다.

少年團體의 形態

지금 朝鮮에 잇는 少年團體는 첫재 그 名稱으로 보아 少年會, 少年軍, 少年斥候隊 等이 잇고 或은 少年團體의 意味를 間接으로 取하야 샛별會 修養會 가튼 名稱을 가진 것이 잇스나 朝鮮 少年團體의 形態는 少年會와 少年軍(或은 斥候)의 二者로 大別할 수가 잇다.

各 少年團體의 運動 傾向

우에 말함과 가티 朝鮮 少年團體는 그 形態로 볼 째에는 少年軍과 少年會의 二者가 잇스나 그 團體들의 傾向을 볼 째에는

(一) 어쩌한 階級에 屬한 少年임을 不問하고 少年이면 少年會員이다 하는
　　趣意 밋헤서 純然히 少年의 情緒涵養과 人格保育에 主力하는 便
(二) 엇던 少年이나 會員으로 하는 點은 前者와 同一하나 運動의 目標를
　　더 좀 現實的으로 하야
　　(가) 少年의 人格擁護
　　(나) 少年의 情緒涵養

(다) 少年의 文盲退治

(라) 少年의 社會生活 訓練 等을 主張하는 便

(三) 少年을 어대까지 法律的 軍隊的으로 訓練하야 이 社會에 對한 善良한 市民을 지키기로 目的하는 便

(四) 純然한 階級的 見地에서 露國의 '쎄오넬'(少年探險隊) 式을 取하야 少年教導를 하려는 便

(五) 이도저도 아니요 半好奇的 半遊戱的으로 少年□情을 享하려는 便

運動의 目的性

論者 中에는 少年을 少年 그대로 깨끗하게 곱게 保養함에 긋칠 뿐이요 거기에서 한거름을 더 나아가 一定한 主義와 目的 밋헤서 意識的 教養이나 訓練을 주려 함과 가틈은 도로혀 不自然한 일이라고 하는 이가 잇스나 그러나 이러한 論法은 아즉 생각을 조꼼 덜한 主張이라 할 수밧게 업스니 웨 그러냐 하면 少年도 結局 이 社會와 이 環境의 雰圍氣를 쩌나서 살을 수 업는 人間인 以上 少年을 少年 그대로 다시 말하면 아모러한 目的意識이 업시 그를 教養하자 함은 結局 現境遇 現社會에 順應하는 人間을 짓자 함과 맛찬가지의 結果에 빠지는 故이다. 이런 點에 對해서는 特히 생각하고 넘어가지 안흐면 안 될 것이라 하고 십다.

오늘 以後의 問題

一九二五年 十月 末 現在의 國勢調查에 依하면 우리 全 朝鮮 內의 幼少年은 七歲로 十一歲까지의 幼年이 二百二十九萬餘人이오 十二歲로 十九歲까지의 少年이이 三百十二萬餘人으로서 合計 五百四十一萬餘人이다. 그런대 最近까지의 朝鮮 少年團體를 보면 團體數 約七百餘 個所에 關係 少年이 約八萬人인 바 朝鮮少年運動은 오히려 千里一步의 感이 잇스며 또 右에 말한 團體와 會員이라 할지라도 아직까지 分明한 理論과 方式을 가지지 못한 것이 만코 甚함에는 朝設暮廢의 團體도 잇다.

이번 어린이날을 마즈면서 少年 非少年을 勿論하고 우리가 한가지로 생각할 것은

첫재 엇더케 하면 朝鮮 五百五十萬의 幼少年을 다一 가티 少年團體에

入屬케 할가

둘재 엇더케 하면 이 少年團體에 入屬되는 團員을 바른 理論과 周到한 方式 밋헤서 緊切하게 訓鍊해 갈 수가 잇슬가

그리고 이러케 하기 爲하야는 各 少年團體를 網羅하는 무슨 有機的 聯合 機關을 짓는 것이 急하지 아니할가. 朝鮮의 少年運動도 이제는 期[115] 量을 생각하는 同時에 質을 생각하지 안흐면 안 될 째에 들은 것 갓다. 同時에 보다 以上에 散漫을 許할 수는 업겟다. 뜻잇는 이의 再思를 빈다.

---

115 '其'의 오식이다.

丁洪教, "少年運動의 方向轉換-"어린이날"을 당하야", 『중외일보』, 1927.5.1.

少年運動도 方向轉換을 當面하얏다. 在來의 自然生長性的 運動은 그 自身이 벌서 倦怠를 늣기고 잇슬 쑨 아니라 必然的으로 그 運動의 揚棄를 要求하고 잇다. 이제 少年運動의 方向轉換을 論爲할 제는 반듯이 過去의 形態와 性質을 考察하야서 그것이 必然的으로 方向轉換을 하지 안흐면 아니 될 性質을 갓고서 어느 目標 밋헤 轉換하지 안흐면 아니 되게까지 到達하게 하는 바 그 客觀的 條件을 論하야써 方向轉換의 具體的 理論까지 進出하여야 될 것이다.

朝鮮의 少年運動도 世界少年運動 戰線의 一角인 以上 그것은 確實히 組織을 要求한다. 그러나 在來의 朝鮮運動은 英雄的 偶像運動에 沈襲을 바더 二世國民 及 二世敎徒의 密造이거나 或은 軍國主義式 反動訓練 等으로서 小쑤르조아 思想의 高潮로서 그 重要 任務를 가지고 잇섯다. 쏘한 甚한 것에 至하야는 舞蹈, 音樂 等을 少年運動의 唯一한 任務인 것가티 思量하고 잇섯다. 그러나 少年은 벌서 저- 발버둥질이나 액맥이 가튼 音樂 소래에는 倦怠를 늣기고 잇는 것이다. 消化劑 가튼 언슬푼 童話보다는 좀 더 活氣 잇는 이약이를 要求하는 것이다. 少年 自身이 벌서 그것을 要求한다. 더욱 指導者들에게 잇서서는 크게 過去運動을 反省하지 아니치 못할 것이다. 그리하야 斷然히 過去運動 形態로부터 飛躍하지 안흐면 아니 될 여러 가지 조건을 늣기게 되는 것이다. 말하자면 過去의 自然生長性的 乃至 宗敎的 魔醉運動으로부터 分離하야 斷然히 目的意識的 運動으로 飛躍할 것을 急迫히 要求하는 것이다.

나는 지금 이에 對하야 생각되는 몃 가지만을 적으려 한다.

一. 첫재로 우리들이 말하는 바 所謂 "어린이날"이라는 五月 一日에 잇서는 多少 문뎨가 잇게 된다. 五月 一日은 世界 勞働者들의 名節 '메이데이'이다. 그러면 이 國際的 勞働祭日과 우리 "어린이날"과는 가튼 五月 一日을

名節로 하고서 잇다. 그러나 그것은 確實이 조치 못한 關係를 가지고 잇다. 왜 그러냐 하면 朝鮮 가튼 '메이데이' 紀念이 아즉 盛況이 아니인 그것만큼 아즉 相殺關係를 實現치는 아니하고 잇스나 事實에 잇서 '메이데이'가 紀念 된다면 두 곳에 紀念的 行動은 甚히 不便을 늣길 뿐 아니라 서로히 障害될 것은 未久에 올 事實이다. 그럼으로 "어린이날"을 元來 五月 一日로 定한 것은 先輩들의 確實히 잘못된 智慧가 産出한 案이라고 生覺할 수 밧게 업 다. 이제 우리는 今年만은 모르겟스나 來年부터는 "어린이날"을 少年運動 하는 諸 同志들과 妥協하야 반듯이 그 日字를 改定할 必要를 늣기며 다시 國際的으로서 已定되는 바 國際靑年會少年部의 每年 定하는 "어린이날"을 紀念하든지 두 가지 中에서 決定할 것이다. 그 理由는 "어린이날"을 잘 살리 고자 하는 싸닭이다.

一. 둘재로 少年運動 組織問題에 잇서는 在來의 散放的 行動으로부터 緻密한 組織을 要求하게 되나니 위선 京城에서 在京少年會가 그 數爻가 數十個이다. 그놈을 聯盟이나 同盟은 못한다고 하드래도 各 少年會의 代表 로서 聯合委員會를 設置하야 그곳에서 京城少年運動에 對한 一切을 協議 하는 同時 坯한 地域別로 委員會를 組織하며 洞里라든지 各 學校라든지 하는 일명한 地盤 우에 잇는 少年會員들은 班이나 隊로서 한 개의 結束을 갓고서 各히 訓練하는 等 하야써 모-든 것을 組織的으로 쌀해서 能動的으 로 活動하며 敎養을 엇게 할 것이다.

一. 쎳재로[116] 어린이 敎養問題에 잇서 우리 恐怖할 만한 中毒作用을 發 見하는 것이다. 이 敎養에 잇서는 朝鮮의 어린이運動을 살리고 죽이는 重 要한 문뎨이다. 學問이라는 것은 現實에 잇서는 그 本來의 使命을 □殺하 고서 어느 一部의 武器로 使用되는 以上 近來 少年運動은 그 敎養에 잇서 確實히 恐怖할 만한 症候를 쩨이고 잇는 것이다. 우리가 先輩라고 보는 指導者들 가운데에서도 少年運動을 商品化하야 人物 中心에서 宗敎化하 고 잇는 傾向은 누구든지 視得할 수 잇는 것이다. 더욱이 쏘이스가트 運動

---

116 '셋재로'의 오식이다.

에 잇서는 封建的 頑惡한 諸 精神은 如實히 暴露되어 잇스니 少年들의 反動行動을 隱然히 潛在的으로 助長하고 잇는 結果를 본다. 이곳에서 우리는 學問은 眞正한 法理를 體系로 한 것을 要求하나니 自然과 社會와 努力 等의 連絡된 敎育을 要求하는 것이다. 부질업시 써추룸한 童謠나 로맨틱한 童話로서 少年心을 陶醉할 것이 아니라 우리는 當面 문뎨로서 우리말 우리 글을 배울 必要를 늣기며 쌀하서 眞正한 意味의 敎養을 要求하야 마지안는 바이다.

나는 今年 一九二七年에는 少年運動에도 반다시 方向의 轉換이 오리라고 본다. 그 內在的 條件이라던가 外在的 諸 條件은 반다시 方向을 轉換시키지 안코는 마지아니하리라고 생각한다. 이곳에 새로운 飛躍이 잇고 進展이 잇슬 줄 안다. 쏘한 그만콤 指導者 諸氏들의 思惟가 必要하며 쌀하서 理論鬪爭이 必然的으로 擡頭할 것이다. 今年의 "어린이날"은 반다시 朝鮮少年運動의 劃時期的 모임이 되기를 바라며 내가 밋고 쏘한 올타고 생각하는 바 將次 施行코자 하는 〈五月會〉의 今年(一九二七年)의 主張과 스로칸을 이곳에 借載하여 둔다.

一. 五月 一日은 世界의 勞働祭이니 우리는 우리의 名節을 새로히 찻자.
一. 우리는 저— 頑惡하고 局限된 少年運動과 抗爭하자.
一. 우리는 朝鮮 歷史와 朝鮮語를 朝鮮 사람에게서 배우자.
一. 無産兒童의 義務敎育 機關의 實施를 要求하자.
一. 우리는 自然과 社會와 努力과 速成된 敎育을 밧자.
一. 우리 運動은 世界少年運動 戰線의 一角이니 組織的으로 團結하여야 된다.
一. 勞働 兒童을 絶對 保護하자.
一. 우리는 朝鮮 靑年前衛隊의 後備軍이 되자.

　　　　　　　　　　　　　　　　　　一九二七. 四. 二十五日

星海, "어린이날을 當하야-少年運動의 統一을 提言", 『조선일보』, 1927.5.2.[117]

今日의 少年運動은 少年 自體를 爲한 運動이 되는 同時에 社會를 爲한 全的 運動이 되어야 할 것은 勿論이다. 決코 少數 少年을 包容한 團體의 存在를 表現하기 爲한 運動이 되거나 또는 個人의 自家宣傳을 爲한 運動이 되어서는 안 될 것이다.

이것은 運動의 看板을 걸은 動機가 그러한 不純한 데에 잇스면 運動 自體에 分裂이 생기고 徒黨을 얽는 餘弊가 伴隨하기 더욱 쉬운 까닭이다.

少年運動은 그 標語가 表示한 바와 가티 엇던 主義의 運動이 아니요 人間으로서의 運動이다. 兒童은 白紙이다. 純眞한 人間이다. 白紙와 가티 물들지 안혼 純眞한 人間運動에 잇서 만일 그들에게 조치 못한 影響을 준다면 그러한 運動은 찰아리 업는 것만 못하다고 생각한다. 이 點에 잇서서 少年運動의 指導者의 深甚한 注意와 徹底한 覺悟를 謠하는 바이다.

이러한 覺悟와 注意가 업시 少年運動의 指導者然하는 이가 잇다면 吾人은 少年運動의 前途를 爲하야 甚히 슬퍼하지 안흘 수 업다.

그런데 遺憾이지만 勃興道程에 잇는 우리 少年運動이 指導者를 中心으로 하야 派黨이 생긴 것과 가튼 觀이 잇다. 擧國一致로 하여야만 할 五月一日 '어린이 데이'의 모든 行動에 잇서서도 主催側을 달리하야 參加團體가 其 類를 分한 것 가튼 奇觀을 呈하는 것은 卽 此를 雄辯으로 證함이 아니고 무엇이냐.

人生의 生活 全體가 本是 葛藤 그것이니 神의 모임이 아니오 人間의 모둠인 以上에 葛藤이 업슬 수가 업슬 것이다. 些少한 意見衝突 가튼 것은 恒茶飯事로 알어야 할 것이다. 이러한 境遇에 우리는 恒常 大義下에서는 小義를 바릴 雅量이 업고는 그 會合 自體가 圓滑하게 運行하는 健全한 發

---

117 '星海'는 이익상(李益相)의 필명이다.

展을 期待할 수 업슬 것이다. 少年運動指導者間에 如何한 意見의 衝突이 잇섯는지 알 수 업스나(또는 吾人이 알고자 하는 바도 아니지마는) 擧國一致的으로 하여야 할 어린이날의 祝賀와 紀念을 두 곳에 中心을 두고 會合하는 것은[118] 어린이들에게 조흔 影響을 줄이라고 생각할 수는 업는 것이다. 이것이 吾人의 杞憂인지 알 수 업지만 少年運動指導者들의 한번 反省할 重大事라 할 것이다. 그럼으로 吾人은 어린이날에 際하야 特히 少年運動指導者 諸氏에게 苦言을 呈하는 바이다.

---

118 이 글이 실린 『조선일보』(27.5.2)의 같은 지면에도 〈朝鮮少年運動協會〉와 〈五月會〉가 나뉘어 각각 서로 다른 장소에서 어린이날 기념식을 거행하고 있음을 보도하고 있다. 이와 같이 소년운동이 크게 두 갈래로 분열된 것을 가리키는 말이다.

方定煥, "어린이날에", 『중외일보』, 1927.5.3.

돈 업고 세력 업는 탓으로 조선 사람은 이째까지 나리눌리고 짓밟히여 압흐고 슯흔 생활만 하야 왓습니다. 그러나 그 불상한 사람 중에서도 그 쓰라린 생활 속에서도 또 한층 더 나리눌리고 학대 밧으면서 무참하게 짓밟혀만 잇서 온 참담한 중에 더 참담한 인생이 조선의 소년소녀엿습니다.

학대 밧앗다 하면 오히려 한목 "사람 갑"이나 잇섯다고 할가. 갓 나서는 부모의 재롱감 작란감이 되고 커서는 어른들의 일에 편하게 씨우는 일에 긔계나 물건이 되엇섯슬 뿐이요 한목 사람이란 갑이 업섯고 사람이란 한목 수효에 치우지도 못하여 왓습니다.

우리의 어림(幼)은 크게 잘어날 "어림"이요 새로운 큰 것을 지어낼 "어림"입니다. 어른보다 十년 二十년 새로운 세상을 지어낼 새 밋천을 가젓슬 망정 결단코 결단코 어른들의 주머니 속 물건만 될 싸닭이 업습니다. 二十년 三十년 낡은 어른의 발밋에 눌려만 잇슬 싸닭이 절대로 업습니다.

새로 피여날 새싹이 어느 째싸지던지 나리눌녀만 잇슬 째 됴선의 슯흠과 압흠은 어느째싸지 (한 줄 가량 해독 불가)

그러나 한이 업시 쩌더날 새 목슴 새색이 어느째싸지든지 눌녀 업드려만 잇든 조선의 어린이는 이날부터 고개를 들고 이날부터 외치기 시작하얏습니다.

가리운 것은 헷치고 덥힌 것은 벗겨 던지고 새 세상 지어 놀 새색은 웃줄웃줄 쩟어나기 시작하얏습니다. 그 긔세는 맛치 五月 해벗가티 찬란하고 五月의 새닙(新綠)가티 씩씩하고 또 五月의 샘물가티 맑고 깨끗하얏습니다. 어린 사람의 해방운동이 단톄덕으로 五百여 처에 니러나고 어린 사람의 생명 량식이 수십 가지로 뒤니어 나와서 어린이의 살 (한 줄 가량 해복 불가)

아아 거룩한 긔념의 날 五月 초하로! 기우러진 조선에 새싹이 돗기 시작한 날이 이날이요 성명도 업는 조선의 어린이들이 새로운 생명을 엇은 날이 이날임니다.

　엄동은 지나갓습니다. 적설(積雪)은 녹아 업서젓습니다. 세상은 五月의 새봄이 되엿습니다. 눌니우는 사람의 발밋에 쏘한 겹눌녀 온 조선의 어린 민중들이여 다— 갓치 나아와 이날을 긔념합니다. 그리하야 다 갓치 손목 잡고 五月의 새닙갓치 뻣어 나갑시다. 우리의 생명은 뻣어 나가는 데 잇슴니다. 조선의 희망은 우리의 잘 커 가는 데에 잇슬 뿐임니다.　— 씃 —

時評, "少年運動 – 사회의 주인", 『동아일보』, 1927.5.4.

◇ 우리 어린이의 운동이 점점 완성해 갑니다. 오월 일일(五月 一日)을 전후해서 신문지상으로 전해지는 어린이날의 소식은 우리 사회에 큰 활긔를 줍니다. 경성을 위시해서 조선 각처에서 몃 십만 명의 어린이들이 동원(動員)해서 어린이날을 축하하엿습니다.

◇ 사회를 유망하게 하려면 사회의 모종인 소년소녀들을 사회덕으로 잘 길느며 쏘 사회덕으로 인도하여야 합니다. 그러치 못해서 한째의 소년소녀가 잘못 지도(指導)되면 다음 째의 사회는 보잘것이업시 됩니다.

◇ 우리 조선사회는 이째까지는 남의 사회에 비하여서 써러저 잇습니다. 보잘것이업시 되여 잇습니다. 쌀아서 만흔 설음을 밧고 잇습니다. 이것을 향상(向上)식히고 우리가 설음으로부터 해방(解放)되기 위하야 청년과 장년들이 모든 힘을 다해야 할 것이야 물론이지마는 그러나 그것만 가지고는 부족합니다. 이와 가치 큰 사업은 쩗은 세월에 성공되기 어려운 것입니다. 우리는 쉬지 안코 하는 동시에 쏘 유유하게 준비해야 합니다. 우리의 다음 대를 우리가 준비하여야 합니다.

◇ 그럼으로 우리의 소년소녀를 사회덕으로 훈련하야 장래에 훌륭한 일 꾼이 되도록 만들 필요는 우리에게 더욱히 만습니다. 그런대 이와 가튼 운동은 아즉 학교에서는 잘되지 안습니다. 쏘 가뎡에서도 잘되지 안습니다. 어린이의 단톄를 조직하지 아니하면 아니 됩니다. 즉 어린이들은 그 학교를 뭇지 말고 쏘 그 가뎡도 써나서 오즉 디역덕(地域的)으로 단결(團結)해 가지고 사회와 즉접으로 접촉해 가면서 훈련 밧게 됩니다. 그것이 어린이의 운동입니다. 우리는 그 운동을 통해서 우리의 장래를 점칠 수 잇는 것입니다.

◇ 그런대 한 가지 주의할 일은 이 운동은 학교와 가뎡의 도움이 업서서는 잘 발달할 수 업습니다. 한 가지 례를 들어서 말슴하면 학교나 가뎡에서 어린이들을 그 운동에 들지 못하게 하면 그것만으로도 큰 타격을 밧지 아니

할 수 업슴니다. 그럼으로 학교 선생 되시는 분이나 쏘 부모 되시는 분은 만히 생각해서 이 운동에 대해서 리해를 가저야 할 것임니다. 학교 학과에 만 충실해라 하는 교훈은 벌서 시대에 뒤진 말임니다. 사회를 써난 각 과가 잇슬 리가 잇겟슴닛가. 이러한 의미에서 우리는 어린이운동을 적극뎍으로 응원할 의무가 잇슴니다. (쯧)

金泰午, "全朝鮮少年聯合會 發起大會를 압두고 一言함(一)",
『동아일보』, 1927.7.29.

오래ㅅ동안 懸案으로 내려오든 少年聯合會 이것은 其間 만흔 波瀾을
격고 겨우 이제야 成案을 지은 貌樣이다.

荒蕪地 가튼 遙遠하고 쓸쓸한 人間社會의 벌판에서 彷徨과 咀呪로써
힘업시 자라나는 朝鮮의 어린 靈들을 爲하야 兒童擁護機關인 少年運動의
切實한 高調를 意味한 少年會 看板이 只今에 二百餘 團體이다. 그러나 少
年愛護運動의 歷史가 엿틈을 싸라 아즉까지 氣分運動이엇스며 形形色色
으로 各自가 千層萬層으로 指導하며 主張해 왓다.

그러면 언제던지 이 方向과 形式이 다른 少年運動을 高唱할 것인가?
아니다. 거긔에는 廢亡이 잇슬 뿐이오 쌀아서 進展은 어더 볼 수도 업슬
것이다.

그리하야 이에 만흔 늣김을 가진 〈五月會〉 幹部 멧 사람과 斯界의 有志들
이 糾合하야 全 朝鮮에 흐터저 잇는 二百餘 少年團體의 運動을 統一하며
其 進展을 圖謀하기 爲하야

一. 朝鮮少年運動의 統一的 組織의 充實과 發達의 敏活을 圖함

二. 朝鮮少年運動에 關한 研究와 實現을 圖함

이란 二大 標語下에 朝鮮少年聯合會發起準備會를 새로히 組織하고 各
地方에 잇는 團體에서도 이에 對한 共鳴이 즘짓부터 큰 바 잇서 이제 六十
個體團體와 四個 聯盟團體의 承認을 得하고 來三十日을 期하야 發起大會
가 召集케 됨을 무엇보다도 朝鮮 어린이의 다시 업는 길잡이가 되고 將來
朝鮮의 幸福이 이에 잇슬 줄 確信한다.

그러나 意思別論으로 破裂的 感情을 唱道하는 幾個 團體가 잇는지
모른다. 그러나 在來의 因循과 習慣으로 相煎의 禍를 짓는 蕭墻[119]의 賊이
되지 말아야 한다. 자— 呶呶히 말할 것 업시 朝鮮 各地에 散在한 少年細胞

團體를 總合하야 中央集權的 最大機關을 造成하는 것이 急務이며 가장 適切한 方法이오 武器일다.

자! 우리와 處地와 環境이 가튼 白衣大衆아. 一致的으로 共鳴하여 한데 뭉치자! 그리면 우리의 運動과 使命을 다 함에 其 武器는 무엇인가. 一. 統一, 二. 組織, 三. 計劃 이것을 우리는 唯一한 武器로 活動하며 나아가자 는 것이다.

그동안 우리 少年運動이 잇슨 지 四五年에 統一的으로 되지 못하고 破裂 的으로—組織的으로 되지 못하고 散組的으로—計劃的으로 되지 못하고 臨時的으로—하여 왓다. 그럼으로 만흔 金錢과 努力을 虛費하여 왓지만 그에 對한 別스런 效果를 엇지 못하엿다.

그럼으로 飢渴이 莫甚한 우리로써 生命水를 求함에 반다시 우물(井)을 파서 돌이나 나무로 방틀을 싸어야 물이 고이며 그 판 우물을 맛볼 것이다. 萬一 방틀을 쌋치 안코 파기만 할 것 가트면 만흔 努力만 虛費만 하고 말 것이다.

우리의 少年運動은

一. 統一的으로 하자!

나의 말하는 統一은 '안렉산더'의 英雄的 統一이 안이오 實際 우리 少年 運動에 잇서 가장 適切한 思想으로 産出되는 運動의 中樞인 最高機關으로 大衆이 團結하여 計劃的으로 指揮하며 一致行動을 하여야 할 것이다.

그리고 健全人格 鞏固團結 이것을 우리 少年運動 建設의 標語로 하자. 過去의 우리 모든 經營 가온데 龍頭蛇尾와 가치 有始無終하여 事業의 失敗 가 만흠은 무슨 까닭인가! 하면 첫재로 指導하는 그 사람의 人格이 健全하 지 못하고 둘재로 일하는 그 덩이의 團結이 鞏固하지 못함에 잇는 줄 안다.

---

119 '소장(蕭墻)'은 임금과 신하가 조회하는 곳에 세우는 병풍을 뜻한다. "蕭墻之變(蕭墻之憂, 蕭墻之亂)"이라 하면 "내부에서 일어난 변란"을 의미한다. 따라서 "蕭墻의 賊"은 "내부의 적"이란 뜻이다.

즉 非常한 일을 할 人格 그 일을 일울 原動力이 되는 鞏固한 總合團體 이것을 언제든지 부르짓는다. 자! 우리는 一言以蔽之하고 한데 뭉치자! 大同團結하자! 그리면 바야흐로 머지 아니한 將來에 '유토피아'가 올 것이다.

二. **組織的으로 하자!**

何事業을 勿論하고 組織的이 안이면 未久에 破滅이오 成功을 期待할 수 업슬 것이다. 組織은 씨와 날이 合하여 베도 되고 무명도 되고 명주도 되는 것이다. 萬一 날이 날대로 씨는 씨대로 잇스면 그야말로 베도 무명도 명주도 되지 못할 것은 明白한 事實이다. 그럼으로 組織은 獨立이 안이오 連結性을 가젓다. 그래서 나의 말하는 組織的 運動은 前에 하든 單獨行爲를 버리고 連結 一致行動을 取하자는 말이다.

—— 계속 ——

金泰午, "全朝鮮少年聯合會 發起大會를 압두고 一言함(二)", 『동아일보』, 1927.7.30.

三. **計劃的으로 하자!**

計劃이 업는 일은 成功이 업다. 그래서 우리의 運動이 힘은 힘대로 쓰고 무슨 볼 만한 成算을 짓지 못하는 것이다. 家屋을 建築하는 者 먼저 圖形을 그려 가지고 그 圖形대로 집을 準備하고 豫備하는 法이다. 萬一 이런 圖形과 算이 업시 집을 짓는다 하면 그야말로 空中樓閣일다.

우리는 이 慘憺한 悲境 속에서 全 家屋이 破壞된 우리가 그대로 압날의 希望을 두고 새로운 希望과 튼튼하고 凜凜한 아름다운 집을 建設하려는 우리로써 運動 進行의 아모 計劃도 업시 막 쩌드는 것으로 일이 될 수 업고 함부로 일을 저질러 놋는 것으로 成功될 수 업는 것이다.

그런데 우리의 處地와 環境으로써 무슨 計劃에 對한 말을 터노코 헐 수도 업고 計劃이 잇슨들 實行하기가 極難한 우리의 身勢다. 그러나 그럴사록 우리는 周圍의 事情과 째의 形勢를 仔細히 살펴 其事情에 適合한 길을 取하고 무슨 方法으로던지 이 準備運動을 實踐하는데 明哲한 計劃이 잇서야 할 것이다. 칼과 총을 둘러메고 戰爭하러 나아가는 軍士가 어쩌한 成算, 計劃이 잇슨 然後에야 動할 것이고 그러한 方法을 取함에 반드시 勝利의 月桂冠이 到來할 것이다.

그럼으로 우리의 하고야 말 少年運動을 爲함에는 努力이 統一的으로 되여야 하겟고 犧牲도 組織的, 計劃的으로 하여야 할 것이다

結 論

끗흐로 一言하고자 하는 것은 少年少女의 指導者 된 이는 어린이를 對할 째나 어른을 對할 째 좀 더 熱情的 態度로써 하며 서로 兄弟요 同伴임을 覺悟하고 끈임업시 同友가 되자! 그리고 하로밧비 全 朝鮮 少年團體의 總團結과 指導者의 大同團結로 한 뭉치가 되여 나아가자는 것이다. 그리고 아즉까지 加込치 못한 細胞團體는 速히 共鳴하기를 바란다.

서로 손을 잡고 쒸고 노래하며 웃고 울고 하는 其 天眞의 兒童의 狀態는 新朝鮮을 建設할 天分이 具한 그것이다. 果然 그들의 하는 모든 짓거리가 모다 創造的 衝動을 發揮하야 地上의 眞理와 善美와 慈悲와의 嚴存을 立證할 새 天使가 아닌가!?

아— 白衣大衆야. 아모 所有가 업다고 落心 마라. 目前 當場에 보배로운 所有를 보고 깃버 雀躍하소서. 果然 어린이야말로 朝鮮 民族의 富이다. 先祖와 우리들이 저질러 노흔 恥辱을 그들이 저다가 十字架에 못 박혀 바릴 하나님의 어린 羊이다.

우리는 모든 所有의 代表인 少年少女를 잘 指導함에 우리의 所有를 찻는 것이다. 그러면 바야흐로 멀지 아니한 將來에 우리 쌍 우에도 남부럽지 아니할 만한 '파라다이스'가 올 것이다. 마즈막으로 全朝鮮少年聯合會 發起大會가 아모 故障 업시 順調로 잘 進行됨에 짜라서 上述한 바와 如히 統一 組織 計劃이 三個 條項을 吟味함에 만흔 成功이 잇기를 祝福하고 이만 펜을 놋는다.   —— (끗) ——

찾아보기

엮은이

류덕제 柳德濟, Ryu Duckjee

경북대학교 대학원 문학박사(1995)
대구교육대학교 국어교육과 교수(1995~현재)
The State University of New Jersey(2004),
University of Virginia(2012) 방문교수
대구교육대학교 교육대학원장(2014~2015)
한국아동청소년문학학회 회장(2015~2017)
국어교육학회 회장(2018~2020)

논문

「『별나라』와 계급주의 아동문학의 의미」(2010)
「일제강점기 계급주의 아동문학의 방향전환론과 작품적 대응양상 연구」(2014)
「윤복진의 아동문학과 월북」(2015)
「송완순의 아동문학론 연구」(2016)
「일제강점기 아동문학가의 필명 고찰」(2016)
「김기주의 『조선신동요선집』 연구」(2018) 외 다수.

저서

『한국 아동청소년문학연구』(공저, 2009)
『학습자중심 문학교육의 이해』(2010)
『권태문 동화선집』(2013)
『현실인식과 비평정신』(2014)
『한국아동문학사의 재발견』(공저, 2015)
『한국현실주의 아동문학연구』(2017) 외 다수.

E-mail : ryudj@dnue.ac.kr

1908.11~1927.7

한국 아동문학비평사 자료집 1

2019년 1월 28일 초판 1쇄 펴냄

엮은이 류덕제
발행인 김흥국
발행처 보고사

책임편집 황효은
표지디자인 손정자

등록 1990년 12월 13일 제6-0429호
주소 경기도 파주시 회동길 337-15 보고사 2층
전화 031-955-9797(대표), 02-922-5120~1(편집), 02-922-2246(영업)
팩스 02-922-6990
메일 kanapub3@naver.com / bogosabooks@naver.com
http://www.bogosabooks.co.kr

ISBN 979-11-5516-864-6 94810
       979-11-5516-863-9 (세트)
ⓒ 류덕제, 2019

정가 50,000원